EDIÇÕES BESTBOLSO

E o vento levou
volume II

Margaret Mitchell (1900-1949) nasceu em Atlanta, no estado da Geórgia, nos Estados Unidos. Formada em jornalismo, deixou de exercer a carreira depois que se casou. *E o vento levou* foi seu único romance publicado em vida. Agraciada com o prêmio Pulitzer de ficção em 1937, a obra foi adaptada para o cinema em 1939 tornando-se um filme obrigatório em todas as listas de grandes clássicos da sétima arte.

MARGARET MITCHELL

E O VENTO LEVOU

VOLUME II

Tradução de
MARILENE TOMBINI

2ª edição

EDIÇÕES
BestBolso

RIO DE JANEIRO – 2014

CIP-BRASIL. CATALOGAÇÃO NA FONTE
SINDICATO NACIONAL DOS EDITORES DE LIVROS, RJ

Mitchell, Margaret, 1900-1949
M668e E o vento levou: volume 2 / Margaret Mitchell; tradução Marilene
v.2 Tombini. - 2ª ed. - Rio de Janeiro: BestBolso, 2014.
2ª ed. 12 x 18 cm

Tradução de: Gone with the wind
Sequência de: E o vento levou : volume 1
ISBN 978-85-7799-431-1

1. Ficção americana. I. Tombini, Marilene. II. Título.

13-0451 CDD: 813
CDU: 821.111(73)-3

E o vento levou: volume 2, de autoria de Margaret MItchell.
Título número 335 das Edições BestBolso.
Segunda edição impressa em janeiro de 2014.
Texto revisado conforme o Acordo Ortográfico da Língua Portuguesa.

Título original norte-americano:
GONE WITH THE WIND

www.edicoesbestbolso.com.br

Design de capa: Carolina Vaz

Impresso no Brasil

ISBN 978-85-7799-431-1

Parte IV

31

Em uma tarde fria de janeiro de 1866, Scarlett estava no gabinete escrevendo uma carta para tia Pitty, explicando em detalhes pela décima vez por que nem ela, Melanie ou Ashley poderiam voltar a Atlanta para morar com ela. Escrevia com impaciência, pois sabia que tia Pitty não passaria das primeiras linhas e depois escreveria de volta, lamentando: "Mas tenho medo de morar sozinha!"

Estava com as mãos geladas e pausou para esfregá-las e enfiar mais ainda os pés na tira de um acolchoado velho onde se enrolavam. As solas de suas sapatilhas estavam praticamente acabadas e tinham sido reforçadas com pedaços de tapete. O tapete isolava seus pés do chão, mas não os mantinha aquecidos. Naquela manhã, Will levara o cavalo a Jonesboro para trocar as ferraduras. Soturna, Scarlett pensou que as coisas andavam realmente mal para que os cavalos tivessem calçados e os pés das pessoas ficassem tão descalços quanto patas de cachorros.

Pegou a pena para voltar à carta, mas largou-a ao ouvir Will chegando pela porta dos fundos. Ouviu o bate-bate da perna de pau no corredor fora do gabinete e então ele parou. Ela aguardou um instante pela entrada dele e, não ouvindo qualquer outro movimento, chamou. Ele entrou, as orelhas vermelhas de frio, o cabelo rosado em desalinho, e ficou olhando para ela, um leve sorriso bem-humorado nos lábios.

– Sra. Scarlett, quanto dinheiro a senhora tem? – perguntou.

– Você vai tentar se casar comigo pelo dinheiro, Will? – perguntou ela um tanto mal-humorada.

– Não, senhora. Mas gostaria de saber.

Ela ficou olhando para ele, interrogativa. Will não parecia sério, mas isso não era novidade. Entretanto, ela sentiu que havia algo de errado.

– Tenho 10 dólares em ouro – informou. – O restante daquele dinheiro do ianque.

– Bem, madame, não será suficiente.

– Para quê?

– Para os impostos – respondeu ele e, indo até a lareira, se inclinou estendendo as mãos vermelhas para o fogo.

– Impostos? – repetiu. – Por Deus, Will! Nós já pagamos os impostos.

– Eu sei. Mas eles dizem que a senhora não pagou o suficiente. Ouvi falar isso hoje em Jonesboro.

– Mas, Will, não estou entendendo. O que você quer dizer?

– Sra. Scarlett, eu com certeza detesto incomodar com mais problemas do que a senhora já tem, mas devo lhe dizer. Eles estão falando que a senhora devia ter pagado muito mais impostos do que pagou. Estão pondo a tributação de Tara lá em cima, mais elevada que de qualquer outra propriedade do condado, imagino.

– Mas eles não podem nos fazer pagar mais impostos quando nós já pagamos.

– Sra. Scarlett, a senhora não vai a Jonesboro com frequência, e fico contente com isso. Hoje em dia, aquilo não é mais lugar para damas. Mas, se fosse, saberia que tem uma cambada da escória sulista e de aventureiros ianques, mandando nas coisas por lá. Eles a deixariam furiosa. Além disso, tem os negros empurrando os brancos para fora da calçada e...

– Mas e o que isso tem a ver com nossos impostos?

– Estou chegando lá, Sra. Scarlett. Por alguma razão, os patifes elevaram os impostos de Tara como se a produção fosse de mil fardos. Depois de saber disso, andei pelos bares e ouvi os mexericos e fiquei sabendo que alguém quer comprar Tara por um preço baixo no leilão judicial, se a senhora não conseguir pagar os impostos. E todo mundo sabe muito bem que a senhora não pode pagar. Ainda não sei quem quer comprar isto aqui. Não consegui descobrir. Mas acho que aquele sujeito covarde, o Hilton, que se casou com a Sra. Cathleen, sabe, pois ele riu de um jeito matreiro quando tentei arrancar alguma coisa dele.

Will sentou-se no sofá e esfregou o coto da perna, que doía no clima frio, e a estaca de madeira não estava bem acolchoada nem confortável. Scarlett olhou para ele exaltada. Ele falava de modo absolutamente natural ao anunciar a morte de Tara. Vendida no leilão judicial? Para onde eles iriam? E Tara passar para outras mãos? Não, era impensável.

Ela estivera tão ocupada no trabalho de fazer Tara produzir que deixara de prestar muita atenção ao que acontecia no mundo exterior. Agora que tinha Will e Ashley para cuidar de quaisquer negócios necessários em Jonesboro e Fayetteville, ela raramente saía da fazenda. E, assim como fizera ouvido mouco à conversa de seu pai sobre a guerra nos tempos que a antecederam, prestara pouca atenção às discussões de Will e Ashley à mesa após o jantar sobre os inícios da Reconstrução.

Ah, claro que estava a par da escória sulista, que tinha se tornado republicana por interesse, e dos aventureiros ianques, aqueles nortistas que tinham voado para o sul como urubus após a rendição com todas as suas posses dentro de uma bolsa de tapete. E tivera algumas experiências desagradáveis com o Departamento dos Libertos. Também soubera que alguns dos negros libertos estavam se tornando bastante insolentes. Nisso ela mal conseguia acreditar, pois nunca vira um negro insolente em toda a sua vida.

Mas havia muitas coisas que Will e Ashley conspiraram para que ela não soubesse. Ao açoite da guerra, seguira-se o açoite pior da Reconstrução, mas os dois homens tinham concordado em não mencionar os detalhes mais alarmantes quando discutiam a situação em casa. E, quando Scarlett se dava ao trabalho de escutar o que diziam, a maior parte entrava por um ouvido e saía pelo outro.

Ouvira Ashley dizer que o sul estava sendo tratado como uma província conquistada e que a vingança era a política predominante dos conquistadores. Mas esse era o tipo de declaração que significava menos que nada para Scarlett. Política era coisa de homem. Ouvira Will dizendo que lhe parecia que o norte simplesmente não queria que o sul se reerguesse. Bem, pensou Scarlett, os homens sempre tinham que se preocupar com alguma tolice. No que lhe dizia respeito, os ianques não a tinham vencido nenhuma vez, e não seria agora que o fariam. A coisa a fazer era trabalhar feito um demônio e parar de se preocupar com o governo ianque. Afinal, a guerra tinha acabado.

Scarlett não percebia que todas as regras do jogo tinham mudado e que o trabalho honesto já não conseguia obter sua justa recompensa. A Geórgia estava praticamente sob lei marcial agora. Os soldados ianques guarneciam toda a região, e o Departamento dos Libertos estava no comando absoluto de todas as coisas e estabelecia as regras que melhor lhe conviesse.

Esse Departamento, organizado pelo governo federal para cuidar dos ansiosos e ociosos ex-escravos, os levava das fazendas para os vilarejos e cidades aos milhares. O Departamento os alimentava enquanto envenenava suas cabeças contra os antigos proprietários. O ex-administrador de Gerald, Jonas Wilkerson, estava no comando do Departamento local e seu assistente era Hilton, marido de Cathleen Calvert. Diligentemente, esses dois espalharam o boato de que os sulistas e democratas só esperavam uma boa oportunidade para reconduzir os negros à escravidão e que a única esperança que eles tinham de escapar a esse destino era a proteção proporcionada pelo Departamento e pelo Partido Republicano.

Wilkerson e Hilton diziam ainda aos negros que eles eram tão bons quanto os brancos, e que logo o casamento entre negros e brancos seria permitido, as propriedades de seus antigos donos seriam divididas e cada negro receberia cerca de 16 hectares e uma mula. Agitaram os negros com histórias de crueldade perpetrada pelos brancos, e, em uma região havia muito afamada pelas relações cordiais entre escravos e seus proprietários, começaram a se desenvolver ódio e desconfiança.

O Departamento tinha o apoio dos soldados, e os militares tinham emitido muitas e conflitantes ordens relativas à conduta dos conquistados. Era fácil ser preso, até mesmo por desacato aos funcionários do Departamento. As ordens militares tinham sido promulgadas em referência a escolas, saneamento, tipos de botões a serem usados nos ternos, venda de mercadorias e quase todo o resto. Wilkerson e Hilton tinham o poder de interferir em qualquer negócio que Scarlett pudesse fazer e de fixar seus próprios preços em qualquer coisa que ela vendesse ou trocasse.

Felizmente, Scarlett tivera pouco contato com esses dois homens, pois Will a convencera a deixá-lo encarregado do comércio enquanto ela dirigia a fazenda. Com seu temperamento tranquilo, Will tinha contornado diversas dificuldades desse tipo e nada lhe dissera a respeito. Will conseguia se relacionar com os aventureiros e com os ianques, caso necessário. Mas agora surgira um problema grande demais para ele dar conta. Scarlett precisava ter conhecimento do imposto extra e do perigo de perder Tara, e imediatamente.

Ela olhou para ele com olhos fuzilantes.

– Ah, malditos ianques! – exclamou. – Não foi suficiente nos terem derrotado e empobrecido sem soltar os canalhas em cima de nós?

A guerra tinha acabado, a paz fora declarada, mas os ianques ainda conseguiam roubá-la, ainda conseguiam fazê-la passar fome, ainda conseguiam despejá-la de sua casa. E ela fora tola de pensar durante os meses de escassez que, se conseguisse manter as coisas até a primavera, tudo ficaria bem. Essa notícia esmagadora trazida por Will, depois de um ano de trabalho árduo e de esperanças adiadas, era a gota-d'água.

– Ah, Will, e eu que achei que todos os nossos problemas tinham se acabado quando terminou a guerra!

– Não, senhora. – Will ergueu a cara angulosa de caipira e fixou o olhar nela. – Nossos problemas só estão começando.

– Quanto mais eles querem que paguemos de impostos?

– Trezentos dólares.

Ela ficou muda por um instante. Trezentos dólares! Era como se fossem 3 milhões.

– Ora, ora... ora, então teremos que levantar 300 dólares de algum modo.

– Sim, senhora... e um arco-íris e uma lua, ou duas.

– Ah, mas Will, eles não poderiam vender Tara. Ora...

Seus calmos olhos claros mostraram mais ódio e amargura que ela julgara possível.

– Ou poderiam? Bem, podem e vão, vão adorar fazê-lo! Sra. Scarlett, o país foi direto para o inferno, com o perdão da palavra. Esses aventureiros ianques e a escória sulista podem votar e a maioria de nós, democratas, não. Nenhum democrata pode votar neste estado se constar dos livros tributários com valores superiores a 2 mil dólares em 65. Isso deixa de fora gente como seu pai, o Sr. Tarleton, os McRae e os Fontaine. Ninguém que tenha ocupado cargo de coronel e superior na guerra pode votar e, Sra. Scarlett, aposto que há mais coronéis neste estado que em qualquer outro da Confederação. Também não podem votar as pessoas que trabalharam para o governo confederado, o que deixa de fora todo mundo, desde tabeliães até juízes, e as matas estão cheias de gente assim. O fato é que os ianques moldaram aquele juramento de anistia de tal modo que impedia todos que eram alguém antes da guerra de votar. Nenhuma das pessoas inteligentes, de classe ou ricas.

"Hmm! – continuou ele. – Eu poderia votar se prestasse o danado do juramento deles. Eu não tinha dinheiro algum em 65 e certamente não era coronel nem ocupava qualquer outra posição notável. Mas não vou prestar juramento nenhum. De jeito e maneira! Se os ianques tivessem agido de modo correto, eu teria prestado o juramento de fidelidade, mas agora não vou. Posso ser reintegrado à União, mas não vou ser reconstruído nela. Não vou prestar o juramento deles mesmo que nunca mais possa votar... mas a escória, como aquele sujeito, o Hilton, ela pode votar, além de patifes como Jonas Wilkerson, brancos pobres como os Slattery e gente que não conta, como os Macintosh, esses podem votar. E são eles que dirigem as coisas agora. E, se quiserem cair em cima da senhora com impostos extras uma dúzia de vezes, podem. Assim como um negro pode matar um branco e não ser enforcado ou... – pausou, constrangido, provocando na mente deles dois a lembrança do que acontecera a uma mulher branca sozinha em uma fazenda isolada perto de Lovejoy... – Esses negros podem fazer qualquer coisa contra nós, tendo o apoio do Departamento dos Libertos e dos soldados armados, e nós não podemos votar nem fazer nada a respeito.

– Votar! – exclamou ela. – Votar! Minha nossa, o que votar tem a ver com tudo isso, Will? É sobre impostos que estamos falando... Will, todo mundo sabe que grande fazenda é Tara. Poderíamos hipotecá-la pelo valor suficiente para pagar os impostos, se fosse necessário.

– Sra. Scarlett, a senhora não é nenhuma boba, mas às vezes fala como se fosse. Quem é que tem dinheiro para lhe emprestar sobre esta propriedade? Quem, além dos aventureiros ianques, que estão tentando tirar a fazenda da senhora? Ora, todo mundo tem terras. Todas as terras estão pobres. A senhora não pode negociar com a terra.

– Tenho aqueles brincos de brilhante que peguei do ianque. Podíamos vendê-los.

– Sra. Scarlett, quem por aqui tem dinheiro para brincos? O pessoal não tem dinheiro para comprar carne-seca, que dirá bugigangas. Se a senhora tem 10 dólares em ouro, lhe juro que é mais do que a maioria do pessoal por aí tem.

Ficaram de novo em silêncio e Scarlett sentia como se estivesse dando cabeçadas na parede. Houvera tantas paredes em que dar cabeçadas nesse último ano.

– O que vamos fazer, Sra. Scarlett?

– Não sei – respondeu ela, entorpecida, sentindo que não se importava. Eram obstáculos demais, e de repente ela se sentiu tão cansada que os ossos doíam. Por que trabalhar, lutar e se exaurir? No fim de cada luta, sempre parecia haver a derrota aguardando para debochar dela.

– Eu não sei – disse ela –, mas não deixe papai saber. Poderia preocupá-lo.

– Pode deixar.

– Você falou para alguém?

– Não, vim direto falar com a senhora.

Sim, pensou ela, todos sempre a procuravam primeiro com as más notícias, e ela já estava cansada.

– Onde está o Sr. Wilkes? Talvez ele tenha alguma sugestão.

Will se virou para ela e ela sentiu, como desde o dia em que Ashley chegara, que ele sabia de tudo.

– Ele está lá no pomar rachando madeira para a cerca. Ouvi o machado quando guardava o cavalo. Mas ele não tem mais dinheiro que nós.

– Se eu quiser falar com ele sobre isso, eu posso, não é? – falou ela asperamente, ficando de pé e chutando o fragmento de colcha dos tornozelos.

Will não se ofendeu, continuando a esfregar as mãos diante do fogo.

– Melhor pegar seu xale, Sra. Scarlett. Está gelado lá fora.

Mas ela foi sem o xale, pois estava lá em cima, e sua necessidade de ver Ashley e expor seus problemas era urgente demais para aguardar.

Que sorte a dela se pudesse encontrá-lo a sós! Nunca, desde que ele retornara, ela conseguira lhe falar a sós. A família se aglomerava ao seu redor, Melanie sempre estava a seu lado, tocando-lhe a manga de vez em quando para se tranquilizar de que ele realmente estava lá. A visão daquele feliz gesto de posse tinha despertado em Scarlett toda a animosidade ciumenta que estivera adormecida durante os meses em que ela pensara que Ashley podia estar morto. Agora ela estava decidida a vê-lo a sós. Dessa vez, ninguém a impediria de falar com ele em particular.

Ela seguiu pelo pomar sob os galhos nus, molhando os pés no capim. Ela podia ouvir o brandir do machado rachando os troncos que tinham sido trazidos do pântano. Recolocar as cercas que os ianques haviam queimado com tanta alegria era trabalho árduo e longo. Tudo era trabalho árduo e longo, ela pensou desanimada, e estava cansada daquilo, cansada, zangada e enjoada de tudo. Se ao menos Ashley fosse marido dela e não de Melanie, como seria bom ir até ele e deitar a cabeça em seu ombro e chorar, jogando seu fardo para que ele o solucionasse da melhor maneira que pudesse.

Dando a volta em um arvoredo de pés de romã, que sacudiam os galhos nus ao vento frio, ela o viu inclinado sobre o machado, enxugando a testa com as costas da mão. Vestia o restante de suas calças de algodão e uma das camisas de Gerald, uma das camisas de jabô que em tempos melhores só ia às feiras e churrascos, curta para seu atual dono. O casaco estava pendurado em um galho de árvore, pois o trabalho aquecia e ele descansava quando ela chegou.

À vista de Ashley maltrapilho, com um machado na mão, seu coração se encheu de amor e de fúria com o destino. Ela não aguentava vê-lo em andrajos, trabalhando, seu afável, imaculado Ashley. As mãos dele não tinham sido feitas para trabalhar, e seu corpo, para usar outra coisa que não fosse casimira e linho fino. Tinha sido a vontade de Deus que ele se sentasse em uma grande casa, conversando com pessoas agradáveis, tocando piano e escrevendo coisas que soavam belamente e não faziam qualquer sentido.

Aturava a visão de seu próprio filho usando aventais feitos de saco e as meninas em roupas de guingão surrado, tolerava que Will trabalhasse mais que qualquer escravo do campo, mas não Ashley. Ele era fino demais para tudo aquilo, infinitamente amado demais por ela. Preferiria ela mesma rachar os troncos a sofrer enquanto ele o fazia.

– Dizem que Abe Lincoln começou rachando estacas – disse ele enquanto ela se aproximava. – Imagine só a que altura conseguirei chegar.

Ela franziu a testa. Ele estava sempre fazendo brincadeiras em relação às durezas por que passavam, assunto seriíssimo para ela, que às vezes quase se irritava com esses comentários.

Ela contou as notícias de Will abruptamente e de modo conciso, tendo uma sensação de alívio enquanto falava. Com certeza, ele teria como colaborar de alguma forma. Ele não disse nada, mas, vendo-a tremer, pegou seu casaco e o colocou nos ombros dela.

– Bem – disse ela por fim –, não lhe ocorre que teremos de conseguir esse dinheiro em algum lugar?

– Sim – respondeu ele –, mas onde?

– Sou eu que estou lhe perguntando – retrucou ela, aborrecida. A sensação de alívio por ter descarregado o peso desaparecera. Mesmo que não pudesse ajudar, por que não dizia algo reconfortante, mesmo que fosse apenas: "Ah, sinto tanto"?

Ele sorriu.

– Em todos esses meses, desde que cheguei em casa só soube de uma pessoa que realmente tem dinheiro, Rhett Butler – disse ele.

Tia Pittypat escrevera a Melanie na semana anterior dizendo que Rhett estava de volta a Atlanta com uma carruagem, dois belos cavalos e os bolsos recheados de notas. Insinuara, entretanto, que não haviam sido ganhas honestamente. Tia Pitty tinha uma teoria, largamente compartilhada em Atlanta, de que Rhett conseguira fugir com os míticos milhões do tesouro confederado.

– Não falemos sobre isso – disse Scarlett secamente. – Ele é o maior cafajeste que já existiu. O que vai ser de nós?

Ashley largou o machado e desviou o olhar. Seus olhos pareciam estar viajando para algum país distante, para onde ela não conseguia segui-lo.

– Eu gostaria de saber – disse ele – não apenas o que vai ser de nós em Tara, mas o que será de todos aqui no sul.

Ela teve vontade de falar: "Que o sul vá para o inferno! E nós?", mas ficou quieta porque a sensação de cansaço retornara mais forte que nunca. Ashley não estava sendo de nenhuma ajuda.

– No fim, vai acontecer o que sempre acontece quando uma civilização desmorona. As pessoas com inteligência e coragem têm êxito, e as outras são abatidas. Pelo menos, tem sido interessante, se não confortável, testemunhar um Götterdämmerung.

– Um o quê?

– Um crepúsculo dos deuses. Infelizmente, nós sulistas pensávamos que éramos deuses.

– Pelo amor de Deus, Ashley Wilkes! Não fique aí parado falando coisas sem nexo quando somos nós que seremos abatidos!

Algo em sua exaustão exasperada pareceu penetrar a mente dele, chamando-a de volta de suas divagações, pois ele pegou as mãos dela com ternura e, virando as palmas, olhou para os calos.

– Estas são as mãos mais belas que eu conheço – disse ele e beijou de leve cada uma das palmas. – São belas porque são fortes e cada calo é uma medalha, Scarlett, cada bolha um prêmio pela bravura e pela abnegação. Elas ficaram ásperas por todos nós, seu pai, as meninas, Melanie, o bebê, os negros e eu. Minha querida, sei o que você está pensando. Está pensando: "Eis aqui um tolo pouco prático falando asneiras sobre deuses mortos quando gente viva está em perigo." Não é verdade?

Ela fez que sim, desejando que ele continuasse segurando suas mãos para sempre, mas ele as largou.

– E você veio a mim, esperando que eu pudesse ajudá-la. Bem, não posso.

Seus olhos estavam amargos ao se desviarem para o machado e a pilha de troncos.

– Minha casa se foi, assim como todo o dinheiro que eu considerava tão garantido que nunca me dei conta de que o tinha. E não sei fazer nada neste mundo, pois o mundo ao qual pertencia se acabou. Não posso ajudá-la, Scarlett, exceto a aprender com a maior boa vontade possível a ser um fazendeiro desajeitado. E isso não conseguirá manter Tara em suas mãos. Não pense que não me dou conta da amargura de nossa situação, vivendo aqui devido à sua caridade... Ah, sim, Scarlett, sua caridade. Nunca poderei retribuir o que você fez por mim e pelos meus, com a gentileza de seu coração. Percebo isso melhor a cada dia que passa. E a cada dia vejo com maior clareza quanto sou impotente para lidar com tudo o que nos aconteceu... Todos os dias meu maldito recolhimento da realidade me dificulta encarar novas realidades. Você entende?

Ela fez que sim. Não fazia uma ideia clara do que ele dizia, mas prestava muita atenção em suas palavras. Essa era a primeira vez que ele lhe falava das coisas que estava pensando, quando parecia tão distante dela. Aquilo a entusiasmou como se estivesse à beira de uma descoberta.

– É uma maldição... essa recusa em olhar para a realidade nua e crua. Até a guerra, a vida nunca fora mais real para mim do que um teatro de sombras. E eu a preferia assim. Não gosto de ver a silhueta das coisas muito delineada. Eu as prefiro ligeiramente embaçadas, um pouco preguiçosas.

Ele parou e deu um leve sorriso, tendo um calafrio com o vento entrando em sua camisa fina.

– Ou seja, Scarlett, sou um covarde.

Sua conversa de teatro de sombras e silhuetas embaçadas não lhe transmitia qualquer significado, mas as últimas palavras foram pronunciadas em uma linguagem que ela entendia. Ela sabia que não eram verdadeiras. A covardia não fazia parte dele. Cada traço de seu corpo delgado falava de gerações de homens bravos e audazes, e Scarlett conhecia seu registro militar de cor.

– Ora, isso não é verdade! Um covarde teria subido no canhão em Gettysburg e reorganizado as tropas? O próprio general teria escrito uma carta a Melanie sobre um covarde? E...

– Isso não é coragem – disse ele cansado. – O combate é como champanhe. Sobe à cabeça dos covardes com a mesma velocidade que à dos heróis. Qualquer tolo pode ser corajoso no campo de batalha quando se trata de ser corajoso ou morrer. É de outra coisa que falo. E meu tipo de covardia é infinitamente pior do que seria se eu tivesse fugido na primeira vez em que escutei a explosão de um canhão.

Suas palavras saíam devagar e com dificuldade como se fosse doloroso pronunciá-las, e ele parecia ficar à parte e olhar com o coração triste para o que acabara de dizer. Se qualquer outro homem tivesse falado assim, Scarlett teria rejeitado tais protestos desdenhosamente, como falsa modéstia e um pedido de elogio. Mas Ashley parecia realmente falar sério e havia uma expressão em seu olhar que lhe escapava... não se tratava de medo, nem de desculpas, mas a preparação para um esforço inevitável e avassalador. O vento invernal varreu seus tornozelos úmidos e ela teve outro calafrio, mas dessa vez era menos por causa do vento do que pelo pavor que as palavras dele evocavam em seu coração.

– Mas, Ashley, de que você tem medo?

– Ah, de inúmeras coisas. Coisas que soam muito bobas ao serem postas em palavras. Mais que tudo porque a vida se tornou muito real de repente, obrigando-me a entrar em contato íntimo, íntimo demais com alguns de seus simples fatos. Não que me importe de ficar aqui no meio da lama a rachar madeira, mas me importo com o que isso significa. Realmente me importo com a perda da beleza da vida antiga que eu amava. Scarlett, antes da guerra, a vida era maravilhosa. Havia nela um glamour, uma perfeição, uma totalidade e uma simetria similar à arte grega. Talvez não fosse assim para todos. Agora eu sei. Mas para mim, morando em Twelve Oaks, havia uma verdadeira beleza na vida. Aquela era a minha vida. Eu fazia parte daquilo. E agora que acabou e eu estou deslocado nesta nova vida, sinto medo. Agora eu sei que nos velhos tempos era a um teatro de sombras que eu assistia. Evitava tudo que não fosse sombreado, pessoas e situações que fossem demasiadamente reais, demasiadamente vitais. Eu me ressentia com sua intromissão. Tentava evitar você também, Scarlett. Você era cheia de vida e real demais, e eu era covarde a ponto de preferir sombras e sonhos.

– Mas... mas... Melly?

– Melanie é o mais delicado dos sonhos e parte de meu sonhar. Não fosse a guerra, eu teria continuado alegremente a levar minha vida, enterrado em Twelve Oaks, contente a ver a vida passar, sem nunca fazer parte dela. Mas, quando chegou a guerra, fui varado pela realidade da vida. A primeira vez que entrei em combate... foi em Bull Run, lembra... vi meus amigos de infância explodirem em pedaços, ouvi os gritos dos cavalos morrendo, conheci a sensação terrível, apavorante, de ver homens se dobrarem e cuspirem sangue ao serem baleados por minha arma. Mas isso não foi o pior da guerra, Scarlett. O pior da guerra foram as pessoas com quem tive de conviver. Toda a vida eu me protegera das pessoas, escolhera cuidadosamente meus poucos amigos. Mas a guerra me ensinou que eu criara um mundo particular com pessoas de sonho; ensinou-me como as pessoas realmente são, mas não como conviver com elas. E sinto que nunca vou aprender. Agora sei que, para sustentar minha mulher e meu filho, terei que abrir meu caminho por um mundo de pessoas com quem nada tenho em comum. Você, Scarlett, está agarrando a vida pelos chifres e virando-a segundo sua vontade. Mas onde é que eu me encaixo neste mundo? Estou lhe dizendo, tenho medo.

Enquanto sua voz baixa, melodiosa, continuava desolada, carregada de um sentimento que ela não conseguia entender, Scarlett se agarrava a palavras aqui e acolá, tentando dar-lhes algum sentido. Mas as palavras lhe fugiam como pássaros selvagens das mãos. Algo o impulsionava, o impulsionava com um aguilhão cruel, mas ela não entendia o que era.

– Scarlett, não sei precisar quando foi que tive a gélida percepção de que meu teatro particular de sombras tinha se acabado. Talvez tenha sido nos primeiros cinco minutos em Bull Run, quando vi o primeiro homem que matei cair no solo. Mas eu sabia que tinha terminado e eu já não podia ser um espectador. Não, de súbito me vi na cortina, um ator, posando e fazendo gestos inúteis. Meu pequeno mundo interior se acabara, invadido por pessoas cujos pensamentos não eram os meus, cujos atos eram tão alheios quanto os de um hotentote. Eles percorriam meu mundo com pés escorregadios, sem deixar lugar para onde eu pudesse fugir quando as coisas ficavam ruins demais para aguentar. Quando eu estava na prisão, pensava: "Quando a guerra acabar, poderei retornar à vida antiga e aos velhos sonhos, e assistir ao teatro de sombras outra vez." Mas, Scarlett, não há volta. E isso que nos encara agora é pior que a guerra e pior que a prisão... e, para mim, pior que a morte... então, você percebe, Scarlett, estou sendo punido por ter medo.

– Mas, Ashley – começou ela, debatendo-se em um lamaçal de atordoamento –, se você ficar com medo, morreremos de fome, ora... pois... Oh, Ashley, nós daremos algum jeito! Sei que daremos!

Por um momento, seus olhos cinzentos se voltaram para ela, arregalados e cristalinos, com admiração. Em seguida, eles estavam novamente distantes e ela teve certeza, com um aperto no coração, de que ele não estava pensando em morrer de fome. Era como se eles sempre tivessem sido duas pessoas a falar em idiomas diferentes. Mas ela o amava tanto que, quando ele se recolhia, como acabara de fazer, era como se o sol descesse, deixando-a exposta ao sereno frio do crepúsculo. Ela queria agarrá-lo pelos ombros e abraçá-lo, fazê-lo perceber que ela era de carne e osso e não algo que ele lera ou sonhara. Se ao menos conseguisse ter aquela sensação de unidade com ele pela qual ansiava desde aquele dia, tanto tempo atrás, quando ele acabara de retornar da Europa, e ficou parado nos degraus de Tara sorrindo para ela.

– Passar fome não é agradável – disse ele. – Sei porque passei fome, mas não tenho medo disso. Tenho medo de encarar a vida sem a beleza vagarosa de nosso mundo que se foi.

Desesperada, Scarlett pensou que Melanie entendia o que ele falava. Ele e Melly sempre falavam dessas tolices, poesia, livros, sonhos, raios de luar e poeira das estrelas. Ele não temia as coisas que ela temia, as garras de um estômago vazio, nem o gume do vento invernal ou a desapropriação de Tara. Ele se encolhia diante de um medo que ela nunca conhecera e nem podia imaginar. Pois, em nome de Deus, o que mais se havia de temer nesse naufrágio de um mundo, que não fome, frio e a perda da moradia?

E ela pensara que, se escutasse com atenção, conheceria a resposta para o enigma que Ashley representava.

– Ah! – disse ela, e o desapontamento em sua voz era o de uma criança que abre um pacote belamente embrulhado e o encontra vazio. Diante daquele tom, ele sorriu arrependido, como quem se desculpa.

– Perdoe-me, Scarlett, por falar assim. Não consigo fazê-la entender porque você não entende o significado do medo. Você tem o coração de um leão e uma total falta de imaginação, e eu a invejo nessas duas qualidades. Você nunca vai se importar de encarar as realidades, nem vai querer escapar delas como eu.

– Escapar?

Era como se essa fosse a única palavra compreensível que ele pronunciara. Como ela, Ashley estava cansado da luta e queria escapar. Sua respiração se acelerou.

– Ah, Ashley – exclamou ela –, você está errado. Eu também quero escapar. Estou cansada disso tudo.

Ele ergueu as sobrancelhas em descrédito e ela pôs a mão, febril, urgente, em seu braço.

– Ouça – começou ela rapidamente, as palavras tropeçando umas nas outras. – Estou cansada disso tudo, nem imagina o quanto. Estou cansada até os ossos e não vou aguentar por muito mais tempo. Batalhei por comida, por dinheiro e arranquei ervas daninhas, capinei, colhi algodão e até arei a terra e não aguento mais nem um minuto. Vou lhe dizer, Ashley, o sul está morto! Morto! Os ianques, os negros libertos e os aventureiros tomaram conta e não nos deixaram nada. Ashley, vamos fugir!

Ele lhe lançou um olhar penetrante, abaixando a cabeça para encarar o rosto dela, agora flamejante.

– Sim, vamos fugir... deixar eles todos! Estou cansada de trabalhar para o pessoal! Alguém vai tomar conta deles. Sempre há alguém que tome conta daqueles que não conseguem cuidar de si mesmos. Ah, Ashley, vamos fugir, você e eu. Podíamos ir para o México... o exército mexicano quer oficiais e podíamos ser tão felizes lá. Eu trabalharia por você, Ashley. Eu faria qualquer coisa por você. Você sabe que não ama Melanie...

Ele começou a falar, uma expressão chocada no rosto, mas ela abafou suas palavras com as suas próprias, desencadeadas em uma torrente.

– Você disse que me amava mais que a ela aquele dia... ah, você se lembra daquele dia?! E eu sei que nada mudou! Posso ver que nada mudou! E você acabou de dizer que ela não passa de um sonho... ah, Ashley, vamos embora! Eu poderia fazê-lo tão feliz... E de qualquer modo – acrescentou venenosamente – Melanie não pode... o Dr. Fontaine disse que ela não pode mais ter filhos e eu poderia lhe dar...

As mãos dele estavam em seus ombros e os apertavam com tanta força que chegou a doer e ela parou de falar, sem fôlego.

– Era para termos esquecido aquele dia em Twelve Oaks.

– Você acha que eu conseguiria esquecer? Você esqueceu? Pode honestamente me dizer que não me ama?

Ele respirou fundo e respondeu rapidamente.

– Não. Eu não a amo.

– Isso é mentira.

– Mesmo que seja uma mentira – disse Ashley e sua voz estava mortalmente calma –, não é algo que possa ser discutido.

– Você quer dizer...

– Você acha que eu poderia ir embora e deixar Melanie e o bebê, mesmo que os odiasse? Magoar Melanie? Deixá-los à mercê da caridade dos amigos? Scarlett, você está louca? Você não tem nenhum senso de lealdade? Você não poderia deixar seu pai e as meninas. Estão sob sua responsabilidade, assim como Melanie e Beau estão sob a minha, e, estando cansada ou não, eles estão aqui e você precisa sustentá-los.

– Eu poderia deixá-los, sim. Estou farta deles... cansada deles...

Ele estendeu o braço e, por um instante, ela achou, com o coração sobressaltado, que ele fosse abraçá-la. Em vez disso, ele bateu em seu ombro e falou como quem consola uma criança.

– Eu sei que você está farta e cansada. É por isso que está falando desse modo. Você tem carregado o fardo de três homens. Mas eu vou ajudá-la... não vou ser sempre assim tão desajeitado...

– Só há um modo de você me ajudar – disse ela desanimada –, é me tirando daqui e nos dando a oportunidade de um novo começo em algum lugar que ofereça uma chance de felicidade. Não há nada que nos prenda aqui.

– Nada – disse ele baixinho –, nada além da honra.

Ela olhou para ele com um desejo frustrado e viu, como que pela primeira vez, como as curvas de seus cílios tinham a rica cor dourada do trigo maduro, com que orgulho sua cabeça pousava sobre o pescoço nu e como a expressão de classe e dignidade persistia em seu corpo esbelto e ereto, mesmo vestido em trapos. Seus olhos se cruzaram, os dela abertamente suplicantes, os dele, distantes como lagos sob céus plúmbeos.

Ela viu neles a derrota de seu sonho ardente, de seus desejos impetuosos.

Vencida pela decepção e pelo cansaço, ela deixou a cabeça cair entre as mãos e chorou. Ele nunca a vira chorar. Nunca pensara que mulheres de sua índole forte tivessem lágrimas e ficou inundado de ternura e remorso. Ele se aproximou rapidamente dela e em um instante a tinha nos braços, consolando-a, pressionando-lhe a cabeça contra o coração, sussurrando:

– Querida! Minha querida corajosa... não! Não chore!

Ao tocá-la, ele sentiu a mudança que se processou naquele abraço e havia impetuosidade e magia no corpo esbelto que ele segurava e um suave fulgor nos olhos verdes que olhavam para ele. De repente, não era mais um inverno triste. A primavera voltara para Ashley, aquela primavera balsâmica, meio esquecida, de farfalhas verdes e murmúrios, uma primavera de tranquilidade e indolência, dias descompromissados quando os desejos da juventude lhe ardiam o corpo. Os anos amargos transcorridos desde então sumiram e ele viu que os lábios voltados para os dele estavam rubros e trêmulos e a beijou.

Houve um curioso rugido abafado nos ouvidos dela como o que se escuta ao segurar conchas no ouvido e através do som ela ouviu, fraco, o batimento acelerado do próprio coração. Seu corpo parecia estar se derretendo no dele e, por um momento atemporal, eles ficaram unidos enquanto os lábios dele se apoderaram dos dela, famintos, como se não conseguisse encontrar satisfação.

Quando ele a soltou de súbito, ela precisou se apoiar na cerca. Ergueu os olhos ardentes, cheios de amor e triunfo.

– Você me ama, sim! Você me ama! Diga... diga!

Suas mãos ainda descansavam sobre os ombros dela e ela adorou senti-las trêmulas. Encostou-se a ele, ardente, mas ele a afastou, olhando-a com uns olhos dos quais sumira todo o distanciamento, olhos atormentados pela luta e pelo desespero.

– Não! – disse ele. – Não! Se você se aproximar, eu a possuirei, aqui.

Ela abriu um sorriso iluminado, quente, abstraído do tempo, do espaço e de tudo o que não fosse a lembrança de sua boca na dela.

Então ele a sacudiu, sacudiu de tal modo que os cabelos lhe caíram pelos ombros, sacudiu-a como se sentisse uma raiva insana dela... e de si mesmo.

– Não vamos fazer isso! – disse ele. – Estou lhe dizendo, não vamos fazer isso!

Dava a impressão de que o pescoço dela iria estalar se ele a sacudisse outra vez. Ela estava cega pelo cabelo e aturdida com aquela atitude. Livrou-se de suas mãos e olhou-o fixamente. Havia gotas de suor na testa e os punhos estavam fechados como em quem sente dor. O olhar dele foi direto, penetrante.

– A culpa é toda minha... nem um pouco sua, e não vai acontecer de novo, porque vou pegar Melanie e o bebê e vou embora.

– Vai embora? – exclamou ela, angustiada. – Ah, não.

– Sim, por Deus! Acha que vou ficar aqui depois disso? Quando pode acontecer de novo...

– Mas Ashley, você não pode partir. Por que deveria? Você me ama...

– Você quer que eu diga? Pois bem, vou dizer. Eu a amo.

Ele se inclinou sobre ela com uma súbita ferocidade, que a fez se encolher contra a cerca.

– Eu amo você, sua coragem e teimosia e seu fogo e sua total impiedade. Quanto a amo? Tanto que um minuto atrás eu teria ultrajado a hospitalidade da casa que me abriga e à minha família, teria esquecido da melhor esposa que um homem pode ter... o bastante para tê-la aqui na lama como um...

Ela lutava com um caos de pensamentos e sentiu uma dor fria no coração como se um pingente de gelo o tivesse transpassado. Hesitante, disse:

– Se você se sentiu assim... e não me possuiu... então não me ama.

– Nunca vou fazê-la entender.

Eles ficaram quietos e se olharam. De súbito, Scarlett teve um calafrio e percebeu, como se estivesse retornando de uma longa viagem, que era inverno e os campos estavam nus e agrestes e ela sentia muito frio. Viu também que a velha expressão distante de Ashley, que ela tão bem conhecia, tinha voltado e também estava com frio e dura de dor e remorso.

Ela teria se virado e ido embora, buscando abrigo na casa, mas estava cansada demais para se mexer. Até a fala era cansativa e exigia esforço.

– Não sobrou nada – disse ela, por fim. – Não sobrou nada para mim. Nada para amar. Nada pelo que lutar. Você se foi e Tara está indo.

Ele olhou para ela por um bom tempo e depois, inclinando-se, pegou um pouco de barro vermelho.

– Não, restou alguma coisa – disse ele e o espectro de seu velho sorriso voltou, o sorriso que debochava de si mesmo, assim como dela. – Algo que você ama mais do que a mim, embora talvez não saiba. Você ainda tem Tara.

Ele pegou sua mão solta e pôs o barro na palma, fechando-a com os dedos. Já não havia febre nas mãos dele, nem nas dela. Ela olhou para o solo vermelho por um instante e não viu nenhum significado. Olhou para ele e percebeu ligeiramente que ele possuía uma integridade de espírito que não seria rompida por suas mãos passionais nem por quaisquer outras.

Mesmo que aquilo o matasse, ele nunca abandonaria Melanie. Mesmo que ardesse por Scarlett até o fim de seus dias, ele nunca a teria, e lutaria para mantê-la distante. Ela nunca mais atravessaria aquela armadura. Palavras, hospitalidade, lealdade e honra significavam mais para ele do que ela.

Ela olhou outra vez para o barro frio em sua mão.

– É – disse –, ainda tenho isso.

A princípio, as palavras não significavam nada e o barro era apenas barro vermelho. Mas lhe veio a lembrança espontânea do mar de terra vermelha que cercava Tara, de quanto era querida e de quanto ela lutara para mantê-la... de quanto teria que lutar se quisesse mantê-la dali em diante. Olhando novamente para ele, ela se perguntou para onde tinha ido aquela ardente inundação de sentimentos. Ela conseguia pensar, mas não sentir, nem por ele nem por Tara, pois tinha sido sugada de qualquer emoção.

– Você não precisa ir embora – disse ela com clareza. – Não vou deixar que vocês passem fome só porque me atirei em seu pescoço. Nunca mais vai acontecer.

Ela se virou e foi caminhando em direção à casa pelo caminho tosco, amarrando o cabelo em um nó sobre a nuca. Ashley ficou observando e viu-a endireitando os ombros magros enquanto andava. E aquele gesto lhe tocou o coração, mais que qualquer palavra que ela dissera.

32

Ela ainda segurava a bola de barro vermelho ao subir os degraus da entrada da frente. Tivera o cuidado de evitar a entrada dos fundos, pois os olhos aguçados de Mammy certamente teriam percebido que algo estava errado. Scarlett não queria encontrar Mammy nem qualquer outra pessoa. Tinha a sensação de que não poderia mais encarar nem falar com ninguém. Não sentia vergonha, decepção ou amargura agora, só uma fraqueza nas pernas e um grande vazio no coração. Apertou o barro com tanta força que ele saiu por entre os dedos, e repetia como um papagaio:

– Ainda tenho isto. Sim, ainda tenho isto.

Nada mais possuía, a não ser a terra vermelha, aquela terra que, havia poucos minutos, ela se dispusera a jogar fora como um lenço rasgado. Agora lhe era cara outra vez, e ela cogitava, entorpecida, que loucura se apoderara dela para lhe dar tão pouca importância. Se Ashley tivesse cedido, ela podia ter ido embora com ele, deixado família e amigos sem um olhar para trás, mas, mesmo em seu vazio, ela sabia que lhe despedaçaria o coração deixar aquelas colinas queridas, os longos sulcos e os lúgubres pinheiros escuros. Seus pensamentos sempre se voltariam para eles, saudosos, até o dia de sua morte. Nem mesmo Ashley poderia ter preenchido os espaços vazios de seu coração onde Tara estivera enraizada. Como Ashley era sábio, e como a conhecia bem! Só precisara pressionar a terra úmida em sua mão para fazê-la voltar a si.

Ela estava no corredor, preparando-se para fechar a porta, quando ouviu o som de cascos de cavalo e se virou para ver a alameda. Receber visitas exatamente agora era demais. Ela correria para o quarto e alegaria uma dor de cabeça.

Mas, quando a carruagem se aproximou, sua fuga se deparou com o espanto. Era uma carruagem nova, envernizada, e os arreios também eram novos, com ornamentos de cobre polido. Estranhos, com certeza. Ninguém que conhecia tinha dinheiro para exibir um veículo daqueles.

Ela ficou na porta aguardando, a correnteza fria soprando suas saias à altura dos tornozelos úmidos. Então a carruagem parou em frente à casa e Jonas Wilkerson apeou. Scarlett ficou tão surpresa de ver o antigo administrador da fazenda dirigindo uma carruagem tão fina e vestindo um sobretudo tão esplêndido que não conseguia acreditar em seus olhos. Will lhe dissera que ele parecia bastante próspero desde que conseguira o novo emprego no Departamento dos Libertos. Ganhara muito dinheiro, segundo Will, trapaceando os negros ou o governo, ou os dois, ou confiscando o algodão do povo, jurando que era algodão do governo confederado. Com certeza, não havia amealhado todo aquele dinheiro honestamente nessa época difícil.

E ali estava ele, descendo de uma elegante carruagem e dando a mão a uma mulher com uma roupa de matar. Scarlett viu de relance que o vestido era colorido a ponto de ser vulgar, mas mesmo assim seus olhos passaram saudosos pelo traje. Fazia tanto tempo que sequer vira roupas novas de estilo... "Bem! Então as crinolinas não estão tão largas este ano", pensou, examinando o vestido vermelho xadrez. E, ao ver o casaco preto de veludo, observou que estavam bastante curtos! E que chapéu interessante. Os chapéus de sol deviam estar fora de moda, pois esse se resumia a um absurdo apetrecho plano de veludo vermelho, empoleirado no alto da cabeça da mulher como uma panqueca esticada. As fitas não eram amarradas sob o queixo como as dos chapéus de sol, mas atrás, por baixo de um monte de cachos que caíam por trás do chapéu, cachos que Scarlett não pôde deixar de notar que não combinavam nem com a cor nem com a textura dos cabelos da mulher.

Assim que ela pisou no chão e olhou para a casa, Scarlett viu que havia algo de familiar naquele rosto de coelho caiado de pó de arroz.

– Ora, é Emmie Slattery! – exclamou Scarlett, tão surpresa que falou em voz alta.

– Sim, sou eu – disse Emmie, jogando a cabeça para trás com um sorriso insinuante e se dirigindo aos degraus.

Emmie Slattery! A sórdida imoral de cabelos amarelos cujo filho ilegítimo Ellen batizara, Emmie, que transmitira o tifo a Ellen e a matara. Aquela branca ordinária, nojenta, pobretona, vulgarmente vestida estava subindo os degraus de Tara, toda empertigada e sorridente como se esse fosse o seu lugar. Scarlett pensou em Ellen e, em um ímpeto, sua cabeça vazia foi tomada de um sentimento, de uma raiva assassina tão potente que lhe provocou calafrios.

– Desça já desses degraus, sua ordinária! – exclamou ela. – Saia já desta terra! Vá embora!

Emmie ficou de queixo caído, olhou para Jonas, que subiu com o cenho franzido. Esforçou-se para manter a dignidade, apesar da raiva.

– A senhora não deve falar desse modo com minha esposa – disse ele.

– Esposa? – disse Scarlett, e deu uma gargalhada marcada pelo desdém. – Já era tempo de se casar com ela. Quem batizou os outros moleques depois que você matou minha mãe?

Emmie emitiu um "ah" e recuou apressadamente, mas Jonas impediu sua fuga para a carruagem segurando-a com firmeza pelo braço.

– Viemos aqui fazer uma visita... uma visita cordial – falou ele em um tom ríspido. – E para falar de negócios com velhos amigos...

– Amigos? – A voz de Scarlett parecia um chicote. – Quando é que tivemos amigos da laia de vocês? Os Slattery viviam de nossa caridade e retribuíram matando minha mãe... e você... você... papai o dispensou por causa do bebê de Emmie e você sabe disso. Amigos? Saia já daqui antes que eu chame o Sr. Benteen e o Sr. Wilkes.

Com isso, Emmie se livrou da mão do marido e voou para a carruagem, mostrando de relance o brilho das botas de verniz com acabamentos em vermelho-berrante.

Agora Jonas tremia com uma fúria igual à de Scarlett, e o rosto amarelado ficou vermelho como o de um peru enfurecido.

– Ainda altiva e poderosa, não é? Bem, estou a par de toda a sua situação. Sei que nem sapatos tem para calçar. Sei que o seu pai virou um idiota...

– Saia já daqui!

– Ah, você não vai cantar desse modo por muito tempo. Sei que está quebrada. Sei que nem consegue pagar seus impostos. Vim lhe propor a compra disto aqui... para lhe fazer uma boa oferta. Emmie gostaria muito de morar aqui. Mas, por Deus, não vou lhe dar um centavo agora! Sua irlandesa metida do brejo, você logo vai saber quem manda nas coisas por aqui quando for despejada pelo valor dos impostos. E vou comprar isto aqui, o lote inteiro... móveis e tudo... e vou morar aqui.

Então era Jonas Wilkerson que queria Tara... Jonas e Emmie, que de alguma maneira torta pensavam em vingar desfeitas passadas, morando na casa onde tinham sido menosprezados. Todos os seus nervos zuniam de ódio, do mesmo modo que no dia em que ela apontara o cano da pistola para o rosto barbado do ianque e disparara. Queria estar com aquela pistola agora.

– Eu ponho esta casa abaixo, pedra por pedra, a incendeio e jogo sal em cada hectare de terra antes de ver qualquer um de vocês dois atravessar este marco – gritou ela. – Saiam daqui, estou avisando! Saiam daqui!

Jonas lhe lançou um olhar feroz, começou a dizer algo, mas em seguida se dirigiu à carruagem. Sentou-se ao lado da mulher, que choramingava, e virou o cavalo. Enquanto iam saindo, Scarlett teve o impulso de cuspir neles. E cuspiu. Ela sabia que era um gesto vulgar, infantil, mas sentiu-se melhor. Queria tê-lo feito enquanto eles pudessem ver.

Aqueles malditos adoradores dos negros ousando ir até ali e troçar de sua pobreza! Aquele cão nunca pretendera lhe oferecer um preço por Tara. Só usara isso como pretexto para vir se exibir e a Emmie. A escória sulista, aqueles velhacos sujos, os brancos ordinários gabando-se de ir morar em Tara!

De súbito, ela foi tomada de pavor e a raiva sumiu. Pelo manto de Cristo! Eles virão morar aqui! Não havia nada que pudesse fazer para impedi-los de comprar Tara, nada para impedi-los de executar a cobrança com cada espelho, mesa, cama, os lustrosos móveis de mogno e jacarandá de Ellen, e cada pedacinho que lhe era precioso, mesmo arranhado pelos saqueadores ianques. E a prataria dos Robillard também. "Não vou permitir que o façam", pensou Scarlett, veemente. "Não, nem que eu tenha que incendiar isto aqui!" Emmie Slattery jamais poria os pés em um pedacinho sequer do piso trilhado por sua mãe!

Ela fechou a porta e encostou-se a ela, com muito medo. Mais assustada ainda do que tinha ficado no dia em que o exército de Sherman passara pela casa. Naquele dia, o pior que podia esperar era que Tara fosse queimada sobre sua cabeça. Mas agora era pior – aquelas criaturas vulgares indo morar ali, se gabando com seus amigos ordinários de como tinham expulsado os orgulhosos O'Hara. Talvez até convidassem negros para jantar e dormir ali. Will lhe contara que Jonas fazia um grande estardalhaço sobre ser igual aos negros, comia com eles, os visitava em casa, os levava a passear em sua carruagem, colocava o braço em volta de seus ombros.

Quando pensou na possibilidade desse último insulto a Tara, seu coração batia tão forte que ela mal conseguia respirar. Estava tentando se concentrar no problema, tentando encontrar alguma solução, mas cada vez que reunia os pensamentos, novas rajadas de raiva e de medo a sacudiam. Devia haver alguma saída, devia haver alguém em algum lugar que tivesse dinheiro para lhe emprestar. O dinheiro não podia simplesmente secar e morrer. Alguém tinha que ter dinheiro. Então se lembrou das palavras risonhas de Ashley: "Só há uma pessoa, Rhett Butler... que tem dinheiro."

Rhett Butler. Ela foi rapidamente para a sala e fechou a porta. Encerrou-se na penumbra das cortinas fechadas e do crepúsculo invernal. Ninguém pensaria em procurá-la ali, e ela queria tempo para pensar sem ser perturbada. A ideia que acabara de lhe ocorrer era tão simples que ela se perguntou por que não tinha pensado nela antes.

– Vou pegar o dinheiro emprestado com Rhett. Vendo-lhe os brincos de brilhante. Ou pego o dinheiro emprestado e deixo os brincos com ele até conseguir pagar o empréstimo.

Por um instante, o alívio foi tal que ela se sentiu fraca. Ela pagaria os impostos e riria de Jonas Wilkerson. Mas, depois dessa ideia alegre, veio a lembrança implacável.

"Não é só este ano que terei de pagar os impostos. Haverá o ano que vem e todos os anos de minha vida. Se eu pagar desta vez, eles vão elevar ainda mais os impostos da próxima, até conseguirem me tirar daqui. Se eu tiver uma boa safra de algodão, vão tributá-la até eu não ter nenhum lucro, ou talvez o confisquem e digam que é algodão confederado. Os ianques e os patifes mancomunados com eles me têm nas mãos. Durante toda a vida, enquanto viver, vou ficar com medo de que eles me peguem de algum modo. Toda a vida vou estar assustada e lutando por dinheiro, morrendo de trabalhar, só para ver meu trabalho dando em nada e meu algodão sendo roubado... Pegar 300 dólares emprestados para os impostos só vai servir como tapa-buraco. O que quero é me livrar desse apuro, para sempre... de modo que possa ir dormir à noite sem ter que me preocupar com o que vai acontecer no dia seguinte, e no mês seguinte, e no ano seguinte."

Sua cabeça palpitava com estabilidade. Fria e logicamente uma ideia se formou em sua mente. Pensou em Rhett, um lampejo dos dentes brancos contrastando com a pele morena, os olhos pretos sarcásticos acariciando-a. Lembrou-se da noite quente em Atlanta, perto do fim do cerco, quando ele estava na varanda de tia Pitty, semioculto pela escuridão estival, e ela novamente sentiu no braço o calor de sua mão quando ele disse: "Eu a quero mais do que jamais quis uma mulher... e esperei mais por você do que jamais esperei por qualquer mulher."

"Vou me casar com ele", pensou friamente. "E acabam-se as preocupações com dinheiro."

Ah, que ideia abençoada, mais doce que a esperança de alcançar o Céu, nunca mais ter que se preocupar com dinheiro, saber que Tara estaria a salvo, que a família teria o que comer e o que vestir. E ela nunca mais precisaria bater a cabeça na parede.

Sentiu-se muito velha. Os acontecimentos daquela tarde a tinham drenado de todo sentimento. Primeiro, a notícia aterradora sobre os impostos, depois Ashley e, por último, sua raiva assassina de Jonas Wilkerson. Não, não lhe sobrara qualquer emoção. Se toda a sua capacidade de sentir não tivesse se exaurido, alguma coisa dentro dela teria protestado contra o plano que se formava em sua mente, pois ela odiava Rhett como a ninguém mais neste mundo. Mas não conseguia sentir. Só conseguia pensar, e seus pensamentos eram muito práticos.

"Eu disse coisas terríveis para ele naquela noite em que nos abandonou na estrada, mas posso fazê-lo esquecer", pensou, desdenhosa, ainda segura de seu poder de encantar. "Não vou deixar a manteiga derreter na boca quando estiver com ele. Vou fazê-lo pensar que sempre o amei e só estava aborrecida e assustada naquela noite. Ah, os homens são tão convencidos que acreditam em qualquer coisa que os lisonjeie... não posso deixá-lo imaginar as dificuldades em que nos encontramos, não até tê-lo fisgado. Ah, ele não pode saber! Se chegasse a desconfiar quanto estamos pobres, saberia que é seu dinheiro que quero, e não ele. Afinal, não há como ele saber, pois nem tia Pitty está a par do pior. E depois que nos casarmos, ele vai ter que nos ajudar. Não poderá deixar a família da esposa passar fome."

Esposa dele. Sra. Rhett Butler. Um toque de repulsa, enterrado bem no fundo, abaixo de seu pensamento frio, mexeu-se de leve e logo se aquietou. Ela se lembrou dos acontecimentos constrangedores e desagradáveis de sua breve lua de mel com Charles, das mãos desajeitadas, de seus modos canhestros, suas emoções incompreensíveis... e Wade Hampton.

"Não vou pensar nisso agora. Depois que estiver casada me preocupo..."

Depois que estiver casada com ele. A lembrança lhe despertou algo. Causou-lhe um calafrio na espinha. Lembrou-se outra vez daquela noite na varanda de tia Pitty, lembrou-se de perguntar a ele se estava sendo pedida em casamento, lembrou-se do modo detestável como ele dera uma risada e dissera: "Minha querida, não sou homem que se case."

Supondo que ainda não fosse um homem disposto a se casar. Supondo que, apesar de todos os seus encantos e estratagemas, ele recusasse se casar. Supondo – ah, que ideia terrível –, supondo que ele a tivesse esquecido completamente e estivesse perseguindo outra mulher.

"Eu a quero mais do que jamais quis uma mulher..."

Scarlett enfiou as unhas na própria carne ao fechar as mãos. "Se ele me esqueceu, vou fazê-lo se lembrar. Vou fazer com que me queira de novo."

E, se ele não se casasse com ela, mas ainda a quisesse, havia um modo de conseguir seu dinheiro. Afinal, ele já lhe pedira que fosse sua amante.

Na penumbra cinzenta da sala, ela travou uma rápida e decisiva batalha com os três grandes vínculos de sua alma – a lembrança de Ellen, os ensinamentos de sua religião e o amor por Ashley. Ela sabia que seu plano seria hediondo para a mãe, mesmo naquele confortável e distante paraíso onde certamente se encontrava. Sabia que fornicação era um pecado mortal. E que, amando Ashley como amava, seu plano era uma dupla prostituição.

Mas todas essas coisas foram subjugadas pela impiedosa frieza de sua mente e pelo aguilhão do desespero. Ellen estava morta, e talvez a morte possibilitasse uma ampla compreensão das coisas. A religião proibia a fornicação com a promessa do fogo do inferno, mas se a Igreja achava que ela deixaria de virar uma única pedra para salvar Tara e impedir sua família de passar fome... bem, azar da Igreja. Ela não deixaria. Pelo menos, não por enquanto. E Ashley... Ashley não a queria. Sim, ele a queria. A lembrança de sua boca quente na dela lhe disse isso. Mas ele nunca a levaria embora. Estranho que ir embora com Ashley não lhe parecia pecado, mas com Rhett...

Naquele insípido crepúsculo da tarde invernal, ela chegou ao fim da longa jornada que se iniciara na noite da queda de Atlanta. Ao pôr o pé naquela estrada, era uma moça mimada, egoísta e inexperiente, cheia de juventude, emoções calorosas, facilmente se confundindo com a vida. Agora, no final da jornada, nada restara daquela moça. Fome e trabalho pesado, medo e tensão constantes, os terrores da guerra e da Reconstrução tinham levado todo o calor, a juventude e a suavidade. Uma couraça se formara em torno de seu coração e, aos poucos, camada por camada, foi engrossando durante aqueles meses intermináveis.

Mas até esse dia, duas esperanças tinham restado para sustentá-la. Uma de suas expectativas era de que, terminada a guerra, a vida gradativamente retomaria sua antiga feição. A outra era que o retorno de Ashley devolveria à vida algum sentido. Agora já não havia essas duas esperanças. Ver Jonas Wilkerson na entrada de Tara a fizera perceber que para ela, para todo o Sul, a guerra jamais terminaria. O combate mais amargo, as retaliações mais brutais estavam só começando. E Ashley estava aprisionado para sempre por palavras mais fortes que qualquer cadeia.

Ela se desapontara com a paz e com Ashley, ambos no mesmo dia, e era como se a última fenda da couraça se fechasse, a última camada endurecesse. Tornara-se aquilo contra o que vovó Fontaine a prevenira, uma mulher que vira o pior e, portanto, nada mais tinha a temer. Nem a vida, nem a mãe, nem a perda do amor, nem a opinião pública. A única coisa que a amedrontava era a fome e o pesadelo com a fome.

Uma curiosa sensação de leveza, de liberdade a permeava agora que ela finalmente tinha endurecido o coração contra tudo o que a ligava aos velhos tempos e à antiga Scarlett. Ela tomara sua decisão e, graças a Deus, não sentia medo. Nada tinha a perder e estava decidida.

Se conseguisse persuadir Rhett a se casar com ela, tudo ficaria perfeito. Mas se isso não acontecesse... bem, arranjaria o dinheiro de outra forma. Por um breve momento, cogitou o que se esperaria de uma amante. Será que Rhett insistiria em mantê-la em Atlanta, como diziam que ele mantinha aquela Watling? Se ele a fizesse ficar em Atlanta, teria que pagar muito bem – pagar o bastante para compensar o que sua ausência de Tara valeria. Scarlett desconhecia o lado oculto da vida masculina e não tinha como saber o que o arranjo poderia envolver. E cogitou se teria um filho. Isso, sem dúvida, seria terrível.

"Não vou pensar nisso agora. Pensarei mais tarde", e rapidamente ela afastou aquela ideia inoportuna, antes que pudesse abalar sua decisão. Naquela noite, ia contar à família que iria a Atlanta pedir dinheiro emprestado para tentar hipotecar a fazenda, se necessário. Era só isso o que precisariam saber até o dia maléfico em que descobrissem outra coisa.

Com a ideia em ação, sua cabeça se ergueu e os ombros se empertigaram. Não seria nada fácil, ela sabia. Antes, fora Rhett a pedir seus favores e era ela quem estava no poder. Agora, ela era a pedinte e, como tal, não estava em posição de ditar os termos.

"Mas não me aproximarei dele como uma pedinte. Irei como uma rainha que concede favores. Ele nunca perceberá."

Ela se olhou no longo espelho, a cabeça erguida. E o que viu dentro da moldura dourada foi uma estranha. Era como se estivesse vendo a si mesma pela primeira vez depois de um ano. Ela se olhara no espelho todas as manhãs para ver se o rosto estava limpo e o cabelo, arrumado, mas estava sempre pressionada por outras coisas para conseguir realmente se enxergar. Mas aquela estranha! Com certeza, aquela mulher magra e encovada não podia ser Scarlett O'Hara! Scarlett O'Hara tinha um rosto bonito, coquete, animado. Esse rosto que a encarava nada tinha de bonito e não possuía o encanto de que ela tão bem se lembrava. Estava branco, tenso, e as sobrancelhas pretas acima dos olhos verdes oblíquos agarravam-se à pele alva, assustadas como asas de pássaro. Havia uma aparência dura e amedrontada em sua fisionomia.

"Não estou bonita bastante para agarrá-lo!", ela pensou, sendo outra vez tomada pelo desespero. "Estou magra... ah, estou magra demais!"

Deu tapinhas nas faces e apalpou as clavículas freneticamente, percebendo que se pronunciavam pelo corpete. E seu busto estava tão pequeno... quase como o de Melanie. Teria que pôr enchimento nos seios para fazê-los parecer maiores, e sempre desdenhara das jovens que lançavam mão de tais subterfúgios. Enchimentos! Isso lhe trouxe outro pensamento. Roupas. Olhou para o vestido, abrindo suas dobras remendadas entre as mãos. Rhett gostava de mulheres bem-vestidas, que estivessem na moda. Lembrou-se com saudades do vestido verde de babados que usara ao sair do luto, o vestido que usara com o chapéu de sol verde emplumado que ele lhe comprara, e recordou os elogios que recebera dele. Lembrou-se também, com ódio instigado pela inveja do vestido vermelho xadrez, das botas altas ornadas com franjas vermelhas e do chapéu parecido com uma panqueca de Emmie Slattery. Eram berrantes, mas novos, estavam na moda e certamente chamariam a atenção. Especialmente a de Rhett Butler! Se ele a visse em suas roupas velhas, perceberia que estava tudo errado em Tara. E ele não podia saber.

Que tola fora ela em pensar que poderia ir a Atlanta e fazer com que ele a desejasse, com aquele pescoço esquelético, os olhos de gata faminta e o vestido esfarrapado! Se não conseguira arrancar-lhe um pedido de casamento no auge da beleza, quando tinha as mais belas roupas, como podia esperar um agora, quando estava feia e vestida daquele jeito? Se o que tia Pitty contara fosse verdade, ele devia estar com mais dinheiro que qualquer um em Atlanta, e era provável que pudesse escolher quem quisesse entre as belas damas, boas e más. "Bem," ela pensou, taciturna, "tenho algo que a maioria das belas damas não têm – uma mente resoluta". E se tivesse pelo menos um vestido bonito...

Não havia nenhum vestido bonito em Tara, nem um que não tivesse sido virado duas vezes do avesso e remendado.

"É isso", ela pensou, desconsolada, olhando para o chão. Deparou-se com o tapete de veludo verde-musgo de Ellen, agora gasto, puído, rasgado e marcado pelos inúmeros homens que tinham dormido nele, e aquilo a deprimiu mais ainda, fazendo-a perceber que Tara estava tão esfarrapada quanto ela. Toda a sala obscura a deprimiu e, indo até a janela, subiu a vidraça, abriu o trinco das persianas, deixando entrar os últimos raios do pôr de sol invernal. Fechou a vidraça e encostou a cabeça nas cortinas de veludo, olhando através do pasto deserto na direção dos cedros perto do campo-santo.

Ela sentiu a maciez da cortina de veludo verde-musgo no rosto e roçou-se nela, agradecida como uma gata. De repente, olhou-a.

Um minuto depois, estava arrastando uma pesada mesa com tampo de mármore, suas peças de metal enferrujado rangendo em protesto. Levou a mesa até a janela, segurou as saias, subiu e, na ponta dos pés, alcançou a pesada vara da cortina. Estava quase fora do seu alcance e ela puxou com tal impaciência que os pregos caíram da madeira, e as cortinas, com vara e tudo, foram ao chão com um estrondo.

Como em um passe de mágica, a porta da sala se abriu e o rosto largo de Mammy apareceu, ardente de curiosidade e da mais profunda desconfiança em todas as rugas. Lançou um olhar de censura para Scarlett em cima da mesa, as saias acima dos joelhos, pronta para pular. Uma aparência de entusiasmo e triunfo em sua fisionomia deixou Mammy desconfiada.

– Que vosmecê tá pensano em fazê com as cortina da sinhá Ellen? – indagou ela em tom de cobrança.

– O que você está fazendo escutando atrás das portas? – perguntou Scarlett, pulando lepidamente para o chão e segurando um comprimento do pesado veludo empoeirado.

– Num foi preciso escutá porta niúma – contra-atacou Mammy, preparando-se para o combate. – Vosmecê num tem nada que mexê com as cortina da sinhá Ellen, arrancano a madera e derrubano elas no chão, na poera. A sinhá Ellen armava o maió circo por causa dessas cortina e num preteno dexá vosmecê estragá com elas.

Scarlett virou os olhos verdes para Mammy, olhos que estavam ardentemente alegres, parecendo os da menina travessa dos velhos tempos, que provocavam os suspiros de Mammy.

– Corra até o sótão, Mammy, e pegue minha caixa de moldes – exclamou ela, dando-lhe um leve empurrão. – Vou fazer um vestido novo.

Mammy ficou dividida entre a indignação diante da ideia de fazer seus noventa quilos correrem para qualquer lugar, quanto mais até o sótão, e o início de uma horrível suspeita. Rapidamente, arrancou a cortina das mãos de Scarlett, segurando-a junto a seu monumental busto caído como se fosse uma relíquia sagrada.

– Num é com as cortina da sinhá Ellen que vosmecê vai fazê vestido novo, se tá pensano isso. Não enquanto eu tivé viva.

Por um momento, a expressão que Mammy estava acostumada a descrever para si mesma como "cabeçuda" passou pelo semblante de sua jovem senhora, para logo se transformar em um sorriso, ao qual era difícil para Mammy resistir. Mas ele não enganou a velha. Ela sabia que Scarlett estava usando aquele sorriso meramente para lhe passar a perna e, nesse caso, ela estava decidida que ninguém ia lhe passar a perna.

– Mammy, não seja mesquinha. Vou a Atlanta pegar um dinheiro emprestado e preciso de um vestido novo.

– Vosmecê num precisa de vestido novo. As otra dama num tem vestido novo. Usa os véio e usa eles com orguio. Num tem motivo pra fia da sinhá Ellen num podê usá os trapo se ela quisé e todo mundo vai respeitá ela como se tivera usano seda.

A expressão de cabeçuda começou a voltar. Sinhô do céu, era engraçado como a sinhá Scarlett mais véia tava cada vez mais parecida com o sinhô Gerald e menos com a sinhá Ellen!

– Ora, Mammy, você sabe que tia Pitty escreveu que a sinhá Fanny Elsing vai se casar no sábado que vem e, é claro, eu irei ao casamento. E preciso de um vestido novo.

– O vestido que vosmecê tá usano agorinha tá tão bão quanto o que a sinhá Fanny vai tá usano no casamento. A sinhá Pitty num escrevinhô que os Elsing tão pobre de doê?

– Mas eu preciso de um vestido novo! Mammy, você não sabe quanto precisamos de dinheiro. Os impostos...

– Sei sinhá. Sei tudo dos imposto, mas...

– Sabe?

– Bão, Deus deu os ouvido pra mó de eu escutá, num foi? Inda mais quando o sinhô Will fala dos pobrema muito perto das porta.

Será que haveria algo que Mammy não entreouvisse? Scarlett se perguntou como aquele corpo pesado que sacudia o assoalho conseguia se mover de modo tão furtivo quando sua dona queria escutar às escondidas.

– Bem, se você ouviu tudo aquilo, suponho que tenha ouvido Jonas Wilkerson e aquela Emmie...

– Sim, sinhá – disse Mammy com olhos ardentes.

– Bem, não banque a mula, Mammy. Não vê que preciso ir a Atlanta conseguir algum dinheiro para os impostos? Preciso conseguir algum dinheiro. – Ela bateu um punho no outro. – Pelo amor de Deus, Mammy, eles vão nos jogar no meio da estrada, e para onde iremos? Você vai discutir comigo por causa de uma bobagem, por causa das cortinas de mamãe na hora em que aquela ordinária da Emmie Slattery, que a matou, está se preparando para se mudar para esta casa e dormir na cama onde mamãe dormia?

Mammy mudou o peso do corpo de um pé para o outro, como um elefante irrequieto. Tinha a leve impressão de que estavam lhe passando a perna.

– Não, sinhá, num tô quereno vê os ordinário na casa da sinhá Ellen nem nós tudo na estrada, mas... – Ela fixou Scarlett com súbitos olhos de acusação. – Em quem vosmecê tá pensano pra consegui dinhero que precisa dum vestido novo?

– Isso – disse Scarlett, surpresa – é um assunto meu.

Mammy a encarou com olhar penetrante, como fazia quando Scarlett era pequena e tentava, sem sucesso, lhe impingir desculpas plausíveis para suas travessuras. Parecia estar lendo sua mente, e Scarlett baixou os olhos sem querer, sendo invadida pelo primeiro sentimento de culpa sobre a conduta pretendida.

– Entonce vosmecê precisa dum vestido novo bem bonito pra pegá dinhero. Isso num tá me cherano a coisa certa. E vosmecê num qué dizê donde vem esse dinhero.

– Não vou dizer nada – respondeu Scarlett, indignada. – Isso é assunto meu. Você vai me dar essa cortina e me ajudar a fazer o vestido?

– Vô, sinhá – disse Mammy baixinho, capitulando tão de súbito que levantou as suspeitas de Scarlett. – Vô te ajudá a fazê e tarvez nós consegue fazê um corpete com o forro de cetim das cortina e orlá as calçola com uns resto de renda.

Ela entregou a cortina de veludo a Scarlett e um sorriso tímido se espalhou em sua fisionomia.

– A sinhá Melly vai pra Atlanta com vosmecê, sinhá Scarlett?

– Não – respondeu Scarlett secamente, começando a se dar conta do que estava por vir. – Vou sozinha.

– Vosmecê que pensa – disse Mammy com firmeza –, eu vô junto com vosmecê e esse vestido novo. É, sinhá, eu vô mais vosmecê.

Por um instante, Scarlett visualizou sua viagem a Atlanta e a conversa com Rhett, tendo a companhia de Mammy com seu olhar ameaçador como um enorme Cérbero negro no fundo. Sorriu outra vez e pôs a mão no braço de Mammy.

– Mammy querida, que amor você querer ir comigo e me ajudar, mas de que modo o pessoal daqui poderia ficar sem você? Você sabe que praticamente governa Tara.

– Hum! Num adianta vi com essa fala melosa, sinhá Scarlett. Eu conheço vosmecê desde as primera frarda. Já falei que vô para Atlanta com vosmecê e vô. A sinhá Ellen tá se revirano na sepurtura de vosmecê ir sozinha praquela cidade cheia de ianque e nego livre e coisa assim.

– Mas eu vou ficar na casa da tia Pittypat – disse Scarlett, frenética.

– A sinhá Pittypat é uma boa muié, mas acha que vê tudo, mas num vê – disse Mammy e, virando-se com o ar majestoso de quem encerrou a entrevista, foi para o corredor. As tábuas do assoalho tremeram quando ela chamou:

– Prissy, fia! Avoa lá em cima e pega a caxa dos morde da sinhá Scarlett lá no sóto e tenta achá a tesora sem passá a noite toda lá.

"Era só o que me faltava", pensou Scarlett, desalentada. "Logo vou ter um cão perdigueiro atrás de mim."

Depois de tirarem a mesa do jantar, Scarlett e Mammy espalharam os moldes na mesa enquanto Suellen e Carreen se ocupavam retirando o forro de cetim das cortinas e Melanie passava uma escova de cabelos limpa no veludo para tirar o pó. Gerald, Will e Ashley sentavam-se na sala fumando e sorrindo diante do tumulto feminino. Um prazeroso sentimento de empolgação que parecia emanar de Scarlett envolvia a todos, embora fosse uma empolgação que eles não conseguiam entender. O rosto de Scarlett estava corado, havia um brilho capcioso em seus olhos e ela ria muito. Sua risada agradava a todos, pois fazia meses que não a ouviam rir de verdade. Agradava especialmente a Gerald, cujos olhos estavam menos vagos do que o usual enquanto seguiam sua figura crepitante pela sala, e ele lhe dava tapinhas de aprovação sempre que ela estava a seu alcance. As moças agitavam-se como se estivessem se preparando para um baile, rasgando o tecido, cortando e alinhavando como se costurassem um vestido de baile para si mesmas.

Scarlett estava indo a Atlanta para conseguir dinheiro emprestado ou para hipotecar Tara, se necessário. Mas o que era uma hipoteca, afinal de contas? Scarlett disse que eles poderiam facilmente pagá-la com a colheita do algodão do ano seguinte, e ainda sobraria dinheiro, e falara de modo tão decisivo que eles nem pensaram em questionar. Quando lhe perguntaram quem iria emprestar o dinheiro ela disse: "Isto é assunto meu" de modo tão malicioso que todos riram e implicaram com ela sobre seu amigo milionário.

– Só pode ser o capitão Rhett Butler – disse Melanie, e eles explodiram de rir diante desse absurdo, cientes de quanto Scarlett o odiava e nunca deixava de se referir a ele como "aquele canalha do Rhett Butler".

Mas Scarlett não riu, e Ashley, que gargalhara, parou abruptamente ao ver Mammy lançar um rápido olhar vigilante para Scarlett.

Suellen, em um gesto de generosidade, movida pelo espírito festivo da ocasião, emprestou sua gola de renda irlandesa, um pouco surrada, mas ainda bonita, e Carreen insistiu que Scarlett usasse suas sapatilhas para ir a Atlanta, pois estavam em melhores condições que quaisquer outras em Tara. Melanie pediu a Mammy que deixasse sobras de veludo suficientes para recuperar a armação de seu velho chapéu de sol, e fez todos caírem na gargalhada ao dizer que o velho galo iria se despedir de suas magníficas penas da cauda, cor de bronze e preto-esverdeado, a menos que partisse para o pântano imediatamente.

Observando os dedos ágeis, Scarlett ouviu as risadas e olhou para todos com disfarçada amargura e desdém.

"Eles não têm ideia do que está realmente acontecendo a mim, a eles próprios ou ao sul. Ainda acham, apesar de tudo, que nada realmente pavoroso pode acontecer a qualquer um porque são quem são, os O'Hara, Wilkes, Hamilton. Até os negros se sentem assim. Ah, são todos uns tolos! Nunca vão perceber! Vão continuar pensando e vivendo como sempre fizeram e nada os fará mudar. Melly pode se vestir de trapos, colher algodão e até me ajudar a matar um homem, mas isso não a modifica. Ainda é a tímida e bem-criada Sra. Wilkes, a dama perfeita! E Ashley pode ver a morte, a guerra, ser ferido, ficar na prisão e voltar para casa para menos que nada, e continuar sendo o mesmo cavalheiro que era quando possuía toda Twelve Oaks atrás de si. Will é diferente. Sabe como as coisas realmente são, mas, de todo modo, nunca teve muito a perder. E quanto a Suellen e Carreen... acham que isso é só um problema temporário. Elas não mudam para satisfazer as novas condições porque acham que logo tudo vai passar. Acham que Deus irá operar um milagre especialmente em benefício delas. Mas não irá. O único milagre que vai acontecer por aqui é o que vou operar com Rhett Butler... Elas não irão mudar. Talvez não consigam mudar. Eu sou a única que mudou – e não o teria feito se tivesse sido possível."

Mammy finalmente tirou os homens da sala de jantar e fechou a porta para que se iniciasse a prova. Pork ajudou Gerald a subir e se acomodar para dormir, e Will e Ashley ficaram sozinhos sob a luz do lampião no vestíbulo da frente. Mantiveram silêncio por algum tempo, e Will mascava seu fumo com a placidez de um ruminante. Mas sua fisionomia conciliatória estava longe de ser plácida.

– Essa ida a Atlanta – disse ele, por fim, em uma voz arrastada – não me agrada. Nem um pouco.

Ashley olhou para Will rapidamente e depois desviou o olhar, sem nada dizer, mas cogitava se o outro tinha a mesma suspeita terrível que o assombrava. Mas era impossível. Will não sabia o que ocorrera no pomar naquela tarde e como aquilo levara Scarlett ao desespero. Will não podia ter percebido a expressão de Mammy quando o nome de Rhett Butler foi mencionado e, além disso, Will nada sabia sobre as posses de Rhett Butler e sobre sua má reputação. Pelo menos, Ashley não imaginava que ele pudesse estar a par dessas coisas, mas desde que retornara a Tara percebera que Will, como Mammy, parecia saber das coisas sem que lhe fossem ditas, senti-las antes que acontecessem. Havia algo de agourento no ar, exatamente o quê, Ashley não sabia, mas não tinha o poder de salvar Scarlett daquilo. Seus olhos não haviam se cruzado uma vez sequer naquela noite, e a alegria rude e vivaz com que ela o tratara era amedrontadora. As suspeitas que o dilaceravam eram terríveis demais para serem postas em palavras. Ele não tinha o direito de insultá-la, perguntando se eram verdadeiras. Ele cerrou os punhos. Não tinha nenhum direito sobre ela; naquela tarde, ele o perdera de todo, para sempre. Não podia ajudá-la. Ninguém podia ajudá-la. Mas, ao pensar em Mammy e no olhar implacavelmente determinado que ela tinha enquanto cortava as cortinas de veludo, ele se alegrou um pouco. Mammy tomaria conta de Scarlett, esta querendo ou não.

"Fui eu que causei tudo isso", pensou ele desesperado. "Eu a levei a isso."

Ele relembrou o modo como ela endireitara os ombros ao se virar, afastando-se dele naquela tarde, relembrou como ela erguera a cabeça, teimosa. Seu coração se voltava para ela, despedaçado pela própria impotência, contorcido de admiração. Ele sabia que no vocabulário dela a palavra bravura não existia, sabia que ela ficaria com o olhar perdido se ele lhe dissesse que era a alma mais corajosa que já conhecera. Sabia que ela não entenderia quantas coisas boas ele lhe atribuía quando pensava nela como corajosa. Sabia que ela acatava a vida como esta se apresentava, resistia com sua mente tenaz a quaisquer obstáculos que aparecessem, lutava com uma determinação que não reconheceria derrota, e continuava lutando mesmo quando percebia que a derrota era inevitável.

Mas, por quatro anos, ele vira outros que se recusavam a reconhecer a derrota, homens que cavalgavam alegremente para a catástrofe certa porque eram corajosos. E mesmo assim tinham sido derrotados.

Enquanto olhava para Will no vestíbulo sombrio, pensou que nunca conhecera bravura como a de Scarlett O'Hara indo em frente para conquistar o mundo usando as cortinas de veludo da mãe e as penas da cauda de um galo.

33

Soprava um vento muito frio e as nuvens velozes acima eram cor de chumbo quando Scarlett e Mammy desceram do trem em Atlanta na tarde do dia seguinte. A estação não fora reconstruída desde o incêndio da cidade, e elas pisaram no carvão misturado à lama, a poucos metros das ruínas enegrecidas que marcavam o local. Pela força do hábito, Scarlett olhou em volta procurando por tio Peter e pela carruagem de Pitty, pois estavam sempre a sua espera quando ela retornava a Atlanta durante os anos da guerra. Em seguida, caiu em si e torceu o nariz diante da própria distração. Naturalmente, Peter não estava lá, pois ela não avisara tia Pitty de sua chegada e, além disso, lembrou-se de que em uma de sua cartas a velha senhora relatara lamuriosamente a morte do velho matungo que Peter "adquirira" em Macon para levá-la de volta a Atlanta após a rendição.

Olhou em volta do espaço sulcado e devastado para ver se enxergava o veículo de algum velho amigo ou conhecido que pudesse levá-las até a casa de tia Pitty, mas não reconheceu ninguém, negro ou branco. Provavelmente, nenhum de seus antigos amigos possuía carruagens agora, se o que Pitty tinha lhes escrito era verdadeiro. Os tempos estavam tão duros que já era difícil alimentar e alojar os humanos, que dirá animais. A maioria dos amigos de Pitty, como ela mesma, andava a pé agora.

Havia alguns carroções sendo carregados junto aos vagões, e várias charretes salpicadas de lama com estranhos de aparência rude nas rédeas, mas apenas duas carruagens. Uma era fechada, a outra, aberta e ocupada por uma mulher bem-vestida e um oficial ianque. Scarlett prendeu a respiração à vista do uniforme. Embora Pitty tivesse lhe escrito que Atlanta estava guarnecida, e as ruas, lotadas de soldados, a primeira visão da farda azul a deixou sobressaltada e assustada. Era difícil lembrar que a guerra tinha acabado e que aquele homem não a perseguiria, nem a roubaria ou insultaria.

O vazio em volta do trem levou sua mente de volta àquela manhã de 1862 quando ela chegara a Atlanta como uma jovem viúva, envolta em crepe e enlouquecida de tédio. Recordou quanto aquele local estava lotado de carroças, carruagens e ambulâncias, e de como era ruidoso com cocheiros xingando e gritando e as pessoas cumprimentando os amigos em voz alta. Ela suspirou pela empolgação despreocupada dos dias de guerra e suspirou de novo ao pensar na caminhada que faria até a casa de tia Pitty. Porém, estava esperançosa de que, chegando à rua dos Pessegueiros, pudesse encontrar alguém conhecido que lhe daria uma carona.

Enquanto olhava em torno, um negro de meia-idade levou a carruagem fechada em sua direção e, inclinando-se da boleia, perguntou:

– Uma carruage, sinhá? Dois conto pra quarqué lugá de Atlanta.

Mammy lhe lançou um olhar aniquilador.

– Uma carruage de alugué! – rosnou ela. – Nego, ocê sabe quem nós é?

Mammy era uma negra do campo, mas nem sempre o fora, e sabia que nenhuma mulher casta jamais andava em um veículo alugado, especialmente fechado, sem a companhia de um membro masculino da família. Nem mesmo a presença de uma criada negra satisfazia as convenções. Ela lançou um olhar feroz a Scarlett quando a viu olhando desejosa para o veículo.

– Arreda daí, sinhá Scarlett! Uma carruage de alugué e um nego livre! É, dá uma boa dupra.

– Num sô nego livre – declarou o cocheiro calorosamente. – Pertenço à véia sinhá Talbot, e essa é a carruage dela e eu tô dirigino pra ganhá dinhero pra nós.

– Que sinhá Talbot é essa?

– Sinhá Suzannah Talbot de Milledgeville. Nós se mudô pra cá despois que mataro o véio sinhô.

– Vosmecê conhece ela, sinhá Scarlett?

– Não – disse Scarlett, pesarosa. – Conheço muito pouca gente de Milledgeville.

– Entonce nós caminha – disse Mammy, inflexível. -- Pode ir andano, nego.

Ela pegou a mala que levava o novo vestido de veludo, o chapéu de sol e a camisola de Scarlett, enfiou a trouxa com seus próprios pertences embaixo do braço e guiou Scarlett pela extensão de hulha molhada. Scarlett não discutiu, embora preferisse ir de carruagem, pois não queria gerar discordâncias com Mammy. Desde a tarde anterior, quando Mammy a flagrara com as cortinas de veludo, surgira uma expressão de desconfiança alerta em seu olhar que não agradava Scarlett. Seria difícil escapar de sua companhia, e ela não pretendia provocar o sangue beligerante de Mammy antes que fosse absolutamente necessário.

Caminhando pela calçada estreita rumo à rua dos Pessegueiros, Scarlett ficou consternada e pesarosa, pois Atlanta estava totalmente devastada e diferente do que ela recordava. Elas passaram ao lado do que fora o hotel Atlanta, onde Rhett e tio Henry tinham morado, e do qual só restava uma casca, uma parte das paredes enegrecidas. Os depósitos que ladeavam os trilhos do trem por mais de um quilômetro, e que haviam abrigado toneladas de suprimentos militares, não tinham sido reconstruídos, e seus alicerces retangulares davam uma impressão lúgubre sob o céu escuro. Sem as paredes dos prédios de cada lado e com o sumiço da estação, os trilhos da ferrovia pareciam nus e expostos. Em algum lugar, em meio às ruínas, indistinguível dos outros, ficava o que restara de seu próprio depósito, parte da propriedade que Charles lhe deixara. Tio Henry pagara os impostos do ano anterior para ela. Em algum momento, ela teria que lhe devolver esse dinheiro. Era mais uma coisa com que se preocupar.

Ao virarem a esquina da rua dos Pessegueiros, ela olhou na direção de Five Points e ficou chocada com o que viu. Apesar de tudo o que Frank lhe contara sobre a cidade ter sido incendiada, ela nunca tinha de fato imaginado a total destruição. Em sua mente, a cidade que tanto amava ainda estava de pé, com seus prédios e casas elegantes. Mas essa rua dos Pessegueiros que via agora estava tão vazia de pontos de referência, eralhe tão pouco familiar, que sentia nunca tê-la visto. Essa rua lamacenta pela qual passara milhares de vezes durante a guerra, por onde escapara com a cabeça encolhida e as pernas movidas pelo medo quando as bombas estouravam durante o cerco, essa rua que vira pela última vez no calor, na pressa e na angústia do dia da retirada, estava tão diferente que ela teve vontade de chorar.

Embora tivessem surgido muitos prédios novos desde o ano em que Sherman marchara em retirada da cidade incendiada e os confederados tinham retornado, ainda existiam grandes lotes vagos em torno de Five Points, onde montes de tijolos quebrados se acumulavam entre um emaranhado de lixo, ervas daninhas mortas e capim alto. Havia os restos de alguns prédios dos quais ela se lembrava, paredes de tijolos sem telhado pelas quais passava a luz fosca do dia, janelas escancaradas e sem vidraças, chaminés se elevando solitárias. Aqui e ali, seus olhos encontravam alegremente uma loja conhecida que tinha sobrevivido parcialmente às bombas e ao fogo, tendo sido consertada, o vermelho dos tijolos novos brilhando em contraste com a fuligem das antigas paredes. Na frente das lojas novas e nas janelas dos novos escritórios, ela viu os acolhedores nomes de homens que conhecia, mas com mais frequência eram nomes desconhecidos, especialmente nas dezenas de tabuletas de médicos, advogados e comerciantes de algodão. Antes ela conhecia praticamente todo mundo em Atlanta, e a visão de tantos nomes estranhos a deprimiu. O que a alegrou foi a visão de novos prédios sendo erguidos ao longo da rua.

Havia dezenas deles, e vários chegavam a ter três andares! As construções estavam em andamento por toda parte, pois, ao olhar pela rua, tentando ajustar sua mente à nova Atlanta, ela ouvia o ruído jubiloso de martelos e serrotes, via andaimes sendo erguidos e homens subindo escadas de mão com cochos de tijolos nos ombros. Olhando para a rua que tanto amava, seus olhos ficaram um pouco marejados.

“Eles a incendiaram”, pensou ela, “e devastaram. Mas não a derrotaram. Não poderiam derrotá-la. Vai voltar a ser tão grande e audaciosa como era antes!”.

Caminhando pela rua dos Pessegueiros, seguida pela balouçante Mammy, encontrou as calçadas tão lotadas como eram no auge da guerra, e havia a mesma atmosfera de pressa e agitação na cidade em ressurgimento que fizera seu sangue cantar quando ali chegara, tanto tempo atrás, em sua primeira visita a tia Pitty. Parecia haver tantos veículos chafurdando pelos buracos de lama como naquela época, exceto que não se viam ambulâncias confederadas, e a mesma quantidade de cavalos e mulas estava amarrada nos postes diante dos toldos de madeira das lojas. Embora as calçadas estivessem lotadas, os rostos que ela via eram tão pouco familiares quanto as tabuletas acima. Novas pessoas, muitos homens de aparência rude e mulheres malvestidas. As ruas estavam escuras de negros desocupados, encostados em paredes ou sentados no meio-fio observando os veículos passarem com a curiosidade ingênua de crianças em um desfile de circo.

– Esses nego livre do campo – bufou Mammy. – Nunca que viu uma carruage na vida. E tem um jeito descarado...

Eles tinham um jeito descarado, Scarlett concordava, pois olhavam-na de modo insolente, mas ela logo os esqueceu ao enfrentar um novo choque perante uniformes azuis. A cidade estava cheia de soldados ianques, a cavalo, a pé, em carroções do exército, vadiando pela rua, cambaleando para fora dos bares.

"Nunca vou me acostumar com eles", pensou, cerrando os punhos. "Nunca!" E chamou por cima do ombro:

– Apresse-se, Mammy, vamos sair desta multidão.

– Logo que eu tirá esse nego ordinário da minha frente – respondeu Mammy em voz alta, batendo com a mala em um negro bem-vestido que andava bem devagar na frente dela, fazendo-o saltar para o lado. – Num tô gostano nada dessa cidade, sinhá Scarlett. Tá cheia de ianque e nego livre barato.

– É mais bonita onde não tem tanta gente. Quando passarmos de Five Points vai melhorar.

Elas atravessaram as pedras escorregadias que faziam uma ponte sobre a lama da rua Decatur e continuaram subindo a rua dos Pessegueiros, através da multidão que diminuía. Ao chegarem à capela Wesley, onde tinha parado para recuperar o fôlego naquele dia de 1864 quando saíra correndo para buscar o Dr. Meade, Scarlett soltou uma risada curta e assustadora. Os velhos e rápidos olhos de Mammy buscaram os dela com desconfiança e interrogação, mas sua curiosidade não foi satisfeita. Scarlett recordava com desdém o terror que a acometera naquele dia. Ela rastejara de medo, ficara fragilizada pelo medo, apavorada com os ianques e com a proximidade do nascimento de Beau. Agora se perguntava como podia ter ficado tão amedrontada, assustada como uma criança com um ruído alto. E que infantil ela fora de pensar que os ianques, o fogo e a derrota eram as piores coisas que podiam lhe acontecer! Que trivialidades diante da morte de Ellen e do estado vago de Gerald, diante da fome, do frio, do trabalho duro e do pesadelo permanente da insegurança. Agora seria fácil ser corajosa diante de um exército invasor, mas como era duro enfrentar o perigo que ameaçava Tara! Não, ela nunca mais teria medo de nada, exceto da pobreza.

Subindo a rua dos Pessegueiros, vinha uma carruagem fechada, e Scarlett foi até o meio-fio, ansiosa para ver se conhecia seu ocupante, pois a casa de tia Pitty ainda estava a várias quadras de distância. Ela e Mammy se inclinaram para a frente enquanto a carruagem passava ao lado, e Scarlett, com um sorriso pronto, quase chamou quando a cabeça de uma mulher apareceu na janela por um instante – uma cabeça demasiado ruiva sob um fino chapéu de pele. Scarlett recuou enquanto o reconhecimento mútuo ficou visível na fisionomia de ambas. Era Belle Watling, e Scarlett viu de relance as narinas distendidas de dissabor antes que ela desaparecesse de novo. Curioso ter sido Belle a primeira figura conhecida a lhe aparecer.

– Quem que é aquela? – perguntou Mammy, desconfiada. – Ela reconheceu vosmecê, mas num cumprimentô. Nunca vi um cabelo desse na vida. Nem mermo na famía Tarleton. Parece... é, parece pintado!

– E é – disse Scarlett secamente, caminhando mais rápido.

– Vosmecê conhece uma muié de cabelo pintado? Eu perguntei quem que é.

– Ela é a mulher da vida da cidade – disse Scarlett brevemente –, e lhe dou minha palavra de que não a conheço, então fique quieta.

– Deus nosso Sinhô! – expirou Mammy, o queixo caindo enquanto ela olhava para a carruagem com uma curiosidade apaixonada. Ela não via uma mulher da vida desde que deixara Savannah com Ellen havia mais de vinte anos, e queria muito ter observado Belle melhor. – Ela parecia tá usano umas ropa bem vistosa, e tinha carruage e cochero – murmurou. – Num sei que nosso Sinhô tá pensano pra dexá as muié da vida prosperá desse jeito e nós gente boa passá fome e quase andá descarço.

– O Senhor deixou de pensar em nós anos atrás – disse Scarlett ferozmente. – E não venha me dizer que mamãe está se revirando no túmulo por me ouvir falar isso.

Ela queria se sentir superior e virtuosa em relação a Belle, mas não conseguia. Caso seus planos dessem certo, poderiam ficar na mesma condição e sustentadas pelo mesmo homem. Ainda que não se arrependesse da decisão tomada, a situação sob seu verdadeiro prisma a embaraçava. "Não vou pensar nisso agora", disse a si mesma e apressou o passo

Passaram pelo terreno onde ficava a casa dos Meade, e dela só restava um desamparado par de degraus e um caminho levando a nada. Onde ficava a casa dos Whiting, só havia o chão. Até mesmo os alicerces e as chaminés de tijolos tinham sumido, e havia rastros do carroção que os recolhera. A casa de tijolos dos Elsing ainda estava lá, com um novo telhado e um novo segundo andar. O lar dos Bonnell, remendado de modo canhestro e com um telhado de tábuas grosseiras em vez de telhas de madeira, parecia habitável apesar da aparência danificada. Mas em nenhuma casa havia um rosto na janela ou alguém na varanda, o que deixou Scarlett satisfeita. Não queria falar com ninguém naquele momento.

Logo o novo telhado de ardósia da casa de tia Pitty ficou à vista com suas paredes de tijolos aparentes e o coração de Scarlett palpitou. Que bondade do Senhor não tê-la deixado sem conserto! Saindo do pátio da frente, vinha tio Peter, segurando uma cesta de compras, e, quando viu Scarlett e Mammy chegando a pé, um sorriso largo, incrédulo, rasgou o rosto negro.

"Eu podia até beijar o tolo do negro velho de tão feliz que estou em vê-lo", pensou Scarlett e gritou:

– Corra e pegue o frasco antidesmaio da titia, Peter! Sou eu mesma!

Naquela noite, a inevitável canjica com ervilhas estava na mesa de tia Pitty e, enquanto comia, Scarlett jurou que aqueles dois pratos nunca apareceriam em sua mesa quando ela tivesse dinheiro novamente. E não importava o preço que tivesse de pagar, ela teria dinheiro outra vez, mais do que apenas o bastante para pagar os impostos de Tara. De algum modo, algum dia ela teria muito dinheiro, nem que precisasse matar.

Sob a luz amarelada do lampião da sala de jantar, ela indagou Pitty sobre suas finanças, esperando o impossível, que a família de Charles pudesse lhe emprestar o dinheiro de que necessitava. As perguntas não foram nada sutis, mas Pitty, em seu prazer de ter um membro da família com quem conversar, nem percebeu o modo direto com que elas foram feitas. Com lágrimas, ela mergulhou nos detalhes de seus infortúnios. Simplesmente não sabia para onde suas fazendas, propriedades urbanas e dinheiro tinham ido, mas tudo sumira. Pelo menos, fora o que seu irmão Henry lhe dissera. Ele não conseguira pagar os impostos sobre suas propriedades. Tudo se fora, com exceção da casa onde morava, e Pitty não parou para pensar que a casa nunca fora sua, mas uma propriedade conjunta de Melanie e Scarlett. Henry mal conseguia pagar os impostos sobre essa casa. Ele lhe dava uma pequena quantia para o sustento todos os meses e, embora fosse muito humilhante aceitar dinheiro dele, não lhe restava outra opção.

– Meu irmão Henry diz que não sabe como vai conseguir pagar as contas com o peso que carrega e os altos impostos, mas, é claro, provavelmente ele está cheio de dinheiro e simplesmente não quer me dar muito.

Scarlett sabia que tio Henry não estava mentindo. As poucas cartas que recebera dele em relação à propriedade de Charles mostravam isso. O velho advogado estava lutando corajosamente para salvar a casa e a propriedade do centro onde havia o depósito, de modo que sobrasse algo para Wade e Scarlett. Scarlett sabia que ele estava dando conta desses impostos para ela à custa de grande sacrifício.

"É claro que ele não tem nenhum dinheiro", pensou Scarlett com tristeza. "Bem, ele e tia Pitty estão fora de minha lista. Não sobrou ninguém além de Rhett. Preciso ir adiante. Mas não devo pensar nisso agora... Preciso fazê-la falar sobre Rhett e então sugerir que o convide para uma visita amanhã."

Ela sorriu e apertou as mãos gordas de tia Pitty entre as dela.

– Titia querida – disse –, não vamos mais falar sobre coisas angustiantes como dinheiro. Vamos esquecê-las e falar de coisas agradáveis. A senhora precisa me contar todas as novidades sobre nossos velhos amigos. Como está a Sra. Merriwether, e Maybelle? Soube que o pequeno creole de Maybelle chegou em casa a salvo. Como estão os Elsing e o Dr. e a Sra. Meade?

Pittypat se iluminou com a mudança de assunto e sua fisionomia infantil parou de estremecer em lágrimas. Ela fez um relatório detalhado sobre os antigos vizinhos, o que estavam fazendo, vestindo, comendo e pensando. Contou, com conotações de pavor, como, antes que René Picard voltasse da guerra, a Sra. Merriwether e Maybelle tinham conseguido sobreviver fazendo tortas e vendendo-as para os soldados ianques. Imagine! Às vezes havia duas dúzias de ianques no pátio dos fundos da casa delas, esperando as tortas ficarem prontas. Agora que René estava em casa, todos os dias levava para os soldados do acampamento ianque bolos, tortas e biscoitos em um carroção velho. A Sra. Merriwether dissera que, quando ganhasse mais dinheiro, abriria uma confeitaria no centro. Pitty não queria criticar, mas afinal de contas... Quanto a ela, preferiria morrer de fome a negociar com os ianques. Fazia questão de lançar um olhar de desprezo a cada soldado que encontrava, e atravessava a rua do modo mais insultante possível, embora isso fosse bem inconveniente quando chovia. Scarlett concluiu que nenhum sacrifício, mesmo que lhe custasse sapatos enlameados, era grande demais para demonstrar lealdade à Confederação, conforme tia Pitty.

A Sra. Meade e o doutor haviam perdido a casa quando os ianques incendiaram a cidade, e não tinham dinheiro nem ânimo para reconstruí-la agora que Phil e Darcy estavam mortos. A Sra. Meade dissera que nunca mais ia querer uma casa, pois o que era uma casa sem crianças e netos? Eles estavam muito sós e tinham ido morar com os Elsing, que haviam reconstruído a parte danificada de sua casa. O Sr. e a Sra. Whiting também tinham um quarto lá, e a Sra. Bonnell estava falando de se mudar também, se tivesse a sorte de alugar sua casa para um oficial ianque e a família.

– Mas como eles se ajeitam? – perguntou Scarlett. – Tem a Sra. Elsing, Fanny e Hugh...

– A Sra. Elsing e Fanny dormem na sala, e Hugh no sótão – explicou Pitty, que conhecia os arranjos domésticos de todos os amigos. – Minha querida, detesto lhe dizer isso, pois a Sra. Elsing os chama de "hóspedes pagantes", mas – Pitty baixou a voz – eles realmente não passam de pensionistas. A Sra. Elsing está dirigindo uma pensão! Não é terrível?

– Eu acho maravilhoso – disse Scarlett brevemente. – Queria que nós tivéssemos recebido hóspedes pagantes em Tara em vez de pensionistas gratuitos. Talvez não estivéssemos tão pobres agora.

– Scarlett, como pode dizer uma coisa dessas? Sua pobre mãe deve estar se revirando no túmulo de pensar em cobrar pela hospitalidade de Tara! É claro, a Sra. Elsing foi simplesmente obrigada a fazê-lo porque, embora se dedicasse à costura fina, Fanny pintasse porcelana e Hugh levantasse algum dinheiro vendendo lenha, não conseguiam ganhar o suficiente. Imagine Hugh ter de vender lenha! Ele, que estava pronto para ser um bom advogado! Sinto até vontade de chorar pensando em onde chegaram nossos rapazes!

Scarlett pensou nas fileiras de algodão sob o fulgurante céu acobreado de Tara e em como suas costas doíam enquanto ela se debruçava na colheita. Lembrou-se da sensação dos cabos do arado entre suas palmas inexperientes, cheias de bolhas, e sentiu que Hugh Elsing não merecia especial solidariedade. Que velha tola e inocente era Pitty e, apesar da ruína à sua volta, continuava em uma redoma!

– Se ele não gosta de vender lenha, por que não trabalha como advogado? Ou não sobrou advocacia em Atlanta?

– Ah, minha querida, sobrou, sim! Atlanta está cheia de advogados. Praticamente todo mundo está processando todo mundo hoje em dia. Com tudo incendiado e as linhas divisórias apagadas, ninguém sabe ao certo onde seus terrenos começam ou acabam. Mas é difícil ser pago pelos processos, pois ninguém tem dinheiro. Então Hugh continua com seu trabalho... Ah, quase me esqueci! Eu lhe escrevi? Fanny Elsing se casará amanhã à noite e, é claro, você precisa ir. A Sra. Elsing fará questão de recebê-la quando souber que está na cidade. Espero que tenha algum outro vestido. Não que não seja um doce de vestido, querida, mas... bem, parece um pouco surrado. Ah, você tem um vestido bonito? Fico contente, pois será o primeiro casamento de verdade que teremos desde a queda da cidade. Bolo, vinho e, depois, baile. Só não sei como os Elsing podem pagar, estão tão pobres...

– Com quem Fanny vai se casar? Achava que depois da morte de Dallas McLure em Gettysburg...

– Querida, não critique Fanny. Nem todos são tão leais aos mortos quanto você ao pobre Charlie. Deixe-me ver. Como é o nome dele? Nunca consigo me lembrar de nomes... Tom alguma coisa. Eu conhecia bem a mãe dele, frequentamos o Instituto Feminino LaGrange juntas. Ela era uma Tomlinson de LaGrange e sua mãe era... deixe-me ver... Perkins? Parkings? Parkinson! De Sparta. Uma ótima família, mas mesmo assim... bem, sei que não deveria dizer isso, mas não sei como Fanny decidiu se casar com ele!

– Ele bebe ou...

– Ah, não! Tem um caráter perfeito, mas, veja bem, foi ferido nos membros inferiores por uma explosão que o deixou com as pernas de um jeito que faz... que faz, bem, detesto usar a palavra, mas ele ficou capenga. Isso lhe dá uma aparência muito vulgar quando caminha... bem, não fica muito bonito. Não sei por que ela vai se casar com ele.

– As moças precisam se casar com alguém.

– Na verdade, não – disse Pitty, irritada. – Eu nunca precisei.

– Ora, querida, não me referi à senhora! Todos sabem quanto era popular e ainda é. O velho juiz Carlton sempre lhe lançava olhares cobiçosos, até eu...

– Ah, Scarlett, pare com isso! Aquele velho tolo! – Pitty soltou umas risadinhas, recuperando o bom humor. – Mas, afinal, Fanny era muito popular, poderia ter conseguido um partido melhor, e não creio que ame esse Tom não-sei-das-quantas. Não creio que tenha superado a morte de Dallas McLure, mas ela não é como você, querida, que permaneceu fiel ao querido Charlie, embora pudesse ter se casado uma dezena de vezes. Melly e eu comentamos sua lealdade à memória dele quando todos diziam que você não passava de uma coquete desalmada.

Scarlett passou por cima da confidência sem tato e habilmente levou Pitty de um amigo a outro, mas durante todo o tempo estava febril de impaciência para dirigir a conversa a Rhett. Não ficaria bem perguntar diretamente sobre ele logo na chegada. A velha podia começar a fazer suposições desfavoráveis. Haveria tempo de sobra para o surgimento das desconfianças de Pitty se Rhett se recusasse a se casar com ela.

Tia Pitty tagarelava alegremente, feliz como uma criança por ter uma plateia. As coisas em Atlanta caminhavam a passos tenebrosos, disse ela, devido aos atos vis dos republicanos. Seus disparates não tinham fim, e o pior era o modo como botavam ideias na cabeça dos pobres negros.

– Minha querida, eles querem deixar os negros votar! Já ouviu coisa mais tola? Embora... não sei... agora, pensando bem, tio Peter é muito mais sensato que qualquer republicano, e muito mais bem-educado, mas, claro, tio Peter foi bem-criado demais para querer votar. Mas a ideia tem perturbado a cabeça dos negros a ponto de estragá-los. E alguns estão insolentes demais. Não é seguro nas ruas quando anoitece, e até em pleno dia eles empurram as damas para fora da calçada, na lama. E, se qualquer cavalheiro ousa protestar, eles o prendem e... Minha querida, eu lhe contei que o capitão Butler foi preso?

– Rhett Butler?

Mesmo com aquela notícia assustadora, Scarlett ficou agradecida que tia Pitty lhe tivesse poupado ter que mencionar o nome dele na conversa.

– Isso mesmo! – A empolgação coloriu as faces de Pitty e ela se endireitou no assento. – Ele está na cadeia agora mesmo por matar um negro, e pode ser enforcado! Imagine enforcarem o capitão Butler!

Por um momento, Scarlett ficou sem ar em um grito sufocado e só conseguiu encarar a gorda senhora que estava obviamente satisfeita com o efeito de sua declaração.

– Ainda não foi provado, mas alguém matou esse negro que ofendera uma branca. E os ianques estão muito aborrecidos porque muitos negros arrogantes foram assassinados recentemente. Eles não têm provas contra o capitão Butler, mas querem usar alguém como exemplo, é o que o Dr.

Meade diz. O doutor disse que, se o enforcarem, será o primeiro trabalho honesto feito pelos ianques, mas não sei... E pensar que o capitão Butler esteve aqui na semana passada e me trouxe a codorna mais encantadora que já vi e perguntou por você. Disse que temia tê-la ofendido durante o cerco e que você jamais o perdoaria.

– Quanto tempo ele vai ficar na prisão?

– Ninguém sabe. Talvez até que o enforquem, mas talvez acabem não conseguindo provar o crime. No entanto, os ianques parecem não se importar se as pessoas são culpadas ou não, desde que possam enforcar alguém. Estão furiosos – disse Pitty baixando a voz misteriosamente – com a Ku Klux Klan. Vocês têm a Klan no condado? Minha querida, tenho certeza de que devem ter, e Ashley simplesmente não diz nada às moças. Os homens da Klan não falam nada. Eles saem à noite a cavalo vestidos como fantasmas e visitam os aventureiros ianques, que roubam dinheiro, e os negros presunçosos. Às vezes, só os assustam, avisando que devem deixar Atlanta, mas, quando não se comportam, eles os chicoteiam e – sussurrou Pitty – às vezes os matam e os deixam onde possam ser encontrados com o cartão da Ku Klux Klan por cima... Os ianques estão furiosos e querem usar alguém para dar o exemplo... Mas Hugh Elsing disse que não acha que vão enforcar o capitão Butler, porque os ianques pensam que ele sabe onde está o dinheiro e não quer contar. Estão tentando fazer com que ele diga.

– O dinheiro?

– Você não sabe? Eu não lhe escrevi? Minha querida, você está enterrada em Tara, não é mesmo? Foi o maior alvoroço na cidade quando o capitão Butler voltou com um bom cavalo, uma carruagem e os bolsos cheios de dinheiro, quando o resto de nós nem sabia de onde viria a próxima refeição. Isso deixou todos simplesmente furiosos. Um especulador que sempre dissera coisas horríveis sobre a Confederação com tanto dinheiro quando estávamos todos tão pobres! Todos queriam saber como ele conseguira salvar seu dinheiro, mas ninguém tinha coragem de perguntar, além de mim, e ele só riu e disse: "Não foi de um modo honesto, pode ter certeza." Sabe quanto é difícil arrancar alguma coisa sensata dele.

– Mas é claro, ele ganhou dinheiro como atravessador...

– É evidente, doçura, uma parte dele. Mas isso não é uma gota no oceano diante do que o homem realmente tem. Todo mundo, inclusive os ianques, acredita que tem milhões de dólares em ouro, pertencentes ao governo confederado, escondido em algum lugar.

– Milhões... em ouro?

– Bem, doçura, para onde foi nosso ouro confederado? Alguém o pegou, e o capitão Butler deve ser um desses alguéns. Os ianques achavam que o presidente Davis o levara ao abandonar Richmond, mas, quando capturaram o pobre homem, ele mal tinha um centavo. Simplesmente não havia nenhum dinheiro no Tesouro quando acabou a guerra, e todos acham que alguns dos atravessadores do bloqueio o pegaram e estão de bico calado.

– Milhões... em ouro! Mas como...

– O capitão Butler não levou milhares de fardos de algodão à Inglaterra e a Nassau para vender ao governo confederado? – perguntou Pitty, triunfante. – Não só algodão dele, mas também o do governo? E sabe quanto valia o algodão na Inglaterra durante a guerra? Quanto se quisesse pedir! Ele era um agente livre do governo e devia vender o algodão para comprar armas e atravessá-las para nós. Bem, quando o bloqueio ficou fechado demais, ele não conseguia mais trazer as armas, e não podia ter gastado um centésimo do dinheiro obtido com o algodão; portanto, simplesmente havia milhões de dólares nos bancos ingleses, depositados pelo capitão Butler e por outros atravessadores, esperando pelo afrouxamento do bloqueio. E não venha me dizer que depositaram em nome da Confederação. Depositaram no próprio nome, e o dinheiro ainda está lá... Todos falam disso desde a rendição e criticam gravemente os atravessadores. Quando os ianques prenderam o capitão Butler por matar o negro, devem ter ouvido os boatos, pois o estão pressionando para que conte onde está o dinheiro. Todos os nossos fundos confederados pertencem aos ianques agora... ao menos é o que eles acham. Mas o capitão Butler diz que não sabe de nada. O Dr. Meade diz que devem enforcá-lo assim mesmo, mas que só o enforcamento é pouco para um ladrão e especulador. Querida, você está estranha! Está passando mal? Eu a aborreci? Sei que ele já foi um de seus admiradores, mas achava que você já tinha o esquecido há muito tempo. Nunca aprovei, pois ele é um patife...

– Ele não é meu amigo – disse Scarlett fazendo um esforço. – Tivemos uma briga durante o cerco, depois que a senhora foi para Macon. Onde... onde ele está?

– No posto de bombeiros, perto da praça pública!

– No posto de bombeiros?

Tia Pitty caiu na gargalhada.

– Sim. Agora os ianques o utilizam como prisão militar. Estão acampados em cabanas em volta da prefeitura na praça, e o posto dos bombeiros fica na rua logo abaixo, então é lá que está o capitão Butler. E, Scarlett, ontem eu soube uma coisa muito engraçada. Esqueci quem me contou. Sabe como ele sempre foi bem-arrumado... um verdadeiro dândi... e eles o mantêm lá sem deixar que tome banho, e todos os dias ele insiste que quer tomar um banho. Finalmente, tiraram-no da cela, levando-o para a praça, e havia uma longa gamela para cavalos com a água na qual todo o regimento se banhara! Então disseram que podia se banhar ali e ele recusou, pois preferia a própria sujeira sulista à sujeira ianque e...

Scarlett ouvia a esfuziante voz que tagarelava sem parar, mas já não prestava atenção às palavras. Só lhe passavam duas ideias pela cabeça: que Rhett tinha mais dinheiro do que ela jamais esperara e que estava na cadeia. O fato de ele estar na cadeia e a possibilidade de ser enforcado mudavam um pouco a situação. Na verdade, a tornavam mais luminosa. Ela pouco sentia sobre Rhett. Sua necessidade de dinheiro era opressiva e desesperadora demais para que se importasse com o destino dele. Além disso, em parte concordava com a opinião do Dr. Meade de que o enforcamento era pouco. Qualquer homem que deixasse uma mulher abandonada entre dois exércitos no meio da noite, só para ir embora e lutar por uma causa perdida merecia a forca... Se conseguisse se casar com ele enquanto ele ainda estava na prisão, todos aqueles milhões seriam só dela se ele acabasse sendo executado. E, se o casamento não fosse possível, talvez ela pudesse conseguir um empréstimo, prometendo-lhe casamento quando ele fosse libertado ou prometendo... ah, prometendo qualquer coisa! E, se eles o enforcassem, o dia do pagamento nunca chegaria.

Por um instante, sua imaginação se inflamou com a ideia de se tornar viúva pela gentil intervenção do governo ianque. Milhões em ouro! Ela poderia reformar Tara, contratar mão de obra e plantar hectares e hectares de algodão. E poderia ter roupas bonitas e tudo o que desejasse comer, assim como Suellen e Carreen. E Wade poderia ficar bem nutrido para preencher as faces magras e usar roupas quentes, ter uma governanta e mais tarde ir para a universidade... em vez de se criar descalço e ignorante como um caipira. E um bom médico poderia cuidar de papai e quanto a Ashley... o que ela não faria por Ashley!

O monólogo de tia Pittypat se interrompeu subitamente enquanto ela disse em tom inquiridor: "Sim, Mammy?" E Scarlett, retornando de seus sonhos, viu Mammy parada no vão da porta, as mãos embaixo do avental e nos olhos um penetrante olhar de alerta. Ela cogitou o tempo que Mammy estava ali parada e quanto tinha ouvido e observado. Provavelmente tudo, a julgar pelo brilho em seus velhos olhos.

– A sinhá Scarlett tá pareceno cansada. Acho mió ela ir se deitá.

– É verdade – disse Scarlett, levantando-se e encontrando os olhos de Mammy com uma expressão infantil, desamparada –, e sinto que estou ficando resfriada. Tia Pitty, se importaria que eu ficasse na cama amanhã e não a acompanhasse às visitas? Posso ir com a senhora a qualquer momento, e estou ansiosa para o casamento de Fanny amanhã à noite. Só que, se meu resfriado piorar, não poderei ir. E um dia na cama seria um mimo encantador para mim.

O olhar de Mammy mudou para uma leve preocupação quando ela sentiu as mãos de Scarlett e olhou sua fisionomia. Com certeza, ela não parecia estar bem. A empolgação de seus pensamentos tinha se recolhido abruptamente, deixando-a pálida e trêmula.

– Suas mão tá gelada, minha fia. Vem pra cama que eu faço um chá de sassafrás e ponho um tijolo quente pra te fazê suá.

– Que indelicadeza a minha – exclamou a rechonchuda e velha senhora, saltando da cadeira e dando um tapinha no braço de Scarlett. – Querida, você precisa ficar na cama amanhã e descansar, e poderemos mexericar juntas... Ah, não! Não poderei ficar com você. Prometi cuidar da Sra. Bonnell amanhã. Ela está acamada com a gripe, assim como sua cozinheira. Mammy, que bom você estar aqui. Precisa ir comigo de manhã e me ajudar.

Mammy apressou Scarlett a subir pelas escadas escuras, murmurando comentários exagerados sobre mãos frias e sapatos finos. Scarlett parecia fraca e estava bastante contente. Se conseguisse aplacar as suspeitas de Mammy por mais algum tempo e fazê-la sair de casa pela manhã, tudo daria certo. Ela poderia ir à prisão ianque e ver Rhett. Enquanto subia as escadas, iniciou-se um leve trovejar e, parando no patamar, do qual tão bem se lembrava, pensou em como se parecia com o som do canhão durante o cerco. Estremeceu. Uma trovoada sempre significaria canhão e guerra para ela.

34

O sol brilhava intermitente na manhã seguinte, e o vento forte que carregava velozmente as nuvens escuras sacudia as vidraças e gemia baixinho pela casa. Scarlett fez uma breve oração de agradecimento pela chuva da noite anterior ter cessado, pois ficara acordada escutando, sabendo que significaria a ruína de seu vestido de veludo e do chapéu novo. Agora que conseguia captar relances fugazes do sol, readquiria o ânimo. Ela mal conseguira ficar na cama e parecer lânguida, gemendo, até tia Pitty, Mammy e tio Peter terem saído de casa a caminho da Sra. Bonnell. Quando, por fim, o portão da frente se fechou e ela ficou sozinha em casa, exceto pela presença da cozinheira, que cantava na cozinha, saltou da cama e tirou a roupa nova do cabide do armário.

O sono a revigorara e lhe dera energia. Ela tirou coragem do cerne duro e frio no fundo do coração. Havia algo na perspectiva de uma luta de sagacidade com um homem – qualquer que fosse – que lhe enchia de brios, e, depois de meses batalhando com incontáveis desânimos, saber que enfim iria encarar um adversário definitivo, alguém que poderia desmontar com o próprio esforço, deu-lhe uma sensação de alegria.

Vestir-se sem ajuda era difícil, mas ela finalmente conseguiu e, botando o chapéu de sol com suas penas, correu até o quarto de tia Pitty para se olhar no espelho de corpo inteiro. Como estava bonita! As penas do galo lhe davam um ar vistoso, e o veludo verde do chapéu deixava seus olhos brilhantes, quase cor de esmeralda. E o vestido era incomparável, luxuoso, bonito e ao mesmo tempo elegante! Era maravilhoso ter um belo vestido novamente. Era tão bom saber que estava bonita e provocante, e impulsivamente ela se inclinou e beijou o próprio reflexo no espelho, rindo de sua tolice. Pegou o xale de lã de Ellen, mas suas cores gastas colidiam com o vestido verde-musgo, empobrecendo-o. Abrindo o armário de tia Pitty, ela retirou um manto preto de casimira, um traje outonal que Pitty só usava aos domingos, e vestiu-o. Pôs nas orelhas furadas os brincos de brilhante que trouxera de Tara e balançou a cabeça para ver o efeito. Eles tilintavam de leve e ela pensou que devia se lembrar de balançar a cabeça com frequência quando estivesse com Rhett. Brincos dançantes sempre atraíam um homem e davam a uma moça um ar animado.

Que pena tia Pitty não ter outras luvas, além das que usava agora em suas mãos gordas! Nenhuma mulher conseguia se sentir uma verdadeira dama sem luvas, mas Scarlett não tinha um par desde que deixara Atlanta. E os longos meses de trabalho duro em Tara haviam deixado suas mãos ásperas, e elas estavam longe de ser bonitas. Bem, não tinha jeito. Ela pegaria o pequeno regalo de foca de tia Pitty e ali esconderia as mãos nuas. Scarlett sentiu que aquilo lhe dava o toque final de elegância. Ninguém que a olhasse agora desconfiaria de que pobreza e necessidade pairavam em seus ombros.

Era muito importante que Rhett não desconfiasse. Ele não podia achar que qualquer outra coisa, além de sentimentos ternos, a impulsionava.

Na ponta dos pés, ela desceu as escadas e saiu da casa enquanto Cookie continuava berrando na cozinha, despreocupadamente. Apressou-se pela rua Baker, evitando os olhos dos vizinhos que tudo viam, e sentou-se em um descanso de carruagem da rua Ivy, em frente a uma casa incendiada, esperando por alguma carruagem ou carroça que lhe desse carona. O sol aparecia e desaparecia por trás de nuvens apressadas, iluminando a rua com um falso brilho sem calor, e o vento agitava as rendas de suas calçolas. Estava mais frio do que esperava, e ela se enrolou no manto fino de tia Pitty, tremendo impacientemente. Quando se preparava para começar a andar o longo caminho que atravessava a cidade até o acampamento ianque, apareceu uma carroça alquebrada. Nela havia uma velha com o lábio cheio de rapé e um rosto calejado pelas intempéries sob um chapéu de sol pardacento, dirigindo uma velha mula preguiçosa. Ela ia na direção da prefeitura e, de má vontade, deu uma carona a Scarlett. Mas era óbvio que o vestido, o chapéu e o regalo não contribuíam para lhe causar boa impressão.

“Ela acha que sou uma assanhada”, pensou Scarlett. “E talvez tenha razão!”

Quando enfim chegaram à praça da cidade e a alta cúpula da prefeitura se assomou, ela agradeceu, desceu da carroça e observou a camponesa seguir em frente. Olhando em volta para certificar-se de não estar sendo observada, beliscou as faces para lhes dar alguma cor e mordeu os lábios até ficarem ardendo de vermelhos. Ajeitou o chapéu, os cabelos e olhou para a praça. O sobrado de tijolos aparentes da prefeitura sobrevivera ao incêndio da cidade, mas parecia abandonado e malcuidado sob o céu cinzento. Cercando o prédio e cobrindo a praça, havia fileiras e mais fileiras de cabanas do exército, sujas e salpicadas de lama. Soldados ianques flanavam por toda parte e Scarlett olhava para eles insegura, parte de sua coragem a desertando. Como faria para encontrar Rhett nesse acampamento inimigo? Ela olhou para o fim da rua na direção do posto dos bombeiros e viu que as largas portas curvas estavam fechadas e bem trancadas, sendo que dois sentinelas passavam para cá e para lá nos lados do prédio. Rhett estava lá. Mas o que ela deveria dizer aos soldados ianques? E o que diriam a ela? Ajeitou os ombros. Se não tinha temido matar um ianque, não deveria temer falar com um deles.

Seguiu precariamente, pisando nas pedras da rua enlameada, e se dirigiu a um sentinela com o sobretudo azul abotoado até em cima para protegê-lo do vento, que a deteve.

– O que deseja, madame? – Sua voz tinha um sotaque estranho do meio-oeste, mas ele foi bem-educado e respeitoso.

– Eu quero ver um homem que está lá... é um prisioneiro.

– Bem, eu não sei – disse o sentinela, coçando a cabeça. – Eles são bem meticulosos no que se refere a visitantes e... – Ele parou e olhou para o rosto dela firmemente. – Nossa, senhora! Não chore! Vá até a sede do posto e peça aos oficiais. Aposto que a deixarão vê-lo.

Scarlett, que não tinha nenhuma intenção de chorar, sorriu para ele. Ele se virou para outro sentinela que lentamente trilhava seu percurso:

– Ei, Bill. Venha cá.

O segundo sentinela, um homem corpulento agasalhado em um sobretudo azul, de onde saíam perversas costeletas pretas, veio pela lama na direção deles.

– Leve esta senhora até a sede do posto.

Scarlett agradeceu e seguiu-o.

– Cuidado para não torcer o tornozelo nessas pedras – disse o soldado, segurando o braço dela. – E seria melhor que erguesse um pouco as saias para não arrastarem na lama.

A voz emitida das costeletas tinha o mesmo sotaque anasalado, mas era gentil e agradável, e sua mão, firme e respeitosa. Ora, até que os ianques não eram nada maus!

– É um dia danado de frio para uma senhora sair – disse seu acompanhante. – Veio de longe?

– Ah, vim, do outro lado da cidade – disse ela, animada com a gentileza da voz dele.

– Isso não é tempo para uma senhora sair de casa – disse o soldado em reprovação –, com toda essa gripe no ar. Chegamos ao posto do comando, senhora. Qual é o problema?

– Esta casa... esta casa é a sua sede do posto? – Scarlett olhou para cima, para a encantadora habitação diante da praça, e teve vontade de chorar. Ela estivera ali em tantas festas durante a guerra. Fora um lugar belo, alegre, e agora... havia uma grande bandeira dos Estados Unidos tremulando sobre ela.

– Qual é o problema?

– Nada... só... só... eu conhecia as pessoas que moravam aqui.

– Bem, que pena. Acho que eles mesmos não a reconheceriam de tão mudada que está por dentro. Agora entre, madame, e pergunte pelo capitão.

Ela subiu os degraus, acariciando o corrimão branco rachado, e abriu a porta da frente. O saguão estava escuro e gelado como uma catacumba. Um sentinela trêmulo encostava-se nas portas fechadas do que, em dias melhores, fora a sala de jantar.

– Eu gostaria de ver o capitão – disse ela.

Ele abriu as portas e ela entrou na sala, o coração acelerado, o rosto corando de constrangimento e empolgação. Havia um cheiro de lugar abafado, composto de fumaça, tabaco, couro, fardas de lã úmidas e corpos não lavados. Ela teve uma impressão confusa de paredes nuas com papel de parede rasgado, fileiras de sobretudos azuis e chapéus de aba larga pendurados em pregos, fogo na lareira, uma longa mesa coberta de papéis e um grupo de oficiais de fardas azuis com botões de metal.

Arquejou uma vez e encontrou a voz. Não podia deixar aqueles ianques perceberem que estava com medo. Precisava parecer o mais bonita e despreocupada possível.

– O capitão?

– Eu sou um deles – disse um homem gordo, cuja túnica estava desabotoada.

– Eu gostaria de ver um prisioneiro, o capitão Rhett Butler.

– Butler de novo? É popular esse homem – riu o capitão, tirando um charuto mascado da boca. – É parente, madame?

– Sim... irmã dele.

Ele riu de novo.

– Ele tem um monte de irmãs, uma delas esteve aqui ontem.

Scarlett corou. Uma das criaturas com quem Rhett se relacionava, provavelmente aquela Watling. E esses ianques pensavam que ela era outra dessas. Era insuportável. Nem mesmo por Tara ela ficaria ali mais um minuto sendo ofendida. Virou-se para a porta e, furiosa, estendeu a mão para pegar a maçaneta, mas outro oficial rapidamente chegou a seu lado. Estava escanhoado, era jovem e tinha olhos alegres e gentis.

– Só um instante, madame. Sente-se aqui perto da lareira onde é mais quente. Vou ver o que posso fazer a respeito. Como é seu nome? Ele se recusou a ver a... senhora que veio visitá-lo ontem.

Ela se sentou na cadeira oferecida, olhando ferozmente para o frustrado capitão gordo, e deu seu nome. O jovem oficial gentil vestiu o sobretudo e saiu da sala enquanto os demais foram para a outra extremidade da mesa, onde falavam em tom baixo e mexiam nos papéis. Agradecida, ela estendeu os pés para o fogo, dando-se conta de quanto estavam frios e desejando ter se lembrado de pôr um pedaço de papelão no furo da sola de uma das sapatilhas. Depois de algum tempo, houve o murmúrio de vozes do outro lado da porta e ela ouviu a risada de Rhett. A porta se abriu, uma corrente fria varreu a sala e ele apareceu, a cabeça descoberta, uma longa capa jogada descuidadamente sobre os ombros. Estava sujo e com a barba por fazer, sem gravata, mas de algum modo elegante apesar de mal-arrumado, e seus olhos escuros piscavam alegremente ao vê-la.

– Scarlett!

Ele segurou as mãos dela entre as suas e, como sempre, havia algo caloroso, vital e excitante em seu aperto de mão. Antes que ela se desse conta, ele já se inclinara e a beijara na face, o bigode lhe fazendo cócegas. Sentindo o movimento assustado de seu corpo afastando-se dele, ele a abraçou pelos ombros e disse: "Minha querida irmãzinha!", e riu, como se estivesse se comprazendo com sua impossibilidade de resistir ao carinho. Ela não conseguiu deixar de retribuir o riso pela vantagem que ele levara. Que pândego era! A cadeia não o modificara nem um pouquinho.

O capitão gordo murmurava com o charuto na boca ao oficial de olhos alegres.

– Totalmente irregular. Ele devia estar no posto dos bombeiros. Você conhece ordens.

– Ah, pelo amor de Deus, Henry! A senhora iria congelar no estábulo.

– Ah, está bem, está bem! A responsabilidade é sua.

– Eu lhes asseguro, senhores – disse Rhett, virando-se para eles, mas sem soltar os ombros de Scarlett – que minha irmã não me trouxe nenhum serrote ou lima para me ajudar a fugir.

Todos riram e, enquanto isso, Scarlett olhava rapidamente em volta. Nossa Senhora, ela teria que falar com Rhett diante de seis oficiais ianques! Será que ele era um prisioneiro tão perigoso que não o deixariam fora de vista? Percebendo seu olhar ansioso, o oficial simpático empurrou uma porta e falou brevemente em voz baixa com dois soldados que tinham levantado de imediato com sua entrada. Eles pegaram seus rifles e saíram para o hall de entrada, fechando a porta.

– Se quiserem, podem se sentar aqui na sala dos ordenanças – disse o jovem capitão. – E não tente sair por aquela porta. Os homens estão bem ali fora.

– Você está vendo que situação desesperadora a minha, Scarlett – disse Rhett. – Obrigado, capitão. Muita gentileza a sua.

Fazendo um rápido meneio de cabeça, ele segurou o braço de Scarlett pondo-a de pé e a levou até a sombria sala dos ordenanças. Ela nunca conseguiu se lembrar da aparência da sala, exceto de que era pequena, pouco iluminada, não muito aquecida e que havia papéis escritos presos nas paredes mutiladas e cadeiras de couro de vaca ainda com pelo.

Depois de fechar a porta, Rhett foi rapidamente até ela, inclinando-se. Percebendo seu desejo, ela virou a cabeça, mas sorriu provocante com o canto dos olhos.

– Não posso beijá-la de verdade agora?

– Na testa, como um bom irmão – respondeu ela recatadamente.

– Não, obrigado. Prefiro aguardar e ter esperança de algo melhor. – Os olhos dele buscaram os lábios dela e ali ficaram por um instante. – Mas que bom você vir me ver, Scarlett! Você é a primeira cidadã respeitável que me visita desde que fui encarcerado, e na prisão se aprende a apreciar os amigos. Quando chegou à cidade?

– Ontem à tarde.

– E veio hoje de manhã? Ora, minha querida, você é mais que simpática. – Ele sorriu para ela com a primeira expressão de prazer honesto que ela já vira em seu rosto. Scarlett sorriu por dentro de empolgação e baixou a cabeça, como que constrangida.

– É claro, tinha que vir imediatamente. Tia Pitty me contou a seu respeito ontem à noite e eu... nem consegui dormir pensando em quanto era terrível. Rhett, estou tão aflita...

– Por quê, Scarlett?

A voz dele era suave, mas havia uma nota vibrante e, olhando para seu rosto moreno, ela não viu nenhum ceticismo, nenhum sinal do humor debochado que conhecia tão bem. Diante do olhar direto, ela baixou os olhos de novo, em total confusão. As coisas estavam indo ainda melhor do que esperava.

– Vale a pena estar na cadeia para vê-la outra vez e ouvi-la dizendo essas coisas. Eu realmente não conseguia acreditar em meus ouvidos quando me disseram seu nome. Pois nunca esperaria que você fosse perdoar minha atitude patriótica naquela noite na estrada perto de Rough and Ready. Devo presumir que esta visita significa um perdão?

Ela sentiu uma raiva se mexendo, mesmo agora, depois de tanto tempo, ao pensar naquela noite, mas a subjugou e fez que não até os brincos dançarem.

– Não, eu não o perdoei – disse ela e fez um beicinho.

– Outra esperança aniquilada. E depois que me ofereci por meu país, lutando descalço na neve em Franklin e tive o pior caso de disenteria de que já se ouviu falar.

– Não quero saber de suas... dores – disse ela, ainda fazendo um beicinho, mas sorrindo para ele com os olhos. – Ainda acho que você foi detestável naquela noite, e espero nunca perdoá-lo. Deixar-me sozinha daquele jeito quando qualquer coisa podia me acontecer!

– Mas nada lhe aconteceu. Então veja, minha confiança em você era justificada. Sabia que conseguiria chegar em casa a salvo, e que Deus ajudasse qualquer ianque que se atravessasse em seu caminho!

– Rhett, como pôde fazer tal coisa... alistar-se no último minuto quando sabia que seríamos derrotados? E depois de tudo que falava sobre os idiotas que acabavam mortos!

– Scarlett, poupe-me! Sempre morro de vergonha quando penso nisso.

– Bem, fico feliz em saber que você está envergonhado pelo modo como me tratou.

– Você entendeu mal. Sinto dizer que minha consciência não me incomodou em relação a tê-la deixado. Mas quanto a me alistar... quando penso que entrei para o exército com minhas botas de verniz e um terno de linho branco, armado apenas com um par de pistolas de duelo... E aqueles longos quilômetros frios sob a neve depois que minhas botas se acabaram e eu sem um sobretudo, nem nada para comer... Não consigo entender por que não desertei. Foi tudo pura loucura. Mas está no sangue. Os sulistas não conseguem resistir a uma causa perdida. Mas esqueça meus motivos. É suficiente que eu esteja perdoado.

– Não está. Considero-o um cachorro. – Mas ela acariciou a última palavra de tal modo que poderia ter sido "querido".

– Pare de mentir. Você me perdoou. Damas não enfrentam sentinelas ianques para ver um prisioneiro só pelo doce amor à caridade, nem vêm vestidas de veludo, penas e regalos de foca. Scarlett, como você está bonita! Fico tão cansado de ver mulheres com roupas velhas e desalinhadas e com o perpétuo crepe. Você parece com a rue de La Paix. Dê uma voltinha, querida, e deixe-me olhar para você.

Então ele notara o vestido. É claro que notaria, sendo Rhett. Ela riu, animada, e girou na ponta dos pés, os braços estendidos, a crinolina balouçando para mostrar a renda na ponta das calçolas. Os olhos negros dele passearam por ela, do chapéu aos calcanhares, sem que nada escapasse àquele velho olhar descarado que a desnudava e sempre lhe causava arrepios.

– Você parece muito próspera e muito, muito arrumada. E quase pronta para ser consumida. Se não fosse pelos ianques aí fora... mas você está bem segura, minha querida. Sente-se. Não vou me aproveitar de você como fiz em nosso último encontro. – Ele esfregou o rosto em um arrependimento fingido. – Honestamente, Scarlett, não acha que foi um pouco egoísta aquela noite? Pense em tudo o que eu havia feito por você, arriscando a vida... roubando o cavalo... e que cavalo! Corri em defesa de nossa Gloriosa Causa! E o que recebi por minhas dores? Palavras duras e um forte tapa na cara.

Ela se sentou. A conversa não estava seguindo exatamente o rumo que esperava. Ele tinha parecido tão contente de vê-la no início, tão feliz que ela estivesse ali. Tinha quase parecido um ser humano, e não o perverso miserável que ela conhecia tão bem.

– Você tem sempre que levar algo em troca por suas dores?

– Ora, é claro! Sou um monstro de egoísmo, como você deve saber. Sempre espero pagamento por qualquer coisa que dou.

Aquilo lhe causou um leve calafrio, mas ela voltou ao combate e fez os brincos tilintarem outra vez.

– Ah, você não é tão mau assim, Rhett. Só gosta de se exibir.

– Minha nossa, mas você mudou! – disse ele, rindo. – O que a tornou cristã? Tenho ouvido sobre você pela Srta. Pittypat, mas ela não fez nenhuma insinuação de que você tinha desenvolvido a doçura feminina. Conte-me mais, Scarlett. O que andou fazendo desde que nos vimos pela última vez?

A antiga irritação e o antagonismo que ele lhe despertava ferviam em seu coração, e só o que ela desejava era dizer palavras ácidas. Mas, em vez disso, sorriu, fazendo as covinhas surgirem. Ele tinha puxado a cadeira para perto dela, que se inclinou e pôs uma das mãos em seu braço, de modo natural.

– Ah, consegui me arranjar direitinho, obrigada, e tudo está bem em Tara agora. É claro que passamos por dificuldades logo depois da passagem de Sherman, mas, afinal, ele não incendiou a casa e os negros salvaram a maior parte da criação, levando-a para o pântano. E fizemos uma boa colheita neste outono, vinte fardos. Claro, isso é praticamente nada em comparação ao que Tara pode produzir, mas não temos muita mão de obra. Papai diz que ano que vem será melhor. Mas, Rhett, está tão entediante no campo agora! Imagine que já não há bailes nem churrascos, e só se fala da dureza dos novos tempos! Meu Deus, fico enjoada disso! Até que, semana passada, fiquei tão entediada que não podia mais aguentar, então papai disse que eu devia fazer uma viagem e me distrair um pouco. E vim para cá, mandar fazer alguns vestidos e depois vou para Charleston visitar minha tia. Será um encanto voltar aos bailes.

"Pronto", ela pensou orgulhosa. "Contei isso do modo descuidado como devia! Nem rica demais, mas com certeza, não pobre."

– Você fica linda em vestidos de baile, minha querida, e sabe disso, que azar! Suponho que o motivo verdadeiro para você vir me visitar é ter passado por todos os pretendentes do condado e estar procurando por carne fresca em outras paragens.

Scarlett pensou, agradecida, que Rhett passara vários meses no exterior e só recentemente voltara a Atlanta. De outro modo, ele nunca teria feito comentário tão ridículo. Ela pensou ligeiramente sobre os pretendentes do condado, os amargurados e maltrapilhos Fontaine, os Munroe empobrecidos, os admiradores de Jonesboro e Fayetteville, tão ocupados arando a terra, rachando lenha e cuidando dos animais doentes que até tinham se esquecido de que existiam bailes e flertes. Mas ela abandonou essa lembrança e deu uma risadinha tímida, como quem admite a verdade da afirmação.

– Ah, bem – disse ela em tom de reprovação.

– Você é uma criatura desalmada, Scarlett, mas talvez isso seja parte de seu charme. – Ele sorriu do velho modo, um canto da boca curvado para baixo, mas sabia que a estava elogiando. – Pois, é claro, sabe que tem mais charme do que a lei deveria permitir. Até eu fui atingido por ele, por mais dura que seja minha capa. Muitas vezes me pergunto o que há em você que sempre me faz lembrá-la, pois conheci muitas damas que eram mais bonitas e certamente mais inteligentes e, temo, moralmente mais honradas e gentis. Mas, de algum modo, sempre me lembro de você. Mesmo durante os meses que se seguiram à rendição, quando estava na França e na Inglaterra, sem tê-la visto ou sabido de seu paradeiro, e desfrutava da companhia de muitas belas damas, sempre me lembrava de você e pensava no que estava fazendo.

Por um momento, ela ficou indignada por ele dizer que outras mulheres eram mais bonitas, mais inteligentes e gentis que ela, mas o arroubo momentâneo foi logo apagado pelo prazer de saber que se lembrava dela e de seus encantos. Então ele não a esquecera! Isso facilitaria as coisas. E ele estava se comportando bem, quase como um cavalheiro faria naquelas circunstâncias. Agora, tudo de que precisava era conduzir o assunto de modo que ela pudesse confidenciar que também não se esquecera dele e então...

Ela apertou de leve o braço dele e provocou as covinhas de novo.

– Ah, Rhett, olhe o jeito como fala, implicando com uma moça do campo como eu! Sei muito bem que nunca me reservou um pensamento depois de ter me deixado naquela noite. Não venha dizer que me dedicou um pensamento sequer com todas aquelas beldades francesas e inglesas a sua volta. Mas não vim até aqui para ouvi-lo falar bobagens a meu respeito. Vim... vim... porque...

– Por quê?

– Ah, Rhett, estou tão aflita por sua causa! Tão amedrontada por você! Quando vão deixá-lo sair deste lugar terrível?

Ele rapidamente cobriu a mão dela com a dele, segurando-a firme junto ao braço.

– Sua aflição lhe dá crédito. Ninguém diz quando vou sair. Provavelmente quando eles esticarem um pouco mais a corda.

– A corda?

– É, espero sair daqui na ponta da corda.

– Eles não vão enforcá-lo, vão?

– Vão, sim, basta conseguirem um pouco mais de provas contra mim.

– Ah, Rhett! – exclamou ela, a mão no coração.

– Você sentiria? Se sentir o bastante, eu a ponho em meu testamento.

Seus olhos escuros riram incautos, e ele apertou a mão dela.

Testamento! Ela baixou os olhos rapidamente, temendo se trair, mas não foi rápida o suficiente, pois os olhos dele brilharam, subitamente curiosos.

– Segundo os ianques, devo ter um bom testamento. Parece haver considerável interesse em minhas finanças. Todos os dias sou levado a uma nova junta de interrogatório e me fazem as mais tolas perguntas. Parece circular o boato de que eu roubei o mítico ouro da Confederação.

– Bem... você roubou?

– Mas que pergunta tendenciosa! Sabe tão bem quanto eu que a Confederação presidia uma gráfica, e não a casa da moeda.

– Onde arrumou todo o seu dinheiro? Especulando? Tia Pittypat disse...

– Que sindicância você está fazendo!

Ele que se dane! É claro que tem o dinheiro. Ela estava tão empolgada que ficou difícil falar docemente com ele.

– Rhett, estou tão aborrecida por você estar aqui. Acha que não há chance de sair?

– "*Nihil desperandum*" é meu lema.

– O que significa isso?

– Significa "talvez", minha encantadora *ignoramus*.

Ela levantou os cílios espessos para olhar para ele e baixou-os de novo.

– Ah, você é esperto demais para deixar que o enforquem! Tenho certeza de que vai arrumar um jeito de derrotá-los e sair! E quando isso acontecer...

– E quando isso acontecer? – perguntou ele baixinho, chegando mais perto.

– Bem, eu... – e ela fingiu estar confusa e conseguiu corar. Corar não foi difícil, pois estava sem fôlego e seu coração batia como um tambor. – Rhett, sinto muito pelo que eu... disse naquela noite... você sabe... em Rough and Ready. Eu estava... ah, tão assustada e aborrecida e você foi tão... tão... – Olhando para baixo, ela viu sua mão bronzeada apertando a dela. – E então pensei que nunca, nunca o perdoaria! Mas quando tia Pitty me contou ontem à noite que você... que podem enforcá-lo... recebi a notícia de súbito e eu... eu... – Ela olhou para os olhos dele com uma leve expressão que implorava, colocando ali uma agonia de decepção amorosa. – Ah, Rhett, eu morreria se o enforcassem! Não poderia aguentar! Entende, eu... – E, não conseguindo mais sustentar a luz ardente que havia nos olhos dele, ela baixou as pálpebras outra vez.

“Não falta muito e estarei chorando”, ela pensou em um frenesi de espanto e empolgação. “Será que devo me permitir chorar? Pareceria mais natural?”

Ele falou rapidamente:

– Meu Deus, Scarlett, você não pode estar querendo dizer que... – E suas mãos se fecharam sobre as dela em um aperto tal que chegou a machucar.

Ela fechou os olhos bem apertados, tentando espremer lágrimas, mas lembrou-se de virar a cabeça levemente para cima, para que ele pudesse beijá-la sem dificuldade. Agora, em um instante os lábios dele estariam nos dela, os lábios insistentes e firmes dos quais ela subitamente se lembrou com uma vivacidade que a deixou fraca. Mas ele não a beijou. Uma estranha decepção a fez abrir os olhos e aventurar uma espiada nele. Sua cabeça negra estava inclinada sobre suas mãos e, enquanto ela observava, ele ergueu uma delas e a beijou e, pegando a outra, encostou-a no próprio rosto por um momento. Esperando violência, esse gesto gentil e amoroso assombrou-a. Queria saber que expressão ele teria no rosto, mas não podia, tendo ele a cabeça inclinada.

Ela logo baixou os olhos, para o caso de ele olhar para cima subitamente e ver sua expressão. Sabia que a sensação de triunfo que a penetrava certamente seria perceptível. Em um instante, ele a pediria em casamento... ou pelo menos diria que a amava, e então... Enquanto o observava pelo véu de seus cílios, ele virou sua mão, palma para cima, para beijá-la também e subitamente suspirou. Olhando para baixo, ela viu a própria palma, viu-a como realmente estava pela primeira vez em um ano, e afundou em um temor gelado. Essa era a palma da mão de uma estranha, não a macia, branca, desamparada Scarlett O'Hara. Essa mão estava áspera pelo trabalho, queimada do sol, cheia de sardas. As unhas estavam quebradas e irregulares, havia grandes calos nas palmas, uma bolha em parte curada no polegar. A cicatriz vermelha deixada pelo óleo quente do mês anterior estava feia e lustrosa. Ela olhou para aquilo apavorada e, sem pensar, rapidamente fechou o punho.

Ainda assim, ele não ergueu a cabeça. Ela ainda não conseguia ver sua fisionomia. Ele abriu a mão dela à força, pegou a outra mão e segurou-as em silêncio, observando-as.

– Olhe para mim – disse ele, enfim erguendo a cabeça, e sua voz estava bastante tranquila. – E abandone a expressão recatada.

Sem querer, seus olhos encontraram os dele, desafio e perturbação em sua fisionomia. As sobrancelhas negras dele estavam arqueadas e os olhos lampejavam.

– Então você está se saindo muito bem em Tara, não é? Conseguiu tanto dinheiro com o algodão que pode sair a passear. O que andou fazendo com suas mãos... arando?

Ela tentou puxá-las, mas ele as segurou com firmeza, passando os polegares pelos calos.

– Essas mãos não são as de uma dama – disse ele, e as jogou no colo dela.

– Ah, cale-se! – exclamou ela, tendo uma intensa sensação momentânea de alívio por poder falar o que sentia. – A quem interessa o que faço com minhas mãos?

"Que tola eu sou", pensou ela com veemência. "Deveria ter pegado emprestadas ou roubado as luvas de tia Pitty. Mas não me dei conta de que minhas mãos estavam neste estado. É claro que ele perceberia. E agora, perdi a calma e provavelmente estraguei tudo. Ah, acontecer isso logo agora, quando ele estava a ponto de se declarar!"

– Com certeza, suas mãos não são assunto meu – disse Rhett friamente, e se encostou na cadeira de modo indolente, a fisionomia inescrutável.

Então ele ia bancar o difícil. Bem, ela teria que aguentar docilmente, por mais que a desagradasse, se quisesse chegar à vitória em meio àquele desastre. Talvez se o adulasse...

– Acho que você está sendo grosseiro de culpar minhas pobres mãos. Só porque saí a cavalo semana passada sem as luvas e as estraguei.

– Saiu a cavalo uma ova! – disse ele no mesmo tom de voz. – Você andou trabalhando com essas mãos, trabalhando como uma negra. Qual é a resposta? Por que mentiu para mim sobre estar tudo bem em Tara?

– Ora, Rhett...

– Supondo que cheguemos à verdade. Qual é o propósito de sua visita? Quase fui persuadido por seu coquetismo de que você se importava comigo e estava sentida por mim.

– Ah, eu estou sentida! Mesmo...

– Não está, não. Eles podem me enforcar mais alto que Hamã pelo que lhe diz respeito. Está escrito em seu rosto, assim como o trabalho duro está escrito em suas mãos. Você quer algo de mim, e quer a ponto de montar um espetáculo. Por que não disse o que era? Teria uma chance muito melhor de conseguir, pois se há uma virtude que valorizo em uma mulher é a franqueza. Mas não, tinha que vir tilintando seus brincos, fazendo beicinhos e saltitando como uma prostituta diante de um cliente em potencial.

Ele não elevou a voz nas últimas palavras, nem as enfatizou de qualquer modo, mas para Scarlett elas caíram como uma chicotada, e foi com desespero que ela perdeu as esperanças de um pedido de casamento. Se ele tivesse explodido de raiva e vaidade ferida ou se a tivesse repreendido, como outros homens teriam feito, ela teria conseguido lidar com ele. Mas a quietude mortal de sua voz a assustou, deixou-a totalmente perdida, sem saber o que fazer. Embora fosse um prisioneiro e os ianques estivessem do outro lado da porta, ela percebeu que era perigoso ofender um homem como Rhett Butler.

– Suponho que minha memória está começando a falhar. Deveria ter me lembrado de que você é como eu e que nunca faz nada sem um motivo dissimulado. Agora, deixe-me ver. O que poderia ter escondido na manga, Sra. Hamilton? Não é possível que estivesse tão enganada a ponto de achar que eu a pediria em casamento.

Ela ficou com o rosto vermelho e não respondeu.

– Mas você não pode ter se esquecido de meu comentário tantas vezes repetido de que não sou um homem que se case.

Quando ela ficou quieta, ele falou com uma súbita violência:

– Você tinha se esquecido? Responda.

– Não tinha me esquecido – disse ela, infeliz.

– Que jogadora você é, Scarlett – zombou ele. – Apostou que estar encarcerado e afastado da companhia feminina me deixaria em tal estado que eu iria abocanhá-la como uma truta a uma minhoca.

"E foi o que você fez", pensou Scarlett furiosa, "e se não fosse por minhas mãos...".

– Agora temos grande parte da verdade, exceto seu motivo. Veja se consegue me dizer a verdade sobre por que queria me levar ao matrimônio.

Havia uma nota suave, quase implicante na voz dele, e ela se animou. Talvez nem tudo estivesse perdido, afinal. Sem dúvida, ela arruinara qualquer esperança de casamento, mas, mesmo em seu desespero, estava contente. Havia algo nesse homem imóvel que a assustava, de modo que agora a ideia de casar-se com ele era amedrontadora. Mas talvez, se fosse esperta e se aproveitasse da solidariedade e das lembranças dele, ela pudesse garantir um empréstimo. Ajeitou o rosto em uma expressão apaziguadora e infantil.

– Ah, Rhett, você pode me ajudar tanto... basta que seja bondoso.

– Não há nada de que eu goste mais do que ser bondoso.

– Rhett, em nome da velha amizade, gostaria que você me fizesse um favor.

– Então, enfim, a dama das mãos calejadas chega à sua real missão. Eu temia que visitar os enfermos e aprisionados não fosse bem seu papel. O que quer? Dinheiro?

A franqueza da pergunta dele arruinou todas as esperanças de chegar à questão de modo indireto e sentimental.

– Não seja cruel, Rhett – disse ela, persuasiva. – Quero mesmo algum dinheiro. Queria que você me emprestasse 300 dólares.

– Enfim a verdade. Falando em amor e pensando em dinheiro. Verdadeiramente feminina! Você precisa muito do dinheiro?

– Ah, preciso... Bem, nem tanto assim, mas preciso.

– Trezentos dólares. É uma vasta soma. Para que você a quer?

– Para pagar os impostos de Tara.

– Então quer pegar dinheiro emprestado. Bem, como está se comportando como uma negociante, vou negociar também. Que garantia você me dá?

– O quê?

– Garantia. A garantia por meu investimento. É claro que não posso perder todo esse dinheiro. – Sua voz estava enganosamente afável, quase suave, mas ela não percebeu. Talvez tudo acabasse dando certo, afinal de contas.

– Meus brincos.

– Não estou interessado em brincos.

– Vou lhe dar uma hipoteca de Tara.

– O que eu faria com uma fazenda?

– Bem, você poderia... poderia... é uma grande plantação. E você não iria perder. Eu lhe pagaria com o algodão do ano que vem.

– Não tenho certeza. – Ele se reclinou na cadeira e pôs as mãos nos bolsos. – O preço do algodão está caindo. Os tempos estão difíceis, e o dinheiro, curto.

– Ah, Rhett, você está implicando comigo! Você bem sabe que tem milhões!

Uma malícia calorosa dançou em seus olhos enquanto ele a examinava.

– Então tudo está correndo bem e você não precisa do dinheiro tanto assim. Bem, fico feliz em saber disso. Gosto de saber que tudo está bem com os velhos amigos.

– Ah, Rhett, pelo amor de Deus... – Ela começou desesperada, a coragem e controle se alquebrando.

– Por favor, baixe a voz. Você não quer que os ianques a ouçam, espero. Alguém já lhe disse que você tem os olhos de uma gata... uma gata no escuro?

– Pare, Rhett! Eu lhe conto tudo. Preciso muito do dinheiro. Eu... eu menti sobre tudo estar bem. As coisas não poderiam estar piores. Meu pai não... não é mais ele mesmo. Ficou esquisito desde a morte de minha mãe e não pode me ajudar.. Parece uma criança. Não temos um único empregado para trabalhar no campo e há tantos a alimentar, somos 13. E os impostos estão muito altos. Rhett, vou lhe contar tudo. Há mais de um ano que estamos quase passando fome. Ah, você não faz ideia! Não pode fazer! Nunca tivemos o suficiente para comer, e é terrível acordar com fome e ir dormir com fome. E não temos roupas quentes, e as crianças estão sempre resfriadas, doentes e...

– Onde conseguiu esse vestido bonito?

– Foi feito com as cortinas de minha mãe – respondeu ela, desesperada demais para mentir sobre essa vergonha. – Eu conseguia aguentar a fome e o frio, mas agora... agora os aventureiros ianques elevaram os impostos. E precisam ser pagos imediatamente. E não tenho nenhum dinheiro, além de uma pepita de ouro de 5 dólares. Preciso arranjar o dinheiro para os impostos! Você entende? Se não pagar, eu... eu perco Tara, e isso simplesmente não pode acontecer. Não posso perdê-la.

– Por que não me disse isso tudo de imediato em vez de ficar saqueando meu suscetível coração... sempre fraco quando se trata de damas? Não, Scarlett, não chore. Você tentou todos os truques, exceto esse, e acho que eu não conseguiria aguentar. Meus sentimentos já estão dilacerados de decepção por descobrir que era meu dinheiro e não meu ser encantador o que você queria.

Ela se lembrou de que ele muitas vezes dizia verdades sobre si mesmo quando falava debochadamente... zombando de si mesmo como dos outros, e apressadamente o encarou. Estaria realmente magoado? Será que gostava mesmo dela? Será que estava a ponto de lhe pedir em casamento quando viu suas mãos? Ou estaria simplesmente se dirigindo a alguma outra proposta detestável, como fizera duas vezes antes? Se realmente gostasse dela, talvez ela pudesse amansá-lo. Mas seus olhos negros a rastreavam de um modo nada amoroso, e ele ria baixinho.

– Não gosto de sua garantia. Não sou fazendeiro. O que mais tem a me oferecer?

Bem, ela chegara àquele ponto enfim. Agora, em frente! Suspirou e olhou para ele de modo direto, sem qualquer coquetismo ou pose enquanto seu espírito apressou-se a se atracar naquilo que ela mais temia.

– Eu... eu tenho a mim mesma.

– É?

Seu maxilar se apertou e os olhos ficaram cor de esmeralda.

– Lembra-se daquela noite na varanda da tia Pitty, durante o cerco? Você disse... disse que me queria.

Ele se reclinou despojadamente na cadeira e olhou para a fisionomia tensa dela, e seu próprio rosto moreno estava inescrutável. Algo palpitou por trás de seus olhos, mas ele não disse nada.

– Você disse... disse que nunca tinha desejado uma mulher como me desejava. Se ainda me deseja, pode me ter. Rhett, eu farei qualquer coisa que você quiser, mas, pelo amor de Deus, me escreva um cheque com o dinheiro! Eu tenho palavra. Juro. Não vou recuar. Posso fazer um contrato por escrito, se você quiser.

Ele a olhava de um modo esquisito, ainda inescrutável, e, conforme ela falava, não conseguia definir se ele estava se divertindo ou a repelindo. Se ao menos ele dissesse algo, qualquer coisa! Ela sentiu as faces esquentarem.

– Preciso conseguir logo esse dinheiro, Rhett. Eles vão nos jogar na estrada e aquele administrador desgraçado de papai será o dono do lugar e...

– Só um minuto. O que a faz pensar que ainda a desejo? O que a faz pensar que vale 300 dólares? A maioria das mulheres não chega a esse preço.

Ela corou até a linha dos cabelos e sua humilhação foi completa.

– Por que está fazendo isso? Por que não deixa a fazenda de lado e vai morar com a Srta. Pittypat? É dona de metade da casa.

– Santo Deus! – exclamou ela. – Você é idiota? Não posso deixar Tara para trás. É meu lar. Não vou perdê-la. Não enquanto puder respirar!

– Os irlandeses – disse ele, ajeitando-se na cadeira e tirando as mãos dos bolsos – são uma raça danada. Dão ênfase a tantas coisas erradas... A terra, por exemplo. Cada pedaço de chão é igualzinho ao outro. Agora, deixe-me entender isso bem, Scarlett. Está vindo a mim com uma proposta de negócio. Eu lhe dou 300 dólares e você se torna minha amante.

– Sim.

Agora que aquela palavra repulsiva fora pronunciada, ela sentiu algum alívio, e a esperança se reacendeu. Ele tinha dito "Eu lhe dou". Havia um brilho diabólico em seus olhos como se algo o divertisse muito.

– Contudo, quando tive o atrevimento de fazer essa mesma proposta, você me expulsou da casa. E também me chamou de nomes bastante grosseiros e mencionou de passagem que não queria um "bando de moleques". Não, minha querida, não estou lhe jogando na cara. Só estou especulando as peculiaridades de sua mente. Não o faria pelo próprio prazer, mas o fará para manter o lobo afastado de sua porta. Isso prova minha teoria de que toda virtude é uma questão de preço.

– Ah, Rhett, como você fala! Se quiser me ofender, vá em frente, mas me dê o dinheiro.

Ela respirava com mais facilidade agora. Sendo quem era, naturalmente Rhett iria querer atormentá-la e ofendê-la o máximo possível por desfeitas passadas e por sua recente tentativa de embuste. Tudo bem, ela podia aguentar. Aguentaria qualquer coisa. Tara valia tudo isso. Por um breve momento, era o auge do verão e o céu vespertino estava azul e ela estava deitada no gramado cheio de trevos de Tara, olhando para os castelos de nuvens, a fragrância dos botões brancos em suas narinas e o zunido agradável das abelhas em seus ouvidos. Tarde e quietude, o som distante das carroças chegando dos campos vermelhos espiralados. Valia tudo, valia mais.

Ela ergueu a cabeça.

– Vai me emprestar o dinheiro?

Ele dava a impressão de estar se divertindo e, ao falar, havia uma suave brutalidade em sua voz.

– Não, não vou – disse.

Por um instante, a cabeça dela não conseguiu se ajustar àquelas palavras.

– Mesmo que quisesse, não poderia. Não tenho um centavo, nem um dólar sequer em Atlanta. É verdade que tenho algum dinheiro, mas não aqui. E não vou dizer onde está nem quanto é. Mas, se tentasse sacar um cheque, os ianques cairiam em cima de mim, e nada restaria para nenhum de nós dois. O que acha disso?

Ela ficou verde, as sardas de repente saltaram sobre seu nariz e ela contorceu a boca como Gerald costumava fazer em um acesso de raiva assassina. Ficou de pé com um grito incoerente que calou o zunido de vozes na sala ao lado. Veloz como um puma, Rhett estava ao lado dela, a mão pesada lhe tapando a boca, o braço apertado em torno de sua cintura. Ela se debateu loucamente, tentando morder a mão dele, chutar-lhe as pernas, gritar sua raiva, desespero, ódio, sua agonia de orgulho ferido. Ela se curvou para trás e se retorceu de todas as formas contra o braço férreo dele, o coração quase explodindo, o espartilho apertado lhe cortando a respiração. Ele a segurava com tanta força, tão rudemente, que a machucava, e a mão sobre sua boca prendia-lhe os maxilares com crueldade. O rosto dele estava pálido, os olhos, duros e ansiosos enquanto a erguia totalmente do chão, girando-a contra seu peito e sentava-se na cadeira, segurando-a a se contorcer no colo.

– Querida, pelo amor de Deus! Pare! Fique quieta! Não grite. Eles vão entrar aqui em um minuto se você não se calar. Acalme-se! Quer que os ianques a vejam desse jeito?

Ela não se importava com quem a visse, estava além de qualquer coisa, exceto de um desejo feroz de matá-lo, mas a tontura começava a dominá-la. Não conseguia respirar; estava engasgando; o espartilho parecia uma faixa compressora de ferro; os braços dele a sua volta a faziam se sacudir com um ódio e uma fúria impotentes. Depois a voz dele foi enfraquecendo, tornando-se difusa, e o rosto acima dela rodopiava em uma névoa enjoativa que foi ficando cada vez mais densa até ela não vê-lo mais... nem qualquer outra coisa.

Quando ela fez fracos movimentos de natação para voltar à consciência, sentia-se cansada até os ossos, fraca, confusa. Estava recostada na cadeira, sem o chapéu, Rhett dava-lhe tapas nos pulsos, os olhos negros examinando seu rosto ansiosamente. O jovem capitão simpático tentava derramar um cálice de conhaque em sua boca e o derramara pelo pescoço. Os outros oficiais rondavam impotentes, sussurrando e abanando as mãos.

– Acho... que devo ter desmaiado – disse ela, e sua voz parecia tão distante que a assustou.

– Beba isto – disse Rhett, pegando o copo e levando-o aos lábios dela. Agora ela se lembrava e olhou debilmente para ele, mas estava cansada demais para sentir raiva.

– Por favor, por mim.

Ela tomou um gole, engasgou-se, começando a tossir, mas ele a fez tomar outro. Ela engoliu e a bebida quente lhe ardeu a garganta.

– Acho que ela já está melhor, cavalheiros – disse Rhett –, e eu lhes agradeço muito. Saber que estou para ser executado foi uma emoção forte demais.

O grupo de azul arrastou os pés, parecendo constrangido, e, após várias pigarreadas, retirou-se. O jovem capitão parou no vão da porta.

– Se eu puder fazer mais alguma coisa...

– Não, obrigado.

Ele saiu, fechando a porta atrás de si.

– Beba mais um pouco – disse Rhett.

– Não.

– Beba.

Ela tomou outro gole e o calor começou a se espalhar por seu corpo, devolvendo-lhe a força às pernas trêmulas. Empurrando o copo, tentou se levantar, mas ele a segurou.

– Tire suas mãos de mim. Vou embora.

– Ainda não. Espere um pouco. Você pode desmaiar de novo.

– Prefiro desmaiar na rua a ficar aqui com você.

– Mesmo assim, não quero que desmaie na rua.

– Deixe-me ir. Eu o odeio.

Um leve sorriso voltou ao rosto dele diante dessas palavras.

– Isso se parece mais com você. Deve estar se sentindo melhor.

Ela relaxou por um instante, tentando reunir a raiva a seu favor, tentando recobrar a força. Mas estava cansada demais. Cansada demais para odiar ou se importar muito com qualquer coisa. A derrota pesava em seu espírito como chumbo. Ela apostara tudo e perdera tudo. Nem sequer o orgulho restara. Este era o beco sem saída de sua última esperança. Era o fim de Tara, o fim de todos eles. Por um longo tempo, ela ficou reclinada com os olhos fechados, ouvindo a respiração pesada dele, e o ardor do conhaque a invadiu aos poucos, dando-lhe a impressão de força e calor. Quando finalmente abriu os olhos e olhou-o, a raiva ressurgiu. Enquanto suas sobrancelhas se franziam, o velho sorriso de Rhett voltou.

– Agora você está melhor. Dá para ver pela expressão.

– É claro que estou bem. Rhett Butler, você é detestável, um patife, se é que já vi algum! Sabia muito bem o que eu ia dizer assim que comecei, e sabia que não ia me dar o dinheiro. Mesmo assim, me deixou continuar. Podia ter me poupado...

– Poupá-la e deixar de ouvir tudo isso? Não mesmo. Tenho muito pouca diversão aqui. Nem sei quando ouvi algo tão gratificante. – Ele soltou sua repentina risada debochada. Com isso, ela ficou de pé em um salto, agarrando o chapéu de sol.

Imediatamente, ele a segurou pelos ombros.

– Ainda não. Você está se sentindo bem para falar com sensatez?

– Deixe-me ir.

– Posso ver que está bem. Então, diga-me uma coisa. Eu era o único ferro que você tinha no fogo? – Os olhos dele estavam aguçados e alertas, observando cada mudança no rosto dela.

– O que você quer dizer?

– Eu era o único homem com quem você ia tentar isso?

– Isso é de sua conta?

– Mais do que você imagina. Há outros homens na sua lista? Diga.

– Não.

– Incrível. Não consigo imaginá-la sem cinco ou seis de reserva. Certamente, vai aparecer alguém que aceite sua interessante proposta. Tenho tanta certeza disso que gostaria de lhe dar um pequeno conselho.

– Não quero seu conselho.

– Mesmo assim vou dar. Um conselho parece ser a única coisa que posso lhe dar no momento. Ouça bem, pois é um bom conselho. Quando está tentando conseguir algo de um homem, não seja tão direta como foi comigo. Tente ser mais sutil, mais sedutora. Dá melhores resultados. Você sabia como fazer com perfeição. Mas agora, quando me ofereceu... hã... sua garantia por meu dinheiro, parecia mais dura que um prego. Já vi olhos como os seus acima de uma pistola de duelo a vinte passos de distância, e não é uma imagem agradável. Não evocam nenhum ardor no peito de um homem. Não é assim que se lida conosco, minha querida. Você está se esquecendo de seu treinamento inicial.

– Não preciso que você me diga como me comportar – disse ela e, exausta, pôs o chapéu. Não entendia como ele podia gracejar daquele modo com uma corda no pescoço e diante de sua penosa situação. Nem sequer percebeu que seus punhos estavam cerrados dentro dos bolsos, como se ele se debatesse com a própria impotência.

– Ânimo – disse ele, enquanto ela amarrava as fitas do chapéu de sol. – Você pode vir a meu enforcamento, e isso a fará se sentir bem melhor. Ficará vingada de todos os antigos ressentimentos comigo... inclusive deste. E eu vou citá-la em meu testamento.

– Obrigada, mas não devem enforcá-lo até ser tarde demais para pagar os impostos – disse ela com uma súbita malícia, que rivalizava com a dele, e estava sendo sincera.

35

Chovia quando ela saiu do prédio, e o céu estava cinzento e fosco. Os soldados da praça tinham se abrigado nas cabanas e as ruas estavam desertas. Não havia nenhum veículo à vista, e ela percebeu que teria de caminhar o longo percurso até em casa.

O ardor do conhaque foi sumindo conforme ela seguia. O vento frio a fez estremecer, e os pingos caíam como agulhas em seu rosto. A chuva penetrou rapidamente a capa fina de tia Pitty até esta ficar pendurada em dobras molhadas. Ela sabia que aquilo estava estragando o vestido de veludo e que as penas do chapéu estavam caídas e ensopadas como quando seu antigo dono as usara ao passear pelo velho galinheiro de Tara. As lajotas da calçada estavam quebradas e faltavam por longos trechos. Nesses pontos a lama ia até o tornozelo e as sapatilhas prendiam como se fossem cola, chegando a sair dos pés. Cada vez que ela se inclinava para recuperá-las, a barra do vestido caía na lama. Não tentava se desviar das poças, pisava-as descuidadamente, arrastando as saias pesadas. Sentia a anágua e as calçolas molhadas frias em torno dos tornozelos, mas não conseguia se importar com a ruína do traje em que apostara tão alto. Estava gelada, abatida e desesperada.

Como poderia voltar a Tara e encará-los após suas palavras corajosas? Como poderia lhes dizer que deveriam ir para algum outro lugar? Como poderia abandonar tudo, os campos vermelhos, os enormes pinheiros, as terras escuras do pântano lá embaixo, o campo-santo tranquilo onde Ellen jazia sob a sombra profunda dos cedros?

O ódio por Rhett ardia em seu coração conforme ela seguia pelo caminho escorregadio. Que patife ele era! Tomara que o enforcassem, assim ela nunca mais o encararia, o conhecedor de sua desgraça e humilhação. É claro que poderia ter conseguido o dinheiro para ela se quisesse. Ah, a forca era boa demais para ele! Graças a Deus, ele não podia vê-la agora, com as roupas ensopadas, o cabelo despenteado e tiritando de frio. Que horrível ela devia estar, e como ele riria!

Passou por negros que riam, insolentes, e faziam troça dela, que se apressava, escorregando na lama e parando, ofegante, para recolocar as sapatilhas. Como ousavam rir, aqueles macacos negros? Como ousavam rir dela, Scarlett O'Hara de Tara! Ela gostaria de mandar chicoteá-los até o sangue lhes correr pelas costas. Que demônios os ianques tinham sido de libertá-los para debochar dos brancos!

Conforme seguia pela rua Washington, a paisagem estava tão lúgubre quanto seu coração. Ali não havia o movimento e a animação que ela notara na rua dos Pessegueiros. Antigamente, havia muitas casas bonitas, mas poucas tinham sido reconstruídas. Alicerces escuros e as solitárias chaminés enegrecidas, agora conhecidas como "Sentinelas de Sherman", apareciam com uma frequência desanimadora. Caminhos tomados pelo capim levavam ao que tinham sido casas... velhos gramados cheios de ervas daninhas, apoios de carruagem exibindo nomes que ela conhecia tão bem, postes que nunca mais teriam os nós de rédeas. Vento frio e chuva, lama e árvores nuas, silêncio e desolação. Como seus pés estavam molhados e que longo era o caminho até em casa!

Ela ouviu o ruído de cascos na lama e chegou mais para o canto da calçada estreita a fim de evitar mais salpicos na capa de tia Pitty. Um cavalo puxando uma charrete vinha devagar pela rua e ela se virou para ver, decidida a pedir uma carona se o cocheiro fosse branco. A chuva lhe impedia uma visão clara quando a charrete chegou a seu lado, mas ela viu o cocheiro espiar sobre o encerado que se estendia do para-lama até seu queixo. Havia algo de familiar naquele rosto, e, quando ela pisou na rua para ver melhor, ouviu uma tosse constrangida do homem, e uma voz bem conhecida exclamou em tons de prazer e surpresa:

– Não pode ser, será que é a Sra. Scarlett?!

– Ah, Sr. Kennedy! – exclamou ela, atravessando a rua enlameada, sem pensar em causar mais dano à capa. – Nunca fiquei mais feliz de ver alguém na vida!

Ele corou de prazer diante da óbvia sinceridade das palavras dela, apressadamente cuspiu o tabaco do outro lado da charrete e, em um movimento ágil, desceu ao chão. Apertou a mão dela com entusiasmo e, segurando o encerado para cima, ajudou-a a entrar.

– Sra. Scarlett, o que faz por aqui sozinha? Não sabe que é perigoso agora? E está ensopada. Tome, enrole este manto nos pés.

Enquanto ele se preocupava com ela, cacarejando como uma galinha, ela se deu ao luxo de abandonar-se a seus cuidados. Que bom ter um homem se preocupando, cacarejando e repreendendo, mesmo que fosse aquela solteirona de calças, Frank Kennedy. Era especialmente bom depois do tratamento brutal que recebera de Rhett. E como era bom ver um rosto do condado quando estava tão longe de casa! Ele estava bem-vestido, ela notou, e a charrete também era nova. O cavalo parecia jovem e bem alimentado, mas Frank parecia muito velho para sua idade, mais velho que naquela noite de Natal quando estivera em Tara com seus homens. Estava magro e tinha as faces encovadas, os olhos amarelados estavam aquosos e afundados em vincos de carne solta. A barba alaranjada estava mais escassa que nunca, manchada de suco de tabaco e desalinhada como se ele a cofiasse sem parar. Mas ele parecia animado e vivaz, em oposição às rugas de pesar, preocupação e cansaço que Scarlett via nos rostos por toda parte.

– É um prazer vê-la – disse Frank calorosamente. – Não sabia que estava na cidade. Vi a Srta. Pittypat semana passada e ela não me disse que a senhora estava vindo. Alguém... mais veio de Tara consigo?

Ele estava pensando em Suellen, o velho tolo.

– Não – disse ela, envolvendo-se no manto quente e tentando agasalhar o pescoço –, vim sozinha. Não avisei a tia Pitty.

Ele instigou o cavalo, que saiu caminhando penosamente, seguindo seu trajeto com cuidado pela estrada escorregadia.

– Estão todos bem em Tara?

– Ah, sim, mais ou menos.

Ela devia pensar em algo para conversar, mas era difícil falar. Sua cabeça estava deprimida pela derrota, e tudo o que desejava era reclinar-se envolvida naquele manto quente e dizer a si mesma: "Não quero pensar em Tara agora. Penso depois, quando não doer tanto." Se pelo menos conseguisse fazê-lo iniciar a conversa sobre algum assunto que o mantivesse ocupado durante o trajeto até em casa, para que ela não precisasse fazer nada, além de murmurar "Que bom" e "Com certeza, o senhor é esperto" de vez em quando...

– Sr. Kennedy, estou surpresa de vê-lo. Sei que não me comportei bem, deixando de manter contato com os velhos amigos, mas não sabia que estava em Atlanta. Achei que alguém me dissera que estava em Marietta.

– Tenho negócios em Marietta, muitos – disse ele. – A Srta. Suellen não lhe contou que abri uma loja em Atlanta? Não lhe contou sobre minha loja?

Ela tinha uma vaga lembrança de ouvir Suellen falando sobre Frank e uma loja, mas nunca prestava muita atenção a nada do que Suellen dizia. Era suficiente saber que Frank estava vivo e que algum dia tiraria Suellen de debaixo de suas asas.

– Nem uma palavra – mentiu. – O senhor tem uma loja? Que esperto deve ser!

Ele pareceu um pouco magoado ao saber que Suellen não divulgara a notícia, mas animou-se com o elogio.

– É, tenho uma loja e é bastante boa, acho. O pessoal me diz que sou um comerciante nato. – Ele riu com prazer, o riso abafado que ela sempre achara tão irritante.

Que velho metido e tolo, pensou.

– Ah, o senhor faria sucesso em qualquer coisa, Sr. Kennedy. Mas como conseguiu abrir a loja? Quando o vi naquele Natal, o senhor me disse que não tinha um centavo.

Ele pigarreou de modo irritante, cofiou as costeletas e abriu o sorriso nervoso e tímido.

– Bem, é uma longa história, Sra. Scarlett.

Graças a Deus, ela pensou. Talvez isso o ocupe até chegarmos em casa. E disse em voz alta:

– Conte!

– Lembra-se de quando estivemos em Tara pela última vez, caçando suprimentos? Bem, não muito depois disso, fui para a ativa. Quero dizer, fui lutar de verdade. Não existia nada mais no batalhão de suprimentos para mim. Não havia muita necessidade disso, Sra. Scarlett, porque mal conseguíamos alguma coisa para o exército, e achei que o lugar para um homem de físico apto seria a linha de frente. Bem, lutei junto à cavalaria por algum tempo até ser atingido por uma bala no ombro.

Ele parecia muito orgulhoso e Scarlett disse:

– Que terrível!

– Ah, não foi tão mau assim, só um ferimento superficial – disse ele em tom de reprovação. – Enviaram-me para um hospital ao sul e, quando eu já estava quase bom, os ianques atacaram. Minha nossa, que momento difícil aquele. Fomos pegos desprevenidos e todos nós que podíamos andar ajudamos a transportar os mantimentos do exército e o equipamento hospitalar para a ferrovia. Tínhamos conseguido carregar um trem quando os ianques chegaram por um lado da cidade e nós saímos correndo pelo outro. Minha nossa, que imagem triste, nós sentados em cima do trem vendo os ianques queimarem os suprimentos que tivemos de deixar na estação. Sra. Scarlett, eles incendiaram quase um quilômetro de coisas que tínhamos deixado empilhadas ao longo dos trilhos. Só conseguimos salvar a nós mesmos.

– Que terrível!

– É, essa é a palavra. Terrível. A essa altura, nossos homens tinham voltado para Atlanta, então nosso trem veio para cá. Bem, Sra. Scarlett, não faltava muito tempo para a guerra acabar e... bem, havia um monte de louça, camas, colchões, cobertores, e ninguém os reivindicava. Suponho que por direito pertenciam aos ianques. Creio que foram esses os termos da rendição, não é?

– Sim – disse Scarlett, ausente. Ela estava se aquecendo agora e ficando um pouco sonolenta.

– Até agora não sei se agi bem – disse ele, um tanto queixoso. – Mas, como calculo, aquelas coisas não fariam a mínima diferença para os ianques. É provável que fossem queimar tudo. Nosso pessoal pagara um bom dinheiro por tudo aquilo e achei que ainda devia continuar pertencendo à Confederação ou aos Confederados. Entende?

– Sim.

– Fico contente que concorde comigo, Sra. Scarlett. De certo modo, me pesa na consciência. Muita gente diz: "Esqueça isso, Frank", mas não consigo. Não poderia andar de cabeça erguida se achasse que tinha feito algo incorreto. A senhora acha que agi bem?

– É claro – disse ela, se perguntando sobre o que o velho tolo falava. Algum dilema de consciência. Um homem velho como Frank Kennedy já deveria ter aprendido a não se preocupar com coisas sem importância. Mas ele era nervoso e preocupado como uma solteirona velha.

– Fico contente de ouvi-la dizer isso. Após a rendição, eu tinha 10 dólares em prata e mais nada neste mundo. A senhora sabe o que fizeram a Jonesboro e a minha casa, e à loja lá. Simplesmente não sabia o que fazer. Mas usei os 10 dólares para pôr um telhado em uma velha loja perto de Five Points, levei o equipamento hospitalar para lá e comecei a vendê-lo. Todo mundo precisava de camas, louça e colchões, e eu vendia barato, pois calculava que aquilo pertencia tanto ao resto do pessoal quanto a mim. Mas fiz algum dinheiro e comprei mais alguma coisa, e a loja andava bem. Acho que vou ganhar bastante dinheiro se as coisas se arranjarem.

Diante da palavra "dinheiro", a cabeça dela se voltou para ele, clara como cristal.

– O senhor está dizendo que ganhou dinheiro?

Ele se expandiu visivelmente diante do interesse dela. Poucas mulheres, além de Suellen, lhe davam mais que atenção superficial, e era lisonjeiro que uma antiga beldade como Scarlett se prendesse às suas palavras. Diminuiu o passo do cavalo para que não chegassem em casa antes de ele ter terminado de contar a história..

– Não estou milionário, Sra. Scarlett, e, comparando ao que tinha, o que tenho agora parece pouco. Mas ganhei mil dólares este ano. É claro que metade se destinou ao pagamento do novo estoque, aos consertos da loja e ao aluguel. Mas me sobraram 500 dólares de lucro, e, como as coisas certamente vão se arranjar, espero ganhar 2 mil dólares ano que vem. Com certeza, terei onde aplicá-los, pois tenho outro ferro no fogo.

Ela ficara extremamente interessada na conversa sobre dinheiro. Ocultou os olhos com os cílios espessos e se aproximou um pouco dele.

– O que quer dizer com isso, Sr. Kennedy?

Ele riu e bateu com as rédeas no lombo do cavalo.

– Acho que estou lhe aborrecendo falando de negócios, Sra. Scarlett. Uma jovem bela como a senhora não precisa saber nada sobre negócios.

Velho tolo.

– Ah, sei que não entendo nada de negócios, mas estou tão interessada! Por favor, conte-me tudo a respeito e poderá me explicar o que eu não entender.

– Bem, meu outro ferro é uma serraria.

– Uma o quê?

– Uma oficina onde se corta e se aplaina madeira. Ainda não a comprei, mas vou. Conheço um sujeito, Johnson, que tem uma, na saída da rua dos Pessegueiros, e está louco para vendê-la. Precisa de dinheiro imediatamente, então quer me vender e ficar dirigindo-a para mim por um salário semanal. É uma das poucas serrarias nesta região, Sra. Scarlett. Os ianques destruíram a maioria delas. E qualquer um que possua uma serraria possui uma mina de ouro, pois hoje em dia pode-se pedir qualquer preço por madeira de construção. Os ianques incendiaram muitas casas por aqui e há poucas onde morar, então todos parecem estar loucos para reconstruir, mas não conseguem madeira suficiente, nem rápido o bastante. As pessoas estão chegando aos borbotões a Atlanta, todo o pessoal da zona rural que não está conseguindo levar as plantações adiante sem os negros e com os ianques e aventureiros que ficam em cima deles tentando deixá-los mais pobres do que já estão. Garanto, Atlanta logo será uma grande cidade. Todos precisam de madeira para as casas, então vou comprar essa serraria assim que... bem, assim que pagarem algumas contas que me devem. Mas ano que vem, nesta época, acho que estarei mais tranquilo em relação a dinheiro. A... acho que a senhora sabe por que estou tão ansioso para ganhar dinheiro rapidamente, não é?

Ele corou e deu seu riso abafado novamente. "Está pensando em Suellen", pensou Scarlett com desgosto.

Por um instante, chegou a pensar em lhe pedir 300 dólares emprestados, mas, fatigada, rejeitou a ideia. Ele ficaria constrangido, gaguejaria, daria desculpas, mas não emprestaria o dinheiro. Trabalhara duro para ganhá-lo, de modo a se casar com Suellen na primavera, e, se viesse a se desfazer do dinheiro agora, o casamento seria indefinidamente adiado. Mesmo que ela apelasse para a solidariedade dele e seu dever para com a futura família e obtivesse sua promessa de um empréstimo, sabia que Suellen nunca permitiria. Suellen estava cada vez mais preocupada com o fato de que era praticamente uma solteirona e moveria céus e terras para evitar que qualquer coisa atrasasse seu casamento.

O que havia naquela garota queixosa, que só reclamava, para que o velho tolo estivesse tão ansioso para lhe dar um ninho? Suellen não merecia um marido amoroso e os lucros de uma loja e de uma serraria. No minuto em que Sue pusesse as mãos no dinheiro, ficaria cheia de pose e nunca contribuiria com um centavo que fosse para a manutenção de Tara. Não, Suellen! Acreditaria estar livre e não se importaria se Tara fosse trocada pelos impostos ou se fosse incendiada, contanto que tivesse roupas bonitas e um "Sra." antes do nome.

Ao pensar no futuro seguro de Suellen e na precariedade de seu próprio e do de Tara, ela ardeu de raiva diante da injustiça da vida. Rapidamente, olhou para a rua lamacenta lá fora da charrete, para o caso de Frank poder ver sua expressão. Ela iria perder tudo o que tinha, ao passo que Sue... Repentinamente, nasceu nela uma determinação.

Suellen não ficaria com Frank, nem com a loja ou a serraria!

Suellen não merecia. Ela mesma ficaria com aquilo. Pensou em Tara e se lembrou de Jonas Wilkerson, venenoso feito uma cascavel, aos pés dos degraus da varanda, e agarrou-se ao último graveto pairando acima do naufrágio de sua vida. Rhett a decepcionara, mas o Senhor providenciara Frank.

"Mas será que consigo fisgá-lo?" Seus dedos se cerraram enquanto ela olhava para a chuva sem nada ver. "Será que consigo fazê-lo esquecer Sue e me pedir em casamento bem rápido? Se quase consegui que Rhett o fizesse, sei que consigo pegar o Frank!" Ela voltou os olhos para ele, piscando. "Com certeza ele não é nenhuma beleza", pensou friamente, "tem péssimos dentes, mau hálito, e idade para ser meu pai. Além disso, é nervoso, tímido e tem boas intenções, as piores qualidades em um homem. Mas pelo menos é um cavalheiro e creio que eu conseguiria aguentar melhor viver com ele do que com Rhett". Com certeza, seria fácil lidar com ele. De qualquer modo, de cavalo dado não se olham os dentes.

O fato de Frank ser noivo de Suellen não lhe fazia a consciência pesar. Após o total colapso moral que a enviara a Atlanta e a Rhett, apropriar-se do noivo da irmã lhe parecia um assunto menor, que nem merecia grande atenção.

Com o surgimento de novas esperanças, ela endireitou a coluna e se esqueceu dos pés molhados e frios. Olhou para Frank com tal insistência, os olhos se estreitando, que ele ficou um tanto alarmado e ela baixou o olhar rapidamente, lembrando-se das palavras de Rhett: "Já vi olhos como os seus acima de uma pistola de duelo... Não evocam nenhum ardor no peito de um homem."

– O que houve, Sra. Scarlett? Está com frio?

– Sim – respondeu ela de modo desamparado. – O senhor se importaria se eu pusesse a mão em seu bolso? Está muito frio e meu regalo está ensopado.

– Ora... ora... é claro que não! E a senhora está sem luvas! Minha nossa, que grosseria de minha parte indo tão devagar, falando de minhas coisas quando a senhora deve estar congelada e querendo se aconchegar diante de uma lareira. Vamos, Sally! Por falar nisso, Sra. Scarlett, fiquei tão concentrado falando de mim mesmo que nem lhe perguntei o que estava fazendo neste bairro com este tempo.

– Fui até a sede do comando dos ianques – respondeu ela sem pensar. As sobrancelhas dele se ergueram de espanto.

– Mas Sra. Scarlett! Os soldados... Por quê?

"Minha mãe de Deus, faça-me pensar em uma boa mentira", rezou ela rapidamente. Frank não podia desconfiar de que ela fora visitar Rhett. Frank considerava Rhett o mais obscuro dos patifes e achava que mulheres decentes não estavam seguras ao falar com ele.

– Fui até lá... fui lá para ver se os oficiais comprariam meus bordados para enviar a suas mulheres. Bordo muito bem.

Ele se encostou ao banco, horrorizado, a indignação lutando contra o assombro.

– A senhora foi até os ianques... Mas, Sra. Scarlett! Não deveria. Ora... ora... Certamente seu pai não sabe... Certamente a Srta. Pittypat...

– Ah, eu morreria se contasse a tia Pittypat! – exclamou ela com verdadeira ansiedade e caiu no choro. Foi fácil chorar, pois estava com frio e sentia-se infeliz, mas o efeito foi chocante. Frank não teria ficado mais constrangido e impotente se ela tivesse começado a se despir de repente. Ele estalou a língua nos dentes várias vezes, murmurando "Minha nossa! Minha nossa!", fazendo gestos inúteis para ela. Passou-lhe uma ideia ousada pela cabeça de que deveria puxar a cabeça dela para seu ombro e acalmá-la com tapinhas, mas, como nunca o fizera com mulher alguma, nem sabia como agir. Scarlett O'Hara, tão corajosa e bonita, chorando ali na charrete dele. Scarlett O'Hara, a mais orgulhosa entre os orgulhosos, tentando vender bordados para os ianques. Seu coração ardeu.

Ela continuou soluçando, dizendo algumas palavras de vez em quando, e ele deduziu que as coisas não andavam bem em Tara. O Sr. O'Hara ainda "não era ele mesmo" e não havia comida suficiente para alimentar a todos. Então ela tivera que ir a Atlanta para tentar ganhar algum dinheiro para si mesma e o filho. Frank estalou a língua de novo e subitamente percebeu que a cabeça dela estava em seu ombro. Nem sabia como chegara ali. Com certeza, ele não tinha sido o responsável, mas lá estava a cabeça de Scarlett, desamparada, soluçando junto a seu peito magro, uma sensação excitante e nova para ele. Ele deu um tapinha tímido no ombro dela, timidamente a princípio, mas, sem que ela o repelisse, ele ficou mais ousado e afagou-a com mais firmeza. Que coisinha desamparada, doce e feminina ela era. E que corajosa e tola tentando ganhar dinheiro com a agulha. Mas negociar com os ianques, isso era demais.

– Não vou contar à Srta. Pittypat, mas a senhora precisa me prometer, Sra. Scarlett, que nunca mais fará algo assim de novo. A ideia de uma filha de seu pai...

Os olhos verdes úmidos dela, desamparados, buscaram os dele.

– Mas Sr. Kennedy, eu preciso fazer algo. Preciso cuidar de meu pobre filhinho e não há ninguém que cuide de nós agora.

– A senhora é uma jovem corajosa – disse ele –, mas não posso deixá-la fazer esse tipo de coisa. Sua família morreria de vergonha.

– O que vou fazer então? – Os olhos aquosos voltaram-se para ele como se ela tivesse certeza de que ele soubesse tudo e estivesse dependendo de suas palavras.

– Bem, agora não sei. Mas vou pensar em algo.

– Ah, tenho certeza de que sim. Você é tão esperto... Frank.

Ela nunca o chamara pelo primeiro nome, e aquele som lhe chegou com um agradável choque e uma surpresa. A pobre moça devia estar tão aborrecida que nem notara o deslize. Ele se sentiu muito benevolente em relação a ela, e muito protetor. Se houvesse algo que pudesse fazer pela irmã de Suellen O'Hara, certamente faria. Sacou um grande lenço vermelho e deu a ela, que enxugou os olhos com um sorriso trêmulo.

– Sou tão boba – disse ela se desculpando. – Por favor, perdoe-me.

– Não é boba, não. É uma jovem muito corajosa e está tentando carregar um fardo pesado demais. Sinto que a Srta. Pittypat não lhe vá ser de muita ajuda. Soube que ela perdeu a maior parte das propriedades, e o Sr. Henry Hamilton também está em maus lençóis. Gostaria de ter uma casa para lhe oferecer como abrigo. Mas, Sra. Scarlett, não se esqueça, quando a Srta. Suellen e eu estivermos casados, sempre haverá um lugar para a senhora sob nosso teto, e para Wade Hampton também.

Agora chegara a hora! Com certeza, os santos e anjos estavam olhando por ela para lhe dar essa oportunidade enviada pelos Céus. Ela tratou de parecer muito surpresa e constrangida, abrindo a boca como se quisesse falar rapidamente, e fechou-a em seguida com um estalo.

– Não me diga que não sabia que estou para ser seu cunhado nesta primavera – disse ele, dando uma risadinha nervosa. Então, vendo os olhos dela se encherem de lágrimas, ele indagou alarmado: – Qual é o problema? A Srta. Sue não está doente, está?

– Ah, não! Não!

– Há algo de errado. A senhora precisa me dizer.

– Ah, não posso! Não sabia! Achei que ela tinha lhe escrito... ah, que crueldade!

– Sra. Scarlett, o que é?

– Ah, Frank, eu não pretendia contar, mas achei, é claro, que você soubesse... que ela tinha lhe escrito...

– Escrito o quê? – Ele tremia.

– Ah, fazer isso com um bom homem como você!

– O que foi que ela fez?

– Ela não lhe escreveu? Ah, imagino que estava muito envergonhada para lhe escrever. Devia mesmo estar! Ah, ter uma irmã tão cruel.

A essa altura, Frank nem conseguia articular as perguntas. Estava parado olhando para ela, o rosto cinzento, as rédeas soltas nas mãos.

– Ela vai se casar com Tony Fontaine no mês que vem. Ah, sinto muito, Frank. Sinto tanto por ser eu a lhe contar. Ela simplesmente se cansou de esperar e estava com medo de ficar solteirona.

Mammy esperava na varanda quando Frank ajudou Scarlett a saltar da charrete. Era evidente que estava ali havia algum tempo, pois o lenço da cabeça estava úmido, e o velho xale que a agasalhava mostrava sinais de chuva. A fisionomia enrugada era um misto de cólera e apreensão, e Scarlett não se lembrava de ter visto seu beiço mais protuberante. Ela deu uma rápida olhada em Frank e, quando viu quem era, a fisionomia mudou, ficando envolta pelo prazer, surpresa e algo semelhante a culpa se mostrando. Ela veio gingando na direção de Frank, cumprimentando-o, rindo, e fez uma mesura quando ele apertou sua mão.

– Mas é tão bão vê os pessoá de casa – disse ela. – Como vai passano, sinhô Frank? Arre, como o sinhô tá bem. Se eu sabia que a sinhá Scarlett tava com o sinhô, num tava procupada. Ia sabê que tava cuidano dela. Vortei pra cá e vi que ela num tava e fiquei apavorada que nem galinha sem cabeça, pensano nela correno só por aí nessa cidade com todos esses nego livre na rua. Como vosmecê num me disse que ia saí, fia? E tá resfriada!

Matreira, Scarlett piscou para Frank e, apesar de toda a angústia por causa da má notícia que tivera, ele sorriu, sabendo que ela o convidava ao silêncio, metendo-o em uma prazerosa conspiração.

– Vá lá em cima e me arrume roupas secas, Mammy – disse ela. – E chá quente.

– Meu Sinhô do Céu, o vestido novo tá todo estragado – grunhiu Mammy. – Vai me dá o maió trabaio secá e escová ele ara ficá direito procê usá hoje à noite.

Ela entrou na casa e Scarlett se aproximou de Frank, sussurrando:

– Venha jantar conosco hoje. Estamos tão sozinhas... E depois vamos ao casamento. Seja nosso acompanhante! E, por favor, não diga nada a tia Pittypat sobre... sobre Suellen. Isso a angustiaria muito, e não aguentaria que ela soubesse que minha irmã...

– Ah, não vou, não vou! – disse Frank rapidamente, estremecendo só de pensar.

– Você foi muito gentil comigo hoje e me fez bem. Já me sinto corajosa outra vez. – Ela apertou a mão dele para se despedir e virou toda a bateria de seus olhos para ele.

Mammy, que esperava logo depois da porta, lançou-lhe um olhar inescrutável e a seguiu, bufando escada acima até o quarto. Ficou em silêncio enquanto lhe tirava as roupas molhadas, pendurando-as nas cadeiras, e em seguida aconchegou Scarlett na cama. Depois de lhe trazer uma xícara de chá e um tijolo quente embrulhado em uma flanela, olhou para Scarlett e disse, com a abordagem mais próxima a desculpas na voz que Scarlett já ouvira:

– Meu bem, pruquê vosmecê num disse pra sua Mammy o que era? Daí eu num vinha inté Atlanta. Tô muito véia e muito gorda pra ficá correno por aí.

– O que você quer dizer?

– Fia, vosmecê num me engana. Conheço vosmecê. E vi bem a cara do sinhô Frank agorinha e vi sua cara e sei lê suas ideia como quarqué pessoa lê a Bíbria. E ouvi aquele cochicho da sinhá Suellen. Se eu sabia que vosmecê tava atrás do sinhô Frank, tinha ficado em casa, que é o meu lugá.

– Bem – disse Scarlett brevemente, aconchegando-se sob as cobertas e percebendo ser inútil tentar tirar Mammy da pista –, quem você achava que era?

– Fia, eu num tinha ideia, mas num me agradô nadinha sua cara onte. E me alembrei da sinhá Pittypat escrevê pra sinhá Melly que aquele danado do Butler tava com tanto de dinhero e num me esqueço do que oço. Mas o sinhô Frank é um cavalero, mesmo sem sê muito bonito.

Scarlett lhe lançou um olhar aguçado e Mammy o retribuiu com tranquila onisciência.

– E o que você vai fazer a respeito. Contar a Suellen?

– Vô te ajudá a agradá o sinhô Frank de todo jeito que pudé – disse Mammy, enfiando as cobertas em torno do pescoço de Scarlett.

Scarlett ficou quieta por um tempo enquanto Mammy ajeitava o quarto, aliviada de não precisar discutir com ela. Nada de explicações, nada de censuras. Mammy entendera e estava quieta. Scarlett encontrara em Mammy uma realista menos compromissada que ela mesma. Os velhos olhos sábios viam profunda e claramente, com a objetividade do selvagem ou da criança que não é tolhida pela consciência quando seu bicho de estimação está ameaçado. Scarlett era sua filhinha, e o que sua filhinha queria, mesmo que pertencesse a outra, Mammy estava disposta a ajudá-la a obter. Os direitos de Suellen e Frank Kennedy nem lhe passavam pela cabeça, provocavam no máximo um secreto riso à socapa. Scarlett estava em apuros e dando o melhor de si, e Scarlett era a filha da sinhá Ellen. Mammy ficava a seu lado sem um único momento de hesitação.

Scarlett sentiu o reforço silencioso e, conforme o tijolo quente em seus pés a aquecia, a esperança que tinha se acendido levemente no frio percurso até em casa agora era uma chama. Ela foi tomada por ela, que fez o coração bombear sangue para suas veias em ondas pulsantes. A força voltava, e uma excitação descontrolada lhe dava vontade de soltar risadas. Ainda não tinha sido derrotada, pensou exultante.

– Mammy, me alcance o espelho.

– Fica com os ombro por debaxo das coberta – ordenou Mammy, lhe entregando o espelho com um sorriso nos lábios grossos.

Scarlett se olhou.

– Estou branca como um cadáver – disse ela –, e meu cabelo está mais duro que o rabo de um cavalo.

– Num tá tão bonita como podia.

– Hãã... Está chovendo muito?

– Vosmecê sabe que tá.

– Bem, mesmo assim, você tem que ir ao centro para mim.

– Nessa chuva num vô.

– Vai sim, ou então eu mesma vou.

– Que vosmecê tem pra fazê que num pode esperá? Parece que vosmecê já fez muito prum dia só.

– Quero – disse Scarlett, examinando-se cuidadosamente no espelho – um vidro de água-de-colônia. Você pode lavar meu cabelo e enxaguá-lo com a colônia. E compre um vidro de pasta de semente de marmelo para deixá-lo assentado.

– Num vô lavá cabelo com esse tempo, e vosmecê num vai botá prefume no cabelo feito muié assanhada. Não se eu tivé ar pra respirá.

– Ah, vou sim. Veja em minha bolsa e pegue aquela pepita de cinco dólares e vá ao centro. E...hãã... Mammy, aproveite e me compre um ruge também.

– Que é isso? – perguntou Mammy desconfiada.

Scarlett olhou para ela com uma frieza que estava longe de sentir. Nunca havia como saber até que ponto se podia usar Mammy.

– Não importa. Só peça.

– Num vô comprá nada que num sei que que é.

– Bem, é pintura, se está tão curiosa! Pintura para o rosto. Não fique aí parada inchando feito um sapo. Vá.

– Pintura! – exclamou Mammy. – Pintura de rosto! Bão, vosmecê num tá tão grande pra eu num podê te dá uma sova! Nunca que fiquei tão arreliada. Vosmecê tá perdida, fia! A sinhá Ellen deve tá se arrevirano na tumba! Pintá a cara feito uma...

– Você sabe muito bem que vovó Robillard pintava o rosto e...

– É sim, e só usava uma anágua e moiava ela com água pra fazê grudá e mostrá a forma das perna, mais isso num qué dizê que vosmecê vai fazê o mermo! Os tempo era indecente quando a véia sinhá era moça, mais os tempo muda, é certeza, e...

– Por Deus! – falou Scarlett, perdendo a paciência e jogando para trás as cobertas. – Pode voltar já para Tara!

– Vosmecê num pode me mandá pra Tara sem eu querê. Sô livre – disse Mammy com ardor. – E vô ficá bem aqui. Vorta já pra essa cama. Tá quereno pegá uma peumonia logo agora? Larga esse espartio! Dexa isso, fia. Arre, sinhá Scarlett, vosmecê num vai pra lugá ninhum com esse tempo. Sinhô Deus! Mas vosmecê parece mermo com seu pai! Vorta pra cama... num posso saí pra comprá pintura! Eu ia morrê de vergonha, todo mundo sabeno que é pra minha fia! Sinhá Scarlett, vosmecê é tão doce e bonita que num precisa de pintura ninhuma. Fia, só as muié da vida usa essas coisa.

– Bem, elas conseguem resultados, não é?

– Jesus, ove ela! Fiota, num diz essas coisa! Larga essas meia moiada, fia. Num vô dexá ocê ir comprá essas coisa. A sinhá Ellen ia vim garrá meu pé. Vorta pra cama. Eu vô. Vô tentá achá uma loja onde eles não conheça nós.

NAQUELA NOITE na casa da Sra. Elsing, depois de Fanny estar devidamente casada, o velho Levi e os outros músicos afinavam os instrumentos para a dança e Scarlett olhou em volta, contente. Era tão empolgante estar novamente em uma festa. Também estava feliz com a recepção calorosa que tivera. Quando entrou de braço dado com Frank, todos correram para ela com exclamações de prazer e boas-vindas, beijando-a, apertando sua mão, dizendo-lhe quanto tinham sentido sua falta e que ela não devia voltar para Tara. Os homens pareciam ter galantemente esquecido que ela fizera o possível para decepcioná-los no passado, assim como as moças, cujos admiradores ela tentara afastar. A

Sra. Merriwether, a Sra. Whiting, a Sra. Meade e as outras rainhas da cidade, que tinham sido tão frias com ela durante os últimos dias da guerra, haviam se esquecido de sua conduta leviana e de sua reprovação, só relembrando que ela sofrera na derrota em comum e que era a sobrinha de Pitty e viúva de Charles. Eles a beijaram e falaram gentilmente com lágrimas nos olhos sobre a morte de sua querida mãe e, de passagem, perguntaram pelo pai e pelas irmãs. Todos indagaram por Melanie e Ashley, querendo saber o motivo para não terem voltado a Atlanta.

Apesar do prazer da acolhida, Scarlett sentia uma leve intranquilidade, que tentou ocultar, sobre a aparência do vestido de veludo. Ainda estava úmido até a altura dos joelhos e manchado na barra, apesar dos esforços frenéticos de Mammy e da cozinheira com o vapor da chaleira, uma escova de cabelos e do abanar diante do fogo da lareira. Scarlett temia que alguém notasse seu estado e percebesse que era seu único vestido bonito. Ficou um pouco animada pelo fato de que muitos dos vestidos de outras convidadas estavam em pior condição. Eram velhos e estavam cuidadosamente remendados e passados. O seu, pelo menos, estava inteiro e era novo, por mais que estivesse úmido – na verdade, era o único vestido novo da reunião, exceto pelo vestido branco de cetim de Fanny.

Lembrando-se do que tia Pitty lhe contara sobre as finanças dos Elsing, ela ficou imaginando como tinham obtido o dinheiro para o vestido de cetim, para os refrescos, a decoração e os músicos. Devia ter custado uma boa soma. Provavelmente, dinheiro emprestado ou todo o clã dos Elsing tinha contribuído para dar a Fanny esse dispendioso casamento. Uma festa assim nesses tempos difíceis parecia uma extravagância a Scarlett, só rivalizando com as pedras tumulares dos Tarleton, e ela sentiu a mesma irritação e a mesma falta de solidariedade que sentira diante daqueles túmulos. Os dias em que o dinheiro podia ser jogado fora de modo negligente pertenciam ao passado. Por que essas pessoas insistiam na repetição de atos dos velhos tempos quando os velhos tempos já não existiam?

Mas ela deu de ombros para o aborrecimento momentâneo. O dinheiro não era dela, e ela não queria estragar o prazer da noite se irritando com a tolice alheia.

Descobriu que conhecia o noivo muito bem, pois era Tommy Wellburn de Sparta, e ela o atendera no hospital quando ele se ferira no ombro. Fora um belo jovem com seu 1,80 m de altura, e tinha desistido dos estudos de medicina para alistar-se na cavalaria. Agora parecia um velhinho de tão curvado que ficara devido ao ferimento no quadril. Caminhava com certa dificuldade e, como tia Pitty comentara, mancava de modo bem vulgar. Mas ele parecia totalmente inconsciente da própria aparência, ou despreocupado com ela, e agia como alguém que não vê diferença entre os homens. Perdera todas as esperanças de continuar seus estudos de medicina e agora era empreiteiro, dirigindo uma equipe de operários irlandeses que estavam construindo o novo hotel. Scarlett cogitou como ele conseguia dar conta de um trabalho tão pesado em sua situação, mas não fez perguntas, percebendo que quase tudo era possível quando a necessidade se impunha.

Tommy, Hugh Elsing e o pequeno René Picard, que parecia um macaco, ficaram conversando com ela enquanto as cadeiras e os móveis eram afastados até a parede em preparação para a dança. Hugh não mudara nada desde que Scarlett o vira pela última vez em 1862. Ainda era o mesmo menino magro e sensível, com os mesmos cabelos castanho-claros caídos sobre a testa e as mesmas mãos delicadas e inúteis de que ela se lembrava tão bem. Mas René mudara desde aquela licença, quando se casara com Maybelle Merriwether. Ainda possuía o vislumbre gaulês nos olhos negros e o entusiasmo crioulo pela vida, mas, apesar do riso fácil, havia algo duro em sua fisionomia que não estava presente no início da guerra. E o ar altivo e elegante que a farda zuava lhe emprestava sumira completamente.

– Faces como rosas, olhos como esmerraldas! – disse ele, beijando a mão de Scarlett e elogiando o ruge em suas faces. – Bonita como da prrimeirra vez que a vi na querrmesse. Você se lembrra? Nunca vou esquecerr do jeito como você jogou sua aliança na minha cesta. Ah, mas aquilo foi corrajoso! Mas eu nunca irria imaginar que você levarria tanto tempo prra conseguir uma outrra aliança!

Seus olhos travessos cintilaram e ele deu uma cotovelada nas costelas de Hugh.

– E eu nunca imaginei que você estaria transportando tortas em uma carroça, Renny Picard – disse ela. Em vez de se envergonhar por sua ocupação degradante lhe ser jogada na cara, ele pareceu agraciado e caiu na risada, dando um tapa nas costas de Hugh.

– Touché! – exclamou. – Belle Mère, madame Merriwether é quem me manda fazerr isso, o prrimeirro trrabalho que faço na vida, eu, René Picard, que fui crriado parra terr cavalos de corrida e tocarr violino! Orra, eu gosto de dirrigir a carroça e distribuirr as torrtas! Madame Belle

Mère consegue que um homem faça qualquerr coisa. Ela devia terr sido o generral e a gente terria ganhado a guerra, né, Tommy?

Bem, pensou Scarlett. Que ideia essa de gostar de dirigir uma carroça e distribuir tortas quando o pessoal dele possuíra 16 quilômetros ao longo do rio Mississippi, além de uma casa enorme em Nova Orleans!

– Se tivéssemos nossas sogras nas fileiras, teríamos derrotado os ianques em uma semana – concordou Tommy, olhando de relance para sua nova sogra, esguia e invencível. – A única razão para termos durado tanto foram as damas na retaguarda que nunca desistiam.

– Que *nunca* desistirão – emendou Hugh e seu sorriso era orgulhoso, mas torcido. – Não há uma dama sequer aqui que tenha se rendido, não importa o que seus homens tenham feito em Appomattox. É muito pior para elas do que foi para nós. Pelo menos, descontamos no combate.

– E elas no ódio – finalizou Tommy. – Ei, Scarlett? As damas ficam muito mais aborrecidas com o que restou a seus homens do que nós. Hugh devia virar juiz, René se preparava para tocar violino diante das cabeças coroadas da Europa... – Ele se esquivou diante da ameaça de René lhe dar um tapa. – E eu devia ser um médico e agora...

– Nos dê algum tempo! – exclamou René. – Enton eu vou ser o Príncipe das Torrtas do Sul! O meu bom Hugh, o Rei da Lenha, e você, meu Tommy, você serrá prroprrietárrio de escrravos irrlandeses em vez de escrravos negrros. Que mudança... que diverrtido! E o que restou prra vocês, Sra. Scarrlet e Sra. Melly? Vocês orrdenham as vacas, colhem algodón?

– Na verdade, não! – disse Scarlett friamente, incapaz de entender o entusiasmo com que René aceitava as durezas da nova vida. – Nossos negros fazem isso.

– Eu soube que a Sra. Melly batizou o menino de "Beauregard". Diga-lhe que eu, René, aprrovo e digo que exceto por "Jesus" non tem nome melhorr.

Embora risse, seus olhos brilharam orgulhosos ao som do nome do arrojado herói da Louisiana.

– Bem, tem "Robert Edward Lee" – observou Tommy –, e, embora eu não esteja querendo diminuir a reputação do Velho Beau, meu primeiro filho vai se chamar "Bob Lee Wellburn".

René riu e deu de ombros.

– Vou contarr uma piada, mas é uma histórria verrdadeirra. E você verrá o que os crioulos pensam de nosso bravo Beauregard e de seu generral Lee. No trrem perto de Nova Orleans, um homem da Virgínia, um homem do generral Lee, se encontrrou com um homem das trropas de Beauregard. E o homem da Virgínia fala, fala, fala como o generral Lee faz isso, como o generral Lee diz aquilo. E o crioulo, ele parrece bem-educado e enruga a testa como se tentasse se lembrrar e enton sorri e diz: "Generral Lee! Ah, oui! Agorra eu sei! Generral Lee! O homem de quem o generral Beauregard fala bem!"

Scarlett tentou educadamente juntar-se ao coro de risadas, mas não viu nenhum sentido na história, exceto que os crioulos eram tão presunçosos quanto o povo de Charleston ou de Savannah. Além disso, ela sempre achara que o filho de Ashley devia ter sido batizado com o nome do pai.

Após afinarem os instrumentos e darem os tons preliminares, os músicos atacaram com "O Véio Dan Tucker" e Tommy se virou para ela.

– Quer dançar, Scarlett? Não posso acompanhá-la, mas Hugh ou René...

– Não, obrigada. Ainda estou de luto por minha mãe – disse Scarlett apressadamente. – Vou me sentar durante as danças.

Seus olhos procuraram por Frank Kennedy, que estava ao lado da Sra. Elsing, e ela o chamou com o dedo.

– Vou me sentar naquele canto. Se quiser me trazer uma bebida, poderemos conversar – falou a Frank enquanto os outros três dispersavam.

Quando ele se apressou para ir buscar um copo de vinho e uma fatia de bolo fina como papel, Scarlett sentou-se no canto da sala e arrumou com cuidado as saias, tentando ocultar as piores partes. Os acontecimentos humilhantes da manhã com Rhett tinham sido eliminados de sua mente pela empolgação de ver tanta gente e de ouvir música outra vez. Amanhã ela pensaria na conduta de Rhett e em sua vergonha e aquilo a faria se contorcer outra vez. Amanhã ela veria se tinha causado qualquer impressão no coração magoado e confuso de Frank. Mas hoje, não. Hoje ela estava viva até a ponta dos dedos, todos os sentidos alertas de esperança, os olhos radiantes.

Do canto ela olhou para o grande salão e observou os dançarinos, relembrando a beleza daquela sala quando ela chegara a Atlanta durante a guerra. Na época, o piso de tábua corrida brilhava como vidro e, acima, as centenas de pequenos prismas do lustre refletiam cada raio das dúzias de velas que continha, fazendo a luz dançar pela sala em forma de diamantes e safiras. Os velhos retratos nas paredes eram dignos e graciosos, olhando para os convidados com ar de madura hospitalidade. Os sofás de jacarandá eram macios e convidativos, e um deles, o maior, ficava no lugar de honra nesse mesmo nicho onde ela se sentava agora. Tinha sido o assento favorito de Scarlett nas festas. Desse ponto se estendia uma vista agradável do salão e da sala de jantar, com sua mesa oval de mogno que acomodava vinte pessoas e as vinte cadeiras de pés finos gravemente encostadas nas paredes, o pesado aparador e o bufê com a prataria pesada, os candelabros de sete braços, as taças, galheteiros, os decantadores e pequenos copos brilhantes. Scarlett se sentara naquele sofá muitas vezes nos primeiros anos da guerra, sempre com algum oficial bonito ao lado, e ouvira o violino e o contrabaixo, o acordeão e o banjo, e os ruídos estimulantes provocados pelos pés que dançavam no piso encerado e polido.

Agora o lustre estava escuro, meio torto e com a maioria dos prismas quebrados, como se os ocupantes ianques tivessem feito de sua beleza um alvo para as botas. Agora um lampião a óleo e algumas velas iluminavam a sala, e o fogo que ardia na larga lareira proporcionava a maior parte da iluminação. A luz tremeluzente mostrava o modo irreparável como o velho piso fosco estava arranhado e lascado. Quadrados no papel de parede desbotado evidenciavam que no passado havia retratos pendurados ali, e grandes rachaduras no gesso relembravam o dia durante o cerco em que uma bomba explodira na casa e destruíra partes do telhado e do segundo andar. A velha mesa pesada de mogno, servida de bolo e decantadores, ainda presidia a sala de jantar vazia, mas estava arranhada e os pés quebrados mostravam sinais de um conserto malfeito. O aparador, a prataria e as cadeiras esguias tinham sumido. As cortinas dourado-fosco de tecido adamascado que cobriam as janelas francesas arqueadas no fundo do salão já não estavam lá, e apenas os restos das cortinas de renda permaneciam, limpas, mas obviamente consertadas.

No lugar do sofá circular de que ela tanto gostava, havia um banco duro, não muito confortável. Ela se sentou ali com o máximo de graça possível, desejando que suas saias estivessem em condições de lhe permitir dançar. Seria bom dançar de novo. Mas, é claro, ela poderia fazer mais com Frank naquele nicho afastado do que em uma escocesa de tirar o fôlego, podendo ouvir fascinada a conversa dele e encorajá-lo a voos mais altos de tolice.

Mas, certamente, a música era convidativa. Sua sapatilha batia saudosa no compasso do pé largo de Levi enquanto ele tangia as cordas do banjo estridente e comandava a escocesa. Os pés arrastavam e batiam conforme as fileiras gêmeas dançavam em direção uma da outra, recuavam, giravam e faziam arcos com os braços.

O Véio Dan Tucker ficô bêbo...
(Gire seus par!)
Caiu na foguera e chutô uma acha de lenha!
(As dama pula a foguera!)

Após os meses tediosos e exaustivos em Tara, era bom ouvir música e o som de pés dançantes, bom ver rostos familiares e simpáticos rindo sob a luz difusa, contando velhas piadas e declarando velhos lemas, caçoando, brincando, flertando. Era como voltar à vida depois de estar morta. Dava quase a impressão de que os dias luminosos de cinco anos atrás tinham voltado. Se ela pudesse fechar os olhos e não ver os vestidos surrados e refeitos, as botas e sapatilhas remendadas, se sua mente não relembrasse os rostos dos rapazes ausentes na escocesa, poderia ter pensado que nada mudara. Mas enquanto olhava, observando os velhos agrupados em torno do decantador na sala de jantar, as matronas alinhadas nas paredes, conversando por trás de mãos sem leques e o vaivém dos jovens dançarinos saltitantes, ela percebeu súbita, fria e assustadoramente que tudo mudara a tal ponto, que aquelas figuras familiares pareciam fantasmas.

Pareciam os mesmos, mas estavam diferentes. O que era? Estariam apenas cinco anos mais velhos? Não, era algo além da passagem do tempo. Algo se esvaíra deles, se esvaíra daquele mundo. Cinco anos antes, uma sensação de segurança os envolvia tão generosamente que nem percebiam. Tinham florescido naquele abrigo. Agora era passado e com ele se fora a antiga emoção, a antiga sensação de algo encantador e empolgante logo ali na esquina, o antigo glamour do estilo de vida deles.

Ela sabia que também tinha mudado, mas não como eles, e aquilo a intrigava. Ali sentada, ela os observava e se sentia uma estranha, alheia e solitária como se tivesse vindo de outro mundo, falando uma língua que eles não entendiam e sem entender a deles. Depois reconheceu que essa sensação era a mesma que tinha em relação a Ashley. Com ele e com as pessoas semelhantes a ele, que compunham a maior parte de seu mundo. Ela se sentia fora de alguma coisa que não conseguia entender.

As fisionomias estavam pouco mudadas, os modos, não, mas lhe parecia que essas duas coisas eram tudo o que restava de seus velhos amigos. Uma dignidade imutável e uma cortesia atemporal ainda os caracterizava e assim seria até morrerem, mas eles carregariam uma amargura imortal para a sepultura, uma amargura profunda demais para ser posta em palavras. Eram pessoas de fala macia, arrebatadas, cansadas, que estavam derrotadas e não reconheceriam a derrota, alquebradas e mesmo assim determinadamente eretas. Eram cidadãos esmagados e impotentes de províncias conquistadas. Eram espectadores no estado que amavam, que viam ser pisoteado pelo inimigo, viam malandros caçoando da lei, seus antigos escravos transformados em uma ameaça, os homens privados de seus direitos civis, as mulheres insultadas. E se lembravam dos túmulos.

Tudo em seu velho mundo tinha mudado, exceto os antigos padrões. Os costumes se mantinham, era preciso, pois só o que lhes restava eram os padrões. Seguravam-se com afinco às coisas que conheciam melhor e mais amavam dos velhos tempos, as maneiras folgadas, a cortesia, a informalidade agradável nos contatos humanos e, mais que tudo, a atitude protetora dos homens em relação às mulheres. Fiéis à tradição em que tinham sido criados, os homens eram corteses e ternos e quase conseguiam criar uma atmosfera protetora que afastasse suas mulheres de tudo o que fosse duro e impróprio para os olhos femininos. Isso, pensou Scarlett, era o máximo do absurdo, pois havia pouco que até a mais enclausurada das mulheres não tivesse visto e sabido nos últimos cinco anos. Elas tinham atendido os feridos, cerrado olhos mortos, sofrido a guerra, o incêndio e a devastação, conhecido o terror, a luta e a fome.

Mas, não importava o que tinham visto ou as tarefas servis que haviam desempenhado e teriam que desempenhar, continuavam sendo damas e cavalheiros, a realeza no exílio – amarga, arredia, apática, gentis uns com os outros, duros como o diamante, claros e frágeis como os cristais quebrados sob suas cabeças. Os velhos tempos tinham se acabado, mas essas pessoas seguiriam como se ainda existissem, charmosos, folgados, determinados a não se apressar para disputar por centavos como os ianques, determinados a não se separar de nada que pertencesse aos velhos tempos.

Scarlett sabia que ela também tinha mudado muito. Caso contrário, não teria conseguido fazer as coisas que tinha feito desde que estivera em Atlanta pela última vez; caso contrário, não estaria planejando o que estava desesperadamente prestes a fazer. Mas havia uma diferença entre a dureza deles e a dela, e exatamente que diferença era essa ela ainda não sabia. Talvez por não haver nada de que ela não fosse capaz, enquanto havia muitas coisas que essas pessoas prefeririam morrer a fazer. Talvez fosse porque, mesmo tendo perdido as esperanças, continuassem rindo da vida, fazendo uma graciosa mesura e indo em frente. E isso Scarlett não conseguia.

Não conseguia ignorar a vida. Precisava vivê-la e lhe era muito brutal, muito hostil até tentar pôr um verniz sobre suas asperezas com um sorriso. Scarlett nada via da doçura, da coragem e do orgulho inflexível de seus amigos. Só via uma teimosia estúpida que observava os fatos, mas sorria e se recusava a encará-los de frente.

Olhando para os dançarinos, corados com a escocesa, ela se perguntou se as coisas os impulsionavam como a ela, amores mortos, maridos mutilados, filhos famintos, terras perdidas, tetos amados que abrigam estranhos. Mas, é claro, eles eram impulsionados! Ela sabia das circunstâncias deles só um pouco menos do que sabia das suas. As perdas deles tinham sido as dela, as privações deles, as dela, seus problemas os mesmos que os dela. Contudo, tinham reagido de modo diferente a tudo aquilo. Os rostos que ela via no salão não eram rostos, e sim máscaras, ótimas máscaras, que nunca cairiam.

Mas, se estivessem sofrendo tão agudamente as circunstâncias brutais como ela estava – e eles estavam –, como conseguiam manter esse ar de alegria e essa leveza de alma? Por que, na verdade, tentavam fazê-lo? Estavam além de sua compreensão e eram vagamente irritantes. Ela não conseguia ser como eles. Não podia examinar o naufrágio do mundo com ar de despreocupação acidental. Sentia-se como uma raposa sendo caçada, correndo com o coração a explodir, tentando chegar à toca antes que os cães a alcançassem.

De repente, odiou todos eles porque eram diferentes dela, porque carregavam suas perdas com um ar que ela jamais conseguiria alcançar, que jamais desejaria alcançar. Ela os odiava, aqueles estranhos sorridentes e graciosos, tolos orgulhosos, que se orgulhavam de algo que tinham perdido, parecendo orgulhosos de terem perdido. As mulheres posavam de damas e ela sabia que eram damas, embora seu cotidiano fosse preenchido por tarefas servis e elas não soubessem de onde viria seu próximo vestido. Todas damas! Mas ela não conseguia se sentir uma dama, apesar do vestido de veludo e do cabelo perfumado, apesar do orgulho do berço que trazia e da fortuna que já tivera. O contato agreste com a terra vermelha de Tara lhe havia desnudado da nobreza, e ela sabia que nunca se sentiria uma dama novamente até que sua mesa estivesse guarnecida de prata e cristal, fumegante de boa comida, até que seus próprios cavalos e carruagens estivessem em seu estábulo, até que mãos negras, não brancas, colhessem o algodão de Tara.

"Ah!", pensou ela, raivosa, suspirando. "Esta é a diferença! Mesmo sendo pobres, elas ainda se sentem como damas, e eu não. As tolas não parecem perceber que não é possível ser uma dama sem dinheiro!"

Mesmo com essa revelação, ela percebeu vagamente que, por mais tolas que elas parecessem, sua atitude estava certa. Ellen teria achado. Isso a perturbou. Sabia que deveria se sentir como essas pessoas, mas não conseguia. Sabia que deveria crer devotadamente, como elas, que uma dama nata assim permanece, mesmo que reduzida à pobreza, mas agora não conseguia acreditar nisso.

Toda a vida ela ouvira as pessoas caçoando dos ianques porque suas pretensões à cortesia se baseavam na riqueza, não no berço. Mas, nesse momento, por mais que fosse uma heresia, ela não podia deixar de pensar que os ianques estavam certos a respeito dessa questão, mesmo que estivessem errados sobre todas as outras. Era necessário dinheiro para ser uma dama. Ela sabia que Ellen teria desmaiado se ouvisse tais palavras da própria filha. Nenhum grau de pobreza teria deixado Ellen envergonhada. Envergonhada! Sim, era como Scarlett se sentia. Envergonhada por estar pobre e reduzida a exasperantes vestidos virados do avesso, à penúria e ao trabalho que os negros deveriam fazer.

Irritada, deu de ombros. Talvez essa gente estivesse certa, e ela, errada, mas, de todo jeito, esses tolos orgulhosos não estavam olhando adiante como ela, retesando cada nervo, arriscando até a honra e o bom nome para conseguir de volta o que perdera. Estava abaixo da dignidade de muitos deles entregar-se a uma disputa renhida por dinheiro. Os tempos eram rudes e duros. Pediam uma luta rude e dura se alguém quisesse conquistá-los. Scarlett sabia que a tradição familiar forçosamente refrearia muitas dessas pessoas de tal luta – sendo ganhar dinheiro claramente sua meta. Todos achavam que procurar ganhar dinheiro e até falar sobre dinheiro eram coisas vulgares ao extremo. Claro que havia exceções. A Sra. Merriwether fazia suas tortas e René as transportava na carroça. Hugh Elsing rachava e vendia lenha e Tommy trabalhava como empreiteiro. E Frank tivera a iniciativa de abrir uma loja. Mas e o povo? Os fazendeiros lavrariam alguns hectares e viveriam na pobreza.

Os advogados e médicos voltariam à carreira, esperando por clientes que talvez nunca viessem. E os outros, os que tinham vivido bem com seus rendimentos? O que lhes aconteceria?

Mas ela não ficaria pobre toda a vida. Não se sentaria e esperaria pacientemente por um milagre. Iria se lançar na vida e tirar dela o que pudesse. Seu pai começara como um pobre rapaz imigrante e conquistara todos aqueles hectares de Tara. O que ele fizera, sua filha poderia fazer. Ela não era como essas pessoas que tinham apostado tudo na Causa que já passara e estavam orgulhosas de ter perdido porque a Causa valia qualquer sacrifício. Elas tiravam sua coragem do passado. Scarlett tirava a sua do futuro. No momento, Frank Kennedy era seu futuro. Pelo menos, tinha a loja e dinheiro. E, se ela conseguisse se casar com ele e botar as mãos naquele dinheiro, poderia pagar as contas de Tara por mais um ano. E, depois disso, Frank ia comprar a serraria. Ela via a rapidez com que a cidade estava se reconstruindo, e qualquer um que abrisse um negócio de madeira agora, quando havia tão pouca competição, teria uma mina de ouro.

Do fundo de sua mente, lhe chegaram as palavras que Rhett dissera nos primeiros anos da guerra sobre o dinheiro que ele ganhara com o bloqueio. Ela não se preocupara em entendê-las na época, mas agora pareciam perfeitamente claras, e ela imaginava se tinha sido apenas sua juventude ou pura burrice que a impedira de apreciá-las então.

"Pode-se ganhar tanto dinheiro com os destroços de uma civilização como com sua construção."

"Estes são os destroços que ele previu", pensou ela, "e estava certo. Ainda se pode ganhar muito dinheiro se não se tiver medo de trabalhar... ou de roubar".

Vendo Frank atravessar a sala em sua direção com uma taça de vinho de amoras e um pedaço de bolo em um pires, ela abriu um sorriso. Não lhe ocorreu questionar se Tara valia o casamento com Frank. Sabia que valia e nunca pensou duas vezes no assunto.

Sorriu para ele enquanto tomava um gole do vinho, sabendo que suas faces estavam mais atraentemente rosadas que as de qualquer dançarina. Afastou as saias para que se sentasse a seu lado e ficou abanando o lenço para que o leve aroma da colônia alcançasse o nariz dele. Estava orgulhosa da água-de-colônia, pois nenhuma outra mulher no salão estava usando qualquer perfume, e Frank notara. Em um acesso de ousadia, sussurrara-lhe que ela estava mais rosada e perfumada que uma rosa.

Se ao menos ele não fosse tão tímido! Ele lembrava um velho coelho marrom e tímido do campo. Se ao menos tivesse a galanteria e o ardor dos Tarleton ou mesmo a imprudência ordinária de Rhett Butler. Mas, se possuísse essas qualidades, seria provável que tivesse juízo suficiente para perceber o desespero que se ocultava sob suas recatadas pálpebras palpitantes. Como era tímido, não conhecia as mulheres o suficiente para suspeitar o que ela planejava, o que era uma sorte, mas não aumentava o respeito que tinha por ele.

36

Ela se casou com Frank Kennedy duas semanas após uma corte fenomenal, à qual ela, corando, lhe confessara não ter fôlego para resistir por mais tempo.

Ele não sabia que, durante aquelas duas semanas, ela andara para cá e para lá à noite, rangendo os dentes diante da lentidão com que ele percebia as insinuações e os estímulos, rezando para que não chegasse uma carta inoportuna de Suellen e arruinasse seus planos. Agradeceu a Deus que a irmã fosse a pior das correspondentes, gostando de receber cartas, mas não de escrevê-las. Mas sempre havia uma possibilidade, sempre, pensava, durante as longas horas das noites em que trilhava o piso frio do quarto, com o xale desbotado de Ellen sobre a camisola. Frank não sabia que ela recebera uma carta lacônica de Will, relatando que Jonas Wilkerson fizera outra visita a Tara e, ao saber que ela estava em Atlanta, se enfurecera, e Will e Ashley literalmente o haviam atirado para fora. A carta de Will martelava em sua cabeça o fato que ela já conhecia bem: o tempo estava cada vez mais curto para o pagamento dos impostos extras. Vendo os dias passarem, ela se desesperou, desejando o poder de segurar a ampulheta nas mãos e impedir a descida da areia.

Mas ocultou tão bem os sentimentos, desempenhou com tal maestria seu papel, que Frank de nada desconfiou, vendo apenas o que lhe era apresentado na superfície: a bonita e desamparada jovem viúva de Charles Hamilton que o cumprimentava todas as noites na sala da Srta. Pittypat e ficava sem fôlego ao escutá-lo falando de seus planos futuros para a loja e sobre quanto dinheiro pretendia ganhar quando pudesse comprar a serraria. Sua doce solidariedade e o interesse demonstrado pelos olhos brilhando com cada palavra que ele pronunciava eram um bálsamo sobre a ferida deixada pelo suposto abandono de Suellen. Seu coração estava magoado e confuso com a conduta de Suellen, e sua vaidade, sua tímida e suscetível vaidade de solteirão de meia-idade, consciente de não atrair as mulheres, estava profundamente ferida. Não podia escrever a Suellen, repreendendo-a pela infidelidade; esquivava-se da ideia. Mas podia sossegar o coração conversando sobre ela com Scarlett. Sem qualquer palavra desleal sobre Suellen, ela podia lhe dizer que entendia quanto a irmã o tratara mal e que ele merecia ser bem-tratado por uma mulher que realmente o apreciasse.

A pequena Sra. Hamilton era uma linda moça de bochechas rosadas, que se alternava entre suspiros melancólicos, quando pensava em sua triste situação, e risos tão alegres e doces quanto o tinido de sininhos de prata quando ele fazia pequenas brincadeiras para animá-la. Seu vestido verde, agora perfeitamente limpo por Mammy, mostrava à perfeição sua figura esbelta com a cintura fininha, e como era enfeitiçante a leve fragrância que sempre envolvia seu lenço e seu cabelo! Era uma vergonha que uma jovem tão boa estivesse sozinha e desamparada em um mundo impiedoso que estava além de sua compreensão. Não tinha marido, nem irmão, ou sequer um pai para protegê-la. Frank considerava o mundo grosseiro demais para uma mulher só e, com essa ideia, Scarlett silenciosa e entusiasticamente concordava.

Ele as visitava todas as noites, pois a atmosfera na casa de Pitty era agradável e calmante. O sorriso de Mammy na porta da frente era reservado às pessoas de categoria, Pitty lhe servia café com conhaque, alvoroçando-se a seu redor, e Scarlett prestava atenção a tudo o que ele dizia. Às vezes, ele a levava a passear de charrete à tarde enquanto resolvia seus negócios. Esses passeios eram alegres porque ela o enchia de perguntas tolas – "como uma mulher" ele dizia a si mesmo em sinal de aprovação. Não conseguia deixar de rir diante de sua ignorância em questões de negócios, e ela também ria, dizendo:

– Bem, é claro que você não pode esperar que uma mulherzinha tola como eu entenda de assuntos masculinos.

Ela o fez sentir, pela primeira vez em sua vida de solteirão, um homem forte e íntegro, feito por Deus em um molde mais nobre, para proteger mulheres tolas e desamparadas.

Quando, enfim, eles estavam lado a lado para se casar, a pequena mão confiante dela na sua e os cílios castamente abaixados lançando espessos crescentes negros sobre suas bochechas rosadas, ele ainda não sabia como tudo aquilo acontecera. Sabia apenas que fizera algo romântico e empolgante pela primeira vez na vida. Ele, Frank Kennedy, tinha trazido essa encantadora criatura para seus braços fortes. Era uma sensação estonteante.

Nenhum amigo ou parente estava no casamento. As testemunhas foram estranhos encontrados na rua. Scarlett insistira nisso e ele cedera, embora relutante, pois queria que sua irmã e o cunhado, de Jonesboro, estivessem presentes. E uma recepção com brindes feitos à noiva na sala de visitas da Srta. Pitty entre amigos alegres teria sido uma felicidade para ele. Mas Scarlett não queria nem sequer ouvir falar na presença da Srta. Pitty.

– Só nós dois, Frank – ela implorou, apertando seu braço. – Como em uma fuga. Eu sempre quis fugir para me casar! Por favor, querido, por mim!

Fora aquele termo carinhoso, ainda tão novo para seus ouvidos, e as lágrimas brilhantes que margearam os olhos verde-claros, fixos nele em súplica, que o fizeram ceder. Afinal, um homem devia fazer algumas concessões à noiva, especialmente no que se referia ao casamento, pois as mulheres davam muita importância às coisas sentimentais.

E, antes de se dar conta, ele estava casado.

FRANK LHE DEU os 300 dólares, desnorteado por sua doce insistência, a princípio relutante, pois isso significava o fim de sua esperança de comprar a serraria imediatamente. Mas não podia ver a família dela desapropriada, e a decepção logo diminuiu à vista de sua alegria radiante, para depois esvair-se completamente diante do modo amoroso com que ela "agradeceu" sua generosidade. Frank nunca tivera antes uma mulher lhe "agradecendo" daquele modo, e acabou sentindo que o dinheiro tinha sido bem investido.

Scarlett despachou Mammy para Tara de imediato com o triplo propósito de entregar o dinheiro a Will, anunciar seu casamento e voltar com Wade para Atlanta. Dois dias depois, ela recebeu um bilhete de Will, que levava consigo, lendo e relendo com uma felicidade crescente. Will escrevera que os impostos tinham sido pagos e que Jonas Wilkerson "reagiu bem mal" à notícia, mas que até então não fizera outras ameaças. Encerrou desejando-lhe felicidades, uma declaração formal e lacônica, sem qualquer ressalva. Ela sabia que Will entendia o que ela fizera e por quê, não a culpando nem elogiando. Mas o que Ashley teria pensado? Daria tudo para saber. O que estará pensando de mim agora, depois do que eu lhe disse há tão pouco tempo no pomar de Tara?

Também recebeu uma carta de Suellen, mal escrita, hostil, ofensiva, manchada de lágrimas, uma carta tão cheia de veneno e de observações verdadeiras sobre seu caráter que ela nunca a esqueceria nem perdoaria quem a escrevera. Mas nem as palavras da irmã conseguiram diminuir sua alegria pela salvação de Tara, pelo menos do perigo imediato.

Foi duro perceber que agora Atlanta era sua casa, e não Tara. No desespero de obter o dinheiro dos impostos, nenhum pensamento que não fosse salvar Tara e o destino que a ameaçava ocupara sua mente. Mesmo no momento do casamento, ela não pensara no fato de que o preço que estava pagando pela segurança de sua casa era o exílio permanente. Agora que a façanha estava realizada, ela o percebia com uma saudade difícil de extinguir. Mas assim era. Fizera sua barganha e pretendia ficar com ela. E estava tão agradecida a Frank por ter salvado Tara que sentiu um afeto caloroso por ele e uma determinação igualmente calorosa de que ele jamais se arrependeria de ter se casado com ela.

As senhoras de Atlanta sabiam pouco menos sobre os assuntos de seus vizinhos do que sobre os próprios, e se interessavam muito mais pelos primeiros. Todos sabiam que havia anos Frank Kennedy tinha um "entendimento" com Suellen O'Hara. De fato, ele dissera, acanhado, que esperava se casar na primavera. Portanto, não foi de surpreender o tumulto de mexericos, suposições e profundas desconfianças que se seguiu ao anúncio do discreto casamento com Scarlett. A Sra. Merriwether, que nunca deixava de satisfazer sua curiosidade se pudesse, perguntou sem rodeios o que ele pretendia tendo se casado com uma irmã quando estava noivo da outra. Ela contou à Sra. Elsing que tudo o que conseguiu como resposta para suas aflições foi um olhar tolo. Nem mesmo a Sra. Merriwether, a alma valente que era, ousou abordar Scarlett sobre o assunto. Scarlett parecia recatada e doce o bastante naquele tempo, mas havia uma satisfação complacente em seus olhos que incomodava as pessoas, e um aborrecimento que ninguém fazia questão de perturbar.

Ela sabia que Atlanta mexericava, mas não se importava. Afinal, nada havia de imoral em se casar com um homem. Tara estava salva. Que o povo falasse. Ela tinha muitas outras coisas com que se ocupar. A mais importante era fazer Frank perceber, com muito tato, que a loja precisava fazer mais dinheiro. Depois do susto que Jonas Wilkerson tinha lhe dado, ela nunca descansaria até que ela e o marido tivessem algum dinheiro de reserva. E, mesmo que não aparecesse nenhuma emergência, Frank precisaria ganhar mais para que ela pudesse poupar o suficiente para os impostos do ano seguinte. Além disso, o que Frank lhe dissera sobre a serraria ficara em sua cabeça. Ele poderia ganhar muito. Qualquer um poderia, com o preço ultrajante da madeira. Ela lamentava em silêncio que o dinheiro de Frank não tivesse sido suficiente para pagar os impostos de Tara e comprar a serraria. Decidira que ele precisava dar um jeito de lucrar mais com a loja, e rápido, para poder comprar logo aquela serraria antes que alguém a surrupiasse. Era claramente uma barganha.

Se ela fosse homem, compraria a serraria nem que tivesse que hipotecar a loja para levantar o dinheiro. Mas, ao sugeri-lo delicadamente a Frank no dia seguinte ao casamento, ele sorriu e lhe disse para não incomodar sua doce cabecinha com negócios. Chegou a ficar surpreso que ela soubesse o que era uma hipoteca e, a princípio, se divertiu. Mas a diversão logo passou, e uma sensação de choque tomou seu lugar nos primeiros dias do casamento. Certa vez, incauto, dissera que "pessoas" (tivera o cuidado de não mencionar nomes) lhe deviam dinheiro, mas não podiam pagar de imediato e, é claro, ele não queria pressionar velhos amigos e gente de bem. Frank se arrependeu de ter mencionado aquilo, pois, desde então, ela não parava de indagar a respeito. Ela tinha o mais encantador dos ares infantis, mas só estava curiosa, disse, por saber quem lhe devia e quanto. Frank foi bastante evasivo. Tossiu nervoso, gesticulou e repetiu o comentário irritante sobre sua doce cabecinha.

Ele começara a perceber que aquela mesma doce cabecinha era uma "boa cabeça para números". Na verdade, bem melhor que a sua, e isso lhe tirou a tranquilidade. Ficou estupefato ao descobrir que ela conseguia somar rapidamente uma longa coluna de números quando ele precisava de papel e lápis para mais de três algarismos. E frações não eram obstáculo para a esposa. Ele sentia que havia algo de inadequado em uma dama que entendesse de frações e de negócios, e acreditava que, se uma mulher era desafortunada a ponto de possuir esse tipo de compreensão tão pouco feminina, devia fingir o contrário. Agora ele detestava falar de negócios com ela tanto quanto apreciara antes de se casarem. No princípio, achava que aquilo estava além de sua capacidade mental, e era prazeroso explicar-lhe. Agora percebia que ela entendia tudo bem demais, e sentia a indignação masculina costumeira diante da duplicidade das mulheres.

Em acréscimo, houve a usual desilusão masculina de descobrir que uma mulher possui um cérebro.

Ninguém nunca soube em que momento de sua vida de casado Frank ficou sabendo da artimanha usada por Scarlett para se casar com ele. Talvez a verdade tenha vindo à tona quando Tony Fontaine, obviamente desimpedido, foi a Atlanta a negócios. Talvez lhe tenha sido dito de modo mais direto por meio das cartas de sua irmã de Jonesboro, que estava estarrecida com o casamento. Com certeza, nunca soube por intermédio da própria Suellen. Ela nunca lhe escreveu e, naturalmente, ele não podia escrever explicando. De que adiantariam explicações agora que ele estava casado? Ele se contorceu por dentro ao pensar que Suellen nunca saberia a verdade e sempre acharia que ele rompera o noivado de modo insensível. Era provável que todos estivessem pensando o mesmo e criticando-o, o que certamente o deixava em uma posição constrangedora. E não havia como elucidar os fatos, pois um homem não podia sair por aí dizendo que perdera a cabeça por causa de uma mulher, e não podia anunciar o fato de que sua esposa lhe armara uma cilada com uma mentira.

Scarlett era sua esposa, e uma esposa merecia a lealdade do marido. Além disso, não podia acreditar que ela se casara com ele friamente, sem sentir qualquer afeto. Sua vaidade masculina não permitiria que tal ideia permanecesse por muito tempo em sua mente. Era mais agradável pensar que ela tinha se apaixonado subitamente por ele e que se dispôs a mentir para tê-lo. Mas era tudo muito intrigante. Ele sabia que não era um grande partido para uma mulher que tinha metade de sua idade, era bonita e, ainda por cima, esperta, mas Frank era um cavalheiro e manteve para si a perplexidade. Scarlett era sua mulher e ele não podia ofendê-la fazendo perguntas esquisitas que, afinal, não remediariam as coisas.

Não que Frank estivesse especialmente interessado em remediar coisa alguma, pois tudo indicava que teria um casamento feliz. Scarlett era a mais encantadora e excitante das mulheres, e ele a achava perfeita em tudo, exceto pelo fato de ser tão voluntariosa. Logo aprendeu que, enquanto as coisas fossem feitas a seu modo, a vida seria bem agradável, mas quando ela era contrariada... Tendo as coisas a seu modo, ela era alegre como uma criança, ria muito, fazia brincadeirinhas tolas, sentava-se no joelho dele e lhe puxava a barba até ele se sentir vinte anos mais moço. Ela podia ser inesperadamente doce e atenciosa, aquecendo seus chinelos diante da lareira quando ele chegava em casa à noite, preocupando-se afetuosamente com seus pés úmidos e intermináveis resfriados, lembrando-se de que ele gostava de moela de galinha e de três colheres de sopa de açúcar no café. Sim, a vida era doce e aconchegante com Scarlett, contanto que as coisas fossem como ela queria.

Após duas semanas de casados, Frank contraiu a gripe, e o Dr. Meade o pôs de cama. No primeiro ano da guerra, Frank passara dois meses no hospital com pneumonia e desde então ficava apavorado de ter outro ataque; portanto, gostou bastante de ficar deitado, suando sob três cobertores e tomando as cocções quentes que Mammy e tia Pitty lhe traziam toda hora.

A doença se prolongou e Frank estava a cada dia mais preocupado com a loja. O balconista tinha ficado encarregado e ia até sua casa todas as noites para relatar os negócios do dia, mas Frank não estava satisfeito. Scarlett, que só esperava por tal oportunidade, aproveitou o aborrecimento, pôs a mão fria em sua testa e disse:

– Ora, querido, ficarei aflita se você continuar assim. Vou ao centro ver como andam as coisas.

E ela foi, sorrindo, enquanto abafava seus fracos protestos. Durante as três semanas de seu novo casamento, ela estava febril para ver os livros da contabilidade e descobrir como estavam exatamente as questões financeiras. Que sorte ele ficar acamado!

A loja ficava perto de Five Points, o telhado novo brilhando ao contrário dos tijolos escurecidos das velhas paredes. Toldos de madeira cobriam a calçada até o fim da rua e cavalos e mulas estavam amarrados às longas barras de ferro que os apoiavam, as cabeças baixas contra a chuva fria e a névoa, os lombos cobertos com cobertores e colchas velhas. O interior da loja se parecia com a de Bullard em Jonesboro, exceto pela ausência de vagabundos em torno do fogão à lenha aceso, desbastando madeira e cuspindo fumo mascado nas caixas de areia. Era maior que a loja de Bullard, e muito mais escura. Os toldos de madeira impediam a entrada da luz do dia invernal e o interior ficava na penumbra, sombrio, com uma fresta de luz entrando pelas janelinhas cobertas de moscas que ficavam no alto das paredes laterais. O piso era coberto por serragem enlameada e estava tudo cheio de pó e sujeira. Havia uma aparência de ordem na frente da loja, onde prateleiras altas se erguiam para a escuridão, empilhadas com peças coloridas de tecido, louça, utensílios de cozinha e aviamentos. Mas no fundo, atrás da divisória, reinava o caos.

Ali não havia cobertura no chão e a mistura variada de estoque se empilhava caoticamente sobre o chão batido. Na semiescuridão, ela viu caixas de produtos, arados e arreios, selas e caixões baratos de pinho. Mobília usada, que ia de resina barata a mogno e jacarandá, acomodada na escuridão, e os surrados estofados de brocado e crina de cavalo eram um vislumbre incongruente naquelas cercanias sombrias. Caixas de louça, conjuntos de tigelas e jarras se espalhavam pelo chão, e em volta das quatro paredes havia latões fundos, tão escuros que ela precisou segurar o lampião bem em cima para ver que continham sementes, pregos, parafusos e ferramentas de carpinteiro.

"Eu achava que um homem tão detalhista e com ares de velha solteirona como Frank manteria as coisas mais organizadas", pensou, esfregando as mãos sujas no lenço. "Este lugar é um chiqueiro. Que jeito de dirigir uma loja! Se ele pelo menos tirasse o pó dessas coisas e pusesse lá na frente onde as pessoas pudessem ver, poderia vender tudo mais rapidamente."

E, se o estoque estava naquelas condições, como não estaria a contabilidade!

"Vou dar uma olhada no livro agora", pensou, e pegando o lampião foi até a frente da loja. Willie, o balconista, ficou relutante em lhe entregar o grande livro-razão de capa suja. Era óbvio que, jovem como era, compartilhava a opinião de Frank de que não havia lugar para mulheres nos negócios. Mas Scarlett o calou com uma boa chamada, mandando-o sair para almoçar. Sentiu-se melhor quando ele se foi, pois sua reprovação a aborreceu, e se acomodou em uma cadeira próxima ao fogão à lenha, sentando-se sobre um pé e deixando o livro no colo. Era hora do almoço e as ruas estavam desertas. Não entrou nenhum freguês e ela ficou com a loja só para si.

Virou com calma as páginas, examinando rigorosamente as listas de nomes e números escritos por Frank com a ajuda de modelos gravados. Estava exatamente como imaginava, e ela franziu a testa diante dessa nova evidência da falta de tino para negócios de Frank. Havia dívidas de pelo menos 500 dólares, algumas delas penduradas havia muitos meses, marcadas ao lado de nomes que ela conhecia muito bem, os Merriwether e os Elsing, entre outros. A partir dos comentários de Frank sobre o dinheiro que algumas "pessoas" lhe deviam, ela imaginara somas pequenas. Mas isso?

"Se não podem pagar, por que continuam comprando?", ela pensou, irritada. "E, se ele sabe que não podem pagar, por que continua a lhes vender as coisas? Muitos deles poderiam pagar, bastava que ele os fizesse pagar. Com certeza, os Elsing podiam, se tinham conseguido dar a Fanny um vestido novo de cetim e uma festa cara de casamento. Frank simplesmente tem o coração muito mole, e as pessoas se aproveitam disso. Ora, se ele tivesse cobrado tudo isso, poderia ter comprado a serraria e facilmente me cedido o dinheiro do imposto também."

Então ela pensou: "Imagine só, Frank tentando operar uma serraria! Pelo manto de Cristo! Se ele dirige esta loja como se fosse uma instituição de caridade, como poderia esperar ganhar dinheiro com madeira? O delegado a teria em um mês. Ora, eu poderia dirigir esta loja melhor que ele! E poderia dirigir uma serraria melhor que ele, mesmo sem saber nada sobre o negócio de madeira!"

Uma ideia surpreendente essa, que uma mulher podia tratar de negócios tão bem, ou melhor, que um homem, uma ideia revolucionária para Scarlett, que fora criada na tradição de que os homens eram oniscientes, e as mulheres, não muito inteligentes. Claro, ela tinha descoberto que isso não era bem verdade, mas ainda estava presa à agradável ficção. Nunca antes pusera essa ideia incrível em palavras. Sentada imóvel, com o pesado livro no colo, meio boquiaberta de surpresa, pensando que durante os meses magros em Tara ela fizera o trabalho de um homem, e o fizera bem. Ela fora criada para acreditar que uma mulher sozinha nada poderia realizar; contudo, tinha dirigido a fazenda sem homem algum para ajudar até a chegada de Will. Ora, ora, sua mente gaguejava, creio que as mulheres poderiam fazer qualquer coisa no mundo sem a ajuda dos homens, exceto ter filhos, e Deus sabe, nenhuma mulher em sã consciência teria bebês se pudesse evitar. Com a ideia de que ela era tão capaz quanto um homem, veio um súbito ímpeto de orgulho e uma intensa vontade de provar, de ganhar dinheiro por conta própria como os homens faziam. Dinheiro que seria dela, pelo qual não teria que pedir nem dar explicações a qualquer homem.

– Como queria ter dinheiro para comprar aquela serraria... – disse em voz alta e suspirou. – Com certeza, eu a faria funcionar. E não venderia fiado uma tábua sequer.

Suspirou de novo. Não havia onde conseguir dinheiro, portanto a ideia estava fora de questão. Frank simplesmente teria que cobrar o que lhe deviam e comprar a serraria. Era um modo seguro de ganhar dinheiro, e, quando ele a possuísse, ela certamente descobriria um modo de torná-lo melhor negociante em sua operação do que era com a loja.

Arrancou uma folha do final do livro e começou a copiar a lista das pessoas que já deviam havia vários meses. Trataria do assunto com Frank assim que chegasse em casa. Ela o faria perceber que aquelas pessoas tinham que pagar suas contas mesmo sendo velhos amigos, mesmo que ele ficasse constrangido de cobrar. É provável que isso o aborrecesse, pois ele era tímido e gostava de contar com a aprovação dos amigos. Era tão sensível que preferia perder dinheiro a ser um negociante e cobrá-lo.

Ele provavelmente lhe diria que ninguém tinha como pagar-lhe. Bem, talvez isso fosse verdade. A pobreza certamente não era novidade para ela. Mas quase todos tinham salvado alguma prataria ou joia ou estavam se mantendo com um pequeno imóvel. Frank podia ficar com aquilo em lugar do dinheiro.

Ela podia imaginar como o marido reclamaria quando ela mencionasse essa ideia. Tirar as joias e a propriedade de velhos amigos! Bem, ela deu de ombros, pode reclamar quanto quiser. Vou dizer que ele pode estar disposto a continuar pobre pelo amor à amizade, mas eu não. Frank nunca vai chegar a lugar algum se não tiver alguma iniciativa. E ele precisa chegar a algum lugar! Precisa ganhar dinheiro, nem que tenha de ser eu a vestir as calças nesta família para obrigá-lo.

Ela estava ocupada escrevendo, o rosto contorcido pela concentração, a língua presa entre os dentes, quando a porta da frente se abriu e uma forte corrente de vento frio varreu a loja. Um homem alto entrou na peça obscura, em um passo leve, semelhante a um índio que segue uma trilha e olhando para cima ela viu Rhett Butler.

Ele resplandecia em roupas novas e um sobretudo com uma capa jogada por cima dos ombros fortes. O chapéu de copa alta foi retirado em uma larga mesura quando seus olhos se encontraram, e sua mão foi para o peito de uma camisa pregueada impecável. Os dentes brancos brilharam surpresos em oposição ao rosto moreno, e os olhos ousados a dissecaram.

– Minha cara Sra. Kennedy – disse ele, caminhando em sua direção. – Minha mui cara Sra. Kennedy! – E soltou uma estrondosa risada divertida.

A princípio ela ficara assombrada como se um fantasma tivesse invadido a loja e depois, rapidamente tirando o pé de baixo da perna, endireitou a coluna e lançou-lhe um olhar frio.

– O que está fazendo aqui?

– Fui visitar a Srta. Pittypat e soube de seu casamento, então apresseime a vir cumprimentá-la.

A lembrança de sua humilhação nas mãos dele a fez ficar rubra de vergonha.

– Não sei como você tem a desfaçatez de me encarar! – exclamou ela.

– Pelo contrário! Como é que você tem a desfaçatez de me encarar?

– Ah, você é o mais...

– Vamos deixar que as cornetas soem a trégua? – Ele sorriu para ela, um largo sorriso faiscante, cheio de atrevimento, mas nenhuma vergonha por seus atos ou condenação aos dela. Ela não conseguiu deixar de sorrir também, mas foi um sorriso torcido, desconfortável.

– Que pena não lhe terem enforcado!

– Há quem compartilhe de seu sentimento, eu temo. Vamos, Scarlett, relaxe. Você dá a impressão de ter engolido uma vareta de espingarda, e não lhe cai bem. Certamente, já teve tempo de se recuperar de minha... hã... brincadeirinha.

– Brincadeira? Pois sim! Nunca vou me recuperar daquilo!

– Ah, vai sim. Você só está fazendo esta encenação indignada porque acha que é adequado e respeitável. Posso me sentar?

– Não.

Ele se sentou em uma cadeira ao lado dela e sorriu.

– Soube que você nem pôde esperar duas semanas por mim – disse ele, dando um suspiro debochado. – Que mulher volúvel!

Sem que ela replicasse, ele continuou.

– Diga-me, Scarlett, só entre amigos, entre amigos muitos antigos e íntimos, não teria sido mais sábio esperar que eu saísse da cadeia? Ou os encantos do matrimônio com o velho Frank Kennedy são mais atraentes que relações ilícitas comigo?

Como sempre, quando sua troça lhe provocava ira, a ira combatia seu descaramento com uma risada.

– Não seja ridículo.

– E você se importaria de satisfazer minha curiosidade a respeito de uma coisa que tem me incomodado há algum tempo? Não sentiu uma repugnância feminina, nenhuma delicada relutância em se casar não só com um homem, mas com dois por quem não tinha amor, nem sequer afeto? Ou fui mal informado sobre a delicadeza da feminilidade sulista?

– Rhett!

– Consegui minha resposta. Sempre senti que as mulheres tinham uma dureza e uma resistência desconhecidas dos homens, apesar da bela ideia que me ensinaram na infância de que são criaturas frágeis, ternas, sensíveis. Mas, afinal de contas, segundo o código continental de etiqueta, não é adequado que marido e mulher se amem. Na verdade, é de muito mau gosto. Sempre achei que os europeus estavam certos quanto a isso. Case por conveniência e ame por prazer. Um sistema sensato, não acha? Você está mais próxima do velho mundo do que eu pensava.

Como seria bom gritar para ele: "Não me casei por conveniência!" Mas, infelizmente, Rhett sabia da verdade e qualquer protesto de inocência ferida só provocaria mais comentários mordazes.

– Como você fala... – disse ela friamente. Ansiosa para mudar de assunto, perguntou. – Como conseguiu sair da cadeia?

– Ah, isso! – respondeu ele, fazendo um gesto aéreo. – Sem muito problema. Eles me deixaram sair hoje de manhã. Empreguei um delicado sistema de chantagem em um amigo de Washington, que ocupa uma posição bem elevada nos conselhos do governo federal. Um homem fenomenal... um dos dedicados patriotas da União, de quem eu comprava mosquetes e saias de crinolina para a Confederação. Quando minha angustiante situação foi levada a sua atenção do modo certo, ele logo usou sua influência, e assim fui libertado. Influência é tudo, Scarlett. Lembre-se disso quando for presa. Influência é o que interessa, e culpa ou inocência é uma mera questão acadêmica.

– Eu poderia jurar que você não era inocente.

– Não, agora que estou livre do trabalho duro, admito francamente que sou tão culpado quanto Caim. Realmente, matei o negro. Ele foi arrogante com uma dama, e o que mais um cavalheiro sulista poderia fazer? E, já que estou confessando, devo admitir que dei um tiro em um ianque da cavalaria depois de uma discussão em um bar. Não fui acusado por esse pecadinho, então é possível que algum outro pobre-diabo tenha sido enforcado por ele há muito tempo.

Ele estava tão jubiloso com seus crimes que ela teve um calafrio. Palavras de indignação moral lhe vieram aos lábios, mas subitamente se lembrou do ianque que jazia sob o emaranhado de trepadeiras em Tara. Ele não pesara em sua consciência mais do que uma barata que tivesse pisado. Não podia julgar Rhett quando era tão culpada quanto ele.

– E, como parece que estou abrindo o peito, devo lhe dizer, na mais estrita confiança (ou seja, não conte para a Srta. Pittypat), que eu realmente tinha o dinheiro, a salvo em um banco em Liverpool.

– O dinheiro?

– É, o dinheiro que causava tanta curiosidade aos ianques. Scarlett, não foi a mesquinhez que me impediu de lhe emprestar o que queria.

Se eu emitisse um cheque, eles poderiam rastreá-lo de algum modo, e duvido que você tivesse conseguido um centavo. Minha única esperança era ficar quieto. Sabia que o dinheiro estava bem seguro, pois, se o ruim ficasse pior, se eles o localizassem e tentassem tirá-lo de mim, eu teria mencionado todos os patriotas ianques que me venderam balas e maquinaria durante a guerra. Daí a coisa ia feder, pois agora alguns deles ocupam altas posições em Washington. Na verdade, foi minha ameaça de desabafar a consciência sobre eles que me tirou da cadeia. Eu...

– Você quer dizer que... que realmente está com o ouro confederado?

– Não todo. Deus do Céu, não! Deve haver cinquenta ou mais atravessadores que estão cheios de ouro guardado em Nassau, na Inglaterra e no Canadá. Ficaremos bem impopulares entre os confederados que não foram tão espertos quanto nós. Tenho quase meio milhão. Pense só, Scarlett, meio milhão de dólares. Se você tivesse refreado sua natureza impetuosa e não tivesse se jogado em outro matrimônio...

Meio milhão de dólares. Ela sentiu uma angústia, quase de mal-estar físico, ao pensar em tanto dinheiro. As palavras de troça dele passaram por sua cabeça, sem que sequer as ouvisse. Era difícil acreditar que havia tanto dinheiro em todo este mundo amargo atingido pela pobreza. Tanto dinheiro, tanto dinheiro assim e outra pessoa o tinha, alguém que não lhe dava importância nem precisava dele. E ela só tinha um marido velho e doente e essa lojinha suja e insignificante a separá-la do mundo hostil. Não era justo que um condenado como Rhett Butler tivesse tanto e ela, que carregava um fardo tão pesado, tivesse tão pouco. Ela o odiava, ali sentado em seu traje de dândi, escarnecendo dela. Bem, não iria inchar a presunção dele, cumprimentando-o pela esperteza. Perversamente, queria encontrar palavras ácidas que o diminuíssem.

– Imagino que ache honesto ficar com o dinheiro da Confederação. Pois bem, não é. Roubar é totalmente incabível, e você sabe. Eu não aguentaria isso na consciência.

– Nossa! Como as uvas estão verdes hoje! – exclamou ele, contorcendo a fisionomia. – E de quem mesmo estou roubando?

Ela ficou quieta, tentando pensar. De fato, quem? Afinal, ele só fizera o mesmo que Frank, só que em escala maior.

– Metade do dinheiro é honestamente meu – continuou ele –, ganho honestamente, com o auxílio de honestos patriotas da União, que por trás dos panos estavam dispostos a vender a pátria, por cem por cento de lucro em seus produtos. Parte ganhei com meu pequeno investimento em algodão no início da guerra, o algodão que comprei barato e vendi por um dólar o meio quilo quando as tecelagens inglesas choravam por ele. Parte obtive com a especulação de alimentos. Por que eu deixaria os ianques ficarem com os frutos de meu trabalho? Mas o resto realmente pertencia à Confederação. Veio do algodão confederado que eu consegui passar pelo bloqueio e vender em Liverpool a preços altíssimos. O algodão me foi entregue de boa-fé para comprar couro, rifles e maquinaria. E eu o levei de boa-fé para esse propósito. As ordens que tinha eram de deixar o ouro em bancos ingleses, em meu nome, para que eu tivesse um bom crédito. Lembra-se de quando o bloqueio apertou? Eu não conseguia sair nem entrar com um barco de nenhum porto confederado, então o dinheiro ficou na Inglaterra. O que eu deveria ter feito? Retirar todo o ouro dos bancos ingleses, como um tolo, e tentar levá-lo para Wilmington? E deixar os ianques capturá-lo? Foi culpa minha que o bloqueio tenha se estreitado tanto? Foi culpa minha que nossa Causa tenha fracassado? O dinheiro pertencia à Confederação. Bem, já não há uma Confederação, embora, pelo que dizem, nunca se iria saber. A quem devo dar o dinheiro? Ao governo ianque? Portanto, eu odiaria que me chamassem de ladrão.

Ele tirou um estojo de couro do bolso, pegou um charuto e aprovou seu aroma enquanto olhava-a com uma ansiedade fingida, como se aguardasse o que ela tinha a dizer.

"Que diabos", ela pensou, ele está sempre um salto a minha frente. "Sempre há algo de errado em seus argumentos, mas nunca consigo saber exatamente o que é."

– Você poderia – disse ela dignamente – distribuí-lo entre os necessitados. A Confederação já não existe, mas há muitos confederados e suas famílias passando fome.

Ele jogou a cabeça para trás e riu grosseiramente.

– Você nunca fica tão encantadora ou tão absurda como quando diz alguma hipocrisia desse tipo – exclamou ele, divertindo-se. – Scarlett, sempre diga a verdade. Você não consegue mentir. Os irlandeses são os piores mentirosos deste mundo. Vamos lá, seja franca. Nunca se importou com a finada Confederação, e menos ainda com os confederados famintos. Você protestaria aos berros se eu sequer sugerisse doar todo esse dinheiro, a não ser que eu começasse lhe dando a maior parte.

– Não quero seu dinheiro – começou ela, tentando ser friamente digna.

– Ah, não?! A palma de sua mão não para de coçar. Se eu lhe mostrasse uma moeda, você pularia em cima.

– Se veio aqui para me ofender e rir de minha pobreza, vou logo me despedindo – retrucou ela, tentando tirar o pesado livro-razão do colo para poder se levantar e impressionar mais com suas palavras. Ele ficou instantaneamente de pé, inclinando-se sobre ela, rindo enquanto a empurrava de volta na cadeira.

– Quando vai deixar de perder a paciência ao ouvir a verdade? Você nunca se importa de falar a verdade sobre os outros, então por que não quer ouvi-la sobre si mesma? Não a estou ofendendo. Acho que o desejo de acumular posses é uma boa qualidade.

Ela não estava segura da sinceridade dele, mas, como era um elogio, amoleceu um pouco.

– Não vim tripudiar de sua pobreza, mas para lhe desejar vida longa e felicidade no casamento. E, por falar nisso, o que sua irmã Sue achou dessa apropriação indébita?

– Dessa o quê?

– Do fato de você roubar Frank embaixo do nariz dela.

– Eu não...

– Bem, vamos deixar a palavra de lado. O que foi que ela disse?

– Nada – respondeu Scarlett. Os olhos dele se reviraram, deixando-a passar com a mentira.

– Que altruísmo o dela. Agora eu gostaria de ouvir sobre sua pobreza. Com certeza, tenho o direito de saber, depois de sua pequena incursão à cadeia não faz muito tempo. Frank não tem tanto dinheiro quanto você pensava?

Não havia como escapar ao descaramento dele. Ela teria que aguentá-lo ou pedir que fosse embora. E agora ela não queria que ele se fosse. Suas palavras eram farpadas, mas eram farpas da verdade. Ele sabia o que ela fizera e por quê, sem parecer julgá-la por isso. E, apesar de suas perguntas serem desagradavelmente rudes, pareciam movidas por um interesse de amigo. Ele era uma pessoa a quem ela podia dizer a verdade, o que era um alívio, pois fazia muito tempo que não dizia a ninguém a verdade sobre si mesma e seus motivos. Sempre que se abria, os outros pareciam ficar chocados. Falar com Rhett só se comparava a uma coisa, à sensação de comodidade e bem-estar proporcionada por um par de velhos chinelos após dançar com sapatilhas apertadas demais.

– Você não conseguiu o dinheiro para os impostos? Não me diga que o lobo ainda está na porta de Tara? – Havia um tom diferente em sua voz.

Ela olhou para cima a fim de encontrar os olhos escuros dele e flagrou uma expressão que a deixou surpresa e intrigada a princípio e que lhe provocou um súbito sorriso, um sorriso doce e encantador que raramente se via em seu rosto atualmente. Que miserável perverso ele era, mas que simpático sabia ser às vezes! Agora percebia que o motivo real para sua visita não era implicar com ela, mas ter certeza de que conseguira o dinheiro pelo qual estava tão desesperada. Sabia agora que tinha corrido até ela assim que fora libertado, sem a mínima aparência de pressa, para lhe emprestar o dinheiro se ainda fosse necessário. E mesmo assim a atormentava e ofendia, negando ser essa sua intenção, caso ela o acusasse. Ele estava além de toda compreensão. Gostaria mesmo dela, mais do que estava disposto a admitir? Ou teria algum outro motivo? Provavelmente, sim, pensou. Mas quem poderia dizer? Ele fazia coisas tão estranhas às vezes...

– Não – disse ela. – O lobo não está mais na porta. Eu... eu consegui o dinheiro.

– Mas não sem alguma luta, garanto. Conseguiu se conter até estar com a aliança no dedo?

Ela tentou não sorrir diante do resumo preciso de sua conduta, mas não conseguiu deixar de mostrar as covinhas. Ele se sentou novamente, estendendo as longas pernas confortavelmente.

– Bem, conte-me de sua pobreza. Frank, o bruto, a enganou quanto a suas possibilidades? Ele devia apanhar por tentar se aproveitar de uma mulher indefesa. Vamos, Scarlett, conte-me tudo. Não deve me guardar segredos. Com certeza, conheço seu pior.

– Ah, Rhett você é o pior... bem, nem sei o quê! Não, ele não me enganou exatamente, mas... – De repente, tornou-se um prazer desabafar. – Rhett, se pelo menos Frank cobrasse o dinheiro que lhe devem, eu não estaria preocupada. Mas cinquenta pessoas lhe devem e ele não as pressiona. É tão sensível... Diz que um cavalheiro não pode fazer isso a outro. E pode levar meses até conseguirmos o dinheiro, se conseguirmos.

– Bem, e daí? Você não tem suficiente para comer até que ele faça a cobrança?

– Sim, mas... bem, na verdade, eu poderia empregar algum dinheiro agora mesmo. – Seus olhos brilharam ao pensar na serraria. Talvez...

– Para quê? Mais impostos?

– E isso é de sua conta?

– É, porque você está pronta para me dar o bote por um empréstimo. Ah, conheço todas as abordagens. E vou lhe emprestar... minha cara Sra. Kennedy, sem aquela encantadora garantia que me ofereceu há pouco tempo. A não ser, é claro, que insista.

– Você é o mais ordinário...

– De modo algum. Só queria lhe deixar à vontade. Sabia que ficaria preocupada com esse detalhe. Não muito, mas um pouco. E estou disposto a lhe emprestar o dinheiro. Mas quero saber como vai gastá-lo. Tenho esse direito, creio. Se for para comprar vestidos bonitos e uma carruagem, pegue-o com minha bênção. Mas, se for para comprar um novo par de culotes para Ashley, sinto que terei de recusar o empréstimo.

Ela ferveu com uma raiva repentina e gaguejou até lhe virem as palavras.

– Ashley Wilkes nunca pegou um centavo de mim! Eu não conseguiria fazê-lo aceitar um centavo sequer, nem que ele estivesse passando fome! Você não sabe quanto é honrado, quanto é orgulhoso! É claro que não pode entendê-lo, sendo quem você é...

– Não vamos começar a praguejar. Eu poderia chamá-la de alguns nomes que combinariam com cada um que tivesse para mim. Não se esqueça de que me informo sobre você por intermédio da Srta. Pittypat, e aquela boa alma conta tudo que sabe para qualquer ouvinte solidário. Sei que Ashley está em Tara desde que chegou de Rock Island. Sei que você até aguentou a presença da mulher dele, o que deve ter sido um grande esforço.

– Ashley é...

– Ah, sim – disse ele, gesticulando –, Ashley é sublime demais para minha compreensão. Mas, por favor, não se esqueça de que fui uma testemunha atenta de sua terna cena com ele em Twelve Oaks, e algo me diz que ele não mudou desde então. Nem você. Ele não fez uma figura tão sublime naquele dia, se bem me lembro. E não acho que faça uma figura muito melhor agora. Por que ele não parte com a família e procura um trabalho? E deixa de morar em Tara? É claro, é só um capricho meu, mas não pretendo lhe dar um centavo para Tara, para ajudar a sustentá-lo. Entre os homens, há um nome muito desagradável para homens que se permitem ser sustentados por mulheres.

– Como ousa dizer tais coisas? Ele tem trabalhado no campo! – Apesar de toda a raiva, seu coração se contraiu com a lembrança de Ashley cortando madeira para a cerca.

– E, valendo seu peso em ouro, ouso dizer. Que mão ele deve ter para o estrume e...

– Ele é...

– Ah, sim, eu sei. Admitindo que dê o melhor de si, não posso imaginar que ele ajude muito. Você nunca vai transformar um Wilkes em um trabalhador do campo... nem em qualquer coisa útil. Ele é de uma raça puramente ornamental. Agora, baixe suas penas eriçadas e deixe de lado meus comentários grosseiros sobre o orgulhoso e honrado Ashley. Estranho como essas ilusões persistem até em mulheres práticas como você. Quanto dinheiro você quer, e para quê?

Quando ela não respondeu, ele repetiu:

– Para que quer o dinheiro? E veja se consegue me dizer a verdade. Fará o mesmo efeito que uma mentira. De fato, será melhor, pois, se mentir para mim, vou descobrir com certeza e pense em quanto vai ser constrangedor. Nunca se esqueça disso, Scarlett, eu aguento qualquer coisa de você, menos mentira... você não gostar de mim, seus acessos de raiva, seu jeito temperamental, mas não uma mentira. Então, para que quer o dinheiro?

Furiosa que estava por causa do ataque a Ashley, ela teria dado qualquer coisa para cuspir nele e recusar orgulhosamente a oferta diante de sua expressão de troça. Por um instante quase o fez, mas a fria mão do bom senso a segurou. Ela engoliu a raiva, sem muita graça, e tentou assumir uma expressão de agradável dignidade. Ele se recostou na cadeira esticando as pernas na direção do fogo.

– Se há uma coisa no mundo que me diverte mais que qualquer outra – comentou ele – é ver suas lutas mentais quando uma questão de princípios se depara com algo prático, como dinheiro. É claro que sei que seu lado prático sempre vence, mas continuo esperando para ver se o melhor de sua natureza não triunfará algum dia. E, quando esse dia chegar, faço as malas e deixo Atlanta para sempre. Há mulheres demais cujo melhor está sempre triunfando... Bem... vamos voltar aos negócios. Quanto e para quê?

– Não sei exatamente de quanto vou precisar – disse ela, amuada. – Mas quero comprar uma serraria... e acho que posso consegui-la por um bom preço. E vou precisar de duas carroças e duas mulas. Quero que sejam boas mulas. E de um cavalo e uma charrete para meu uso.

– Uma serraria?

– É, e se você me emprestar o dinheiro eu lhe dou uma participação.

– O que eu faria com uma serraria?

– Ganharia dinheiro! Podemos ganhar muito dinheiro. Ou lhe pago juros sobre o empréstimo... vejamos, quanto seria uma boa porcentagem de juros?

– Cinquenta por cento é considerado muito bom.

– Cinquenta... ah, está brincando! Pare de rir, seu demônio. Estou falando sério.

– É por isso que estou rindo. Eu me pergunto se todos percebem o que se passa nessa cabeça por trás de seu enganoso rostinho doce.

– Bem, quem se importa? Ouça, Rhett, e veja se isso não lhe parece um bom negócio. Frank me falou de um homem que tem uma serraria, uma que fica no fim da rua dos Pessegueiros, e ele quer vendê-la. Está precisando de dinheiro com urgência e vai vendê-la barato. Não há muitas serrarias por aqui agora, e do jeito que as pessoas estão reconstruindo... ora, podíamos vender a madeira por preços exorbitantes. O homem vai ficar e dirigir a serraria por um salário. Frank me contou. Ele mesmo a compraria se tivesse dinheiro. Acho que pretendia comprá-la com o dinheiro que me deu para pagar os impostos.

– Pobre Frank! O que vai dizer quando souber que você a comprou antes dele? E como vai explicar meu empréstimo sem comprometer sua reputação?

Scarlett não pensara nisso, tão atenta que estava ao dinheiro que a serraria poderia lhe render.

– Bem, simplesmente não vou contar.

– Ele vai saber que você não o colheu em uma árvore.

– Eu digo a ele, ora, claro, digo que lhe vendi meus brincos de brilhante. E os darei realmente a você. Será minha garantia.

– Eu não lhe tiraria os brincos.

– Não faço questão de ficar com eles. Não gosto deles. De todo jeito, não são meus de verdade.

– De quem são?

Sua mente voou para a tarde ainda quente na quietude do campo que envolvia Tara e o homem de farda azul esticado no vestíbulo.

– Foram deixados comigo por alguém que morreu. São meus por direito. Fique com eles. Não os quero. Preferia ter o dinheiro em vez deles.

– Santo Deus! – exclamou ele, impaciente. – Você nunca pensa em nada além de dinheiro?

– Não – respondeu francamente, voltando os duros olhos verdes para ele. – E, se você tivesse passado pelo que passei, também não pensaria. Descobri que dinheiro é a coisa mais importante do mundo e, com Deus por testemunha, nunca mais pretendo ficar sem.

Ela se lembrou do sol quente, da terra vermelha macia sob sua cabeça doente, do cheiro na cabana dos negros atrás das ruínas de Twelve Oaks, lembrou-se do refrão com que seu coração batia: "Nunca mais vou passar fome. Nunca mais vou passar fome."

– Algum dia vou ter dinheiro, muito, para poder comer qualquer coisa que deseje. E então nunca mais vai haver canjica e ervilhas em minha mesa. E vou ter roupas bonitas e serão todas de seda...

– Todas?

– Todas – disse ela secamente, nem se dando ao trabalho de corar com a implicação. – Vou ter dinheiro suficiente para que os ianques nunca consigam me tirar Tara. E vou fazer um telhado novo em Tara, um novo celeiro e ter boas mulas para arar, e algodão como você nunca viu. E Wade nunca mais vai saber o que é passar necessidade. Nunca! Ele vai ter todas as coisas do mundo. E toda a minha família, ninguém mais passará fome. Falo sério. Cada palavra. Você não entende, você é um cachorro egoísta. Nunca teve aventureiros ianques tentando despejá-lo. Nunca sentiu frio, ficou maltrapilho nem teve que encarar o trabalho duro para não morrer de fome!

Ele disse tranquilamente:

– Fiquei no exército confederado por oito meses. Não conheço lugar melhor para se passar fome.

– O exército! Ah! Nunca teve que colher algodão e tirar o mato da plantação de milho. Você... Não ria de mim!

As mãos dele seguravam as dela novamente enquanto sua voz se elevava severa.

– Eu não estava rindo de você. Ria da diferença do que você aparenta e do que realmente é. E me lembrava da primeira vez que a vi, no churrasco dos Wilkes. Você usava um vestido verde e pequenas sapatilhas da mesma cor, e estava cercada de homens e toda cheia de si. Aposto que nem sabia quantos centavos havia em um dólar. Na época, só havia uma ideia na sua cabeça, que era armar uma cilada para Ash...

Ela puxou as mãos abruptamente.

– Rhett, se for para nos darmos bem, pare de falar em Ashley Wilkes. Sempre vamos brigar por causa dele, porque você não consegue entendê-lo.

– Suponho que você o entenda como a um livro – disse Rhett malicioso. – Não, Scarlett, se for para lhe emprestar o dinheiro, reservo-me o direito de discutir Ashley Wilkes como quiser. Abro mão do direito de recolher os juros sobre meu empréstimo, mas desse direito, não. E há muitas coisas sobre aquele jovem que eu gostaria de saber.

– Não preciso discutir sobre Ashley com você – respondeu ela secamente.

– Ah, precisa, sim! Veja, sou eu que estou com a carteira. Algum dia, quando for rica, você terá o poder de fazer isso com outros... É óbvio que você ainda gosta dele.

– Não gosto.

– Ah, é óbvio pelo modo como corre em sua defesa.

– Não vou permitir que debochem de meus amigos.

– Bem, vamos deixar passar por agora. Ele ainda sente alguma coisa por você ou Rock Island o fez esquecer? Ou talvez tenha aprendido a apreciar a joia de mulher que tem?

À menção de Melanie, Scarlett começou a respirar mais rapidamente e mal pôde se conter de contar toda a história, que só a honra mantinha Ashley com Melanie. Abriu a boca para falar, fechando-a em seguida.

– Ah. Então ele ainda não criou juízo para apreciar a Sra. Wilkes? E os rigores da prisão não diminuíram seu ardor por você?

– Não vejo necessidade de discutir o assunto.

– Eu gostaria de discuti-lo – disse Rhett. Houve uma nota grave em sua voz que Scarlett não entendeu, mas não gostou de ouvir. – E, por Deus, vou discutir e espero que você me responda. Então, ele ainda está apaixonado por você?

– Bem, e se estiver? – falou Scarlett, irritada. – Não quero discutir sobre ele porque você não consegue compreendê-lo, nem o tipo de amor que ele sente. O único tipo de amor que entende é... bem, o tipo que tem com criaturas como aquela mulher, a Watling.

– Ah – disse Rhett suavemente. – Então só sou capaz de lascívia carnal?

– Bem, você sabe que é verdade.

– Agora eu avalio sua hesitação em discutir a questão comigo. Minhas mãos e lábios impuros mancham a pureza do amor dele.

– Bem, é... algo assim.

– Estou interessado nesse amor puro...

– Não seja tão detestável, Rhett Butler. Se você é vil o bastante para pensar que já houve algo de errado entre nós...

– Ah, essa ideia nunca me passou pela cabeça, mesmo. É por isso que tudo isso me interessa. Por que exatamente nunca houve nada de errado entre vocês?

– Se você acha que Ashley iria...

– Ah, então é Ashley e não você que tem lutado pela pureza. Olha, Scarlett, você não deveria se entregar tão facilmente.

Scarlett olhou para a fisionomia inescrutável dele, confusa e indignada.

– Não estamos chegando a lugar algum com isso, e não quero seu dinheiro. Portanto, fora!

– Ah, sim, você quer meu dinheiro e, se chegamos tão longe, por que parar? Com certeza, não faz mal discutir um idílio tão casto... quando nada houve de errado. Então Ashley a ama por seu intelecto, sua alma, sua nobreza de caráter?

Scarlett se contorceu com aquelas palavras. É claro que Ashley a amava exatamente por essas coisas. Saber disso é que tornava a vida suportável, saber que Ashley, honrado como era, a amava a distância pelas belas coisas profundamente enterradas nela que só ele conseguia ver. Mas não pareciam tão belas quando trazidas à luz por Rhett, especialmente naquela voz enganadoramente suave que encobria o sarcasmo.

– Sinto-me voltando aos ideais de menino ao saber que tal amor pode existir neste mundo malicioso – continuou ele. – Então, não há o toque da carne no amor dele por você? Seria a mesma coisa se você fosse feia e não tivesse essa pele alva? Se não tivesse esses olhos verdes que fazem um homem imaginar o que faria se a tomasse nos braços? E um modo de mexer esses quadris que é um fascínio para qualquer homem com menos de 90 anos? E esses lábios que são... bem, não posso deixar minha lascívia carnal interferir. Ashley não vê nada disso? Ou, se vê, não lhe toca nem um pouco?

Sem querer, a mente de Scarlett voltou àquele dia no pomar quando os braços de Ashley tremiam ao abraçá-la, quando seus lábios ardiam nos dela, como se nunca fosse soltá-la. Ela ficou rubra com a lembrança e o rubor não escapou a Rhett.

– Então – disse ele, e houve uma nota vibrante, quase de raiva, em sua voz –, percebo. Ele a ama só por seu intelecto.

Como ele ousava sujar a única coisa bela e sagrada de sua vida, fazendo-a parecer vil? Fria e determinadamente, ele estava rompendo a última de suas reservas, e extraindo a informação que queria.

– É, isso mesmo! – exclamou ela, deixando para trás a lembrança dos lábios de Ashley.

– Minha cara, ele nem sabe que você tem um intelecto. Se foi seu intelecto que o atraiu, ele não teria que lutar contra você, como deve ter feito para manter esse amor tão... digamos... "sagrado"? Ele poderia ficar bem descansado, pois, afinal de contas, um homem pode admirar o intelecto e a alma de uma mulher e continuar sendo um cavalheiro honrado e fiel à esposa. Mas deve ser difícil para ele manter a honra dos Wilkes e cobiçar seu corpo como ele cobiça.

– Você julga o modo de ser dos outros pelo seu próprio, que é vil!

– Ah, nunca neguei que a cobiçava, se é isso o que quer dizer. Mas, graças a Deus, não me preocupo com questões de honradez. O que desejo eu pego, se conseguir, e, portanto, não luto nem com anjos nem com demônios. Que feliz inferno você criou para Ashley! Quase consigo ter pena dele.

– Eu... eu criei um inferno para ele?

– Sim, você! Aí está você, uma tentação constante para ele, mas, como a maioria de sua estirpe, ele prefere transformar em honra o que lhe passa pelas partes do que em amor. E me parece que o pobre coitado agora não tem nem amor nem honra para confortá-lo!

– Ele tem amor!... Quero dizer, ele me ama!

– É mesmo? Então me responda uma coisa e acabamos com isso, e você poderá pegar o dinheiro e jogá-lo na sarjeta, que não me importo. – Rhett se levantou e jogou o charuto fumado pela metade na caixa de areia. Havia em seus movimentos aquela mesma liberdade e aquele poder que Scarlett percebera na noite da queda de Atlanta, algo sinistro e meio amedrontador. – Se ele a ama, por que permitiu que viesse para Atlanta conseguir o dinheiro do imposto? Antes de deixar uma mulher que eu amasse fazer isso, eu...

– Ele não sabia, não fazia ideia de que eu...

– Não lhe ocorre que ele devia saber? – Havia uma brutalidade mal disfarçada em sua voz. – Amando-a do jeito que ama, ele devia saber exatamente o que você faria, estando tão desesperada. Devia tê-la matado antes de deixá-la vir... e a mim, entre tantos outros! Pelo amor de Deus!

– Mas ele não sabia!

– Se não imaginou sem que lhe dissessem, ele nunca vai saber nada sobre você e seu precioso intelecto.

Que injusto ele era! Como se Ashley fosse vidente! Como se Ashley pudesse tê-la impedido, caso soubesse! Mas, de fato, ela percebeu subitamente, Ashley podia tê-la impedido. Naquele dia no pomar, a mais leve insinuação de que algum dia as coisas poderiam ser diferentes teria bastado para que ela jamais pensasse em procurar Rhett. Uma palavra de ternura, até mesmo uma carícia de despedida quando ela estava pegando o trem a teriam detido. Mas ele só falara em honra. Mesmo assim... será que Rhett estava certo? Será que Ashley sabia o que ela tinha em mente? Apressou-se em desviar o pensamento desleal. É claro que ele não suspeitava. Ashley nunca desconfiaria de que ela sequer pensasse em fazer algo tão imoral. Era fino demais para ter essas ideias. Rhett só estava tentando minar seu amor. Estava tentando romper o que havia de mais precioso para ela. Algum dia, ela pensou perversamente, quando a loja estivesse nos trilhos, a serraria progredindo e ela tivesse dinheiro, faria Rhett Butler pagar pela infelicidade e pela humilhação que estava lhe causando.

De pé, olhando para ela, Rhett parecia divertir-se. A emoção que mexera com ele havia desaparecido.

– E o que você tem a ver com tudo isso? – perguntou ela. – É assunto meu e de Ashley, não seu.

Ele deu de ombros.

– Só isso: tenho uma profunda e impessoal admiração por sua resistência, Scarlett, e não gosto de ver seu ânimo esmagado por tantos fardos pesados. Existe Tara. Só isso já é trabalho para um homem. Em acréscimo, seu pai doente, que nunca mais lhe será de nenhuma ajuda. E ainda as moças e os negros. E agora assumiu um marido, e talvez a Srta. Pittypat também. Você já tem muita carga nas costas sem Ashley Wilkes e sua família.

– Ele não está em minhas costas. Ele ajuda...

– Ah, pelo amor de Deus – disse ele, impaciente. – Ele não ajuda em coisa alguma. Está em suas costas e aí ficará, ou nas de outro qualquer, até morrer. Pessoalmente, estou farto de falar sobre ele... De quanto dinheiro você precisa?

Palavras injuriosas voaram aos lábios de Scarlett. Depois de todas as suas ofensas, depois de arrancar dela aquelas coisas que lhe eram tão preciosas e pisoteá-las, ele ainda achava que ela aceitaria seu dinheiro!

Mas as palavras ficaram retidas. Que maravilha seria desprezar a oferta e mandá-lo sair da loja! Mas só os verdadeiramente ricos e seguros podiam se dar a esse luxo. Enquanto ela fosse pobre, teria de aguentar cenas como aquela. Mas, quando fosse rica... ah, que ideia reconfortante! Quando fosse rica, não aguentaria nada de que não gostasse, não ficaria sem o que desejasse, nem seria educada com as pessoas, a menos que a agradassem.

"Vou mandar todos para o inferno, e Rhett Butler vai ser o primeiro!"

O prazer diante da ideia lhe trouxe uma faísca aos olhos verdes e um meio sorriso aos lábios. Rhett também sorriu.

– Você é linda, Scarlett. Especialmente quando está matutando diabruras. E só para ver essas covinhas eu lhe compro uma dúzia de mulas, se você quiser.

A porta da frente se abriu e o balconista entrou, palitando os dentes com uma pena. Scarlett se levantou, puxou o xale e amarrou as fitas do chapéu firmemente sob o queixo. Estava decidida.

– Está ocupado agora à tarde? Pode me acompanhar? – perguntou ela.

– Aonde?

– Queria que fosse até a serraria comigo. Prometi a Frank que não sairia da cidade sozinha.

– Ir à serraria com esta chuva?

– É, quero comprá-la agora, antes que você mude de ideia.

Ele riu tão alto que o rapaz atrás do balcão parou, curioso, para olhá-lo.

– Você se esqueceu de que está casada? A Sra. Kennedy não pode se dar ao luxo de ser vista andando até o campo com esse condenado do Butler, que não é recebido nos melhores salões. Esqueceu-se de sua reputação?

– Reputação uma ova! Quero aquela serraria antes que você mude de ideia ou que Frank descubra que a estou comprando. Não seja lerdo, Rhett. O que é uma chuvinha? Vamos logo.

A SERRARIA! Frank gemia sempre que pensava nela, amaldiçoando-se por ter chegado a mencioná-la para Scarlett. Já tinha sido ruim demais que ela tivesse vendido os brincos para Rhett Butler (e logo para quem!) e comprado a serraria sem sequer consultar o próprio marido, mas ainda pior fora não tê-la entregue para ele dirigir. Isso era péssimo. Como se não confiasse nele ou em seu discernimento.

Frank, juntamente com todos os homens que conhecia, sentia que uma esposa devia ser guiada pelo conhecimento superior do marido, devia aceitar suas opiniões sem ressalvas e não ter nenhuma própria. Ele teria aceitado o modo de ser da maioria das mulheres. Eram criaturinhas engraçadas e nunca custava satisfazer seus pequenos caprichos. Moderado e gentil por natureza, não era de seu feitio negar muito a uma esposa. Teria apreciado satisfazer as tolas ideias de uma pessoinha delicada e repreendê-la amorosamente por sua burrice e extravagância. Mas as coisas em que Scarlett se metia eram inacreditáveis.

Essa serraria, por exemplo. Foi o choque de sua vida quando ela lhe disse com um sorriso doce, em resposta a suas indagações, que pretendia dirigi-la. "Entrar no ramo da madeira sozinha", fora o que dissera. Frank nunca se esqueceria do horror daquele momento. Fazer negócios sozinha?! Era impensável. Não havia mulheres cuidando de negócios em Atlanta. Na verdade, Frank nunca ouvira falar de mulheres cuidando de negócios em lugar algum. Se as mulheres fossem desafortunadas a ponto de ser compelidas a ganhar algum dinheiro para ajudar a família nesses tempos difíceis, elas o faziam de modo reservado e feminino – fazendo tortas, como a Sra. Merriwether, pintando porcelana, costurando ou mantendo pensões como a Sra. Elsing e Fanny, ou ensinando na escola como a Sra. Meade, ou dando aulas de música, como a Sra. Bonnell. Essas damas ganhavam dinheiro, mas ficavam em casa, como era próprio a uma mulher. Mas uma mulher deixar a proteção do lar e se aventurar no mundo rude dos homens, competir com eles nos negócios, ombro a ombro, ficando exposta a ofensas e mexericos... Especialmente, sem ser forçada a isso, quando tinha um marido totalmente apto a lhe prover!

Frank tivera a esperança de que ela só estivesse implicando com ele, ou lhe pregando uma peça, uma peça de gosto duvidoso, mas logo descobriu que falava sério. Estava mesmo operando a serraria. Levantava-se antes dele, ia para a estrada dos Pessegueiros e muitas vezes só chegava em casa bem depois de a loja ter fechado e de Frank chegar à casa de tia Pitty para o jantar. Ela trilhava os longos quilômetros até a serraria contando apenas com o reprovador tio Peter para protegê-la, e o mato estava cheio de negros livres e da escória ianque. Frank não podia acompanhá-la, a loja tomava todo o seu tempo, mas, quando ele protestou, ela disse secamente:

– Se eu não ficar de olho naquele tratante esperto do Johnson, ele rouba minha madeira e a vende para botar o dinheiro no próprio bolso.

Quando conseguir um bom homem que dirija a serraria, não precisarei ir lá com tanta frequência. Vou poder passar o tempo na cidade vendendo madeira.

Vender madeira na cidade! Isso era o pior de tudo. Com frequência, ela tirava um dia e ia vender madeira, e nesses dias Frank tinha vontade de se esconder nos fundos escuros de sua loja e não ver ninguém. Sua mulher vendendo madeira!

As pessoas estavam falando terrivelmente dela, e era provável que dele também, por lhe permitir um comportamento tão pouco feminino. Ele ficava constrangido de encarar os fregueses no balcão e ouvi-los dizer: "Eu vi a Sra. Kennedy há poucos minutos na..." Todos se esforçavam para lhe contar o que ela fazia. Todos falavam sobre o que acontecia onde o novo hotel estava sendo construído. Scarlett chegara bem quando Tommy Wellburn estava comprando madeira de outro homem. Ela desceu da charrete entre os rudes pedreiros irlandeses que estavam assentando os alicerces e disse a Tommy que ele estava sendo enganado. Disse que sua madeira era melhor e também mais barata, e para provar fez uma enorme conta de cabeça, dando-lhe o cálculo na hora. Já era mau o bastante ela ter se metido no meio de operários estranhos e rudes, mas era ainda pior para uma mulher mostrar publicamente que conseguia fazer cálculos daquele modo. Quando Tommy aceitou seu cálculo e lhe fez o pedido, Scarlett não partiu de imediato e docilmente, mas ficou por ali, conversando com Johnnie Gallegher, o capataz dos operários, um homenzinho obstinado, parecido com um gnomo, que tinha péssima reputação. A cidade ficou semanas falando.

Ainda por cima, ela realmente estava ganhando dinheiro com a serraria, e nenhum homem conseguia se sentir bem com uma mulher que tivesse sucesso em uma atividade tão pouco feminina. Nem ela lhe deu o dinheiro, ou parte dele, para ser usado na loja. A maior parte ia para Tara, e ela escrevia cartas intermináveis para Will Benteen a lhe dizer como o dinheiro devia ser gasto. Além disso, ela disse a Frank que, se conseguisse acabar com os consertos de Tara, pretendia emprestar dinheiro por hipotecas.

– Minha nossa! – gemia Frank sempre que pensava nisso. Mesmo sabendo o que era uma hipoteca, uma mulher não fazia esses negócios.

Scarlett andava cheia de planos, e a Frank cada um parecia pior que o anterior. Até falou em construir um *saloon* no terreno onde ficava seu depósito antes de ser incendiado por Sherman. Frank não era abstêmio, mas protestou com veemência contra a ideia. Possuir um *saloon* era um mau negócio, um negócio azarento, quase tão mau quanto alugar um imóvel para uma casa de prostituição. Exatamente por que era mau ele não sabia explicar, e, diante dos argumentos pouco convincentes, ela disse: "Bobagem!"

– Os *saloons* sempre são bons inquilinos. Tio Henry disse – contou ela. – Sempre pagam o aluguel e, veja só, Frank, eu podia construir um *saloon* barato, com madeira inferior que não consigo vender, e obter um bom aluguel, e, com o dinheiro do aluguel, o da serraria e o que eu conseguisse das hipotecas, poderia comprar mais serrarias.

– Doçura, você não precisa de mais serrarias! – exclamou Frank, estarrecido. – O que devia fazer é vender a que já tem. Você está ficando desgastada e sabe o perigo que corre mantendo negros livres trabalhando lá...

– Os negros livres não valem nada mesmo – concordou Scarlett, ignorando completamente a sugestão de se desfazer da serraria. – O Sr. Johnson diz que ao chegar de manhã para trabalhar nunca sabe se vai estar com todo o pessoal ou não. Simplesmente não podemos mais depender dos negros. Trabalham um ou dois dias e então tiram folga até ter gastado o salário. Quanto mais vejo os resultados da emancipação, mais criminosa acho que foi. Arruinou com os negros. Milhares deles estão ociosos, e os que conseguimos para trabalhar na serraria são tão preguiçosos e indolentes que nem vale a pena tê-los. E, se os xingamos, sem nem falar de lhes dar umas três chicotadas pelo bem de suas almas, o Departamento dos Libertos vem nos atacar.

– Meu bem, você não está permitindo que o Sr. Johnson bata naqueles...

– É claro que não – retrucou ela, impaciente. – Não acabei de lhe dizer que os ianques me põem na cadeia se eu faço isso?

– Aposto que seu pai nunca deu uma surra em um negro – disse Frank.

– Bem, só uma vez. Um rapaz do estábulo que não escovou o cavalo depois de um dia de caçada. Mas, Frank, era diferente naquela época. Os negros libertos são outra coisa e umas chicotadas fariam muito bem a alguns deles.

Frank não só estava impressionado com os pontos de vista de sua mulher, mas também com a mudança que se operara nela nos poucos meses desde o casamento. No breve período de namoro, ele achou que nunca conhecera uma mulher mais feminina em suas reações à vida, ignorante, tímida e desamparada. Agora todas as suas reações eram masculinas. Apesar das faces rosadas, covinhas e belos sorrisos, ela falava e agia como um homem. Sua voz era enérgica e resoluta e ela se decidia instantaneamente, sem qualquer delonga feminina. Sabia o que queria e perseguia pelo caminho mais curto, como um homem, não pelas rotas ocultas e circulares peculiares às mulheres.

Claro que Frank já vira mulheres comandantes antes. Atlanta, como todas as cidades sulistas, tinha sua cota de nobres mandonas, com quem ninguém gostava de cruzar. Não havia ninguém mais dominadora que a Sra. Merriwether, mais imperiosa que a frágil Sra. Elsing, mais ardilosa para assegurar seus objetivos que a grisalha e doce Sra. Whiting. Mas, fossem quais fossem as artimanhas que essas damas empregassem para conseguir o que queriam, eram sempre artimanhas femininas. Faziam questão de ser respeitosas com as opiniões dos homens, sendo orientadas ou não por eles. Tinham as boas maneiras de se mostrar orientadas pelo que os homens diziam e era isso o que importava. Mas ninguém orientava Scarlett, só ela mesma, conduzindo seus negócios de um modo masculino que tinha levado toda a cidade a falar dela.

"E", pensou Frank infeliz, "provavelmente falando de mim também, por deixá-la agir de modo tão pouco feminino".

Depois havia aquele homem, Butler. Suas visitas frequentes à casa de tia Pitty eram a maior humilhação de todas. Frank nunca gostara dele, mesmo quando tinham feito negócios juntos antes da guerra. Muitas vezes, amaldiçoava o dia em que tinha levado Rhett a Twelve Oaks e o apresentado a seus amigos. Ele o desprezava pela maneira fria como agira em sua especulação durante a guerra e pelo fato de não ter entrado para o exército. Só Scarlett sabia dos oitos meses de serviço que Rhett prestara à Confederação, pois ele lhe suplicara, com um medo simulado, que não revelasse sua "vergonha" a ninguém. Mais que tudo, Frank o desprezava por reter o ouro confederado, enquanto homens honestos como o almirante Bullock e outros, diante da mesma situação, tinham devolvido milhares de dólares ao tesouro federal. Mas, quer Frank gostasse ou não, Rhett era uma visita frequente.

Para todos os efeitos, era a Srta. Pitty que ele ia visitar, e esta acreditava, fazendo pose por causa de suas visitas. Mas Frank tinha a desconfortável sensação de que não era a Srta. Pitty que o atraía. O pequeno Wade gostava muito dele, embora fosse tímido com a maioria das pessoas, e até o chamava de "tio Rhett", o que aborrecia Frank. E Frank não conseguia deixar de lembrar que Rhett tinha acompanhado Scarlett durante os tempos da guerra e houvera mexericos sobre os dois. Ele imaginava que os mexericos podiam ser ainda piores agora. Nenhum de seus amigos tivera a coragem de mencionar qualquer coisa desse tipo a Frank, apesar de toda a franqueza sobre a conduta de Scarlett no negócio da serraria. Mas ele não podia deixar de perceber que ele e Scarlett eram cada vez menos convidados para refeições e festas e cada vez menos visitados. Scarlett não gostava da maioria dos vizinhos e estava muito ocupada com sua serraria para se lembrar de visitar os de que gostava, então a falta de visitas não a perturbava. Mas Frank sentia profundamente.

Frank estivera toda a vida sob o domínio da frase "O que os vizinhos vão dizer?" e não tinha defesas contra os choques provocados pelo pouco caso que sua mulher fazia das convenções. Sentia que todos censuravam Scarlett e o menosprezavam por permitir que ela agisse de modo tão contrário a seu gênero. Ela fazia coisas que um marido não devia permitir, segundo seu ponto de vista, mas, se ele a mandasse parar, discutisse ou mesmo a criticasse, abria-se um temporal sobre sua cabeça.

"Minha nossa!", ele pensava impotente. "Ela consegue se enfurecer com mais rapidez e ficar nesse estado por mais tempo do que qualquer mulher que já conheci!"

Mesmo nos períodos em que as coisas iam bem, era incrível como a esposa afetuosa, provocante, que cantarolava pela casa, podia ter se transformado tão completa e rapidamente em uma pessoa diferente. Ele só precisava dizer: "Doçura, se eu fosse você, não..." e a tempestade logo se formava.

Suas sobrancelhas pretas logo se franziam em um ângulo agudo sobre o nariz e Frank se encolhia, quase visivelmente. Ela tinha o temperamento de um bárbaro e a fúria de uma gata selvagem e, nessas horas, não parecia se importar com o que dizia e quanto feria. Nuvens de abatimento pairavam sobre a casa nessas ocasiões. Frank ia cedo para a loja e ficava até tarde. Pitty fugia para seu quarto como um coelho ofegante a entocar-se. Wade e tio Peter se retiravam para a cocheira e Cookie ficava em sua cozinha, procurando não elevar a voz em louvor ao Senhor. Só Mammy aguentava o temperamento de Scarlett com tranquilidade, pois tivera anos de treinamento com Gerald O'Hara e suas explosões.

Scarlett não tinha intenção de ter pavio curto e realmente queria ser uma boa esposa para Frank, pois gostava dele e lhe era agradecida por ter ajudado a salvar Tara. Mas ele realmente a tirava do sério muitas vezes e de muitas maneiras.

Ela nunca poderia respeitar um homem que se deixasse dominar por ela, e a atitude tímida, hesitante que ele exibia em qualquer situação desagradável, com ela ou com outros, a irritava de modo insuportável. Mas ela poderia ter feito vista grossa a essas coisas e até ser feliz, agora que alguns de seus problemas financeiros estavam sendo resolvidos, exceto pela constante e renovada exasperação provocada pelos muitos incidentes, mostrando que Frank não era um bom homem de negócios e nem queria que ela fosse.

Como esperava, ele se recusara a cobrar as dívidas até que ela o espicaçasse, e ele o fizera desanimado e cheio de desculpas. Essa experiência serviu para provar que a família Kennedy nunca teria mais que o suficiente para a sobrevivência, a menos que ela mesma ganhasse o dinheiro que estava determinada a ter. Agora sabia que Frank ficaria satisfeito de ir levando com sua lojinha suja pelo resto da vida. Ele não parecia perceber quanto sua segurança era tênue e a importância de ganhar dinheiro nesses tempos complicados, quando o dinheiro era a única proteção contra novas calamidades.

Frank podia ter sido um homem de negócios bem-sucedido nos dias tranquilos que antecederam a guerra, mas era tão aborrecidamente antiquado, ela pensava, e tão teimoso, querendo fazer as coisas à moda antiga, quando essa moda e os velhos tempos tinham acabado. Faltava-lhe totalmente a agressividade necessária aos novos tempos. Bem, ela tinha essa agressividade e pretendia usá-la, Frank gostando ou não. Eles precisavam de dinheiro e ela o estava ganhando com trabalho duro. O mínimo que Frank podia fazer, em sua opinião, era não interferir em seus planos que estavam obtendo resultados.

Com sua inexperiência, não era trabalho fácil operar a nova serraria, e a competição estava mais acirrada agora que no início, então ela costumava estar cansada, preocupada e de mau humor quando chegava em casa à noite. E, quando Frank tossia, desculpando-se, para dizer: "Meu bem, eu não faria isso" ou "Se eu fosse você, doçura, não faria isso", tudo o que ela podia fazer era reprimir um acesso de raiva, e muitas vezes não conseguia. Se ele não tinha a iniciativa de sair e ganhar dinheiro, por que estava sempre reclamando dela? E as coisas com que a importunava eram tão tolas! Que diferença fazia em uma época como essa se ela não estivesse sendo feminina? Especialmente quando sua serraria pouco feminina estava trazendo o dinheiro de que precisavam tanto, ela, a família, Tara e Frank.

Frank queria descanso e tranquilidade. A guerra à qual servira de modo tão consciencioso lhe arruinara a saúde, lhe custara sua fortuna e o deixara velho. Ele não lamentava nada disso, e, após quatro anos de guerra, tudo o que pedia da vida era paz e gentileza, fisionomias amorosas a seu redor e a aprovação dos amigos. Logo descobriu que a paz doméstica tinha seu preço, que era deixar Scarlett fazer as coisas a seu modo, não importando o que quisesse fazer. Portanto, como estava cansado, negociou a paz nos termos dela. Às vezes, pensava que valia a pena vê-la sorrindo quando ela abria a porta da frente nos crepúsculos frios, beijando-o na orelha ou no nariz ou em algum outro lugar inusitado, sentir sua cabeça se aninhando sonolenta em seu ombro à noite debaixo das cobertas quentes. A vida doméstica podia ser agradável quando Scarlett fazia as coisas como queria. Mas a paz que ele conquistara era oca, só uma imagem externa, pois a adquirira ao custo de tudo que tinha como certo na vida matrimonial.

"Uma mulher deve prestar mais atenção ao lar e à família, e não ficar perambulando por aí feito um homem", ele pensava. "Se ao menos ela tivesse um bebê..."

Ele sorria ao pensar em um bebê, e pensava com bastante frequência. Scarlett fora bastante franca sobre não querer um filho, mas bebês raramente esperavam um convite. Frank sabia que muitas mulheres diziam não querer filhos, mas aquilo não passava de tolice e medo. Se Scarlett tivesse um bebê, ela o amaria e se sentiria contente de ficar em casa cuidando dele, como as outras mulheres. Então ela seria obrigada a vender a serraria e seus problemas acabariam. As mulheres precisavam da maternidade para ser completamente felizes, e Frank sabia que Scarlett não estava feliz. Ignorante como era em relação às mulheres, não era tão cego que não percebesse que ela ficava infeliz de vez em quando.

Às vezes, ele acordava de madrugada e ouvia o som de um choro abafado no travesseiro. A primeira vez que acordara, sentindo a cama sacudir com os soluços dela, indagara, alarmado: "Doçura, o que foi?" e fora repreendido com uma exclamação passional: "Ah, deixe-me em paz!"

É, um bebê a deixaria feliz e afastaria sua mente de coisas com que não devia se ocupar. Às vezes, Frank suspirava, achando que apanhara um pássaro tropical, ardoroso e colorido como uma joia, quando uma cambaxirra lhe teria servido da mesma forma. Na verdade, bem melhor.

37

Foi em uma noite chuvosa de abril que Tony Fontaine chegou de Jonesboro em um cavalo espumando, semimorto de exaustão, e bateu na porta deles, acordando Scarlett e Frank, que ficaram com o coração na garganta. Então, pela segunda vez em quatro meses, Scarlett foi obrigada a sentir profundamente o que significava a Reconstrução com todas as suas implicações, foi obrigada a entender ainda melhor o que Will tinha em mente ao lhe dizer "Nossos problemas só estão começando", a reconhecer que as melancólicas palavras de Ashley, ditas em meio ao vento no pomar de Tara, eram verdade: "Isso que nos encara agora é pior que a guerra... pior que a prisão... pior que a morte."

A primeira vez que ela estivera frente a frente com a Reconstrução fora ao saber que Jonas Wilkerson, com o apoio dos ianques, poderia desapropriá-la de Tara. Mas a chegada de Tony lhe trouxe tudo de volta, de um modo ainda mais apavorante. Tony chegou no escuro, sob uma chuva torrencial, e em poucos minutos desapareceria novamente na noite, para sempre, mas nesse breve intervalo ele ergueu a cortina para uma cena de outro horror, uma cortina que ela sentiu, desesperançada, que nunca mais seria baixada.

Naquela noite de tormenta em que bateram na porta com uma urgência apressada, ela ficou no patamar, segurando apertado o roupão e olhando para o vestíbulo lá embaixo, e viu o rosto moreno e melancólico de Tony de relance antes que ele se inclinasse, soprando a vela na mão de Frank. Ela correu para baixo na escuridão para agarrar sua mão fria e molhada e ouvi-lo sussurrar:

– Eles estão em meu encalço... vou para o Texas... meu cavalo está quase morto... e estou morrendo de fome. Ashley disse que você... Não acenda a vela! Não acorde os negros... Não quero arrumar problemas para seu pessoal se puder evitar.

Com as persianas da cozinha fechadas e as venezianas baixadas, ele permitiu que uma vela fosse acesa e falou com Frank em frases rápidas, espasmódicas, enquanto Scarlett se apressava para lhe preparar um prato de comida.

Ele estava sem sobretudo e encharcado até os ossos. Não usava chapéu e o cabelo preto estava grudado no crânio pequeno. Mas o ânimo dos rapazes Fontaine, um ânimo frio naquela noite, estava em seus olhos dançantes enquanto tragava o uísque que ela lhe trouxera. Scarlett agradeceu a Deus que tia Pittypat roncasse imperturbável lá em cima. Certamente, desmaiaria se visse essa aparição.

– Um maldito de um fi... da escória sulista a menos – disse Tony, segurando o copo vazio para outra dose. – Corri muito e vai me custar a pele se não fugir daqui depressa, mas valeu a pena. Por Deus que valeu! Vou tentar chegar ao Texas e me acomodar por lá. Ashley estava comigo em Jonesboro e me disse para vir procurar vocês. Preciso de outro cavalo, Frank, e algum dinheiro. Meu cavalo está prestes a morrer... veio até aqui sem se aguentar... e hoje saí de casa feito um tolo, feito um morcego dos infernos sem casaco, nem chapéu ou um centavo no bolso. Não que haja muito dinheiro lá em casa.

Ele riu e se concentrou, faminto, no pão de milho e nas verduras frias sobre as quais havia grossos flocos brancos de gordura congelada.

– Pode ficar com meu cavalo – disse Frank, calmamente. – Só tenho 10 dólares aqui, mas se você puder esperar até de manhã...

– O inferno está em chamas, não posso esperar! – disse Tony, enfaticamente, mas de um jeito jovial. – Devem estar bem atrás de mim. Não consegui uma boa vantagem. Se não fosse por Ashley, que me arrastou e me fez subir no cavalo, eu teria ficado lá como um bobo e é provável que a esta altura já tivessem me enforcado. Um bom homem, o Ashley.

Então Ashley estava metido naquele enigma assustador. Scarlett teve um calafrio, pôs a mão na garganta. Os ianques estavam com Ashley agora? Por que Frank nao [illegible]untava o que acontecera? Por que ficava tão frio diante da situação, como se tudo fosse normal? Ela lutou para fazer as perguntas lhe chegarem aos lábios.

– O que... – começou. – Quem...

– O antigo administrador de seu pai... aquele maldito... Jonas Wilkerson.

– Você... ele morreu?

– Meu Deus, Scarlett O'Hara – disse Tony, impaciente. – Quando resolvo acabar com alguém, não acha que eu ficaria satisfeito só de arranhá-lo com o lado cego da faca, não é? Não, por Deus, eu o deixei em pedaços.

– Bom – disse Frank despreocupadamente. – Nunca gostei daquele homem.

Scarlett olhou para ele. Esse não era o Frank manso que ela conhecia, o homem nervoso que ficava cofiando a barba, de quem aprendera a abusar com facilidade. Havia nele um ar frio e revigorante, e ele encarava a emergência sem palavras desnecessárias. Era um homem, Tony era um homem e essa situação de violência era um negócio masculino, no qual uma mulher não tomava parte.

– Mas Ashley... ele...

– Não. Ele queria matá-lo, mas eu disse que era direito meu, pois Sally é minha cunhada, e ele acabou tendo juízo. Foi a Jonesboro comigo para o caso de Wilkerson me pegar primeiro. Mas não acho que o velho Ash vá ter problemas. Espero que não. Tem alguma geleia para esse pão de milho? E será que pode me embrulhar algo para levar?

– Vou acabar gritando se você não me contar tudo.

– Espere até eu ir embora e depois grite se precisar. Vou lhe contar enquanto Frank encilha o cavalo. Aquele maldito Wilkerson já causou problemas suficientes. Sabe o que ele fez com você a respeito dos impostos. Foi só uma de suas crueldades. Mas o pior foi o jeito como ele agitou os negros. Se alguém tivesse me dito que eu viveria para ver o dia em que odiaria os negros, eu não acreditaria! Malditas sejam suas almas negras, eles acreditam em qualquer coisa que aquela escória sulista diz e esquecem tudo o que fizemos por eles. Agora os ianques estão falando em deixar que os negros votem. E não vão nos deixar votar. Ora, deve haver uma mancheia de democratas em todo o condado que não estão impedidos de votar, agora que eliminaram todos os homens que lutaram no exército confederado. E, se derem o voto aos negros, é nosso fim. Droga, é nosso estado! Não pertence aos ianques! Por Deus, Scarlett, isso não pode ser tolerado! E não será! Vamos fazer alguma coisa a respeito, nem que signifique outra guerra. Em breve, teremos juízes negros, legisladores negros... macacos negros que saíram da selva...

– Por favor, depressa, conte! O que foi que você fez?

– Dê-me outro pedaço desse pão antes de embrulhar. Bem, se espalhou um boato de que esse Wilkerson tinha ido um pouco longe demais com seu negócio de igualdade para os negros. Ah, sim, ele fala com aqueles negros tolos toda hora. Teve o descaramento... o... – Tony se engasgou – de dizer que os negros tinham o direito às... às... mulheres brancas.

– Ah, Tony, não!

– Por Deus que sim! Não me surpreendo com sua cara de nojo. Mas, pelo fogo do inferno, Scarlett, não pode ser novidade para você. Estão dizendo isso a eles aqui em Atlanta.

– Eu... eu não sabia.

– Bem, Frank não lhe contaria. De qualquer modo, depois disso, todos nós meio que pensamos em visitar o Sr. Wilkerson em particular à noite e cuidar dele, mas, antes que o fizéssemos... Você se lembra daquele negro, o Eustis, que era nosso capataz?

– Lembro.

– Hoje ele foi até a porta da cozinha quando Sally preparava o almoço... não sei o que disse a ela. Acho que agora nunca vou saber. Mas disse algo e eu a ouvi gritar, corri até a cozinha e lá estava ele, bêbado como a vadia do rabequista... Desculpe, Scarlett, escapou.

– Continue.

– Dei um tiro nele e, quando mamãe foi cuidar de Sally, peguei o cavalo e saí para Jonesboro atrás de Wilkerson. Era ele o culpado. O maldito do negro tolo nunca teria pensado em tal coisa se não fosse por ele. Passando por Tara, encontrei Ashley e, é claro, ele foi comigo. Ele me pediu que deixasse a coisa com ele pelo modo como Wilkerson agira em Tara, e eu disse que não, que era minha vez porque Sally era a mulher de meu irmão morto e discutimos por todo o caminho. E, quando chegamos à cidade, por Deus, Scarlett, sabe que eu nem tinha levado minha pistola? Tinha deixado no estábulo. Estava tão furioso, que me esqueci...

Ele fez uma pausa, mordeu o pão dormido e Scarlett estremeceu. A ira assassina dos Fontaine já tinha feito história no condado muito antes de esse capítulo ter sido aberto.

– Então tive que enfiar minha faca nele. Ele estava no bar. Eu o levei para um canto enquanto Ashley detinha os outros e lhe disse por que antes de matá-lo. Antes que me desse conta, estava feito – disse Tony refletindo. – Em seguida, a primeira coisa que percebi foi Ashley me fazendo montar no cavalo e me dizendo para vir até aqui. Ashley é um grande homem em um apuro. Ele mantém a cabeça fria.

Frank entrou, o sobretudo no braço, e o entregou a Tony. Era seu único sobretudo, mas Scarlett não protestou. Ela parecia estar fora desse assunto puramente masculino.

– Mas Tony... eles precisam de você em casa. Com certeza, se você voltasse e explicasse...

– Frank, você se casou com uma tola – disse Tony, arreganhando os dentes e vestindo o sobretudo. – Ela acha que os ianques vão premiar um homem por manter os negros afastados das mulheres de sua família. Vão sim, com uma corte de tambores e uma corda. Dê-me um beijo, Scarlett. Frank não vai se importar, e talvez eu nunca mais a veja. O Texas fica longe, e não vou escrever, então avisem ao pessoal lá de casa que consegui chegar até aqui em segurança.

Ele a deixou beijá-la e os dois homens saíram na chuva e ficaram conversando um instante na varanda dos fundos. Depois ela ouviu as patas do cavalo salpicando lama, e Tony se fora. Abriu uma fresta na porta e viu Frank levando um cavalo arquejante, trôpego, para dentro da cocheira. Fechou a porta de novo e se sentou, os joelhos trêmulos.

Agora sabia o que a Reconstrução significava, sabia muito bem, era como se a casa estivesse cercada de selvagens nus. Agora chegavam a sua mente muitas coisas em que ela não pensara recentemente, conversas que ouvira, mas às quais não dera atenção, conversas masculinas que eram interrompidas quando ela entrava no aposento, pequenos incidentes em que não vira significado na hora, avisos inúteis para que ela não saísse da serraria apenas com o fraco tio Peter para protegê-la. Agora tudo se encaixava em um único quadro apavorante.

Os negros estavam por cima e, atrás deles, as baionetas ianques. Ela podia ser morta, estuprada e, bem provavelmente, nada seria feito a respeito. E qualquer um que a vingasse seria enforcado pelos ianques sem o benefício de um julgamento. Oficiais ianques que nada sabiam de lei e se importavam ainda menos com as circunstâncias do crime podiam encaminhar as moções de um julgamento e botar a corda no pescoço de um sulista.

"O que se pode fazer?", pensou ela, esfregando as mãos em uma agonia de medo impotente. "O que se pode fazer com demônios que enforcariam um rapaz decente como Tony só por matar um bêbado e um patife para proteger as mulheres?"

"Não pode ser tolerado!", dissera Tony, e estava certo. Não podia ser tolerado. Mas o que fariam além de tolerar, impotentes como estavam? Ela começou a tremer e, pela primeira vez na vida, enxergou pessoas e acontecimentos como coisas separadas de si mesma, percebeu claramente que Scarlett O'Hara, assustada e impotente, não era o que importava. Havia milhares de mulheres como ela por todo o sul, assustadas e impotentes. E milhares de homens, que tinham deitado suas armas em Appomattox e agora as pegavam de novo, prontos para arriscar o pescoço a qualquer momento para proteger essas mulheres.

Algo que passara pela fisionomia de Tony e se espelhara na de Frank, uma expressão que ela observara recentemente em outros homens de Atlanta, um olhar que ela percebera, mas que não se dera ao trabalho de analisar. Era uma expressão bem diferente daquela de impotência e cansaço que vira no rosto dos combatentes que retornavam da guerra após a rendição. Aqueles homens não se importavam com nada, só queriam chegar em casa. Agora novamente se importavam com alguma coisa, nervos dormentes voltavam à vida, e o velho espírito começava a arder. Importavam-se de novo com uma amargura fria e impiedosa. E, como Tony, pensavam: "Não pode ser tolerado!"

Ela vira homens sulistas, de fala macia e perigosos nos tempos anteriores à guerra, ficarem imprudentes e duros nos últimos desesperadores dias de combate. Mas, nas fisionomias dos dois homens que se olhavam através da chama da vela um instante atrás, havia algo diferente, algo que a animava, mas assustava... uma fúria que não conseguia encontrar palavras, uma determinação que não se deteria diante de nada.

Pela primeira vez, sentiu um parentesco com as pessoas a sua volta, sentiu-se unida a elas em seus temores, em sua amargura, em sua determinação. Não podia ser tolerado! O sul era um lugar bonito demais para ser abandonado sem uma luta, amado demais para ser pisoteado pelos ianques que odiavam os sulistas o bastante para se comprazer em esmagá-los, era uma pátria querida demais para ser virada de cabeça para baixo por negros ignorantes e embriagados de uísque e liberdade.

Pensando na chegada súbita de Tony e na rápida partida, ela se sentiu aparentada a ele, pois se lembrou da velha história, de como seu pai deixara às pressas a Irlanda à noite, após um assassinato que não representava um crime para ele nem para a família. O sangue violento de Gerald corria nela. Ela se lembrou de sua ardorosa alegria ao dar um tiro no ianque saqueador. O sangue violento corria neles todos, perigosamente perto da superfície, logo abaixo do exterior bondoso e cortês. Todos eles, todos os homens que conhecia, mesmo Ashley com seus olhos sonolentos e o nervoso e velho Frank eram assim, assassinos, violentos se houvesse necessidade. Até mesmo Rhett, o patife sem consciência que era, matara um negro por ser "insolente com uma dama".

Quando Frank entrou pingando de chuva e tossindo, ela se levantou depressa.

– Ah, Frank, por quanto tempo será assim?

– Pelo tempo que os ianques nos odiarem tanto, doçura.

– Não há nada que alguém possa fazer?

Frank passou a mão exausta na barba molhada.

– Estamos tomando providências.

– O quê?

– Por que falar disso enquanto não realizamos algo? Pode levar anos. Talvez... talvez o sul sempre fique assim.

– Ah, não!

– Doçura, venha para a cama. Você deve estar gelada. Está tremendo.

– Quando é que isso vai acabar?

– Quando todos nós pudermos votar de novo, doçura. Quando cada homem que lutou pelo sul puder colocar seu voto na caixa para um sulista e democrata.

– Um voto? – exclamou ela, desesperada. – De que serve um voto se os negros perderam a cabeça, se os ianques os envenenaram contra nós?

Frank lhe explicou com seu jeito paciente, mas a ideia de que votos podiam sanar o problema era muito complicada para ela. Pensava agradecida que Jonas Wilkerson nunca mais seria uma ameaça para Tara, e pensava em Tony.

– Ah, pobres Fontaine! – exclamou ela. – Só sobrou Alex, e há tanto a fazer em Mimosa. Por que Tony não teve juízo e... e agiu à noite quando ninguém saberia quem foi? Ele seria mais útil ajudando a arar a terra na primavera do que indo para o Texas.

Frank a enlaçou. Costumava ser cauteloso ao fazê-lo, pois previa ser impacientemente repelido, mas agora havia um olhar distante em sua fisionomia e seu braço estava firme segurando a cintura dela.

– No momento, há coisas mais importantes que arar, doçura. E assustar os negros e dar uma lição à escória sulista são algumas. Enquanto houver bons rapazes como Tony, creio que não precisaremos nos preocupar muito com o sul. Venha para a cama...

– Mas Frank...

– Se simplesmente ficarmos unidos e não cedermos um centímetro aos ianques, venceremos algum dia. Não preocupe sua linda cabecinha com isso, doçura. Deixe que os homens cuidem disso. Talvez não em nossa época, mas algum dia venceremos. Os ianques vão se cansar de nos importunar quando perceberem que nem conseguem nos arranhar, e então teremos um mundo decente onde viver e criar nossos filhos.

Ela pensou em Wade e no segredo que estava carregando silenciosamente havia alguns dias. Não, ela não queria seus filhos criados em meio a esse tumulto de ódio e incerteza, de amargura e violência movendo-se furtivamente logo abaixo da superfície, de pobreza, trabalho duro e insegurança. Nunca quisera que seus filhos sequer soubessem o significado de tudo isso. Queria um mundo seguro e ordenado em que pudesse olhar para a frente e saber que havia um futuro seguro adiante, um mundo no qual seus filhos conhecessem apenas a suavidade, o aconchego, boas roupas e boa comida.

Frank achava que isso poderia ser realizado por meio do voto. Votar? Que importavam os votos? As boas pessoas do sul nunca mais votariam. Só havia uma coisa no mundo que era um baluarte certo contra qualquer calamidade que o destino pudesse trazer, e era o dinheiro. Em um acesso febril, ela pensou em quanto precisavam ter dinheiro, muito, para ficarem seguros contra a desgraça.

Abruptamente, disse a ele que estava esperando um bebê.

POR SEMANAS após a fuga de Tony, a casa de tia Pitty foi submetida a repetidas buscas por destacamentos de soldados ianques. Eles invadiam a casa a qualquer hora e sem avisar. Entravam em todos os cômodos, fazendo perguntas, abrindo armários, vasculhando cestos de roupas, espiando embaixo das camas. As autoridades militares tinham tomado conhecimento de que Tony fora aconselhado a ir para a casa da Srta. Pitty, e tinham certeza de que ele ainda estava se escondendo lá. Ou em algum lugar nas cercanias.

Em consequência, tia Pitty estava cronicamente no estado que tio Peter chamava de "arreliada", sem nunca saber quando seu quarto seria invadido por um oficial ou por um pelotão de homens. Nem Frank nem Scarlett haviam mencionado a breve visita de Tony, portanto a velha não podia ter revelado nada, mesmo se quisesse. Ela era totalmente honesta em seus protestos alvoroçados de que vira Tony Fontaine uma única vez na vida, e fora na época do Natal de 1862.

– E – acrescentava sem fôlego, em um esforço de ser útil aos soldados ianques – ele estava bastante embriagado na ocasião.

Scarlett, enjoada e infeliz no primeiro estágio de gravidez, alternava entre o ódio exaltado pelas fardas azuis, que invadiam sua privacidade, muitas vezes levando consigo qualquer bugiganga que os atraísse, e um temor igualmente exaltado de que Tony acabasse sendo o motivo da desgraça de todos eles. As prisões estavam cheias de pessoas que tinham sido detidas por muito menos. Ela sabia que, se uma partícula da verdade fosse provada contra eles, não só ela e Frank iriam para a cadeia, mas a inocente Pitty também.

Por algum tempo, houvera uma agitação em Washington em torno do confisco de todas as "propriedades rebeldes" para pagar a dívida de guerra dos Estados Unidos, e essa possibilidade deixara Scarlett em um estado de angustiada apreensão. Agora, em acréscimo, Atlanta estava tomada pelos rumores sobre o confisco das propriedades dos infratores da lei militar, e Scarlett temeu que ela e Frank perdessem não só a liberdade, mas também a casa, a loja e a serraria. E, mesmo que os militares não tomassem as propriedades, tudo estaria perdido do mesmo jeito, pois quem cuidaria dos negócios se eles fossem presos?

Ela odiou Tony por lhes trazer tal problema. Como ele podia ter feito uma coisa dessas aos amigos? E como Ashley podia tê-lo enviado a eles? Ela nunca mais ajudaria ninguém se isso significasse ter os ianques atacando-a como um enxame de marimbondos. Não, ela fecharia a porta a qualquer um que precisasse de ajuda. Exceto, é claro, Ashley. Por semanas, após a breve visita de Tony, ela despertava de sonhos intranquilos com qualquer ruído na estrada lá fora, temendo que pudesse ser Ashley tentando escapar, fugindo para o Texas por causa da ajuda que dera a Tony. Ela não sabia como estava a situação dele, pois não se arriscavam a escrever para Tara sobre a visita que Tony lhes fizera de madrugada. As cartas podiam ser interceptadas pelos ianques e levar problemas à fazenda também. Mas, depois de se passarem semanas sem que tivessem más notícias, concluíram que Ashley tinha se safado. E, por fim, os ianques pararam de incomodá-los.

Mas nem esse alívio libertou Scarlett do estado de pavor que tinha se iniciado quando Tony batera à porta deles, um pavor que era pior que a tremedeira provocada pelo bombardeio do cerco, pior até que o terror dos homens de Sherman durante os últimos dias da guerra. Era como se a aparição de Tony naquela noite de chuva torrencial tivesse tirado piedosos antolhos de seus olhos, forçando-a a enxergar a verdadeira incerteza de sua vida.

Olhando ao redor naquela fria primavera de 1866, Scarlett percebeu o que a encarava e a todo o sul. Ela podia planejar, podia trabalhar mais duro que qualquer de seus escravos jamais trabalhara, podia ser bem-sucedida e superar todas as dificuldades, por meio da determinação podia solucionar problemas para os quais sua vida anterior não a preparara nem um pouco. Mas, apesar de todo o trabalho, o sacrifício e a engenhosidade, o pouco que conseguira a tanto custo podia lhe ser tirado a qualquer minuto. E, se isso acontecesse, ela não tinha direitos, nenhuma reparação legal, além daquelas cortes de tambores de que Tony falara com tanta amargura, aqueles tribunais militares com seus poderes arbitrários. Só os negros tinham direito à reparação naqueles dias. Os ianques tinham o sul prostrado e assim pretendiam mantê-lo. O sul fora torcido por uma cruel e gigantesca mão, e aqueles que um dia o tinham dominado viviam agora em um estado de impotência que nem seus antigos escravos tinham experimentado. A Geórgia estava fortemente guarnecida de tropas, e Atlanta tinha mais que a cota devida. Os comandantes das tropas ianques nas várias cidades tinham poder total, até de vida ou morte, sobre a população civil, e o usavam. Podiam aprisionar cidadãos, confiscar sua propriedade, enforcá-los e o faziam por qualquer motivo, ou sem nenhum. Podiam importuná-los e torturá-los com regulamentos conflitantes sobre a operação de seus negócios, o salário que deviam pagar aos funcionários, sobre o que deviam dizer em público e nas declarações particulares e o que deviam escrever nos jornais. Regulamentaram o modo, a hora e o lugar do despejo do lixo e decidiram quais canções as filhas e esposas de ex-confederados podiam cantar, de modo que cantar "Dixie" ou "Bonnie Blue Flag" tornou-se um delito só menos grave que traição. Regulamentaram que ninguém podia pegar uma carta nos correios sem fazer o juramento de fidelidade e, em alguns casos, eles até proibiam a emissão de licenças matrimoniais se os casais não fizessem o detestável juramento.

Os jornais eram tão amordaçados que nenhum protesto público podia ser levantado contra as injustiças ou depredações realizadas pelos militares, e os protestos individuais eram silenciados com aprisionamentos. A cadeia estava cheia de cidadãos proeminentes, que lá ficavam sem esperança de um rápido julgamento. Um julgamento realizado por um júri e o direito de *habeas corpus* estavam praticamente suspensos. Os tribunais civis ainda funcionavam, segundo o costume, mas ao bel-prazer dos militares, que podiam interferir nos veredictos e o faziam, de modo que os cidadãos que tivessem a infelicidade de ser presos ficavam praticamente à mercê das autoridades militares. E muitos eram presos. A simples suspeita de declarações contra o governo, suspeita de cumplicidade com a Ku Klux Klan, ou a reclamação de um negro de que um homem branco lhe ofendera eram suficientes para jogar um cidadão na cadeia. Provas e evidências não eram necessárias. A acusação era suficiente. E, graças à incitação do Departamento dos Libertos, sempre se podia encontrar negros dispostos a fazer acusações.

Os negros ainda não tinham recebido o direito de votar, mas o norte estava determinado a consegui-lo, e igualmente determinado a tornar esses votos favoráveis a si. Com isso em mente, nada era bom demais para os negros. Os soldados ianques os apoiavam em qualquer coisa que decidissem fazer, e o caminho mais fácil para um branco se encrencar era fazendo uma reclamação de qualquer tipo contra um negro.

Os antigos escravos eram agora os senhores da criação e, com o auxílio dos ianques, os mais inferiores e ignorantes estavam por cima. Os melhores entre eles, os que desdenhavam a liberdade, sofriam tanto quanto os senhores brancos. Milhares de criados domésticos, a casta mais elevada da população escrava, ficaram com seu pessoal branco, fazendo trabalho braçal que estava abaixo deles nos velhos tempos. Muitos leais trabalhadores do campo também se recusaram a fazer uso da nova liberdade, mas as hordas de "negros livres ordinários", que estavam causando a maior parte dos problemas, provinham, na maioria, da classe dos trabalhadores do campo.

Nos tempos da escravatura, esses negros inferiores tinham sido desprezados pelos negros domésticos e de quintal como criaturas de pouco valor. Assim como Ellen, outras senhoras de fazenda por todo o sul tinham feito os negrinhos passarem por cursos de treinamento e eliminação, escolhendo os melhores para posições de maior responsabilidade. Os designados para o campo eram os menos dispostos ou capazes de aprender, os menos enérgicos, honestos e confiáveis, os de menor caráter e mais brutos. E era essa classe, a mais baixa na ordem social negra, que agora tornava a vida uma infelicidade no sul.

Auxiliados por aventureiros inescrupulosos que dirigiam o Departamento dos Libertos e impulsionados por um fervor de ódio nortista quase religioso no fanatismo, os antigos trabalhadores do campo foram subitamente elevados aos assentos dos poderosos. Ali eles se conduziam como era esperado de criaturas de pouca inteligência. Como macacos ou crianças soltos entre objetos valiosos, cujo valor estava além de sua compreensão, descontrolavam-se, fosse por prazer perverso ou simplesmente por ignorância.

A crédito dos negros, inclusive dos menos inteligentes, pode-se dizer que poucos atuavam com malícia, e esses poucos geralmente tinham sido "negros cruéis" mesmo nos tempos da escravatura. Mas eles tinham, como classe, mentalidade infantil, eram facilmente controlados e, pelo longo hábito, acostumados a obedecer. Antes, eram seus senhores a lhes dar ordens. Agora, tinham um novo grupo de senhores, o Departamento e os aventureiros ianques, e as ordens eram: "Vocês têm tanto valor quanto qualquer branco, então ajam desse modo. Assim que puderem votar nos republicanos, terão as propriedades dos brancos. Elas podem ser suas agora. Peguem se puderem!"

Deslumbrados com essas histórias, a liberdade tornou-se um piquenique sem fim, um churrasco a cada dia da semana, um carnaval de ociosidade, furto e insolência. Os negros do campo chegavam aos bandos às cidades, abandonando os distritos rurais, que ficavam sem mão de obra para as plantações. Atlanta já estava lotada deles, e continuavam vindo às centenas, preguiçosos e perigosos em consequência da nova doutrina que lhes era ensinada. Amontoados em esquálidas cabanas, a varíola, o tifo e a tuberculose irromperam entre eles. Acostumados aos cuidados de suas senhoras quando estavam doentes na época da escravatura, não sabiam como cuidar de si mesmos ou de seus enfermos. Contando com os senhores para tomar conta dos velhos e dos bebês, agora não tinham senso de responsabilidade com seus desamparados. E o Departamento estava muito mais interessado nas questões políticas que em oferecer o cuidado que os fazendeiros antes davam.

Crianças negras abandonadas andavam como animais assustados pela cidade até que pessoas brancas de bom coração as recolhessem e levassem para suas cozinhas para criá-las. Negros velhos do campo, abandonados pelos filhos, confusos e tomados pelo pânico na cidade movimentada, sentavam-se no meio-fio e pediam para as senhoras que passavam: "Sinhá, por favô, escrivinha pro meu sinhô no condado Lafayette que tô aqui. Pra ele vim levá esse nego véio de vorta pra casa. Pelo amô de Deus, chega dessa liberdade!"

O Departamento dos Libertos, sobrecarregado pelos números que os procuravam, percebeu tarde demais uma parte do erro e tentou mandá-los de volta a seus antigos donos. Disseram aos negros que, se voltassem, seriam como trabalhadores livres, protegidos por contratos escritos que especificariam os salários diários. Os velhos voltaram felizes para as fazendas, tornando-se um fardo mais pesado que nunca para os fazendeiros empobrecidos, que não tinham coragem de recusá-los, mas os jovens permaneciam em Atlanta. Não queriam trabalhar em nada, em lugar algum. Para que trabalhar quando a barriga está cheia?

Pela primeira vez na vida, os negros podiam beber todo o uísque que quisessem. Nos tempos da escravatura, só bebiam no Natal, quando cada um recebia uma dose junto com seu presente. Agora tinham não só os agitadores do Departamento e os aventureiros ianques a incitá-los, mas também o próprio uísque, e os ultrajes eram inevitáveis. Nem a vida nem as propriedades estavam a salvo, e os brancos, desprotegidos pela lei, viviam aterrorizados. Negros bêbados ofendiam homens na rua; casas e estábulos eram incendiados à noite; cavalos, gado e galinhas eram roubados em plena luz do dia; cometiam-se crimes dos mais variados e poucos de seus perpetradores eram levados à justiça.

Mas essas ignomínias e perigos não eram nada se comparados à situação das mulheres brancas, muitas privadas pela guerra da proteção masculina, que moravam sozinhas nos distritos periféricos e em estradas isoladas. Foi o grande número de ultrajes contra mulheres e o temor sempre presente pela segurança de suas esposas e filhas que levaram os homens sulistas a um estremecimento de fúria fria, provocando da noite para o dia o surgimento da Ku Klux Klan. E era contra essa organização sombria que os jornais do norte alardeavam com mais ruído, nunca percebendo a necessidade trágica que a criara. O norte queria todos os membros da Ku Klux Klan caçados e enforcados porque haviam ousado fazer justiça com as próprias mãos em uma época em que os processos normais de lei e ordem tinham sido derrubados pelos invasores.

Era o espetáculo assombroso de metade da nação tentando, à ponta de baioneta, forçar à outra metade o domínio dos negros, muitos dos quais estavam a apenas uma geração das selvas africanas. O voto devia ser dado a eles, mas negado à maioria de seus antigos donos. O sul devia permanecer curvado, e privar os brancos de seus direitos civis era o caminho. A maioria dos combatentes, dos que tinham sido funcionários públicos ou que haviam ajudado a Confederação não podia votar nem escolher seus representantes, e estava sob o poder de um regulamento forasteiro. Muitos homens, pensando sobriamente nas palavras e no exemplo do general Lee, estavam dispostos a fazer o juramento, a se tornar cidadãos novamente e esquecer o passado. Mas isso não lhes foi permitido. Outros, que tinham permissão de fazer o juramento, se recusavam ardorosamente, não se dignando a jurar lealdade a um governo que deliberadamente os submetia a crueldade e humilhação.

Scarlett não parava de ouvir, tantas vezes, que tinha vontade de gritar: "Eu teria feito o maldito juramento logo após a rendição se eles tivessem agido corretamente. Eu posso ser reintegrado à União, mas, por Deus, não posso ser reconstruído dentro dela!"

Scarlett passou por esses dias e noites de ansiedade contorcida de medo. A eterna ameaça dos negros sem lei e dos soldados ianques lhe assaltava a mente, o perigo do confisco sempre a acompanhando, mesmo em sonhos, e temia a chegada de horrores piores. Deprimida pelo próprio desamparo e o dos amigos, de todo o sul, não era de estranhar que durante esse tempo ela costumasse se lembrar das palavras que Tony Fontaine dissera de modo tão apaixonado: "Por Deus, Scarlett, isso não pode ser tolerado! E não será!"

Apesar da guerra, do incêndio e da Reconstrução, Atlanta novamente se tornara uma cidade progressista. De muitas formas, o lugar lembrava a jovem cidade movimentada dos primeiros tempos da Confederação. O único problema era que os soldados que lotavam as ruas usavam o tipo errado de farda, o dinheiro estava nas mãos erradas e os negros viviam de folga enquanto seus antigos senhores lutavam e passavam fome.

Sob a superfície, havia infelicidade e medo, mas toda a aparência exterior era a de uma cidade em progresso que rapidamente se reconstruía das ruínas, uma cidade movimentada, apressada. Tudo indicava que Atlanta sempre precisava estar correndo, não importando as circunstâncias. Savannah, Charleston, Augusta, Richmond e Nova Orleans nunca iam se apressar. Era mal-educado e ianquizado se apressar. Mas, nesse período, Atlanta estava mais mal-educada e ianquizada do que jamais fora ou seria. Com "gente nova" chegando de todos os cantos, as ruas eram obstruídas e barulhentas da manhã à noite. As lustrosas carruagens das mulheres dos oficiais ianques e dos aventureiros emergentes salpicavam lama nas charretes dilapidadas do povo da cidade, e vistosas casas novas de forasteiros abastados se apinhavam entre as moradias sossegadas dos antigos cidadãos.

A guerra definitivamente estabelecera a importância de Atlanta nos assuntos do sul, e a cidade, até então obscura, tornara-se amplamente conhecida. As ferrovias pelas quais Sherman lutara e matara milhares de homens durante um verão inteiro estimulavam outra vez a vida da cidade que tinham criado. Atlanta voltara a ser o centro de atividades para uma ampla região, como fora antes da reconstrução, e recebia um grande fluxo de novos cidadãos, bem-vindos ou não.

Os aventureiros ianques invasores fizeram de Atlanta seu quartel-general, e nas ruas empurravam os representantes das famílias mais antigas do sul, também recém-chegados à cidade. Famílias da zona rural, cujas propriedades haviam sido incendiadas durante a marcha de Sherman e que já não conseguiam sobreviver sem os escravos para cultivar o algodão, tinham ido morar em Atlanta. Novos moradores chegavam todos os dias, oriundos do Tennessee e das Carolinas, onde a mão da Reconstrução caíra ainda mais pesada que na Geórgia. Muitos irlandeses e alemães, gratificados pelo Exército da União, tinham se estabelecido em Atlanta após a baixa. As esposas e famílias da guarnição ianque, cheias de curiosidade em relação ao sul após quatro anos de guerra, chegavam para inchar a população. Aventureiros de todos os tipos vinham em grande número, esperando fazer fortuna, e os negros do campo continuavam a chegar às centenas.

A cidade rugia, totalmente aberta, como um vilarejo de fronteira, sem fazer qualquer esforço para encobrir seus vícios e pecados. Os *saloons* floresciam da noite para o dia, dois, às vezes três em uma única quadra, e, após o cair da noite, as ruas ficavam cheias de homens embriagados, negros e brancos, cambaleando da parede para o meio-fio e de volta. Bandidos, batedores de carteira e prostitutas ficavam à espreita nos becos mal iluminados e nas ruas sombrias. Casas de jogo funcionavam a todo vapor, e era raro que se passasse uma noite sem tiroteios ou rixas com facas. Cidadãos respeitáveis ficaram escandalizados ao descobrir que Atlanta tinha uma enorme e próspera zona de prostituição, maior e mais próspera que durante a guerra. À noite, pianos tocavam desafinados por trás de venezianas abaixadas, canções ruidosas e gargalhadas se espalhavam, pontuadas por gritos e tiros ocasionais. As moradoras dessas casas eram mais audaciosas que as do tempo da guerra e desavergonhadamente se debruçavam nas janelas chamando os transeuntes. E, nas tardes de domingo, as belas carruagens fechadas das madames da zona percorriam as ruas principais, cheias de moças vestindo suas melhores roupas, tomando ar por trás de venezianas de seda.

Belle Watling era a mais notória das madames. Abrira a própria casa, um grande sobrado que fazia as casas vizinhas da zona parecer tocas de coelho. No térreo, havia um elegante bar, com pinturas a óleo nas paredes, e uma orquestra de negros tocava todas as noites. O andar de cima, segundo os boatos, era mobiliado com os mais finos estofados, pesadas cortinas de renda e espelhos importados com molduras douradas. As jovens da casa eram graciosas, mesmo que muito pintadas, e se comportavam de modo mais comedido que as das outras casas. Pelo menos, a polícia raramente era chamada à casa de Belle.

Essa casa era alvo dos sussurros furtivos das matronas de Atlanta e das pregações dos pastores da igreja em termos precavidos como uma pocilga de iniquidade, com vaias e censura. Todos sabiam que uma mulher como Belle não podia ter ganhado dinheiro suficiente para montar sozinha um estabelecimento tão luxuoso. Ela devia ter tido um patrocinador, um que fosse rico. E Rhett Butler nunca tivera a decência de ocultar suas relações com ela, então era óbvio que ele, e nenhum outro, devia ser o tal patrocinador. A própria Belle mostrava uma aparência próspera quando ocasionalmente espiava para fora de sua carruagem fechada, dirigida por um mulato insolente. Quando passava, atrás de um belo par de cavalos baios, todos os garotinhos da rua que conseguiam escapar das mães corriam para espiá-la e sussurrar excitados: "É ela! É a velha Belle! Eu vi o cabelo ruivo!"

Lado a lado com as casas atingidas pelos bombardeios, de tijolos enegrecidos e remendadas com pedaços de tábuas velhas, subiam as boas casas dos aventureiros ianques e dos especuladores da guerra, com telhados de mansarda, cumeeiras e torreões, janelas com vitrais e amplos gramados. Durante noites consecutivas, nessas casas recém-construídas, as janelas apareciam iluminadas com lampiões a gás, e o som de música e pés dançantes era levado pelo ar. Mulheres vestidas de seda engomada e colorida andavam pelas varandas, acompanhadas por homens com trajes de noite. Rolhas de champanhe espocavam, e sobre toalhas de renda serviam-se jantares de sete pratos: presunto ao vinho, pato prensado, patê de foie gras, e frutas raras, da estação ou não, à vontade.

Atrás das portas em mau estado das velhas casas, moravam pobreza e fome, ainda mais amargas devido à galhardia com que eram toleradas, ainda mais atormentadoras pela demonstração exterior de indiferença orgulhosa às necessidades materiais. O Dr. Meade podia relatar tristes histórias de famílias saídas de mansões para pensões e de pensões para quartos sombrios em ruelas. Tinha muitas pacientes sofrendo de "declínio" e "coração fraco". Ele sabia, e elas sabiam que ele sabia, que era fome. Ele podia contar da tuberculose fazendo incursões em famílias inteiras, e da pelagra, antes só encontrada entre brancos pobres, surgindo nas melhores famílias de Atlanta. E havia bebês com perninhas raquíticas e mães incapazes de amamentá-los. No passado, o velho médico agradecia reverentemente a Deus por cada criança que trazia ao mundo. Agora já não achava que a vida fosse tal dádiva. Era um mundo duro para os bebês, e muitos morriam nos primeiros meses de vida.

Luzes brilhantes, vinho, violinos e dança, brocados e casimiras nas vistosas casas e, logo ali na esquina, lenta inanição e frio. Arrogância e insensibilidade para os conquistadores; amarga resistência e ódio para os conquistados.

38

Scarlett via tudo aquilo com que convivia durante o dia e levava para a cama à noite, sempre temendo o que aconteceria em seguida. Sabia que ela e Frank já estavam no livro negro dos ianques por causa de Tony, e a desgraça podia cair sobre eles a qualquer hora, mas sobretudo naquele momento ela não podia se dar ao luxo de retroceder, não com um bebê chegando, a serraria começando a se pagar e Tara dependendo dela até que o algodão fosse colhido no outono. Ah, imagine perder tudo? Imagine ter de recomeçar, contando apenas com suas armas insignificantes contra aquele mundo louco! Ter que desenterrar seus lábios vermelhos, olhos verdes e astuto cérebro raso contra os ianques e tudo o que representavam. Exausta de pavor, sentia que preferiria se matar a tentar um recomeço.

Na ruína e no caos daquela primavera de 1866, ela concentrou todas as suas energias em fazer a serraria lucrar. Havia dinheiro em Atlanta. A onda de reconstrução estava lhe dando a oportunidade que queria, e ela sabia que poderia ganhar dinheiro, bastando que não fosse presa. Mas, repetia a si mesma, precisaria andar tranquilamente, com cautela, se resignar às ofensas, ceder às injustiças, nunca ofender ninguém, negro ou branco, que pudesse lhe prejudicar. Ela odiava os negros libertos insolentes, tanto quanto qualquer outro, e ficava tomada pela fúria toda vez que ouvia seus comentários ofensivos e gargalhadas enquanto ela passava. Mas nunca lhes dava uma olhada de desdém sequer. Odiava os aventureiros e a escória sulista, que enriqueciam facilmente enquanto ela lutava, mas nada dizia para condená-los. Ninguém em Atlanta podia odiar tanto os ianques como ela, pois a simples visão de uma farda azul a deixava enjoada de raiva, mas, mesmo na privacidade da família, ficava quieta a respeito deles.

"Não vou bancar a tola de língua solta", pensava. Deixe que os outros partam o coração pelos velhos tempos e pelos homens que nunca voltarão. Deixe que os outros ardam de fúria por causa do domínio ianque e da perda do voto. Que os outros vão para a cadeia por serem francos, e sejam enforcados por pertencerem à Ku Klux Klan. (Ah, que nome pavoroso era aquele, quase tão aterrador para Scarlett quanto para os negros.) Que outras mulheres se orgulhem por seus maridos fazerem parte disso. Graças a Deus, Frank nunca se envolvera! Que os outros se preocupem e se aflijam, conspirem e tramem sobre coisas que não podem fazer. O que interessava o passado em comparação com a tensão do presente e a dúvida do futuro? O que interessava o voto quando ter pão, um teto e ficar fora da cadeia eram o verdadeiro problema? "E, por favor, Deus, livre-me de encrencas até junho!"

Só até junho! Àquela altura, Scarlett sabia que seria forçada a se recolher na casa de tia Pitty e ficar reclusa até depois de a criança nascer. As pessoas já a criticavam por aparecer em público nesse estado. Nenhuma senhora jamais se mostrava quando estava grávida. Frank e Pitty já suplicavam que não se expusesse – e a eles – ao constrangimento, e ela prometera que pararia de trabalhar em junho.

Só até junho! Então a serraria deveria estar organizada bastante para que Scarlett pudesse deixá-la. Até junho, precisava juntar o suficiente para ter ao menos uma pequena proteção contra algum revés. Tanto a fazer em tão pouco tempo! Queria que o dia tivesse mais horas e contava os minutos, enquanto se esforçava febrilmente para obter mais e mais dinheiro.

Como instigara o tímido Frank, a loja estava indo melhor, e ele até cobrava algumas das velhas dívidas. Mas era na serraria que suas esperanças se concentravam. Atlanta era como uma gigantesca árvore que fora cortada, mas que agora brotava outra vez com ramos mais vigorosos, folhagem mais grossa, mais galhos. A demanda por material de construção era muito maior do que a oferta. Os preços da madeira, tijolos e pedra subiram, e Scarlett mantinha a serraria funcionando desde o amanhecer até a hora de acender o lampião.

Uma parte do dia, ela passava na serraria, inspecionando tudo, fazendo o possível para controlar a roubalheira de cuja ocorrência tinha certeza. Mas, a maior parte do tempo, andava pela cidade, fazendo o circuito dos construtores, empreiteiros e carpinteiros, até visitando estranhos, cujas intenções de construir no futuro lhe chegavam aos ouvidos, adulando-os para que prometessem comprar dela e só dela.

Logo era figura conhecida nas ruas de Atlanta, sentada ao lado do velho e digno cocheiro negro, com ar de reprovação, uma túnica encobrindo-a desde cima, as mãozinhas enluvadas cruzadas no colo. Tia Pitty lhe fizera uma graciosa capa verde curta, que ocultava sua silhueta, e um chapéu verde, estilo panqueca, que combinava com seus olhos, e ela sempre usava esses trajes apropriados em suas visitas de negócios. Um leve toque de ruge nas faces e a leve fragrância de água-de-colônia a tornavam uma figura encantadora, contanto que não descesse da charrete e exibisse as formas. E raramente havia necessidade disso, pois ela sorria, chamava com o dedo e os homens iam rapidamente até a charrete, muitas vezes ficando com a cabeça descoberta, sob a chuva, para falar de negócios com ela.

Ela não fora a única a ver oportunidade de ganhar dinheiro com madeira, mas não temia a concorrência. Reconhecia com orgulho a própria esperteza e sabia que era tão capaz quanto qualquer outro. Era a filha de Gerald, e o instinto sagaz de comerciante que herdara estava agora sendo afiado pela necessidade.

No início, os outros comerciantes tinham rido dela, rido com um desdém de boa índole diante da ideia de uma mulher nos negócios. Mas agora já não riam. Praguejavam baixinho quando a viam passar. O fato de ser mulher muitas vezes trabalhava a seu favor, pois, dependendo da ocasião, ela podia parecer tão desamparada e suplicante que derretia corações. Sem nenhuma dificuldade, conseguia dar a muda impressão de ser uma senhora corajosa, mas tímida, forçada pela circunstância brutal a uma posição de mau gosto, uma pequena senhora desamparada que provavelmente passaria fome se os fregueses não comprassem sua madeira. Mas, quando seus ares femininos não conseguiam resultado, ela se tornava uma comerciante fria, e de propósito vendia mais barato que a concorrência, perdendo dinheiro só para conquistar um novo freguês. Não se importava de vender um tipo inferior de madeira pelo preço de madeira boa se achasse que não descobririam, e não tinha escrúpulos de desmerecer os concorrentes. Parecendo relutante em revelar a verdade desagradável, ela suspirava e dizia ao freguês em potencial que a madeira do concorrente era muito cara, podre, cheia de nós e, em geral, de uma qualidade deplorável.

Na primeira vez que mentira desse jeito, Scarlett se sentira desconcertada e culpada – desconcertada porque a mentira lhe viera fácil e naturalmente aos lábios, culpada porque um pensamento lhe passara rapidamente pela cabeça: O que mamãe diria?

Não havia dúvidas quanto ao que Ellen diria a uma filha que contasse mentiras e se envolvesse em práticas desonestas. Ela ficaria atordoada e incrédula, usaria palavras gentis que mesmo assim ofenderiam, falaria de honra e honestidade, verdade e dever para com o próximo. Por um momento, Scarlett se encolheu ao imaginar a expressão da mãe. Depois a imagem sumiu, riscada por um impulso duro, inescrupuloso e ganancioso que nascera nos dias magros de Tara e se fortalecera pela incerteza da vida. Assim, ela tinha cruzado esse marco como cruzara outros antes, com um suspiro por não ser como Ellen gostaria que fosse, um dar de ombros e a repetição do sortilégio infalível: "Depois penso em tudo isso."

Mas ela nunca mais pensou em Ellen no que se referia a suas práticas comerciais, nunca mais se arrependeu de quaisquer meios que usava para tirar fregueses de outros comerciantes de madeira. Sabia que estava em perfeita segurança ao mentir sobre eles. A cortesia sulista a protegia. Uma dama podia mentir sobre um cavalheiro, mas um cavalheiro sulista não podia mentir sobre uma dama nem, o que seria pior, chamá-la de mentirosa. Os outros comerciantes só podiam espumar por dentro e declarar ardorosamente, no seio de suas famílias, que só desejavam que a Sra. Kennedy fosse homem por uns cinco minutos.

Um branco pobre que dirigia uma serraria na estrada de Decatur tentou combater Scarlett com suas próprias armas, dizendo abertamente que ela era uma mentirosa e vigarista. Mas isso mais o prejudicou que ajudou, pois todos ficaram horrorizados que mesmo um branco pobre dissesse tais coisas sobre uma dama de boa família, mesmo que esta se conduzisse de modo tão pouco feminino. Scarlett tolerou os comentários com silenciosa dignidade e, conforme o tempo passou, voltou toda a sua atenção para ele e seus clientes. Ofereceu preços tão mais baixos e entregou, com surdo sofrimento, madeira de qualidade tão superior, para provar sua probidade, que ele logo abriu falência. Em seguida, para horror de Frank, triunfante, ela comprou a serraria do homem pelo preço que queria.

Já em posse da nova serraria, surgiu o confuso problema de encontrar um homem de confiança para dirigi-la. Não queria outro sujeito como o Sr. Johnson, pois sabia que, apesar de toda a sua vigilância, ele ainda estava vendendo madeira dela pelas suas costas, mas achava que seria fácil encontrar o tipo certo de homem. Não estavam todos pobres de dar dó? E as ruas não estavam cheias de homens, alguns ricos anteriormente, sem trabalho? Nunca se passava um dia sem que Frank desse dinheiro a algum ex-soldado faminto ou que Pitty e a cozinheira não alimentassem mendigos macilentos.

Mas Scarlett, por alguma razão que não entendia, não queria nenhum desses. "Não quero homens que, após um ano, não encontraram nada para fazer", pensava. "Se ainda não conseguiram se ajustar à paz, não se ajustariam a mim. E todos parecem servis e derrotados. Não quero um homem derrotado. Quero alguém que seja esperto e cheio de energia, como Renny, Tommy Wellburn ou Kells Whiting ou um dos rapazes Simmons ou... ou qualquer um da tribo. Eles não têm aquela expressão não-me-importo-com-nada que os soldados exibiam logo após a rendição. Eles parecem se importar com um monte de coisas."

Mas, para sua surpresa, os rapazes Simmons, que tinham aberto uma olaria, e Kells Whiting, que estava vendendo um preparado produzido na cozinha de sua mãe, que garantia alisar o mais crespo dos cabelos em seis aplicações, sorriram educadamente, agradeceram a oferta e a recusaram. Assim foi com a dúzia de outros que ela abordou. Desesperada, elevou o salário que oferecia, mas foi inútil. Um dos sobrinhos da Sra. Merriwether observou, de modo impertinente, que, embora não tivesse especial apreço por dirigir uma carreta, a carreta lhe pertencia, e ele preferia chegar a algum lugar com seus próprios meios do que com os de Scarlett.

Uma tarde, Scarlett parou a charrete ao lado da carroça de tortas de René Picard, cumprimentando-o e ao aleijado Tommy Wellburn, que pegava uma carona para casa com o amigo.

– Ei, René, que tal vir trabalhar para mim? Gerenciar uma serraria é mais respeitável que entregar tortas. Acho que você devia se envergonhar.

– Eu? Estou morrto parra a verrgonha – René sorriu. – Quem pode serr respeitável agorra? Toda a vida fui respeitável até que a guerra me deixou livrre como os negrros. Nunca mais querro ser respeitável e entediado. Livrre como um pássarro. Gosto de minha carroça de torrtas. Gosto de minha mula. Gosto dos ianques que gentilmente comprram as torrtas de Madame Belle Mère. Não, carra Scarlett, serrei o Rei das Torrtas. É meu destino! Como Napoleón, sigo minha estrrela. – Ele rodopiou o chicote teatralmente.

– Mas você não foi criado para vender tortas, assim como Tommy não foi criado para lutar ombro a ombro com um monte de pedreiros irlandeses selvagens. Meu tipo de trabalho é mais...

– E suponho que você tenha sido criada para dirigir uma serraria – disse Tommy, os cantos da boca se contraindo. – Posso imaginar a pequena Scarlett sentada no joelho da mãe, balbuciando a lição: "Nunca venda madeira boa se conseguir melhor preço pela má."

René caiu na gargalhada diante dessa, os olhinhos de macaco dançando jubilosos enquanto ele batia nas costas curvadas de Tommy.

– Não seja atrevido – disse Scarlett friamente, pois ela não via muita graça no comentário de Tommy. – É claro que não fui criada para dirigir uma serraria.

– Não tive intenção de ser atrevido. Mas você está dirigindo uma serraria, tendo sido criada para isso ou não. E está dirigindo muito bem, aliás. Então, nenhum de nós neste momento, pelo que vejo, está fazendo o que pretendia, mas acho que vamos nos sair bem da mesma forma. Pobres são as pessoas e a nação que se sentam a chorar porque a vida não está precisamente como esperavam que fosse. Por que não chama um ianque empreendedor para trabalhar para você, Scarlett? As matas estão cheias deles, como Deus bem sabe.

– Não quero um ianque. Esse tipo de gente vai roubar qualquer coisa que não esteja em brasa ou cheia de pregos. Se valessem alguma coisa, teriam ficado onde estavam em vez de virem aqui roer nossos ossos. Quero um homem bom, de boa família, que seja esperto, honesto, cheio de energia e...

– Você não quer muito. E não vai conseguir pelo salário que está oferecendo. Todos os homens com essa descrição, com exceção dos mutilados, já estão fazendo alguma coisa. Talvez sejam cavilhas redondas em buracos quadrados, mas todos têm algo para fazer. Algo seu que preferem fazer a trabalhar para uma mulher.

– Quando se resumem as coisas, os homens não parecem ter muito juízo, não é?

– Talvez não, mas têm um monte de orgulho – disse Tommy sobriamente.

– Orgulho? O orgulho tem um sabor incrível, especialmente quando a crosta é crocante e recheada de merengue – disse Scarlett acidamente.

Os homens riram, meio sem querer, e Scarlett teve a impressão de que a censuravam em uma solidariedade masculina. O que Tommy dissera era verdade, ela pensou, passando mentalmente pelos homens que tinha abordado e pelos que pretendia abordar. Estavam todos ocupados, trabalhando duro, mais do que poderiam ter sonhado ser possível nos tempos anteriores à guerra. Talvez não estivessem fazendo o que queriam, o que era mais fácil, ou o que tinham sido criados para fazer, mas estavam fazendo alguma coisa. Os tempos estavam muito difíceis para que tivessem opção. E se lamentavam pelas esperanças perdidas ou sentiam falta da vida passada, ninguém sabia, além deles. Estavam combatendo em uma nova guerra, mais difícil que a anterior. E novamente se importavam com a vida, com a mesma premência e violência que os animavam antes que a guerra a dividisse em duas.

– Scarlett – disse Tommy, meio sem jeito –, detesto lhe pedir um favor logo depois de ter sido atrevido com você, mas vou pedir mesmo assim. Talvez também possa lhe ajudar. Meu cunhado, Hugh Elsing, não está obtendo bons resultados vendendo lenha. Todo mundo, exceto os ianques, sai e recolhe a própria lenha. E sei que as coisas não andam bem para toda a família Elsing. Eu... faço o que posso, mas tenho Fanny para sustentar, e também preciso cuidar de minha mãe e de duas irmãs viúvas em Sparta. Hugh é um bom sujeito, e era isso o que você queria, é de boa família, como sabe, e é honesto.

– Mas... bem, Hugh não tem muita iniciativa, caso contrário estaria fazendo sucesso com a lenha.

Tommy deu de ombros.

– Você tem uma maneira dura de ver as coisas, Scarlett. Mas pense em Hugh. Você poderia ir mais longe e conseguir coisa pior. Acho que a honestidade e a disposição dele vão compensar a falta de iniciativa.

Scarlett não respondeu, pois não queria ser muito mal-educada. Mas em sua cabeça havia poucas qualidades, se é que havia alguma, que superassem a iniciativa.

Após ter escrutinado toda a cidade sem sucesso e recusado o oferecimento de muitos nortistas ávidos, ela finalmente decidiu aceitar a sugestão de Tommy e fazer uma proposta a Hugh Elsing. Ele fora um oficial arrojado e engenhoso durante a guerra, mas dois ferimentos graves e quatro anos de combate pareciam ter drenado toda a sua engenhosidade, deixando-o confuso como uma criança para encarar os rigores da paz. Havia uma expressão de cachorro perdido em seus olhos quando saía para vender lenha e ele não era nem um pouco o tipo de homem que ela esperava conseguir.

"Ele é burro", pensou. "Não sabe nada sobre negócios e aposto que não sabe somar dois e dois. E duvido que vá aprender. Mas pelo menos é honesto e não vai trapacear."

Scarlett pouco se importava com a própria honestidade, mas, quanto menos a valorizava em si, mais começava a valorizar nos outros.

"É uma pena que Johnnie Gallegher esteja comprometido com Tommy Wellburn naquela obra", pensou. "É o tipo de homem que quero. É duro como um prego e escorregadio feito uma cobra, mas seria honesto se lhe compensasse ser honesto. Eu o entendo e ele me entende e faríamos bons negócios juntos. Talvez eu consiga contratá-lo quando acabar o hotel e até lá vou ter de me virar com Hugh e Sr. Johnson. Se puser Hugh a cargo da nova serraria e deixar o Sr. Johnson na antiga, posso ficar na cidade fazendo as vendas enquanto eles cuidam da laminação e do transporte. Até poder trabalhar com Johnnie, terei que me arriscar a ser roubada pelo Sr. Johnson se ficar na cidade o tempo todo. Se pelo menos ele não fosse ladrão! Acho que vou construir um depósito de madeira na metade daquele terreno que Charles me deixou. Se Frank não fizesse todo aquele estardalhaço com a ideia de construir um *saloon* na outra metade! Bem, vou construir o *saloon* assim que conseguir dinheiro, não importa o que ele ache. Se ao menos Frank não fosse tão sensível! Ah, Deus, se ao menos eu não fosse ter um filho exatamente agora! Daqui a pouco, vou estar tão grande que nem poderei sair. Ah, Deus, se eu não fosse ter um bebê! E, ah, Deus, se ao menos os malditos ianques me deixarem em paz! Se..."

Se! Se! Se! Havia tantos senões na vida, nunca certeza de nada, nunca uma sensação de segurança, sempre o pavor de perder tudo e sentir frio e fome de novo. É claro, Frank estava ganhando um pouco mais agora, mas estava sempre indisposto, com resfriados, e muitas vezes era forçado a ficar de cama por vários dias. Imagine se acabasse ficando inválido. É, não podia contar muito com Frank. Não podia contar com coisa alguma nem com ninguém além de si mesma. E o que ela conseguia ganhar parecia tão desprezível... Ah, o que faria se os ianques viessem e lhe tirassem tudo? Se! Se! Se!

Metade do que ela ganhava mensalmente ia para Will em Tara, parte para Rhett a fim de pagar pelo empréstimo e o restante ela guardava. Nenhum avarento contava seu ouro com a frequência de Scarlett, e nenhum tinha maior temor de perdê-lo. Ela não guardava o dinheiro no banco, pois poderia falir, ou tê-lo confiscado pelos ianques. Então levava o que podia consigo, enfiado no corpete, e escondia pequenos rolos de notas pela casa, sob tijolos soltos na lareira, na bolsa de retalhos, entre as páginas da Bíblia. E ficava cada vez mais mal-humorada à medida que as semanas passavam, pois cada dólar poupado seria um dólar a mais a perder se houvesse uma desgraça.

Frank, Pitty e os criados aguentavam seus acessos com gentileza enlouquecedora, atribuindo sua má disposição à gravidez, nunca percebendo a verdade. Frank sabia que grávidas eram caprichosas, então botava o orgulho no bolso e nada dizia sobre ela dirigir as serrarias e ir à cidade em horas impróprias, o que não cabia a uma senhora. A conduta dela lhe era fonte de constante constrangimento, mas ele acreditava conseguir tolerar um pouco mais. Depois da chegada do bebê, ele sabia que seria a mesma moça doce e feminina que ele namorara. Mas, apesar de tudo o que fazia para apaziguá-la, ela continuava tendo acessos de fúria, dando-lhe muitas vezes a impressão de agir como uma possessa.

Ninguém parecia perceber o que a possuía, o que a levava a agir feito louca. Era a obstinação de deixar seus negócios em ordem antes de ter que se recolher em casa, conseguir ganhar o máximo de dinheiro que pudesse para o caso do dilúvio novamente cair sobre ela, construir uma barragem bem forte de dinheiro contra a onda crescente de ódio ianque. Dinheiro era a obsessão que dominava sua mente. Quando ela chegava a pensar no bebê, era com uma raiva desconcertante diante de sua inconveniência.

"Morte, impostos e gravidez! Nunca é momento oportuno para nenhum deles!"

ATLANTA FICARA TOTALMENTE escandalizada quando Scarlett, uma mulher, começara a dirigir a serraria, mas, com o passar do tempo, a cidade tinha concluído que não havia limite para o que ela faria. Suas trapaças nos negócios eram chocantes, especialmente porque sua pobre mãe fora uma Robillard, e era definitivamente indecente o modo como ela saía pelas ruas quando todos sabiam que estava grávida. Poucas negras e nenhuma branca respeitável saíam de casa se suspeitavam estar esperando um filho, e a Sra. Merriwether declarava, indignada, que, pelo modo como Scarlett estava agindo, era capaz de ter o bebê em pleno passeio público.

Mas todas as críticas anteriores à conduta dela não se comparavam ao alvoroço dos mexericos que agora se espalhavam pela cidade. Scarlett estava não só negociando com os ianques, como dando toda a aparência de estar gostando!

A Sra. Merriwether e muitos outros sulistas também estavam negociando com os recém-chegados do norte, mas a diferença era que não gostavam, e o demonstravam claramente. E Scarlett gostava, ou parecia gostar, o que era tão ruim quanto. Ela até chegara a tomar chá com as esposas dos oficiais ianques na casa delas! Na verdade, fizera praticamente tudo, menos convidá-las para a própria casa, e a cidade imaginava que faria até isso, não fosse por tia Pitty e Frank.

Scarlett sabia que a cidade falava, mas não se importava, não podia se dar ao luxo de se importar. Ainda odiava os ianques com um ódio tão feroz quanto o que sentira no dia em que haviam tentado incendiar Tara, mas conseguia dissimular. Sabia que, se fosse para ganhar dinheiro, seria com os ianques, e aprendera que adulá-los com sorrisos e palavras gentis era o caminho certo para conseguir fechar negócios para a serraria.

Algum dia, quando estivesse rica e seu dinheiro estivesse escondido onde os ianques não pudessem encontrá-lo, diria exatamente o que pensava deles, diria quanto os odiava e desprezava. E que felicidade seria! Mas, até que essa época chegasse, não passava de bom senso dar-se bem com eles. E, se fosse hipocrisia, que Atlanta aproveitasse como quisesse.

Ela descobriu que fazer amizade com os oficiais ianques era tão fácil quanto dar tiros em pássaros no chão. Eram exilados solitários em uma terra hostil, e muitos deles estavam famintos de associações femininas bem-educadas em uma cidade onde as mulheres respeitáveis puxavam as saias para o lado ao passar e davam a impressão de que cuspiriam neles. Só as prostitutas e as negras lhes dirigiam palavras gentis. Mas Scarlett obviamente era uma dama, e uma dama de boa família, apesar de trabalhar tanto, e eles se emocionavam com seu sorriso cintilante e a luz agradável de seus olhos verdes.

Muitas vezes, quando Scarlett, sentada em sua charrete, conversava com eles e fazia suas covinhas atuarem, o desgosto que sentia por eles emergia com tanta força que era difícil não os xingar na cara. Mas ela se refreava e descobria que enrolar os homens ianques em seus dedos não era mais difícil que fora com os sulistas. A única diferença era que agora não era diversão, mas um negócio impiedoso. O papel que desempenhava era o da refinada e doce dama sulista em dificuldades. Com um ar de digna reserva, ela era capaz de manter suas vítimas a uma distância apropriada, mas a graciosidade de seus modos deixava uma impressão calorosa na lembrança que os oficiais ianques tinham da Sra. Kennedy.

Essa impressão calorosa era muito lucrativa, como Scarlett pretendera que fosse. Muitos oficiais da guarnição, sem saber quanto tempo ficariam baseados em Atlanta, tinham trazido suas esposas e famílias. Como os hotéis e pensões estavam lotados, eles estavam construindo pequenas casas; e ficavam contentes de comprar a madeira da graciosa Sra. Kennedy, que os tratava mais educadamente que qualquer outro na cidade. Os aventureiros ianques e a escória sulista, que estavam construindo boas casas com a nova fortuna, achavam mais agradável fazer negócio com ela do que com os antigos soldados confederados, que eram corteses, mas de um modo mais formal e frio do que o ódio franco.

Portanto, como Scarlett era bonita, charmosa, parecia meio desamparada e às vezes infeliz, eles ficavam contentes de frequentar sua serraria e também a loja de Frank, sentindo que deviam ajudar uma senhora tão destemida que aparentemente só tinha um marido indolente para sustentá-la. Vendo o negócio crescer, ela sentia que estava salvaguardando não só o presente com o dinheiro ianque, mas também o futuro com amigos ianques.

Relacionar-se com os oficiais ianques era mais fácil do que ela esperava, pois todos pareciam ter muito respeito pelas damas sulistas, mas Scarlett logo descobriu que as esposas eram um problema imprevisto. Ela não tinha qualquer intenção de fazer contato com as ianques. Teria ficado contente de evitá-las, mas não podia, pois as esposas dos oficiais faziam questão de conhecê-la. Tinham grande curiosidade pelo sul e pelas mulheres sulistas, e Scarlett lhes deu a primeira oportunidade de satisfazê-la. As outras mulheres de Atlanta não se davam com elas e até se recusavam a cumprimentá-las na igreja. Assim, quando os negócios levaram Scarlett às suas casas, foi como a resposta a uma oração. Muitas vezes, quando Scarlett estava na charrete em frente à casa de um ianque, falando de pilastras e sarrafos com o marido, a mulher saía para juntar-se a eles na conversa ou insistir que ela entrasse para tomar um chá. Scarlett raramente recusava, não importando quanto a ideia lhe fosse desagradável, pois sempre esperava ter uma oportunidade de sugerir, com muito tato, que eles fizessem suas compras na loja de Frank. Todavia, seu autocontrole foi gravemente testado diversas vezes por causa das perguntas pessoais que faziam e devido à atitude presunçosa e condescendente que exibiam em relação às coisas sulistas.

Aceitando *A cabana do pai Tomás* como uma verdade que só perdia para a Bíblia, todas as mulheres ianques queriam saber sobre os perdigueiros que todo sulista mantinha para perseguir escravos fugidos. E nunca acreditavam quando ela dizia ter visto um único perdigueiro na vida e era um cãozinho dócil, e não um enorme mastim feroz. Queriam saber sobre os terríveis ferros que os fazendeiros usavam para marcar o rosto de seus escravos e o chicote de nove caudas que era usado para surrá-los até a morte, e mostravam o que Scarlett sentiu ser um interesse nojento e mal-educado pelo concubinato escravo. Ela ficou especialmente ressentida com isso em vista do grande aumento de bebês mulatos em Atlanta desde que os soldados ianques tinham se estabelecido na cidade.

Qualquer outra mulher de Atlanta teria explodido de raiva por ter que ouvir tal ignorância fanática, mas Scarlett conseguiu se controlar. O que a ajudava era o fato de elas lhe despertarem mais desdém que raiva. Afinal, eram ianques, e ninguém podia esperar algo melhor de ianques. Portanto, as ofensas impensadas ao estado, sua gente e seus costumes, vistos de relance e nunca com a profundidade necessária, não lhe causavam mais que escárnio bem dissimulado, até a ocorrência de um incidente que a deixou doente de raiva, mostrando-lhe, se é que era preciso, a dimensão do vão que separava norte e sul e a total impossibilidade de se erguer uma ponte entre eles.

Voltando da serraria com tio Peter certa tarde, ela passou pela casa onde se reuniam as famílias de três oficiais que estavam construindo suas moradias com a madeira de Scarlett. As três esposas estavam paradas na calçada e lhe acenaram para que parasse. Foram cumprimentá-la com aquele sotaque que a fazia sentir que se poderia perdoar os ianques por quase tudo, exceto pelo modo como falavam.

– A senhora é justamente a pessoa que eu precisava ver, Sra. Kennedy – disse uma mulher alta e magra do estado do Maine. – Preciso de umas informações sobre esta cidade obscura.

Scarlett engoliu o insulto a Atlanta com o desdém que merecia e abriu seu melhor sorriso.

– Em que posso lhe ajudar?

– Minha babá, minha Bridget, voltou para o norte. Disse que não ficaria nem mais um dia entre os negros. E as crianças estão simplesmente me tomando todo o tempo! Poderia me dizer como faço para conseguir outra babá? Não sei onde procurar.

– Isso não deve ser difícil – disse Scarlett e riu. – Se conseguir encontrar uma negra que tenha acabado de chegar do campo, que ainda não tenha sido estragada pelo Departamento dos Libertos, terá o melhor tipo possível de criada. Basta ficar no portão aqui e perguntar a cada negra que passa e tenho certeza...

As três mulheres fizeram o maior alarde.

– A senhora acha que eu confiaria meus bebês a uma negra? – exclamou a mulher do Maine. – Quero uma boa moça irlandesa.

– Acho que a senhora não vai encontrar criadas irlandesas em Atlanta – respondeu Scarlett, a voz fria. – Pessoalmente, nunca vi uma criada branca, e não teria uma em casa. E – continuou, sem conseguir reter uma leve nota de sarcasmo em suas palavras – lhe asseguro que os negros não são canibais e são bastante confiáveis.

– Deus me livre, não! Eu não teria uma em casa. Que ideia! Eu não confiaria nelas a não ser que estivessem sob minha vista, e quanto a deixá-las segurar meus bebês...

Scarlett pensou nas mãos carinhosas, nodosas de Mammy, desgastadas a serviço de Ellen, dela e de Wade. O que sabiam essas forasteiras de mãos negras, de quanto podiam ser doces e reconfortantes, quanto eram certeiras para acalmar, acariciar, afagar? Soltou uma breve risada.

– É estranho que se sintam assim, já que foram vocês que os libertaram.

– Meu Deus! Eu não, queridinha! – riu a mulher do Maine. – Nunca tinha visto um negro até chegar ao sul no mês passado, e não me importaria de ficar sem ver outro. Eles me deixam arrepiada. Eu não confiaria neles...

Scarlett percebera que tio Peter estava com a respiração acelerada, sentado bem ereto enquanto olhava fixamente para as orelhas do cavalo. Foi forçada a prestar atenção nele quando a mulher do Maine deu uma risada súbita e apontou-o.

– Olhe só para esse nego velho todo empinado feito um sapo – disse ela, dando risadinhas. – Aposto que é um velho bicho de estimação seu, não é? Vocês, sulistas, não sabem como tratar os negos. Vocês os mimam demais.

Peter engoliu em seco e sua testa enrugada tinha sulcos profundos, mas manteve o olhar fixo. Nunca em sua vida um branco o chamara de "nego". Outros negros sim, mas nunca um branco. E ser chamado de indigno de confiança e um "velho bicho de estimação", ele, Peter, que era o digno esteio da família Hamilton havia anos!

Scarlett sentiu, mais que viu, o queixo negro tremer de orgulho ferido e uma raiva assassina tomou conta dela. Ouvira com calmo desdém enquanto aquelas mulheres subestimavam o exército confederado, desmereciam Jeff Davis e acusavam os sulistas de matar e torturar seus escravos. Se pudesse tirar vantagem, teria aguentado insultos sobre a própria virtude e honestidade. Mas ver que elas tinham magoado o negro velho e fiel com seus comentários estúpidos lhe acendeu o fogo como um fósforo na pólvora. Por um instante ela olhou para a grande pistola no cinto de Peter e sua mão coçou para senti-la. Esses conquistadores insolentes, ignorantes, arrogantes mereciam a morte. Mas apertou os dentes até os maxilares ficarem protuberantes, lembrando-se de que ainda não chegara a hora em que poderia dizer aos ianques exatamente o que pensava deles. O dia chegaria. Meu Deus, chegaria sim! Mas ainda não era agora.

– Tio Peter é um membro de nossa família – disse ela, a voz trêmula. – Boa tarde. Vamos em frente, Peter.

Peter deitou o chicote no cavalo de modo tão repentino que o animal surpreso deu um salto à frente, e, enquanto a charrete saiu aos solavancos, Scarlett ouviu a mulher do Maine dizer com um sotaque intrigado:

– Da família? Será que ela quis dizer um parente? Ele é excessivamente preto.

"Que Deus os amaldiçoe! Deviam ser varridos da face da terra. Se um dia tiver dinheiro bastante, vou cuspir na cara de cada um! Vou..."

Dando uma olhada para Peter, viu que uma lágrima escorria por seu nariz. Instantaneamente uma enorme ternura, de dor pela humilhação que ele passara, a invadiu, fazendo seus olhos arder. Era como se alguém tivesse sido insensatamente brutal com uma criança. Aquelas mulheres o haviam magoado. Peter, que estivera na Guerra do México com o velho coronel Hamilton, Peter, que segurara seu senhor nos braços quando ele morrera, que criara Melly e Charles e tomara conta da incapaz e tola Pittypat, "portegido" quando ela se refugiara e "diquirido" um cavalo para trazê-la de volta de Macon pelos campos arrasados pela guerra após a rendição. E elas diziam que não confiariam em negos!

– Peter – disse ela, a voz irrompendo enquanto punha sua mão no braço dele –, estou envergonhada de vê-lo chorar. Por que você dá importância? Elas não passam de umas malditas ianques!

– Elas falô na frente de eu como se eu fora uma mula e num pudesse entendê... como se eu fora um africano e num sabia o que elas tava falano – disse Peter, dando uma forte fungada. – E chamô eu de nego e nunca ninhum branco me chamô de nego e disse que num dá pra confiá nos nego! Num podê confiá ni mim? Arre, quando o véio coroné tava morreno ele falô pra mim: "Vosmecê, Peter! Vosmecê cuida dos meu fio. Toma conta da sua jove sinhá Pittypat", ele falô, "pruquê ela num tem mais juízo que um gafanhoto". E foi isso que eu fiz todos esses ano, tomei conta dela...

– Ninguém mais, além do anjo Gabriel, podia ter feito melhor – disse Scarlett, tranquilizando-o. – Nós simplesmente não podíamos ter vivido sem você.

– Sim, sinhá, brigado, sinhá. Eu sei disso e vosmecê sabe tomém, mais os pessoá ianque num sabe e num qué sabê. Como que pode eles vim se metê nos nosso assunto, sinhá Scarlett? Eles num entende nós confedrado.

Scarlett não disse nada, pois ainda fervia com a raiva que não explodira na cara das mulheres ianques. Os dois foram até em casa em silêncio. As fungadas de Peter foram cessando e o beiço começou a se pronunciar de um modo alarmante. Agora que a mágoa inicial desaparecera, sua indignação crescia.

"Que execráveis eram os ianques!", Scarlett pensou. "Aquelas mulheres parecem pensar que, porque tio Peter é negro, não tem ouvidos para ouvir nem sentimentos que possam ser feridos, tão sensíveis como os delas. Não sabem que se deve tratar os negros com gentileza, como se fossem crianças, que devem ser orientados, elogiados, acariciados, repreendidos. Não entendem os negros nem as relações entre eles e seus antigos senhores. Contudo, fizeram uma guerra para libertá-los. E, tendo conseguido, não querem ter nada com eles, a não ser usá-los para aterrorizar os sulistas. Não gostam deles, não os compreendem e, mesmo assim, não param de alardear que são os sulistas que não sabem se dar com eles."

Não confiar em um negro! Scarlett confiava neles muito mais que na maioria dos brancos, certamente mais do que confiava em qualquer ianque. Eles tinham qualidades de lealdade, amor e resistência que nenhuma tensão conseguia romper, nenhum dinheiro podia comprar. Ela pensou nos poucos leais que permaneceram em Tara diante da invasão ianque, quando podiam ter ido embora ou se unido às tropas para ter uma vida de lazer. Mas tinham ficado. Pensou em Dilcey trabalhando duro a seu lado nos campos de algodão, em Pork arriscando a vida nos galinheiros da vizinhança para que a família pudesse comer, em Mammy acompanhando-a a Atlanta, para evitar que agisse mal. Pensou nos criados dos vizinhos, que tinham permanecido leais ao lado de seus donos brancos, protegendo suas senhoras enquanto os homens estavam na frente de batalha, fugindo com elas em meio aos terrores da guerra, cuidando dos feridos, enterrando os mortos, confortando os depauperados, trabalhando, mendigando, roubando para pôr comida na mesa. E mesmo agora, com o Departamento dos Libertos prometendo todo tipo de maravilha, continuavam ao lado de seu pessoal branco, trabalhando muito mais do que quando eram escravos. Mas os ianques não entendiam essas coisas e nunca as entenderiam.

– Mesmo assim, eles o libertaram – disse ela em voz alta.

– Não, sinhá. Eles num libertô eu. Eu num ia dexá esses ordinário me libertá – disse Peter, indignado. – Eu inda sô da sinhá Pitty, e quando eu morrê ela vai me pô no cemitério dos Hamilton, que é o meu lugá... Minha sinhá vai ficá arreliada quando eu contá pra ela como vosmecê dexô aquelas muié ianque me insurtá.

– Eu não fiz isso! – exclamou Scarlett, assustada.

– Fez sim, sinhá Scarlett – disse Peter, fazendo o beiço crescer mais ainda. – Nem eu nem vosmecê tinha que tratá de negócio com os ianque, pra mó de eles num podê me insurtá. Se vosmecê num tivesse falado com elas, elas num tratava eu que nem mula nem africano. E vosmecê tamém num defendeu eu.

– Claro que defendi – disse Scarlett, ferida pela crítica. – Não falei que você era um membro da família?

– Isso num é defendê. Esse é os fato – disse Peter. – Sinhá Scarlett, vosmecê num tem que ficá tratano de negócio com os ianque. As otra sinhá num faz isso. Vosmecê num ia pegá a sinhá Pitty limpano os sapatim dela nesse lixo. E ela num vai gostá nada de sabê o que elas disse.

A crítica de Peter a magoou mais que qualquer coisa dita por Frank, tia Pitty ou pelos vizinhos, aborrecendo-a tanto que ela teve vontade de sacudir o negro velho até que suas gengivas desdentadas ficassem se batendo. O que Peter dizia era verdade, mas ela odiava ouvi-la de um negro, especialmente um negro da família. Não ter a alta consideração de um criado era a coisa mais humilhante que podia acontecer a um sulista.

– Bichim de estimação! – grunhiu Peter. – Magino que a sinhá Pitty num vai mais querê eu conduzino charrete pra vosmecê despois disso. Num vai mermo!

– Tia Pitty vai querer que você dirija a charrete para mim como sempre – disse ela severamente –, portanto não vamos mais falar sobre isso.

– Vô ficá arreliado das costa – avisou Peter, soturno. – Tô com a maió dô nas costa agora mermo. Mar guento ficá sentado. Minha sinhá num vai querê eu conduzino com essa dô... Sinhá Scarlett, num dianta os ianque e os branco ordinário gostá de vosmecê e os seu pessoá num te aprová.

O resumo da situação não podia ter sido mais exato, e Scarlett caiu em um silêncio enfurecido. Sim, os conquistadores a aprovavam, enquanto sua família e os vizinhos, não. Sabia de tudo o que a cidade dizia sobre ela. E agora até Peter a reprovava a ponto de não querer ser visto em público com ela. Aquela era a gota d'água.

Até então, ela não dera importância à opinião pública, chegando mesmo a desdenhá-la um pouco. Mas as palavras de Peter fizeram com que um profundo ressentimento lhe ardesse no peito, levando-a a uma posição defensiva, fazendo-a desgostar dos vizinhos tanto quanto desgostava dos ianques.

"Por que eles têm de se importar com o que eu faço?", pensou. "Devem achar que gosto de me relacionar com os ianques e de trabalhar como uma escrava. Só estão tornando meu trabalho difícil ainda mais difícil. Mas não ligo para o que pensam. Não me permito ligar. Não posso me dar a esse luxo agora. Mas algum dia... algum dia..."

Ah, algum dia! Quando houvesse segurança no mundo outra vez, ela se acomodaria, cruzaria as mãos e seria uma grande dama como fora Ellen. Ficaria impotente e protegida, como uma dama devia ser, e então todos a aprovariam. Ah, como seria fina quando tivesse dinheiro de novo! Então poderia se permitir ser boa e gentil, como Ellen fora, e atenciosa com os outros e com suas propriedades. Não seria impulsionada, dia e noite, pelos temores, e a vida seria plácida e sem pressa. Teria tempo de brincar com os filhos e de ajudá-los nas lições. Haveria longas tardes quentes, quando receberia a visita das senhoras e, em meio ao farfalhar das saias de tafetá e dos estalidos rítmicos dos leques de palmeira, ela serviria chá, sanduíches deliciosos e bolos, e passaria as horas mexericando. E, seria boa com os que estivessem em dificuldade, levaria cestas aos pobres, e sopa e geleia aos doentes, e levaria os menos afortunados a passear em sua fina carruagem. Seria uma dama no verdadeiro sentido sulista, como sua mãe fora. E então, todos a amariam como tinham amado Ellen, dizendo quanto ela era altruísta, e a chamariam de "Dama da Abundância".

O prazer desses pensamentos sobre o futuro não se obscurecia por qualquer percepção de que ela não tinha desejo verdadeiro de ser altruísta, caridosa ou boa. Só o que queria era a reputação de possuir essas qualidades. Mas as redes de sua mente eram toscas e dispersas demais para filtrar essas pequenas diferenças. Bastava-lhe que algum dia, quando tivesse dinheiro, todos a aprovassem.

Algum dia! Mas não agora. Não agora, apesar do que todos podiam falar dela. Agora não havia tempo para ser uma grande dama.

Peter sabia o que dizia. Tia Pitty realmente ficou arreliada, e o mal de Peter progrediu da noite para o dia a tal proporção que ele nunca mais dirigiu a charrete. Dali em diante, Scarlett dirigia sozinha, e os calos que começavam a deixar suas mãos voltaram.

Então os meses de primavera decorreram, as chuvas frias de abril passaram, dando lugar ao bálsamo verdejante do clima de maio. As semanas eram preenchidas pelo trabalho e pelas limitações da gravidez avançada, com os velhos amigos cada vez mais frios, a família ainda mais gentil, mais loucamente solícita e mais totalmente cega ao que a impulsionava. Durante esses dias de ansiedade e luta, havia uma única pessoa confiável e compreensiva em seu mundo, Rhett Butler. Era estranho que entre todos fosse ele a ficar sob essa luz, pois era instável feito mercúrio e perverso como um demônio recém-vindo do tártaro. Mas era solidário, algo que ela nunca tivera de ninguém e nunca esperaria dele.

Eram frequentes suas ausências da cidade naquelas misteriosas viagens a Nova Orleans, que ele nunca explicava, mas que ela sentia, com uma pontada de ciúme, estarem ligadas a uma mulher... ou mulheres. Mas depois que tio Peter se recusara a dirigir a charrete, ele permanecia em Atlanta por períodos cada vez maiores.

Quando estava na cidade, passava a maior parte do tempo jogando nas salas acima do *saloon* Girl of the Period ou no bar de Belle Watling, bebendo com os mais ricos dos ianques e aventureiros do norte, tramando modos de ganhar dinheiro, o que fazia o pessoal da cidade detestá-lo ainda mais que a seus camaradas. Ele não aparecia em casa agora, provavelmente em deferência aos sentimentos de Frank e de Pitty, que teriam ficado ultrajados de ter um visitante masculino com Scarlett naquele estado delicado. Mas ela o encontrava ao acaso quase todos os dias. Muitas vezes, ele alcançava a charrete dela quando passava por trechos isolados da estrada dos Pessegueiros e da estrada de Decatur, onde ficavam as serrarias. Ele sempre puxava as rédeas e conversava, e às vezes amarrava o cavalo atrás da charrete e a levava em suas rondas. Ela estava se cansando mais rápido do que gostava de admitir, e sempre ficava silenciosamente agradecida quando ele pegava as rédeas. Ele sempre a deixava antes de regressarem à cidade, mas toda Atlanta sabia desses encontros, que forneciam aos mexericos outro item a ser acrescentado na longa lista de afrontas às inconveniências cometidas por Scarlett.

Às vezes, ela se perguntava se esses encontros não seriam mais que acidentais. Tornavam-se cada vez mais numerosos conforme as semanas se passavam e a tensão na cidade aumentava em relação aos ultrajes dos negros. Mas por que ele a procurava logo agora, quando ela estava no auge da feiura? Com certeza, ele não tinha nenhum plano que a incluísse, se é que tivera um dia, coisa de que ela começava a duvidar. Havia meses que ele não fazia qualquer brincadeira sobre a triste cena na cadeia ianque. Nunca mencionava Ashley e seu amor por ele, nem fazia qualquer comentário rude e mal-educado sobre "cobiçá-la". Ela achou melhor não provocar, então não pediu nenhuma explicação sobre os encontros frequentes. Finalmente, concluiu que, como ele não tinha muito a fazer, além de jogar, e tinha poucos bons amigos em Atlanta, procurava-a somente pela companhia.

Qualquer que fosse o motivo, ela considerava sua companhia muito bem-vinda. Ele ouvia seus resmungos sobre perda de fregueses e dívidas, as trapaças do Sr. Johnson e a incompetência de Hugh. Aplaudia seus triunfos, quando Frank meramente sorria e Pitty dizia: "Pobre de mim!" de modo atordoado. Ela tinha certeza de que ele promovia negócios para ela com frequência, pois conhecia intimamente todos os ianques e nortistas ricos, mas ele sempre negava. Conhecia-o como ele era e nunca confiava nele, mas sempre se animava prazerosamente ao vê-lo fazendo a curva de uma estrada sombria em seu grande cavalo preto. Quando ele subia na charrete, pegava as rédeas de suas mãos e lhe fazia algum comentário impertinente, ela se sentia novamente jovem, alegre e atraente, apesar de todos os seus temores e do peso crescente. Podia falar com ele sobre quase tudo, sem ter que se preocupar em ocultar seus motivos ou suas verdadeiras opiniões, e nunca ficava sem assunto, como acontecia com Frank, ou mesmo com Ashley, para ser honesta. Mas, é claro, em todas as suas conversas com Ashley havia tantas coisas que não podiam ser ditas, por amor à honra, que a pura força delas inibia outros comentários. Era reconfortante ter um amigo como Rhett, agora que por alguma razão inexplicável ele decidira ficar bem-comportado com ela. Muito reconfortante, pois atualmente ela tinha poucos amigos.

– Rhett – perguntou atormentada, logo depois do ultimato de tio Peter –, por que o pessoal desta cidade me trata de modo tão desprezível e fala tanto de mim? Não sei de quem falam pior, de mim ou dos aventureiros ianques! Não me intrometo com ninguém, não fiz nada de errado e...

– Se não fez nada de errado, é porque não teve a oportunidade, e talvez eles o percebam vagamente.

– Ah, fale sério! Eles me deixam furiosa. Só o que fiz foi tentar ganhar dinheiro e...

– Tudo o que fez foi ser diferente das outras mulheres, e conseguiu algum sucesso. Como já lhe disse antes, esse é um pecado imperdoável em qualquer sociedade. Seja diferente e seja amaldiçoado! Scarlett, o mero fato de você ter sido bem-sucedida com sua serraria é um insulto a cada homem que não tenha sido. Lembre-se, o lugar de uma mulher bem-educada é em casa, e ela nada deve saber sobre esse mundo brutal dos negócios.

– Mas, se eu tivesse ficado em casa, não teria me restado nenhuma casa onde ficar.

– A dedução é que você deveria ter morrido de fome bravamente e com orgulho.

– Ah, bobagem! Mas veja a Sra. Merriwether. Ela vende tortas para os ianques e isso é pior que dirigir uma serraria, e a Sra. Elsing costura para fora e recebe pensionistas, e a Fanny pinta coisas horrorosas em porcelana que ninguém quer e todos compram para ajudá-la e...

– Mas você não percebe, minha querida. Elas não são bem-sucedidas e, portanto, não estão afrontando o ardoroso orgulho sulista de seus homens. Eles ainda podem dizer: "Pobres tolas, como tentam com afinco! Bem, vou deixá-las pensar que estão ajudando." Além disso, as senhoras que você mencionou não gostam de ter que trabalhar. Deixam claro que só o farão até que algum homem venha para aliviá-las desses fardos pouco femininos. Então todos têm pena delas. Mas é óbvio que você gosta de trabalhar, e é óbvio que não vai deixar homem algum cuidar de seu negócio, então ninguém pode ter pena de você. E Atlanta nunca irá perdoá-la por isso. É tão bom sentir pena das pessoas...

– Queria que você fosse sério às vezes.

– Nunca ouviu o provérbio oriental: "Os cães ladram e a caravana passa"? Deixe que ladrem, Scarlett. Acho que nada vai impedir sua caravana de seguir em frente.

– Mas por que eles têm que se importar por eu ganhar um pouco de dinheiro?

– Não se pode ter tudo, Scarlett. Você pode ganhar dinheiro de seu modo pouco feminino e encarar o desprezo em todo lugar onde for ou pode ser pobre e cortês e ter um monte de amigos. Você fez sua escolha.

– Não vou ser pobre – disse ela rapidamente. – Mas... é a escolha certa, não é?

– Se for dinheiro, o que você mais quer.

– Sim, a coisa que mais quero no mundo é dinheiro.

– Então, fez a única escolha. Mas que vem junto com uma penalidade, como acontece com a maioria das coisas que se quer. A solidão.

Aquilo a silenciou por um momento. Era verdade. Quando parava para pensar, ela era um pouco solitária... solitária de companhia feminina. Durante os anos da guerra, tinha Ellen para visitar quando estava triste. E, desde sua morte, sempre havia Melanie, embora não tivessem nada em comum, além do trabalho duro em Tara. Agora não havia ninguém, pois tia Pitty não fazia ideia do mundo além de seu pequeno círculo de mexericos.

– Eu acho... acho – começou ela, hesitante – que sempre fui solitária no que se refere às mulheres. Não é só meu trabalho que impede as senhoras de Atlanta a gostar de mim. Simplesmente não gostam de qualquer forma. Nunca uma mulher gostou de mim, só minha mãe. Nem minhas irmãs. Não sei por quê, mas, mesmo antes da guerra, mesmo antes de me casar com Charlie, as mulheres pareciam não aprovar nada do que eu fazia...

– Você está se esquecendo da Sra. Wilkes – disse Rhett, e seus olhos brilharam com malícia. – Ela sempre a aprovou totalmente. Eu até diria que ela aprovaria qualquer coisa que você fizesse, a não ser assassinato.

Scarlett pensou soturnamente: "Até assassinato ela aprovou" e riu desdenhosamente.

– Ah, Melly! – disse ela e, depois, pesarosa: – Certamente, não é mérito meu que Melly seja a única mulher a me dar aprovação, pois ela não tem sequer o juízo de uma galinha-d'angola. Se tivesse algum juízo... – Ela se interrompeu, um pouco confusa.

– Se ela tivesse algum juízo, se daria conta de algumas coisas e não aprovaria – terminou Rhett. – Bem, é claro que você sabe mais sobre isso que eu.

– Ah, malditos sejam sua memória e seus maus modos!

– Vou passar por cima da sua injustificada indelicadeza com o silêncio que ela merece para retornar ao assunto anterior. Decida-se sobre isso. Se você é diferente, fica isolada, não só das pessoas de sua idade, mas também da geração de seus pais e da geração de seus filhos. Nunca vão entendê-la e sempre ficarão chocados, não importa o que faça. Mas seus avós provavelmente se orgulhariam de você e diriam: "tal avó, tal neta", e seus netos vão suspirar e dizer: "Que danada deve ter sido a vovó!" e tentarão ser como você.

Scarlett riu.

– Às vezes, você acerta bem no alvo! Era assim com a minha avó Robillard. Sempre que eu me comportava mal, Mammy a usava como exemplo. Vovó era fria como um pingente de gelo e restrita em relação a seus modos e aos modos de todos, mas se casou três vezes e houve uma série de duelos por causa dela, e ela usava ruge, os vestidos mais decotados e não usava... hã... bem, não usava muita coisa sob os vestidos.

– E você a admirava tremendamente, por mais que tentasse ser como sua mãe! Eu tive um avô pelo lado dos Butler que era pirata.

– Não! Mesmo? Daqueles que torturavam as vítimas?

– Ouso dizer que ele torturava as vítimas se fosse ganhar dinheiro. De qualquer modo, ele ganhou dinheiro suficiente para deixar meu pai bastante rico. Mas a família sempre se referiu a ele cuidadosamente como um "capitão do mar". Foi morto em uma briga de bar muito antes de eu nascer. A morte foi, nem preciso dizer, um grande alívio para seus filhos, pois o velho cavalheiro passava quase todo o tempo embriagado, e nesse estado se esquecia de que era um capitão do mar aposentado, e suas lembranças deixavam os filhos de cabelo em pé. No entanto, eu o admiro, e tentei copiá-lo mais que a meu pai, que é um cavalheiro amável cheio de hábitos honrados e ditos devotos... então, veja como são as coisas. Tenho certeza de que não terá a aprovação de seus filhos, Scarlett, não mais do que tem da Sra. Merriwether, da Sra. Elsing e de sua raça. É provável que seus filhos tornem-se criaturas suaves, recatadas, como geralmente são os filhos de personagens fortes. E, para piorá-los, você, como todas as outras mães, deve estar determinada a não permitir que passem pelas dificuldades que você experimentou. E isso está errado. As dificuldades formam ou destroem as pessoas. Então você terá que esperar pela aprovação de seus netos.

– Imagino como serão nossos netos!

– Você está sugerindo com esse "nossos" que você e eu teremos netos em comum? Que vergonha, Sra. Kennedy!

Subitamente, consciente de seu deslize, ela corou. O que mais a envergonhou não foi a brincadeira dele, mas a percepção repentina de suas formas arredondadas. De modo algum, nenhum dos dois jamais aludira a seu estado, e ela sempre mantinha a coberta de colo sob as axilas quando estava com ele, mesmo nos dias mais quentes, confortando-se, à usual moda feminina, com a crença de que nada aparecia quando assim coberto, e ficou subitamente furiosa com o próprio estado e envergonhada de que ele soubesse.

– Desça já desta charrete, seu verme de mente suja – disse ela, a voz trêmula.

– Não vou fazer nada disso – retrucou ele calmamente. – Vai escurecer antes que você chegue em casa, e há uma nova colônia de negros morando em barracas perto da próxima fonte, negros maus, eu soube, e não vejo por que você daria motivo para a impulsiva Ku Klux vestir suas camisolas noturnas e sair a cavalgar hoje à noite.

– Saia! – gritou ela, puxando as rédeas, e subitamente ficou enjoada de modo irremediável. Ele parou o cavalo rapidamente, alcançou-lhe dois lenços limpos e segurou a cabeça dela com habilidade. O sol da tarde, inclinando-se através das árvores que brotavam, girou por alguns momentos em um redemoinho dourado e verde. Quando o acesso passou, ela pôs o rosto entre as mãos e chorou de pura vergonha. Não só tinha vomitado na frente de um homem – por si só um dos piores contratempos que podiam sobrevir a uma mulher – como também, ao fazê-lo, o humilhante fato de sua gravidez devia agora estar evidente. Ela sentiu que nunca mais poderia encará-lo. Que isso tivesse acontecido com ele, logo com ele, com Rhett, que não tinha respeito pelas mulheres! Ela chorava, esperando algum comentário grosseiro e jocoso, que nunca conseguiria esquecer.

– Não seja boba – disse ele baixinho. – Estará sendo tola se estiver chorando de vergonha. Vamos, Scarlett, não seja infantil. Com certeza, deve ter consciência de que, não sendo cego, eu sabia que você estava grávida.

Ela disse "Ah" em uma voz atordoada e apertou os dedos contra o rosto rubro. A própria palavra a horrorizava. Frank sempre se referia à gravidez, constrangido, como "seu estado", Gerald costumava dizer "aumentando a família" quando tinha de mencionar esses assuntos, e as senhoras se referiam à gravidez como "estar em estado interessante".

– Você é uma criança se achava que eu não sabia, apesar de toda a proteção que buscava sob essa coberta quente. Claro que eu sabia. Por que mais você acha que ando...

Ele parou de repente e caiu um silêncio entre eles. Tomou as rédeas e impulsionou o cavalo. Continuou falando com suavidade, e, conforme sua fala arrastada caía agradavelmente nos ouvidos dela, o rubor foi sumindo de seu rosto abaixado.

– Não imaginava que você podia ficar tão chocada, Scarlett. Achava que fosse uma pessoa sensata, e estou decepcionado. Será possível que o recato ainda tenha lugar em seu peito? Sinto muito não ter sido um cavalheiro e ter mencionado o fato. E sei que não sou um cavalheiro, pois mulheres grávidas não me constrangem como deveriam. Consigo tratá-las como criaturas normais e não ficar olhando para o chão, para o céu ou para qualquer outro lugar no universo, menos a linha de sua cintura e então lançar-lhes aqueles olhares furtivos. Sempre achei isso o píncaro da indecência. Por que deveria agir assim? É um estado perfeitamente natural. Os europeus são muito mais sensatos que nós. Elogiam as futuras mães. Ao mesmo tempo que não sugiro ir tão longe, ainda assim é mais sensato que nosso modo de tentar ignorar. É um estado natural, e as mulheres deveriam se orgulhar em vez de se esconder atrás de portas fechadas como se tivessem cometido um crime.

– Se orgulhar! – exclamou ela em uma voz estrangulada. – Se orgulhar... argh!

– Você não está orgulhosa de estar esperando um filho?

– Ah, meu Deus, não! Eu... eu detesto bebês!

– Você quer dizer... o bebê de Frank?

– Não... o bebê de qualquer um.

Por um momento, ela ficou enjoada outra vez diante desse novo lapso, mas a voz dele continuou com a tranquilidade de quem não tivesse notado.

– Então somos diferentes. Eu gosto de bebês.

– Gosta? – exclamou ela, olhando para cima, tão assombrada com aquela declaração que se esqueceu do constrangimento. – Que mentiroso!

– Gosto de bebês e de crianças pequenas até elas começarem a crescer e adquirir hábitos adultos de pensar e habilidades adultas de mentir, trapacear e ser sujas. Isso não pode ser novidade para você. Sabe que gosto muito de Wade Hampton, por mais que não seja o menino que deveria ser.

Isso era verdade, pensou Scarlett, subitamente maravilhada. Ele realmente parecia gostar de brincar com Wade, e muitas vezes lhe trazia presentes.

– Agora que trouxemos esse terrível assunto à tona e você admite estar esperando um bebê para um futuro não muito distante, vou dizer uma coisa que há semanas quero dizer... duas coisas. A primeira é que é perigoso andar sozinha. Você sabe disso. Já lhe disseram bastante. Se pessoalmente você não se importa de ser estuprada, deve levar em consideração as consequências. Por causa de sua obstinação, você pode se meter em uma situação na qual os bravos cidadãos da cidade serão forçados a vingá-la enforcando alguns negros. E isso vai jogar os ianques em cima deles, e é provável que alguém acabe enforcado. Já lhe ocorreu que talvez um dos motivos para que as senhoras não gostem de você é o fato de que sua conduta pode provocar a ruptura dos pescoços de seus filhos e maridos? Além disso, se a Ku Klux Klan acabar com muitos outros negros, os ianques vão estreitar o cerco a Atlanta de tal modo que a conduta de Sherman vai parecer angélica. Sei do que estou falando, pois estou unha e carne com os ianques. Tenho vergonha de dizer, mas eles me tratam como a um dos seus, e os ouço falar abertamente. Pensam em acabar com a Ku Klux, nem que seja preciso queimar toda a cidade de novo e enforcar todos os homens com mais de 10 anos. Isso a atingiria, Scarlett. Você poderia perder dinheiro. E nunca se sabe onde o fogo pode parar, uma vez iniciado. Confisco de propriedade, impostos mais altos, multas para mulheres suspeitas... Ouvi todas essas sugestões. A Ku Klux...

– Você conhece algum Ku Klux? Será que o Tommy Wellburn ou Hugh ou...

Ele deu de ombros com impaciência.

– Como posso saber? Sou um renegado, um vira-casaca, um membro da escória sulista. Eu poderia saber? Mas sei de homens que os ianques têm como suspeitos, e que serão enforcados caso deem um passo em falso. Embora eu saiba que você não se importaria de ver seus vizinhos na forca, creio que não gostaria de perder suas serrarias. Vejo por sua expressão teimosa que não acredita em mim e que minhas palavras estão caindo em terreno pedregoso. Então tudo o que posso dizer é que deixe aquela sua pistola à mão... e, quando eu estiver na cidade, vou tentar ficar por perto para acompanhá-la.

– Rhett, você realmente... é para me proteger que você...

– Sim, minha querida, é meu muito anunciado cavalheirismo que me faz protegê-la. – A luz debochada começou a dançar em seus olhos negros e todos os sinais de seriedade lhe fugiram da fisionomia – E por quê? Por causa de meu profundo amor por você, Sra. Kennedy. Sim, tenho silenciosamente sentido fome, sede por você, tenho lhe adorado a distância; mas, sendo um homem honrado, como o Sr. Ashley Wilkes, oculteilhe isso. Aliás, você é mulher de Frank, e a honra me proibia de lhe dizer isso. Mas, assim como a honra do Sr. Wilkes racha ocasionalmente, agora é a minha que está rachando, e eu revelo minha paixão secreta e meu...

– Ah, pelo amor de Deus, cale-se! – interrompeu Scarlett, aborrecida como sempre que ele a fazia parecer uma tola exibida e não querendo que Ashley e sua honra se tornassem o assunto da conversa. – Qual era a outra coisa que queria me dizer?

– Como assim? Você muda de assunto quando estou expondo um coração dilacerado? Bem, a outra coisa é a seguinte. – A luz de troça fugiu de seus olhos outra vez e sua fisionomia ficou séria e calma. – Quero que você faça algo em relação a este cavalo. Ele é teimoso e tem uma boca dura como o ferro. Você se cansa de dirigi-lo, não é? Pois é, se ele decidir disparar, não teria como pará-lo. E, se a charrete virasse em uma vala, você poderia perder o bebê, e a vida também. Precisa conseguir o melhor freio que puder ou então me deixe trocá-lo por um cavalo mais gentil, que tenha uma boca mais sensível.

Ela olhou para o rosto afável e tranquilo dele, e sua irritação se foi, assim como seu constrangimento após a conversa sobre a gravidez. Ele tinha sido gentil instantes atrás, tranquilizando-a quando ela queria estar morta. E agora estava sendo ainda mais gentil e atencioso em relação ao cavalo. Ela sentiu um ímpeto de gratidão e se perguntou por que ele não era sempre assim.

– É mesmo difícil dirigir o cavalo – concordou ela docilmente. – Às vezes fico com os braços doloridos a noite toda de puxá-lo. Faça o que achar melhor com ele, Rhett.

Os olhos dele faiscaram, travessos.

– Isso soa tão meigo e feminino, Sra. Kennedy... Não se parece com seu usual estado de espírito autoritário. Bem, só é preciso ter jeito para fazer você andar nos trilhos.

Ela franziu a testa e o mau humor retornou.

– Desta vez, você vai saltar desta charrete, ou vou bater em você com o chicote. Não sei por que o tolero, por que tento ser simpática. Você não tem modos. Não tem ética. Não passa de um... Bem, saia. Falo sério.

Mas, depois que ele saltou, desamarrou o cavalo de trás da charrete e ficou parado na penumbra da estrada, arreganhando os dentes para atormentá-la, ela não conseguiu impedir o próprio sorriso enquanto seguia em frente.

Sim, ele era grosseiro, trapaceiro, não era seguro negociar com ele e nunca se podia saber quando a faca de fio cego que se punha em suas mãos em um momento de descuido se transformaria em uma lâmina afiada. Mas, afinal, ele era tão estimulante quanto... bem, quanto um sub-reptício copo de conhaque!

Durante esses meses, Scarlett conhecera a utilidade do conhaque. Quando chegava em casa no fim da tarde, molhada de chuva, com cãibras e dolorida pelas longas horas na charrete, nada a sustentava, exceto a ideia da garrafa oculta na última gaveta de sua escrivaninha, trancada contra os olhos investigativos de Mammy. O Dr. Meade não pensara em adverti-la de que uma mulher em seu estado não deveria beber, pois nunca lhe ocorrera que uma senhora decente fosse beber qualquer coisa mais forte que vinho branco. Com exceção, é claro, de uma taça de champanhe em um casamento ou de um chocolate quente durante um forte resfriado. É claro, havia mulheres infelizes que bebiam, para desgraça eterna da família, assim como havia mulheres dementes, divorciadas ou que acreditavam, como a Srta. Susan B. Anthony, que as mulheres deviam votar. Mas, por mais que Scarlett não contasse com a aprovação do Dr. Meade, ele nunca suspeitou de que ela bebesse.

Scarlett descobrira que uma dose de um bom conhaque antes do jantar ajudava de modo imensurável, e ela sempre podia mastigar um grão de café ou gargarejar com água-de-colônia para disfarçar o cheiro. Por que as pessoas eram tão tolas sobre mulheres beberem, quando os homens podiam e ficavam bêbados de cair sempre que queriam? Às vezes, quando Frank roncava a seu lado na cama e o sono não vinha, quando ela ficava se revirando com temores de pobreza, com medo dos ianques, com saudades de Tara e de Ashley, ela achava que enlouqueceria se não fosse pela garrafa de conhaque. E, quando o calor agradável, familiar se espalhava por suas veias, os problemas começavam a sumir. Depois de três doses, ela sempre podia dizer a si mesma: "Vou pensar nessas coisas amanhã quando puder aguentá-las melhor."

Mas havia noites em que nem mesmo o conhaque acalmava a dor de seu coração, a dor que era ainda mais forte que o medo de perder as serrarias, a ânsia de ver Tara outra vez. Atlanta, com seus ruídos, seus novos prédios, seus rostos estranhos, suas ruas estreitas lotadas de cavalos, carroças e multidões agitadas, às vezes a sufocava. Ela adorava Atlanta, mas... ah, a doce paz e a quietude de Tara, os campos vermelhos e os pinheiros escuros ao seu redor. Ah, voltar para Tara, não importando quanto a vida pudesse ser dura! E estar perto de Ashley, apenas vê-lo, ouvi-lo falar, ser sustentada pelo conhecimento de seu amor! Cada carta de Melanie, dizendo que eles estavam bem, cada bilhete de Will, contando da aragem, do crescimento do algodão, renovava sua vontade de estar de novo em casa.

"Vou para casa em junho. Depois disso, não vou poder fazer nada aqui. Vou ficar em casa por uns dois meses", ela pensou, e seu coração se regozijou. Ela realmente foi para casa em junho, mas não pela saudade que a movia, pois no início do mês chegou um breve bilhete de Will dizendo que Gerald tinha morrido.

39

O trem estava muito atrasado, e o crepúsculo azul profundo de junho se estendia sobre o campo quando Scarlett desembarcou em Jonesboro. Os reflexos amarelos dos lampiões apareciam nas poucas lojas e residências que restavam no vilarejo. Grandes espaços vazios separavam os prédios na rua principal, onde as casas tinham sido bombardeadas ou incendiadas. Prédios destruídos com buracos de bombas no teto e paredes pela metade a observavam, silenciosos e escuros. Uns poucos cavalos encilhados e grupos de mulas estavam amarrados do lado de fora da loja de Bullard. A estrada vermelha e poeirenta estava vazia e sem vida, sendo os únicos ruídos do vilarejo uns poucos gritos e risadas embriagadas que flutuavam pelo ar imóvel, oriundos de um *saloon* mais distante.

A estação não fora reconstruída depois do incêndio na batalha, só havendo em seu lugar um abrigo de madeira, sem laterais que protegessem do tempo. Scarlett sentou-se em um dos pequenos barris, que obviamente estavam ali para esse fim. Ficou olhando para um lado e outro, esperando Will, que tinha de estar lá para encontrá-la. Ele deveria saber que ela pegaria o primeiro trem após receber seu recado lacônico sobre a morte de Gerald.

Saíra de Atlanta com tanta pressa que só pusera na bolsa uma camisola e uma escova de dentes, nem sequer uma muda de roupa de baixo. Estava desconfortável no vestido preto apertado emprestado pela Sra. Meade, pois não tivera tempo de arranjar suas roupas de luto. A Sra. Meade estava magra, e a gravidez avançada de Scarlett tornava a roupa duplamente desconfortável. Mesmo com o pesar pela morte de Gerald, não esquecia a aparência, e olhava o corpo com desgosto. Sua silhueta sumira, e o rosto e os tornozelos estavam inchados. Até então, não tinha se importado muito com isso, mas, agora, que faltava pouco para ver Ashley, importava-se demais. Mesmo com o coração pesaroso, ela se encolhia ao pensar em encará-lo esperando o filho de outro. Ela o amava e ele a amava, e aquele filho indesejado agora lhe parecia uma prova de infidelidade àquele amor. Mas, por mais que não gostasse de ser vista sem cintura e leveza no andar, não havia como escapar.

Ela batia o pé, impaciente. Will deveria ter ido a seu encontro. Sem dúvida, ela podia ir até a loja de Bullard e perguntar por ele ou pedir que alguém de lá a levasse até Tara, caso descobrisse que ele não tinha podido vir. Mas ela não queria ir até a loja. Era noite de sábado e provavelmente metade dos homens do condado estaria lá. Ela não queria exibir seu estado naquele vestido preto que mal lhe servia, acentuando em vez de lhe disfarçar as formas. Não queria também ouvir os pêsames gentis pela morte de Gerald. Não queria solidariedade. Tinha medo de chorar se alguém sequer mencionasse seu nome. E ela não ia chorar. Sabia que se começasse seria como da vez em que chorara junto à crina do cavalo, naquela noite pavorosa da queda de Atlanta em que Rhett a deixara na estrada fora da cidade, lágrimas terríveis que lhe dilaceravam o coração e que não cessavam.

Não, ela não ia chorar! Sentiu o nó na garganta surgindo de novo, como acontecera com tanta frequência desde que recebera a notícia, mas chorar não ajudaria em nada. Só a confundiria e enfraqueceria. Ora, por que Will, Melanie ou as meninas não tinham lhe escrito que Gerald estava doente? Ela teria tomado o primeiro trem para cuidar dele em Tara, teria levado um médico de Atlanta, se necessário. Tolos, todos eles! Não conseguiam fazer nada sem ela? Ela não podia estar em dois lugares ao mesmo tempo, e o bom Deus sabia que estava dando o melhor de si por eles todos lá de Atlanta.

Ela já mudara várias vezes de posição sobre o barril, nervosa e inquieta porque Will não chegava. Onde estaria? Então ouviu o pisotear do carvão nos trilhos da ferrovia atrás dela e, virando-se, viu Alex Fontaine atravessando-os rumo a uma carroça com um saco de aveia no ombro.

– Meu Deus! É você, Scarlett? – gritou ele, deixando o saco cair e correndo para lhe dar a mão, o prazer escrito por todo o seu amargo rosto moreno. – Como fico contente de vê-la. Estive com Will no ferreiro. O trem estava atrasado e ele achou que teria tempo de ferrar o cavalo. Quer que eu vá chamá-lo?

– Sim, por favor, Alex – disse ela, sorrindo mesmo com todo o pesar. Era bom rever um rosto conhecido do condado.

– Ah... errr... Scarlett – ele começou desajeitado, ainda segurando a mão dela. – Sinto muitíssimo por seu pai.

– Obrigada – respondeu ela, preferindo que ele não tivesse falado. Suas palavras lhe trouxeram claramente o rosto corado e a voz estridente de Gerald.

– Se lhe servir de algum conforto, Scarlett, estamos muito orgulhosos dele por aqui – continuou Alex, soltando a mão dela. – Ele... bem, nós achamos que ele morreu como um soldado e pela causa de um soldado.

O que ele queria dizer com isso, ela pensou, confusa. Um soldado? Será que alguém lhe dera um tiro? Será que ele tinha se metido em uma briga com alguém da escória sulista como Tony? Mas ela não devia ouvir mais nada. Choraria se falasse sobre ele, e não podia chorar, não até estar em segurança na carroça, onde nenhum estranho pudesse vê-la. Will não importava. Era como um irmão.

– Alex, não quero falar sobre isso – disse ela brevemente.

– Não a culpo nem um pouco, Scarlett – disse Alex, enquanto o sangue escuro da ira inundava sua fisionomia. – Se fosse minha irmã, eu... bem, Scarlett, nunca falei uma palavra contra uma mulher, mas acho que alguém deveria dar umas chicotadas em Suellen.

Que bobagens ele estava falando agora, ela imaginou. O que Suellen tinha a ver com tudo isso?

– Todo mundo por aqui sente o mesmo em relação a ela, sinto dizer. Will é o único que a protege... e, claro, a Sra. Melanie, mas ela é uma santa e não vê maldade em ninguém.

– Eu disse que não queria falar a respeito – disse ela friamente, mas Alex não parecia ressentido. Ele parecia compreender sua aspereza, e aquilo era irritante. Ela não queria saber das más notícias da própria família por alguém de fora, não queria que ele percebesse sua ignorância dos fatos. Por que Will não lhe contara todos os detalhes?

Desejava que Alex não a olhasse tão diretamente. Sentia que ele percebera seu estado e aquilo a deixava constrangida. Mas o que Alex estava pensando enquanto olhava para ela sob o crepúsculo era que seu rosto tinha mudado tanto que ele nem sabia como chegara a reconhecê-la. Talvez fosse por estar esperando bebê. As mulheres ficavam parecendo o demônio nessa fase. E, é claro, ela devia estar muito abalada com a morte do velho O'Hara, de quem sempre fora a predileta. Mas não, a mudança era mais profunda. Ela realmente estava melhor do que quando a vira pela última vez. Agora, pelo menos, dava a impressão de fazer três refeições diárias. E a expressão de animal perseguido tinha quase sumido de seus olhos. Agora, os olhos, que eram medrosos e desesperados, estavam duros. Havia nela um ar de comando, de segurança e determinação, mesmo quando sorria. Ele podia apostar que ela guiava o velho Frank pelo caminho de uma vida feliz! Sim, ela mudara. Com certeza, era uma bela mulher, mas toda aquela doce meiguice sumira de sua fisionomia, e o modo lisonjeiro de olhar para um homem, que ela conhecia melhor que o Deus Todo-Poderoso, desaparecera completamente.

Bem, não tinham todos mudado? Alex olhou para as roupas toscas, e os traços usualmente amargos retornaram à sua fisionomia. Às vezes, à noite, quando ele se deitava desperto, pensando em como a mãe ia conseguir fazer aquela operação, como o garotinho do pobre falecido Joe iria para a escola e como ele conseguiria dinheiro para comprar outra mula, preferia que a guerra não tivesse acabado, desejava que continuasse para sempre. Eles não sabiam a sorte que tinham na época. Sempre havia algo para comer no exército, nem que fosse broa de milho, sempre alguém a quem dar ordens e nenhuma sensação torturante de encarar problemas que não tinham solução... nada com que se preocupar no exército, a não ser morrer. Depois, havia a Dimity Munroe. Alex queria se casar com ela e sabia que não podia quando já havia tantos dependendo dele. Fazia tempos que a amava, e suas faces começavam a perder a cor rosada, e seus olhos, a alegria. Se ao menos Tony não tivesse precisado fugir para o Texas. Outro homem em casa faria toda a diferença do mundo. Seu adorável irmãozinho de pavio curto, sem um tostão no oeste. Sim, todos tinham mudado. E por que não? Ele deu um profundo suspiro.

– Ainda não lhe agradeci pelo que você e Frank fizeram por Tony – disse ele. – Foram vocês que o ajudaram a fugir, não é? Foi muita bondade. Eu soube, de modo indireto, que ele está seguro no Texas. Fiquei com medo de escrever e perguntar... mas vocês emprestaram algum dinheiro a ele? Quero pagar...

– Ah, por favor, Alex, deixe disso! Agora não – exclamou Scarlett. Pelo menos dessa vez, dinheiro não representava nada para ela.

Alex ficou em silêncio por um momento.

– Vou atrás de Will para você – disse ele –, e amanhã nos encontraremos todos para o funeral.

Enquanto ele pegava o saco de aveia e se virava, uma carroça de rodas bamboleantes apareceu vindo de uma rua transversal e foi rangendo na direção deles. Will gritou da boleia:

– Desculpe o atraso, Scarlett.

Saltando desajeitadamente da carroça, ele foi até ela e, inclinando-se, deu-lhe um beijo no rosto. Will nunca a beijara antes, nunca deixara de colocar o "Sra." antes de seu nome e, ao mesmo tempo que isso a surpreendeu, aqueceu seu coração, agradando-a muito. Ele a ergueu com cuidado acima da roda e para dentro da carroça e, olhando para baixo, ela notou que era a mesma velha carroça raquítica com a qual fugira de Atlanta. Como podia ter se mantido de pé por tanto tempo? Will devia tê-la conservado bem. Sentiu-se mal ao olhar para ela e se lembrar daquela noite. Mesmo que lhe custasse um par de sapatos e alguma comida da mesa de tia Pitty, arranjaria uma nova carroça e mandaria queimar essa.

A princípio, Will não falou e Scarlett ficou agradecida. Ele jogou o velho chapéu de palha no fundo da carroça e eles partiram. Will continuava o mesmo, esguio e desengonçado, o cabelo rosado, paciente feito um animal de tração.

Deixaram o vilarejo e viraram na estrada vermelha para Tara. Ainda restava um leve tom rosado nas bordas do céu, e gordas nuvens emplumadas tingiam-se de dourado e verde-pálido. A quietude do crepúsculo do campo desceu sobre eles calmante, como uma oração. Como pudera aguentar, pensou, passar todos aqueles meses distante, longe do cheiro fresco do ar do campo, da terra arada e da doçura das noites de verão? A terra úmida cheirava tão bem, tão familiar, tão amigável, que ela teve vontade de descer e pegar um punhado entre as mãos. A madressilva que caía pelos barrancos vermelhos da estrada em um emaranhado verdejante estava aromática como sempre após a chuva, o mais doce perfume que existia. Acima de suas cabeças, um bando de andorinhas rodopiou com asas velozes e de vez em quando um coelho atravessava a estrada em disparada, assustado, com o rabo branco balançando como uma pluma. Conforme passavam entre os campos cultivados onde os arbustos verdes se erguiam vigorosos da terra vermelha, ela viu com prazer que o algodão ia bem. Como tudo era lindo! A névoa no fundo do pântano, a terra vermelha e o algodão crescendo, as encostas com suas fileiras verdes em curva e os pinheiros negros surgindo por trás de tudo como muros de zibelina. Como ficara em Atlanta por tanto tempo?

– Scarlett, antes que eu lhe conte sobre o Sr. O'Hara... e pretendo lhe contar tudo antes que você chegue em casa... quero pedir sua opinião sobre um assunto. Imagino que agora seja você a chefe da família.

– O que é, Will?

Por um instante, ele virou seu olhar sereno e sóbrio para ela.

– Só queria seu consentimento para me casar com Suellen.

Scarlett agarrou-se ao assento, quase caindo para trás de tão surpresa. Casar-se com Suellen! Desde que ela tirara Frank Kennedy de Suellen, nunca pensara em alguém se casando com ela. Quem iria querer Suellen?

– Meu Deus, Will!

– Então presumo que você não se importa.

– Me importar? Não, mas... Ora, Will, você me tirou o fôlego! Você se casar com Suellen? Will, sempre achei que você tinha uma queda por Carreen.

Will manteve os olhos no cavalo e sacudiu as rédeas. Nada mudou em seu perfil, mas ela achou que ele deu um leve suspiro.

– Talvez eu tivesse – disse.

– Bem, será que ela não o aceitaria?

– Nunca perguntei.

– Ah, Will, você é um bobo. Pergunte. Ela vale por duas Suellens.

– Scarlett, você não sabe de uma porção de coisas que estão acontecendo em Tara. Você não nos deu muita atenção nesses últimos meses.

– Ah, não? Ah, não? – Ela se inflamou. – O que acha que andei fazendo em Atlanta? Acha que fiquei passeando de carruagem e indo a bailes? Não lhe mandei dinheiro todos os meses? Não paguei os impostos, não consertei o telhado, não comprei o arado novo e as mulas? Não...

– Ora, não perca a cabeça e não desperte a irlandesa – interrompeu ele, imperturbável. – Se alguém sabe o que você fez, sou eu, e foi o trabalho de dois homens.

Levemente apaziguada, ela perguntou:

– Então, do que está falando?

– Bem, você manteve o teto sobre nós e a comida na despensa, não estou negando, mas não pensou muito no que se passava pela cabeça de ninguém aqui em Tara. Não a culpo, Scarlett. Você simplesmente é assim. Nunca se interessou muito pelo que se passa na cabeça dos outros. Mas o que estou tentando lhe dizer é que nunca propus nada à Srta. Carreen porque sabia que não ia adiantar. Ela tem sido uma irmãzinha para mim, e acho que fala comigo mais francamente do que com qualquer outra pessoa neste mundo. Mas nunca esqueceu aquele moço que morreu, e acho que nunca vai esquecer. E posso lhe dizer também que está pensando em ir para um convento lá em Charleston.

– Você está brincando!

– Bem, eu sabia que isso a pegaria de surpresa e só gostaria de lhe pedir, Scarlett, que não discuta com ela sobre isso, nem a repreenda ou ria dela. Deixe-a ir. É só o que ela quer agora. Ela está com o coração partido.

– Mas pelo manto de Cristo! Muitas pessoas tiveram o coração partido e não foi por isso que correram para um convento. Olhe para mim. Eu perdi um marido.

– Mas seu coração não ficou partido – disse Will calmamente e, pegando uma palha do chão da carroça, pôs na boca e ficou mastigando devagar. Aquele comentário a deixou sem ar. Como sempre que ouvia a verdade dita em voz alta, não importando quanto fosse intragável, uma honestidade básica a forçava a reconhecê-la como verdade. Ficou quieta por um momento, tentando se acostumar à ideia de Carreen como freira.

– Promete que não vai importuná-la?

– Está bem, prometo – concordou ela, e olhou para ele com uma nova compreensão e um certo assombro. Will amara Carreen, ainda amava, o suficiente para defendê-la e facilitar sua retirada. E, ainda assim, queria se casar com Suellen.

– Bem, o que é isso tudo com Suellen? Você não gosta mesmo dela, gosta?

– Ah, gosto sim, de certo modo – disse ele, retirando a palha da boca e examinando-a como se fosse altamente interessante. – Suellen não é tão má quanto você pensa, Scarlett. Acho que nos damos muito bem. O único problema de Suellen é que ela precisa de um marido e de filhos, exatamente do que todas as mulheres precisam.

A carroça sacolejava sobre a estrada esburacada e, por alguns minutos, enquanto os dois estavam quietos, a mente de Scarlett ficou ativa. Devia haver mais ali do que aparecia na superfície, algo mais profundo, mais importante, para fazer o suave Will de fala mansa querer se casar com uma chata que não parava de reclamar como Suellen.

– Will, você não disse o motivo verdadeiro. Como chefe da família, tenho o direito de saber.

– Está certo – disse Will –, e acho que você vai entender. Não posso ir embora de Tara. É minha casa, Scarlett, a única casa de verdade que eu já tive, e amo cada pedra dali. Trabalhei nessa terra como se fosse minha.

E, quando você se dedica trabalhando em alguma coisa, passa a amá-la. Entende o que quero dizer?

Ela entendia, e sentiu um enorme afeto por ele, ouvindo-o dizer que também amava o que ela mais amava.

– E eu pensei no seguinte. Seu pai se foi, Carreen vai virar freira, só vou ficar eu e Suellen em Tara e, é claro, eu não podia continuar morando lá sem me casar com ela. Você sabe como as pessoas falam.

– Mas... mas Will, tem Melanie e Ashley...

Ao ouvir o nome de Ashley, ele se virou e olhou para ela, os olhos pálidos insondáveis. Ela teve a antiga sensação de que Will sabia tudo sobre ela e Ashley, compreendia tudo e não censurava nem aprovava.

– Eles irão embora em breve.

– Embora? Para onde? Tara é a casa deles, assim como é sua.

– Não, não é a casa deles. É isso o que está corroendo Ashley. Não é a casa dele e ele não sente que está ganhando a vida. Ele é um péssimo fazendeiro e sabe disso. Deus sabe que ele faz o melhor que pode, mas não foi feito para ser fazendeiro e você sabe disso tão bem quanto eu. Se ele racha lenha, corre o perigo de cortar o pé. Não consegue manter o arado em uma linha mais reta que o pequeno Beau, e o que ele não sabe sobre cultivar a terra daria para encher um livro. Não é culpa dele. Simplesmente não foi criado para isso. E se preocupa de ser um homem que está morando em Tara pela caridade de uma mulher, sem dar muito em troca.

– Caridade? Ele alguma vez disse...

– Não, ele nunca disse uma palavra. Você conhece Ashley. Mas eu noto. Ontem à noite, quando estávamos velando seu pai, eu contei a ele que tinha pedido a mão de Suellen e que ela tinha aceitado. Então ele disse que estava aliviado porque andava se sentindo como um cachorro ficando em Tara, e sabia que ele e a Sra. Melly teriam que continuar ali, agora que o Sr. O'Hara tinha morrido, para evitar que o pessoal falasse de mim e de Suellen. Foi então que ele me falou que pretendia ir embora e conseguir um trabalho.

– Trabalho? Que tipo? Onde?

– Não sei bem o que ele vai fazer, mas ele disse que iria para o norte. Ele tem um amigo ianque em Nova York que escreveu para ele sobre trabalhar em um banco lá.

– Ah, não! – exclamou Scarlett do fundo do coração e, diante disso, Will lhe lançou o mesmo olhar de antes.

– Talvez fosse melhor se ele realmente fosse para o norte

– Não! Não! Eu não acho.

Sua mente trabalhava com rapidez. Ashley não podia ir para o norte! Provavelmente ela nunca mais o veria. Mesmo que não o visse havia meses, não falasse com eles a sós desde aquela cena no pomar, não se passara um dia sem que pensasse nele, satisfeita por ele estar abrigado sob seu teto. Nunca enviara um dólar a Will que não a alegrasse porque facilitaria a vida de Ashley. Certo, ele não era um bom fazendeiro. Ashley fora criado para coisas melhores, pensava orgulhosa. Nascera para mandar, para viver em uma casa grande, ter bons cavalos, ler livros de poesia e dizer aos negros o que fazer. O fato de não haver mais mansões, cavalos, negros e só uns poucos livros não mudava nada. Ashley não fora criado para arar a terra e rachar lenha. Não era de surpreender que quisesse deixar Tara.

Mas ela não podia deixá-lo sair da Geórgia. Se necessário, convenceria Frank a lhe dar um emprego na loja, faria Frank despedir o rapaz que trabalhava como balconista. Mas não, o lugar de Ashley não era atrás de um balcão, assim como não era atrás de um arado. Um Wilkes como balconista! Ah, nunca! Deve haver alguma coisa... ora, a serraria, é claro! Seu alívio ao pensar nisso foi tal que ela sorriu. Mas será que ele aceitaria uma oferta dela? Será que ainda acharia que era caridade? Ela devia fazer as coisas de modo que ele achasse que estava lhe fazendo um favor. Ela despediria o Sr. Johnson e deixaria Ashley encarregado da velha serraria enquanto Hugh tomava conta da nova. Ela explicaria a Ashley como o mau estado de saúde de Frank e a pressão do trabalho na loja o impediam de ajudá-la e alegaria seu estado como outro motivo para precisar da ajuda dele.

Ela o faria perceber de algum modo que não podia ficar sem sua ajuda nesse momento. E lhe daria metade dos lucros da serraria, bastando que ele se encarregasse dela... qualquer coisa para tê-lo por perto, qualquer coisa para ver aquele sorriso se iluminar no rosto dele, qualquer coisa para flagrar uma expressão descuidada em seus olhos que mostrasse que a amava. Mas, prometeu a si mesma, nunca mais tentaria fazê-lo dizer palavras de amor, nunca mais tentaria fazê-lo jogar fora aquela honra tão tola que ele prezava mais que o amor. De alguma forma, devia lhe transmitir delicadamente suas novas resoluções. Caso contrário, ele podia se recusar, temendo outra cena terrível.

– Posso conseguir algo para ele em Atlanta – disse ela.

– Bem, isso é negócio seu e de Ashley – disse Will, e pôs a palha de volta na boca. – Anda, Sherman. Agora, Scarlett, tem outra coisa que preciso lhe pedir antes de contar sobre seu pai. Não vou admitir que você esbraveje com Suellen. O que ela fez está feito, e tirar o couro dela não vai trazer o Sr. O'Hara de volta. Além de tudo, ela honestamente achou que estava agindo para o melhor.

– Eu queria lhe perguntar sobre isso. O que Suellen andou fazendo? Alex não falou claramente e disse que ela devia ser chicoteada. O que foi?

– É, o pessoal está bem exasperado com ela. Todo mundo que eu encontrei hoje à tarde em Jonesboro estava jurando que ia fingir que não a conhecia na próxima vez que a encontrasse, mas talvez eles superem. Agora, prometa que não vai cair em cima dela. Não vou admitir brigas hoje à noite com o Sr. O'Hara deitado lá na sala.

"*Ele* não vai admitir brigas!", pensou Scarlett, indignada. Ele fala como se Tara já fosse dele.

Então ela pensou em Gerald, morto na sala, e subitamente começou a chorar, soluçando amargamente, com soluços sufocantes. Will pôs o braço em volta dela, puxou-a confortavelmente para perto de si, sem dizer nada.

Conforme iam sacolejando pela estrada escura, sua cabeça no ombro dele, o chapéu de sol torto, ela se esqueceu do Gerald dos últimos dois anos, o vago cavalheiro envelhecido que olhava para portas esperando por uma mulher que nunca entraria. Lembrava-se do senhor viril, cheio de vitalidade com sua cabeleira branca encaracolada, sua animação barulhenta, pisando forte com as botas, de suas piadas sem graça, da generosidade. Lembrou-se de como, quando era criança, ele parecia o homem mais maravilhoso do mundo, esse pai fanfarrão que a levava na frente de sua sela quando saltava cercas, virava-a e batia nela quando ela era travessa e depois chorava quando ela chorava e lhe dava moedas de 25 centavos para fazê-la parar. Ela se lembrou dele chegando de Charleston e de Atlanta carregado de presentes que nunca eram apropriados, lembrou-se também, com um leve sorriso em meio às lágrimas, como chegava em casa de madrugada dos dias de feira em Jonesboro, completamente bêbado, saltando cercas, a voz brincalhona cantando "The Wearin o' the Green" bem alto. E como ficava desconcertado ao encarar Ellen na manhã seguinte. Bem, agora ele estava com ela.

– Por que você não me escreveu contando que ele estava doente? Eu teria vindo tão depressa...

– Ele não ficou doente, nem por um minuto. Aqui, querida, pegue meu lenço e vou lhe contar tudo o que aconteceu.

Ela assoou o nariz no lenço dele, pois saíra de Atlanta sem sequer pegar um lenço, e novamente se acomodou na dobra do braço de Will. Como Will era bom... Nada jamais o aborrecia.

– Bem, foi assim, Scarlett. Você estava nos mandando dinheiro todo o tempo e Ashley e eu, bem, nós pagamos os impostos, compramos a mula, as sementes e tudo o mais, e alguns leitõezinhos e galinhas. A Sra. Melly deu conta das galinhas bem demais, ela tem mesmo jeito; a Sra. Melly é uma boa mulher, ah, se é. Bem, depois de comprarmos as coisas para Tara, não tinha sobrado muito para supérfluos, mas ninguém estava reclamando, só a Suellen.

"A Sra. Melanie e a Srta. Carreen ficam em casa e usam suas roupas velhas como se tivessem orgulho delas, mas você conhece Suellen, Scarlett. Ela nunca se acostumou a ficar sem as coisas. O fato de ter de usar vestidos velhos ficava atravessado na garganta dela toda vez que eu a levava para Jonesboro ou para Fayetteville. Especialmente porque algumas daquelas dam... mulheres dos aventureiros do norte sempre circulam em trajes elegantes. As mulheres daqueles malditos ianques que dirigem o Departamento dos Libertos, ah, elas capricham no vestir! Bem, acabou se tornando um ponto de honra entre as damas do condado usar os piores vestidos para ir à cidade, só para mostrar como não se importavam e se orgulhavam do que tinham. Mas não Suellen. E ela também queria uma carruagem e um cavalo. Salientava que você tinha uma."

– Não é uma carruagem, é uma charrete velha – disse Scarlett, indignada.

– Bem, que seja. Devo lhe dizer também que Suellen nunca se refez de você ter se casado com Frank Kennedy e não sei se posso culpá-la. Você sabe que foi um modo bem desprezível de lograr uma irmã.

Scarlett ergueu a cabeça do ombro dele, furiosa como uma cascavel pronta para dar o bote.

– Lograr uma irmã? Eu lhe agradeço por manter a língua em termos civilizados, Will Benteen! O que eu podia fazer se ele me preferiu a ela?

– Você é uma moça esperta, Scarlett, e imagino que pode tê-lo ajudado a preferi-la. As garotas sempre sabem como fazer essas coisas. Mas acho que o persuadiu. Você sabe ser bem enfeitiçante quando quer, mas que seja, ele era o pretendente de Suellen. Ora, ela tinha recebido uma carta dele uma semana antes de você ir para Atlanta e ele estava doce feito açúcar com ela, e falava sobre o casamento deles quando ele conseguisse um pouco mais de dinheiro. Eu sei porque ela me mostrou a carta.

Scarlett ficou quieta porque sabia que era verdade e não conseguia pensar em nada para dizer. Nunca esperava que logo Will, entre todas as pessoas, fosse criticá-la. Além disso, a mentira que ela contara a Frank nunca tinha lhe pesado muito na consciência. Se uma moça não conseguisse manter um pretendente, merecia perdê-lo.

– Ora, Will, não seja cruel – disse ela. – Se Suellen tivesse se casado com ele, você acha que ela teria gastado um centavo com Tara ou com qualquer um de nós?

– Eu disse que você pode ser bem enfeitiçante quando quer – disse Will, virando-se para ela com um sorriso calmo. – É, acho que nunca se veria um centavo do dinheiro do velho Frank. Mas, mesmo assim, não há como negar, foi uma lograda desprezível, e, se você quiser justificar os meios pelos fins, não é da minha conta, e quem sou eu para reclamar? Mas, de todo modo, Suellen ficou feito um marimbondo desde então. Não acho que ela gostava muito do velho Frank, mas isso mexeu com a vaidade dela, e ela fica falando em como você tem roupas boas e uma carruagem e mora em Atlanta enquanto ela está enterrada aqui em Tara. Sabe como ela adora fazer visitas, ir a festas e usar roupas bonitas. Não a culpo. As mulheres são assim.

"Bem, cerca de um mês atrás eu a levei a Jonesboro e ela foi fazer suas visitas enquanto eu cuidava dos negócios. Quando a levei para casa, ela continuava feito um camundongo, mas dava para notar que estava tão empolgada que parecia pronta para explodir. Achei que tivesse descoberto que alguém ia ter... que ela tinha sabido de algum mexerico interessante e não lhe dei muita atenção. Por cerca de uma semana, ela andou pela casa toda empinada e empolgada, sem falar muito. Ela foi visitar Sra. Cathleen Calvert... Scarlett, você vai chorar se puser os olhos na Sra. Cathleen. Coitada, era melhor estar morta que casada com aquele ianque covarde do Hilton. Sabia que ele hipotecou a fazenda e perdeu e eles vão ter que sair de lá?"

– Não, não sabia e nem quero saber. Quero saber de papai.

– Bem, estou chegando lá – disse Will pacientemente. – Quando voltou de lá, ela disse que nós todos tínhamos feito um mau julgamento do Hilton. Ela o chamava de Sr. Hilton, dizendo que ele era um homem inteligente e apenas rimos dela. Então ela começou a levar seu pai a passear a pé à tarde e muitas vezes, quando eu estava voltando do campo para casa, eu a via sentada com ele no muro perto do campo-santo, discutindo e gesticulando. E o velho cavalheiro só ficava olhando para ela, como que intrigado e fazendo que sim. Você sabe como ele andava, Scarlett. Estava ficando cada vez mais vago, como se mal soubesse quem era nem onde estava. Uma vez eu a vi apontar para o túmulo de sua mãe e ele começou a chorar. E, quando ela entrou em casa, toda alegre e animada, eu a chamei para uma conversa franca e disse: "Srta. Suellen, por que diabos está atormentando seu pobre pai e lhe relembrando de sua mãe? Na maior parte do tempo, ele não se dá conta de que ela está morta e a senhorita fica esfregando isso na cara dele." E ela só jogou a cabeça para trás, riu e disse: "Isso não é de sua conta. Algum dia vocês vão ficar contentes com o que estou fazendo." Ontem à noite, a Sra. Melanie me contou que Suellen tinha lhe falado de seus planos, mas disse que não fazia ideia de que Suellen estivesse falando sério. Disse que não falou nada para nenhum de nós porque ficou muito aborrecida com a ideia.

– Que ideia? Quando você vai chegar ao ponto? Já estamos a meio caminho de casa. Quero saber de papai.

– Estou tentando lhe contar – disse Will –, e já estamos tão perto de casa que acho melhor dar uma parada bem aqui para terminar.

Ele puxou as rédeas e o cavalo parou, bufando. Estavam junto à cerca viva crescida que marcava a propriedade dos Macintosh. Olhando de relance por baixo das árvores escuras, Scarlett só conseguiu discernir as altas chaminés fantasmagóricas ainda de pé acima das ruínas silenciosas. Preferia que Will tivesse escolhido outro lugar para parar.

– Bem, para resumir, a ideia dela era fazer os ianques pagarem pelo algodão que queimaram, pela criação que tinham levado e pelas cercas e estábulos que tinham destruído.

– Os ianques?

– Você não soube? O governo ianque está pagando reivindicações de todas as propriedades destruídas dos simpatizantes da União no Sul.

– É claro que soube – disse Scarlett. – Mas o que isso tem a ver conosco?

– Muito, na opinião de Suellen. Naquele dia em que a levei a Jonesboro, ela encontrou a Sra. Macintosh por acaso, e, enquanto mexericavam, Suellen não pôde deixar de notar as roupas finas que a Sra. Macintosh estava usando e perguntou-lhe a respeito. Então a Sra. Macintosh ficou cheia de pose e contou que o marido tinha apresentado uma reivindicação ao governo federal por destruir a propriedade de um leal simpatizante da União, que nunca dera qualquer tipo de apoio ou auxílio à Confederação.

– Eles nunca deram qualquer tipo de apoio ou auxílio a ninguém – cortou Scarlett. – Escoceses da Irlanda...

– Bem, talvez seja verdade. Não os conheço. De todo modo, o governo deu a eles, bem... não sei quantos mil dólares. Uma boa soma. Aquilo assombrou Suellen. Ela ficou a semana toda pensando e não nos disse nada porque sabia que só iríamos rir. Mas ela precisava falar com alguém, então foi procurar a Sra. Cathleen e o maldito branco ordinário, o Hilton, lhe passou um pacote de novas ideias. Ele salientou que seu pai nem tinha nascido neste país, não tinha lutado na guerra, não tinha tido filhos na luta e não tinha exercido cargo público junto à Confederação. Disse que eles podiam ainda salientar que o Sr. O'Hara era um leal simpatizante da União. Ele a encheu com tantas ideias que ela voltou para casa e começou a trabalhar o Sr. O'Hara. Scarlett, aposto minha vida que, metade do tempo, seu pai nem sabia sobre o que ela estava falando. Era com isso que ela contava, que ele faria o juramento de fidelidade sem nem saber.

– Papai fazer o juramento de fidelidade?! – exclamou Scarlett.

– Bem, ele estava com a cabeça bastante fragilizada nesses últimos meses, e acho que ela contava com isso. Veja bem, ninguém suspeitava de nada. Sabíamos que ela estava tramando alguma coisa, mas não que estava usando sua falecida mãe para censurá-lo por suas filhas estarem maltrapilhas quando podia tirar 150 mil dólares dos ianques.

– Cento e cinquenta mil dólares – murmurou Scarlett, perdendo o horror pelo juramento.

Que dinheirama era aquela! E consegui-la pela mera assinatura de um juramento de lealdade ao governo dos Estados Unidos, um juramento declarando que o signatário sempre apoiara o governo e nunca dera apoio nem auxílio a seus inimigos. Cento e cinquenta mil dólares! Todo esse dinheiro por uma mentirinha! Bem, ela não podia condenar Suellen. Deus do céu! Será que tinha sido por isso que Alex falara sobre ter vontade de chicoteá-la? O que o condado queria dizer com não cumprimentá-la mais? Tolos, todos eles. O que ela não poderia fazer com todo esse dinheiro! O que não poderia todo o pessoal do condado fazer com ele! E o que importava uma mentirinha dessas? Afinal, qualquer coisa que se pudesse arrancar dos ianques era dinheiro justo, não importavam os meios.

– Ontem, ali pelo meio-dia, quando Ashley e eu estávamos rachando lenha, Suellen pegou esta carroça, fez seu pai subir e lá se foram os dois até a cidade sem falar nada com ninguém. A Sra. Melly tinha uma ideia do que se tratava, mas estava rezando para que algo mudasse a intenção de Suellen, então não disse nada a ninguém. Simplesmente, não conseguia imaginar que Suellen fosse fazer tal coisa.

"Hoje eu soube como tudo aconteceu. Aquele sujeito covarde, o Hilton, tem certa influência com os outros da escória sulista e republicanos da cidade, e Suellen tinha concordado em dar a eles parte do dinheiro... não sei quanto... se testemunhassem que o Sr. O'Hara era leal à União, defendendo o ponto de que ele era irlandês, não tinha entrado em combate e assim por diante e assinassem as recomendações. Seu pai só precisava fazer o juramento e assinar o papel, que iria para Washington.

"Eles disseram o juramento bem depressa e ele ficou quieto, e estava tudo indo bem até ela fazê-lo assinar. E então o velho cavalheiro como que deu por si por um minuto e se negou. Acho que ele não sabia bem do que se tratava, mas não gostou, e Suellen nunca soube como levá-lo. Bem, ela teve um acesso de nervos com aquilo, depois de todo o trabalho que tivera. Ela o tirou do gabinete, levou-o de carroça para cima e para baixo na estrada, falando com ele que sua mãe estava chorando no túmulo por ele deixar suas filhas sofrerem quando podia fazer algo por elas. Me contaram que seu pai estava lá sentado na carroça e chorava feito um bebê, como sempre fazia ao ouvir o nome dela. Todo mundo na cidade estava olhando, e Alex Fontaine foi até eles ver o que estava havendo, mas Suellen foi grosseira com ele, dizendo que não era da conta dele, o que o deixou fulo da vida.

"Não sei de onde ela tirou a ideia, mas em algum momento ela conseguiu uma garrafa de conhaque, levou o Sr. O'Hara de volta pro gabinete e começou a servi-lo. Scarlett, faz um ano que não temos bebida forte em Tara, só um pouco de vinho de amora e da nossa uva, que Dilcey faz, e o Sr. O'Hara estava desacostumado. Ele ficou muito embriagado e depois de Suellen discutir e importuná-lo por mais umas duas horas ele cedeu e disse que sim, assinaria qualquer coisa que ela quisesse. Eles fizeram o juramento de novo e, quando ele estava pronto para pôr a pena no papel, Suellen cometeu seu erro. Ela disse: 'Muito bem. Agora acho que os Slattery e os Macintosh vão parar de ficar fazendo pose para nós!' Percebe, Scarlett, os Slattery tinham pedido uma grande quantia por aquele barracão deles que os ianques incendiaram e, por intermédio de Washington, o marido de Emmie tinha conseguido o dinheiro para eles.

"Me contaram que, quando Suellen disse aqueles nomes, seu pai se endireitou e pôs os ombros para trás e olhou asperamente para ela. Ele já não estava vago e disse: 'Os Slattery e os Macintosh assinaram alguma coisa desse tipo?' Suellen ficou nervosa e disse sim e não, gaguejou e ele gritou bem alto: 'Diga, aquele maldito Orange e aquele maldito branco pobre assinaram alguma coisa desse tipo?' E Hilton falou com voz mansa, dizendo: 'Sim, senhor, assinaram e ganharam um monte de dinheiro, como o senhor vai ganhar.'

"Então o velho cavalheiro soltou um brado, como se fosse um touro. Alex Fontaine disse que ouviu rua abaixo, lá do *saloon*. E ele falou com o sotaque forte: 'E vocês estavam achando que um O'Hara de Tara estaria seguindo os passos sujos de um maldito Orange e de um maldito branco pobre?' E rasgou o papel em dois e jogou na cara de Suellen, berrando: 'Você não é filha minha.' E saiu do gabinete como um furacão.

"Alex disse que o viu sair para a rua atacado feito um touro. Ele disse que o velho parecia ele mesmo pela primeira vez desde a morte da sua mãe. Disse que ele cambaleava de bêbado e praguejava bem alto. Alex disse que nunca tinha ouvido xingamentos tão bons. O cavalo de Alex estava por ali e seu pai montou nele sem pedir permissão e saiu fazendo uma nuvem de poeira de engasgar qualquer um, praguejando a cada fôlego.

"Bem, ali pelo entardecer, Ashley e eu estávamos sentados na escada da frente, olhando para a estrada e bem preocupados. A Sra. Melly estava lá em cima chorando na cama dela e não nos dizia nada. De repente, ouvimos um galopar na estrada e alguém gritando como se estivesse caçando raposa, e Ashley disse: 'Que esquisito! Parece com o Sr. O'Hara quando ia nos visitar antes da guerra.'

"Então nós o vimos lá no fim do pasto. Devia ter saltado a cerca lá e vinha subindo a colina em disparada, cantando bem alto como se não tivesse com o que se preocupar neste mundo. Eu não sabia que seu pai tinha uma voz daquelas. Ele cantava 'Peg in a Low-backed Car' e batia no cavalo com o chapéu, e o cavalo andava feito louco. Ele não puxou as rédeas ao chegar no topo e a gente viu que ia saltar a cerca do pasto e ficamos de pé em um pulo, morrendo de medo e aí ele gritou: 'Veja, Ellen! Veja só eu saltando esta!' Mas o cavalo parou de repente na cerca, se recusando a saltar, e seu pai foi direto sobre a cabeça do bicho. Não sofreu nada. Quando chegamos lá, já estava morto. Acho que a queda lhe quebrou o pescoço."

Will esperou que ela dissesse alguma coisa, mas, vendo-a quieta, pegou as rédeas.

– Anda, Sherman – disse ele, e o cavalo seguiu o rumo de casa.

40

Scarlett dormiu pouco naquela noite. Quando chegou a manhã e o sol se insinuou por detrás dos pinheiros negros das colinas a leste, ela se levantou da cama amarrotada e, sentando-se em um banquinho ao lado da janela, descansou a cabeça no braço. Ficou olhando através do pátio e do pomar de Tara na direção dos campos de algodão. Tudo era fresco, orvalhado, silencioso e verde, e essa imagem lhe incutiu alívio e conforto ao coração ferido. Ao alvorecer, Tara parecia amada, bem-cuidada e tranquila, apesar de seu senhor estar morto. O galinheiro de madeira estava caiado e rebocado de barro, contra ratos e doninhas, assim como o estábulo. A horta com suas fileiras de milho, abóbora amarela, vagens e nabos estava bem capinada e cercada por estacas de carvalho. O pomar não tinha ervas daninhas, e sob as árvores cresciam apenas margaridas. O sol iluminava as maçãs e os róseos pêssegos aveludados entre as folhas verdes. Lá adiante, estavam as fileiras curvas do algodão, ainda verdes, imóveis sob a luz dourada do novo dia. Patos e galinhas gingavam e se pavoneavam rumo ao campo, pois era sob os arbustos no solo fofo e recém-arado que se encontravam as melhores minhocas e lesmas.

O coração de Scarlett se encheu de gratidão e afeto por Will, que fizera tudo aquilo. Nem mesmo sua lealdade a Ashley a fazia crer que fora ele o responsável pela maior parte daquilo, pois o florescer de Tara não era obra de um aristocrata, mas do pequeno fazendeiro laborioso, incansável, que ama sua terra. Era uma fazenda modesta, não a nobre plantação do passado, com pastos cheios de mulas e bons cavalos, campos de algodão e milho a perder de vista. Mas o que tinham era bem-cuidado, e os hectares não cultivados seriam recuperados quando as coisas melhorassem, estando então mais férteis com o repouso.

Will fizera mais que simplesmente cultivar uns poucos hectares. Evitara os dois inimigos dos fazendeiros da Geórgia, os brotos de pinheiro e as sarças de amoreira. Estes não haviam tomado a horta, os pastos, os campos de algodão ou o gramado, nem crescido insolentes ao lado das varandas de Tara, como acontecia em fazendas por todo o estado.

O coração de Scarlett pulou uma batida quando ela pensou em quanto Tara estivera próxima de voltar ao estado primitivo de floresta. Ela e Will tinham feito um bom trabalho. Haviam conseguido lidar com os ianques, os aventureiros do norte e os abusos da natureza. E, melhor de tudo, Will dissera que, após a colheita do algodão no outono, ela não precisaria enviar mais dinheiro, a menos que outro aventureiro cobiçasse Tara e elevasse os impostos a preços astronômicos. Scarlett sabia que Will teria uma dura luta pela frente sem sua ajuda, mas admirou e respeitou sua independência. Enquanto estava na posição de auxiliar contratado, recebia dinheiro dela, mas, agora que se tornaria seu cunhado e o homem da casa, pretendia manter-se por conta própria. Sim, Will era fruto da providência divina.

Pork cavara o túmulo na noite anterior, ao lado do de Ellen, e lá estava ele, pá na mão, atrás da terra vermelha úmida que logo jogaria de volta. Scarlett ficou atrás dele, à sombra de um galho baixo de cedro, contra o sol quente da manhã de junho, tentando não olhar a cova vermelha diante dela. Jim Tarleton, o pequeno Hugh Munroe, Alex Fontaine e o neto mais jovem do velho McRae desciam lenta e desajeitadamente o caminho da casa carregando o caixão de Gerald sobre duas longas tábuas de carvalho. Atrás deles, a uma distância respeitosa, seguia-se uma multidão dispersa de vizinhos e amigos, silenciosos e vestidos com simplicidade. Enquanto andavam pelo caminho ensolarado da horta, Pork inclinou a cabeça sobre a alça da pá e chorou, e Scarlett percebeu com surpresa indiferente que seu cabelo crespo, preto como azeviche quando ela fora para Atlanta alguns meses antes, estava ficando grisalho.

Cansada, ela agradeceu a Deus por ter derramado todas as suas lágrimas na noite anterior para agora poder ficar ereta e com os olhos secos. Os soluços de Suellen, logo atrás de seu ombro, a irritaram sobremaneira, e ela teve que cerrar os punhos para não se virar e lhe dar um tapa na cara inchada. Sue causara a morte do pai, tendo intenção ou não, e devia ter a decência de se controlar diante dos vizinhos hostis. Ninguém falara com ela naquela manhã, nem lhe dera um olhar de pêsames. Tinham beijado Scarlett em silêncio, apertado sua mão, murmurado palavras gentis a Carreen e até a Pork, mas ignoravam Suellen.

Para eles, ela fizera pior que matar o pai. Tentara induzi-lo a ser desleal ao sul. E, para aquela comunidade inflexível e intimamente ligada, era como se tivesse traído a honra de todos. Rompera a sólida aparência que o condado apresentava ao mundo. Tentando arrancar dinheiro dos ianques, aliara-se aos aventureiros e à escória sulista, inimigos mais odiados que os soldados ianques. Ela, membro da antiga e dedicada família confederada de um grande fazendeiro, fora até o inimigo e envergonhara todas as famílias do condado.

Os enlutados fervilhavam de indignação, abatidos pelo pesar, especialmente três deles: o velho McRae, amigo íntimo de Gerald desde sua chegada de Savannah havia tantos anos; vovó Fontaine, que o adorava por ele ter sido marido de Ellen; e a Sra. Tarleton, mais próxima dele que de qualquer outro vizinho porque, como ela costumava dizer, era o único homem no condado que sabia a diferença entre um garanhão e um cavalo castrado.

A imagem daquelas três fisionomias atormentadas na penumbra da sala onde estava Gerald antes do funeral causara certa inquietude em Ashley e Will, que se retiraram para o gabinete de Ellen para se aconselharem.

– Algum deles vai falar algo de Suellen – disse Will abruptamente, partindo a palha que tinha na boca. – Acham que têm uma causa justa. Talvez tenham mesmo. Não sou eu que vou contestar. Mas, Ashley, estando certos ou não, temos de nos ofender, sendo os homens da família, e aí vai ter encrenca. Ninguém pode fazer nada com o velho McRae porque é surdo feito um poste e não ouve o pessoal tentando calá-lo. E você sabe que não há ninguém neste mundo de Deus que consiga evitar que vovó Fontaine diga o que pensa. E quanto à Sra. Tarleton... viu aqueles olhos cor de ferrugem se revirando cada vez que olha para Sue? Ela está furiosa e mal pode esperar. Se disserem alguma coisa, precisaremos reagir, e já temos problemas demais em Tara sem desavenças com os vizinhos.

Ashley suspirou, preocupado. Ele conhecia o temperamento dos vizinhos melhor que Will e se lembrava de que metade das brigas e alguns dos tiroteios dos tempos anteriores à guerra surgiam do hábito do condado de dizer alguma coisa diante do caixão dos vizinhos falecidos. Geralmente, as palavras eram extremamente elogiosas, mas às vezes não. Às vezes, as intenções mais respeitosas eram mal interpretadas por parentes nervosos, e, mal as últimas pás de terra caíam sobre o caixão, a encrenca começava.

Na ausência de um padre, Ashley conduziria a cerimônia com o auxílio do livro de orações de Carreen, visto que os pastores das igrejas metodista e batista de Jonesboro e Fayetteville tinham sido diplomaticamente recusados. Carreen, mais devotamente católica que as irmãs, ficara bastante aborrecida por Scarlett não ter pensado em trazer um padre de Atlanta, e só se tranquilizara um pouco ao ser lembrada de que, na ocasião da vinda do padre para casar Will e Suellen, ele poderia fazer as orações no túmulo de Gerald. Tinha sido ela a fazer objeção aos pastores protestantes vizinhos, incumbido Ashley de rezar o ofício, marcando as passagens a serem lidas em seu livro. Encostado à velha escrivaninha, Ashley sabia que seria dele a responsabilidade de evitar problemas, conhecedor que era do temperamento eriçado do condado, mas não fazia ideia de como deveria proceder.

– Não há o que fazer, Will – disse ele, passando a mão pelos cabelos claros. – Não posso bater em vovó Fontaine nem no velho McRae. Nem posso tapar a boca da Sra. Tarleton. E o mínimo que vão dizer é que Suellen é uma assassina, traidora e que, se não fosse por ela, o Sr. O'Hara estaria vivo. Maldito costume de falar sobre o morto. É um hábito bárbaro.

– Ash, não pretendo deixar ninguém dizer nada contra Suellen, não importa o que pensem. Deixe comigo. Quando você acabar a leitura e as orações e disser: "Se alguém quiser dizer algumas palavras", olhe pra mim, para que eu possa falar primeiro.

Observando a dificuldade dos carregadores do féretro para passar o caixão pela entrada estreita da cova, Scarlett não pensava em uma possível encrenca após o funeral. Pensava apenas que, ao enterrar Gerald, ela estava enterrando um dos últimos laços que a ligavam aos velhos tempos de felicidade e irresponsabilidade.

Finalmente, os carregadores acomodaram o caixão no túmulo e ficaram flexionando os dedos doloridos. Ashley, Melanie e Will estavam dentro do cercado, parados atrás das O'Hara. Todos os vizinhos mais chegados que conseguiram se amontoar ficaram atrás deles e os outros ficaram fora do muro. Vendo-os de fato pela primeira vez, Scarlett ficou surpresa pelo tamanho da multidão. Com toda a dificuldade de transporte, era uma gentileza tantos terem ido. Havia cinquenta ou sessenta pessoas ali, algumas vindas de tão longe que ela se surpreendeu, cogitando como a notícia lhes chegara a tempo; famílias inteiras de Jonesboro, Fayetteville e Lovejoy, e, com elas, alguns criados negros. Muitos pequenos fazendeiros de lugares distantes do outro lado do rio estavam presentes, além dos caipiras da roça e de alguns moradores do pântano. Estes eram gigantes magros e barbudos, usando roupas de algodão cru e barretes de pele de guaxinim, com rifles a tiracolo e os nacos de tabaco tornando as bochechas salientes. Suas mulheres tinham os pés descalços afundados na terra fofa, o lábio inferior sujo de rapé. Os rostos sob os chapéus de sol eram encovados e tinham aparência de malária, mas bem limpos, e os vestidos de chita recém-passados brilhavam por causa da goma.

Os vizinhos próximos estavam todos lá. Vovó Fontaine, fraca, enrugada e amarela como um velho pássaro na muda, apoiava-se na bengala, e com ela estavam Sally Munroe Fontaine e a jovem Srta. Fontaine. Em vão, com súplicas sussurradas e puxões na saia, tentavam sentar a velha no muro. O marido de vovó, o velho doutor, não estava lá. Morrera dois meses antes, e grande parte da faiscante alegria maliciosa se fora de seus olhos. Cathleen Calvert Hilton estava sozinha, como convinha a alguém cujo marido ajudara a provocar a tragédia, o chapéu desbotado ocultando o rosto baixo. Scarlett percebeu que seu vestido de percal estava manchado de gordura, e as mãos, sardentas e sujas. Chegava a haver crescentes pretos sob suas unhas. Cathleen já não mostrava qualquer sinal de fineza. Parecia uma caipira, até pior. Parecia uma branca pobre, indolente, relaxada, desgastada.

"Logo estará cheirando rapé, se é que já não está", pensou Scarlett, horrorizada. "Meu Deus, que derrocada!"

Ela estremeceu, desviando os olhos de Cathleen enquanto se dava conta da linha tênue que separava as pessoas finas dos brancos pobres.

"Não estou assim graças a minha iniciativa", pensou, sendo invadida por uma onda de orgulho ao perceber que, após a rendição, ela e Cathleen haviam começado com as mesmas armas: mãos vazias e a própria inteligência.

"Até que não me saí mal", pensou, erguendo o queixo e sorrindo.

Mas interrompeu o sorriso de súbito ao ver os olhos escandalizados da Sra. Tarleton pousados nela. Os dela estavam vermelhos e, depois de fixá-los com censura em Scarlett, voltou-os para Suellen, com um olhar feroz, prenúncio de mau agouro. Atrás dela e do marido, estavam as quatro moças Tarleton, os cachos ruivos como notas indecorosas na ocasião solene, os olhos cor de ferrugem ainda se parecendo com os olhos cheios de energia de animais jovens, animados e perigosos.

Pés imóveis, chapéus retirados, mãos postas e saias acomodadas em silêncio quando Ashley deu um passo à frente com o velho livro de orações de Carreen nas mãos. Baixou os olhos por um instante, o sol brilhando na cabeça dourada. Um profundo silêncio caiu sobre a multidão, tão profundo que o sussurro do vento nas folhas de magnólia chegava claro aos ouvidos de todos, e as notas repetitivas de um tordo distante soavam insuportavelmente altas e tristes. Ashley começou a ler as orações, e todas as cabeças se abaixaram conforme sua voz harmoniosa e modulada pronunciava as poucas e dignas palavras.

"Ah", pensou Scarlett, a garganta se contraindo. "Que voz linda! Se alguém tem que fazer isso por papai, fico contente que seja Ashley. Prefiro ele a um padre. Prefiro que papai seja enterrado por um dos seus do que por um estranho."

Quando Ashley chegou à parte das orações relativa às almas no purgatório, que Carreen marcara para ser lida, fechou o livro abruptamente. Só Carreen percebeu a omissão e ficou intrigada enquanto ele dava início ao Pai-Nosso. Ashley sabia que metade dos presentes nunca ouvira falar em purgatório, e os que tinham ouvido tomariam aquilo como uma afronta pessoal se ele insinuasse, mesmo em oração, que um homem tão bom como o Sr. O'Hara não tinha ido direto para o Céu. Então, em deferência à opinião pública, evitou qualquer menção ao purgatório. O grupo se uniu fervoroso no Pai-Nosso, mas as vozes foram sumindo em um silêncio constrangido quando ele começou a Ave-Maria. Nunca tinham ouvido aquela oração e se entreolhavam furtivamente enquanto as O'Hara, Melanie e os criados de Tara davam as respostas: "Rogai por nós, pecadores, agora e na hora da nossa morte. Amém."

Então Ashley ergueu a cabeça e ficou indeciso por um momento. Os olhos dos vizinhos estavam sobre ele, na expectativa, enquanto se acomodavam em posições mais confortáveis para um longo discurso. Esperavam que desse continuidade à cerimônia, pois a ninguém ocorrera que tivessem acabado as orações católicas. Os funerais do condado eram sempre longos. Os pastores batistas e metodistas que os conduziam não tinham orações preestabelecidas, mas improvisavam conforme as circunstâncias, e raramente paravam antes que todos estivessem às lágrimas e as consternadas mulheres da família do morto berrassem de pesar. Os vizinhos teriam ficado chocados, aflitos e indignados se aquelas breves orações fossem tudo a ser dito sobre o corpo de seu amigo querido, e ninguém sabia disso melhor que Ashley. Discutiriam o assunto à mesa do jantar por semanas, e a opinião do condado seria de que as O'Hara não tinham demonstrado o respeito apropriado pelo pai.

Então ele lançou um breve olhar de desculpas para Carreen e, baixando novamente a cabeça, começou a recitar de memória a oração episcopal para funerais que tantas vezes lera para os escravos enterrados em Twelve Oaks.

"Eu sou a Ressurreição e a Vida... e aqueles... que acreditam em Mim nunca morrerão."

Não lhe ocorreu toda a oração de imediato, e ele falava lentamente, às vezes caindo em silêncio enquanto esperava que as frases lhe surgissem da memória. Mas esse discurso comedido tornou suas palavras mais impressionantes, e os enlutados que antes estavam de olhos secos começaram a procurar seus lenços. Todos eles, batistas e metodistas rigorosos, mudaram de opinião quanto à cerimônia católica, que antes consideravam fria e papista. Igualmente ignorantes, Scarlett e Suellen acharam as palavras reconfortantes e belas. Só Melanie e Carreen perceberam que um devoto católico irlandês estava sendo deixado em seu descanso eterno pelo serviço fúnebre da Igreja da Inglaterra. Por demais atordoada pelo pesar e pela mágoa com a traição de Ashley, Carreen não conseguiu interferir.

Ao terminar, Ashley abriu seus tristes olhos cinzentos e olhou em volta. Depois de uma pausa, seus olhos encontraram os de Will e ele disse:

– Haverá entre os presentes quem queira dizer alguma coisa?

A Sra. Tarleton se mexeu, nervosa, mas, antes que ela pudesse agir, Will deu um passo à frente e, parado na cabeceira do caixão, começou a falar:

– Amigos – começou em sua voz arrastada –, talvez achem que seja audácia minha tomar a palavra primeiro... eu, que nem conhecia o Sr. O'Hara até cerca de um ano atrás, quando todos aqui o conheciam há vinte anos ou mais. Mas eis minha desculpa. Se ele tivesse vivido mais um mês, pelo menos, eu teria tido o direito de chamá-lo de pai.

Um movimento surpreso percorreu a assistência. Eram bem-educados demais para sussurrar, mas mudaram a posição dos pés e olharam para a cabeça baixa de Carreen. Todos sabiam da muda devoção que ele tinha por ela. Percebendo a direção para onde todos os olhares se voltaram, Will continuou como se nada fosse.

– Assim sendo, como vou me casar com a Srta. Suellen no momento em que o padre vier de Atlanta, achei que talvez isso me desse o direito de falar primeiro.

Essa parte do discurso se perdeu em meio a um burburinho baixo de vozes sibilantes que percorreu o grupo, zangado como o de abelhas. Havia indignação e desapontamento. Todos gostavam de Will, todos o respeitavam pelo que fizera por Tara. Todos sabiam que seu afeto era por Carreen, então a notícia de que se casaria com a vizinha pária lhes caiu mal. O bom e velho Will casando-se com a detestável e furtiva Suellen O'Hara!

O ar ficou tenso por um instante. Os olhos da Sra. Tarleton começaram a piscar, e os lábios, a formar palavras inaudíveis. No silêncio, podia-se ouvir a voz do velho McRae, pedindo ao neto que lhe contasse o que ouvira. Will encarou a todos com a fisionomia ainda conciliatória, mas havia algo em seus pálidos olhos azuis que os desafiava a dizer algo sobre a futura esposa. Por um momento, a balança oscilou entre o afeto sincero que tinham por ele e o desprezo por Suellen. E Will venceu. Continuou como se a pausa que fizera fosse natural.

– Não vi o Sr. O'Hara no auge, como vocês. O que conheci pessoalmente foi um bom cavalheiro que estava um pouco confuso. Mas ouvi todos falarem de como ele era antes. E quero dizer isto: era um irlandês combativo, um cavalheiro sulista e um dos confederados mais leais que já existiram. Não pode haver melhor combinação que essa. E é provável que já não se vejam muitos assim, porque os tempos que geraram homens desse tipo estão mortos como ele. Ele nasceu em um país estrangeiro, mas o homem que estamos enterrando hoje era mais georgiano que qualquer um dos presentes. Viveu nossa vida, amou nossa terra e, pensando bem, morreu por nossa Causa, assim como os soldados. Era um de nós, e tinha nossos pontos fortes e nossos pontos fracos, tinha nossos sucessos e fracassos. Tinha nossos pontos fortes, pois nada o detinha quando tomava uma decisão, e nada que andasse em calçados de couro lhe metia medo. Nada que *viesse de fora* podia derrotá-lo.

"Ele não teve medo do governo inglês quando quiseram enforcá-lo. Simplesmente foi embora. Chegando a este país, ele era pobre, e isso também não o assustou. Começou a trabalhar e ganhou seu dinheiro. Também não se atemorizou de vir para estas terras quando ainda eram meio selvagens e os índios tinham acabado de sair daqui. Transformou uma vasta natureza intocada em uma fazenda. E, quando a guerra veio e o dinheiro começou a ir embora, não teve medo de ficar pobre outra vez. E, quando os ianques vieram para Tara, podendo incendiá-lo ou matá-lo, não se perturbou e não foi derrotado. Simplesmente, plantou os pés no chão e ficou firme. É por isso que digo que tinha nossos pontos fortes. Nada que *venha de fora* pode derrotar qualquer um de nós.

"Mas também tinha nossos pontos fracos, pois podia ser derrotado pelo que vinha de dentro. O que o mundo não conseguiu, o coração conseguiu. Quando a Sra. O'Hara morreu, seu coração morreu, e ele foi derrotado. O que víamos andar por aqui não era ele."

Will fez uma pausa e silenciosamente passou os olhos pelo círculo de rostos. A assistência, de pé sob o sol quente, parecia encantada, e esquecida de qualquer raiva que sentira por Suellen. Os olhos de Will pousaram em Scarlett por um instante e se enrugaram levemente nos cantos, como se internamente ele lhe oferecesse um sorriso de conforto. Scarlett, que estava lutando contra as lágrimas iminentes, sentiu-se reconfortada. Will falava de modo sensato em vez de buzinar sobre reuniões em um mundo melhor e de submeter-se à vontade de Deus. E Scarlett sempre encontrara força e consolo na sensatez.

– E não quero que nenhum dos presentes pense menos dele por ter sido derrotado. Todos vocês, assim como eu, são assim. Temos a mesma fraqueza e a mesma possibilidade de fracassar. Nada que caminhe pode nos derrotar, não mais do que pudesse derrotá-lo, nem os ianques nem os aventureiros do norte, nem as dificuldades ou os altos impostos, nem sequer a fome. Mas essa fraqueza que está em nossos corações pode nos derrotar em um piscar de olhos. Nem sempre é a perda de alguém que se ama que provoca isso, como aconteceu com o Sr. O'Hara. Cada um tem sua mola. E devo dizer o seguinte... aqueles que tiverem sua principal mola arrebentada estão melhor mortos. Não há lugar para eles neste mundo hoje em dia, e ficam mais felizes estando mortos... É por isso que lhes digo que não há motivo de pesar pelo Sr. O'Hara agora. A época de sentir pesar foi quando Sherman veio e ele perdeu a Sra. O'Hara. Agora que seu corpo se foi para encontrar seu coração, não vejo razão para nos sentirmos pesarosos, a menos que sejamos tremendamente egoístas, e digo isso como alguém que o amava como se fosse ao próprio pai... Se não se importam, nada mais será dito. A família está por demais dilacerada para escutar, e não seria gentil.

Will parou e, virando-se para a Sra. Tarleton, disse em voz baixa:

– Será que a senhora poderia levar a Scarlett para dentro de casa? Não é bom para ela ficar tanto tempo de pé debaixo desse sol. E vovó Fontaine também não parece estar muito bem, sem faltar ao respeito.

Assustada com a abrupta atenção sobre si, Scarlett enrubesceu de constrangimento quando todos os olhos se voltaram para ela. Por que Will tinha que anunciar sua já óbvia gravidez? Ela lhe lançou um olhar indignado, mas o olhar plácido de Will não se perturbou.

"Por favor", dizia seu olhar. "Eu sei o que estou fazendo."

Ele já era o homem da casa e, não querendo fazer uma cena, Scarlett se virou desamparada para a Sra. Tarleton. Aquela dama, subitamente distraída, como Will pretendia, dos pensamentos em Suellen para a questão sempre fascinante da procriação, fosse animal ou humana, pegou o braço de Scarlett.

– Vamos para casa, querida.

Sua fisionomia assumiu uma expressão de interesse gentil, absorto, e Scarlett ficou acabrunhada por ser conduzida pelo meio da multidão, que abriu caminho em uma estreita passagem para ela. Houve um murmúrio solidário enquanto ela passava, e diversas mãos se estendiam para lhe dar tapinhas reconfortantes. Quando chegou ao lado de vovó Fontaine, a velha estendeu a mão muito magra e disse:

– Dê-me seu braço, filha. – E com um olhar feroz para Sally e para jovem Srta. Fontaine, acrescentou: – Não, não venham. Não quero vocês.

Passaram lentamente pela multidão, que se fechou atrás delas, e foram subindo o caminho sombreado em direção à casa. Tão ávida por auxiliar, a mão da Sra. Tarleton amparava Scarlett pelo cotovelo, quase a erguendo do chão a cada passo.

– Ora, por que Will fez isso? – exclamou Scarlett, irritada, quando se afastaram do outros. – Ele praticamente disse: "Olhem para ela! Ela está esperando um bebê."

– Bem, mas você está, não é? – disse a Sra. Tarleton. – Will fez bem. Foi tolice sua ficar debaixo do sol quente, quando podia ter desmaiado e até perdido o bebê.

– Will não estava preocupado com isso – disse vovó, um pouco ofegante, enquanto atravessava o jardim da frente rumo aos degraus da entrada. Havia em seu rosto um sorriso matreiro, de quem sabe das coisas. – Will é esperto. Ele não queria nenhuma de nós duas perto do túmulo, Beatrice. Tinha medo do que pudéssemos dizer, e sabia que esse era o único jeito de se livrar de nós... E foi mais que isso. Não queria que

Scarlett ouvisse a terra caindo sobre o caixão. E está certo. Lembre-se, Scarlett, enquanto você não ouve esse som, as pessoas não estão mortas para você. Mas quando ouve... Bem, é som mais pavoroso deste mundo... Ajude-me aqui na escada, filha, e me dê uma mão, Beatrice. Scarlett não precisa de sua mão, assim como não precisa de muletas, e eu já não sou tão lépida, como observou Will... Ele sabe que você era a queridinha de seu pai e não queria piorar as coisas. Calculou que não seria tão ruim para suas irmãs. Suellen tem a vergonha para ampará-la, e Carreen, seu Deus. Mas você não tem nada que a ampare, tem, filha?

– Não – respondeu Scarlett, ajudando a anciã a subir as escadas, surpresa com a verdade que soava na voz esganiçada. – Nunca tive nada que me amparasse, além de minha mãe.

– Mas, quando a perdeu, descobriu que conseguia se virar sozinha, não foi? Muita gente não consegue. Seu pai era um deles. Will está certo. Não lastime. Ele não conseguia viver sem Ellen e está mais feliz agora, como vou ficar quando me juntar ao Velho Doutor.

Ela falou sem qualquer desejo de compaixão e as duas ficaram quietas. Falou com tanta naturalidade como se o marido estivesse vivo em Jonesboro e uma curta viagem de charrete os pudesse reunir. Vovó estava muito velha e já vira demais para temer a morte.

– Mas... a senhora também consegue se virar sozinha – disse Scarlett.

A anciã lhe deu uma olhada lúcida.

– Sim, mas às vezes é tremendamente desconfortável.

– Veja bem, vovó – interrompeu a Sra. Tarleton –, a senhora não devia falar assim com Scarlett. Ela já está bastante aborrecida. Como se não bastasse a viagem até aqui, o vestido apertado, o luto e o calor, ela tem o suficiente para fazê-la abortar sem que a senhora acrescente lamentações e mais pesar.

– Pelo manto de Cristo! – exclamou Scarlett, irritada. – Não estou aborrecida! Não sou uma dessas tolas fracotas que abortam!

– Nunca se pode saber – disse a Sra. Tarleton, onisciente. – Perdi meu primeiro quando vi um touro dar uma chifrada em um de nossos negros e... vocês se lembram de minha égua, Nellie? Ora, era a égua de aparência mais saudável que já se viu, mas era nervosa e altamente irritável, e, se eu não ficasse de olho, ela...

– Beatrice, chega – disse vovó. – Scarlett não abortaria. Vamos nos sentar no vestíbulo, onde está fresco. Tem uma boa correnteza aqui. Agora, Beatrice, vá pegar um copo de leitelho, se tiver na cozinha. Ou veja na despensa se tem algum vinho. Eu tomaria um cálice. Vamos ficar aqui sentadas até o pessoal chegar para se despedir.

– Scarlett deveria estar na cama – insistiu a Sra. Tarleton, passando-lhe os olhos com o ar especialista de alguém que calcula uma gestação até o último minuto.

– Vá – disse vovó, cutucando-a com a bengala, e a Sra. Tarleton dirigiu-se à cozinha, atirando o chapéu sobre o aparador e correndo as mãos pelo cabelo ruivo e úmido.

Scarlett se recostou na cadeira e abriu os dois últimos botões do corpete apertado. Estava fresco e sombrio no vestíbulo de pé direito alto, a corrente de ar que passava da frente até os fundos da casa era agradável depois do calor do sol. Ela passou os olhos pela sala onde Gerald fora velado e, tentando não pensar nele, olhou para o retrato de vovó Robillard sobre a lareira. A figura rasgada pelas baionetas, com o cabelo penteado para cima, os seios semiexpostos e a fria insolência, exerceu, como sempre, um efeito tônico sobre ela.

– Não sei o que foi pior para Beatrice Tarleton, perder os filhos ou os cavalos – disse vovó Fontaine. – Nunca deu muita atenção a Jim ou às meninas. É uma daquelas pessoas de quem Will falava. Sua mola principal se arrebentou. Às vezes penso se não seguirá o caminho de seu pai. Nunca ficava feliz sem que cavalos ou humanos estivessem se reproduzindo, e nenhuma das moças se casou, nem têm qualquer perspectiva de agarrar maridos neste condado, então ela não tem com que se ocupar. Se não fosse uma dama de coração, estaria virando uma qualquer... Will falava sério sobre se casar com Suellen?

– Sim – disse Scarlett, olhando nos olhos da anciã. Deus do Céu, ela se lembrava da época em que morria de medo de vovó Fontaine. Bem, tinha crescido desde então e estava pronta para mandá-la para o inferno caso se intrometesse nos assuntos de Tara.

– Ele podia conseguir coisa melhor – disse vovó francamente.

– É mesmo? – disse Scarlett, insolente.

– Não seja insolente, mocinha – disse a anciã acidamente. – Não vou atacar sua preciosa irmã, embora pudesse tê-lo feito se tivesse ficado no campo-santo. Refiro à escassez de homens na vizinhança. Will podia se casar com quase qualquer uma das moças. Há as quatro gatas selvagens da Beatrice, as Munroe e as McRae...

– Ele vai se casar com Sue e pronto.

– Ela teve sorte de agarrá-lo.

– Tara teve sorte de agarrá-lo.

– Você adora este lugar, não é?

– Sim.

– Tanto que nem se importa de sua irmã se casar com alguém de outra classe, contanto que tenha um homem para cuidar de Tara.

– Classe? – disse Scarlett, assombrada com a ideia. – Classe? O que interessa classe agora, contanto que uma moça consiga um marido que possa tomar conta dela?

– Isso é discutível – disse a velha. – Algumas pessoas diriam que você está sendo sensata. Outras, que está quebrando regras que deveriam ser sagradas. Will, com certeza, não é uma pessoa fina, e você teve familiares de classe.

Os velhos olhos aguçados se dirigiram para o retrato de vovó Robillard.

Scarlett pensou em Will, magro, sem graça, sempre mastigando um capim, toda a sua aparência destituída de energia, como a da maioria dos caipiras. Não tinha uma longa linhagem de ancestrais de fortuna, proeminência e sangue. O primeiro familiar de Will a pôr os pés na Geórgia podia até ter sido um dos devedores de Oglethorpe, fundador da colônia, ou um servente. Will não frequentara a faculdade. Na verdade, sua educação se resumia a quatro anos em uma escola da roça. Era honesto, leal, paciente e trabalhador, mas não era fino. Sem dúvida, pelos padrões dos Robillard, Suellen estava descendo de nível.

– Então você aprova a entrada de Will em sua família?

– Sim – respondeu Scarlett, feroz, pronta para pular sobre a anciã às primeiras palavras de censura.

– Pode me beijar – disse vovó surpreendentemente, sorrindo de seu modo mais aprovador. – Jamais gostei muito de você até agora, Scarlett. Você sempre foi difícil de lidar, mesmo quando era criança, e não gosto de mulheres difíceis, exceto eu mesma. Mas gosto do modo como encara as coisas. Não faz estardalhaço do que não tem conserto, mesmo que seja desagradável. Salta bem seus obstáculos, como um bom caçador.

Scarlett sorriu, incerta, e deu um beijinho, obediente, na face macilenta que se apresentou. Era agradável escutar palavras de aprovação outra vez, mesmo que não fizesse muita ideia do que significavam.

– Há muita gente por aqui que terá algo a dizer sobre seu consentimento a Sue se casar com um caipira, por mais que todos gostem de Will. Em um único fôlego, dirão que ele é um bom homem e como é terrível que uma O'Hara se case com alguém abaixo de sua condição. Mas não deixe que isso a aborreça.

– Nunca me aborreci com o que as pessoas falam.

– Eu soube. – Havia uma insinuação ácida na velha voz. – Bem, não se importe com o que o disserem. É provável que venha a ser um casamento muito bem-sucedido. É claro, Will sempre parecerá um caipira, e a união não vai melhorar sua gramática. E, mesmo que ganhe algum dinheiro, nunca emprestará a Tara brilho e fulgor, como seu pai. Falta fulgor aos caipiras. Mas Will tem coração de cavalheiro. Ele tem as intuições certas. Ninguém, além de um cavalheiro nato, podia ter percebido o que temos de errado de modo tão preciso como ele acabou de fazer no enterro. Nada em todo este mundo pode nos derrotar, mas podemos derrotar a nós mesmos ao procurar com demasiado afinco por coisas que já não temos... e por relembrar demais. É, Will vai se dar bem com Suellen e em Tara.

– Então a senhora aprova meu consentimento para que ele se case com ela?

– Meu Deus, não! – A velha voz estava cansada, amarga, mas vigorosa. – Aprovar que caipiras se casem com famílias tradicionais? Bah! E eu aprovaria a cruza entre um pangaré e um puro-sangue? Ah, os caipiras são boa gente, sólidos e honestos, mas...

– Mas a senhora disse que achava que seria um casamento bem-sucedido! – exclamou Scarlett, confusa.

– Ah, acho que fará bem a Suellen casar-se com Will, ou com quem quer que seja, porque ela precisa muito de um marido. E onde mais arranjaria um? E onde mais você conseguiria melhor administrador para Tara? Mas isso não significa que eu goste da situação mais do que você.

"Mas eu gosto", pensou Scarlett, tentando captar o que a velha dizia. "Estou contente de que Will vá se casar com Suellen. Por que ela acha que eu deveria me importar? Está presumindo que me importo, assim como ela."

Scarlett ficou intrigada e um pouco envergonhada, como sempre acontecia quando as pessoas lhe atribuíam emoções e motivos próprios e achavam que ela os compartilhava.

A vovó se abanou com a folha de palmeira e continuou rapidamente:

– Não aprovo essa união mais do que você, mas sou prática, assim como você. E, quando se trata de algo desagradável, mas que não tem solução, não vejo sentido em gritar e espernear. Não é assim que resolvemos os altos e baixos da vida. Sei disso porque minha família e a família do Velho Doutor tiveram mais que sua cota de altos e baixos. E, se nossa gente tem um lema, é o seguinte: "Não berre... sorria e aguarde o momento propício." Sobrevivemos a uma porção de coisas desse modo, sorrindo e aguardando nosso momento, e nos tornamos especialistas em sobrevivência. Foi preciso. Sempre apostávamos no cavalo errado. Fugimos da França com os huguenotes, da Inglaterra com os cavaliers, da Escócia com Bonnie Prince Charlie, fugimos do Haiti por causa dos negros e agora fomos derrotados pelos ianques. Mas sempre nos reerguemos em poucos anos. Sabe por quê?

Ela empinou a cabeça, dando a Scarlett a impressão de ser nada mais que um velho papagaio, que tudo sabia.

– Não, tenho certeza de que não sei – respondeu educadamente, mas estava entediada, assim como ficara no dia em que vovó lhe contara suas memórias da revolta dos índios Creek.

– Bem, a razão é a seguinte: cedemos ao inevitável. Não somos trigo, somos trigo-sarraceno! Quando chega uma tormenta, ela arrasa o trigo, porque ele é seco e não se curva com o vento. Mas o trigo-sarraceno maduro tem seiva e se curva. E, depois que o vento passa, ele se reergue, quase tão forte como antes. Não somos uma tribo de pescoço duro. Somos flexíveis quando sopra um vento forte, porque sabemos que vale a pena. Quando o problema chega, nos curvamos ao inevitável sem alarde, trabalhamos, sorrimos e esperamos o momento certo. Aliamo-nos a pessoas inferiores e tiramos o que pudermos delas. E, quando estamos fortalecidos o bastante, chutamos aqueles em cujo lombo montamos. Esse, minha filha, é o segredo de nossa sobrevivência. – E, após uma pausa, ela acrescentou: – Eu o passo a você.

Ela tagarelava como quem se divertisse com as próprias palavras, apesar do veneno embutido. Parecia esperar algum comentário de Scarlett, para quem aquilo fazia pouco sentido, e nada lhe ocorria a dizer.

– É isso mesmo – continuou a velha –, nossa gente fica arrasada, mas se reergue, e isso é mais do que posso dizer de muita gente não distante daqui. Veja Cathleen Calvert. Veja a que ponto ela chegou. Uma branca pobre! E muito inferior ao homem com quem se casou. Veja a família McRae. Arrastando-se no chão, impotentes, não sabem o que fazer, não sabem nada. Nem sequer tentam. Passam o tempo se lamentando pelos velhos tempos. E veja só... bem, veja quase todos neste condado, exceto meu Alex e minha Sally, você, Jim Tarleton e suas meninas e alguns outros. O resto quebrou porque não tinha seiva, porque não tinha a iniciativa para se reerguer. Nunca houve nada para essa gente além de dinheiro e escravos, e agora, que dinheiro e escravos se foram, sua próxima geração será de caipiras.

– A senhora se esqueceu dos Wilkes.

– Não me esqueci, não. Só quis ser educada e não mencioná-los, vendo que Ashley é hóspede sob este teto. Mas já que tocou no assunto... olhe só para eles! India, que segundo me consta já é uma solteirona estéril, dando-se todos os ares de viúva porque Stu Tarleton morreu e sem fazer qualquer esforço para esquecê-lo e tentar agarrar outro homem. É claro que está velha, mas podia arranjar um viúvo com uma família grande se tentasse. E Honey sempre foi uma tola doida por homens, sem ter mais juízo que uma galinha-d'angola. E, quanto a Ashley, olhe só para ele!

– Ashley é um homem muito bom – começou Scarlett, esquentada.

– Nunca disse que não era, mas é tão impotente quanto uma tartaruga caída de costas. Se a família Wilkes superar esses tempos difíceis, será por Melly, não por Ashley.

– Melly! Meu Deus, vovó! Do que a senhora está falando? Já morei com Melly por bastante tempo para saber que é fraca, medrosa e não tem coragem de assustar um ganso.

– Ora, por que alguém quereria assustar um ganso? Sempre me pareceu uma perda de tempo. Ela pode não assustar um ganso, mas assustaria o mundo, o governo ianque ou qualquer outra coisa que ameaçasse seu precioso Ashley, seu menino ou suas noções de nobreza. O modo de ser dela não é como o seu, Scarlett, nem como o meu. É o modo como sua mãe teria agido se estivesse viva. Melly me lembra sua mãe, quando era jovem... E talvez seja ela que recupere a família Wilkes.

– Bem, Melly é uma bobinha bem-intencionada, mas a senhora está sendo bastante injusta com Ashley. Ele é...

– Ah, sua tola! Ashley foi criado para ler livros e mais nada. Isso não ajuda um homem a sair de uma situação difícil como a que estamos vivendo. Pelo que sei, ele é a pior mão de obra em um arado em todo o condado! Compare com meu Alex! Antes da guerra, Alex era o mais inútil dos dândis e nunca pensava em nada além de uma nova gravata, em bebida, em sair por aí dando tiros e em perseguir moças que não eram tão boas quanto deveriam. Mas olhe para ele agora! Aprendeu a ser fazendeiro porque a necessidade o obrigou. Teria morrido de fome, assim como todos nós. Agora cultiva o melhor algodão do condado, sim senhora! Muito melhor que o de Tara! E ele sabe o que fazer com os leitões e com as galinhas. Ah! É um bom rapaz, apesar do gênio. Sabe como esperar seu momento e muda junto com as mudanças, e, quando acabar toda a infelicidade desta Reconstrução, você verá meu Alex como um homem tão rico como o pai e o avô eram. Mas Ashley...

Scarlett estava exasperada pela desconsideração da anciã por Ashley.

– Acho que tudo isso não passa de chavão – disse ela friamente.

– Mas não deveria – disse vovó, fixando nela um olhar aguçado. – Pois é exatamente o curso que anda seguindo desde que foi para Atlanta. Ah, é! Temos sabido de suas travessuras, mesmo estando enterradas aqui no interior. Você também mudou com as mudanças. Sabemos como anda sugando os ianques, os brancos ordinários e os aventureiros novos-ricos para lhes arrancar dinheiro. Pelo que ouço, age com frieza. Bem, vá em frente, é o que digo. Tire deles cada centavo que conseguir, mas, quando tiver dinheiro suficiente, chute-os bem na cara, porque de nada mais poderão lhe servir. Não deixe de fazê-lo e faça-o com categoria, pois ter gente ordinária pendurada na cauda de seu casaco pode arruiná-la.

Scarlett olhou a velha, a testa se enrugando no esforço para digerir suas palavras. Ainda não faziam muito sentido para ela, que continuava zangada por Ashley ter sido chamado de tartaruga virada de costas.

– Acho que a senhora está errada sobre Ashley – disse ela abruptamente.

– Scarlett, você não é esperta.

– É a senhora que pensa – retrucou ela grosseiramente, desejando que fosse permitido socar o maxilar de velhas.

– Ah, você é bem esperta no que se refere a dólares e centavos. Esse é um modo masculino de ser esperta. Mas, como mulher, você não é nem um pouco esperta. Não tem uma pontinha de esperteza em relação às pessoas.

Os olhos de Scarlett começaram a piscar fogo e seus punhos se cerravam e abriam.

– Eu lhe deixei zangada, não é? – perguntou a anciã, sorrindo. – Era bem essa minha intenção.

– Ah, então era? E por quê, poderia me dizer?

– Eu tinha uma série de boas razões.

Vovó se reclinou na cadeira e subitamente Scarlett se deu conta de quanto parecia cansada e incrivelmente velha. As mãozinhas que lembravam garras cruzadas sobre o leque estavam amareladas e pareciam cera, como as de um morto. A raiva se foi de seu coração quando lhe ocorreu um pensamento. Inclinou-se e segurou uma das mãos dela entre as suas.

– A senhora é uma bela mentirosa – disse ela. – Não quis dizer nada com toda essa conversa sem sentido. Só estava falando para distrair meu pensamento de papai, não é?

– Não perca tempo comigo! – disse a anciã, resmungando, puxando a mão. – Parte por isso, parte porque estava dizendo a verdade, e você é burra demais para perceber.

Mas ela deu um meio sorriso e tirou a ferroada do tom de suas palavras. O coração de Scarlett se esvaziou da ira por causa de Ashley. Era bom saber que vovó não falara sério sobre tudo aquilo.

– Obrigada mesmo assim. Foi gentileza sua falar comigo... e fico contente que me apoie sobre Will e Suellen, mesmo que... mesmo que muitas outras pessoas reprovem.

A Sra. Tarleton veio pelo corredor, carregando dois copos de leitelho. Ela era péssima em todas as coisas domésticas, e os copos estavam cheios demais.

– Tive que ir até a casa de refrigeração para conseguir isto – disse ela. – Bebam logo porque o pessoal está chegando do campo-santo. Scarlett, vai mesmo deixar Suellen se casar com Will? Não que ele não seja até bom demais para ela, mas você sabe que é um caipira e...

Os olhos de Scarlett encontraram os de vovó. Uma faísca travessa nos olhos da anciã encontrou resposta nos seus.

41

Após a última despedida e depois que o último som de rodas e cascos desapareceu, Scarlett foi até o gabinete de Ellen e tirou um objeto brilhante que escondera na noite anterior entre os papéis amarelados do escaninho da escrivaninha. Ouvindo Pork fungar na sala de jantar enquanto botava a mesa para o almoço, chamou-o. Ele foi até ela, a fisionomia desamparada como a de um cão perdido e sem dono.

– Pork – disse ela com firmeza –, se você chorar mais uma vez... vou chorar também. Precisa parar.

– Sim, sinhá. Tô tentano, mas toda vez eu penso no sinhô Gerald e...

– Bem, não pense. Posso aguentar as lágrimas de todos os outros, menos as suas. É que – ela revelou gentilmente – não posso aguentar as suas porque sei quanto você o amava. Assoe o nariz, Pork. Tenho um presente para você.

Um leve interesse tremeluziu nos olhos de Pork enquanto ele assoava o nariz, mas foi mais por educação que interesse.

– Você se lembra daquela noite em que lhe deram um tiro quando lhe pegaram roubando um galinheiro?

– Sinhô do Céu, sinhá Scarlett! Eu nunca...

– Você fez isso sim, então não venha mentir para mim depois de tanto tempo. Lembra-se de que eu lhe disse que lhe daria um relógio por toda a sua lealdade?

– Sim, sinhá, eu me alembro. Magino que a sinhá num esqueceu.

– Não, não me esqueci, e aqui está.

Ela lhe entregou um grande relógio de ouro maciço com uma corrente pendurada cheia de berloques.

– Por Deus, sinhá Scarlett! – exclamou Pork. – É o relógio do sinhô Gerald! Eu vi ele olhá pra esse relógio um mião de vez!

– Sim, é o relógio de papai, Pork, e o estou dando para você. Tome.

– Ah, não, sinhá! – Pork recuou horrorizado. – Isso é relógio de cavalero branco e do sinhô Gerald. Como que a sinhá pode querê dá ele pra eu, sinhá Scarlett? Esse relógio é do pequeno Wade Hampton de direito.

– Agora é seu. O que Wade Hampton fez por papai? Cuidou dele quando ficou doente e fraco? Banhou, vestiu e barbeou papai? Ficou a seu lado quando os ianques chegaram? Roubou por ele? Não seja tolo, Pork. Se alguém já mereceu um relógio, foi você, e sei que papai aprovaria. Tome.

Ela pegou a mão negra e pôs o relógio em sua palma. Pork olhou para ele com reverência e lentamente o deleite se espalhou por seu rosto.

– Pra mim de verdade, sinhá Scarlett?

– De verdade mesmo.

– Bão... brigado, sinhá.

– Quer que eu o leve para Atlanta para gravá-lo?

– Que que é isso? – A voz de Pork era de desconfiança.

– Quer dizer escrever atrás, algo como... "Para Pork, dos O'Hara. Muito bem, servo bom e fiel."

– Não, brigado, sinhá. Dexa pra lá – Pork recuou um passo, segurando o relógio com firmeza.

Um leve sorriso passou pelos lábios dela.

– Qual é o problema, Pork? Não confia que eu vá trazê-lo de volta?

– Não, sinhá. Confio sim... só que, bão, a sinhá pode trocá de ideia.

– Eu não faria isso.

– Bão, a sinhá pode vendê ele. Magino que vale um tanto de dinhero.

– Você acha que eu venderia o relógio de papai?

– Acho, sinhá, se precisava do dinhero.

– Você merece apanhar por isso, Pork. Estou pensando em pegar o relógio de volta.

– Não, sinhá, num vai, não! – O primeiro leve sorriso do dia apareceu no rosto abatido de Pork. – Conheço vosmecê... e sinhá Scarlett...

– Sim, Pork?

– Se vosmecê fosse metade de boa pros branco que é pros nego, acho que o mundo ia te tratá mió.

– Já me trata bem o bastante – disse ela. – Agora vá procurar pelo sinhô Ashley e diga a ele que quero lhe falar, imediatamente!

Ashley sentou-se na cadeira baixa de Ellen, o corpo longo parecendo diminuir a frágil mobília, enquanto Scarlett lhe oferecia metade dos lucros da serraria. Nem uma vez ele a olhou nos olhos nem a interrompeu. Ficou sentado encarando as próprias mãos, virando-as lentamente, inspecionando primeiro as palmas, depois as costas, como se nunca as tivesse visto. Apesar do trabalho duro, ainda tinham uma aparência fina e delicada e, para um fazendeiro, estavam notavelmente bem-cuidadas.

A cabeça baixa e seu silêncio a perturbaram um pouco, e ela redobrou os esforços para tornar a serraria atraente. Exibiu também todo o encanto do sorriso e do olhar que possuía, mas foi em vão, pois ele não ergueu a vista. Se ao menos olhasse para ela! Sem aludir à informação dada por Will sobre sua decisão de ir para o norte, falou como se não houvesse obstáculo algum a seus planos. Ele continuou quieto e, por fim, ela acabou se calando, alarmada ante a resolução de sua postura. Com certeza, ele não recusaria! Que razão convincente teria para recusar?

– Ashley – começou ela novamente, e fez uma pausa. Não pretendera usar sua gravidez como argumento, tinha repelido a ideia de Ashley vê-la tão inchada e feia, mas, como seus outros argumentos não pareciam tê-lo impressionado, decidiu usá-la junto a seu desamparo como última carta. – Você deve ir para Atlanta. Preciso muito de sua ajuda agora, pois não posso cuidar das serrarias. Talvez se passem meses antes que eu possa, porque... você sabe... bem, porque...

– Por favor! – disse ele asperamente. – Meu Deus, Scarlett!

Ele se levantou, foi abruptamente até a janela e ficou de costas para ela, observando a solene fileira de patos desfilando pelo pátio do estábulo.

– É por... isso que você não olha para mim? – perguntou ela, infeliz. – Sei que estou...

Ele se virou de modo tão repentino e seus olhos cinzentos encontraram os dela com tal intensidade que ela levou as mãos à garganta.

– Dane-se sua aparência – disse ele com um rápido tom de violência – Você sabe que está sempre linda para mim.

A felicidade a inundou até seus olhos ficarem marejados de lágrimas.

– Que gentileza a sua! Pois estava envergonhada de deixá-lo me ver assim...

– Você, envergonhada? Por que deveria se envergonhar? Sou eu quem tinha de sentir vergonha, e sinto. Se não fosse por minha estupidez, você não estaria nesse apuro. Nunca teria se casado com Frank. Eu nunca deveria tê-la deixado sair de Tara no inverno passado. Que idiota eu fui! Devia ter me dado conta... me dado conta de que você estava desesperada, tão desesperada que faria... eu devia... devia... – Seu rosto ficou abatido.

O coração de Scarlett batia loucamente. Ele se arrependia de não ter fugido com ela!

– O mínimo que eu deveria ter feito era sair roubando pela estrada ou ter cometido um assassinato para conseguir o dinheiro dos impostos, quando você nos recebeu como mendigos. Ah, eu estraguei tudo!

O coração dela se contraiu de decepção, e parte da alegria se foi, pois não eram essas as palavras que esperava ouvir.

– Eu teria ido de qualquer modo – disse ela, cansada. – Nunca deixaria que fizesse nada disso. E, de qualquer forma, agora está feito.

– Sim, agora está feito – disse ele lentamente, com amargura. – Não me deixaria perder a honra, mas se vendeu a um homem que não amava... e carrega o filho dele para que minha família e eu não passemos fome. Foi bondade sua abrigar minha impotência.

Seu tom de voz demonstrava uma ferida aberta que lhe doía por dentro, e aquelas palavras a envergonharam. Ele logo percebeu, e sua expressão tornou-se gentil.

– Acha que eu a estava culpando? Deus do Céu, Scarlett! Não. Você é a mulher mais corajosa que já conheci. É a mim que estou culpando.

Ele se virou e olhou pela janela outra vez, e seus ombros já não estavam tão retos. Scarlett aguardou um longo momento em silêncio, esperando que Ashley retornasse à disposição com que falara de sua beleza, esperando que dissesse mais palavras para ela guardar na lembrança. Fazia muito que não o via, e desde então vivera de memórias que agora mal se sustentavam. Sabia que ele ainda a amava. Isso era evidente em cada um de seus traços, em cada palavra amarga, de autocondenação, em seu ressentimento por ela estar carregando o filho de Frank. Queria que ele colocasse tudo isso em palavras, queria, ela mesma, lhe falar coisas que provocariam uma confissão, mas não ousou. Lembrou-se da promessa que fizera no inverno anterior no pomar, que nunca mais se atiraria sobre ele. Com tristeza, sabia que precisava cumprir aquela promessa se quisesse Ashley por perto. Uma súplica de amor, um olhar que pedisse por seus braços e a situação se decidiria para sempre. Certamente, Ashley iria para Nova York. E isso não podia acontecer.

– Ah, Ashley, não se culpe! Como poderia ser culpa sua? Você irá para Atlanta e me ajudará, não é?

– Não.

– Mas, Ashley – sua voz começava a se descontrolar de angústia e decepção –, eu estava contando com isso. Preciso de você. Frank não pode me ajudar. Está ocupado com a loja e, se você não for, não sei onde vou conseguir alguém! Todos que são espertos em Atlanta estão ocupados com os próprios negócios e os outros são tão incompetentes e...

– Não adianta, Scarlett.

– Quer dizer que prefere viver em Nova York entre os ianques a ir para Atlanta?

– Quem lhe contou isso? – Ele se virou e a encarou, uma leve contrariedade lhe enrugando a testa.

– Will.

– Sim, decidi ir para o norte. Um velho amigo que fez o *Grand Tour* comigo antes da guerra me ofereceu um cargo no banco do pai dele. É melhor assim, Scarlett. Eu não lhe serviria de grande coisa. Não entendo nada do comércio de madeira.

– Mas sabe menos ainda sobre bancos, o que é muito mais difícil! E sei que eu levaria muito mais em conta sua inexperiência do que os ianques!

Ele estremeceu e ela percebeu que dissera a coisa errada. Virando-se ele olhou pela janela de novo.

– Não quero ninguém me fazendo concessões. Quero depender de mim mesmo, pelo que valho. Que foi que eu fiz de minha vida até agora? Já é hora de ser alguém... ou encarar a derrocada por própria culpa. Já fui seu pensionista por tempo demais.

– Mas estou lhe oferecendo uma participação de cinquenta por cento na serraria, Ashley! Você estaria dependendo de si mesmo... entende, seria seu próprio negócio.

– Daria no mesmo. Eu não estaria comprando a metade da participação. Estaria recebendo de presente. E já aceitei muitos presentes de você, Scarlett... comida, abrigo e até roupas para mim, Melanie e o bebê. E nada lhe dei em troca.

– Ah, deu, sim. Will não teria conseguido...

– Já consigo rachar lenha muito bem agora.

– Ah, Ashley! – exclamou desesperada, com lágrimas nos olhos diante da nota debochada em sua voz. – O que aconteceu a você desde minha partida? Fala de modo tão duro e amargo! Você não era assim.

– O que aconteceu? Uma coisa notável, Scarlett. Andei pensando. Creio que não pensei desde a época da rendição até você ir embora. Vivia aéreo e era suficiente que tivesse cama e comida. Mas, quando você foi para Atlanta, carregando o fardo de um homem, vi-me inferior a um homem... na verdade, muito inferior a uma mulher. Não é agradável conviver com essa ideia, e não pretendo continuar. Outros homens chegaram da guerra com o mesmo que eu, e olhe para eles agora. Portanto, estou indo para Nova York.

– Mas... não entendo! Se é trabalho o que você quer, por que Atlanta não serve tão bem quanto Nova York? E minha serraria...

– Não, Scarlett. Esta é minha última chance. Vou para o norte. Se for para Atlanta e ficar trabalhando para você, estarei perdido para sempre.

A palavra "perdido... perdido... perdido..." soava assustadora em seu coração, como o ribombar de um sino que anuncia a morte. Seus olhos correram para os dele, bem abertos e cristalinos, olhando através dela, além dela, para algum destino que ela não conseguia enxergar, não conseguia entender.

– Perdido? Quer dizer... fez algo que pode levar os ianques de Atlanta a prendê-lo? O fato de ter ajudado Tony a fugir ou... ou... Ah, Ashley, você não está na Ku Klux, está?

Seu olhar distante voltou rapidamente para ela e ele deu um breve sorriso que não lhe alcançou os olhos.

– Eu tinha me esquecido do quanto você é literal. Não, não é dos ianques que tenho medo. Quero dizer que, se for para Atlanta e aceitar sua ajuda novamente, enterro qualquer esperança de ser alguém por conta própria.

– Ah – ela suspirou aliviada –, se é só isso...

– Sim – confirmou e sorriu outra vez, um sorriso mais frio que o anterior. – Só isso. Apenas meu orgulho masculino, meu respeito por mim mesmo e, se quiser assim chamar, minha alma imortal.

– Mas – ela tomou outro rumo – você podia aos poucos comprar a serraria de mim e seria sua, então...

– Scarlett – interrompeu ele, decidido –, estou dizendo que não! Há outros motivos.

– Quais?

– Você sabe melhor que qualquer outro ser vivente.

– Ah... aquilo? Mas... vai ficar tudo bem – assegurou ela rapidamente. – Eu prometi, não foi, lá no pomar, no inverno passado, e vou manter minha promessa e...

– Então você está mais segura de si mesma do que eu. Não contaria comigo mesmo para manter aquela promessa. Não deveria ter dito isso, mas preciso fazê-la entender. Scarlett, eu não vou mais falar nisso. Está acabado. Depois do casamento de Will e Suellen, eu vou para Nova York.

Os olhos arregalados, atormentados, encontraram os dela por um instante e depois ele atravessou o gabinete depressa. Estava com a mão no trinco da porta. Scarlett o olhava, agoniada. A entrevista acabara e ela perdera. Subitamente enfraquecida pela tensão e pelo pesar do dia, acrescidos da atual decepção, em um abrupto acesso nervoso, ela gritou: "Ah, Ashley!" E jogando-se no velho sofá, caiu em um choro convulsivo.

Ela ouviu os passos incertos vindo até ela e a voz impotente pronunciando seu nome repetidamente acima da cabeça. Houve um rápido ruído de passos vindo da cozinha pelo corredor e Melanie irrompeu no gabinete, os olhos alarmados.

– Scarlett... o bebê não está...?

Scarlett afundou a cabeça no estofamento empoeirado e gritou de novo.

– Ashley... ele é tão mesquinho! Tão cruel... tão detestável!

– Ah, Ashley, o que fez a ela? – Melanie se jogou no chão, ao lado do sofá, e segurou Scarlett nos braços. – O que você disse? Como pôde? Podia provocar a chegada do bebê! Venha, minha querida, ponha a cabeça no ombro da Melanie! O que há de errado?

– Ashley... ele é tão... tão teimoso e detestável!

– Ashley, estou surpresa com você! Aborrecê-la tanto neste estado e com o Sr. O'Hara recém-enterrado!

– Não brigue com ele! – exclamou Scarlett, sem lógica, erguendo a cabeça do ombro de Melanie, o cabelo preto desgrenhado saindo da rede e o rosto banhado em lágrimas. – Ele tem o direito de fazer o que quiser!

– Melanie – disse Ashley, o rosto lívido –, deixe-me explicar. Scarlett teve a gentileza de me oferecer um cargo em Atlanta, como gerente de uma das serrarias...

– Gerente?! – exclamou ela, indignada. – Ofereci metade da participação e ele...

– E eu disse que já tínhamos combinado de ir para o norte e ela...

– Ah – exclamou Scarlett, começando a soluçar novamente. – Eu falei e falei de quanto precisava dele... que não conseguiria outra pessoa para cuidar da serraria... por causa do bebê... e ele se recusou a ir! E agora... agora, terei que vender a serraria e sei que não vou conseguir um preço bom, vou perder dinheiro e acho que podemos passar fome, mas ele não liga. É tão mesquinho!

Outra vez enfiando a cabeça no ombro franzino de Melanie, parte de sua angústia real sumiu enquanto aparecia uma faísca de esperança. Ela podia sentir que no coração dedicado de Melanie havia um aliado, sentia sua indignação por qualquer um, mesmo seu amado marido, que fizesse Scarlett chorar. Melanie voou até Ashley como uma pombinha decidida e deu-lhe uma bicada, pela primeira vez na vida.

– Ashley, como pôde lhe recusar alguma coisa? Depois de tudo o que ela fez por nós! Como nos faz parecer ingratos! E ela tão desamparada com o beb... Que descortês de sua parte! Ela nos ajudou quando precisávamos e agora você se nega quando ela precisa!

Scarlett olhou para Ashley de soslaio e viu surpresa e incerteza estampadas em seu rosto enquanto ele encarava os olhos escuros indignados de Melanie. Scarlett também ficou surpresa diante do vigor do ataque de Melanie, pois sabia que ela considerava o marido irrepreensível e achava que suas decisões só eram menos importantes que as de Deus.

– Melanie... – começou ele e depois soltou os braços, impotente.

– Ashley, como pôde hesitar? Pense no que ela fez por nós... por mim! Eu teria morrido em Atlanta quando Beau nasceu se não tivesse sido por ela! E ela... sim, ela matou um ianque nos defendendo. Você sabia disso? Matou um homem por nós. E trabalhou feito uma escrava antes de você e

Will virem para casa, só para nos alimentar. E, quando penso nela arando e colhendo algodão, eu podia... Ah, minha querida! – E ela segurou a cabeça de Scarlett e beijou-lhe o cabelo, em uma lealdade arrebatada. – E agora, na primeira vez em que nos pede para fazer algo por ela...

– Você não precisa me dizer o que ela fez por nós.

– E Ashley, pense só! Além de ajudá-la, pense só no que significaria para nós morar em Atlanta entre nossa gente, sem ter que viver entre os ianques! Tem a titia e tio Henry e todos os nossos amigos. Além disso, Beau pode ter um monte de amigos e ir à escola. Se fôssemos para o norte, não poderíamos deixá-lo ir à escola para se relacionar com crianças ianques e conviver com negrinhos na sala de aula! Precisaríamos de uma governanta e não sei como poderíamos sustentar...

– Melanie – disse Ashley, e sua voz estava mortalmente calma –, você quer tanto assim ir para Atlanta? Nunca disse isso quando conversamos a respeito de ir para Nova York. Você nunca insinuou...

– Ah, mas quando falamos sobre ir para Nova York, eu achava que não havia nada para você em Atlanta e, além disso, não me cabia dizer nada. O dever de uma esposa é seguir seu marido aonde ele for. Mas, agora que Scarlett precisa de nós e tem um cargo que só você pode preencher, podemos ir para casa! Para casa! – Sua voz estava em êxtase quando abraçou Scarlett. – Vou ver Five Points outra vez e a estrada dos Pessegueiros e... e... Ah, como senti saudades de tudo aquilo! E talvez pudéssemos ter uma casinha só nossa! Eu não me importaria que fosse pequena e barata, mas uma casa nossa!

Seus olhos resplandeciam de entusiasmo e felicidade e os dois olhavam para ela, Ashley com um olhar espantado, Scarlett com surpresa misturada a vergonha. Nunca lhe ocorrera que Melanie sentisse tanta saudade de Atlanta e quisesse voltar, que desejasse tanto uma casa só dela. Ela parecia tão contente em Tara que o fato de estar saudosa de casa foi um choque para Scarlett.

– Ah, Scarlett, que bondade a sua planejar isso tudo para nós! Você sabia quanto eu sentia falta de casa!

Como sempre, quando se confrontava com o hábito de Melanie de atribuir valores ao que não tinha valor algum, Scarlett ficou envergonhada e irritada, a ponto de não conseguir olhar para nenhum dos dois.

– Podíamos ter uma casinha só nossa. Você se dá conta de que já estamos casados há cinco anos e nunca tivemos uma casa?

– Podem ficar na tia Pitty. A casa é de vocês – murmurou Scarlett, brincando com uma almofada, com os olhos baixos para ocultar o triunfo ao perceber que venceria.

– Não, mas obrigada assim mesmo, querida. Ficaríamos todos amontoados. Nós conseguiremos uma casa... Ah, Ashley, diga que sim!

– Scarlett – disse Ashley, a voz neutra –, olhe para mim.

Assustada, ela olhou para cima e encontrou os olhos cinzentos, amargos e cheios de cansaço pela tentativa frustrada.

– Scarlett, eu vou para Atlanta... Não posso lutar contra vocês duas.

Ele se virou e saiu do gabinete. Parte do triunfo em seu coração foi amortecida por um medo inoportuno. A expressão dos olhos dele era a mesma de quando dissera que estaria perdido para sempre se fosse para Atlanta.

DEPOIS QUE SUELLEN e Will se casaram e Carreen partiu para o convento em Charleston, Ashley, Melanie e Beau foram para Atlanta, levando Dilcey, para cozinhar e servir de babá. Prissy e Pork ficaram em Tara aguardando até que Will conseguisse outros negros para ajudá-los no campo, quando então eles também iriam para a cidade.

A casinha de tijolos que Ashley conseguiu para a família ficava na rua Ivy, bem atrás da casa de tia Pitty, e os dois quintais se uniam, separados apenas por uma cerca malcuidada de alfeneiros. Melanie a escolhera especialmente por isso. Em sua primeira manhã em Atlanta, enquanto ria, chorava e abraçava Scarlett e tia Pitty, ela disse que ficara separada dos seus bem-amados por tanto tempo que nunca estaria perto o bastante.

Originalmente, a casa tinha dois andares, mas o superior fora destruído pelas bombas durante o cerco e, ao retornar após a rendição, o proprietário não tivera dinheiro para reconstruí-lo. Contentara-se em colocar um teto reto sobre o primeiro andar, o que dava à construção a aparência desproporcional de uma casa de bonecas feita de caixas de sapato. A casa era elevada do solo, tendo sido construída sobre um grande porão, e a longa escadaria circular que levava até a entrada lhe dava um aspecto levemente ridículo. Mas a aparência atarracada era parcialmente redimida pelos dois enormes carvalhos antigos que lhe faziam sombra e por uma magnólia carregada de botões brancos que ficava ao lado da escadaria. O gramado era vasto e verde, cheio de trevos, rodeado por uma cerca de alfeneiros, entremeada pela aromática madressilva. Aqui e acolá no gramado, as roseiras lançavam brotos de velhos talos esmagados e as flores brancas e rosadas de murta floresciam corajosas, como se a guerra não tivesse passado por suas cabeças e os cavalos ianques não tivessem esmagado seus galhos.

Scarlett achou-a a casa mais feia que já vira, mas para Melanie nem Twelve Oaks, em todo o seu esplendor, fora mais bonita. Era um lar e, enfim, ela, Ashley e Beau estavam sob o próprio teto.

India Wilkes voltara de Macon, onde morava com Honey desde 1864, e passara a residir com o irmão, comprimindo os ocupantes da pequena casa, mas Ashley e Melanie a receberam bem. Os tempos tinham mudado, o dinheiro era escasso, mas nada alterara a regra da vida sulista de que as famílias sempre abriam espaço para parentes desprovidos ou solteiras.

Honey se casara e, segundo India, fizera uma união inferior, com um homem rude do Mississippi que se estabelecera em Macon. Ele tinha o rosto corado, voz alta e modos expansivos. India não aprovara o casamento e, assim sendo, não estava feliz na casa do cunhado. A notícia de que agora Ashley tinha a própria casa a deixara contente, pois poderia afastar-se da companhia incompatível e da penosa visão da irmã tão apaixonadamente feliz com um homem que não lhe fazia jus.

No íntimo, o resto da família achou que a risonha e simplória Honey tinha superado as expectativas e se maravilhou por ela ter arranjado um homem, qualquer que fosse. Seu marido era um cavalheiro e tinha algumas posses; mas, para India, nascida na Geórgia e criada sob as tradições da Virgínia, qualquer um que não pertencesse ao lado leste do litoral era colono e bárbaro. Provavelmente, o marido de Honey estava tão feliz de se ver livre de sua companhia quanto ela da dele, pois não estava nada fácil conviver com ela atualmente.

O manto da solteirice definitivamente se depositara em seus ombros. Ela tinha 25 anos e os aparentava, portanto já não havia nenhuma necessidade de tentar ser atraente. Seus pálidos olhos despidos de pestanas viam o mundo de modo direto e intransigente, e os lábios finos estavam sempre altivamente contraídos. Ela trazia agora um ar de dignidade e orgulho que, por estranho que parecesse, lhe caía melhor que a determinada doçura juvenil de seus dias em Twelve Oaks. Assumia quase a posição de uma viúva. Todos sabiam que Stuart Tarleton teria se casado com ela se não tivesse morrido em Gettysburg, e assim lhe concediam o respeito devido a uma mulher que fora desejada, mesmo sem ter se casado.

Os seis cômodos da casinha da rua Ivy foram logo mobiliados com os móveis mais baratos de pinho e carvalho que havia na loja de Frank, pois, como Ashley não tinha um tostão e fora forçado a comprar a crédito, recusara-se a aceitar qualquer coisa de maior valor, adquirindo apenas o estritamente necessário. Isso afligiu Scarlett e deixou Frank constrangido, pois ele gostava muito de Ashley. Tanto ela quanto Frank teriam cedido de graça o melhor mogno ou jacarandá entalhado que havia na loja, mas os Wilkes recusaram de modo obstinado. A casa deles era dolorosamente feia e vazia. Scarlett odiava ver Ashley morando naquele lugar sem tapetes nem cortinas. Mas ele não parecia notar o ambiente, e Melanie, pela primeira vez, desde que se casara, dona da própria casa, estava tão contente que chegava a se orgulhar do espaço. Scarlett teria sofrido de agonia e humilhação se os amigos a vissem sem cortinas, tapetes, o número certo de cadeiras, xícaras e colheres de chá. Mas Melanie fazia as honras da casa como se tivesse cortinas suntuosas e brocados.

Apesar da óbvia felicidade, Melanie não estava bem. O pequeno Beau lhe custara a saúde, e o trabalho duro em Tara desde o nascimento lhe cobrara um pouco mais das forças. Estava tão magra que os ossos miúdos pareciam prontos a lhe atravessar a pele alva. Vista de certa distância, brincando com o filho no quintal, parecia uma menininha, pois a cintura era incrivelmente fina e a silhueta, reta. Não tinha seios, e seus quadris eram tão estreitos quanto os do pequeno Beau. E, como não possuía a vaidade nem o bom senso (na opinião de Scarlett) de franzir o peito do corpete ou de colocar enchimentos no espartilho, sua magreza ficava evidente. Como o corpo, seu rosto estava magro demais, além de muito pálido, e as sedosas sobrancelhas, arqueadas e delicadas como antenas de borboleta, destacavam-se muito escuras em oposição à pele descorada. Os olhos eram grandes demais para seu rosto miúdo, as olheiras escuras faziam-nos parecer enormes, mas a expressão não se modificara desde os tempos de sua meninice despreocupada. A guerra, a dor constante e o trabalho duro tinham sido impotentes contra sua doce tranquilidade. Eram os olhos de uma mulher feliz, que podia ser cercada pelas tormentas sem que sua serenidade fosse abalada.

Como podia manter esse olhar, pensava Scarlett com inveja, reconhecendo que os próprios olhos às vezes pareciam os de uma gata faminta. O que fora mesmo que Rhett dissera sobre os olhos de Melanie... alguma tolice sobre serem como velas? Ah, sim, duas grandes proezas em um mundo malicioso. Sim, eram como velas protegidas de todos os ventos, duas luzes suaves brilhando de alegria por estar em casa outra vez entre os amigos.

A casinha estava sempre cheia. Mesmo quando criança, Melanie sempre fora querida, e a cidade corria para lhe dar as boas-vindas. Todos compraram presentes para a casa, bugigangas, quadros, uma ou duas colheres de prata, fronhas de linho, guardanapos, pequenos artigos que tinham salvado de Sherman e guardado como tesouros, mas que agora juravam não lhes ser de qualquer utilidade.

Velhos que tinham estado na Guerra do México com seu pai iam visitá-la, levando visitantes para conhecer "a doce filha do velho coronel Hamilton". As antigas amigas de sua mãe reuniam-se a seu redor, pois Melanie tinha uma respeitosa deferência pelos idosos que era muito tranquilizante para as anciãs nesses tempos rebeldes em que os jovens pareciam ter se esquecido das boas maneiras. Suas contemporâneas, as jovens esposas, mães e viúvas, a adoravam porque sofrera o mesmo que elas, não ficara amargurada e sempre lhes emprestava um ouvido solidário. Os jovens apareciam, como sempre fazem, porque se divertiam na casa dela, e lá encontravam os amigos que procuravam.

Em torno da pessoa diplomática e modesta que era Melanie, rapidamente se formou uma roda de jovens e idosos que representavam o melhor que restara da sociedade pré-guerra de Atlanta, todos de bolsos vazios, todos orgulhosos da família, obstinados da mais resistente variedade. Era como se a sociedade de Atlanta, varrida e arruinada pela guerra, depauperada pela morte, desnorteada pela mudança, tivesse encontrado nela um núcleo inflexível em torno do qual se reerguer.

Melanie era jovem, mas possuía todas as qualidades que esses combativos remanescentes apreciavam, a pobreza e o orgulho na pobreza, uma coragem conformada, alegria, hospitalidade, bondade e, acima de tudo, lealdade a todas as antigas tradições. Ela recusava-se a mudar, e nem sequer admitia que houvesse motivo para tanto em um mundo em mudança. Sob seu teto, os velhos tempos pareciam estar de volta e as pessoas criavam coragem e desprezavam ainda mais a onda de vida impetuosa em grande estilo que levava de roldão os aventureiros ianques e os republicanos emergentes.

Em seu rosto jovem, viam a lealdade inflexível dos velhos tempos e conseguiam esquecer, por um instante, os traidores de sua própria classe, que provocavam fúria, medo e decepção. E havia muitos, homens de boa família, levados ao desespero pela pobreza, que tinham procurado o inimigo, se tornado republicanos e aceitado cargos dos conquistadores, para que suas famílias não vivessem de caridade. Havia jovens ex-soldados a quem faltava a coragem de encarar os longos anos necessários para construir fortuna. Estes, seguindo a liderança de Rhett Butler, ficaram de mãos dadas com os aventureiros em esquemas ofensivos para ganhar dinheiro.

Os piores traidores eram as filhas de algumas das famílias mais proeminentes de Atlanta. Essas moças, que tinham amadurecido desde a rendição, só possuíam memórias de infância da guerra, e lhes faltava a amargura que animava os mais velhos. Não tinham perdido maridos nem amores. Restavam-lhes poucas lembranças da fortuna e do esplendor do passado... e os oficiais ianques eram tão bonitos, se vestiam tão bem e eram tão despreocupados... Além disso, davam bailes esplêndidos, andavam em ótimos cavalos e simplesmente adoravam as moças sulistas! Tratavam-nas como rainhas, eram cuidadosos em não magoar seu orgulho suscetível e, afinal, por que não se relacionar com eles?

Eram muito mais atraentes que os jovens da cidade, que se vestiam mal, eram sérios e trabalhavam tanto que mal tinham tempo para se divertir. Portanto, houvera uma série de fugas com oficiais ianques, que partiram o coração das famílias de Atlanta. Havia irmãos que passavam pelas irmãs na rua e não lhes falavam, e mães e pais que nunca mencionavam o nome das filhas. Lembrando essas tragédias, um pavor frio corria nas veias daqueles cujo lema era "Rendição jamais", e se dispersava só de ver a fisionomia suave, mas inflexível, de Melanie. Ela era, como diziam as matronas, um exemplo excelente e íntegro para as jovens da cidade. E, como não exibia suas virtudes, as jovens não ficavam ressentidas com ela.

Nunca ocorreu a Melanie que estava se tornando a líder de uma nova sociedade. Só achava que as pessoas eram delicadas por visitá-la e convidá-la para seus pequenos círculos de costura, clubes de cotilhão e associações musicais. Atlanta sempre fora musical e apreciava a boa música, apesar dos comentários de escárnio das cidades irmãs do sul se referindo à falta de cultura do lugar. Agora havia uma entusiástica ressurreição no interesse, fortalecida à medida que os tempos ficavam mais difíceis e tensos. Era mais fácil esquecer os rostos insolentes dos negros nas ruas e os uniformes azuis da guarnição ouvindo música.

Melanie ficou um pouco constrangida ao se achar na direção do recém-inaugurado Círculo Musical das Noites de Sábado. Não sabia explicar sua elevação àquela posição, exceto pelo fato de poder acompanhar qualquer um ao piano, até mesmo as senhoritas McLure, que eram desafinadas, mas cantavam em dueto.

A verdade era que Melanie tinha diplomaticamente conseguido amalgamar as Senhoras Harpistas, o Gentlemen's Glee Club e a Sociedade de Bandolim e Violões das Moças com o Círculo Musical das Noites de Sábado, de modo que agora Atlanta podia ouvir música de qualidade. De fato, muitos consideravam a execução de *The Bohemian Girl* feita pelo Círculo superior à dos profissionais, ouvida em Nova York e Nova Orleans. Foi após sua manobra de trazer as Senhoras Harpistas para o rebanho que a Sra. Merriwether disse à Sra. Meade e à Sra. Whiting que Melanie devia ocupar a direção do Círculo. Se conseguia se dar com as Harpistas, conseguiria se dar com qualquer um. A própria Sra. Merriwether tocava o órgão para o coral da Igreja Metodista e, como organista, tinha pouco respeito por harpas e harpistas.

Melanie também fora eleita secretária da Associação para o Embelezamento dos Túmulos de Nossos Gloriosos Mortos e do Círculo de Costura em Prol das Viúvas e Órfãos da Confederação. Essa nova honra chegou após uma reunião calorosa do conselho dessas sociedades, que quase acabou em violência e com a ruptura de laços de amizade de toda uma vida. Durante a reunião, surgira a questão de ser ou não apropriado capinar os túmulos dos soldados da União próximos aos dos confederados. A aparência dos montículos descuidados dos ianques destruía todos os esforços das senhoras de embelezar os dos próprios mortos. Imediatamente, as chamas que ardiam baixo sob os espartilhos apertados explodiram, e as duas organizações se separaram e se encaravam de modo hostil. O Círculo de Costura era a favor da capina; as senhoras do Embelezamento, radicalmente contra.

A Sra. Meade expressou o ponto de vista do último grupo ao dizer:

– Capinar os túmulos dos ianques? Por dois centavos, eu capinaria todos os ianques dali e os jogaria no depósito de lixo!

Com essas palavras, as duas associações se inflamaram e cada senhora falava o que tinha vontade, sem que ninguém escutasse. A reunião acontecia na sala da Sra. Merriwether, e vovô Merriwether, que ficara exilado na cozinha, depois relatou que o ruído parecia com os tiros de abertura da batalha de Franklin. E, acrescentou, achava que tinha sido mais seguro estar na batalha de Franklin do que na reunião das senhoras.

Melanie deu um jeito de chegar ao centro da turba agitada e de algum modo fez sua voz suave ser ouvida acima do tumulto. Ela estava com o coração na garganta, com medo de ousar se dirigir ao grupo indignado, e sua voz hesitava, mas não parava de gritar: "Senhoras! Senhoras!", até o alarido cessar.

– Eu gostaria de dizer... quero dizer, pensei muito que... não só devíamos capinar, como também plantar flores nos... eu... não ligo para o que vocês pensam, mas, cada vez que levo flores ao túmulo do querido Charlie, ponho algumas no túmulo de um ianque desconhecido que está ali perto. Ele... o túmulo parece tão desamparado!

A agitação voltou a se formar com vozes falando mais alto, e dessa vez as duas organizações se uniram, falando como uma.

– Nos túmulos ianques! Ah, Melly, como pode!

– E foram eles que mataram Charlie!

– Quase mataram você!

– Droga, os ianques podiam ter matado Beau quando ele nasceu!

– Eles tentaram incendiar Tara com vocês lá dentro!

Melanie se apoiou no encosto da cadeira, sendo quase esmagada pelo peso de uma reprovação que nunca tivera antes.

– Ah, senhoras! – exclamou, suplicante. – Por favor, deixem-me acabar! Sei que não tenho o direito de falar sobre esse assunto, pois nenhum de meus entes queridos foi morto, além de Charlie, e sei onde ele jaz, graças a Deus! Mas há tantos entre nós que não sabem onde estão enterrados seus filhos, maridos e irmãos e...

Ela ficou com a voz embargada e a sala mergulhou em um silêncio mortal.

Os olhos flamejantes da Sra. Meade ficaram sombrios. Ela fizera a longa viagem até Gettysburg após a batalha para trazer o corpo de Darcy, mas ninguém conseguira lhe dizer onde ele estava enterrado. Em algum lugar, em alguma cova cavada às pressas no terreno inimigo. E a boca da Sra. Allan tremia. Seu marido e seu irmão estavam naquele ataque malfadado que Morgan comandara em Ohio, e a última informação que tivera era de que tinham caído nas encostas do rio, exatamente quando a cavalaria ianque chegara. Ela não sabia onde os corpos estavam. O filho da Sra. Allison morrera em um campo nortista de prisioneiros e ela, mais pobre que nunca, não tivera condições de trazer o corpo para casa. Havia outras que tinham lido nas listas de baixas: "Desaparecido – acredita-se morto" e naquelas palavras tiveram as últimas notícias dos homens que viram sair para a guerra.

Viraram-se para Melanie com olhos que diziam: "Por que está reabrindo essas feridas? São feridas que nunca se fecham, as feridas de não saber onde estão os corpos."

A voz de Melanie reuniu forças na imobilidade da sala.

– Os túmulos deles estão em algum lugar na terra dos ianques, assim como os túmulos ianques estão aqui e, ah, que horrível seria se uma ianque falasse para cavá-los e...

A Sra. Meade emitiu um som breve e pavoroso.

– Mas que bom seria saber que alguma boa mulher ianque... e deve haver *alguma* ianque que seja boa. Não ligo para o que dizem, mas eles não podem ser todos maus! Que bom seria saber que capinaram os túmulos de nossos homens e lhes levaram flores, mesmo que fossem inimigos. Se Charlie tivesse morrido no norte me confortaria saber que alguém... E não ligo para o que as senhoras pensam de mim – falou, a voz novamente embargada –, mas vou me retirar dos dois clubes e vou capinar cada túmulo ianque que encontrar e plantarei flores também e... desafio alguém a me impedir!

Com esse último desafio, Melanie se pôs a chorar e tentou abrir caminho até a porta.

Uma hora depois, vovô Merriwether, a salvo nos confins masculinos do *saloon* Girl of the Period, contou a tio Henry que, após essas palavras, todas choraram e abraçaram Melanie, terminando tudo em um festejo de amor, e Melanie foi eleita secretária das duas organizações.

– E elas vão capinar. O diabo foi que Dolly disse que eu ficaria todo satisfeito em ajudar, porque eu não tinha muito mais o que fazer. Não tenho nada contra os ianques e acho que a Sra. Melly estava certa, e o resto daquele bando de megeras, errado. Mas a ideia de capinar a essa altura da vida, e com meu lumbago!

Melanie estava na diretoria do conselho de senhoras do orfanato e ajudava na coleta de livros para a recém-fundada Associação Biblioteca Juvenil. Até os atores do grupo Tespianos, que montavam peças amadoras uma vez por mês, clamavam por ela. Ela era tímida demais para aparecer atrás dos lampiões de querosene da ribalta, mas sabia fazer fantasias com sacos de farinha, se fosse o único tecido disponível. Foi dela o voto decisivo no Círculo de Leitura de Shakespeare de que as palavras do bardo deviam ser intercaladas com as do Sr. Dickens e do Sr. Bulwer-Lytton e não com os poemas de Lord Byron, como fora sugerido por um membro jovem e, Melanie intimamente temia, assanhado do Círculo.

Nas noites do fim do verão, sua casa, pequena e mal iluminada, estava sempre cheia de visitas. Nunca havia cadeiras suficientes, e muitas vezes as senhoras se sentavam nos degraus da varanda com os homens agrupados em volta, encostados nas balaustradas, sentados em caixas ou no gramado abaixo. Às vezes, quando Scarlett via os convidados na grama, bebendo chá, a única bebida que os Wilkes podiam oferecer, perguntava-se como Melanie conseguia expor sua pobreza assim, sem qualquer vergonha. Até conseguir mobiliar a casa de tia Pitty como era antes da guerra e poder servir a seus convidados um bom vinho e julepos, presunto assado e pernil de veado, Scarlett não tinha intenção de receber ninguém, especialmente convidados proeminentes como os que Melanie recebia.

O general John B. Gordon, grande herói da Geórgia, era assíduo frequentador com a família. O padre Ryan, poeta da Confederação, nunca deixava de visitar quando passava por Atlanta. Ele encantava as reuniões com sua presença de espírito e raramente precisava que insistissem para recitar seu "A espada de Lee" ou o imortal "Bandeira conquistada", que sempre fazia as senhoras chorar. Alex Stephens, ex-vice-presidente da Confederação, a visitava sempre que estava na cidade, e, quando se espalhava a notícia de que ele estava na Melanie, a casa se enchia e as pessoas ficavam horas sentadas sob o encantamento do frágil inválido de voz envolvente. Em geral, havia uma dúzia de crianças sonolentas no colo dos pais, acordadas muito depois da hora de dormir. Nenhuma família deixaria de dar aos filhos a oportunidade de dizer, anos mais tarde, que tinham sido beijados pelo grande vice-presidente ou apertado a mão que ajudara a liderar a Causa. Toda pessoa importante que chegasse à cidade encontrava o caminho da casa dos Wilkes, e muitas vezes passava a noite lá. A casinha de teto reto ficava abarrotada, obrigando India a se acomodar em um colchão de palha no cubículo que servia de quarto para Beau, e Dilcey a atravessar a cerca dos fundos para pegar ovos com a cozinheira de tia Pitty para o café, mas Melanie recebia a todos com a dignidade de quem possui uma mansão.

Não ocorria a Melanie que as pessoas se agrupavam a sua volta como à volta de um surrado e amado estandarte. Então ficou perplexa e constrangida quando o Dr. Meade, após uma noite agradável em sua casa, na qual ele lera com nobreza o papel de Macbeth, beijou sua mão e fez observações no tom que costumava usar ao falar de Nossa Nobre Causa.

– Minha querida Sra. Melly, é sempre um privilégio e um prazer estar em sua casa, pois a senhora... e as damas como a senhora... são o coração de todos nós, tudo o que nos restou. Eles levaram a flor de nossa juventude e o riso de nossas jovens. Destruíram nossa saúde, extirparam nossas vidas e alteraram nossos costumes. Arruinaram nossa prosperidade, atrasando-nos cinquenta anos, pondo um fardo pesado demais nas costas de nossos rapazes, que deveriam estar na escola, e de nossos idosos, que deveriam estar cochilando ao sol. Mas nos reconstruiremos porque temos corações como o seu no qual plantaremos fundações. E, contanto que os tenhamos, os ianques podem ficar com o resto!

Até a silhueta de Scarlett atingir proporções tais que nem mesmo o grande xale preto de tia Pitty podia ocultar seu estado, ela e Frank frequentemente passavam pela cerca do quintal para ir às reuniões das noites de verão na varanda de Melanie. Scarlett sempre se sentava longe da luz, oculta pelas sombras, onde não só ficava pouco em evidência como também podia olhar, sem ser observada e com o coração contente, para o rosto de Ashley.

Só Ashley a atraía para a casa, pois as conversas a entediavam e entristeciam. Sempre seguiam um padrão estabelecido: primeiro, os tempos difíceis; depois, a situação política; e, por fim, inevitavelmente, a guerra. As senhoras protestavam contra a alta dos preços e perguntavam aos cavalheiros se acreditavam na volta dos bons tempos. E os cavalheiros oniscientes sempre afirmavam que sim. Era mera questão de tempo. Os tempos difíceis eram passageiros. As senhoras sabiam que os cavalheiros estavam mentindo, e eles sabiam que elas sabiam. Mas mentiam alegremente mesmo assim e as senhoras fingiam crer. Todos sabiam que os tempos difíceis tinham chegado para ficar.

Uma vez esgotados os tempos difíceis, as senhoras falavam da insolência crescente dos negros, dos ultrajes dos aventureiros e da humilhação de ver os soldados ianques vadiando em cada esquina. Será que os cavalheiros achavam que os ianques um dia poriam um ponto final na Reconstrução da Geórgia? Os cavalheiros achavam, de modo tranquilizador, que a Reconstrução logo teria um fim, isto é, assim que os democratas pudessem votar outra vez. As senhoras eram educadas bastante para não perguntar quando isso aconteceria. E, encerrando o assunto da política, iniciava-se a conversa sobre a guerra.

Sempre que dois antigos confederados se encontravam em qualquer lugar, a conversa era uma só, e, quando uma dezena ou mais se reunia, o resultado inevitável era a retomada dos combates. E a palavra "se" tinha proeminente participação na conversa.

– Se a Inglaterra tivesse nos reconhecido...

– Se Jeff Davis tivesse tomado todo o algodão e levado para a Inglaterra antes que o bloqueio apertasse...

– Se Longstreet tivesse observado as ordens em Gettysburg...

– Se Jeb Stuart não estivesse ausente daquele ataque quando o Sr. Bob precisava dele...

– Se não tivéssemos perdido Stonewall Jackson...

– Se Vicksburg não tivesse caído...

– Se tivéssemos resistido por mais um ano...

E sempre:

– Se não tivessem substituído Johnston por Hood...

Ou:

– Se tivessem posto Hood no comando em Dalton em vez de Johnston...

Se! Se! As vozes arrastadas retomavam a antiga empolgação à medida que falavam na quietude da noite – homens da infantaria, da cavalaria, responsáveis pelos canhões, evocando memórias de um tempo em que a vida sempre estava na maré alta, relembrando o calor arrebatador do auge de seu verão nesse entardecer desolado de seu inverno.

"Eles não falam de outra coisa", pensava Scarlett. "Nada além da guerra. Sempre a guerra. E nunca vão falar de nada além da guerra. Nada mais até morrerem."

Ela olhava em volta, vendo os meninos deitados nos braços dos pais, a respiração ofegante e os olhos brilhando enquanto ouviam histórias de ataques noturnos, investidas da cavalaria e bandeiras plantadas nas barricadas inimigas. Ouviam tambores, cornetas e o grito rebelde, vendo homens de pés feridos andando sob a chuva com bandeiras rasgadas.

"E essas crianças também nunca falarão de outra coisa. Vão achar que combater os ianques foi maravilhoso e glorioso, e voltar para casa cegos ou aleijados... ou nem sequer voltar. Todos gostam de se lembrar da guerra, de falar a respeito. Eu esqueceria tudo se pudesse... ah, se ao menos pudesse!"

Arrepiada, Scarlett escutava Melanie contar histórias de Tara, pintando-a como heroína ao enfrentar os invasores e salvar a espada de

Charles, elogiando a forma como apagara o incêndio. Scarlett não sentia prazer nem orgulho com aquelas memórias. Nem sequer queria pensar nelas.

"Ora, por que não esquecem? Por que não olham para a frente em vez de para trás? Fomos uns tolos de entrar nessa guerra. E quanto antes a esquecermos, melhor."

Mas ninguém queria esquecer, só Scarlett, então foi um alívio dizer sinceramente a Melanie que se sentia constrangida de ir lá, mesmo ficando no escuro. Melanie entendeu perfeitamente, pois era hipersensível a tudo o que se referia a nascimentos. Queria muito outro filho, mas tanto o Dr. Meade quanto o Dr. Fontaine diziam que isso lhe custaria a vida. Portanto, só meio resignada com o destino, ela passava a maior parte do tempo com Scarlett, aproveitando indiretamente uma gestação que não era sua. Para Scarlett, pouco maternal e irritada pelo momento inoportuno em que o filho chegava, essa atitude parecia o cúmulo da estupidez sentimental. Mas tinha uma sensação culpada de prazer de que o decreto médico impossibilitasse qualquer intimidade real entre Ashley e sua mulher.

Agora Scarlett via Ashley com frequência, mas nunca a sós. Ele passava pela casa dela todas as noites para lhe falar do dia de negócios na serraria, mas Frank e Pitty costumavam estar presentes ou, ainda pior, Melanie e India. Ela só podia fazer perguntas relativas ao trabalho, dar sugestões e dizer: "Que bom você ter vindo. Boa noite!"

Se ao menos não estivesse grávida! Seria uma oportunidade enviada pela providência divina de ir para a serraria com ele todas as manhãs, atravessando as matas isoladas, distantes dos olhos alheios, onde eles poderiam se imaginar de volta ao condado da época tranquila anterior à guerra.

Não, não tentaria fazê-lo dizer qualquer palavra de amor! Não se referiria a amor de forma alguma. Prometera a si mesma que nunca mais o faria. Mas, se ficassem sozinhos novamente, talvez ele deixasse cair aquela máscara de cortesia impessoal que usava desde que chegara a Atlanta. Talvez voltasse a ser como antes, ser o Ashley que ela conhecera antes do churrasco, antes de trocarem palavras de amor. Se não pudessem ser amantes, podiam ser amigos, e seu coração frio e solitário se aqueceria no fulgor dessa amizade.

"Se ao menos eu conseguisse fazer este bebê nascer logo e acabar com isso", ela pensava, impaciente, "poderia sair com ele todos os dias e poderíamos conversar...".

Não era só o desejo de estar com ele que a fazia se retorcer de impaciência diante do confinamento. As serrarias precisavam dela. Estavam perdendo dinheiro desde que se retirara da supervisão ativa, deixando-as a cargo de Hugh e Ashley.

Apesar de tentar com afinco, Hugh era muito incompetente. Era mau comerciante e ainda pior patrão. Qualquer um podia barganhar os preços com ele. Se um empreiteiro esperto dissesse que a madeira era de qualidade inferior e não valia o preço pedido, Hugh achava que a única coisa a fazer, como cavalheiro, era desculpar-se e diminuir o preço. Quando ela soube do pagamento que recebera por 3 mil metros de madeira para assoalho, teve um acesso irado de lágrimas. A melhor madeira para assoalho que a serraria já tivera e ele tinha vendido quase de graça! Além disso, ele não conseguia dirigir as equipes de trabalho. Os negros insistiam no pagamento diário, e muitas vezes se embriagavam com o dinheiro que ganhavam e não apareciam para trabalhar na manhã seguinte. Nessas ocasiões, Hugh era forçado a caçar outros trabalhadores e a serraria começava a funcionar tarde. Com essas dificuldades, ele ficava dias sem poder ir à cidade para efetuar as vendas.

Vendo os lucros escorrer entre os dedos de Hugh, Scarlett exaltava-se com a própria impossibilidade e com a burrice dele. Assim que o bebê nascesse e ela pudesse voltar ao trabalho, se livraria de Hugh e contrataria outra pessoa. Qualquer um seria melhor. E nunca mais se meteria com negros livres. Como um trabalho podia progredir com os negros livres se demitindo todo o tempo?

– Frank – disse ela, após uma reunião tempestuosa com Hugh sobre os operários faltosos –, estou quase decidida a arrendar detentos para trabalhar nas serrarias. Há algum tempo tive uma conversa com John Gallegher, capataz de Tommy Wellburn, sobre o problema que estamos enfrentando para fazer os negros trabalhar, e ele me perguntou por que eu não pegava detentos. Parece uma boa ideia. Ele disse que consigo arrendá-los por quase nada e dar-lhes qualquer coisa de comer. Disse também que é fácil fazê-los trabalhar do jeito que quero, sem o Departamento dos Libertos em cima de mim como marimbondos, fincando seus decretos em coisas que não são da conta deles. E, assim que acabar o contrato de Johnnie Gallegher com Tommy, vou levá-lo para administrar a serraria onde está Hugh. Qualquer homem que consegue fazer esse bando de irlandeses selvagens trabalhar com certeza vai ser bem-sucedido com os detentos.

Detentos! Frank ficou sem fala. Arrendar detentos era o pior de todos os esquemas malucos que Scarlett já sugerira, pior até que sua ideia de construir um *saloon*.

Pelo menos parecia pior para Frank e para o círculo conservador que frequentava. Esse novo sistema de arrendar detentos surgira devido à pobreza do estado após a guerra. Incapaz de sustentar os presos, o Estado permitia que fossem arrendados por aqueles que necessitassem de grandes equipes operárias na construção de ferrovias, nas florestas de extração de terebintina e nas madeireiras. Mesmo reconhecendo a necessidade do sistema, Frank e seus amigos beatos o deploravam. Muitos deles não tinham sido sequer a favor da escravatura e achavam que isso era muito pior do que a escravatura jamais fora.

E Scarlett queria arrendar detentos! Frank sabia que nunca mais andaria de cabeça erguida se ela o fizesse. Era muito pior que ser dona das serrarias e dirigi-las sozinha, era a pior de todas as coisas que já fizera. Suas objeções passadas sempre tinham sido casadas com a pergunta: "O que os outros vão dizer?". Mas dessa vez ia mais fundo que o medo da opinião pública. Ele tinha a sensação de que aquilo era tráfico de corpos humanos em paridade com prostituição, um pecado que se instalaria em sua alma se ele permitisse.

A partir dessa convicção de injúria, Frank reuniu coragem para proibir Scarlett de fazer tal coisa, e seus comentários foram tão fortes que ela, assustada, ficou quieta. Por fim, para tranquilizá-lo, disse humildemente que não tinha falado sério. Simplesmente, estava tão farta de Hugh e dos negros livres que perdera a paciência. Secretamente, ainda acalentava o desejo. A mão de obra presidiária resolveria um de seus maiores problemas, mas se isso fosse deixar Frank tão nervoso...

Ela suspirou. Se ao menos uma das serrarias estivesse dando lucro, ela aguentaria. Mas Ashley estava pouco melhor em sua serraria do que Hugh.

A princípio, Scarlett ficou chocada e decepcionada que, ao assumir o controle, Ashley não tivesse imediatamente feito a serraria lucrar o dobro do que lucrara sob sua direção. Ele era inteligente e lera muitos livros, não havia razão para não fazer sucesso e ganhar muito dinheiro. Mas ele não se saiu melhor que Hugh. Sua inexperiência, seus erros, sua total falta de talento para o comércio e os escrúpulos para fechar negócios eram os mesmos de Hugh.

O amor de Scarlett apressou-se a lhe arranjar desculpas e ela não julgava os dois homens sob a mesma luz. Hugh era simplesmente burro, enquanto Ashley era apenas novo no negócio. Mesmo assim, sem querer, lhe veio o pensamento de que ele nunca conseguia fazer uma conta rápida de cabeça nem um orçamento correto, como ela. Às vezes cogitava se algum dia ele aprenderia a distinguir uma tábua de um peitoril. Sendo um cavalheiro digno de confiança, confiava em todos os canalhas que chegassem, e várias vezes teria perdido dinheiro se não fosse pela intervenção diplomática dela. Se gostasse de uma pessoa, e parecia gostar de muitas, vendia-lhe madeira fiado sem nem pensar em descobrir se ela tinha dinheiro no banco ou uma propriedade. Nesse aspecto, era tão fraco quanto Frank.

Mas, com certeza, ia aprender! E, enquanto estivesse aprendendo, ela teria tolerância amorosa e paciência maternal com seus erros. Todas as noites em que ia a sua casa, cansado e desestimulado, ela era incansável em suas sugestões diplomáticas e úteis. Mas, apesar de todo o seu incentivo e ânimo, os olhos dele traziam uma estranha expressão morta. Ela não conseguia entender, e aquilo a amedrontava. Ele estava diferente, muito diferente do homem que fora. Se ao menos pudesse vê-lo a sós, talvez conseguisse descobrir o motivo.

A situação lhe provocou várias noites de insônia. Ela temia por Ashley, tanto porque percebia que estava infeliz como porque sabia que sua infelicidade não o estava ajudando a ser um bom comerciante. Era uma tortura ter as serrarias nas mãos de dois homens sem qualquer talento para negócios, como Hugh e Ashley, dilacerante ver seus concorrentes pegarem seus melhores clientes quando ela planejara com tanto cuidado e trabalhara tanto para esses meses de impotência. Ah, se ao menos pudesse voltar ao trabalho! Pegaria Ashley pela mão e então ele certamente aprenderia. Johnnie Gallegher poderia administrar a outra serraria, ela se encarregaria das vendas e tudo ficaria bem. Quanto a Hugh, ele podia dirigir a carroça de entregas, se ainda quisesse trabalhar para ela. Era só para isso que servia.

É claro, Gallegher parecia ser um homem inescrupuloso com toda a sua esperteza, mas quem mais ela podia conseguir? Por que os outros homens espertos e honestos tinham sido tão perversos em relação a trabalhar para ela? Se pelo menos um deles estivesse trabalhando agora no lugar de Hugh, ela não se preocuparia tanto, mas...

Tommy Wellburn, apesar da corcunda, era o empreiteiro mais ocupado da cidade e estava ganhando dinheiro, segundo diziam. A Sra.

Merriwether e René prosperavam e agora tinham aberto uma confeitaria no centro. René estava na administração com uma verdadeira economia francesa, e vovô Merriwether, feliz por sair de seu canto ao lado da lareira, dirigia a carroça de tortas. Os rapazes Simmons estavam tão ocupados que a olaria trabalhava em três turnos diários. E Kells Whiting conseguia boas somas com seu alisador de cabelos, pois dissera aos negros que jamais lhes permitiriam votar nos republicanos com o cabelo crespo.

Era a mesma coisa com todos os jovens espertos que ela conhecia, médicos, advogados, donos de loja. A apatia que tomara conta deles logo após a guerra desaparecera completamente, e agora estavam ocupados demais fazendo a própria fortuna para ajudá-la a fazer a sua. Os que não estavam ocupados eram homens do tipo de Hugh... ou Ashley.

Que trapalhada era tentar dirigir um negócio e ter um bebê ao mesmo tempo!

"Nunca terei outro", decidiu com firmeza. "Não vou ser como essas mulheres que têm um filho por ano. Meu Deus, isso significaria ficar fora das serrarias por seis meses a cada ano! E vejo que não posso me afastar nem mesmo por um dia. Vou simplesmente dizer a Frank que não terei mais filhos."

Frank queria uma família grande, mas ela saberia lidar com ele de algum modo. Estava decidida. Este seria seu último filho. As serrarias eram muito mais importantes.

42

O bebê de Scarlett era uma menina, uma criaturinha careca, feia como um macaco sem pelos e absurdamente parecida com Frank. Ninguém, além do pai apaixonado, conseguia ver qualquer beleza nela, mas os vizinhos eram bastante caridosos e diziam que todos os bebês feios acabavam ficando bonitos. Recebeu o nome de Ella Lorena. Ella por causa da avó Ellen, e Lorena porque era o nome da moda para meninas, assim como Robert E. Lee e Stonewall Jackson eram populares para os meninos, e Abraham Lincoln e Emancipation para as crianças negras.

Ela nasceu no meio de uma semana em que Atlanta estava dominada por um alvoroço frenético, e a atmosfera era tensa pela expectativa de desgraça. Um negro que se vangloriava de estupro tinha sido preso, mas, antes que pudesse ser levado a julgamento, a Ku Klux Klan invadira a cadeia e ele fora enforcado. A Klan agira para impedir que a vítima, até então inominada, tivesse que testemunhar no tribunal. Antes de vê-la aparecer e anunciar sua vergonha, seu pai e seu irmão teriam preferido dar-lhe um tiro, então linchar o negro parecia uma solução sensata ao povo da cidade. Na verdade, a única solução decente possível. Mas as autoridades militares ficaram furiosas. Não viam motivo para que a moça se importasse de testemunhar publicamente.

Os soldados prenderam gente a torto e a direito, jurando que acabariam com a Klan, nem que tivessem de prender todos os brancos de Atlanta. Os negros, amedrontados e mal-humorados, falavam em incendiar casas como retaliação. A atmosfera ficou pesada com os rumores de enforcamentos generalizados, caso encontrassem os culpados, e com a insurgência de negros contra brancos. O povo ficou em casa de portas e janelas fechadas, os homens temendo sair para o trabalho e deixar mulheres e filhos desprotegidos.

Acamada e exausta, Scarlett agradeceu a Deus silenciosa e debilmente que Ashley fosse sensato demais para pertencer à Klan, e Frank, velho demais e pouco animado. Seria terrível saber que os ianques podiam prendê-los a qualquer momento! Por que aqueles jovens tolos da Klan não deixavam as coisas ruins como estavam e tinham que cutucar os ianques com vara curta? Provavelmente, a moça nem tinha sido estuprada de fato. Talvez só fosse uma tola assustada e, por causa dela, uma porção de homens podiam perder a vida.

Foi nessa atmosfera, tão tensa quanto observar um estopim queimar lentamente rumo a um barril de pólvora, que Scarlett logo recuperou as forças. O vigor saudável que a sustentara durante os dias difíceis em Tara a recompunha agora, e, após duas semanas do nascimento de Ella Lorena, ela já estava forte bastante para se sentar e impacientar-se com a inatividade. Em três semanas, estava de pé, declarando que precisava cuidar das serrarias. Estavam paradas porque Hugh e Ashley temiam deixar suas famílias sozinhas o dia inteiro.

Foi quando estourou a bomba.

Frank, cheio de orgulho pela recente paternidade, reuniu coragem e proibiu Scarlett de sair enquanto a situação estivesse perigosa. Aquelas ordens não a teriam preocupado, e ela teria saído para cuidar dos negócios se ele não tivesse posto a charrete e o cavalo na estrebaria pública, deixando ordens para que não fossem entregues a ninguém que não ele.

Para piorar as coisas, ele e Mammy tinham feito uma paciente revista na casa enquanto ela estava acamada e desenterrado o dinheiro que escondera. E Frank o depositara no banco em seu nome, de modo que nem alugar um veículo ela podia.

Scarlett ficou furiosa com Frank e Mammy, depois limitou-se a implorar, e finalmente chorou durante uma manhã inteira como uma criança frustrada. Mas, apesar de tudo, ela só ouviu: "Calma, docim! Vosmecê só tá adoentada" e "Sinhá Scarlett, se vosmecê num se aquietá, o leite azeda e a menina vai tê cólica, tão certo quanto revórve sê de ferro."

Possessa de raiva, Scarlett atravessou o quintal e foi até a casa de Melanie, onde desabafou bem alto, declarando que iria a pé até as serrarias, sairia por Atlanta contando a todos o verme com que se casara, que não seria tratada feito uma criança simplória travessa. Levaria uma pistola e daria um tiro em qualquer um que a ameaçasse. Já tinha atirado em um homem e adoraria, sim, adoraria atirar em outro. Ela iria...

Melanie, que temia se aventurar até a varanda da própria casa, ficou horrorizada com tais ameaças.

– Ah, você não deve se arriscar! Eu morreria se lhe acontecesse alguma coisa! Ah, por favor...

– Eu vou! Eu vou! Vou a pé...

Melanie olhou para ela e percebeu que aquilo não era só histeria de uma mulher ainda fraca por causa do parto. Havia aquela mesma determinação arriscada, precipitada, na fisionomia de Scarlett que Melanie muitas vezes vira na de Gerald quando ele estava decidido. Ela envolveu Scarlett pela cintura e abraçou-a apertado.

– É tudo culpa minha por não ser corajosa como você e por segurar Ashley em casa quando ele deveria estar na serraria. Ah, Deus! Eu sou uma bobalhona mesmo! Querida, direi a Ashley que não estou com um pingo de medo e que vou ficar com você e tia Pitty e que ele pode voltar ao trabalho e...

Nem mesmo para si, Scarlett admitiria que não considerava Ashley capaz de lidar sozinho com a situação, e gritou:

– Você não vai fazer nada disso! De que serviria Ashley no trabalho se ficasse preocupado com você todo o tempo? Todo mundo é simplesmente detestável! Até tio Peter se recusa a sair comigo! Mas não me importo! Vou sozinha. Andarei cada passo do caminho e pegarei uma equipe de negros em algum lugar...

– Ah, não! Não faça isso! Pode lhe acontecer alguma coisa horrível. Dizem que a colônia de Shantytown, na estrada Decatur, está cheia de negros maus, e você teria que passar por ela. Deixe-me ver... Querida, prometa que não fará nada hoje e vou pensar em alguma coisa. Prometa que vai para casa repousar. Você parece fraca. Prometa.

Exausta demais devido à raiva, Scarlett voltou para casa amuada, recusando-se a aceitar qualquer oferta de paz proposta pelos familiares.

Naquela tarde, uma figura estranha cruzou a cerca de Melanie e atravessou o quintal de Pitty. Obviamente, era um daqueles homens a quem Mammy e Dilcey se referiam como "a ralé que a sinhá Melly pega na rua e dexa drumi no porão".

Havia três quartos no porão da casa de Melanie, que antes serviam de moradia para os criados, e uma adega. Agora Dilcey ocupava um deles e os outros dois estavam em constante uso por uma corrente de ocupantes transitórios, miseráveis e maltrapilhos. Ninguém, além de Melanie, sabia de onde vinham ou para onde iam, assim como ninguém sabia onde os recolhia. Talvez as negras tivessem razão e fosse das ruas. Mas, assim como os grandes e os quase grandes gravitavam para sua pequena sala, os desafortunados encontravam o caminho para o porão, onde eram alimentados, tinham um leito e partiam com pacotes de comida. Geralmente eram ex-soldados confederados do tipo mais rude, analfabetos, homens sem teto, sem família, andarilhando na esperança de encontrar trabalho.

Muitas vezes, esquálidas camponesas queimadas de sol, com ninhadas de crianças quietas e de cabelos desgrenhados, passavam a noite lá, mulheres que a guerra deixara viúvas, despojadas de seus sítios, à procura de parentes perdidos. Às vezes, a vizinhança se escandalizava com a presença de estrangeiros, que falavam pouco ou nenhum inglês, atraídos para o sul pelas maravilhosas histórias de fortuna fácil. Certa vez, um republicano dormira lá. Pelo menos, Mammy insistia que era um republicano, dizendo que conseguia farejá-los assim como um cavalo fareja uma cascavel, mas ninguém acreditou, pois até para a caridade de Melanie devia haver limite. Pelo menos, era o que todos esperavam.

"É", pensou Scarlett, sentada na varanda lateral sob o fraco sol de novembro com o bebê no colo, "deve ser um dos cachorros estropiados de Melanie. E põe estropiado nisso!".

O homem que passava pelo quintal andava, como Will Benteen, em uma perna de pau. Era alto, magro, velho e careca, parecendo bem sujo, e tinha uma barba grisalha tão longa que podia ser enfiada no cinto. Devia ter mais de 60 anos, a julgar pelo rosto duro e enrugado, mas seu corpo não mostrava sinal da idade. Era magro e desajeitado, mas, mesmo com a perna de pau, movia-se com a rapidez de uma cobra.

Ele subiu os degraus, foi em direção a ela e, mesmo antes de falar, revelando em seu sotaque características incomuns às terras baixas, Scarlett percebeu que era montanhês. Apesar das roupas sujas e esfarrapadas, havia nele, como na maioria dos montanheses, um ar de arrebatado orgulho calado que não permitia liberdades e não tolerava tolices. A barba estava manchada pelo sumo do tabaco e o grande naco que mascava deformava-lhe o rosto. O nariz era fino, as sobrancelhas, cerradas, e de suas orelhas saíam chumaços de pelos, dando-lhes o aspecto de orelhas de lince. Abaixo de uma das sobrancelhas, havia uma órbita vazia, de onde saía uma cicatriz até a face, entalhando uma linha diagonal pela barba. O outro olho era pequeno, pálido e frio, um olho que não piscava nem sentia remorso.

No cós da calça, ele trazia uma pistola pesada, e do alto da bota gasta saía o cabo de uma faca.

Ele retribuiu o olhar fixo de Scarlett friamente e cuspiu para trás do corrimão antes de falar. Havia desdém em seu único olho, não um desdém pessoal por ela, mas por todo o sexo feminino.

– A Sra. Wilkes me mandou pra trabalhar pra senhora – disse ele secamente. Sua fala era enferrujada, como se não estivesse acostumado a falar, as palavras vindo lentamente e quase com dificuldade. – Meu nome é Archie.

– Sinto muito, mas não tenho serviço para o senhor, Sr. Archie.

– Archie é meu primeiro nome.

– Perdoe-me. Qual é seu sobrenome?

Ele cuspiu outra vez.

– Suponho que isso é da minha conta. Archie vai servir.

– Não ligo para seu sobrenome! Não tenho nada para o senhor fazer.

– Suponho que a senhora tem. A Sra. Wilkes estava chateada da senhora querer andar por aí sozinha e me mandou aqui pra dirigir pra senhora.

– É mesmo? – exclamou Scarlett, indignada com a grosseria do homem e com a intromissão de Melly.

O olho dele encontrou os dela com uma animosidade impessoal.

– É. Uma mulher não deve incomodar os capanga quando eles estão querendo tomar conta delas. Se a senhora tá querendo saí por aí, eu vou com a senhora. Odeio os negos... e os ianques também.

Ele mudou o naco de tabaco para a outra bochecha e, sem esperar o convite, sentou-se no último degrau.

– Não tô dizendo que gosto de levar as mulher por aí, mas a Sra. Wilkes foi boa pra mim, me deixando dormir no porão, e foi ela que me mandou pra acompanhar a senhora.

– Mas... – começou Scarlett, impotente, e depois parou e olhou-o. Em seguida sorriu. Não gostava da aparência desse velho marginal, mas sua presença simplificaria as coisas. Com ele a seu lado, poderia ir à cidade, às serrarias, visitar os fregueses. Ninguém duvidaria de sua segurança, e sua aparência já era suficiente para evitar um escândalo.

– Negócio fechado – disse ela. – Isto é, se meu marido concordar.

Após uma conversa em particular com Archie, Frank deu seu relutante consentimento e mandou uma ordem ao estábulo público para que liberassem o cavalo e a charrete. Estava magoado e decepcionado que a maternidade não tivesse mudado Scarlett como ele esperava, mas, se ela estava decidida a retornar às suas malditas serrarias, então Archie era um enviado da providência.

Iniciou-se assim a relação que a princípio assombrou Atlanta. Archie e Scarlett formavam um par extravagante, o velho sujo e truculento com a perna de pau saindo pela cabine e a jovem e bela senhora elegantemente vestida com a testa franzida em um semblante sério. Eram vistos a toda hora e em todos os lugares de Atlanta e arredores, raramente falando um com o outro, obviamente desgostando um do outro, mas unidos pela necessidade mútua, ele de dinheiro, ela de proteção. Pelo menos, diziam as senhoras da cidade, é melhor que andar por aí desavergonhadamente com aquele Butler. Todos cogitavam qual seria o paradeiro de Rhett, pois ele deixara a cidade abruptamente três meses antes e ninguém, nem Scarlett, sabia onde se encontrava.

Archie era um homem calado, nunca dizia nada a não ser que lhe perguntassem, e geralmente respondia com grunhidos. Todas as manhãs vinha do porão de Melanie e se sentava nos degraus da frente da casa de Pitty, mascando fumo e cuspindo até que Scarlett saísse e Peter trouxesse a charrete do estábulo. Peter o temia pouco menos do que ao demônio e à Ku Klux, e até Mammy ficava quieta e receosa perto dele. Odiava negros, eles sabiam, e tinham medo dele. Ele reforçou seu armamento com outra pistola, e sua fama se espalhou entre a população negra. Nunca precisou sacar a pistola nem levar a mão ao cinto. O efeito moral era suficiente. Nenhum negro ousava sequer rir se Archie pudesse ouvir.

Certa vez, Scarlett lhe perguntou, curiosa, por que odiava os negros e ficou surpresa quando ele respondeu, pois geralmente todas as perguntas eram respondidas com "Suponho que isso é da minha conta".

– Odeio eles como todo pessoal da montanha. A gente nunca gostou e nunca teve um deles. Foram eles que começaram a guerra. Odeio eles por isso também.

– Mas você lutou na guerra.

– Isso é coisa de homem. Odeio os ianques também, mais do que odeio os nego. Quase como odeio mulher conversadeira.

Foi uma franqueza tão grosseira, que lançou Scarlett no mais furioso silêncio, fazendo-a pensar em se livrar dele. Mas como faria sem ele? De que outra forma obteria tal liberdade? Ele era grosseiro, sujo e, às vezes, muito fedido, mas servia a seu propósito. Ele a levava para as serrarias e a trazia de volta, e em sua circulada pelos fregueses ficava cuspindo e olhando para o espaço enquanto ela falava e dava ordens. Se ela descesse da charrete, ele descia atrás dela e seguia seus passos de perto. Quando estava entre operários rudes, negros ou ianques, ele raramente ficava a mais de um passo de distância.

Logo Atlanta se acostumou a ver Scarlett e seu guarda-costas e, como de costume, as senhoras passaram a invejar sua liberdade de ir e vir. Desde o linchamento da Ku Klux, as mulheres tinham praticamente se tornado prisioneiras, sem poder sequer ir ao centro para fazer compras, a menos que houvesse um grupo. Naturalmente sociáveis, inquietavam-se e, pondo o orgulho de lado, começaram a pedir Archie emprestado a Scarlett. Sempre que não precisava dele, ela era gentil o bastante para cedê-lo ao uso das outras senhoras.

Logo Archie se tornou uma instituição de Atlanta, e as senhoras disputavam seu tempo livre. Era rara a manhã em que uma criança ou criado negro não chegasse na hora do café com um bilhete dizendo: "Se não estiver usando Archie hoje à tarde, por favor empreste-o para mim. Gostaria de levar flores ao cemitério." "Preciso ir ao chapeleiro." "Gostaria que Archie levasse tia Nelly para tomar ar." "Preciso fazer uma visita na rua Peters, e vovô não está bem para me levar. Será que Archie poderia..."

Ele acompanhava solteironas, matronas e viúvas, demonstrando por todas o mesmo desdém intransigente. Era óbvio que, com exceção de Melanie, ele não gostava mais de mulheres que de negros e ianques. A princípio chocadas com sua descortesia, as senhoras acabaram se acostumando com ele e, como era quieto, exceto pelas ocasionais cusparadas de sumo de tabaco, tomavam-no como um dos cavalos que conduzia, e se esqueciam de sua existência. A Sra. Merriwether chegou a relatar à Sra. Meade todos os detalhes do confinamento da sobrinha antes de notar a presença de Archie na boleia da carruagem.

Em nenhuma outra época além dessa tal situação teria sido possível. Antes da guerra não permitiriam sua entrada nem mesmo na cozinha das damas. Elas lhe teriam entregado a comida pela porta dos fundos e mandado que cuidasse da vida. Mas agora davam boas-vindas a sua presença tranquilizadora. Mal-educado, analfabeto e sujo, ele era um baluarte entre as damas e os terrores da Reconstrução. Não era amigo nem criado. Era um guarda-costas de aluguel, que as protegia enquanto seus homens trabalhavam durante o dia ou estavam ausentes de casa à noite.

Scarlett tinha a impressão de que, após a chegada de Archie, Frank ficava fora à noite com mais frequência. Dissera que precisava fazer o balanço da loja e que agora os negócios estavam mais acelerados, deixando-lhe pouco tempo durante as horas de trabalho. Além disso, tinha amigos doentes que precisavam de sua assistência. E havia a organização dos democratas, que se reunia todas as noites de quarta-feira para tramar formas de readquirir o direito ao voto, e Frank nunca perdia uma reunião. Scarlett achava que essa organização fazia pouco mais além de discutir os méritos do general John B. Gordon sobre todos os outros, com exceção do general Lee, e rediscutir a guerra. Com certeza, ela não conseguia ver nenhum progresso rumo à recuperação do voto. Mas era evidente que Frank gostava das reuniões, pois ficava fora até altas horas nessas noites.

Ashley também dava assistência aos doentes e frequentava as reuniões dos democratas, costumando ficar fora de casa nas mesmas noites que Frank. Nessas ocasiões, Archie acompanhava Pitty, Scarlett, Wade e a pequena Ella pelo quintal até a casa de Melanie, e as duas famílias passavam a noite juntas. As damas costuravam enquanto Archie ficava esticado no sofá da sala, roncando, as costeletas grisalhas flutuando a cada ribombo. Ninguém o convidara a se deitar no sofá, e, como era o móvel mais fino da casa, as damas secretamente gemiam a cada vez que ele o fazia, plantando as botas no belo estofamento. Mas nenhuma delas tinha coragem de reclamar, especialmente depois de seu comentário de que tinha sorte de pegar no sono com facilidade, caso contrário o som de mulheres tagarelando feito um bando de galinhas-d'angola certamente o deixaria louco.

Às vezes, Scarlett ficava curiosa sobre a procedência de Archie e a vida que levava antes de morar no porão de Melly, mas não fazia perguntas. Havia algo em seu taciturno rosto caolho que desencorajava a curiosidade. Sabia apenas que seu sotaque era das montanhas ao norte e que ele estivera no exército, tendo perdido a perna e o olho pouco antes da rendição. Foram as palavras ditas em um acesso de raiva contra Hugh Elsing que trouxeram à tona a verdade sobre o passado de Archie.

Certa manhã, o velho a levara à serraria de Hugh, que estava ociosa, os negros, ausentes e Hugh, sentado sem ânimo sob uma árvore. Sua equipe não aparecera naquela manhã e ele estava sem saber o que fazer. Scarlett ficou furiosa e não hesitou em descarregar sobre Hugh, pois acabara de receber um grande pedido, e urgente. Usara seus encantos, sua energia e barganha para obter o pedido, e agora a serraria estava parada.

– Leve-me para a outra serraria – ordenou ela. – Sim, sei que vai tomar tempo e não poderemos almoçar, mas para que estou lhe pagando? Terei que mandar o Sr. Wilkes interromper o que estiver fazendo para entregar essa madeira. Só me falta a equipe dele também não estar trabalhando. Pelas chamas do inferno! Nunca vi paspalhão maior que Hugh Elsing! Vou me livrar dele assim que Johnnie Gallegher acabar a construção das lojas em que está trabalhando. Que me importa que Gallegher tenha estado no exército ianque? Ele vai trabalhar. Nunca conheci um irlandês preguiçoso. E estou farta dos negros livres. Simplesmente não se pode contar com eles. Vou pegar Johnnie Gallegher e arrendar alguns detentos. Ele os fará trabalhar. Ele...

Archie se virou para ela, o olho malévolo, e quando falou havia uma raiva fria em sua voz enferrujada.

– O dia em que a senhora pegar detento é o dia em que vou me embora – disse ele.

Scarlett ficou assombrada.

– Deus do Céu! Por quê?

– Eu sei como é arrendamento de detento. É o que chamo de assassinato de detento. É comprar homem como se fosse mula. É tratar ele pior que se trata as mulas. É bater neles, deixar passar fome, matar eles. E quem se importa? O Estado não se importa. Ficam com o dinheiro do arrendamento. O pessoal que pega os detentos não se importa. Tudo que querem é dar pra eles comida barata e obrigar eles a trabalhar tudo que podem. Que inferno, madame. Nunca tive muita consideração por mulher, e agora tenho menos.

– Isso é da sua conta?

– Suponho – disse Archie, lacônico, e, após uma pausa. – Fiquei preso quarenta anos.

Scarlett engoliu em seco e, por um instante, afundou-se no assento. Então era essa a resposta para o enigma de Archie, era por isso que não queria dizer seu sobrenome, o lugar onde nascera, nem qualquer detalhe de sua vida passada, a resposta para a dificuldade que tinha de falar e seu ódio frio do mundo. Quarenta anos! Devia ter sido preso quando jovem. Quarenta anos! Ora... devia ter sido sentenciado à prisão perpétua e esses caras eram...

– Foi... assassinato?

– Foi – respondeu ele brevemente enquanto batia as rédeas no cavalo. – Minha mulher.

Scarlett piscou rapidamente de medo.

A boca sob o bigode pareceu se mover, como se ele estivesse rindo do medo dela.

– Não vou matar a senhora, madame, se é isso que está lhe assustando. Só tem uma razão para se matar uma mulher.

– Você matou sua esposa!

– Ela estava se deitando com o meu irmão. Ele fugiu. Não me arrependo nem um pouco de ter matado ela. Mulher devassa tem que morrer. A lei não tem direito de pôr um homem na cadeia por isso, mas me puseram.

– Mas... como você saiu? Fugiu? Foi perdoado?

– A senhora pode chamar de perdão. – Suas bastas sobrancelhas se uniram como se o esforço para juntar as palavras fosse grande.

– Foi em 64 quando chegou o Sherman, eu estava na prisão de Milledgeville. E veio o guarda, ele juntou todos nós prisioneiros e disse que os ianques estavam chegando, incendiando e matando. Ora, se tem uma coisa que eu odeio mais que um nego, ou uma mulher, é um ianque.

– Por quê? Você já tinha... Você conheceu algum ianque?

– Não senhora. Mas já tinha ouvido falar deles. Já tinham me contado que eles não tomavam conta das coisas deles. Odeio gente que não toma conta das suas coisas. O que é que eles tinham que está fazendo na

Geórgia, libertando os nego e queimando as nossas casas e matando a nossa criação? Bem, o guarda disse que o exército estava por demais precisado de mais soldado e cada um de nós que se juntasse estava livre no fim da guerra... se a gente saísse vivo. Mas a gente que estava cumprindo pena perpétua... nós, assassinos, o guarda disse que o exército não queria a gente. A gente ia ser mandado pruns outros lugares, pruma outra cadeia. Então eu disse pro guarda que não gostava dos outros assassinos, que só estava lá por ter matado minha mulher e que ela merecia morrer. E eu queria lutar contra os ianques. E o guarda viu meu lado da coisa e me passou com os outros prisioneiros.

Ele fez uma pausa e grunhiu.

– Hã. Aquilo foi engraçado. Eles me puseram na cadeia por ter matado e me deixaram sair com uma arma na mão e um perdão de graça pra matar mais. É claro que foi bom ser um homem livre de novo com um rifle na mão outra vez. Nós, de Milledgeville, fizemos um bom trabalho no combate e matando... e um monte de nós foi morto. Eu nunca tomei conhecimento de algum que desertou. E, quando veio a rendição, estávamos livres. Eu perdi essa perna aqui e esse olho aqui. Mas não me arrependo.

– Ah – disse Scarlett baixinho.

Ela tentou se lembrar do que ouvira sobre a libertação dos detentos de Milledgeville, um último esforço desesperado de deter a maré do exército de Sherman. Frank mencionara aquilo no Natal de 1864. O que era mesmo que tinha dito? Mas sua memória da época era muito caótica. Ela sentiu outra vez o terror daqueles tempos, ouviu as armas do cerco, viu a fila de carroças pingando sangue nas estradas vermelhas e a Guarda Nacional marchando, os pequenos cadetes e as crianças, como Phil Meade e os velhos como tio Henry e vovô Merriwether. Os detentos também tinham marchado para morrer no crepúsculo da Confederação, congelar na neve e percorrer o Tennessee sob chuva na última campanha.

Por um breve momento, ela pensou no tolo que era esse velho em lutar por um estado que lhe tirara quarenta anos de vida. A Geórgia tinha roubado sua juventude e os anos de maturidade por um crime que ele não considerava como tal e, mesmo assim, ele espontaneamente dera uma perna e um olho para a Geórgia. As palavras amargas que Rhett dissera nos primeiros tempos da guerra lhe voltaram à lembrança, que ele jamais lutaria por uma sociedade que fizera dele um proscrito. Mas, quando tinha surgido a emergência, ele fora lutar por essa mesma sociedade, assim como Archie. Pareceu-lhe que todos os homens sulistas, de classe alta ou baixa, eram tolos sentimentais e se importavam menos com o próprio couro do que com palavras sem sentido.

Ela olhou para as velhas mãos nodosas de Archie, para as duas pistolas e a faca, e foi tomada pelo medo outra vez. Será que havia outros ex-presidiários como ele soltos, assassinos, criminosos, ladrões perdoados por seus delitos em nome da Confederação? Qualquer estranho na rua podia ser um assassino! Se Frank descobrisse a verdade sobre Archie, seria o diabo. Ou se tia Pitty... mas o choque a mataria. Quanto a Melanie... Scarlett bem que gostaria de poder lhe contar a verdade sobre Archie. Seria bem feito para ela por pegar esse lixo e empurrar para seus amigos e parentes.

– Eu... fico contente por você ter me contado, Archie. Não vou contar a ninguém. Seria um grande choque para a Sra. Wilkes e para as outras damas, se soubessem.

– Hã. A Sra. Wilkes sabe. Eu contei para ela na primeira noite que ela me deixou dormir no porão. A senhora não acha que eu ia deixar uma dama tão boa como ela me receber na própria casa sem saber, não é?

– Que os santos nos protejam! – exclamou Scarlett, horrorizada.

Melanie sabia que esse homem era o assassino de uma mulher e não o expulsara de casa. Confiara seu filho a ele, e sua tia, a cunhada e todas as suas amigas. E ela, a mais tímida das mulheres, não tivera medo de ficar sozinha em casa com ele.

– A Sra. Wilkes é bem ajuizada, pra uma mulher. Sabia que estava tudo certo comigo. Sabia que um mentiroso sempre vai mentir e um ladrão roubar, mas a gente não comete mais de um assassinato na vida. E ela supôs que alguém que tinha lutado pela Confederação tinha varrido qualquer coisa que fez. Mesmo que eu não acho que fiz alguma coisa de ruim matando minha mulher... É, a Sra. Wilkes é bem ajuizada mesmo, pra uma mulher... E, estou dizendo, o dia que a senhora arrendar detento é o dia que eu me demito.

Scarlett não respondeu, mas pensou: "Quanto antes você se demitir, melhor para mim. Um assassino!"

Como Melly podia ter sido tão... tão... Bem, não havia palavras para descrever a atitude dela ao receber esse velho facínora e não contar às amigas que era um pássaro saído da gaiola. Então servir o exército varria os pecados passados? Melanie confundira isso com o batismo! Mas, afinal, ela era a pessoa mais tola possível em relação à Confederação, seus veteranos e tudo o que se referisse a eles. Scarlett amaldiçoou os ianques silenciosamente e acrescentou outra marca em sua contagem contra eles. Eram responsáveis por uma situação que forçava uma mulher a manter um assassino a seu lado para protegê-la.

VOLTANDO PARA CASA no frio do entardecer, Scarlett viu um agrupamento de cavalos encilhados, charretes e carroças do lado de fora do *saloon* Girl of the Period. Ashley estava montado em seu cavalo, uma expressão tensa de alerta no rosto; os rapazes Simmons se inclinavam para fora da charrete, fazendo gestos enfáticos; e Hugh Elsing, o cabelo castanho caído nos olhos, gesticulava. A carroça de tortas do vovô Merriwether estava no centro do emaranhado e, ao se aproximar, Scarlett viu que Tommy Wellburn e tio Henry Hamilton se comprimiam na boleia com ele.

"Seria bom", pensou Scarlett, irritada, "se tio Henry não se dispusesse a andar nesse veículo. Deveria se envergonhar de ser visto ali. Até parece que não tem o próprio cavalo. Só faz isso para ir ao *saloon* todas as noites com o vovô".

Mesmo sendo insensível como era, ao chegar ao lado da aglomeração ela sentiu parte da tensão e o medo lhe comprimiu o coração.

"Ah", pensou, "espero que ninguém mais tenha sido estuprada! Se a Ku Klux Klan linchar mais um negro, os ianques vão acabar conosco!". E falou a Archie:

– Pare. Há algo de errado.

– A senhora não vai parar na frente de um *saloon* – disse Archie.

– Você me ouviu. Pare. Boa noite a todos. Ashley... Tio Henry... Há algo de errado? Vocês parecem tão...

Todos se viraram para ela, cumprimentando com o chapéu e sorrindo, mas havia uma agitação impetuosa nos olhos deles.

– Há algo certo e algo errado – falou tio Henry. – Depende do ponto de vista. Do modo como vejo a legislatura, não podia ter sido feito diferente.

"A legislatura?", pensou Scarlett aliviada. Pouco interesse tinha na legislatura, tendo a sensação de que mal podia afetá-la. O que a assustava era a perspectiva de agressão por parte dos soldados ianques.

– O que a legislatura fez agora?

– Eles se recusaram terminantemente a homologar a emenda – disse vovô Merriwether, com orgulho na voz. – Isso vai mostrar aos ianques.

– E as consequências serão infernais... desculpe, Scarlett – disse Ashley.

– Ah, a emenda? – indagou Scarlett, tentando parecer inteligente.

A política fugia a seu interesse e ela raramente perdia tempo pensando nisso. A Décima Terceira Emenda fora homologada fazia algum tempo, ou talvez a Décima Sexta, mas o que isso significava ela não sabia. Os homens estavam sempre se empolgando com coisas desse tipo. A falta de entendimento estampou-se em seu rosto e Ashley sorriu.

– É a emenda que permite aos negros votar, sabe – explicou ele. – Foi submetida à legislatura e eles se recusaram a homologá-la.

– Que tolice a deles! Sabem que os ianques vão forçá-la por nossas gargantas!

– Foi o que eu quis dizer quando falei que as consequências seriam infernais – disse Ashley.

– Estou orgulhoso do legislativo, orgulhoso da iniciativa deles – gritou tio Henry. – Os ianques não podem nos forçá-la garganta abaixo se não aceitarmos.

– Podem e vão. – A voz de Ashley estava calma, mas havia temor em seus olhos. – E as coisas vão ficar ainda mais duras para nós.

– Ah, Ashley, claro que não! As coisas não podem piorar!

– Ah, podem sim. Suponham que se tenha um legislativo negro? Um governador negro? Imaginem um governo militar pior que o atual?

À medida que Scarlett ia entendendo, seus olhos se arregalavam de medo.

– Tenho pensado no que seria melhor para a Geórgia, melhor para todos nós. – O rosto de Ashley estava tenso. – Se é mais hábil se opor, como fez o legislativo, estimular o norte contra nós e trazer todo o exército ianque para impor o voto negro. Ou engolir nosso orgulho como pudermos, nos submeter dignamente e acabar com o assunto com a maior tranquilidade possível. No fim, dá no mesmo. Estamos impotentes. Vamos tomar a dose que eles decidirem nos servir. Talvez fosse melhor para nós tomá-la sem queixas.

Scarlett mal ouviu suas palavras, tendo certamente deixado passar toda a sua importância. Ela sabia que Ashley, como sempre, via os dois lados de uma questão. Ela só via um: como esse tapa na cara dos ianques poderia afetá-la.

– Vai virar radical e votar nos republicanos, Ashley? – caçoou vovô Merriwether, asperamente.

Houve um silêncio tenso. Scarlett percebeu a mão de Archie mover-se rapidamente em direção à pistola e logo parar. Archie pensava, e muitas vezes dizia, que vovô era um saco velho de vento e não tinha nenhuma intenção de deixá-lo insultar o marido da Sra. Melanie, mesmo que este estivesse falando feito um tolo.

A perplexidade logo se esvaiu dos olhos de Ashley, dando lugar a uma raiva calorosa. Mas, antes que ele pudesse falar, tio Henry atacou vovô.

– Seu mald... que o diabo... Desculpe, Scarlett... Vovô, seu jumento, não fale assim com Ashley!

– Ashley pode cuidar de si mesmo sem precisar que você o defenda – disse vovô friamente –, e fala como a escória sulista. Submeter-se no inferno! Desculpe, Scarlett.

– Eu não acreditava na secessão – disse Ashley e sua voz tremeu de raiva –, mas, quando a Geórgia se separou, eu fui com ela. Não acreditava na guerra, mas combati. E não acredito que se deva deixar os ianques mais furiosos do que já estão. Mas, se o legislativo decidiu fazer isso, fico ao lado do legislativo. Eu...

– Archie – disse tio Henry abruptamente –, leve a Sra. Scarlett para casa. Aqui não é lugar para ela. Além disso, política não é assunto para mulheres e logo vai ter gente praguejando. Vá, Archie. Boa-noite, Scarlett.

Conforme seguiam pela rua dos Pessegueiros, o coração de Scarlett batia acelerado de medo. Será que essa atitude tola do legislativo poria em risco sua segurança? Deixaria os ianques tão furiosos que ela pudesse perder as serrarias?

– Sim, senhor – rosnou Archie –, já ouvi falar de coelho cuspindo na cara de buldogue, mas até agora não tinha visto. O legislativo podia muito bem ter gritado "Urra pro Jeff Davis e pra Confederação Sulista" por tudo de bom que vai ser pra eles... e pra nós. Aqueles ianques que adoram os nego já decidiram que vão tornar os nego nossos patrões. Mas não dá pra deixar de admirar o ânimo deles.

– Admirá-los? Pelo fogo do inferno! Admirá-los? Deviam levar um tiro! Assim vamos ser massacrados pelos ianques. Por que não homo... homo... sei lá o que deviam ter feito e amansam os ianques em vez de instigá-los outra vez. Eles vão nos fazer ceder, e tanto faz ceder agora ou mais tarde.

Archie cravou-lhe o olho frio.

– Ceder sem lutar? Mulher não tem mais orgulho que uma cabra.

QUANDO SCARLETT ARRENDOU dez detentos, cinco para cada serraria, Archie fez valer sua palavra e se recusou a continuar trabalhando para ela. Nem todas as súplicas de Melanie ou promessas de melhor salário de Frank conseguiram induzi-lo a pegar as rédeas outra vez. De boa vontade, ele acompanhava Melanie, Pitty, India e as amigas pela cidade, mas Scarlett, não. Nem dirigia para as outras senhoras se Scarlett estivesse na carruagem. Era constrangedor ter o velho criminoso a julgá-la, e ainda mais constrangedor saber que sua família e amigos concordavam com ele.

Frank protestou contra essa atitude. A princípio Ashley se recusou a trabalhar com detentos, e só foi persuadido, contra a vontade, após lágrimas, súplicas e promessas de que, quando as coisas melhorassem, ela contrataria negros livres. Os vizinhos foram tão francos na reprovação que Frank, Pitty e Melanie achavam difícil andar de cabeça erguida. Até Peter e Mammy declararam que dava azar trabalhar com detentos e que dali nada de bom sairia. Todos diziam que era errado tirar vantagem da infelicidade e do infortúnio alheio.

– Vocês não fizeram nenhuma objeção a trabalhar com escravos! – exclamava Scarlett, indignada.

Ah, mas isso era diferente. Os escravos não eram infelizes nem desafortunados. Os negros estavam muito melhor sob a escravatura do que livres, e, se ela não acreditasse, bastava olhar a sua volta! Mas, como sempre, a oposição tinha o efeito de deixar Scarlett mais determinada em seu rumo. Ela tirou Hugh da gerência da serraria, colocando-o na direção do carroção de entregas, e acertou os detalhes para contratar Johnnie Gallegher.

Ele parecia ser o único entre seus conhecidos que aprovava o uso dos detentos. Assentiu com a grande cabeça e disse que era uma decisão inteligente. Olhando o pequeno ex-jóquei, firmemente plantado sobre as curtas pernas arqueadas, a dura fisionomia metódica de gnomo, Scarlett pensou: "Seja quem for que o deixava montar seus cavalos, não ligava muito para o lombo dos animais. Eu não o deixaria chegar perto de um cavalo meu."

Mas ela não tinha nenhum escrúpulo de confiar-lhe um bando de detentos.

– E posso ter liberdade de ação com o bando? – perguntou ele, com os olhos tão frios como ágatas cinzentas.

– Total. Tudo o que lhe peço é que mantenha a serraria funcionando e me entregue tanta madeira quanto eu quiser e quando eu quiser.

– Estou a seu serviço – disse Johnnie brevemente. – Vou dizer ao Sr. Wellburn que estou me demitindo.

Enquanto ele saía em meio à multidão de pedreiros, carpinteiros e serventes, Scarlett sentiu-se aliviada e reanimada. Johnnie era mesmo o homem certo. Era durão, firme e não havia tolices com ele. "Irlandês pobre ganancioso", era como Frank desdenhosamente se referia a ele, mas, exatamente por essa razão, Scarlett o valorizava. Ela sabia que um irlandês determinado a chegar a algum lugar era um homem valioso de se ter, independente de suas características pessoais. Além de tudo, ela tinha maior afinidade com ele do que com muitos homens de sua própria classe, pois Johnnie conhecia o valor do dinheiro.

Em sua primeira semana de trabalho na serraria, ele justificou todas as suas expectativas, pois conseguiu mais com cinco detentos do que Hugh conseguira com sua equipe de dez negros. Além disso, ele possibilitava mais tempo de lazer a Scarlett do que ela tivera desde sua chegada a Atlanta no ano anterior, pois não gostava de sua presença na serraria e foi franco em dizê-lo.

– Cuide de suas vendas e me deixe cortar madeira – disse ele secamente. – Um campo de detentos não é lugar para uma senhora, e, se ninguém lhe disse isso, Johnnie Gallegher está dizendo agora. Estou entregando a madeira, não estou? Bem, não gosto de ser importunado todos os dias como o Sr. Wilkes. Ele precisa ser importunado, eu não.

Então, relutante, Scarlett se distanciou da serraria de Johnnie, temendo que, se aparecesse com muita frequência, ele poderia se demitir, o que seria sua ruína. O comentário de que Ashley precisava ser importunado a incomodou, pois havia mais verdade ali do que queria admitir. Ashley estava conseguindo pouco mais dos detentos do que conseguia com os operários livres, embora ele não soubesse por quê. Além disso, parecia estar envergonhado de trabalhar com detentos e não andava falando muito com ela.

Scarlett estava preocupada com a mudança que se operava nele. Havia cabelos brancos em sua cabeça luminosa e um cansaço que lhe curvava os ombros. E ele raramente sorria. Já não se parecia com o Ashley afável que instigara suas fantasias tantos anos atrás. Parecia um homem secretamente corroído por uma dor mal tolerada, e havia uma expressão tesa e soturna em sua boca que zombava dela e a magoava. Ela gostaria de puxar a cabeça dele ardorosamente para seu ombro, afagar-lhe os cabelos e gritar: "Diga o que o preocupa! Eu darei um jeito! Farei tudo ficar bem para você!"

Mas seu ar formal e distante a mantinha a um braço de distância.

43

Era um daqueles raros dias de dezembro em que o sol estava quase tão quente quanto em um veranico. Ainda havia folhas secas penduradas no carvalho do jardim de tia Pitty e um leve verde-amarelado persistia no gramado moribundo. Com o bebê no colo, Scarlett foi para a varanda lateral e sentou-se na cadeira de balanço em um trecho onde batia sol. Usava um novo vestido verde debruado com metros e metros de passamanaria preta e uma nova touca caseira de renda que tia Pitty fizera. Ambos lhe caíam muito bem e ela sabia, o que lhe dava grande prazer. Que bom estar bonita outra vez, depois dos longos meses de uma horrível aparência!

Sentada, ninando o bebê e cantarolando baixinho para si mesma, ela ouviu o som de cascos vindo da rua e, espiando com curiosidade pelo emaranhado das trepadeiras mortas da varanda, viu Rhett Butler cavalgando em direção à casa.

Fazia meses que ele estava fora de Atlanta, tendo partido logo após a morte de Gerald e muito antes do nascimento de Ella Lorena. Ela sentira falta dele, mas agora queria muito que houvesse um modo de não o ver. Na verdade, ver seu rosto moreno lhe trazia uma sensação de pânico culpado ao peito. Uma questão que se referia a Ashley lhe pesava na consciência, e não queria discuti-la com Rhett, mas sabia que ele forçaria a discussão, não importando quanto ela não estivesse inclinada.

Ele parou diante do portão, saltou do cavalo com leveza e ela, olhando-o nervosa, pensou que ele tinha a exata aparência de uma ilustração do livro que Wade sempre a importunava para ler em voz alta.

"Ele só precisa de um brinco e um facão entre os dentes", pensou. "Bem, pirata ou não, não vou deixar que corte minha garganta hoje."

Enquanto ele vinha pelo caminho, ela o cumprimentou, dando seu mais doce sorriso. Que sorte estar com seu vestido novo, com a touca que lhe caía tão bem e estar bonita! Ele lhe deu uma rápida olhada e ela percebeu que também a achara bonita.

– Outro bebê! Ora, Scarlett, que surpresa! – riu ele, inclinando-se para tirar a coberta do rostinho feio de Ella Lorena.

– Não seja bobo – disse ela, corando. – Como vai, Rhett? Esteve fora por um longo tempo.

– É mesmo. Deixe-me segurá-lo, Scarlett. Ah, eu sei segurar bebês. Tenho muitos dons esquisitos. Bem, com certeza se parece com Frank. Tudo, exceto as costeletas, mas dê-lhe algum tempo.

– Espero que não. É uma menina.

– Uma menina! Isso é ainda melhor. Meninos são inconvenientes. Nunca mais tenha meninos, Scarlett.

Estava na ponta de sua língua retrucar que ela não pretendia ter mais bebês, meninos ou meninas, mas se deteve a tempo e sorriu, procurando rapidamente por algo que adiasse o momento desagradável em que o assunto que ela temia surgiria.

– Fez uma boa viagem, Rhett? Aonde foi dessa vez?

– Ah, Cuba... Nova Orleans... outros lugares. Tome, Scarlett, pegue o bebê. Ela está começando a babar e não consigo pegar meu lenço. É um ótimo bebê, com certeza, mas está molhando o peito de minha camisa.

Ela pegou a filha e Rhett se acomodou preguiçosamente na balaustrada e pegou um charuto de um estojo de prata.

– Você sempre vai a Nova Orleans – disse ela e fez um beicinho – e nunca me diz o que vai fazer lá.

– Trabalho duro, Scarlett, e talvez meus negócios me levem até lá.

– Trabalhar duro? Você? – Ela riu, impertinente. – Nunca trabalhou na vida. É preguiçoso demais. Só o que faz é financiar os aventureiros em seus roubos, ficar com metade dos lucros e subornar os oficiais ianques para que o coloquem nos esquemas de nos roubar, a nós, os pagadores de impostos.

Ele jogou a cabeça para trás e riu.

– E você adoraria ter dinheiro para subornar os oficiais e poder fazer o mesmo!

– Só de pensar nessa ideia...

– Mas talvez você ganhe bastante para chegar ao suborno de larga escala algum dia. Talvez fique rica com aqueles detentos que arrendou.

– Ah – disse ela, meio desconcertada –, como soube de meu bando tão cedo?

– Cheguei ontem à noite e fui ao *saloon* Girl of the Period, onde se sabe de todas as notícias da cidade. É terreno livre para os mexericos.

Melhor que um círculo de costura para senhoras. Todos me contaram que você arrendou um bando e pôs aquele baixinho, Gallegher, para matá-los de trabalhar.

– Que mentira – disse ela, braba. – Ele não os mata de trabalhar. Eu cuido disso.

– Cuida?

– É claro que sim. Como pode insinuar tal coisa?

– Ah, eu lhe peço desculpas, Sra. Kennedy! Sei que seus atos estão sempre acima de censura. Contudo, Johnnie Gallegher é abusado e frio como não vi outro antes. É melhor ficar de olho nele ou terá problemas quando o inspetor andar por lá.

– Você cuida de seus negócios e eu cuido dos meus – disse ela, indignada. – E não quero mais falar de detentos. Todo mundo tem sido detestável por causa disso. Meu bando é de minha conta... E você ainda não me contou o que faz em Nova Orleans. Vai lá com tanta frequência que todos dizem... – Ela fez uma pausa, não pretendia falar tanto.

– Dizem o quê?

– Bem... que tem uma namorada lá. Que vai se casar. Vai mesmo, Rhett?

Fazia tanto tempo que ela estava curiosa a esse respeito que não conseguiu evitar, fazendo a pergunta abertamente. Uma sensação estranha de ciúmes a apunhalou ao pensar em Rhett se casando, embora não conseguisse explicar por quê.

Os olhos brandos dele ficaram subitamente alertas e se fixaram nela até um leve rubor lhe subir às faces.

– Você se importaria muito?

– Bem, eu odiaria perder sua amizade – disse ela, afetada, e, tentando demonstrar desinteresse, olhou para baixo, ajeitando a coberta em torno da cabeça de Ella Lorena.

Ele deu uma risada repentina e disse:

– Olhe para mim, Scarlett.

Ela olhou para cima, sem vontade, ficando ainda mais ruborizada.

– Pode dizer a seus amigos curiosos que, quando eu me casar, será porque não consegui a mulher que eu queria de nenhum outro modo. E ainda não quis uma mulher bastante para me casar com ela.

Agora ela estava realmente confusa e constrangida, pois se lembrou da noite naquela mesma varanda durante o cerco em que ele dissera: "Não sou homem que se case" e informalmente sugerira que ela se tornasse sua amante... lembrou-se também daquele dia terrível, quando ele estava na cadeia, e se envergonhou. Um sorriso malicioso passeou no rosto dele enquanto lia os olhos dela.

– Mas vou satisfazer sua curiosidade vulgar, visto que faz perguntas precisas. Não é uma namorada que me leva a Nova Orleans. É uma criança, um menininho.

– Um menininho! – O choque dessa informação inesperada varreu a confusão.

– É, tenho sua tutela legal e sou responsável por ele. Ele está na escola em Nova Orleans. Vou lá com frequência para vê-lo.

– E leva presentes para ele? – Então, ela pensou, é por isso que ele sempre sabe de que tipo de presentes Wade gosta!

– Sim – disse ele secamente, sem vontade.

– Bem, eu nunca... Ele é bonito?

– Bonito demais para o próprio bem.

– É um bom menino?

– Não. É um verdadeiro diabrete. Eu queria que nunca tivesse nascido. Meninos são criaturas problemáticas. Você gostaria de saber mais alguma coisa?

Ele pareceu repentinamente zangado e franziu a testa, como se já estivesse arrependido de falar do assunto.

– Bem, não se você não quiser me falar mais – disse ela com altivez, embora estivesse louca para saber mais. – Simplesmente não consigo vê-lo no papel de tutor. – E ela riu esperando desconcertá-lo.

– Imagino que não consiga. Sua visão é bastante limitada.

Ele não falou mais nada e ficou fumando o charuto em silêncio. Ela tentou achar um comentário tão descortês quanto o dele, mas não conseguiu.

– Eu apreciaria se você não contasse nada disso a ninguém – disse ele por fim. – Mesmo achando que pedir a uma mulher que fique de boca calada é pedir o impossível.

– Eu consigo guardar segredo – disse ela com a dignidade ferida.

– Mesmo? É bom saber de coisas insuspeitas sobre nossos amigos. Agora, pare de fazer beicinho, Scarlett. Perdoe a grosseria, mas você a mereceu pela intromissão. Sorria e sejamos agradáveis por um ou dois minutos antes que eu fale de um assunto desagradável.

"Minha nossa", pensou ela. "Agora ele vai falar sobre Ashley e a serraria", e apressou-se a sorrir e mostrar-lhe as covinhas para distraí-lo.

– Onde mais esteve, Rhett? Não ficou em Nova Orleans todo esse tempo, não é?

– Não, passei este mês em Charleston. Meu pai morreu.

– Ah, sinto muito.

– Não sinta. Tenho certeza de que ele não se importou de morrer, e eu tenho certeza de que não sinto pela morte dele.

– Rhett, que coisa horrível de se dizer!

– Seria mais horrível se eu fingisse estar sentido quando não estou, não é? Nunca houve um amor perdido entre nós. Não consigo me lembrar de alguma vez que o velho cavalheiro não tenha me censurado. Eu era parecido demais com o pai dele, que ele reprovava de todo o coração. E, à medida que envelheci, sua reprovação se transformou em pura antipatia, que, admito, fiz pouco para mudar. Tudo o que meu pai queria que eu fizesse ou fosse era chato. Finalmente, ele me jogou no mundo sem um centavo e sem qualquer treino para ser alguma coisa, além de um cavalheiro charlestoniano, um bom atirador e excelente jogador de pôquer. E pareceu tomar como afronta pessoal que eu não tenha passado fome, mas tirei ótima vantagem de meu jogo de pôquer, vivendo regiamente como jogador. Ele ficou tão afrontado por um Butler se tornar jogador que, quando voltei para casa pela primeira vez, proibiu minha mãe de me ver. E, durante toda a guerra, quando eu estava atravessando o bloqueio de Charleston, mamãe tinha que escapulir para poder me ver. É natural que isso não tenha aumentado meu amor por ele.

– Ah, eu não sabia de nada!

– Ele era o que se considera um fino cavalheiro da velha escola, ou seja, ignorante, burro, intolerante e incapaz de pensar seguindo qualquer outra linha que não fosse a dos outros cavalheiros da velha escola. Todos o admiravam muito por ter me expulsado e me considerado morto. "Se teu olho direito te faz tropeçar, arranca-o e aparta-o de ti." Eu era seu olho direito, o filho mais velho, e ele me arrancou por vingança.

Ele sorriu de leve, os olhos endurecidos pela lembrança.

– Bem, eu poderia ter perdoado tudo, mas não posso perdoar o que ele fez a minha mãe e a minha irmã depois que a guerra acabou. Elas ficaram praticamente na miséria. A casa da fazenda foi incendiada e os campos de arroz voltaram a ser terras pantanosas. A casa da cidade foi entregue para pagar impostos e elas moram em dois cômodos que não servem para os negros. Mandei dinheiro para minha mãe, mas ele devolveu... dinheiro sujo! Diversas vezes fui a Charleston e dei dinheiro a minha irmã às escondidas. Mas ele sempre descobria e a infernizava, até sua vida não valer a pena, coitada. E o dinheiro voltava para mim. Não sei como conseguiram sobreviver... Sim, sei. Meu irmão lhes dava o que podia, embora não tenha muito e não aceite nada de mim... dinheiro de especulador é azarado! E pela caridade das amigas. Sua tia Eulalie tem sido muito boa. É uma das melhores amigas de minha mãe. Ela lhes deu roupas e... Meu bom Deus! Minha mãe vivendo de caridade!

Era uma das poucas vezes em que ela o via sem a máscara, a fisionomia dura com ódio honesto pelo pai e aflição pela mãe.

– Tia Eulalie! Mas, meu Deus, Rhett, ela não tem muito mais do que aquilo que eu mando para ela!

– Ah, então é daí que vem! Que falta de educação a sua, minha cara, vangloriar-se de tal coisa diante de minha humilhação. Precisa me deixar reembolsá-la!

– Com prazer – disse Scarlett, um sorriso se abrindo, e ele sorriu de volta.

– Ah, Scarlett, como a ideia de um dólar faz seus olhos brilharem! Tem certeza de não ter algum sangue escocês ou talvez judeu misturado ao irlandês?

– Não seja detestável! Não pretendia afrontá-lo com o comentário sobre tia Eulália. Mas ela acha que sou feita de dinheiro. Está sempre me escrevendo e pedindo mais e, Deus sabe, já tenho muitos nas costas sem sustentar os de Charleston. De que morreu seu pai?

– De inanição cavalheiresca, acho... e espero. Foi bem feito. Queria deixar mamãe e Rosemary morrerem de fome com ele. Agora, que está morto, posso ajudá-las. Comprei uma casa em Battery e elas têm criados que cuidam delas. Mas é claro que não podiam deixar que soubessem que o dinheiro era meu.

– Por que não?

– Minha cara, você certamente conhece Charleston! Já esteve lá. Minha família está pobre, mas tem uma posição que não poderia ser mantida se soubessem que por trás daquilo estava dinheiro de jogo, especulação e aventureiros ianques. Não, elas disseram que o pai lhes deixara um enorme seguro de vida... que tinha se tornado um mendigo e morrido de fome para manter os pagamentos, para que, quando morresse, elas ficassem amparadas. Assim, eles o veem como um cavalheiro da velha escola ainda maior que antes... Na verdade, um mártir pela família. Espero que ele esteja se retorcendo no túmulo, sabendo que mamãe e

Rosemary estão bem agora, apesar de seus esforços... De certo modo, sinto por ele ter morrido, porque queria morrer... ficou feliz de morrer.

– Por quê?

– Ah, ele realmente morreu quando Lee se rendeu. Você conhece o tipo. Nunca conseguiu se ajustar aos novos tempos e passava os dias falando dos bons tempos passados.

– Rhett, será que todos os velhos são assim? – Ela estava pensando em Gerald e no que Will dissera dele.

– Céus, não! Veja seu tio Henry e aquele gato do mato, o Sr. Merriwether, só para citar dois. Começaram vida nova quando marcharam com a Guarda Nacional e me parece que rejuvenesceram e ficaram mais mordazes desde então. Encontrei o velho Merriwether hoje de manhã dirigindo a carroça de tortas de René e xingando o cavalo como um cocheiro do exército. Ele me disse que estava se sentindo dez anos mais moço desde que escapara de casa e dos mimos da nora e começara a dirigir a carroça. E seu tio Henry adora lutar contra os ianques no tribunal e fora dele, defendendo viúvas e órfãos, sem cobrar, temo... contra os aventureiros. Se não tivesse havido guerra, ele teria se aposentado há muito tempo e estaria cuidando do reumatismo. Eles rejuvenesceram porque estão se sentindo úteis de novo, sentem que são necessários. E apreciam esta nova época que dá outra oportunidade aos velhos. Mas há muitos jovens que se sentem como o meu e o seu pai. Não conseguem e não vão se ajustar, o que me leva ao assunto desagradável que quero discutir com você, Scarlett.

Sua súbita virada a fez gaguejar:

– O... que... qual? – e internamente a gemer. Ah, Senhor! Agora, lá vem. Será que vou conseguir amansá-lo?

– Eu não devia ter esperado verdade, honra ou negócio limpo de você, conhecendo-a como conheço. Mas cometi a tolice de confiar.

– Não sei a que se refere.

– Acho que sabe. De qualquer modo, está com uma expressão culpada. Andando pela rua Ivy agora mesmo, a caminho daqui, quem me saúda detrás de um arbusto, senão a Sra. Wilkes! É claro, parei e conversei com ela.

– Mesmo?

– Sim, tivemos uma agradável conversa. Ela me disse que sempre quisera me dizer quanto fui bravo de ter lutado pela Confederação, mesmo que só na décima primeira hora.

– Ah, que bobagem! Melly é uma boba. Ela podia ter morrido naquela noite por causa de seu ato de heroísmo.

– Imagino que teria achado que dera a vida por uma boa causa. Quando perguntei o que estava fazendo em Atlanta, ela pareceu surpresa diante de minha ignorância e me contou que estavam morando aqui agora e que você tivera a bondade de oferecer sociedade ao Sr. Wilkes em sua serraria.

– Bem, o que tem isso? – questionou Scarlett, secamente.

– Quando lhe emprestei o dinheiro para comprar a serraria, foi sob a condição, com a qual você concordou, de que não deveria servir de sustento para Ashley Wilkes.

– Você está sendo ofensivo. Já lhe paguei o empréstimo, sou dona da serraria e o que faço com ela é assuntou meu.

– Você se importaria de me dizer como ganhou dinheiro para pagar o empréstimo?

– Vendendo madeira, é claro.

– O que quer dizer é que ganhou esse dinheiro a partir do que lhe emprestei para começar um negócio. Meu dinheiro está sendo usado para sustentar Ashley. Você é uma mulher sem honra e, se não tivesse pagado o empréstimo, eu teria grande prazer de lhe pedir de volta e de colocá-la em leilão público se não pudesse pagar.

Ele falou com suavidade, mas a raiva cintilava em seus olhos.

Scarlett rapidamente levou o conflito para o território inimigo.

– Por que você odeia tanto Ashley? Creio que tem ciúmes dele.

Depois de falar, ela sentiu vontade de morder a própria língua, pois ele jogou a cabeça para trás e riu até ela ficar rubra de humilhação.

– Vaidade somada a desonra – disse ele. – Você nunca vai superar o fato de ser a beldade do condado, não é? Sempre vai pensar que é a coisa mais linda e que cada homem que encontra está suspirando por seu amor.

– Não é nada disso! – exclamou ela, furiosa. – Só não consigo entender por que você odeia tanto Ashley, e essa é a única explicação que me vem à mente.

– Bem, pense em alguma outra coisa, pequena sedutora, pois essa explicação está errada. E quanto a odiar Ashley... não o odeio mais do que gosto dele. Na verdade, a única coisa que sinto por ele e pelos de sua estirpe é pena.

– Pena?

– Sim, e certo desdém. Agora pode inchar como um peru e dizer que ele vale mil patifes como eu e que eu não deveria ousar ser tão presunçoso de sentir pena dele nem desdenhá-lo. E quando parar de inchar, vou explicar, se estiver interessada.

– Pois bem, não estou.

– Mas vou dizer mesmo assim, pois não suporto que você continue acalentando sua agradável ilusão sobre meu ciúme. Tenho pena dele porque deveria estar morto e não está. E desdenho porque ele não sabe o que fazer de si mesmo agora que seu mundo se foi.

Havia algo familiar na ideia. Ela tinha uma lembrança confusa de ter ouvido palavras semelhantes, mas não conseguia se lembrar quando e onde. Não se esforçou muito, pois estava furiosa.

– Se dependesse de você, todos os homens decentes do sul estariam mortos.

– E, se dependesse deles, acho que a espécie de Ashley preferia estar morta. Mortos sob elegantes lápides, dizendo: "Aqui jaz um soldado da Confederação, morto pela Terra Sulista" ou "*Dulce et decorum est*"... ou qualquer um dos outros epitáfios populares.

– Não vejo por quê.

– Você nunca vê nada que não esteja escrito em letras bem grandes e depois mostrado bem embaixo de seu nariz, não é? Se estivessem mortos, seus problemas teriam acabado, não precisariam encarar os problemas sem solução. Além disso, as famílias se sentiriam orgulhosas por inúmeras gerações. E já ouvi dizer que os mortos ficam felizes. Acha que Ashley Wilkes está feliz?

– Ora, é claro... – Ela começou e logo se lembrou da expressão nos olhos de Ashley nos últimos tempos e se calou.

– Ele está feliz, assim como Hugh Elsing ou o Dr. Meade? Estão mais felizes que o meu ou o seu pai estavam?

– Bem, talvez não tão felizes como podiam estar porque perderam todo o dinheiro.

Ele riu.

– A questão não é perder o dinheiro, minha querida, mas perder o mundo... o mundo no qual foram criados. São como peixes fora d'água ou gatos com asas. Foram criados para ser certas pessoas, para fazer certas coisas, para ocupar certos nichos. E essas pessoas, coisas e nichos desapareceram quando o general Lee chegou a Appomattox. Ah, Scarlett, não pareça assim tão burra! O que há para Ashley Wilkes fazer agora que não tem mais a casa e que a fazenda foi confiscada para pagar os impostos e quando se conseguem vinte cavalheiros finos por um centavo? Ele consegue trabalhar com a cabeça ou as mãos? Aposto que você tem perdido dinheiro desde que ele se encarregou daquela serraria.

– Não perdi.

– Que bom. Posso ver seus livros em uma noite de domingo em que esteja livre?

– Você pode é ir para o inferno. E pode ir agora, que não me importo.

– Minha querida, já estive com o diabo e ele é muito chato. Não irei lá de novo, nem mesmo por você... Você pegou meu dinheiro quando estava desesperada e o usou. Tínhamos um acordo quanto a seu uso, e você o rompeu. Lembre-se, minha preciosa trapaceira, vai chegar o dia em que você vai querer pegar mais dinheiro emprestado comigo. Vai querer que eu a financie, com juros incrivelmente baixos, para poder comprar mais serrarias, mulas e construir mais *saloons*. E vai ser em vão.

– Quando precisar de dinheiro, pegarei emprestado no banco, obrigada – disse ela friamente, mas seu peito arfava de raiva.

– É mesmo? Tente. Tenho muitas ações no banco.

– Tem?

– Tenho. Estou interessado em um empreendimento honesto.

– Há outros bancos.

– Vários. E, se eu conseguir, será um inferno para você pegar um centavo de qualquer um deles. Poderá ir aos agiotas nortistas se quiser dinheiro.

– Irei com prazer.

– Irá, mas sem muito prazer quando souber as taxas de juros que cobram. Minha linda, há penalidades no mundo dos negócios por trapaça nas transações. Você deveria ter jogado limpo comigo.

– Você é um homem fino, não é? Rico e poderoso e, mesmo assim, fica atormentando pessoas que estão por baixo, como Ashley e eu!

– Não se compare a ele. Você não está por baixo. Nada a derruba. Mas ele está por baixo e lá ficará a menos que haja uma pessoa cheia de energia para orientá-lo e protegê-lo enquanto ele viver. Não tenho intenção de ter meu dinheiro beneficiando esse tipo de gente.

– Você não se importou de me ajudar, e eu estava por baixo e...

– Você era um bom risco, um risco interessante. Por quê? Porque não dependeu dos parentes do sexo masculino nem se lamentou pelos velhos tempos. Você foi à luta, batalhou e agora sua riqueza está firmemente plantada no dinheiro roubado da carteira de um morto e no dinheiro roubado da Confederação. A seu crédito você tem assassinato, furto ao marido, tentativa de fornicação, mentira, negociações astuciosas e tramoias sem conta que não valem uma inspeção cuidadosa. Coisas admiráveis, todas elas. Demonstram que você é uma pessoa de energia e determinação, um bom risco financeiro. É divertido ajudar pessoas que se ajudam. Eu emprestaria 10 mil dólares sem sequer uma promissória àquela velha matrona romana, a Sra. Merriwether. Ela começou com uma cesta de tortas e veja-a agora! Uma confeitaria empregando meia dúzia de pessoas, o velho vovô feliz com sua carroça de entregas e aquele pequeno crioulo preguiçoso, René, trabalhando duro e gostando... ou aquele pobre coitado, Tommy Wellburn, fazendo o trabalho de dois homens com o físico de meio e fazendo bem, ou... bem, não vou continuar chateando você.

– Pois você me chateia. Chateia ao máximo – disse Scarlett friamente, esperando aborrecê-lo e distraí-lo do assunto sempre desastroso: Ashley. Mas ele só deu uma risada, recusando-se a receber a crítica.

– Pessoas assim merecem ser ajudadas. Mas Ashley Wilkes... bah! Sua espécie não tem utilidade ou valor em um mundo de cabeça para baixo como o nosso. Sempre que o mundo sofre uma reviravolta, a espécie dele é a primeira a perecer. E como seria diferente? Eles não merecem sobreviver porque não lutam... não sabem lutar. Esta não é a primeira vez que o mundo fica de cabeça para baixo e não será a última. Já aconteceu antes e vai acontecer outra vez. E, quando acontece, todos perdem tudo e se tornam iguais. Então, recomeçam do nada. Isto é, nada além da astúcia de seus cérebros e da força de suas mãos. Mas algumas pessoas, como Ashley, não têm astúcia nem força ou, se têm, não querem usá-las. Então sucumbem, e devem sucumbir. É a lei da natureza, e o mundo fica melhor sem eles. Mas sempre há uns poucos intrépidos que se erguem e, com o tempo, voltam exatamente para onde estavam antes da reviravolta do mundo.

– Você foi pobre! Acabou de dizer que seu pai o expulsou de casa sem um tostão! – disse Scarlett, furiosa. – Era de se pensar que entenderia Ashley e seria solidário!

– Entendo – disse Rhett –, mas ai de mim ser solidário. Após a rendição, Ashley tinha muito mais que eu quando fui expulso. Pelo menos tinha amigos que o abrigaram, ao passo que eu era Ismael. Mas o que Ashley fez de si mesmo?

– Se estiver se comparando a Ashley, seu convencido, ora... Ele não é como você, graças a Deus! Ele não mancharia as mãos como você faz, ganhando dinheiro ao lado de aventureiros, da escória sulista e de ianques. Ele é escrupuloso e honrado!

– Mas não escrupuloso e honrado para recusar ajuda e dinheiro de uma mulher.

– O que mais poderia ter feito?

– Quem sou eu para dizer? Só sei o que fiz, tanto quando fui expulso de casa como atualmente. Só sei o que outros homens fizeram. Vimos oportunidade na ruína de uma civilização e a aproveitamos ao máximo, alguns honestamente, outros, nem tanto, e continuamos aproveitando como podemos. Mas os Ashleys deste mundo têm as mesmas chances e não as aproveitam. Simplesmente não são espertos, Scarlett, e só os espertos merecem sobreviver.

Ela mal ouviu o que ele dizia, pois agora lhe retornava a lembrança exata que a provocara alguns minutos antes quando ele começara a falar. Lembrou-se do vento frio que varria o pomar de Tara e de Ashley diante de uma pilha de lenha, os olhos que a fitavam sem ver. E ele dissera... o quê? Algum nome estrangeiro engraçado que soava como blasfêmia e falara do fim do mundo. Ela não entendera na época, mas agora começava a compreender, ficando atordoada e com uma sensação de mal-estar e cansaço.

– Ora, Ashley disse...

– Sim?

– Certa vez, em Tara, ele disse alguma coisa sobre o... um... crepúsculo dos deuses e sobre o fim do mundo e algumas tolices desse tipo.

– Ah, o Götterdämmerung! – Os olhos de Rhett estavam aguçados de interesse. – E o que mais?

– Ah, não me lembro bem. Eu não estava prestando muita atenção. Mas... sim... algo sobre os fortes obterem êxito e os fracos serem eliminados.

– Ah, então ele sabe, o que torna as coisas mais difíceis para ele. A maioria não sabe e nunca saberá. Ficam se perguntando pelo resto da vida para onde foi o velho encanto. Simplesmente sofrem em um silêncio orgulhoso e incompetente. Mas ele entende. Sabe que foi eliminado.

– Ah, ele não foi! Não enquanto eu respirar.

Ele a olhou em silêncio e sua fisionomia ficou impassível.

– Scarlett, como o convenceu a vir para Atlanta trabalhar na serraria? Ele resistiu muito?

Ela teve uma rápida lembrança da cena com Ashley após o funeral de Gerald, que logo afastou.

– Ora, claro que não – retrucou indignada. – Quando expliquei que precisava da ajuda dele porque não confiava naquele tratante que estava na serraria e Frank estava muito ocupado para me ajudar e eu ia... bem, havia Ella Lorena. Ele ficou contente de me ajudar.

– Doces são os caminhos da maternidade! Então foi assim que o abordou. Bom, o tem onde quer agora, pobre coitado, tão agrilhoado a você por obrigações quanto qualquer um de seus detentos às correntes. E desejo felicidade a vocês dois. Mas, como eu dizia no início desta discussão, você nunca mais obterá um centavo meu para nenhum de seus projetos pouco femininos, minha cara hipócrita.

Ela estava com muita raiva e também desapontada. Fazia tempo que planejava pedir mais dinheiro a Rhett para comprar um lote no centro e abrir um depósito de madeira.

– Posso passar sem seu dinheiro – exclamou ela. – Estou lucrando com a serraria de Johnnie Gallegher, bastante, agora que não emprego mais negros, tenho algum dinheiro em hipotecas e na loja estamos ganhando dinheiro rapidamente vendendo aos negros.

– É, ouvi falar. Que esperteza a sua lograr os desamparados, as viúvas, os órfãos e os ignorantes! Mas, se precisa roubar, Scarlett, por que não rouba dos ricos e fortes em vez dos pobres e fracos? Desde Robin Hood isso é considerado altamente moral.

– Porque – disse Scarlett secamente – é muito mais fácil e seguro roubar... como você chama isso... dos pobres.

Ele riu em silêncio, os ombros se sacudindo.

– Você é uma boa de uma trapaceira honesta, Scarlett!

Uma trapaceira! Esquisito que aquela palavra a magoasse. Não era trapaceira, disse a si mesma com veemência. Pelo menos, não era o que queria ser. Queria ser uma grande dama. Por um momento, sua mente retrocedeu rapidamente pelos anos e ela viu a mãe movendo-se com o ruge-ruge de saias e uma leve fragrância de sachê, as mãos incansáveis a serviço dos outros, amada, respeitada, estimada. E de repente seu coração doeu.

– Você está tentando me atormentar – disse ela, cansada –, mas não adianta. Sei que não ando sendo tão escrupulosa quanto deveria.

Nem tão boa e agradável como fui criada para ser. Mas não há outro jeito, Rhett. Mesmo, não consigo. O que mais deveria ter feito? O que teria acontecido comigo, com Wade, com Tara e com todos nós se eu tivesse sido... gentil quando aquele ianque chegou em Tara? Eu deveria ter sido... mas nem quero pensar naquilo. E, quando Jonas Wilkerson ia me tomar a casa, suponha que tivesse sido... boa e escrupulosa? Onde estaríamos agora? E se eu tivesse sido meiga e simplória e não tivesse censurado Frank sobre dívidas antigas nós estaríamos... ah, bem. Talvez eu seja uma trapaceira, mas não serei para sempre, Rhett. Mas durante esses últimos anos... e mesmo agora... que outra coisa deveria ter feito? De que outro modo teria agido? Eu tinha a sensação de ter que remar um barco bem carregado em meio a uma tormenta. Tive tanta dificuldade tentando simplesmente não afundar que não podia me preocupar com coisas sem importância, coisas de que podia me desfazer sem sentir falta, como boas maneiras e... bem, coisas assim. Fiquei com muito medo de atolar o barco no pântano, então descarreguei o que parecia menos importante.

– Orgulho, honra, verdade, virtude e bondade – ele enumerou suavemente. – Você tem razão, Scarlett. Essas coisas não são importantes quando o barco está afundando. Mas olhe em volta para seus amigos. Ou estão trazendo seus barcos para a terra firme em segurança com a carga intacta ou estão contentes de afundar com as bandeiras tremulando.

– São um bando de tolos – disse ela secamente. – Há hora para tudo. Quando eu tiver muito dinheiro, também vou ser boa como você quer. Serei de uma meiguice única. Vou poder me dar a esse luxo.

– Poderá, mas não vai. É difícil salvar cargas alijadas e, quando são salvas, costumam estar irreparavelmente danificadas. E temo que, quando você puder se dar ao luxo de pescar a honra, a virtude e a bondade que jogou fora, vai descobrir que sofreram uma mutação no mar e que não foi, sinto, para algo rico e desconhecido...

Ele se levantou de repente e pegou o chapéu.

– Já vai?

– Sim. Não fica aliviada? Deixo-a com os restos de sua consciência.

Ele fez uma pausa, olhou para o bebê, estendendo um dedo para a criança agarrar.

– Imagino que Frank esteja explodindo de orgulho.

– Ah, é claro.

– Suponho que tenha muitos planos para esse bebê.

– Ah, bem, você sabe que tolos são os homens em relação a seus bebês.

– Então diga a ele... – disse Rhett, e parou de repente, uma expressão estranha no rosto – diga a ele que, se quiser ver realizados seus planos para esse bebê, seria melhor ficar mais em casa à noite.

– O que quer dizer?

– Só isso. Diga-lhe para ficar mais em casa.

– Ah, que criatura vil você é! Insinuar que o pobre Frank...

– Ah, por Deus! – Rhett caiu na gargalhada. – Não quis dizer que ele está andando com mulheres! Frank! Não! Ah, Deus!

Ele desceu os degraus ainda rindo.

44

Ventava e fazia frio na tarde de março, e Scarlett puxou a coberta até em cima, sob os braços, a caminho da serraria de Johnnie Gallegher pela estrada Decatur. Era um momento arriscado para andar sozinha e ela sabia, mais arriscado do que antes, pois agora os negros estavam totalmente fora de controle. Como Ashley profetizara, as consequências tinham sido desastrosas desde que o legislativo se recusara a homologar a emenda. A corajosa recusa fora como um tapa na cara do norte furioso, e a retaliação chegara rapidamente. O norte estava decidido a forçar o voto negro no estado e, para esse fim, a Geórgia fora declarada em rebelião e posta sob a mais rígida das leis marciais. A própria existência da Geórgia como estado fora varrida do mapa e se tornara, juntamente com a Flórida e o Alabama, "Distrito Militar Número Três", sob o comando de um general federal.

Se a vida fora insegura e apavorante, era o dobro agora. Os regulamentos militares, que tinham parecido rigorosos no ano anterior, agora eram suaves em comparação aos emitidos pelo general Pope. Confrontado com a perspectiva de um domínio negro, o futuro parecia obscuro e desesperançado, e o estado aflito ardeu e se contorceu, impotente. Quanto aos negros, a nova importância adquirida lhes subiu à cabeça, e, vendo que eram apoiados pelo exército ianque, eram cada vez mais ultrajantes. Ninguém estava a salvo deles.

Nessa época feroz e amedrontadora, Scarlett estava assustada... mas determinada, e ainda saía sozinha com a pistola de Frank enfiada no estofamento da charrete. Amaldiçoava o legislativo por desencadear essa desgraça sobre todos. Que bem fizera a corajosa resistência, o gesto que todos denominavam de galhardo? Só tinha piorado muito as coisas.

Ao se aproximar do caminho que descia por entre as árvores nuas até a parte baixa do riacho, onde ficava a colônia de Shantytown, ela apressou o cavalo. Sempre se sentia insegura ao passar por aquele conjunto sujo e sórdido de tendas descartadas do exército e barracos de tábuas. Era o local de pior reputação de Atlanta e arredores, pois ali viviam na imundice negros marginais, prostitutas negras e alguns brancos pobres da pior espécie. Corria o boato de que era o refúgio de criminosos negros e brancos, sendo o primeiro lugar que os soldados ianques revistavam quando procuravam um homem. Tiroteios e facadas aconteciam ali com tamanha regularidade que as autoridades raramente se davam ao trabalho de investigar, e geralmente deixavam os habitantes de Shantytown resolver os próprios assuntos obscuros. No mato havia uma destilaria de uísque barato de milho e, à noite, os barracos perto do riacho ressoavam com gritos e xingamentos dos bêbados.

Até os ianques admitiam que era um local calamitoso e que devia ser eliminado, mas não tomavam nenhuma atitude. A indignação era enorme entre os habitantes de Atlanta e Decatur, que eram forçados a usar a estrada para viajar entre as duas cidades. Os homens passavam por Shantytown com a pistola solta no coldre, e as damas nunca passavam por lá se pudessem evitar, mesmo sob a proteção de seus homens, pois geralmente havia negras devassas e bêbadas sentadas pela estrada proferindo insultos e gritando palavrões.

Enquanto tivera Archie ao lado, Scarlett não pensava em Shantytown, pois nem mesmo a negra mais insolente ousava rir em sua presença. Mas, desde que fora forçada a andar sozinha, já houvera uma série de incidentes irritantes. As negras vadias pareciam querer ver até onde podiam chegar sempre que ela passava. Nada podia ser feito, a não ser ignorá-las e ferver de ódio. Não podia sequer procurar consolo desabafando com os vizinhos ou com a família, pois os vizinhos diriam triunfantes: "Pois bem, o que mais você esperava?", e a família ficaria apavorada novamente e tentaria impedi-la de sair. E ela não pretendia deixar de fazer suas rondas.

Graças aos Céus, naquele dia não havia mulheres maltrapilhas na estrada! Ao passar pela trilha que levava à colônia, ela olhou com desgosto para o grupo de choças erguidas no pequeno vale iluminado pelos raios oblíquos do sol. Soprava um vento frio e chegaram ao seu nariz os odores misturados de fumaça, carne de porco frita e latrinas desassistidas. Tapando o nariz, bateu com as rédeas no cavalo, apressando-o a fazer a curva da estrada.

Assim que começava a inspirar, aliviada, seu coração foi para a garganta pelo susto, pois um negro enorme saiu silenciosamente de trás de um carvalho. Ela estava assustada, mas não o bastante para perder a presença de espírito e, em um instante, puxou as rédeas do cavalo e a pistola de Frank estava em suas mãos.

– O que você quer? – gritou, com toda a severidade que conseguiu reunir. O negro se escondeu de novo atrás da árvore e a voz que respondeu estava assustada.

– Nosso Sinhô, sinhá Scarlett, num atira no Big Sam!

Big Sam! Por um momento, ela não se deu conta das palavras. Big Sam, o capataz de Tara, a quem vira pela última vez nos dias do cerco. Mas como...

– Saia daí e deixe-me ver se você realmente é o Sam!

Relutante, ele foi saindo de trás do esconderijo, um gigante maltrapilho, vestido em culotes de brim e um casaco azul da farda da União, que era curto e apertado demais para sua estatura. Vendo que realmente era Big Sam, ela enfiou a pistola de volta no estofamento e sorriu com prazer.

– Ah, Sam! Que bom revê-lo!

Sam correu até a charrete, os olhos se revirando de felicidade, os dentes brancos cintilando, e apertou a mão estendida com as duas mãos, tão grandes quando presuntos. A língua cor de melancia se projetou para fora, o corpo todo se agitou e suas contorções de alegria eram tão ridículas quanto as cabriolas de um mastim.

– Meu Deus, como é bão vê arguem da famía otra vez! – exclamou ele, esmagando a mão dela até fazê-la sentir que os ossos iam rachar. – Como que vosmecê ficô tão marvada de tá carregano uma arma, sinhá Scarlett?

– Com tanta gente ruim hoje em dia, Sam, é preciso. Mas o que você está fazendo em um lugar horrível como Shantytown, você, um negro respeitável? E por que não foi à cidade me procurar?

– Por Deus, sinhá Scarlett, eu num moro em Shantytown. Só tô descansano aqui um poco. Num ia morá nesse lugá por nada. Nunca na vida eu vi uns nego tão ordinário. E num sabia que vosmecê tava em Atlanta. Achei que tava em Tara. Eu tava pensano em ir pra casa, pra Tara assim que pudesse.

– Você está morando em Atlanta desde o cerco?

– Não, sinhá! Tive viajano! – Ele soltou a mão dela, que foi flexionada para se certificar de que os ossos estavam intactos. – Se alembra quando me viu úrtima vez?

Scarlett se lembrou do dia quente antes do início do cerco, quando ela e Rhett estavam na carruagem e o bando de negros, com Big Sam à frente, marchava pela rua poeirenta em direção às trincheiras cantando "Go Down, Moses". Ela fez que sim.

– Bão, eu trabaiei feito um cão cavano as vala e encheno saco de areia inté os confedrado saí de Atlanta. Mataro o cavalero capitão encarregado de eu, e num tinha ninguém pra dizê o que fazê. Entonce só fiquei deitado debaxo dos arbusto. Pensei, vô tentá vortá pra casa, pra Tara, daí me dissero que em vorta de Tara tava tudo queimado. Ademais, eu num tinha como vortá e tava com medo dos capitão do mato me pegá, no caso deu num tê passe. Daí viero os ianque e um cavalero ianque, ele era coroné, ele gostô de eu e ficô com eu pra cuidá do cavalo dele e das bota.

"Isso mermo, sinhá! Craro que fiquei bem contente de virá criado de quarto que nem o Pork, depois de sê só trabaiadô do campo. Eu num disse pro coroné que era trabaiadô do campo e ele... Bão, sinhá Scarlett, os ianque são inguinorante! Ele num sabia a diferença! Entonce fiquei com ele e fui para Savannah quando o generá Sherman foi para lá e, por Deus, sinhá Scarlett, nunca vi tanta coisa terríve como vi no caminho pra Savannah! E foi robá e foi queimá... eles queimô Tara, sinhá Scarlett?"

– Tentaram, mas nós apagamos o fogo.

– Ah, bão sabê. Tara é minha casa e tô pensano em vortá. Quando cabô a guerra, o coroné falô: "Você, Sam, vem pro norte comigo. Vô te pagá um bão salário." Bão, que nem os otro nego, eu tava quereno ixprimentá essa tar de liberdade, entonce fui pro norte com o coroné. É, sinhá, nós foi pra Washington e Nova York e despois para Boston, onde morava o coroné. É, sinhá, sô um nego viajado! Sinhá Scarlett, tem mais cavalo e carruage nas rua dos ianque que vosmecê pode imaginá. Eu ficava com medo de sê atropelado!

– Você gostou do norte, Sam?

Sam coçou a cabeça lanosa.

– Gostei... e num gostei. O coroné é um home fino e entende os nego. Mais a muié dele era otra coisa. Ela me chamô de "Sinhô" primera vez que viu eu. É mermo, sinhá, ela chamô. Deu vontade de fugi quando ela fez isso. Daí o coroné falô pra ela me chamá Sam e entonce ela chamô. Mas todos os ianque quando via eu, primera vez, chamava "Sinhô O'Hara". E me convidava pra sentá com eles como se eu era bão que nem eles. Bão, eu nunca tinha sentado com os branco e tô muito véio pra aprendê. Eles me tratava bem, sinhá Scarlett, mas no coração eles num gostava de eu... num gostava de nenhum nego. E tinha medo de eu por causa de eu sê grande. E sempre preguntava dos cachorro perdiguero que ia trás de eu e das surra que eu tomava. E, Deus do Céu, sinhá Scarlett, eu nunca tomei surra! Vosmecê sabe que o sinhô Gerald nunca vai dexá batê num nego caro que nem eu!

"Eu falei pra eles isso e contei pra eles que a sinhá Ellen era boa pros nego e que ela cuidô de eu uma semana intera de penumonia, eles num acreditô. E, sinhá Scarlett, eu garrei saudade da sinhá Ellen e de Tara inté parecê que num ia mais guentá e uma noite me vim embora pra casa nos vagão de carga até Atlanta. Se vosmecê me comprá uma passage pra Tara, eu vô ficá bem feliz de chegá em casa. Vô fica bem contente de vê a sinhá Ellen e o sinhô Gerald otra vez. Chega de liberdade. Quero arguém que me dê de comê todos dia, me diz o que fazê e o que num fazê e me cuida quando tô doente. Magina se pego penumonia otra vez? Aquela sinhá ianque vai cuidá de eu? Num vai, sinhá. Ela vai me chamá de 'sinhô O'Hara', mas num vai cuidá de eu... que foi, sinhá Scarlett?"

– Papai e mamãe morreram, Sam.

– Morreu? Tá brincano, sinhá Scarlett? Isso num é jeito de me tratá.

– Não estou brincando. É verdade. Mamãe morreu quando os homens de Sherman passaram por Tara e papai... ele se foi em junho. Ah, Sam, não chore. Por favor, não! Vou chorar também. Sam, pare! Não posso aguentar. Não falemos disso agora. Eu lhe conto tudo outra hora... A sinhá Suellen está em Tara, casada com um homem muito bom, o Sr. Will Benteen. E a sinhá Carreen está em um... – Scarlett fez uma pausa. Nunca faria o gigante chorão entender o que era um convento. – Está morando em Charleston. Mas Pork e Prissy estão em Tara... Vamos, Sam, enxugue o nariz. Você realmente quer ir para casa?

– Sim, sinhá, mais num vai sê que nem eu pensava com a sinhá Ellen e...

– Sam, você não gostaria de ficar aqui em Atlanta e trabalhar para mim? Preciso muito de um cocheiro com tanta gente ruim por aí hoje em dia.

– Sim, sinhá, quero, a sinhá percisa. Eu tava bem quereno dizê que vosmecê num devia tá andano por aí sozinha, sinhá Scarlett. Vosmecê num sabe o tanto que uns nego são mau hoje em dia, ainda mais esses que mora aqui em Shantytown. Num é seguro pra vosmecê. Só faz dois dia que tô por aqui, mais ovi eles falano na sinhá. E onte, quando a sinhá passô e as nêga vadia ficô inticano com vosmecê, eu reconheci a sinhá, mas num consegui lhe arcançá pruque vosmecê tava correno. Mas espantei elas toda! Ah, foi. Num notô que hoje num tem ninhuma por aqui?

– Notei, sim, e agradeço muito, Sam. Então, você gostaria de ser meu cocheiro?

– Sinhá Scarlett, brigado, mais eu acho que é mió ir pra Tara.

Big Sam olhou para baixo e seu dedo descalço ficou desenhando na estrada. Havia nele uma furtiva inquietação.

– Ora, por quê? Vou lhe pagar um bom salário. Fique comigo.

O grande rosto negro, tolo e de leitura tão fácil quanto o de uma criança olhou para ela assustado. Ele se aproximou e, inclinando-se ao lado da charrete, sussurrou:

– Sinhá Scarlett. Perciso saí de Atlanta e ir pra Tara, donde num vão me encontrá. Eu... matei um home.

– Um negro?

– Não, sinhá. Um branco. Um sordado ianque e eles tão percurano eu. É por causa disso que eu tô em Shantytown.

– Como foi?

– Ele tava bêbo e falô argo que num dava pra aceitá e eu pus as mão no pescoço dele e num queria matá ele, sinhá Scarlett, mas minhas mão são forte e antes de eu notá, ele tava morto. Fiquei com um medo danado e num sabia que fazê! Entonce eu vim pra cá pra se escondê e quando vi vosmecê onte, pensei "Deus seja Lovado! Sinhá Scarlett! Ela vai tomá conta de eu. Num vai dexá os ianque me pegá. Vai me mandá de vorta para Tara".

– Está dizendo que estão atrás de você. Eles sabem que foi você?

– Sabe, sinhá, eu sô tão grande que num dá pra se enganá. Tenho pra mim que sô o maió nego de Atlanta. Eles já teve aqui atrás de eu onte de noite, mais uma nêga me escondeu num barraco no meio do mato inté eles ir simbora.

Scarlett ficou parada, com a testa franzida por um instante. Não estava nem um pouco alarmada ou aflita porque Sam tinha cometido um assassinato, mas decepcionada por ele não poder servir-lhe de cocheiro.

Um negro grande como Sam seria um guarda-costas tão bom quanto Archie. Bem, ela precisava fazê-lo chegar a Tara em segurança, pois as autoridades não podiam apanhá-lo. Era um negro valioso demais para ser enforcado. Ora, fora o melhor capataz que Tara tivera. Scarlett não conseguia se convencer de que ele estava livre. Ainda pertencia a ela, como Pork, Mammy, Peter, Cookie e Prissy. Ainda era "um de nossa família" e, como tal, devia ser protegido.

– Eu o mando para Tara hoje à noite – disse ela por fim. – Agora, Sam, tenho que ir, mas devo voltar antes do pôr do sol. Espere por mim aqui. Não diga a ninguém para onde vai e, se tiver um chapéu, traga-o para esconder o rosto.

– Num tenho ninhum chapéu.

– Bem, tome esta moeda. Compre o chapéu de um desses negros e me encontre aqui.

– Sim, sinhá. – Seu rosto ficou animado de alívio por novamente ter quem lhe dissesse o que fazer.

Scarlett seguiu caminho, pensativa. Certamente Will saudaria uma boa mão de obra para os campos. Pork nunca servira para esse trabalho e nunca serviria. Com Sam em Tara, Pork poderia ir para Atlanta ficar com Dilcey, como lhe prometera quando Gerald morrera.

Quando chegou à serraria, o sol se punha e era mais tarde do que ela pretendia. Johnnie Gallegher estava na porta do galpão miserável que servia de cozinha para o pequeno acampamento. Sentados em um tronco em frente ao barraco de meia-água que servia de dormitório estavam quatro dos cinco detentos que Scarlett separara para a serraria de Johnnie. Os uniformes estavam sujos e fedendo a suor, as algemas tilintavam entre seus tornozelos quando se mexiam, cansados, e havia um ar de apatia e desespero. Estavam magros e doentios, pensou Scarlett, olhando bem para eles, e, quando ela os contratara, não fazia muito tempo, era uma equipe em bom estado. Eles nem sequer ergueram os olhos quando ela desceu da charrete, mas Johnnie se virou para ela, erguendo um pouco o chapéu. O rosto queimado de sol estava duro feito um parafuso quando a cumprimentou.

– Não estou gostando da aparência dos homens – disse ela abruptamente. – Não parecem bem. Onde está o outro?

– Alegou que está doente – disse Johnnie, lacônico. – Está no dormitório.

– O que ele tem?

– Principalmente preguiça.

– Vou vê-lo.

– Não faça isso. É provável que esteja pelado. Eu cuido dele. Vai estar de volta ao trabalho amanhã.

Scarlett hesitou e viu um dos detentos erguer a cabeça exausta e lançar um olhar de ódio para Johnnie antes de olhar de novo para o chão.

– Você andou chicoteando esses homens?

– Ora, Sra. Kennedy, me perdoe, mas quem dirige esta serraria? A senhora me deixou encarregado e me pediu para dirigi-la. Disse que eu tinha total liberdade. Não tem nenhuma reclamação de mim, tem? Não estou fazendo o dobro do que o Sr. Elsing fazia?

– Está sim – disse Scarlett, mas sentiu um calafrio.

Havia uma atmosfera sinistra no acampamento, com aquelas choças, algo que não existia quando estava sob o comando de Hugh Elsing. Havia ali uma solidão e um isolamento que a deixaram arrepiada. Esses detentos estavam tão distantes de tudo, tão à mercê de Johnnie Gallegher, que, se ele resolvesse chicoteá-los ou maltratá-los, é provável que ela jamais ficasse sabendo. Os detentos teriam medo de reclamar com ela, temendo piores castigos depois que ela se fosse.

– Os homens estão magros. Está lhes dando comida suficiente? Deus é testemunha de que gasto bastante dinheiro com a alimentação deles para que estejam gordos como leitões. Só a farinha e o porco me custaram 30 dólares mês passado. O que vão jantar?

Ela foi até o barraco da cozinha e olhou para dentro. Uma mulata gorda, inclinada sobre um velho fogão enferrujado, fez uma meia mesura ao ver Scarlett e continuou mexendo uma panela de feijão. Scarlett sabia que Johnnie Gallegher vivia com ela, mas achou melhor ignorar o fato. Viu que, além do feijão e de uma panela de angu, nada mais estava sendo preparado.

– Você não tem nada mais para esses homens?

– Não, senhora.

– Não tem nenhum pedaço de carne-seca nesse feijão?

– Não, senhora.

– Nem bacon? Mas feijão sem bacon é ruim. Não sustenta. Por que não tem bacon?

– O sinhô Johnnie diz que num precisa pô carne.

– Você vai pôr bacon, sim. Onde guarda os mantimentos?

A mulata virou os olhos assustados para o armarinho que servia de despensa e Scarlett abriu a porta. Havia uma barrica aberta de fubá, um saco pequeno de farinha, meio quilo de café, um pouco de açúcar, um pote de melado de sorgo e dois presuntos. Um deles fora cozido recentemente, e só uma ou duas fatias tinham sido cortadas. Furiosa, Scarlett se virou para Johnnie Gallegher e encontrou seu olhar friamente zangado.

– Onde estão os cinco sacos de farinha de trigo que mandei semana passada? E o açúcar e o café? E mandei também cinco presuntos e três quilos de carne-seca e Deus sabe quantos quilos de inhame e batatas. Bem, onde estão? É impossível que tenha usado tudo em uma semana, nem servindo cinco refeições ao dia. Você vendeu! Foi isso que fez, seu ladrão! Vendeu meus bons suprimentos, pôs o dinheiro no bolso e alimentou esses homens com feijão e polenta. Não é de surpreender que estejam tão magros. Saia de minha frente.

Ela passou por ele furiosa e foi até a porta.

– Você aí na ponta... é, você mesmo! Venha cá!

O homem se levantou e caminhou desajeitado na direção dela, os grilhões tilintando, e ela viu que os tornozelos nus estavam vermelhos e em carne viva pelo atrito com o ferro.

– Quando comeu presunto pela última vez?

O homem olhou para o chão.

– Fale!

O homem continuou quieto e servil. Por fim, ele ergueu a vista, olhou para Scarlett suplicante e olhou para baixo de novo.

– Está com medo de falar, não é? Bem, vá até aquela despensa e tire aquele presunto da prateleira. Rebecca, dê a ele sua faca. Leve e divida com os homens. Rebecca, faça alguns pães e café para esses homens. E sirva bastante sorgo. Comece logo, quero ver.

– Esse café e farinha são do sinhô Johnnie – murmurou Rebecca, amedrontada.

– Do Sr. Johnnie uma ova! Suponho que o presunto também seja dele. Faça o que estou dizendo. Ande. Johnnie Gallegher, venha até a charrete comigo.

Altivamente, ela atravessou o pátio sujo e subiu na charrete, percebendo com soturna satisfação que os homens estavam cortando o presunto e enchendo a boca vorazmente. Pareciam temer que lhes fosse tirado a qualquer minuto.

– Você é um belo de um patife! – exclamou furiosa para Johnnie, parado ao lado da roda, chapéu para trás. – E devolva o equivalente a meus suprimentos. No futuro, trarei os mantimentos todos os dias em vez de entregá-los por mês. Aí não poderá me enganar.

– No futuro, não estarei aqui – disse Johnnie.

– Quer dizer que está se demitindo?!

Por um momento, Scarlett quase gritou: "Pois vá e boa viagem!", mas a fria mão da cautela a deteve. Se Johnnie se demitisse, o que faria? Produzia o dobro de madeira do que Hugh produzia. E ela tinha um grande pedido, o maior até então, e era urgente. Precisava entregar aquela madeira em Atlanta. Se Johnnie se demitisse, quem ela poria em seu lugar?

– É, estou me demitindo. A senhora me encarregou disso aqui e disse que esperava o máximo de madeira que fosse possível. Não me falou como dirigir meu negócio e não pretendo que faça isso agora. Meu jeito de conseguir lhe entregar a madeira não é da sua conta. A senhora não pode reclamar que eu não cumpri o prometido. Fiz a senhora ganhar dinheiro e ganhei meu salário... e tirei mais alguma coisinha. E agora vem a senhora, interferindo, fazendo perguntas e tirando minha autoridade na frente dos homens. Como espera que eu mantenha a disciplina agora? E daí se os homens levam uma surra às vezes? A ralé preguiçosa merece pior. E daí se não estão alimentados e mimados? Não merecem nada melhor. Ou a senhora cuida de seu negócio e me deixa cuidar do meu, ou me demito agora mesmo.

O pequeno rosto dele parecia mais empedernido que nunca, e Scarlett estava em um dilema. Se ele se demitisse, o que ela faria? Não poderia ficar ali a noite inteira montando guarda aos detentos!

O dilema estava estampado em seus olhos, pois a expressão de Johnnie mudou subitamente, e parte da dureza sumiu de sua fisionomia. Quando ele falou, havia uma nota agradável em sua voz.

– Está ficando tarde, Sra. Kennedy, é melhor ir para casa. Não vamos brigar por causa de uma bobagem como essa, não é? Digamos que a senhora tire 10 dólares de meu próximo salário e fica tudo por isso mesmo.

Sem querer, os olhos de Scarlett se dirigiram para o grupo infeliz que roía o presunto, e ela pensou no homem doente deitado no barraco frio. Precisava se livrar de Johnnie Gallegher. Ele era um ladrão bruto. Não havia como saber o que fazia aos detentos quando ela não estava lá. Mas, por outro lado, era esperto e, Deus sabia, ela precisava de um homem esperto. Bem, não podia dispensá-lo agora. Ele lhe rendia um bom dinheiro. Só precisava garantir que os detentos recebessem suas rações adequadas no futuro.

– Vou tirar 20 dólares de seu salário – disse ela secamente –, e volto amanhã de manhã para discutirmos melhor o assunto.

Ela pegou as rédeas, mas sabia que não haveria mais discussão. Sabia que o assunto se encerrara ali e sabia que Johnnie sabia.

Seguindo pela trilha que levava à estrada Decatur, sua consciência lutava contra seu desejo por dinheiro. Sabia que não devia deixar vidas humanas à mercê do homenzinho cruel. Se ele viesse a provocar a morte de um deles, a culpa seria igualmente dela, pois o mantivera no comando depois de saber de suas brutalidades. Mas, por outro lado... bem, por outro lado, nenhum homem devia fazer o que eles tinham feito para ser condenados. Se tinham infringido a lei e sido pegos, mereciam aquilo. Isso lhe apaziguou parcialmente a consciência, mas, conforme seguia pela estrada, os rostos embotados e magros dos detentos não paravam de lhe voltar à mente.

"Ah, penso neles depois", decidiu, arrastando aquele pensamento para o quarto de despejos de sua mente e fechando a porta.

O SOL TINHA se posto completamente quando ela chegou à curva da estrada que dava em Shantytown, e a mata em volta estava escura. Com o sumiço do sol, um calafrio amargo descera sobre o mundo crepuscular e um vento frio soprava pela mata escura, fazendo os galhos nus estalarem e as folhas mortas farfalharem. Ela nunca ficara fora sozinha até tão tarde e sentia-se inquieta, desejando já estar em casa.

Big Sam não estava à vista e, ao puxar as rédeas para esperar por ele, preocupou-se com sua ausência, temendo que os ianques já pudessem tê-lo levado. Então, ouviu passos vindos da trilha e suspirou aliviada. Com certeza, repreenderia Sam por deixá-la esperando.

Mas não foi Sam quem saiu da curva.

Eram um branco enorme e maltrapilho e um negro atarracado com ombros e peito iguais aos de um gorila. Ela bateu com as rédeas no lombo do cavalo e agarrou a pistola. O animal começou a trotar, mas em seguida parou quando o branco estendeu o braço.

– Senhora – disse ele –, pode me dar uma moeda? Estou com fome.

– Saia da frente – respondeu ela, mantendo a voz o mais estável possível. – Não tenho dinheiro. Vamos.

Com um rápido movimento, a mão do homem estava segurando o freio do cavalo.

– Agarre-a! – gritou para o negro. – Ela deve ter o dinheiro no busto!

O que ocorreu em seguida foi como um pesadelo para Scarlett, e tudo aconteceu muito rapidamente. Ela ergueu a pistola e um instinto lhe disse para não atirar no branco com medo de atingir o cavalo. O negro vinha correndo para a charrete, o rosto contorcido em um sorriso malicioso, e ela atirou nele à queima-roupa. Se acertou ou não, nunca soube, mas no momento seguinte a pistola foi arrancada de sua mão com uma violência que quase lhe quebrou o pulso. O negro estava a seu lado, tão próximo que ela podia sentir seu cheiro repulsivo, tentando puxá-la para fora da charrete. Com a mão livre, ela lutou ferozmente, fincando-lhe as unhas no rosto, e então sentiu a mão grande em sua garganta e, com ruído, seu corpete foi rasgado do pescoço até a cintura. Em seguida, a mão negra remexeu entre os seios dela, o que a encheu de terror e repugnância, como jamais sentira, e gritou feito louca.

– Faz ela se calar! Puxa ela pra fora! – gritava o branco, e a mão negra foi para o rosto de Scarlett, buscando-lhe a boca. Ela mordeu do modo mais selvagem que conseguiu e gritou de novo, ouvindo o branco praguejar, e percebeu que havia um terceiro homem na estrada escura. A mão negra largou sua boca e o negro saltou quando Big Sam o atacou.

– Corre, sinhá Scarlett! – gritou Sam, lutando com o negro. Gritando e tremendo, ela agarrou as rédeas e o chicote e deitou ambos no cavalo, que saltou e ela sentiu as rodas passar por algo macio e resistente. Era o branco, caído na estrada onde Sam o derrubara.

Enlouquecida de terror, ela chicoteava o cavalo sem parar, saindo em uma disparada que fez a charrete balançar e se inclinar. Apesar do medo, ela percebia o som de pés correndo atrás dela e gritou para o cavalo ir mais depressa. Se aquele macaco negro a pegasse de novo, ela morreria antes que a tocasse.

Uma voz gritou atrás dela.

– Sinhá Scarlett! Para!

Sem parar, ela olhou trêmula para trás e viu Big Sam correndo pela estrada, suas pernas compridas funcionando como pistões acelerados. Puxou as rédeas enquanto ele se aproximava e ele se jogou para dentro da charrete, o corpo grande fazendo-a se encolher. Suor e sangue escorriam por seu rosto enquanto ele dizia, ofegante:

– Tá machucada? Eles machucô a sinhá?

Ela não conseguia falar, mas, vendo a direção dos olhos dele, que logo se desviaram, percebeu que seu corpete estava aberto até a cintura, deixando seios e espartilho à mostra. Com a mão trêmula, ela juntou as duas pontas e, baixando a cabeça, começou a chorar em soluços aterrorizados.

– Dá cá as rédea – disse Sam, tomando-as da mão dela. – Cavalo, simbora!

Estalou o chicote e o animal assustado saiu a galope, quase jogando a charrete na vala.

– Espero tê matado aquele macaco preto, mais num esperei pra vê – falou ele ofegante. – Mais se ele te fez mar, sinhá Scarlett, eu vorto lá pra tê certeza.

– Não... não... vamos embora depressa – disse ela aos soluços.

45

Naquela noite, quando Frank deixou-a com tia Pitty e as crianças na casa de Melanie e saiu com Ashley, Scarlett quase teve um acesso de raiva e mágoa. Como podia sair para uma reunião de política justamente naquela noite? Uma reunião política! Na noite em que ela fora atacada, quando qualquer coisa podia ter lhe acontecido! Era insensível e egoísta da parte dele. Mas ele encarara toda a situação com uma calma enlouquecedora desde sua chegada em casa, com Sam carregando-a aos prantos, o corpete aberto até a cintura. Não cofiara a barba uma só vez enquanto ela contava a história. Só perguntara gentilmente: "Doçura, você está machucada... ou só assustada?"

Com ira misturada às lágrimas, ela não conseguira responder, e Sam adiantou-se a dizer que ela só estava assustada.

– Cheguei antes deles podê fazê mais estrago na rôpa dela.

– Você é um bom rapaz, Sam, e não esquecerei o que fez. Se houver qualquer coisa que puder fazer por você...

– Sim, sinhô, vosmecê pode me mandá pra Tara, o mais rápido que pudé. Os ianque tão trás de eu.

Frank ouviu aquela declaração também com calma e não fez perguntas. Estava com a mesma expressão que tinha na noite em que Tony batera à porta, como se aquele fosse um assunto exclusivamente masculino e que exigia um mínimo de palavras e emoções.

– Vá para a charrete. Vou mandar Peter levá-lo até Rough and Ready agora. Você pode se esconder no mato até de manhã e depois pegar o trem para Jonesboro. Será mais seguro... Agora, querida, pare de chorar. Está tudo acabado e você não se machucou. Srta. Pitty, pode me emprestar seus sais aromáticos? E Mammy, pegue um taça de vinho para a Sra. Scarlett.

Scarlett tivera um novo acesso de choro, desta vez eram lágrimas de raiva. Queria consolo, indignação, ameaças de vingança. Até preferiria que ele a atormentasse, dizendo que isso era exatamente o que tinha lhe avisado que iria acontecer... qualquer coisa menos aceitar tudo de modo natural e tratar o perigo pelo qual ela passara como um episódio menor. Ele foi bom e gentil, é claro, mas de modo distante, como se tivesse algo muito mais importante em mente.

E esse algo importante se revelara ser uma reuniãozinha de política.

Ela mal pôde acreditar quando ele lhe disse que trocasse de roupa e ficasse pronta para que ele a acompanhasse à casa de Melanie. Ele devia saber quanto a experiência fora angustiante, devia saber que não estava com vontade de ficar na casa de Melanie quando seu corpo cansado e seus nervos à flor da pele imploravam pelo conforto de uma cama e cobertores... com um tijolo quente que lhe amortecesse os dedos dos pés e um chocolate quente que lhe acalmasse os temores. Se ele realmente a amasse, nada o teria forçado a deixá-la justo naquela noite. Ele teria ficado em casa, segurado sua mão, dizendo que morreria se algo tivesse acontecido. E, quando ele voltasse para casa e estivessem a sós, ela certamente lhe diria isso.

A salinha de Melanie estava serena como de costume nas noites em que Frank e Ashley saíam e as mulheres ficavam reunidas para costurar. O cômodo estava quente e alegre com a luz do fogo aceso na lareira. O lampião sobre a mesa lançava uma luz amarelada nas quatro cabeças inclinadas sobre os trabalhos de agulha e linha. Quatro saias estavam modestamente acomodadas e oito pezinhos descansavam confortáveis em almofadas. Pela porta aberta do quarto, ouvia-se a respiração tranquila de Wade, Ella e Beau. Archie, sentado em um banco diante da lareira, as costas para o fogo, o rosto protuberante por causa do naco de fumo, desbastava diligentemente uma lasca de lenha. O contraste entre o homem sujo e peludo e as quatro damas caprichosas e meticulosas era tão grande como seria a de um velho cão de guarda malvado com quatro filhotes de gato.

A voz suave de Melanie, tocada pela indignação, falava sobre os recentes acessos temperamentais das Damas Harpistas. Incapazes de concordar com o Gentlemen's Glee Club quanto ao programa para o próximo recital, as damas tinham esperado por Melanie naquela tarde para anunciar sua completa retirada do Círculo Musical. Exigiram toda a sua diplomacia para dissuadi-las da decisão.

Irritadíssima, Scarlett tinha vontade de gritar: "Que se danem as Damas Harpistas!" Queria falar de sua terrível experiência. Estava explodindo para contar às outras todos os detalhes. Desejava dizer quanto fora corajosa, só para garantir a si mesma, pelo som da própria voz, que realmente o fora. Mas, sempre que começava a falar no assunto, Melanie habilmente desviava a conversa para outro terreno inócuo. Aquilo deixou Scarlett irritada a um ponto quase insuportável. Elas eram tão mesquinhas quanto Frank.

Como podiam ficar tão calmas e plácidas quando ela acabara de escapar a um destino tão terrível? Nem tinham a cortesia de dar-lhe o alívio de falar sobre aquilo.

Os acontecimentos da tarde a tinham abalado mais do que gostaria de admitir para si mesma. Cada vez que pensava naquele rosto negro malévolo olhando para ela na estrada sombria da floresta, começava a tremer. Quando pensava na mão negra em seu busto e no que teria acontecido se Big Sam não tivesse aparecido, baixava mais ainda a cabeça e esfregava os olhos fechados. Quanto mais ficava em silêncio na tranquilidade da sala, ouvindo a voz de Melanie, mais se retesavam seus nervos. Sentia que a qualquer momento ia ouvi-los se romper com o mesmo som que faz uma corda de banjo ao se partir.

O desbastar de Archie a aborrecia e ela franziu a testa para ele. De repente, parecia estranho que ele estivesse ali sentado se entretendo com uma lasca de lenha. Geralmente, se esticava no sofá nas noites em que montava guarda, dormindo e roncando com tal força que a longa barba flutuava a cada ribombar da expiração. Era ainda mais estranho que nem Melanie nem India lhe dissessem para pôr um papel no chão. Ele já fizera a maior sujeira no tapete diante da lareira com as lascas, mas elas não pareciam ter notado.

Enquanto ela o observava, Archie virou-se de repente para o fogo e cuspiu o sumo de tabaco com tal veemência que India, Melanie e Pitty se sobressaltaram como se uma bomba tivesse explodido.

– *Precisa* expectorar tão alto? – exclamou India em uma voz claramente aborrecida. Scarlett olhou para ela, surpresa, pois India era sempre muito contida.

Archie olhou para ela por olhar.

– Creio que sim – respondeu friamente e cuspiu outra vez. Melanie franziu o cenho para India.

– Sempre gostei que meu querido pai não mascasse – começou Pitty, e Melanie, o cenho ainda mais fechado, sacudiu-a e falou de um modo áspero que Scarlett jamais ouvira.

– Ah, por favor, cale-se, titia! Que falta de tato.

– Minha nossa! – Pitty largou a costura no colo e franziu a boca, magoada. – Não sei o que há com vocês hoje. Você e India estão nervosas e mal-humoradas como duas velhas ranzinzas.

Ninguém respondeu. Melanie nem sequer se desculpou pela irritação e voltou à sua costura com alguma agressividade.

– Está dando o ponto muito longo – declarou Pitty com alguma satisfação. – Terá que tirar todos. O que há com você?

Mas Melanie continuou sem responder.

O que estaria havendo com elas, Scarlett se perguntou. Será que ficara absorta demais com seus temores para perceber? Sim, apesar das tentativas de Melanie de fazer a noite se parecer com qualquer das outras cinquenta que tinham passado juntas, havia uma diferença na atmosfera, um nervosismo que não podia ser apenas devido ao alarme e ao choque pelo que acontecera naquela tarde. Scarlett espiava furtivamente as companheiras e interceptou um olhar de India que a deixou desconfortável porque foi um olhar longo, que carregava em suas frias profundezas algo mais forte que ódio e mais ofensivo que desdém.

"Como se ela achasse que o que aconteceu é culpa minha", pensou, indignada.

India desviou o olhar para Archie, todo o aborrecimento sumindo de sua fisionomia, olhando-o com uma expressão de oculta indagação ansiosa. Ele não olhou para ela, mas para Scarlett, do mesmo modo duro e frio de India.

Sem que Melanie retomasse a conversa, o silêncio tomou conta da sala e Scarlett ouviu o vento crescente lá fora. De repente, a noite tornou-se a mais desagradável possível. Agora começava a sentir a tensão no ar e imaginava se estivera presente todo o tempo e seu aborrecimento a impedira de perceber. Havia em torno de Archie uma expressão de espera alerta, e suas velhas orelhas peludas pareciam erguidas como as de um lince. Existia uma intranquilidade seriamente reprimida em Melanie e India, que as fazia erguer a cabeça a cada som de cascos na rua, a cada gemido dos galhos nus sob o zunido do vento, a cada ruído provocado pela queda das folhas secas na grama. Elas se sobressaltavam a cada estalo da lenha no fogo como se fossem passos furtivos.

Havia algo errado, e Scarlett perguntava-se o que seria. Algo que ela desconhecia estava acontecendo. Uma olhada para o rosto redondo e ingênuo de tia Pitty, contorcido em um beicinho, dizia-lhe que ela também não sabia. Mas Archie, Melanie e India sabiam. No silêncio, ela quase podia sentir os pensamentos de India e Melanie girando frenéticos como um esquilo em uma gaiola. Sabiam de alguma coisa, esperavam por alguma coisa, apesar do esforço para manter uma aparência de normalidade. E aquela inquietude contaminava Scarlett, deixando-a mais nervosa que antes. Manuseando a agulha desajeitadamente, ela picou o polegar e, como o gritinho de dor e irritação fez todas se sobressaltarem, o espremeu até aparecer uma gota encarnada.

– Estou nervosa demais para costurar – declarou, jogando seu conserto no chão. – Estou quase gritando. Quero ir para casa, dormir. E Frank sabia e resolveu sair. Ele fala, fala, fala sobre proteger as mulheres contra os negros e os aventureiros ianques e, quando chega a hora de dar alguma proteção, onde ele está? Em casa tomando conta de mim? Não, está vadiando por aí com um monte de homens que não fazem nada além de falar e...

Seus olhos detiveram-se no rosto de India e ela parou de falar. A respiração dela estava acelerada e seus olhos pálidos sem pestanas fixavam Scarlett com uma frieza mortal.

– Se não lhe custar muito, India – disse ela, sarcástica –, eu ficaria muito agradecida se você me dissesse por que ficou me olhando desse jeito a noite toda. Meu rosto ficou verde ou algo assim?

– Não me custa contar, o farei com prazer – disse India, e seus olhos brilharam. – Detesto vê-la subestimar um homem bom como o Sr. Kennedy quando, se você soubesse...

– India! – disse Melanie, advertindo-a, as mãos agarradas na costura.

– Creio conhecer meu marido melhor que você – disse Scarlett, esperando a primeira discussão aberta que teria com India, fazendo os ânimos se alterarem e seu estado nervoso sumir. Os olhos de Melanie cruzaram com os de India, que, relutante, calou-se. Mas, de modo quase instantâneo, ela falou de novo e sua voz estava fria de ódio.

– Você me deixa enjoada, Scarlett O'Hara, falando em ser protegida. Não quer ser protegida. Se quisesse não teria se exposto como fez todos esses meses, andando pela cidade, se exibindo para homens estranhos, esperando que a admirem! O que lhe aconteceu hoje à tarde era exatamente o que você merecia, e, se houvesse alguma justiça, teria sido pior.

– Ah, India, cale-se! – exclamou Melanie.

– Deixe-a falar – exclamou Scarlett. – Estou gostando. Sempre soube que ela me odiava e era hipócrita demais para admitir. Se achasse que alguém iria admirá-la, estaria caminhando nua pelas ruas da manhã à noite.

India ficou de pé, o corpo magro tremendo com o insulto.

– De fato a odeio – disse ela em uma voz clara, embora trêmula. – Mas não foi a hipocrisia que me manteve quieta. Foi algo que você não entende, pois não tem nenhuma... cortesia, nenhuma educação. É a noção de que, se não nos mantivermos unidos e deixarmos de lado os pequenos ódios, não podemos esperar derrotar os ianques. Mas você... você... fez tudo o que podia para desprestigiar gente decente... trabalhando e envergonhando um bom marido, dando aos ianques e à ralé o direito de rir de nós e de fazer comentários ofensivos sobre nossa falta de nobreza. Os ianques não sabem que você não é uma de nós e que nunca foi. Os ianques não têm juízo suficiente para saber que você é desprovida de nobreza. E, quando fica andando pelo meio do mato se expondo a ataques, está expondo cada mulher correta da cidade, colocando a tentação no caminho de negros e brancos ordinários malvados. E você pôs a vida de nossos homens em risco porque eles têm que...

– Meu Deus, India! – exclamou Melanie e, mesmo em sua ira, Scarlett ficou assombrada de ouvir Melanie tomar o nome do Senhor em vão. – Você precisa se calar! Ela não sabe e... fique calada! Você prometeu...

– Ah, meninas! – suplicou a Srta. Pittypat, os lábios trêmulos.

– O que eu não sei? – Scarlett estava de pé, furiosa, encarando furiosamente o frio arroubo de India e a súplica de Melanie.

– Galinhas-d'angola – disse Archie subitamente, com voz desdenhosa. Antes que alguém pudesse repreendê-lo, sua cabeça grisalha se ergueu e ele se levantou depressa. – Alguém está chegando. E não é o Sr. Wilkes. Parem de cacarejar.

Havia autoridade masculina em sua voz, e as mulheres ficaram subitamente quietas, a raiva logo sumiu de suas fisionomias enquanto ele atravessava a sala até a porta.

– Quem é? – perguntou antes que o visitante chegasse a bater.

– Capitão Butler. Deixe-me entrar.

Melanie atravessou a sala com tal rapidez que sua crinolina balançou, mostrando-lhe as calçolas até os joelhos, e, antes que Archie pusesse a mão na maçaneta, ela abriu a porta. Rhett Butler estava lá parado, o chapéu preto inclinado bem baixo sobre os olhos, o vento forte chicoteando sua capa. Uma vez na vida, as boas maneiras o abandonaram. Não tirou o chapéu nem falou com os outros na sala. Só tinha olhos para Melanie e disse abruptamente, sem cumprimentar.

– Onde eles foram? Diga logo. É questão de vida ou morte.

Scarlett e Pitty, nervosas e confusas, olharam uma para a outra, assombradas, e, como uma gata magra, India atravessou a sala correndo, ficando ao lado de Melanie.

– Não diga nada – exclamou ela rapidamente. – Ele é um espião da escória!

Rhett não concedeu sequer um olhar a ela.

– Rápido, Sra. Wilkes! Ainda pode dar tempo.

Melanie parecia paralisada de terror e só olhava para ele

– Mas o que está... – começou Scarlett.

– Cala a boca – ordenou Archie secamente. – A senhora também, Sra. Melly. Sai já daqui, seu velhaco maldito.

– Não, Archie, não! – exclamou Melanie, pondo a mão trêmula no braço de Rhett como que para protegê-lo de Archie.

– O que aconteceu? Como o senhor... como soube?

A cortesia lutava contra a impaciência na fisionomia sombria de Rhett.

– Meu Deus, Sra. Wilkes, eles estão sob suspeita desde o começo... foram apenas espertos... até esta noite! Como soube? Estava jogando pôquer com dois capitães ianques embriagados e eles deixaram escapar. Os ianques sabiam que haveria problemas hoje à noite e se prepararam. Os tolos vão cair em uma armadilha.

Por um momento, foi como se Melanie oscilasse sob o impacto de um golpe forte, e Rhett a segurou pela cintura para equilibrá-la.

– Não lhe diga! Ele está tentando enganá-la! – exclamou India, olhando para Rhett ferozmente. – Não o ouviu dizer que estava com oficiais ianques?

Rhett continuou sem olhar para ela. Seus olhos estavam insistentemente sobre o rosto lívido de Melanie.

– Diga-me. Onde eles foram? Eles têm um local de encontro?

Apesar do medo e da incompreensão, Scarlett pensou que nunca vira uma fisionomia mais inescrutável e sem expressão que a de Rhett, mas era evidente que Melanie via outra coisa, algo que a fazia confiar. Ela endireitou o corpo frágil, afastando-se do braço que a firmava e disse suavemente, mas com voz trêmula:

– Na estrada Decatur, perto de Shantytown. Eles se encontram no porão da antiga fazenda Sullivan... a que está meio queimada.

– Obrigado. Vou correndo. Quando os ianques vierem aqui, nenhuma de vocês sabe de nada.

Ele partiu com tal rapidez, a capa negra se mesclando à noite, que elas mal podiam crer que estivera lá até ouvirem o cascalho se espalhando e o ruído do cavalo saindo a todo galope.

– Os ianques aqui? – exclamou Pitty e, os pezinhos se virando, caiu no sofá, assustada demais para chorar.

– O que é isso? Do que ele estava falando? Se não me disserem vou enlouquecer! – Scarlett pegou Melanie e começou a sacudi-la violentamente, como se pudesse extrair-lhe uma resposta à força.

– Falando? Estava falando que você provavelmente é a causa da morte de Ashley e do Sr. Kennedy! – Apesar da agonia do medo, havia uma nota de triunfo na voz de India. – Pare de sacudir Melly. Ela vai desmaiar.

– Não vou, não – sussurrou Melanie, segurando-se no encosto de uma cadeira.

– Meu Deus! Não estou entendendo! Matar Ashley? Por favor, alguém me diga...

A voz de Archie, como uma dobradiça enferrujada, cortou as palavras de Scarlett.

– Sentem-se – ordenou ele secamente. – Peguem as costuras. Fiquem costurando como se nada tivesse acontecido. Pelo que se sabe, os ianques podem estar espiando essa casa desde o entardecer. Tô dizendo para se sentar e ficar costurando.

Trêmulas, elas obedeceram, e até Pitty pegou uma meia e segurando-a com dedos trêmulos correu os olhos arregalados, assustados como os de uma criança, em volta como que pedindo uma explicação.

– Onde está Ashley? Que aconteceu com ele, Melly? – perguntou Scarlett.

– Onde está seu marido? Não está interessada em saber dele? – Os olhos pálidos de India se inflamaram com uma insensata malícia, enquanto amassava e endireitava a toalha que estava consertando.

– India, por favor! – Melanie dominara a voz, mas sua fisionomia lívida, trêmula, e os olhos torturados mostravam tensão. – Scarlett, talvez devêssemos ter-lhe contado, mas... mas... você tinha passado por tanta tensão hoje à tarde que nós... que Frank achou melhor não... e você sempre foi tão francamente contra a Klan...

– A Klan...

A princípio, Scarlett falou a palavra como se nunca a tivesse ouvido e não entendesse seu sentido, e então:

– A Klan! – Ela quase gritou. – Ashley não está na Klan! Frank não pode estar! Ah, ele me prometeu!

– É claro que o Sr. Kennedy e Ashley fazem parte da Klan, assim como todos os homens que conhecemos – exclamou India. – São homens, não são? Brancos e sulistas. Você deveria se orgulhar em vez de obrigá-lo a sair às escondidas, como se fosse algo vergonhoso e...

– Vocês sabiam todo o tempo e eu não...

– Temíamos que você ficasse aborrecida – disse Melanie, pesarosa.

– Então é para lá que vão quando supostamente estão em reuniões de política? Ah, ele me prometeu! Agora os ianques vão vir e tomar minhas serrarias e a loja e vão prendê-lo... ah, o que Rhett Butler quis dizer?

Os olhos de India cruzaram com os de Melanie, apavorados. Scarlett se levantou, largando a costura.

– Se vocês não me contarem eu vou até o centro e descubro. Vou perguntar a todos que encontrar até descobrir...

– Sente-se – disse Archie, encarando-a com seu olho. – Eu lhe conto. Como a senhora foi vagabundear hoje à tarde e se meteu em uma encrenca, por sua culpa o Sr. Wilkes, o Sr. Kennedy e os outros homens saíram hoje pra matar aquele negro miserável e aquele branco maldito, se conseguirem, e varrer toda aquela colônia de Shantytown. E, se o que aquela escória falou é verdade, os ianques suspeitavam de alguma coisa ou alguém lhes contou, e eles mandaram as tropas atrás deles. E nossos homens foram direto pra uma armadilha. E, se o que Butler disse não é verdade, então ele é um espião e vai entregar eles pros ianques e eles vão morrer do mesmo jeito. E, se entregar mesmo, aí eu mato ele, nem que seja a última coisa que eu faça na vida. E, se eles não morrerem, vão ter que fugir, ir pro Texas, ficar quietos e talvez nunca mais voltar. É tudo culpa sua e é sangue nas suas mãos.

A raiva varreu o medo do rosto de Melanie quando ela viu a expressão de Scarlett, que se dava conta dos fatos e era acometida de horror. Ela se levantou e pôs a mão no ombro de Scarlett.

– Outra palavra dessas e você sai desta casa, Archie – disse ela com dureza. – Não é culpa dela. Ela só fez... fez o que achava que devia. E nossos homens fizeram o que acharam que deviam. As pessoas devem fazer o que é preciso. Não pensamos todos da mesma forma e é errado julgar os outros por nós mesmos. Como é que você e India podem dizer coisas tão cruéis quando o marido dela, assim como o meu podem... podem...

– Ouçam! – interrompeu Archie suavemente. – Sente, madame. São cavalos.

Melanie se afundou na cadeira, pegou uma das camisas de Ashley, baixando a cabeça, e inconscientemente começou a rasgar os folhos.

O som dos cascos ficou mais alto conforme os cavalos trotavam em direção à casa. Havia o tilintar dos freios, o roçar do couro e o som de vozes. Quando os cascos pararam, uma voz de comando se salientou sobre as outras e eles ouviram pés andando pela varanda lateral rumo à entrada dos fundos. Sentiram que centenas de olhos inimigos os espiavam pelas janelas da frente, sem cortinas, e as quatro mulheres, apavoradas, baixaram a cabeça, manejando suas agulhas. O coração de Scarlett gritava dentro do peito: "Eu matei Ashley! Eu o matei!" E, naquele momento exaltado, nem pensou que podia ter matado Frank também. Sua mente não tinha espaço para outra imagem que não fosse a de Ashley, deitado aos pés dos cavaleiros ianques, o cabelo louro manchado de sangue.

Quando a áspera batida soou na porta, ela olhou para Melanie e viu o rostinho tenso assumir uma nova expressão, tão inescrutável como a que acabara de ver em Rhett Butler, a expressão branda de um jogador de pôquer blefando em um jogo com apenas um par.

– Archie, abra a porta – disse ela baixinho.

Enfiando a faca no cano da bota e deixando a pistola à mão na faixa das calças, Archie foi até a porta e a abriu. Pitty soltou um guinchinho, como um camundongo que sente a ratoeira se fechar, ao ver um capitão ianque e um pelotão de fardas azuis aglomerados na porta. Mas as outras não disseram nada. Scarlett viu com uma leve sensação de alívio que conhecia o oficial. Era o capitão Tom Jaffery, um dos amigos de Rhett. Ela vendera madeira para construir sua casa. Sabia que era um cavalheiro, não as arrastaria para a cadeia. Ele imediatamente a reconheceu e, tirando o chapéu, fez uma mesura, um tanto constrangido.

– Boa-noite, Sra. Kennedy. Qual das senhoras é a Sra. Wilkes?

– Eu sou a Sra. Wilkes – respondeu Melanie, levantando-se, e, apesar de sua baixa estatura, a dignidade se ergueu com ela. – A que devo esta intrusão?

O capitão deu uma rápida passada de olhos pelo aposento, fixando cada rosto por um instante, indo rapidamente para a mesa e para o cabideiro como que procurando por sinais de presença masculina.

– Eu gostaria de falar com o Sr. Wilkes e com o Sr. Kennedy, por favor.

– Eles não estão aqui – disse Melanie, um tom frio na voz suave.

– Tem certeza?

– Não duvide da palavra da Sra. Wilkes – disse Archie, a barba se eriçando.

– Queira me perdoar, Sra. Wilkes. Não tive intenção de desrespeitá-la. Se a senhora me der sua palavra, não farei revista na casa.

– O senhor tem minha palavra, mas pode revistar se quiser. Eles estão em uma reunião no centro, na loja do Sr. Kennedy.

– Eles não estão na loja. Não há nenhuma reunião hoje – respondeu o capitão. – Esperaremos aqui fora até retornarem.

Ele fez uma breve mesura e saiu, fechando a porta atrás de si. Os que estavam dentro de casa ouviram uma ordem clara, abafada pelo vento:

– Cerquem a casa. Um homem em cada janela e porta. – Ouviram-se os passos de diversos pés. Scarlett refreou um início de pânico ao ver, na penumbra, rostos barbados espiando-as pelas janelas. Melanie se sentou e, sem tremor algum, pegou um livro sobre a mesa. Era um volume gasto de *Os miseráveis*, livro que agradava os soldados confederados. Eles o liam à luz das fogueiras dos acampamentos, divertindo-se ao chamá-lo de "Os miseráveis de Lee". Ela o abriu no meio e começou a ler com voz clara e monótona.

– Costurem – comandou Archie, em um sussurro rouco, e as três mulheres, revigoradas pela voz calma de Melanie, pegaram suas costuras e baixaram a cabeça.

Por quanto tempo Melanie leu sob o círculo de olhos observadores, Scarlett nunca soube, mas pareceram horas. Não ouvia uma palavra. Começava a pensar em Frank, assim como em Ashley. Então era essa a explicação de sua aparente calma! Ele prometera que não se envolveria com a Klan. Ah, esse era justamente o tipo de problema que ela temia! Todo o trabalho do último ano daria em nada. Todos os seus esforços, temores e aflições sob a chuva e o frio seriam desperdiçados. E quem pensaria que o velho e desanimado Frank se envolveria nas façanhas impetuosas da Klan? Naquele minuto, ele podia estar morto. E, se não estivesse e os ianques o pegassem, seria enforcado. E Ashley também!

Ela enfiou as unhas nas palmas das mãos até aparecerem crescentes vermelhos. Como Melanie podia continuar lendo tão calmamente quando Ashley corria perigo de ser enforcado? Quando poderia estar morto? Mas algo em sua voz calma e suave a ler os sofrimentos de Jean Valjean a acalmava, impedindo-a de se levantar e gritar.

Mentalmente, ela voou para a noite em que Tony Fontaine os procurara, perseguido, exausto, sem dinheiro. Se não tivesse conseguido chegar à casa deles e receber dinheiro e um cavalo descansado, teria sido enforcado. Se Frank e Ashley não estivessem mortos, estariam na posição de Tony, só que pior. Com a casa cercada de soldados, não podiam pegar dinheiro e roupas sem serem capturados, e era provável que cada casa da rua tivesse uma guarda semelhante de ianques, portanto eles não poderiam recorrer aos amigos. Agora mesmo poderiam estar cavalgando feito loucos pela noite, rumo ao Texas.

Mas Rhett... talvez Rhett os tivesse alcançado a tempo. Rhett sempre tinha muito dinheiro no bolso. Talvez lhes emprestasse o suficiente para ajudar. Mas isso era esquisito. Por que Rhett se preocuparia com a segurança de Ashley? Certamente não gostava dele, sempre professara desdém por ele. Então por quê... Mas esse enigma foi engolido outra vez com o terror renovado pela segurança de Ashley e Frank.

"Ah, é tudo culpa minha", ela se lamentou. "India e Archie disseram a verdade. É tudo culpa minha. Nunca achei que nenhum dos dois seria tolo de entrar para a Klan! E nunca achei que realmente me aconteceria algo! Mas eu não poderia ter agido de outro modo. Melly falou a verdade! As pessoas devem fazer o que é preciso. E eu tinha que manter as serrarias produzindo! Necessitava ter dinheiro! E agora é provável que perca tudo, e de um jeito ou de outro é culpa minha!"

Após longo tempo, a voz de Melanie gaguejou, foi parando e acabou em silêncio. Ela olhou para a janela como se nenhum soldado ianque observasse por trás da vidraça. As outras levantaram a cabeça, atentas a sua pose de escuta, e ficaram escutando também.

Houve um som de patas de cavalos e cantoria, amortecido pelas janelas e portas fechadas, trazido da distância pelo vento, mas ainda reconhecível. Era a mais odiada de todas as canções odiosas, a canção sobre os homens de Sherman... "Marching through Georgia", e era Rhett Butler quem cantava.

Ele mal acabara os primeiros versos e outras duas vozes, embriagadas, atacaram, vozes iradas e tolas que tropeçavam nas palavras, misturando-as de modo indistinguível. Houve um rápido comando do capitão Jaffery na entrada da frente e o som de passos apressados. Mas, antes mesmo que esse som surgisse, as senhoras se entreolharam, atordoadas. Pois as vozes embriagadas que protestavam com a de Rhett eram as de Ashley e Hugh Elsing.

As vozes ficaram mais altas no caminho de entrada, a do capitão Jaffery em um interrogatório lacônico, o tom agudo entremeado de risadas tolas de Hugh, a grave e descuidada de Rhett e os gritos esquisitos, irreais de Ashley: "Que diabos! Que diabos!"

"Não pode ser Ashley!" pensou Scarlett, arrebatada. "Ele nunca fica bêbado! E Rhett... ora, quando Rhett está embriagado ele fica mais calado... nunca berra desse jeito!"

Melanie se levantou e, com ela, Archie. Eles ouviram a voz áspera do capitão: "Estes dois homens estão presos." A mão de Archie foi para a pistola.

– Não – sussurrou Melanie com firmeza. – Não. Deixe comigo.

Havia em seu rosto a mesma expressão que Scarlett vira naquele dia em Tara quando Melanie estava no alto da escadaria, olhando para o ianque morto, seu pulso fraco oscilando sob o peso do sabre... uma alma gentil e tímida levada pelas circunstâncias à cautela e à fúria de uma tigresa. Ela escancarou a porta da frente.

– Traga-o para dentro, capitão Butler – chamou em uma voz clara que destilava veneno. – Imagino que o senhor o embebedou de novo. Traga-o para dentro.

A voz do capitão ianque chegou do escuro caminho de entrada:

– Sinto muito, Sra. Wilkes, mas seu marido e o Sr. Elsing estão presos.

– Presos? Por quê? Por embriaguez? Se todos fossem presos por embriaguez em Atlanta, a guarnição ianque estaria sempre na cadeia. Bem, traga-o para dentro, capitão Butler... isto é, se o senhor conseguir andar.

A mente de Scarlett estava lenta e, por um breve momento, nada fez sentido. Sabia que nem Rhett nem Ashley estavam bêbados, e que Melanie também sabia. Contudo, ali estava Melanie, geralmente tão cortês e refinada, gritando feito uma megera e na frente dos ianques ainda por cima, que os dois estavam bêbados demais para andar.

Houve uma curta discussão murmurada, pontuada por palavrões, e pés incertos subiram as escadas. Ashley apareceu no vão da porta, lívido, a cabeça pendente, o cabelo louro desgrenhado, o corpo longilíneo enrolado do pescoço aos joelhos pela capa preta de Rhett. Hugh Elsing e

Rhett, não muito equilibrados, o apoiavam de cada lado e era óbvio que ele cairia no chão se não fosse pelo auxílio. Atrás deles, veio o capitão ianque, seu rosto um esboço de desconfiança combinada com diversão. Ficou parado no vão aberto da porta com seus homens espiando, curiosos, sobre seus ombros, e o vento frio varreu a casa.

Scarlett, amedrontada e intrigada, olhou de Melanie para Ashley, e então começou a compreender. Ela ia dizer: "Mas ele não pode estar bêbado!" mas refreou-se. Percebeu que estava assistindo a uma peça da qual vidas dependiam. Sabia que não fazia parte dela, nem tia Pitty, mas os demais faziam, e davam deixas aos outros como atores em um espetáculo bem ensaiado. Mesmo sem entender tudo, ela percebeu o suficiente para ficar quieta.

– Ponha-o na cadeira – exclamou Melanie, indignada. – E o senhor, capitão Butler, saia imediatamente desta casa! Como ousa dar as caras aqui após deixá-lo novamente nessas condições!

Os dois homens largaram Ashley em uma cadeira de balanço e Rhett, oscilando, segurou-se no encosto da cadeira para se equilibrar e dirigiu-se ao capitão com dor na voz:

– Veja só o agradecimento que recebo. Por impedir que a polícia o pegue, trazê-lo para casa aos berros e tentando me arranhar!

– E você, Hugh Elsing, estou com vergonha de você! O que sua pobre mãe vai dizer? Bêbado e por aí com um... um amigo dos ianques como o capitão Butler! E, ah, Sr. Wilkes, como pôde fazer tal coisa?

– Melly, não estou tão bêbado assim – murmurou Ashley e, dizendo isso, caiu para a frente, enterrando a cabeça nos braços sobre a mesa.

– Archie, leve-o para o quarto e ponha-o na cama... como de costume – ordenou Melanie. – Tia Pitty, por favor, corra e apronte a cama e ah... ah... – ela teve um súbito acesso de choro. – Ah, como ele pôde? Depois de ter prometido!

Archie já estava com o braço embaixo do ombro de Ashley, e Pitty, amedrontada e incerta, ficou de pé quando o capitão se interpôs.

– Não o toque. Ele está preso. Sargento!

Quando o sargento entrou na sala com o rifle a postos, Rhett, tentando se equilibrar, pôs a mão no braço do capitão e, com dificuldade, encarou-o nos olhos.

– Tom, por que está prendendo o sujeito? Ele nem está tão bêbado. Já o vi em piores condições.

– Dane-se o bêbado – exclamou o capitão. – Ele pode ficar deitado na sarjeta se depender de mim. Não sou policial. Ele e o Sr. Elsing estão presos por cumplicidade em um ataque da Klan a Shantytown esta noite. Um negro e um branco foram mortos. O Sr. Wilkes foi o líder.

– Esta noite? – Rhett começou a rir. Riu tanto que se sentou no sofá e pôs a cabeça entre as mãos. – Esta noite não, Tom – disse, quando conseguiu falar. – Esses dois estiveram comigo toda a noite... desde as oito horas quando deveriam estar na reunião.

– Com você, Rhett? Mas... – O capitão franziu o cenho e ele pareceu inseguro diante do ronco de Ashley e do choro de sua mulher. – Mas... onde estavam?

– Prefiro não dizer – Rhett lançou um olhar de embriaguez ardilosa para Melanie.

– É melhor dizer!

– Vamos sair na varanda e digo onde estávamos.

– Vai me dizer agora.

– Detesto dizer isso na frente das senhoras. Se as senhoras pudessem sair da sala...

– Não vou sair – exclamou Melanie, enxugando os olhos com raiva. – Tenho o direito de saber. Onde estava meu marido?

– Na casa de entretenimento de Belle Watling – disse Rhett, parecendo envergonhado. – Ele estava lá e Hugh, Frank Kennedy e o Dr. Meade e... e tantos outros. Houve uma festa. Grande festa. Champanhe. Garotas...

– Na... na Belle Watling?

A voz de Melanie ficou tão alta e expressou tanta dor que todos os olhos se viraram para ela, amedrontados. Levou a mão fechada ao peito e, antes que Archie conseguisse ampará-la, desmaiou. Seguiu-se então um rebuliço, Archie a levantando, India correndo para pegar água na cozinha, Pitty e Scarlett abanando-a e dando-lhe tapas nos pulsos, enquanto Hugh Elsing gritava sem parar:

– Agora vocês conseguiram! Agora conseguiram!

– Agora vai se espalhar pela cidade – disse Rhett irritado. – Espero que esteja satisfeito, Tom. Amanhã não vai haver uma esposa que fale com o marido em Atlanta.

– Rhett, eu não fazia ideia... – Embora o vento frio soprasse pela porta aberta atrás dele, o capitão transpirava. – Olhe aqui! Você jura que eles estavam na... hã... Belle?

– Que diabos, claro – resmungou Rhett. – Vá perguntar à própria Belle, se não acredita em mim. Agora deixe-me levar a Sra. Wilkes para o quarto dela. Dê-me aqui, Archie. Sim, posso carregá-la. Srta. Pitty, vá na frente com o lampião.

Ele pegou o corpo mole de Melanie dos braços de Archie com facilidade.

– Você leva o Sr. Wilkes para a cama, Archie. Nunca mais quero pôr os olhos ou as mãos nele depois desta noite.

A mão de Pitty tremia, de modo que o lampião era uma ameaça à segurança da casa, mas ela o carregou liderando o caminho até o quarto escuro. Com um grunhido, Archie pôs um braço sob Ashley e o ergueu.

– Mas... eu tenho que prender esses homens!

Rhett se virou no corredor à meia-luz.

– Então prenda-os pela manhã. Eles não poderão fugir nessas condições... e eu não sabia que era ilegal se embriagar em uma casa de entretenimento. Por Deus, Tom, há umas cinquenta testemunhas para provar que eles estavam na Belle.

– Sempre há cinquenta testemunhas para provar que um sulista estava em algum lugar onde não estava – disse o capitão, mal-humorado. – O senhor vem comigo, Sr. Elsing. Deixo o Sr. Wilkes em liberdade condicional sob a palavra de...

– Eu sou a irmã do Sr. Wilkes. Responderei por seu comparecimento – disse India friamente. – Agora queiram fazer o favor de se retirar. Já causaram problemas suficientes por uma noite.

– Receba meu pedido de desculpas. – O capitão fez uma mesura desajeitada. – Só espero que eles possam provar sua presença na casa da senhorita... hã... Srta. Watling. Por favor diga a seu irmão que deve se apresentar ao delegado superintendente amanhã de manhã para interrogatório.

India fez uma fria mesura e, com a mão na maçaneta, silenciosamente, comunicou que sua rápida retirada seria bem-vinda. O capitão e o sargento saíram, acompanhados de Hugh Elsing, e ela bateu a porta atrás deles. Sem sequer olhar para Scarlett, ela foi a cada janela e baixou as venezianas. Com os joelhos frouxos, Scarlett se segurou no encosto da cadeira onde Ashley estivera sentado. Olhando para baixo, percebeu que havia uma mancha mais escura na almofada. Intrigada, passou a mão e, para seu horror, uma umidade pegajosa e vermelha apareceu em sua palma.

– India – sussurrou ela. – India, Ashley está... ele está ferido.

– Sua tola! Achou mesmo que ele estivesse embriagado?

India fechou a última veneziana e foi voando para o quarto, seguida de perto por Scarlett, com o coração na garganta. O corpo grande de Rhett barrava a porta, mas, pelo lado de seu ombro, Scarlett viu Ashley deitado, lívido e imóvel na cama. Melanie, estranhamente ágil para quem tivesse passado por um recente desmaio, cortava sua camisa ensopada de sangue com a tesoura de bordado. Archie segurava o lampião baixo sobre a cama e um dos seus dedos nodosos estava no pulso de Ashley.

– Ele está morto? – perguntaram as duas mulheres em coro.

– Não, só desmaiou por causa da perda de sangue. Atingiu o ombro – disse Rhett.

– Por que o trouxe para cá, seu tolo? – exclamou India. – Deixe-me chegar perto! Deixe-me passar! Por que o trouxe para cá para ser preso?

– Ele estava fraco demais para viajar. Não havia nenhum outro lugar para levá-lo, Srta. Wilkes. Além disso, a senhorita quer vê-lo exilado, como Tony Fontaine? Quer uma dúzia dos seus vizinhos morando no Texas sob nomes falsos pelo resto da vida? Temos uma chance de livrar a cara de todos eles se Belle...

– Deixe-me passar!

– Não, Srta. Wilkes. Há trabalho para a senhorita. Precisa buscar um médico... Não o Dr. Meade. Ele está envolvido nisso e é provável que esteja se explicando aos ianques agora mesmo. Consiga algum outro médico. Tem medo de sair sozinha à noite?

– Não – disse India, os olhos pálidos brilhando. – Não tenho medo. – Ela pegou a capa com capuz de Melanie, que estava pendurada em um gancho no corredor. – Vou atrás do velho Dr. Dean. – A exaltação abandonou seu rosto e, com esforço, ela procurou se acalmar. – Desculpe por tê-lo chamado de espião. Eu não compreendi. Fico profundamente agradecida pelo que fez por Ashley... mas o desprezo mesmo assim.

– Aprecio a franqueza... e agradeço por isso – Rhett fez uma mesura e o lábio se curvou para baixo em um sorriso divertido. – Agora, vá rápido e pelo caminho de trás e, quando voltar, não entre na casa se vir sinais de soldados por aí.

India deu mais uma rápida olhada angustiada para Ashley e, envolvendo-se na capa, correu pelo corredor até a porta dos fundos, saindo silenciosamente pela noite.

Forçando os olhos para além de Rhett, Scarlett sentiu o coração bater de novo ao ver os olhos de Ashley se abrirem. Melanie pegou a toalha na armação da bacia, pressionando-a contra o ombro ensanguentado, e ele sorriu levemente, tranquilizando-a. Scarlett sentiu os duros olhos penetrantes de Rhett sobre ela, sabendo que seu coração estava exposto em seu rosto, mas não se importava. Ashley estava sangrando, talvez morrendo, e ela, que o amava, abrira aquele buraco em seu ombro. Ela queria correr, abaixar-se ao lado da cama e segurá-lo, mas seus joelhos tremiam, impedindo-a de entrar no quarto. Mão na boca, ela observava Melanie pressionando uma toalha limpa no ombro, com força, como se quisesse obrigar o sangue a voltar para o corpo. Mas a toalha ficava vermelha como que por passe de mágica.

Como um homem podia sangrar tanto e continuar vivo? Mas, graças a Deus, não havia sangue saindo pela boca... ah, aquelas bolhas espumantes de sangue, precursoras da morte que ela conhecia tão bem desde o terrível dia da batalha do riacho dos Pessegueiros, quando os feridos morriam no gramado de tia Pitty com a boca ensanguentada.

– Fique tranquila – disse Rhett, com uma nota dura de leve deboche na voz. – Ele não vai morrer. Agora, segure o lampião para a Sra Wilkes. Preciso que Archie faça umas coisas.

Archie olhou por cima do lampião para Rhett.

– Não recebo ordens de você – disse secamente, trocando de lado o naco de fumo.

– Faça o que ele mandar – disse Melanie, severa – e rápido. Faça tudo o que o capitão Butler disser. Scarlett, pegue o lampião.

Scarlett entrou no quarto, pegou o lampião, segurando-o com as duas mãos para não deixar cair. Os olhos de Ashley tinham se fechado outra vez. O peito nu subia lentamente e afundava com rapidez, e a corrente vermelha se escoava entre os dedinhos frenéticos de Melanie. Ela ouviu vagamente os passos pesados de Archie atravessando o quarto e as palavras rápidas de Rhett em voz baixa. Sua mente estava tão concentrada em Ashley que, das primeiras palavras meio sussurradas de Rhett, ela só ouviu: "Pegue meu cavalo... amarrado fora... corra feito louco."

Archie murmurou algumas perguntas e Scarlett ouviu Rhett responder: "A antiga fazenda Sullivan. Você vai encontrar as túnicas no alto da chaminé. Queime-as."

– Ahã – grunhiu Archie.

– E há dois... homens no porão. Acomode-os no cavalo como der e leve-os para o terreno baldio atrás da casa de Belle, o que fica entre a casa e os trilhos da ferrovia. Tenha cuidado. Se alguém o vir, você será enforcado junto conosco. Largue-os no terreno e deixe as pistolas perto deles... nas mãos deles. Tome... leve as minhas.

Scarlett viu Rhett tirar dois revólveres do sobretudo, que Archie pegou e enfiou na faixa da cintura.

– Dê um tiro de cada uma. Precisa parecer um caso de tiroteio comum. Entendeu?

Archie fez que sim como se entendesse perfeitamente, e uma faísca de admiração relutante brilhou em seu olho frio. Mas Scarlett estava longe de entender. O pesadelo da última meia hora dava-lhe a impressão de que nada seria inteligível e claro outra vez. Mas Rhett parecia estar em pleno comando da confusa situação e isso servia de certo consolo.

Archie se virou para ir, voltando-se em seguida, e seu único olho encarou Rhett, indagador.

– Ele?

– Sim.

Archie grunhiu e cuspiu no chão.

– Consequência infernal – disse conforme saía pelo corredor com suas passadas pesadas rumo à porta dos fundos.

Algo na última troca de palavras fez surgir um novo medo e desconfiança no peito de Scarlett, como uma bolha fria que não parava de inchar. Quando ela estourou...

– Onde está Frank? – perguntou.

Rhett atravessou rapidamente o quarto, indo até a cama, o corpanzil se movimentando com a leveza e quietude de um gato.

– Tudo a seu tempo – disse ele, e deu um breve sorriso. – Segure firme esse lampião, Scarlett. Não vá queimar o Sr. Wilkes. Sra. Melly...

Melanie olhou para cima, como um bom soldadinho aguardando ordens, e a situação era tão tensa que nem lhe ocorreu que Rhett a chamara familiarmente pelo primeiro nome, como só os parentes e velhos amigos faziam.

– Peço-lhe que me perdoe, quero dizer, Sra. Wilkes...

– Ah, capitão Butler, não me peça perdão! Eu me sentiria honrada se o senhor me chamasse de "Melly" sem o Sra.! Sinto como se fosse meu... meu irmão ou... meu primo. Que generosidade a sua, e que esperteza! Como poderei lhe agradecer o bastante?

– Obrigado – disse Rhett, e por um instante pareceu quase constrangido. – Eu nunca me atreveria a tanto, mas Sra. Melly – sua voz era de desculpas –, perdoe-me por ter precisado dizer que o Sr. Wilkes estava na casa de Belle Watling e por tê-lo envolvido e aos outros em tal... Mas tinha que pensar depressa quando saí daqui, e foi o único plano que me ocorreu. Eu sabia que iam aceitar minha palavra porque tenho muitos amigos entre os oficiais ianques. Eles me dão a dúbia honra de achar que sou quase um deles porque conhecem minha... devemos chamá-la impopularidade?... entre os homens da cidade. E eu estava jogando pôquer no bar de Belle mais cedo. Há uma dúzia de soldados ianques que podem testemunhar isso. E Belle e as garotas ficarão contentes de mentir e dizer que o Sr. Wilkes e os outros estavam... lá em cima toda a noite. E os ianques acreditarão. Os ianques são tontos nesse aspecto. Não lhes ocorre que mulheres... da profissão delas são capazes de lealdade e patriotismo. Eles não acreditariam na palavra de uma única dama de Atlanta quanto ao paradeiro dos que deviam estar na reunião hoje à noite, mas vão acreditar na palavra das... damas extravagantes. E acho que, entre a palavra de honra de alguém da escória e a de uma dúzia de damas extravagantes, temos uma chance de livrar os homens.

Havia um leve sorriso mordaz em seu rosto ao falar as últimas palavras, mas que sumiu quando o rosto de Melanie virou para cima resplandecendo de gratidão.

– Capitão Butler, o senhor é tão esperto! Eu não me importaria se tivesse dito que eles estavam no inferno hoje à noite, se isso os salvasse! Pois sei e todos sabem que meu marido nunca esteve em um lugar pavoroso como aquele!

– Bem... – começou Rhett, desajeitado –, na verdade ele esteve na Belle hoje.

Melanie se ajeitou, friamente.

– O senhor jamais me convencerá de tal mentira.

– Por favor, Sra. Melly! Deixe-me explicar! Quando fui à fazenda Sullivan hoje, encontrei o Sr. Wilkes ferido, com Hugh Elsing, o Dr. Meade e o velho Merriwether...

– Não o velho cavalheiro!

– Os homens nunca ficam velhos demais para bancar os tolos. E seu tio Henry...

– Ah, piedade! – exclamou tia Pitty.

– Os outros tinham se espalhado após a escaramuça com as tropas, e o grupo que ficou junto tinha ido até a Sullivan para esconder as túnicas na chaminé e para ver a gravidade do ferimento do Sr. Wilkes. Se não fosse por esse ferimento, eles estariam rumando para o Texas a estas alturas... todos... mas ele não chegaria longe, e ninguém o deixaria para trás. Era necessário provar que eles tinham estado em algum outro lugar em vez daquele onde estavam, então eu os levei pelas ruas de trás até a Belle Watling.

– Ah, entendo. Perdoe-me pela grosseria, capitão Butler. Vejo agora que era necessário levá-los lá, mas... Ah, capitão Butler, as pessoas devem tê-los visto entrar!

– Ninguém nos viu. Entramos pelos fundos, por uma entrada particular que dá nos trilhos do trem. Está sempre escura e trancada.

– Então como...?

– Eu tenho uma chave – disse Rhett, lacônico, e seus olhos cruzaram com os de Melly tranquilamente.

Quando todo o impacto do que aquilo significava a atingiu, Melanie ficou tão constrangida que remexeu a toalha até ela escorregar do ferimento.

– Não quis ser intrometida... – disse com voz abafada, o rosto alvo ficando ruborizado enquanto ela rapidamente pressionava a toalha de volta no lugar.

– Sinto muito ter que falar dessas coisas a uma dama.

"Então é verdade!", pensou Scarlett com estranha agonia. "Então ele realmente vive com aquela criatura pavorosa, a Watling! A casa é mesmo dele!"

– Eu estive com Belle e expliquei a ela. Dei-lhe uma lista dos homens que participaram da ação e ela e as garotas vão confirmar que todos estavam lá esta noite. Depois, para tornar nossa saída mais evidente, ela chamou os dois brutamontes que mantêm a ordem do local e eles nos carregaram escada abaixo, brigando, e nos jogaram na rua como se fôssemos bêbados encrenqueiros que estivessem perturbando o local.

Ele riu ao lembrar.

– O Dr. Meade não foi muito convincente como bêbado. Fica com a dignidade ferida só de estar em um lugar como aquele. Mas seu tio Henry e o velho Merriwether estavam ótimos. O palco perdeu dois grandes atores quando eles não se decidiram pela carreira dramática. Parecem gostar da coisa. Sinto dizer que seu tio Henry acabou com um olho roxo devido ao zelo do Sr. Merriwether por seu papel. Ele...

A porta dos fundos se abriu e India entrou, seguida pelo velho Dr. Dean, a longa cabeleira branca despenteada, a maleta de couro surrada, protuberante sob a capa. Ele cumprimentou com a cabeça, mas não disse palavra aos presentes, e em seguida levantou a toalha sobre o ombro de Ashley.

– Alto demais para pegar o pulmão – disse ele. – Se não lascou a clavícula, não é tão grave. Tragam muitas toalhas, senhoras, algodão, se houver, e um pouco de conhaque.

Rhett tomou o lampião de Scarlett e o pôs na mesa enquanto Melanie e India se apressavam, obedecendo às ordens do médico.

– Não há nada que você possa fazer aqui. Venha para a sala, para perto da lareira. – Ele pegou-a pelo braço, acompanhando-a para fora do quarto. Havia uma gentileza que lhe era estranha tanto na mão quanto na voz. – Você teve um dia péssimo, não foi?

Ela se permitiu ser conduzida para a sala e, apesar de estar diante da lareira, começou a tremer. A bolha da desconfiança em seu peito inchava cada vez mais agora. Era mais que uma suspeita. Era quase uma certeza, uma terrível certeza. Ela olhou para o rosto imóvel de Rhett, sem conseguir falar por um momento. Depois:

– Frank estava na... casa de Belle Watling?

– Não.

A voz de Rhett foi seca.

– Archie o está carregando para o terreno baldio perto da Belle. Ele está morto. Levou um tiro na cabeça.

46

Poucas famílias na parte norte da cidade dormiram naquela noite, pois a notícia da desgraça com a Klan e do estratagema de Rhett se espalhou rapidamente conforme a sombra de India Wilkes se esgueirava silenciosamente pelos quintais, sussurrando pelas portas das cozinhas e desaparecendo na ventania escura, deixando pelo caminho medo e arrebatada esperança.

Pelo lado de fora, as casas pareciam escuras, silenciosas e adormecidas, mas dentro as vozes sussurraram até o amanhecer. Não só os envolvidos no ataque daquela noite, mas todos os membros da Klan estavam prontos para fugir, e em quase todos os estábulos ao longo da rua dos Pessegueiros cavalos esperavam encilhados na escuridão, pistolas nos coldres e comida nos alforjes. A única coisa que evitou um êxodo em massa foi o recado sussurrado de India: "O capitão Butler disse que não devem fugir. As estradas estarão sendo vigiadas. Ele combinou com aquela Watling..." Em aposentos escuros, os homens sussurravam: "Mas por que eu deveria confiar naquele maldito Butler?" E as vozes das mulheres imploravam: "Não vá! Se ele salvou Ashley e Hugh, pode salvar todo mundo. Se India e Melanie confiam nele..." E eles confiaram e ficaram, pois não havia outro jeito.

Cedo, naquela noite, os soldados tinham batido em uma dúzia de portas, e aqueles que não disseram onde tinham estado foram presos. René Picard e um dos sobrinhos da Sra. Merriwether, além dos Simmons e Andy Bonnell, estavam entre os que passaram a noite na cadeia. Tinham participado do desastrado ataque, mas se separaram dos outros após o tiroteio. Correndo em disparada para casa, foram presos antes de tomarem conhecimento do plano de Rhett. Felizmente, todos declararam que onde estavam naquela noite era da conta deles e não de qualquer ianque maldito. Ficaram presos para subsequente interrogatório pela manhã. O velho Merriwether e tio Henry Hamilton declararam sem qualquer vergonha que estavam na casa de entretenimento de Belle Watling e, quando o capitão Jaffery comentou, irritado, que eram velhos demais para tais andanças, eles quiseram briga.

A própria Belle Watling atendeu à intimação do capitão Jaffery e, antes que ele revelasse sua missão, ela gritou que a casa estava fechada. Um grupo de bêbados encrenqueiros estivera lá mais cedo, tinham brigado entre si, quebrado seus melhores espelhos e deixado as jovens tão alarmadas que os negócios tinham sido suspensos pelo resto da noite. Mas, se o capitão Jaffery quisesse uma bebida, o bar ainda estava aberto...

Bem consciente das risadinhas de seus homens e sentindo, impotente, que lutava na névoa, o capitão Jaffery declarou, zangado, que não queria nem as jovens nem a bebida, e perguntou se Belle sabia os nomes de seus fregueses encrenqueiros. Ah, sim, Belle sabia. Eram frequentadores da casa. Vinham todas as quartas-feiras e se autodenominavam os Democratas das Quartas, embora o que quisessem dizer com isso ela não sabia e não lhe importava. E, se não pagassem pelos espelhos do corredor do segundo andar, ela os denunciaria. Aquela era uma casa respeitável e... ah, os nomes? Sem hesitar, Belle relacionou os nomes dos 12 sob suspeita. O capitão Jaffery sorriu, azedo.

– Esses rebeldes malditos têm uma organização tão eficiente quanto o Serviço Secreto. Você e suas garotas devem comparecer diante do delegado superintendente amanhã.

– O delegado vai fazê-los pagar pelos meus espelhos?

– Seus espelhos que vão para o diabo! Faça Rhett Butler pagar por eles. Ele é o dono do lugar, não é?

Antes do amanhecer, cada família ex-confederada da cidade sabia de tudo. E seus negros, a quem nada fora contado, também sabiam, por meio do sistema secreto de telégrafo negro, que desafiava a compreensão dos brancos. Todos sabiam os detalhes do ataque, da morte de Frank Kennedy e do aleijado Tommy Wellburn e de como Ashley fora ferido carregando o corpo de Frank.

Parte do amargo ódio que as mulheres sentiam por Scarlett devido a sua participação na tragédia foi mitigado ao saberem da morte de seu marido, da qual ela estava a par, sem poder admiti-lo e nem ter o pobre consolo de reclamar o corpo. Até que a luz da manhã revelasse os mortos e as autoridades a notificassem, ela não devia saber de nada. Frank e Tommy, pistolas nas mãos frias, jaziam entre as secas ervas daninhas de um terreno baldio. E os ianques diriam que tinham matado um ao outro em uma rixa de bêbados por causa de uma garota na casa de Belle. O pesar foi enorme por Fanny, mulher de Tommy, que acabara de ter um bebê, mas ninguém podia sair furtivamente pela escuridão para visitá-la e levar algum consolo, pois um pelotão de ianques cercava a casa, aguardando o retorno de Tommy. E havia outro pelotão na casa de tia Pitty, esperando por Frank.

Antes do alvorecer, se espalhara a notícia de que o interrogatório militar aconteceria naquele dia. O povo da cidade, aguardando ansioso com olheiras fundas pela noite passada em claro, sabia que a segurança de alguns de seus cidadãos mais proeminentes apoiava-se em três coisas: a capacidade de Ashley ficar de pé e comparecer diante do conselho militar como se nada tivesse além de uma dor de cabeça resultante da ressaca, a palavra de Belle Watling de que eles tinham ido a sua casa, e a de Rhett Butler de que estivera com eles.

A cidade se contorcia ao pensar nesses dois últimos! Belle Watling! Dever a vida de seus homens a ela! Era intolerável! As mulheres que atravessavam a rua ostensivamente quando a viam cogitavam se ela se lembraria, e tremiam de medo. Os homens se sentiam menos humilhados que as mulheres por dever a vida a Belle, pois muitos a consideravam boa pessoa. Mas ficavam aflitos por dever a vida e a liberdade a Rhett Butler, um especulador da escória sulista. Belle e Rhett, a mulher extravagante mais conhecida da cidade e o homem mais odiado. E estavam em dívida com os dois.

Outra ideia que os levava à ira impotente era saber que os ianques e os aventureiros do norte iam rir. Ah, como ririam! Doze dos cidadãos mais proeminentes da cidade revelando-se frequentadores da casa de entretenimento de Belle Watling! Dois deles mortos em uma briga por causa de uma garota barata, outros expulsos por estarem bêbados demais para serem tolerados até por Belle, e alguns presos, recusando-se a confessar que estavam lá quando todos sabiam que estavam!

Atlanta estava certa em temer que os ianques rissem. Tinham ficado constrangidos por muito tempo sob a frieza e o desdém sulista e agora explodiam com a situação hilária. Oficiais acordavam seus camaradas para contar a notícia em detalhes. Maridos acordavam as mulheres ao amanhecer e lhes contavam o máximo que podia ser decentemente relatado a mulheres. E as mulheres, vestindo-se apressadamente, batiam na porta dos vizinhos, espalhando a história. As damas ianques se deleitavam e riam até as lágrimas lhes rolarem pelas faces. Ali estavam a fidalguia e a galanteria sulista! Talvez aquelas mulheres que andavam de cabeça tão erguida e desconsideravam as tentativas de amizade deixariam de ser tão arrogantes, agora que todos sabiam onde seus maridos passavam o tempo quando supostamente estariam em reuniões de política. Reuniões de política! Bem, era engraçado!

Mas, mesmo ao rir, expressavam pesar por Scarlett e sua tragédia. Afinal, Scarlett era uma das poucas damas em Atlanta a ser gentil com os ianques. Ela já conquistara a simpatia deles pelo fato de ter de trabalhar porque o marido não podia ou não queria sustentá-la adequadamente. Mesmo que ele fosse lamentável, era terrível que a coitadinha descobrisse que lhe era infiel. E era duplamente terrível que sua morte ocorresse simultaneamente à descoberta de sua infidelidade. Afinal, um marido lamentável era melhor que nenhum, e as damas ianques decidiram que seriam ainda mais gentis com Scarlett. Mas as outras, a Sra. Meade, a Sra. Merriwether, a Sra. Elsing, a viúva de Tommy Wellburn e, sobretudo, a Sra. Ashley Wilkes, dessas elas ririam na cara sempre que as vissem. Isso lhes ensinaria a ser um pouco mais corteses.

Grande parte dos sussurros que circularam pelos aposentos escuros no lado norte da cidade naquela noite referia-se a esse assunto. As damas de Atlanta foram veementes ao dizer aos maridos que não davam a mínima para o que os ianques pensavam. Mas por dentro sentiam que seria infinitamente preferível passar pelo corredor polonês a sofrer a provação das risadinhas ianques sem poder dizer a verdade sobre os maridos.

Fora de si devido à dignidade ultrajada em que Rhett o manobrara e aos outros, o Dr. Meade falou à mulher que, se não fosse pelo fato de envolver os outros, preferia confessar e ser enforcado a dizer que estivera na casa de Belle.

– É uma ofensa à senhora – disse ele enfurecido.

– Mas todos vão saber que o senhor não estava lá para... para...

– Os ianques não vão saber. Eles devem acreditar se for para salvarmos nosso pescoço. E vão rir. Só de pensar que alguém vai acreditar e rir me deixa furioso. E insulta a senhora, porque, minha cara, sempre lhe fui fiel.

– Eu sei. – E no escuro a Sra. Meade sorriu e pousou a mão magra sobre a do doutor. – Mas eu preferia que fosse realmente verdade a saber que um fio de seu cabelo corria perigo.

– Sra. Meade, sabe o que está dizendo? – exclamou o doutor, horrorizado com o realismo insuspeitado de sua mulher.

– Sim, eu sei. Perdi Darcy e perdi Phil. O senhor é tudo o que me resta, e, antes de perdê-lo, eu preferia que o senhor se mudasse para lá permanentemente.

– A senhora está perturbada! Não pode saber o que está dizendo.

– Seu velho tolo – disse a Sra. Meade ternamente, deitando a cabeça no braço dele.

O Dr. Meade se enfureceu em silêncio e lhe acariciou a face, para em seguida explodir outra vez.

– E ficar em dívida com aquele Butler! A forca seria fácil em comparação a isso. Não, nem mesmo devendo-lhe a vida conseguirei ser educado com ele. Sua insolência é monumental, e sua falta de vergonha em relação às suas especulações me faz ferver. Dever a vida a um homem que nunca esteve no exército...

– Melly diz que ele se alistou após a queda de Atlanta.

– É mentira. A Sra. Melly acredita em qualquer patife plausível. E o que não consigo entender é a razão para ele estar fazendo tudo isso... dando-se a todo esse trabalho. Detesto dizer, mas... bem, sempre houve boatos a respeito dele e da Sra. Kennedy. Os vi juntos chegando de charrete com demasiada frequência este ano. Ele deve ter feito isso por causa dela.

– Se fosse por causa de Scarlett, ele não teria levantado a mão. Teria ficado feliz de ver Frank Kennedy enforcado. Acho que foi por Melly...

– Sra. Meade, não pode estar insinuando que já houve algo entre aqueles dois!

– Ah, não seja tolo! Mas ela sempre o admirou imensuravelmente desde sua tentativa de conseguir a troca de Ashley durante a guerra. E devo dizer isso a seu favor. Quando está com ela, ele nunca dá aquele sorriso nojento. Sempre é o mais agradável e atencioso que pode... de fato, outro homem. Dá para ver pelo modo como age com Melly que poderia ser um homem decente se quisesse. Agora, minha ideia do motivo para ele estar fazendo tudo isso... – Ela pausou. – Doutor, o senhor não vai gostar de minha ideia.

– Não gosto de nada desse assunto!

– Bem, acho que em parte ele fez por atenção a Melly, mas principalmente por achar que estaria pregando uma grande peça em todos nós. Nós o odiamos tanto e o demonstramos claramente, e agora ele nos põe nessa situação, em que todos vocês têm a escolha de dizer que estavam na casa daquela mulher, a Watling, e se envergonhar e às suas mulheres diante dos ianques... ou dizer a verdade e ser enforcados. E ele sabe que ficaríamos todos devedores a ele e à... amante, e que quase preferiríamos ser enforcados a ficar em dívida com eles. Aposto que ele está gostando.

O doutor grunhiu.

– Ele parecia estar se divertindo quando nos levou lá para cima naquele lugar.

– Doutor – hesitou a Sra. Meade –, como é?

– O que a senhora quer dizer, Sra. Meade?

– A casa dela. Como é? Tem lustres de cristal lapidado? E cortinas de veludo vermelhas e uma porção de espelhos de corpo inteiro e molduras douradas? E as garotas... elas estavam despidas?

– Meu Deus! – exclamou o doutor, estupefato, pois nunca lhe ocorrera que a curiosidade de uma mulher casta em relação às suas irmãs não castas fosse tão devoradora. – Como é que pode fazer perguntas tão indecentes? A senhora está fora de si. Vou lhe preparar um sedativo.

– Não quero um sedativo. Quero saber. Ah, minha nossa, esta é minha única oportunidade de saber como é uma casa dessas e agora o senhor vai ser mesquinho e não vai me contar!

– Não observei nada. Garanto-lhe, eu estava por demais constrangido de me encontrar em um lugar daqueles para notar o que me cercava

– disse o doutor formalmente, mais aborrecido diante dessa revelação inesperada do caráter de sua mulher do que ficara com todos os acontecimentos anteriores daquela noite. – Queira me desculpar, vou tentar dormir um pouco.

– Bem, vá dormir então – respondeu ela, em um tom de voz decepcionado. Enquanto o doutor se inclinava para tirar as botas, sua voz falou no escuro com renovada alegria. – Imagino que Dolly tenha arrancado tudo do velho Merriwether e vai me contar.

– Deus do Céu, Sra. Meade! Está querendo me dizer que mulheres de bem falam sobre tais coisas entre si...

– Ah, vá dormir.

NEVAVA E CHOVIA no dia seguinte, mas, com a chegada do crepúsculo, as partículas de gelo pararam de cair e um vento frio começou a soprar. Enrolada em sua capa, aturdida, Melanie saiu da varanda seguindo até a calçada um cocheiro negro desconhecido que a chamara misteriosamente até uma carruagem fechada que aguardava em frente de casa. A porta da carruagem se abriu e no interior sombrio ela viu uma mulher.

Chegando mais perto, olhando para dentro, Melanie perguntou:

– Quem é? Não gostaria de entrar? Está tão frio...

– Por favor, entre aqui e sente comigo um instante, Sra. Wilkes – falou uma voz levemente familiar, uma voz constrangida lá no fundo da carruagem.

– Ah, é a senhorita... Srta.... Watling! – exclamou Melanie. – Eu queria tanto vê-la! Deve entrar.

– Não posso, Sra. Wilkes. – A voz de Belle Watling parecia escandalizada. – Entre um minuto e sente comigo aqui.

Melanie entrou na carruagem e o cocheiro fechou a porta. Sentou-se ao lado de Belle e procurou sua mão.

– Como posso lhe demonstrar minha gratidão pelo que fez hoje! Como podemos todos nós lhe agradecer!

– Sra. Wilkes, a senhora não tinha que ter me enviado aquele bilhete hoje de manhã. Não que eu não tenha ficado orgulhosa de receber um bilhete seu, mas os ianques podiam ter pegado. E, quanto à senhora vir me dizer que ia me visitar para agradecer... ora, Sra. Wilkes, a senhora deve ter perdido a cabeça! Que ideia! Vim aqui logo que escureceu para dizer que a senhora não deve pensar nada dessas coisas. Ora, eu... ora, a senhora... não ia combinar nem um pouco.

– Não combinaria comigo visitar e agradecer uma boa mulher que salvou a vida de meu marido?

– Ora, Sra. Wilkes! A senhora sabe o que eu quero dizer!

Melanie ficou quieta por um momento, constrangida pela implicação. De alguma forma, essa mulher bonita, sobriamente vestida, sentada na escuridão da carruagem, não parecia nem falava como ela imaginava que uma mulher da vida, a madame da casa, devia parecer e falar. Ela parecia como... bem, um pouco vulgar e caipira, mas gentil e de bom coração.

– A senhora esteve maravilhosa diante do delegado superintendente hoje, Sra. Watling! E a senhora e as outras... suas... as jovens certamente salvaram a vida de nossos homens.

– O Sr. Wilkes é que foi maravilhoso. Não sei como foi que ele conseguiu ficar de pé e contar sua história, quanto mais parecer tão tranquilo como parecia. Ele estava sangrando feito um porco quando o vi ontem de noite. Ele vai ficar bem, Sra. Wilkes?

– Sim, obrigada. O médico disse que o ferimento só pegou na carne, embora ele realmente tenha perdido muito sangue. Hoje de manhã ele estava... bem, estava auxiliado pelo conhaque ou não teria tido forças para passar por tudo aquilo tão bem. Mas foi a senhora que o salvou. Quando se zangou e falou dos espelhos quebrados, soava tão... tão convincente.

– Obrigada, senhora. Mas eu... eu achei que o capitão Butler também teve um ótimo desempenho – disse Belle com orgulho tímido na voz.

– Ah, ele estava maravilhoso! – exclamou Melanie calorosamente. – Os ianques não tinham como não acreditar no testemunho dele. Ele foi muito esperto com a coisa toda. Nunca poderei agradecê-lo o bastante... nem à senhora! Que boa e gentil a senhora é!

– Muito obrigada mesmo, Sra. Wilkes. Foi um prazer. Espero que... não vá lhe deixar constrangida eu ter dito que o Sr. Wilkes é frequentador do meu estabelecimento. Ele nunca, sabe...

– Sim, eu sei. Não me constrange nem um pouco. Só lhe fico muito agradecida.

– Aposto que as outras senhoras não estão agradecidas – disse Belle com um súbito veneno. – E aposto que não estão agradecidas ao capitão Butler também. Aposto que vão odiar ele mais ainda. Aposto que a senhora vai ser a única a me dizer obrigada. Aposto que nem vão me olhar no olho quando me virem na rua. Mas eu não me importo, nem me importaria que todos os maridos delas fossem enforcados. Mas me importo com o Sr. Wilkes. A senhora sabe, eu não me esqueci como a senhora foi boa para mim durante a guerra, sobre aquele dinheiro para o hospital. Nunca teve uma dama nessa cidade boa para mim como a senhora foi e eu não me esqueço de uma bondade! E eu pensei na senhora ficando viúva com um menino pequeno para criar se o Sr. Wilkes fosse enforcado e... é um menininho bonito o seu, Sra. Wilkes. Eu também tenho um menino e então eu...

– Ah, a senhora tem? Ele mora... hã...

– Ah, não senhora! Ele nunca ficou aqui. Ele está interno no colégio. Eu não vejo ele desde pequeno. Eu... bem, voltando ao assunto, quando o capitão Butler queria que eu mentisse para aqueles homens eu quis saber quem eram e quando soube que o Sr. Wilkes estava no meio eu nem hesitei. Eu disse para as minhas garotas, eu disse "vou açoitar todo mundo se vocês não deixarem bem claro que o Sr. Wilkes estava aqui com vocês toda a noite".

– Ah! – disse Melanie, ainda mais constrangida pela referência impensada de Belle às "garotas". – Ah, isso foi... hã... gentil de sua parte e... da parte delas também.

– Não mais do que a senhora merece – disse Belle, calorosa. – Mas eu não ia fazer por qualquer um. Se fosse só o marido daquela Sra. Kennedy, só ele, eu não ia ter levantado um dedo, não importa o que o capitão Butler dissesse.

– Por quê?

– Bem, Sra. Wilkes, o pessoal no meu negócio fica sabendo de um monte de coisas. Muita dama fina ia ficar surpresa se elas tivessem uma noção do que a gente sabe delas. E ela não é boa, Sra. Wilkes. Ela matou o marido e aquele bom rapaz, o Wellburn, como se tivesse dado um tiro neles. Ela foi a causa de tudo, andando por aí em Atlanta sozinha, instigando os negros e os ordinários. Ora, nem uma das minhas garotas...

– A senhora não deve dizer essas coisas descorteses sobre minha cunhada. – Melanie se empertigou friamente.

Belle pôs a mão apaziguadora no braço de Melanie e logo a retirou.

– Por favor, não me dê esse gelo, Sra. Wilkes. Eu não ia aguentar, depois da senhora ter sido tão gentil e meiga comigo. Eu me esqueci de como a senhora gosta dela e sinto muito pelo que eu disse. Também sinto pelo coitado do Sr. Kennedy estar morto. Era um bom homem. Eu comprava algumas coisas para minha casa com ele e ele sempre me tratou bem. Mas a Sra. Kennedy... bem, ela simplesmente não está na mesma categoria que a senhora. Ela é uma mulher muito fria e não consigo pensar de outro jeito... Quando é que vão enterrar o Sr. Kennedy?

– Amanhã de manhã. E você está enganada a respeito da Sra. Kennedy. Ora, agora mesmo ela está prostrada de pesar.

– Talvez – disse Belle com evidente descrença. – Bem, tenho que ir andando. Tenho medo que alguém possa reconhecer essa carruagem se ficar aqui mais tempo e isso não seria bom para vocês. E, Sra. Wilkes, se acontecer de me encontrar na rua, a senhora... não precisa falar comigo. Eu vou entender.

– Vou me orgulhar de falar com a senhora. Orgulhosa de ficar em dívida com a senhora. Espero... espero que nos encontremos novamente.

– Não – disse Belle. – Isso não seria apropriado. Boa noite.

47

Scarlett estava sentada no quarto, beliscando o jantar que Mammy levara, escutando o vento veemente que vinha da noite. A casa estava amedrontadoramente silenciosa, mais ainda do que quando Frank jazia na sala algumas horas antes. Havia então gente caminhando na ponta dos pés e falando em voz baixa, batidas abafadas na porta da frente, vizinhos entrando para expressar condolências e soluços ocasionais da irmã de Frank que chegara de Jonesboro para o funeral.

Mas agora a casa estava envolta em silêncio. Embora a porta estivesse aberta, ela não ouvia nem um ruído vindo lá de baixo. Wade e o bebê estavam na casa de Melanie desde que o corpo de Frank chegara, e ela sentia falta do som dos pés do menino e do balbuciar de Ella. Na cozinha houvera um armistício, e as discussões de Peter, Mammy e Cookie não chegavam até ela. Nem tia Pitty, na biblioteca lá embaixo, se balançava na cadeira em deferência ao pesar de Scarlett.

Ninguém a procurava, imaginando que ela queria ficar só com seu pesar, mas ficar só era a última coisa que Scarlett desejava. Se fosse apenas pesar que a acompanhasse, ela aguentaria, assim como aguentara outros pesares. Mas, além de sua atordoante sensação de incerteza com a morte de Frank, havia medo, remorso e o tormento de uma consciência subitamente desperta. Pela primeira vez na vida, ela se arrependia das coisas que fizera, arrependimento que vinha acompanhado de um terrível medo supersticioso que a fazia dar olhadas oblíquas para a cama onde se deitara com Frank.

Ela matara Frank. Matara-o como se tivesse puxado o gatilho. Ele suplicara para que não andasse sozinha, mas ela não lhe dera ouvidos. E agora ele estava morto por causa de sua obstinação. Deus a castigaria. Mas havia em sua consciência outra questão mais pesada e assustadora que ter causado sua morte... uma questão que nunca a inquietara até ver seu rosto no caixão. Havia algo de impotente e patético naquele rosto imóvel que a acusava. Deus a castigaria por ter se casado com um homem que na verdade amava Suellen. Ela teria que se encolher no assento do Juízo e responder por aquela mentira que contara voltando do acampamento ianque em sua charrete.

Agora era inútil argumentar que os fins justificavam os meios, que ela fora levada a enganá-lo, que o destino de muitas pessoas dependia dela para que levasse em consideração os direitos dele ou de Suellen à felicidade. A verdade estava clara, mas ela se esquivava, amedrontada. Casara-se com ele friamente e o usara dessa mesma maneira. E o deixara infeliz nos últimos seis meses quando podia tê-lo deixado feliz. Deus a castigaria por não ter sido melhor para ele... a castigaria por todos os seus insultos, acessos temperamentais e comentários sarcásticos, por indispô-lo com os amigos e envergonhá-lo por dirigir as serrarias, construir o *saloon* e contratar detentos.

Ela o tornara muito infeliz e sabia disso, mas ele aguentara tudo como um cavalheiro. A única coisa que ela fizera para lhe proporcionar verdadeira felicidade fora presenteá-lo com Ella. E ela sabia que, se pudesse ter evitado, Ella nunca teria nascido.

Scarlett teve um calafrio, assustada, desejando que Frank estivesse vivo para que pudesse ser boa para ele, tão boa que compensasse por todo o resto. Ah, se ao menos Deus não parecesse tão furioso e vingativo! Ah, se ao menos os minutos não passassem com tanta lentidão e a casa não estivesse tão quieta! Se ao menos ela não estivesse tão só!

Se ao menos Melanie estivesse com ela, poderia acalmar seus temores. Mas Melanie estava em casa, cuidando de Ashley. Por um momento, Scarlett pensou em convocar Pittypat para se postar ente ela e sua consciência, mas hesitou. Era provável que Pitty só piorasse as coisas, pois estava em verdadeiro luto por Frank. Era mais contemporâneo dela que de Scarlett e ela era muito dedicada a ele. Ele preenchera com perfeição a necessidade de Pitty de ter "um homem em casa", pois lhe trazia presentinhos, mexericos inocentes, piadas e histórias, lia o jornal para ela à noite e lhe explicava os assuntos da hora enquanto ela remendava as meias dele. Ela o cumulava de atenções, planejava pratos especiais e o atendia durante seus inumeráveis resfriados. Agora sentia extrema falta dele e não parava de repetir enquanto enxugava os olhos inchados: "Por que ele foi sair com a Klan?".

Se ao menos houvesse alguém para consolá-la, acalmar seus temores, explicar-lhe o que significavam esses temores confusos que faziam seu coração afundar em um frio doentio! Se ao menos Ashley... mas se esquivou da ideia. Quase matara Ashley, assim como matara Frank. E se Ashley chegasse a saber a verdade de como ela mentira a Frank para agarrá-lo, se soubesse quanto fora mesquinha, deixaria de amá-la. Ashley era honrado, verdadeiro, bom e via de modo direto, claro. Se soubesse de toda a verdade, entenderia. Ah, sim, entenderia muito bem! Mas deixaria de amá-la. Portanto, ele nunca poderia saber, pois precisava continuar a amá-la. Como ela viveria se aquela fonte secreta de sua força, o amor dele, lhe fosse tirada? Mas que alívio seria pôr a cabeça em seu ombro, chorar e desabafar seu coração culpado!

O silêncio da casa, com a pesada sensação da morte, aumentou sua solidão até ela sentir que não aguentaria sem ajuda. Levantou-se com cautela, encostou um pouco a porta e, abrindo a última gaveta da cômoda, buscou por baixo da roupa íntima. Pegou a "garrafa antidesmaio" de conhaque de tia Pitty, que escondera lá, e segurou-a contra a lâmpada. Estava pela metade. Com certeza, não bebera tanto desde a noite passada! Serviu uma quantidade generosa em seu copo de água e tomou de um trago. Teria que encher a garrafa de água até em cima e devolvê-la ao armário antes do amanhecer. Mammy tinha procurado por ela logo antes do funeral, quando os carregadores do caixão tinham pedido uma bebida, e o ar na cozinha já estava elétrico com a desconfiança de Mammy, Cookie e Peter.

O conhaque ardeu com um calor agradável. Não havia nada como aquilo quando se precisava. Na verdade, conhaque era bom a quase qualquer hora, muito melhor que o insípido vinho. Por que era apropriado que uma mulher bebesse vinho e não destilados? As Sras. Merriwether e Meade tinham obviamente sentido seu hálito no funeral, e ela vira o olhar triunfante que tinham trocado. Aquelas megeras!

Serviu-se de outra dose. Não importava se ficasse um pouco tonta, pois logo iria dormir e poderia gargarejar com água-de-colônia antes que Mammy subisse para abrir seu espartilho. Só queria poder ficar tão completa e imprudentemente embriagada como Gerald costumava ficar nos dias de feira. Então talvez conseguisse esquecer o rosto encovado de Frank acusando-a de arruinar sua vida e depois matá-lo.

Ficou imaginando se todos na cidade achavam que ela o matara. As pessoas tinham sido frias com ela no funeral, com certeza. As únicas a demonstrar calorosa simpatia tinham sido as mulheres dos oficiais ianques com quem ela negociara. Bem, pouco ligava para o que a cidade dizia. Isso parecia fútil perto do que teria de responder perante Deus!

Tomou outra dose, estremecendo enquanto o conhaque descia pela garganta. Sentia-se aquecida agora, mas ainda não conseguia tirar Frank da cabeça. Que tolas eram as pessoas quando diziam que a bebida fazia esquecer! A não ser que bebesse até ficar insensível, ainda veria o rosto de Frank como estava na última vez que lhe suplicara para não sair sozinha de charrete, tímido, reprovador, desculpando-se.

A batida surda na porta da frente provocou um eco na casa silenciosa, e ela ouviu os passos gingados de tia Pitty atravessando o vestíbulo e a porta se abrindo. Houve o som de cumprimentos e um murmúrio indistinguível. Devia ser algum vizinho vindo para comentar o funeral ou para trazer um manjar branco. Pitty gostaria disso. Sentira prazer melancólico em falar com os visitantes que vinham dar seus pêsames. Indiferente, ela pensou em quem seria e, quando a voz de um homem, grave e arrastada, se distinguiu da voz sussurrante de Pitty, ela percebeu. Ficou cheia de contentamento e alívio. Era Rhett. Não o via desde que ele dera a notícia da morte de Frank, e agora ela sabia, no fundo do coração, que ele era a pessoa que poderia ajudá-la naquele momento.

– Creio que ela me receberá. – A voz de Rhett flutuou até seus ouvidos.

– Mas agora ela está deitada, capitão Butler, e não receberá ninguém. Coitadinha, está prostrada. Ela...

– Creio que ela me receberá. Por favor, diga-lhe que estou viajando amanhã e que talvez fique afastado por algum tempo. É muito importante.

– Mas... – alvoroçou-se Pittypat.

Scarlett foi até o corredor, observando com certa surpresa que tinha as pernas vacilantes, e se debruçou na balaustrada.

– Desço em um minuto, Rhett.

Ela viu de relance o rosto gordo de tia Pittypat voltado para cima, os olhos arregalados de surpresa e censura. "Agora vai correr a cidade que me comportei do modo mais inapropriado no dia do funeral do meu marido", pensou Scarlett enquanto voltava ao quarto para ajeitar os cabelos. Abotoou o corpete preto até o queixo, fechando-o com o broche de luto que pertencia a Pittypat. "Não estou muito bonita", pensou, inclinando-se para perto do espelho, branca demais e assustada. Por um momento, sua mão foi para o estojo onde escondia o ruge, mas decidiu que não. A pobre Pittypat ficaria gravemente aborrecida se ela descesse rosada e viçosa. Pegou a água-de-colônia e gargarejou com cuidado, cuspindo no jarro de despejo.

Acompanhada pelo ruge-ruge das saias, ela desceu as escadas em direção aos dois, que ainda estavam de pé no vestíbulo, pois Pittypat ficara aborrecida demais com a atitude de Scarlett para convidar Rhett a se sentar. Ele estava decorosamente vestido de preto. A camisa de linho pregueada e engomada e seus modos eram tudo o que os costumes exigiam de um velho amigo fazendo uma visita de condolências a alguém consternado. De fato, estava tão perfeito que beirava o burlesco, embora Pittypat não percebesse. Ele se desculpou adequadamente por perturbar Scarlett e sentia muito que em sua pressa de fechar negócios inadiáveis antes de partir não tivesse podido comparecer ao funeral.

"Por que terá vindo?", cogitou Scarlett. "Não está sendo sincero em nenhuma palavra que diz."

– Detesto perturbá-la nesta hora, mas tenho um assunto de negócios que não pode esperar. Algo que o Sr. Kennedy e eu estávamos planejando...

– Eu não sabia que o senhor e o Sr. Kennedy tinham negócios em comum – disse tia Pittypat, quase indignada por desconhecer alguma das atividades de Frank.

– O Sr. Kennedy era um homem de vastos interesses – disse Rhett respeitosamente. – Vamos até a sala?

– Não! – exclamou Scarlett, olhando de relance para as portas fechadas. Ainda conseguia ver o caixão lá. Esperava nunca mais precisar entrar. Dessa vez, Pitty entendeu, embora sem muita boa vontade.

– Fiquem na biblioteca. Eu preciso... preciso ir lá em cima fazer alguns consertos. Minha nossa, larguei tudo nesta última semana. Realmente...

Ela subiu as escadas, dando uma olhada de censura para trás, que não foi percebida por Scarlett nem por Rhett. Ele ficou de lado para deixá-la entrar na biblioteca antes dele.

– Que negócio você tinha com o Frank? – perguntou ela abruptamente.

Ele se aproximou e sussurrou.

– Nenhum. Só queria me livrar da Srta. Pitty. – Ele fez uma pausa, inclinando-se sobre ela. – Não adianta, Scarlett.

– O quê?

– A colônia.

– Não sei o que quer dizer.

– Tenho certeza de que sabe. Você andou bebendo bastante.

– Bem, e se estive? É de sua conta?

– A alma da cortesia, mesmo nas profundezas do pesar. Não beba sozinha, Scarlett. As pessoas sempre descobrem, e isso arruina a reputação. Além disso, é mau negócio beber sozinha. Qual é o problema, doçura?

Ele a levou até o sofá de jacarandá e ela se sentou em silêncio.

– Posso fechar as portas?

Ela sabia que, se Mammy visse as portas fechadas, ficaria escandalizada, faria sermões e ficaria resmungando por dias a fio, mas seria ainda pior se ouvisse essa discussão sobre bebida, especialmente na falta da garrafa de conhaque. Ela fez que sim e Rhett fechou-as. Quando voltou e se sentou ao lado dela, os olhos escuros alertas, examinando-lhe a fisionomia, o pano mortuário caiu diante da vitalidade que ele irradiava, e o aposento pareceu agradável e doméstico outra vez, os lampiões rosados e aconchegantes.

– Qual é o problema, doçura?

Ninguém mais conseguia dizer aquela tola palavra de estima tão carinhosamente quanto Rhett, mesmo quando estava brincando, mas não parecia estar agora. Ela ergueu os olhos atormentados e, de algum modo, encontrou consolo na inescrutabilidade que viu ali. Não sabia por que, pois ele era uma pessoa imprevisível e dura. Talvez fosse porque, como ele costumava dizer, eram parecidos. Às vezes, ela achava que todas as pessoas que conhecia eram estranhas, exceto Rhett.

– Pode me contar? – Ele pegou a mão dela, estranhamente gentil. – É mais do que o fato de o velho Frank deixá-la? Precisa de dinheiro?

– Dinheiro? Por Deus, não! Ah, Rhett, estou com tanto medo.

– Não banque a covarde, Scarlett, você nunca sentiu medo na vida.

– Ah, Rhett, estou com medo!

As palavras vinham com mais rapidez do que ela conseguia pronunciá-las. Podia dizer qualquer coisa a Rhett. Ele já fora tão mau que não a julgaria. Que maravilha conhecer alguém mau, desonrado, trapaceiro e mentiroso, quando o mundo estava cheio de gente que não mentia para salvar a alma e que preferiria passar fome a desonrar-se!

– Tenho medo de morrer e ir para o inferno.

Se ele risse dela, ela morreria ali mesmo. Mas ele não riu.

– Você está bem saudável, e talvez nem exista esse tal inferno.

– Ah, mas existe, sim, Rhett! Você sabe que existe!

– Sei, mas fica bem aqui, na terra. Não depois de morrermos. Não há nada depois de morrermos, Scarlett. Você está vivendo seu inferno agora.

– Ah, Rhett, isso é blasfêmia!

– Mas deveras consolador. Diga-me, por que vai para o inferno?

Agora ele estava implicando, ela podia ver aquele lampejo em seus olhos, mas não ligava. Suas mãos eram quentes e fortes, um consolo tê-las como apoio.

– Rhett, eu não devia ter me casado com Frank. Foi errado. Ele era o pretendente de Suellen e era a ela que amava, não a mim. Mas menti para ele e disse que ela ia se casar com Tony Fontaine. Ah, como pude fazer isso?

– Ah, então foi assim que tudo aconteceu! Sempre quis saber.

– E, depois, eu o tornei infeliz. Obriguei-o a tomar todo tipo de atitude que ele não queria, como fazer as pessoas pagarem suas contas quando não estavam em condições. E ele ficou magoado quando eu assumi as serrarias, construí o *saloon* e arrendei os detentos. Ele mal conseguia andar de cabeça erguida de tanta vergonha. Além disso, Rhett, eu o matei. Sim, fui eu! Eu não sabia que ele estava na Klan. Nunca sonhei que tivesse coragem. Mas devia ter imaginado. E eu o matei.

– "Será que todo o grande oceano de Netuno poderá lavar este sangue de minha mão?"

– O quê?

– Não importa. Prossiga.

– Prossiga? É tudo. Não é suficiente? Casei-me com ele, tornei-o infeliz e o matei. Ah, meu Deus! Não entendo como consegui fazer isso! Menti para me casar. Tudo parecia correto quando eu fiz, mas agora vejo quanto foi errado. Rhett, nem parece que fui eu que fiz todas essas coisas. Fui mesquinha com ele, mas não sou realmente má. Não fui criada assim.

Mamãe... – Ela parou e engoliu em seco. Evitara pensar em Ellen o dia todo, mas já não conseguia riscar sua imagem.

– Muitas vezes fico imaginando como ela era. Você sempre me deu a impressão de ser muito parecida com seu pai.

– Mamãe era... Ah, Rhett, pela primeira vez estou feliz que esteja morta e não possa me ver. Ela não me criou para ser má. Era tão gentil com todos, tão boa... Preferiria que eu tivesse passado fome a agir assim. Queria tanto ser como ela em tudo, e não sou nem um pouco. Não tinha pensado nisso... há tanto em que pensar... mas queria ser como ela. Não queria ser como papai. Eu o amava, mas ele era... tão... imprudente. Rhett, às vezes eu tentava ser gentil com os outros e boa para Frank, mas aí o pesadelo voltava, me deixando tão assustada que eu só queria correr para a rua e tirar dinheiro das pessoas, fosse meu ou não.

Sem serem percebidas, as lágrimas corriam por suas faces e ela agarrou a mão dele com tanta força que fincou-lhe as unhas na carne.

– Qual pesadelo? – Sua voz era calma e tranquilizante.

– Ah... Esqueci que você não sabia. Bem, quando eu tentava ser gentil com as pessoas e dizia a mim mesma que dinheiro não era tudo, ia dormir e sonhava que estava de volta a Tara logo após a morte de mamãe, depois da passagem dos ianques. Rhett, você não pode imaginar... fico gelada só de pensar. Vejo tudo incendiado e silencioso, sem nada para comer. Ah, Rhett, no sonho eu estou com fome de novo.

– Continue.

– Estou com fome e todo mundo, papai, as meninas e os negros estão passando fome e não param de dizer: "Estamos com fome" e eu estou tão faminta que chega a doer, e muito assustada. Minha cabeça não para de dizer: "Se conseguir sobreviver a isso, nunca, nunca mais vou passar fome" e então o sonho acaba em uma névoa cinzenta e eu estou correndo através dela, correndo tanto que meu coração fica a ponto de sair pela boca e alguma coisa está me perseguindo, não consigo respirar, mas continuo pensando que, se ao menos conseguisse chegar lá, estaria salva. Mas não sei aonde quero chegar. Então acordo e fico gelada de medo, e assustada de passar fome de novo. Quando acordo desse sonho, parece que não há dinheiro suficiente no mundo que me impeça de sentir medo e fome outra vez. Além disso, Frank era tão parcimonioso e indolente que me deixava furiosa e eu perdia a paciência. Acho que não entendia, e eu não conseguia fazê-lo entender. Eu estava sempre pensando que iria compensá-lo algum dia quando tivéssemos dinheiro e eu não tivesse tanto medo de passar fome. Agora ele está morto e é tarde demais. Ah, quando fiz aquilo, parecia correto, mas agora parece errado. Se eu pudesse voltar, faria tudo diferente.

– Acalme-se – disse ele, desembaraçando-se de seu aperto frenético e puxando um lenço limpo do bolso. – Enxugue o rosto. Não faz sentido ficar se dilacerando assim.

Ela pegou o lenço e enxugou as faces, sentindo um ligeiro alívio, como se tivesse transferido parte de seu fardo para as costas dele. Ele parecia capaz e calmo, e até mesmo a boca levemente torcida era reconfortante, como se provasse que sua agonia e sua confusão eram injustificadas.

– Está se sentindo melhor agora? Então vamos examinar isso direito. Você diz que, se pudesse voltar, faria diferente. Mas faria mesmo? Pense bem. Faria mesmo?

– Bem...

– Não, faria as mesmas coisas. Você tinha outra escolha?

– Não.

– Então por que está arrependida?

– Fui muito má e agora ele está morto.

– E, se ele não tivesse morrido, você continuaria a ser má. Pelo que vejo, não está arrependida de ter se casado com Frank, de tê-lo insultado e de causar, inadvertidamente, sua morte. Só se arrepende porque está com medo de ir para o inferno. Certo?

– Bem... isso parece tão confuso...

– Seu senso de ética é bastante confuso também. Você está na posição exata de um ladrão que foi pego com a boca na botija e não se arrepende de ter roubado, mas está terrivelmente arrependido porque vai para a cadeia.

– Um ladrão...

– Ah, não seja tão literal! Em outras palavras, se não tivesse essa ideia boba de que vai queimar no fogo eterno do inferno, estaria achando que tinha se livrado do Frank.

– Ah, Rhett!

– Ora, vamos! Você está confessando, assim como pode muito bem confessar a verdade como se fosse uma mentira decorosa. Sua... hã... consciência a incomodou muito quando você se ofereceu para... digamos... doar aquela joia que lhe era mais cara que a vida por 300 dólares?

O conhaque fazia sua cabeça girar e ela se sentia atordoada e um tanto afoita. De que adiantava mentir? Ele sempre parecia ler sua mente.

– Realmente não pensei muito em Deus naquela vez... nem no inferno. E quando pensei... bem, supus que Deus me entenderia.

– Mas não acha que Deus vai entender seus motivos para se casar com Frank?

– Rhett, como pode falar assim sobre Deus, se sabe que não crê em sua existência?

– Mas você crê em um Deus irado, e é isso o que interessa no momento. Por que o Senhor não entenderia? Arrepende-se de ainda possuir Tara e de que não haja aventureiros do norte morando lá? Você se arrepende de não estar passando fome e maltrapilha?

– Ah, não.

– Bem, você tinha outra alternativa que não fosse se casar com Frank?

– Não.

– Ele não precisava se casar com você, precisava? Homens são livres. E ele não precisava deixar que o insultasse, obrigando-o a fazer coisas que não queria, precisava?

– Bem...

– Scarlett, por que se preocupar com isso? Se tivesse que fazer de novo, seria impulsionada a mentir, e ele, a se casar com você. Continuaria a sair por aí se arriscando e ele teria de vingá-la. Se ele tivesse se casado com sua irmã Sue, talvez ela não tivesse provocado sua morte, mas é provável que o deixasse duas vezes mais infeliz. Não poderia ter sido de outro modo.

– Mas eu podia ter sido melhor para ele.

– Poderia ter sido se fosse outra pessoa. Mas você nasceu para abusar de qualquer um que o permita. Os fortes foram feitos para abusar, e os fracos, para ceder. É tudo culpa de Frank por não lhe dar umas chicotadas... Estou surpreso com você, Scarlett, por deixar brotar uma consciência a esta altura da vida. Oportunistas como você não devem ter uma.

– O que é uma oportu... como foi mesmo que você chamou?

– Uma pessoa que se aproveita das oportunidades.

– Isso é errado?

– Sempre foi considerado uma má reputação... especialmente pelos que tiveram as mesmas oportunidades e não as agarraram.

– Ah, Rhett, você está de brincadeira e eu achei que fosse ser gentil!

– Estou sendo gentil... para mim. Scarlett, querida, você está um pouco embriagada. Esse é seu problema.

– Não ouse...

– Ouso, sim. Você está à beira do que vulgarmente é chamado de pileque e, portanto, devo mudar de assunto e animá-la, dando-lhe uma notícia que deve diverti-la. De fato, essa foi a razão para minha visita hoje, para lhe dar essa notícia antes de partir.

– Aonde está indo?

– À Inglaterra, e devo ficar fora por meses. Esqueça sua consciência, Scarlett. Não pretendo mais discutir os assuntos da sua alma. Não quer ouvir a notícia?

– Mas... – começou ela debilmente e parou. Entre o conhaque, que afastava os severos contornos do remorso, e as palavras debochadas, mas reconfortantes, de Rhett, o pálido espectro de Frank recuava para as sombras. Talvez Rhett estivesse certo. Talvez Deus de fato entendesse. Ela se recuperou o suficiente para empurrar a ideia para o fundo de sua mente e decidir: "Vou pensar nisso tudo amanhã." – Qual é a notícia? – disse ela com esforço, assoando o nariz no lenço dele e levantando o cabelo que se desfazia.

– A notícia é – respondeu ele, sorrindo para ela – que ainda a quero mais que qualquer outra mulher que já vi, e, agora que Frank se foi, achei que gostaria de saber.

Scarlett puxou as mãos de seu afago e em um salto ficou de pé.

– Eu... você é o homem mais mal-educado do mundo, vir aqui em uma hora dessas com sua imunda... eu devia saber que você nunca mudaria. E Frank mal esfriou! Se tivesse alguma decência... Quer fazer o favor de se retirar dessa...

– Fique quieta ou a Srta. Pittypat vai estar aqui em um minuto – disse ele, sem se levantar, mas pegando os dois punhos dela. – Sinto que você não me entendeu.

– Não entendi? Eu entendi tudo. – Ela puxou os punhos. – Solte-me e saia daqui. Nunca ouvi nada de tanto mau gosto. Eu...

– Quieta – disse ele. – Estou pedindo-a em casamento. Você se convenceria se eu me ajoelhasse?

– Ah – disse ela sem fôlego, e caiu sentada no sofá.

Ela ficou olhando para ele, boquiaberta, imaginando se o conhaque não a estava ludibriando, insensatamente se lembrando do que ele dissera: "Minha querida, não sou homem que se case." Ela estava bêbada ou ele estava louco. Mas ele não parecia louco. Parecia calmo como se estivesse falando do tempo, e sua voz arrastada e suave caiu em seus ouvidos sem qualquer ênfase em particular.

– Sempre pretendi ter você, Scarlett, desde o primeiro dia em que a vi em Twelve Oaks, quando jogou aquele vaso, xingando, e provou que não era uma dama. Sempre pretendi tê-la, de um jeito ou de outro. Mas, como você e Frank conseguiram ganhar algum dinheiro, sei que nunca mais vai me procurar com qualquer proposta interessante de empréstimos e garantias. Então vejo que será necessário me casar com você.

– Rhett Butler, esta é mais uma de suas vis brincadeiras?

– Desnudo minha alma e você está desconfiada! Não, Scarlett, esta é uma declaração honrada de boa-fé. Admito que não é de muito bom gosto vir em uma hora dessas, mas tenho uma ótima desculpa para minha falta de modos. Parto amanhã e fico afastado por um longo tempo e temo que, se esperar até meu retorno, você possa ter se casado com outro que tenha algum dinheiro. Então pensei: por que não eu e meu dinheiro? É, Scarlett, não posso passar a vida toda esperando agarrá-la entre um marido e outro.

Ele falava sério. Não havia dúvida. Sua boca ficou seca ao assimilar essa verdade e ela engoliu em seco e olhou bem nos olhos dele, tentando achar alguma pista. Eles estavam cheios de riso, mas havia alguma outra coisa, lá no fundo, que ela nunca vira antes, um lampejo que desafiava análises. Ele estava relaxadamente sentado, mas ela sentia que a observava com a mesma atenção com que um gato observa uma toca de rato. Havia uma sensação de poder atrelada sob sua calma que a fez recuar, um pouco assustada.

Ele realmente a estava pedindo em casamento; estava se comprometendo com o inacreditável. No passado, ela planejara como iria atormentá-lo se ele fizesse essa proposta. No passado, achara que, se um dia ele falasse aquelas palavras, ela o humilharia e o faria sentir seu poder, com um prazer malicioso. Agora falara e o plano nem sequer lhe ocorreu, pois ele não estava mais em seu poder do que jamais estivera. De fato, ele controlava a situação completamente, deixando-a tão aturdida quanto uma moça diante de seu primeiro pedido de casamento, e ela só conseguia enrubescer e gaguejar.

– Eu... eu nunca mais vou me casar.

– Ah, vai sim. Você nasceu para estar casada. Por que não comigo?

– Mas Rhett, eu... eu não o amo.

– Isso não há de ser uma desvantagem. Não me lembro de que o amor tenha sido proeminente em suas duas outras iniciativas.

– Ah, como você pode? Sabe que eu gostava de Frank!

Ele não disse nada.

– Eu gostava! Gostava!

– Bem, não vamos discutir isso. Vai pensar na proposta enquanto eu estiver fora?

– Rhett, não gosto de coisas que se arrastam. Prefiro lhe dizer agora. Vou para casa em breve e India vai ficar com tia Pittypat. Quero ficar em casa por um bom tempo e... nunca mais vou querer me casar.

– Bobagem. Por quê?

– Ah, bem... deixe os motivos de lado. Simplesmente não gosto de estar casada.

– Mas, minha pobre criança, nunca esteve realmente casada. Como pode saber? Admito que teve azar... uma vez por despeito e outra por dinheiro. Já pensou em se casar... só por diversão?

– Diversão! Não fale feito um bobo. Não há diversão no casamento.

– Não? Por que não?

Certo grau de calma retornara e, com ele, toda a franqueza que o conhaque proporcionava.

– É divertido para os homens... embora só Deus saiba por quê. Nunca entendi. Mas só o que uma mulher tira disso é algo de comer, um monte de trabalho e ter que aguentar as tolices masculinas... e um bebê por ano.

Ele riu tão alto que o som ecoou no silêncio e Scarlett ouviu a porta da cozinha se abrir.

– Quieto! Mammy tem os ouvidos de um lince e não é decente rir logo após... pare de rir. Você sabe que é verdade. Diversão? Bobagem!

– Eu disse que você teve azar e o que acabou de dizer é a prova. Casou-se com um menino e com um velho. E aposto que sua mãe lhe disse que as mulheres têm que aguentar essas coisas por causa da feliz compensação da maternidade. Bem, está tudo errado. Por que não tenta se casar com um homem jovem que tem má reputação e jeito com as mulheres? Vai ser divertido!

– Você é grosseiro, convencido e acho que esta conversa já foi longe demais. É bem... bem vulgar.

– E bem divertida também, não é? Aposto que nunca discutiu a relação conjugal com um homem antes, nem com Charles nem com Frank.

Ela lhe lançou um olhar mal-humorado. Rhett sabia demais. Ela gostaria de saber onde aprendera tanto sobre as mulheres. Não era decente.

– Não faça essa cara. Escolha a data, Scarlett. Não estou exigindo um matrimônio instantâneo por causa de sua reputação. Esperaremos por um prazo decente. Por falar nisso, quanto tempo é um "prazo decente"?

– Eu não disse eu vou me casar com você. Nem sequer é decente falar sobre tal coisa neste momento.

– Já lhe falei por que toquei no assunto. Parto amanhã e sou um apaixonado ardoroso demais para refrear meu amor por mais tempo. Mas talvez tenha sido precipitado em meu cortejo.

Com uma rapidez que a deixou atordoada, ele escorregou do sofá e se pôs de joelhos e, com uma das mãos delicadamente posta sobre o coração, recitou apressadamente:

– Perdoe-me por assustá-la com a impetuosidade de meus sentimentos, minha querida Scarlett... quero dizer, minha cara Sra. Kennedy. Não pode ter-lhe passado despercebido que faz algum tempo a amizade que tenho em meu coração por você amadureceu, transformando-se em um sentimento mais profundo, um sentimento mais belo, mais puro, mais sagrado. Ouso nomeá-lo? Ah! É o amor que me torna tão ousado!

– Levante-se – pediu ela. – Está fazendo papel de bobo, e imagine se Mammy entrar e o vir assim?

– Ela ficaria atordoada e incrédula diante dos primeiros sinais de meu cavalheirismo – disse Rhett, levantando-se com leveza. – Vamos, Scarlett, você não é uma criança ou colegial para me decepcionar com desculpas tolas sobre decência e coisas do tipo. Diga que se casará comigo quando eu voltar ou, diante de Deus, eu não vou. Ficarei por aqui tocando violão embaixo de sua janela todas as noites e cantando tão alto que vou comprometê-la e então você terá que se casar comigo para salvar a reputação.

– Rhett, seja sensato. Não quero me casar com ninguém.

– Não? Você não está me contando o verdadeiro motivo. Não pode ser timidez feminina. O que é?

Subitamente, ela pensou em Ashley, vendo-o tão vividamente como se estivesse diante dela, o cabelo dourado, os olhos de mormaço, cheio de dignidade, tão diferente de Rhett. Ele era a verdadeira razão para não querer se casar de novo, embora não fizesse objeção a Rhett e às vezes gostasse muito dele. Ela pertencia a Ashley, para sempre. Nunca pertencera a Charles nem a Frank, nunca poderia realmente pertencer a Rhett.

Cada parte sua, quase tudo o que já fizera, por que lutara, que obtivera, pertencia a Ashley, fora feito por causa de seu amor por ele. Ashley e Tara, ela pertencia a eles. Os sorrisos, as risadas, os beijos que dera em Charles e Frank eram de Ashley, mesmo que ele nunca os tivesse reclamado. Em algum lugar lá no fundo, havia o desejo de se guardar para ele, embora soubesse que ele nunca a teria.

Não sabia que sua fisionomia mudara, que o devaneio lhe trouxera uma suavidade que Rhett nunca vira antes. Ele olhou para os olhos verdes oblíquos, grandes e enevoados, e para a curva suave de seus lábios, e por um momento parou de respirar. Em seguida, sua boca se contorceu com violência em um canto e ele xingou com impaciência apaixonada.

– Scarlett O'Hara, você é uma tola!

Antes que sua mente retornasse das paragens distantes, os braços dele a envolveram com a mesma segurança e firmeza usada na estrada escura para Tara, tanto tempo atrás. Ela sentiu outra vez a impotência, a rendição, uma onda de calor que a deixou mole e embaçou a fisionomia tranquila de Ashley Wilkes, afogando-a no vácuo. Ele inclinou a cabeça dela sobre seu braço e a beijou, primeiro suavemente, depois com uma intensidade gradual que a fez se segurar nele como se fosse a única coisa sólida em um mundo oscilante. Sua boca insistente separava os lábios trêmulos, provocando tremores ao longo de seus nervos, evocando-lhe sensações que nunca suspeitara ser capaz de ter. E, antes que uma vertigem a fizesse girar, ela percebeu que estava retribuindo o beijo.

– Pare... por favor, estou tonta! – sussurrou, tentando se desviar dele. Ele pressionou a cabeça dela firmemente contra seu ombro e ela viu seu rosto. Os olhos estavam abertos e inflamados de um modo estranho, e o tremor em seus braços a assustou.

– Quero deixá-la tonta. Vou deixá-la tonta. Faz anos que isso tinha de acontecer. Nenhum dos tolos que conheceu a beijou assim... beijou? Seus preciosos Charles ou Frank, ou seu estúpido Ashley...

– Por favor...

– Eu disse seu estúpido Ashley. Cavalheiros, todos eles... o que sabem sobre as mulheres? O que sabiam sobre você? Eu conheço você.

Sua boca estava sobre a dela outra vez e ela cedeu sem lutar, fraca demais até para virar a cabeça, sem sequer ter o desejo de virá-la, o coração a sacudi-la com suas batidas, com medo da força dele e sendo varrida por uma total fraqueza. O que ele ia fazer? Ela desmaiaria se ele não parasse. Se ao menos ele parasse... se ele nunca parasse.

– Diga sim! – Sua boca pousada acima da dela e os olhos tão próximos que pareciam enormes, preenchendo o mundo. – Diga sim, sua danada, ou...

– Sim! – sussurrou ela sem nem pensar. Era quase como se ele desejasse a palavra e ela a tivesse falado independente de sua vontade. Mas, ao dizê-la, uma súbita calma tomou seu espírito, sua cabeça parou de girar e até a tonteira do conhaque diminuiu. Prometera se casar com ele mesmo sem querer prometer. Mal sabia como tinha acontecido, mas não se arrependia. Agora parecia muito natural que tivesse dito sim... como que por intervenção divina, uma mão mais forte que a sua cuidando dos assuntos, resolvendo os problemas.

Ele inspirou quando ela falou, e se inclinou como que para beijá-la de novo. Os olhos dela se fecharam e a cabeça caiu para trás, mas ele recuou e ela ficou desapontada. Sentiu-se estranha por ser beijada daquele jeito, embora houvesse algo excitante ali.

Ele ficou sentado imóvel por um tempo segurando a cabeça dela em seu ombro e, como quem faz um esforço, o tremor de seus braços cessou. Ele se afastou um pouco e olhou para ela. Ela abriu os olhos e viu que o brilho assustado sumira de sua expressão. Mas por alguma razão não conseguia encará-lo e baixou os olhos, em uma súbita confusão.

Quando ele falou, sua voz estava muito calma.

– Você falou sério? Não quer voltar atrás?

– Não.

– Foi só porque eu... qual é a expressão?... a fiz flutuar com meu... hã... ardor?

Ela não podia responder porque não sabia o que dizer, nem conseguia olhar nos olhos dele. Ele pôs a mão em seu queixo e ergueu-lhe o rosto.

– Eu lhe disse uma vez que podia aguentar qualquer coisa de você, menos uma mentira. E agora quero a verdade. Por que disse sim?

As palavras não vinham, mas com o retorno de algum equilíbrio, ela manteve os olhos recatadamente baixos e deu um leve sorriso com os cantos da boca.

– Olhe para mim. É meu dinheiro?

– Ora, Rhett! Que pergunta!

– Olhe para cima e não tente me bajular. Não sou Charles, nem Frank ou um dos rapazes do condado para ser ludibriado pelo esvoaçar de seus cílios. É o meu dinheiro?

– Bem... sim, em parte.

– Em parte?

Ele não pareceu aborrecido. Respirou fundo e com esforço varreu dos olhos a avidez que as palavras dela causavam, uma avidez que ela estava confusa demais para perceber.

– Bem – debateu-se ela, impotente –, dinheiro ajuda, você sabe, Rhett, e Deus é testemunha de que Frank não tinha muito. Mas depois... bem, Rhett, nós nos damos bem, sabe. E você é o único homem que já conheci que aguenta ouvir a verdade de uma mulher, e seria bom ter um marido que não me achasse uma tola ou esperasse que eu dissesse mentiras... e.... bem, eu gosto de você.

– Gosta de mim?

– Bem – disse ela, impaciente –, se dissesse que estou loucamente apaixonada por você, estaria mentindo e, além disso, você saberia.

– Às vezes, acho que você leva sua franqueza longe demais, minha querida. Não acha que, mesmo sendo mentira, seria apropriado dizer "Eu o amo, Rhett", mesmo que não estivesse falando sério?

Aonde ele queria chegar, ela se perguntou, ficando mais confusa. Parecia esquisito, ansioso, magoado, debochado. Ele tirou as mãos das dela, enfiando-as no fundo dos bolsos das calças, e ela o viu fechando os punhos.

"Mesmo que me custe um marido, vou dizer a verdade", ela pensou, impiedosa, o sangue subindo como sempre quando ele a atormentava.

– Rhett, seria mentira, e por que deveríamos passar por toda essa tolice? Gosto de você, como já falei. Sabe como é. Certa vez, você disse que não me amava, mas que tínhamos muito em comum. Éramos dois tratantes, foi como você...

– Ah, Deus! – sussurrou ele rapidamente, virando o rosto. – Cair na própria armadilha!

– O que disse?

– Nada. – E ele olhou para ela e riu, mas não foi uma risada agradável. – Marque a data, minha querida. – E riu outra vez, inclinou-se e lhe beijou as mãos. Ela ficou aliviada de ver seu mau humor passar e o bom humor retornar, então sorriu também.

Ele brincou um pouco com a mão dela e sorriu.

– Em suas leituras de romances, você já se deparou com a velha situação da esposa desinteressada se apaixonando pelo próprio marido?

– Sabe que não leio romances – disse ela e, tentando se equiparar a seu humor bufão, continuou: – Além disso, você disse uma vez que era o máximo do mau gosto que maridos e mulheres se amassem.

– Uma vez eu disse um excesso de coisas malditas – retrucou ele abruptamente, e se levantou.

– Não fique praguejando.

– Você terá que se acostumar e aprender a praguejar também. Terá que se acostumar com todos os meus maus hábitos. Será parte do preço por... gostar de mim e pôr suas belas garrinhas em meu dinheiro.

– Não precisa perder as estribeiras só porque não menti para deixá-lo todo convencido. Você não está apaixonado por mim, está? Por que eu deveria estar por você?

– Não, minha querida. Não estou apaixonado por você mais do que você está por mim, e, se estivesse, você seria a última pessoa a quem eu diria. Deus ajude o homem que realmente vier a amá-la. Você lhe partiria o coração, minha querida, sua megerazinha cruel, destrutiva, tão descuidada e confiante que nem se dá ao trabalho de recolher as garras.

Ele a puxou bruscamente, beijando-a outra vez, mas dessa vez seus lábios estavam diferentes, pois ele parecia não se importar de feri-la... parecia querer feri-la, ofendê-la. Seus lábios escorregaram até o pescoço e por fim pressionaram o tafetá sobre seu busto, com tanta firmeza e por tanto tempo que a respiração lhe fez arder a pele. Ela se debateu, afastando-o em um recato ultrajado.

– Pare com isso! Como ousa?

– Seu coração está rápido como o de um coelho – caçoou ele. – Rápido demais para um mero gostar, eu diria, se fosse convencido. Acomode suas penas eriçadas. Só está fingindo esses ares virginais. Diga-me o que quer que eu lhe traga da Inglaterra. Um anel? De que tipo você gostaria?

Ela oscilou momentaneamente entre o interesse em suas últimas palavras e um desejo feminino de prolongar a cena de raiva e indignação.

– Ah... um anel de brilhante... e, Rhett, compre um bem grande.

– Para você poder ostentá-lo diante de suas amigas atingidas pela pobreza e dizer "Estão vendo o que agarrei!". Muito bem, terá um bem grande, tão grande que suas amigas menos afortunadas poderão se consolar cochichando que é vulgar usar pedras tão grandes.

Abruptamente, ele atravessou o cômodo e ela o seguiu, atordoada, até a porta fechada.

– Qual é o problema? Aonde você vai?

– Para meus aposentos acabar de fazer as malas.

– Ah, mas...

– Mas o quê?

– Nada. Espero que faça uma boa viagem.

– Obrigado.

Ele abriu a porta e foi para o vestíbulo. Scarlett foi atrás dele, um tanto perdida, uma ponta de decepção diante daquele inesperado anticlímax. Ele vestiu o sobretudo e pegou as luvas e o chapéu.

– Vou lhe escrever. Avise-me se mudar de ideia.

– Não vai...

– Sim? – Ele parecia impaciente para ir embora.

– Não vai me dar um beijo de despedida? – sussurrou ela, consciente dos ouvidos da casa.

– Não acha que já foi beijada o bastante por uma noite? – retrucou ele, e sorriu. – E pensar que uma jovem recatada, bem-criada... Bem, eu disse que seria divertido, não disse?

– Ah, você é impossível! – exclamou ela com raiva, não ligando se Mammy ouvisse. – E não me importo se nunca mais voltar.

Ela se virou e foi em direção às escadas, esperando sentir sua mão quente no braço, impedindo-a. Mas ele só abriu a porta e uma corrente de ar frio entrou.

– Mas vou voltar – disse ele e se foi, deixando-a no primeiro degrau olhando para a porta fechada.

O ANEL QUE RHETT trouxe da Inglaterra era realmente grande, tanto que Scarlett chegava a ficar constrangida de usá-lo. Ela adorava joias caras e vistosas, mas ficava com a desagradável sensação de que todos estavam dizendo, com toda a razão, que o anel era vulgar. A pedra central era um brilhante de quatro quilates cercado de esmeraldas. Chegava ao nó do dedo, dando a impressão de ser pesado. Scarlett desconfiava de que Rhett se esforçara muito para mandar confeccioná-lo e, por pura maldade, fizera questão de encomendá-lo o mais ostentoso possível.

Até Rhett voltar a Atlanta e o anel estar em seu dedo, ela não falou a ninguém, nem mesmo à família, de suas intenções, e, quando finalmente anunciou o noivado, irrompeu uma tormenta de rumores amargos. Desde o caso da Klan, Rhett e Scarlett eram, exceto pelos ianques e pelos aventureiros, os cidadãos mais impopulares da cidade. Todos censuravam Scarlett desde os tempos longínquos em que ela abandonara os trajes de luto por Charles Hamilton. A reprovação aumentara ainda mais devido à sua conduta nada feminina na questão das serrarias, sua falta de recato ao se mostrar quando estava grávida e tantas outras coisas. Mas, quando provocou a morte de Frank e Tommy e colocou em risco a vida de dezenas de outros homens, a antipatia se transformou em condenação pública.

Quanto a Rhett, ele sempre desfrutara do ódio da cidade desde as especulações durante a guerra, e suas alianças com os republicanos não o tornaram mais simpático a seus concidadãos. Mas, estranhamente, o que mais despertou o ódio inflamado das damas foi o fato de ele ter salvado a vida de alguns dos homens mais proeminentes de Atlanta.

Não que desejassem ver seus homens mortos. O problema é que se ressentiam amargamente de dever a vida deles a um homem como Rhett e a um estratagema tão constrangedor. Meses a fio, se contorcendo sob o riso e escárnio ianques, as damas sentiam que, se Rhett realmente quisesse de coração o bem da Klan, teria lidado com o assunto de modo mais decente. Diziam que ele tinha deliberadamente arranjado aquela situação com a tal Belle Watling para deixar as pessoas de bem em má posição. Portanto, não merecia agradecimentos por ter resgatado os homens nem perdão pelos pecados passados.

Essas mulheres, tão prontas na gentileza, tão ternas com os sofredores, tão incansáveis em épocas de tensão, eram tão implacáveis quanto fúrias com qualquer renegado que infringisse uma regra, por menor que fosse, de seu código tácito. Esse código era simples: reverência pela Confederação, louvor aos veteranos, lealdade aos velhos costumes, orgulho na pobreza, mãos abertas aos amigos e ódio imortal aos ianques. Juntos, Scarlett e Rhett tinham ultrajado cada um desses princípios.

Por decência e senso de gratidão, os homens cujas vidas Rhett salvara tentaram manter suas mulheres caladas, mas sem muito sucesso. Antes do anúncio do casamento, os dois eram bastante impopulares, mas as pessoas ainda conseguiam ser formalmente educadas com eles. Agora, nem mesmo aquela fria cortesia era possível. A notícia do noivado estourou como uma explosão, inesperada e demolidora, balançando a cidade, e até as mulheres mais flexíveis quanto às maneiras se inflamaram. Casar-se tendo mal se passado um ano da morte de Frank, e ela o matara! E com aquele Butler, dono de um bordel e associado aos ianques e aventureiros e a todo tipo de roubalheira! Separadamente, ainda era possível tolerá-los, mas a combinação desavergonhada de Scarlett e Rhett era demais. Ordinários e vis, os dois! Deveriam ser expulsos da cidade!

Talvez Atlanta tivesse sido mais tolerante em relação a eles se a notícia do noivado não tivesse chegado quando os aventureiros e a escória sulista, camaradas de Rhett, eram mais odiados pelos cidadãos respeitáveis do que nunca. Bem no momento em que a cidade soube do noivado, a reação pública aos ianques e a todos os seus aliados estava no auge, pois a última cidadela da resistência da Geórgia ao domínio ianque acabara de cair. A longa campanha, iniciada quando Sherman se dirigira ao sul a partir de Dalton, quatro anos antes, finalmente atingira seu clímax, e a humilhação do estado era completa.

Três anos de Reconstrução tinham se passado e tinham sido anos de terror. Todos achavam que as condições já eram o pior que podiam. Mas agora a Geórgia descobria que o pior da Reconstrução estava só começando.

Havia três anos que o governo federal tentava impor ideias alheias e um domínio alheio à Geórgia e, com um exército para reforçar seus comandos, conseguira em grande parte. Mas só o poder militar mantinha o novo regime. O estado estava sob domínio ianque, mas não por consentimento. Os líderes da Geórgia tinham continuado a batalhar pelo direito do estado de se governar segundo as próprias ideias. Continuavam resistindo a todos os esforços para obrigá-los a se dobrar e aceitar os desígnios de Washington como sua própria lei estatal.

Oficialmente, o governo da Geórgia nunca capitulara, mas fora uma luta inútil, uma luta que não podia ser vencida, mas que, pelo menos, adiara o inevitável. Muitos outros estados sulistas já tinham negros analfabetos ocupando altos cargos públicos e assembleias legislativas dominadas por negros e aventureiros do norte. Mas a Geórgia, por sua teimosa resistência, até então escapara a essa degradação final. Pela maior parte desses três anos, a assembleia legislativa estadual permanecera sob o controle de brancos e democratas. Com os soldados ianques por toda parte, as autoridades estaduais não podiam fazer muito, além de protestar e resistir. Seu poder era nominal, mas tinham conseguido ao menos manter o governo do estado nas mãos de georgianos. Agora até esse último baluarte caíra.

Assim como Johnston e seus homens tinham sido impelidos a recuar passo a passo de Dalton a Atlanta quatro anos antes, os democratas da Geórgia eram obrigados a recuar pouco a pouco desde 1865. O poder do governo federal sobre os assuntos do estado e as vidas de seus cidadãos crescera paulatinamente. Atos múltiplos de força e decretos militares em número crescente deixavam a autoridade civil cada vez mais fraca. Finalmente, com a Geórgia ocupando a posição de província militar, as urnas se abriram para os negros, com ou sem a permissão das leis estaduais.

Uma semana antes de Scarlett e Rhett anunciarem o noivado, houvera uma eleição para governador. Os democratas sulistas tinham como candidato o general John B. Gordon, um dos cidadãos mais amados e honrados da Geórgia. Opondo-se a ele, estava um republicano chamado Bullock. As eleições duraram três dias em vez de um. Trens lotados de negros tinham sido enviados de cidade em cidade, votando em cada zona eleitoral ao longo do caminho. É claro, Bullock venceu.

Se a captura da Geórgia por Sherman causara amargura, a captura final da assembleia legislativa estadual por aventureiros, ianques e negros provocou um desgosto que o estado jamais experimentara. Atlanta e Geórgia ferviam de ódio.

E Rhett Butler era amigo do odiado Bullock!

Com seu usual desinteresse por todas as questões que não estivessem bem embaixo de seu nariz, Scarlett mal tomara conhecimento de que houvera uma eleição. Rhett não tinha votado, e suas relações com os ianques continuavam sendo as mesmas de sempre. Mas o fato de que ele era da escória sulista e amigo de Bullock permanecera. E, se o casamento se consumasse, Scarlett também passaria a ser da escória. Atlanta não sentia-se disposta a ser tolerante ou caridosa com alguém que estivesse no campo inimigo, e a notícia do noivado, chegando na hora em que chegou, só relembrou à cidade as coisas maléficas do casal e nenhuma das boas.

Scarlett sabia que Atlanta estava abalada, mas não percebera a extensão do sentimento público até que a Sra. Merriwether, incitada pelo círculo da igreja, encarregou-se de falar com ela para seu próprio bem.

– Como sua querida mãe está morta e a Srta. Pitty, não sendo casada, não está qualificada a... hã, bem, falar do assunto, sinto que é minha obrigação avisá-la, Scarlett. O capitão Butler não é o tipo de homem que sirva para uma mulher de boa família se casar. Ele é um...

– Ele conseguiu salvar o pescoço de vovô Merriwether e o de seu sobrinho.

A Sra. Merriwether se inflou. Menos de uma hora antes, tivera uma conversa irritante com vovô. O velho comentara que ela não devia valorizar tanto seu couro, já que não sentia gratidão por Rhett Butler, mesmo que o homem fosse um patife da escória.

– Ele só fez aquilo para pregar uma peça suja em todos nós, Scarlett, para nos deixar constrangidos perante os ianques – continuou a Sra. Merriwether. – Sabe tão bem quanto eu que ele é um tratante. Sempre foi, e agora mais do que nunca. Simplesmente não é o tipo de homem que as pessoas decentes recebam.

– Não? Estranho, Sra. Merriwether. Ele ia a sua casa com bastante frequência durante a guerra. E foi ele que deu a Maybelle o vestido de cetim para o casamento, não foi? Ou minha memória falha?

– Era diferente durante a guerra, e pessoas finas se associavam a homens nem tanto... Era tudo pela Causa, e era apropriado. Com certeza, você não pode estar pensando em se casar com um homem que não esteve no exército, que caçoava dos que se alistavam?

– Ele esteve no exército. Esteve no exército por oito meses, na última campanha. Lutou em Franklin e estava com o general Johnston quando ele se rendeu.

– Não fiquei sabendo disso – disse a Sra. Merriwether, parecendo não acreditar. – Mas ele não foi ferido – acrescentou, triunfante.

– Muitos homens não foram.

– Todo mundo que era alguém foi ferido. *Eu* não conheço ninguém que não tenha sido.

Scarlett estava irritada.

– Então imagino que todos os homens que conheceu eram tão bobos que não sabiam quando se desviar de uma saraivada de chuva, quanto mais de balas. Agora, vou lhe dizer uma coisa, Sra. Merriwether, e pode comunicar às suas amigas abelhudas. Vou me casar com o capitão Butler e não me importaria se ele tivesse lutado ao lado dos ianques.

Quando aquela valorosa matrona saiu da casa sacudindo seu chapéu com raiva, Scarlett sabia que agora tinha uma franca inimiga em vez de uma amiga que a censurava. Mas não ligou. Nada que a Sra. Merriwether pudesse dizer ou fazer a atingiria. Ela não ligava para o que alguém dissesse... a não ser Mammy.

Scarlett aguentara o desmaio de Pitty com a notícia e se revestira de coragem ao ver Ashley parecer subitamente velho e evitar seus olhos ao lhe desejar felicidades. Rira e se irritara com as cartas de tia Pauline e de tia Eulalie, de Charleston, horrorizadas, proibindo o casamento, dizendo-lhe que arruinaria não só sua posição social, mas poria a delas em risco. Chegara a rir quando Melanie, franzindo a testa de preocupação, dissera lealmente: "É claro que o capitão Butler é muito melhor do que a maioria das pessoas acha, e foi gentil e esperto no modo como salvou Ashley. E, afinal, lutou pela Confederação. Mas, Scarlett, não acha que deveria esperar um pouco mais para tomar essa decisão?"

Não, ela não se importava com o que diziam, além de Mammy. As palavras de Mammy foram as que a deixaram mais zangada e lhe trouxeram a maior mágoa.

– Já vi vosmecê fazê um tanto de coisa que ia magoá a sinhá Ellen, se ela sobesse. E me dexô cheia de pesá. Mas essa é a pió. Casá com ordinário. Eu disse ordinário! Num vá dizê que ele vem de famia fina. Isso num faz diferença. Gente ordinária pode vi de cima como debaxo e ele é ordinário! É, sinhá Scarlett. Eu vi vosmecê pegá o sinhô Charles da sinhá Honey quando num ligava nada pra ele. E eu vi vosmecê robá o sinhô Frank da sua própia irmã. E calei pra um tanto de coisa que vosmecê fez, como vendê madera ruim fingino que era boa e contá mentira dos otro maderero e saí por aí sozinha, se mostrano pros nego livre e fazê o sinhô Frank levá um tiro e num alimentá os mardito dos coitado dos preso direito pra mantê as alma deles no corpo. Eu calei, mermo que a sinhá Ellen lá da terra promitida tava dizeno "Mammy! Mammy! Tu num tá cuidano direito da minha fia!". É. Eu guentei tudo, mas essa agora num vô guentá, sinhá Scarlett. Vosmecê num pode casá com gente ordinária. Não enquanto eu respirá.

– Vou me casar com quem eu quiser – disse Scarlett friamente. – Acho que você está esquecendo onde é seu lugar, Mammy.

– Em boa hora tomém! Se num fô eu a dizê essas coisa pra vosmecê, quem vai?

– Estive pensando no assunto, Mammy, e decidi que a melhor coisa para você é voltar a Tara, eu lhe dou algum dinheiro e...

Mammy se endireitou com toda a sua dignidade.

– Sô livre, sinhá Scarlett. Vosmecê num pode me mandá pronde qué se eu num querê ir. E, quando eu fô de vorta pra Tara, vai sê quando vosmecê fô comigo. Num vô dexá a fia da sinhá Ellen e num tem jeito de me fazê ir. E tomém num vô dexá os neto da sinhá Ellen para ninhum padrasto ordinário criá. Tô aqui e aqui vô ficá!

– Não vou deixá-la ficar em minha casa e ser grosseira com o capitão Butler. Vou me casar com ele e não há nada mais a ser dito.

– Tem um tanto mais pra sê dito – retrucou Mammy lentamente, e nos velhos olhos embaçados surgiu o lampejo da batalha. – Mas nunca que pensei de dizê isso pra arguém do sangue da sinhá Ellen. Mas sinhá Scarlett, me ove. Vosmecê é uma mula em arreio de cavalo. A gente pode lustrá os casco de uma mula e escová os pelo e botá os metar nos arreio e engatá ela numa boa carruage. Mas ela continua sendo mula do mermo jeito. Num logra ninguém. Vosmecê tem vestido de seda e as serraria e a loja e o dinhero e se enche de pose que nem cavalo fino, mas continua sendo mula. E tomém num engana ninguém. E aquele Butler tem criação boa e é todo lustroso que nem cavalo bão, mas é mula em arreio de cavalo, iguar a vosmecê.

Mammy lançou um olhar penetrante a sua senhora. Scarlett estava sem palavras e tremia, ofendida.

– Se vosmecê diz que vai casá com ele, vai mermo, pruque é teimosa que nem seu pai. Mas se alembre, sinhá Scarlett, num vô te dexá. Vô ficá bem aqui e vê tudo.

Sem esperar por uma réplica, Mammy se virou e deixou Scarlett. Se tivesse dito "Haverás de me ver em Filipos" seu tom não teria sido mais agourento.

Durante a lua de mel em Nova Orleans, Scarlett contou a Rhett o que Mammy dissera. Para sua surpresa e indignação, ele riu da declaração a respeito de mulas em arreios de cavalo.

– Nunca ouvi uma verdade tão profunda expressa de modo tão sucinto – disse ele. – Mammy é uma velha alma esperta, e uma das poucas pessoas que conheço de quem gostaria de ganhar o respeito e a boa vontade. Mas, sendo uma mula, creio que nunca vou conseguir nenhum dos dois. Ela até recusou a moeda de 10 dólares em ouro que, em meu fervor de noivo, quis lhe dar de presente depois do casamento. Vi poucas pessoas que não se derreteram à vista de dinheiro vivo. Mas ela me olhou bem nos olhos, agradeceu e disse que não era uma nega livre qualquer e não precisava de meu dinheiro.

– Por que ela tem de agir assim? Por que todo mundo precisa falar de mim como um bando de galinhas-d'angola? Com quem eu me caso e a frequência com que me caso é de minha conta. Sempre cuidei de minha vida. Por que os outros não cuidam da deles?

– Ora, querida, o mundo pode perdoar praticamente tudo, exceto os que cuidam da própria vida. Mas por que você tem que gritar como gato escaldado? Já cansou de dizer que não se importa com o que dizem. Prove. Sabe que muitas vezes já se expôs a críticas por coisas pequenas, não podia esperar que fosse escapar aos mexericos por essa grande. Você sabia que haveria falação se casasse com um vilão como eu. Se eu fosse um vilão de classe inferior e pobre, as pessoas não estariam tão zangadas. Mas um vilão rico, próspero... claro, isso é imperdoável.

– Eu gostaria que você fosse sério às vezes!

– É sério. É sempre irritante para os piedosos quando os impiedosos prosperam como o loureiro verde. Anime-se, Scarlett, você não me disse uma vez que a principal razão para querer muito dinheiro era poder mandar todo mundo para o inferno? Eis sua chance.

– Mas era principalmente você que eu queria mandar para o inferno – disse Scarlett, dando uma risada.

– Ainda quer me mandar para o inferno?

– Bem, não com tanta frequência como antes.

– Se a deixa feliz, mande sempre que quiser.

– Não me deixa especialmente feliz – disse Scarlett e, inclinando-se, beijou-o com carinho. Seus olhos escuros deram uma rápida olhada na fisionomia dela, buscando algo em seu olhar que não encontrou, e ele deu uma risada breve.

– Esqueça Atlanta. Esqueça as velhas megeras. Eu a trouxe a Nova Orleans para se divertir e pretendo fazer com que isso aconteça.

Parte V

48

Ela realmente se divertiu, mais do que se divertira desde a primavera anterior à guerra. Nova Orleans era um lugar muito diferente, glamouroso, e Scarlett aproveitou com a impetuosidade de um condenado à prisão perpétua que fora perdoado. Os aventureiros do norte saqueavam a cidade, muita gente honesta fora expulsa de casa, sem saber de onde viria a próxima refeição, e um negro se sentava na cadeira do vice-governador. Mas a Nova Orleans que Rhett lhe mostrava era o lugar mais alegre que já vira. As pessoas que conheceu pareciam ter todo o dinheiro que desejavam e nenhuma preocupação. Rhett a apresentara a dezenas de mulheres bonitas e bem-vestidas, mulheres de mãos macias, sem qualquer sinal de trabalho duro, mulheres que riam de tudo e nunca falavam de assuntos sérios e chatos, nem dos tempos difíceis. E os homens que ela conheceu... que empolgantes! E como eram diferentes dos homens de Atlanta... e como disputavam para dançar com ela e lhe faziam os mais extravagantes elogios, como se ela fosse uma jovem beldade.

Esses homens tinham a mesma expressão dura e *blasé* de Rhett. Tinham os olhos sempre alertas, como quem convive há muito tempo com o perigo e nunca se descuida. Pareciam não ter passado ou futuro, e educadamente desencorajaram Scarlett quando, para puxar assunto, ela perguntou o que faziam ou onde estavam antes de irem para Nova Orleans. Aquilo por si só era estranho, pois em Atlanta cada recém-chegado respeitável se apressava a apresentar suas credenciais, falar com orgulho de sua casa e sua família e reconstituir os tortuosos labirintos de relacionamentos que se estendiam por todo o sul.

Mas esses homens eram um bando taciturno, que escolhia as palavras com cuidado. Às vezes, quando Rhett ficava sozinho com eles e Scarlett estava no aposento ao lado, ouvia risadas e capturava fragmentos de conversa que nada significavam para ela, retalhos de palavras, nomes enigmáticos – Cuba, Nassau nos tempos do bloqueio, a corrida do ouro, posse de terras registradas, contrabando de armas, pirataria, Nicaragua e William Walker e como ele morrera encostado no muro em Trujillo. Uma vez sua entrada súbita cessou abruptamente uma conversa sobre o que acontecera aos membros do bando de guerrilheiros de Quantrill e ela capturou os nomes de Frank e Jesse James.

Mas todos eram bem-educados, extremamente bem-vestidos e era evidente que a admiravam, então pouco importava a Scarlett se preferissem viver só no presente. O que realmente importava era o fato de serem amigos de Rhett, terem casas grandes, boas carruagens e os levarem a jantares, dando festas em sua homenagem. E Scarlett gostava muito deles. Rhett se divertiu quando ela lhe disse isso.

– Achei que você gostaria – disse ele, rindo.

– Por que não? – Ela ficou desconfiada como sempre ficava com a risada dele.

– Eles são todos de segunda classe, ovelhas negras, velhacos. São aventureiros ou aristocratas renegados. Fizeram fortuna especulando com alimentos como seu amado marido, por meio de contratos governamentais duvidosos ou de outras maneiras obscuras que não resistiriam a investigações.

– Não acredito. Você está brincando. São as pessoas mais gentis...

– As pessoas mais gentis da cidade estão passando fome – disse Rhett – e morando em modestas choupanas, e duvido que me recebessem. Entenda, minha querida, durante a guerra estive envolvido em minhas negociatas nefandas aqui, e essas pessoas têm uma memória infernal! Scarlett, você é uma alegria constante para mim. Infalivelmente, consegue escolher as pessoas e as coisas erradas.

– Mas eles são seus amigos!

– Ah, mas eu gosto de velhacos. Passei a juventude jogando em um barco de rio e consigo entender pessoas assim. Mas não sou cego ao que eles são. Ao passo que você... – Ele riu de novo. – Você não tem instinto para as pessoas, não discrimina o barato do grandioso. Às vezes, acho que as únicas grandes damas com quem conviveu foram sua mãe e a Sra. Melly, e nenhuma parece ter lhe causado grande impressão.

– Melly! Ora, ela é tão comum quanto um sapato velho, as roupas sempre lhe caem de um jeito desalinhado e ela nunca tem duas palavras sequer para si mesma!

– Poupe-me de seu ciúme, senhora. Não é beleza que faz uma dama, nem roupas!

– Ah, não? Espere só, Rhett Butler, e vou lhe mostrar. Agora que eu... que nós temos dinheiro, vou ser a maior dama que você já viu!

– Aguardarei com interesse – disse ele.

Mais empolgante que as pessoas que conheceu foram os vestidos dados por Rhett, que supervisionou pessoalmente a escolha de cor, tecidos e modelos. As crinolinas estavam fora de moda agora, e os novos estilos eram encantadores com as saias puxadas para trás e drapeadas sobre um enchimento, que sustentava festões de flores, laços e cascatas de renda. Ela pensou nas crinolinas recatadas dos anos de guerra e se sentiu um pouco constrangida com essas novas saias que inegavelmente marcavam-lhe o abdômen. E os graciosos chapéus, tão pequenos, que na verdade não eram chapéus, mas peças planas usadas sobre um olho e carregadas de frutas e flores, plumas que dançavam e laços esvoaçantes! (Se ao menos Rhett não tivesse sido tão tolo de queimar os cachos falsos que ela comprara para aumentar o aplique de cabelo liso de índio que descia atrás dos chapeuzinhos!) E a delicada roupa íntima feita no convento! Que graciosa, e quantos conjuntos ela tinha! Chemises e camisolas, anáguas do melhor linho rematadas com fino bordado e milhares de preguinhas. E os sapatos de cetim que Rhett lhe comprara! Tinham saltos de sete centímetros e fivelas cintilantes. E meias de seda, uma dúzia de pares, sem que nenhuma tivesse a parte de cima em algodão! Que riquezas!

Ela não economizou nos presentes para a família. Um filhote de São Bernardo bem peludo para Wade, que sempre quisera um, um gatinho persa para Beau, um bracelete de coral para a pequena Ella, um pesado colar com pingentes de ortósio para tia Pitty, as obras completas de Shakespeare para Melanie e Ashley, um uniforme elegante para tio Peter, incluindo uma cartola de cocheiro, tecidos para vestidos a Dilcey e Cookie, presentes caros para todos em Tara.

– Mas o que você comprou para Mammy? – perguntou Rhett, olhando para as pilhas de presentes espalhados na cama do quarto de hotel e levando o cão e o gato para o quarto de vestir.

– Nada. Ela foi detestável. Por que eu deveria levar um presente quando ela nos chamou de mulas?

– Por que se ressente tanto de ouvir a verdade, minha querida? Deve levar um presente para Mammy. Ela ficaria de coração partido se não levasse... e corações como o de Mammy são muito valiosos para ser partidos.

– Não vou levar nada. Ela não merece.

– Então vou lhe comprar um presente. Lembro-me de minha ama sempre dizer que quando fosse para o Céu queria uma saia de tafetá tão rija que ficaria em pé sozinha, e tão farfalhante que Nosso Senhor acharia que era feita de asas de anjos. Vou comprar um tafetá vermelho para Mammy e mando fazer uma anágua fina.

– Ela não vai aceitar. Vai preferir morrer a usá-la.

– Não duvido. Mas o farei mesmo assim.

As lojas de Nova Orleans eram luxuosas e empolgantes, e fazer compras com Rhett era uma aventura. Comer fora com ele era outra aventura, ainda mais empolgante que fazer compras, pois ele sabia o que pedir e como devia ser preparado. Os vinhos, licores e champanhes de Nova Orleans eram novos e excitantes para ela, familiarizada apenas com o vinho caseiro de amoras ou uvas e com o conhaque "antidesmaio" de tia Pitty; mas, ah, a comida que Rhett pedia! Melhor que tudo em Nova Orleans era a comida. Lembrando-se dos amargos dias de fome em Tara e da penúria mais recente, Scarlett sentia que nunca comeria o bastante desses pratos maravilhosos. Camarões com quiabo à creole, pombos ao vinho e ostras com molho branco em empadinhas crocantes, cogumelos, pães doces, fígado de peru, peixe assado em papel-manteiga com limões. Seu apetite nunca diminuía, pois, sempre que se lembrava dos eternos amendoins, ervilhas e batatas-doces de Tara, sentia necessidade de se empanturrar novamente com os pratos da culinária crioula.

– Você come como se cada refeição fosse a última – disse Rhett. – Não raspe o prato, Scarlett. Tenho certeza de que há mais na cozinha. Basta pedir ao garçom. Se não deixar de ser tão gulosa, vai ficar gorda como as mulheres cubanas, e aí me divorcio.

Ela só mostrou a língua para ele e pediu outro confeito, cheio de chocolate e recheado de merengue.

Como era bom poder gastar todo o dinheiro que se queria, sem ter de contar os centavos e sentir que devia economizar para pagar impostos ou comprar mulas. Como era bom estar com gente alegre e rica e não cavalheirescamente pobre como o pessoal de Atlanta. Como era bom usar vestidos farfalhantes de brocado que mostravam sua cintura e todo o pescoço e braços e um pouco mais do busto, e saber que os homens a admiravam. E como era bom comer tudo o que queria sem ter pessoas lhe dizendo que não estava agindo como uma dama. E como era bom beber todo o champanhe que quisesse. Na primeira vez que bebeu demais, ficou constrangida ao acordar na manhã seguinte com uma tremenda dor de cabeça e a terrível lembrança de ter cantado "Bonnie Blue Flag" todo o caminho de volta ao hotel, pelas ruas de Nova Orleans, em uma carruagem aberta. Ela nunca vira uma dama nem meio tonta, e a única mulher bêbada que já vira tinha sido aquela criatura Watling no dia da queda de Atlanta. Ela nem sabia como encarar Rhett tal era sua humilhação, mas aquilo só pareceu diverti-lo, como se ela fosse uma gatinha fazendo suas piruetas.

Era empolgante sair com Rhett, ele era tão bonito... De algum modo, ela nunca pensara muito em sua beleza, e em Atlanta todo mundo sempre estivera preocupado demais com seus defeitos para falar de sua aparência. Mas ali em Nova Orleans ela podia ver como os olhos das outras mulheres o seguiam e como se alvoroçavam quando ele se inclinava sobre suas mãos. A percepção de que outras mulheres se sentiam atraídas por seu marido e talvez a invejassem deixou-a subitamente orgulhosa de ser vista ao lado dele.

"Ora, somos um belo casal", pensou Scarlett com prazer.

Sim, como Rhett profetizara, o casamento podia ser muito divertido. Não só era, como ela estava aprendendo muitas coisas. Só isso já era estranho, pois Scarlett achava que a vida nada mais tinha a lhe ensinar. Agora se sentia como uma criança, todo dia à beira de uma nova descoberta.

De início, descobriu que casamento com Rhett era algo completamente diferente de casamento com Charles ou Frank. Eles a respeitavam e temiam seu gênio. Imploravam por favores que ela concedia se quisesse. Rhett não a temia e, ela costumava pensar, também não a respeitava muito. Ele fazia o que queria e, se ela não gostasse, ele ria dela. Ela não o amava, mas sem dúvida era empolgante viver a seu lado. O mais excitante nele era que, mesmo em seus ímpetos de paixão, que às vezes tinham pitadas de crueldade, outras de irritante diversão, ele sempre parecia se refrear, cavalgando suas emoções com freio curto.

"Acho que é porque ele não é realmente apaixonado por mim", ela pensava e ficava contente com a situação. "Eu odiaria se ele se soltasse completamente de qualquer jeito." Mesmo assim, pensar nessa possibilidade provocava sua curiosidade de um modo excitante.

Embora achasse que o conhecia bem, convivendo com Rhett aprendeu muitas coisas novas sobre ele. Aprendeu que, em um momento, sua voz podia ser tão sedosa como o pelo de um gato e, no outro, áspera e crepitante de blasfêmias. Ele contava, com aparente sinceridade e consentimento, histórias de coragem, honra, virtude e amor nos lugares estranhos onde estivera, e as seguia com histórias irreverentes do mais frio cinismo. Ela sabia que homem algum devia contar tais histórias a sua mulher, mas eram divertidas e apelavam a seu lado mais grosseiro e mundano. Ele podia ser um amante ardente, quase terno por algum tempo, e em seguida virar um demônio caçoador, que arrancava a tampa da pólvora do mau gênio de Scarlett, botava fogo e se divertia com a explosão. Ela aprendeu que seus elogios sempre tinham dois lados e suas expressões de ternura eram abertas à desconfiança. De fato, naquelas duas semanas em Nova Orleans, aprendeu tudo sobre ele, exceto o que ele realmente era.

Às vezes, ele dispensava a camareira, levava a bandeja do café da manhã para ela e lhe dava de comer como se fosse uma criança, tirava a escova de sua mão e penteava seus longos cabelos escuros. Em outras manhãs, no entanto, ela era arrancada brutalmente do mais profundo sono, quando ele puxava todas as cobertas e lhe fazia cócegas nos pés nus. Às vezes, ele escutava com digno interesse os detalhes dos negócios dela, aprovando sua sagacidade, e, em outras, chamava suas transações um tanto duvidosas de sugadoras, roubo e extorsão. Ele a levava ao teatro, aborrecendo-a ao sussurrar que provavelmente Deus não aprovaria esses divertimentos, e a igrejas, onde relatava obscenidades engraçadas em voz baixa e depois a censurava por rir. Ele a encorajava a ser franca, loquaz e ousada. Ela pegou dele o dom de usar palavras picantes e expressões sarcásticas, aprendendo a se deliciar ao usá-las pelo poder que lhe davam sobre os outros. Mas não possuía o senso de humor que temperava a malícia dele, nem o sorriso que caçoava de si mesmo quando estava caçoando dos outros.

Ele a fazia brincar e ela tinha quase se esquecido de como era. A vida fora séria e amarga. Ele sabia brincar e a levava junto. Mas nunca brincava como um menino; ele era um homem e não importava o que fizesse, ela nunca se esquecia disso. Não podia olhar para baixo do alto de sua superioridade feminina, sorrindo como as mulheres sempre sorriram das travessuras dos homens que por dentro eram eternos meninos.

Sempre que pensava no assunto, ficava um pouco aborrecida. Seria bom sentir-se superior a Rhett. Era possível soltar um desdenhoso "Que infantil!" para todos os outros homens que conhecera. Seu pai, os gêmeos Tarleton com sua paixão por implicar e suas brincadeiras elaboradas, os Fontaine cabeludos com seus ataques infantis de ira, Charles, Frank, todos os homens que lhe tinham feito a corte durante a guerra... de fato, todos, menos Ashley. Somente Ashley e Rhett lhe escapavam à compreensão e ao controle, pois eram ambos adultos e lhes faltava o elemento de meninice.

Ela não entendia Rhett e não se preocupava em entender, embora houvesse coisas a seu respeito que ocasionalmente a intrigavam. Havia o modo como ele a olhava às vezes, quando achava que ela não estava atenta. Virando-se rapidamente, ela muitas vezes o pegava a observá-la, um olhar alerta, ansioso, de espera.

– Por que está me olhando assim? – perguntou, certa vez, irritada. – Parece um gato diante da toca do rato.

Mas sua expressão mudou de imediato e ele só riu. Ela logo esquecia e não ficava mais intrigada com isso nem com qualquer outra coisa a respeito de Rhett. Ele era imprevisível demais para que ela se preocupasse, e a vida estava agradável, exceto quando ela pensava em Ashley.

Rhett a mantinha muito ocupada para que pudesse pensar em Ashley com frequência. Raramente, ele estava em seus pensamentos durante o dia, mas à noite, quando estava cansada de dançar ou sua cabeça girava de tanto champanhe, pensava nele. Muitas vezes, deitada sonolenta nos braços de Rhett, iluminados pelo luar, ela pensava em como a vida seria perfeita se apenas fossem os braços de Ashley a segurá-la, se fosse Ashley que estivesse pondo seu cabelo sobre o rosto dele e o enrolando no pescoço.

Uma vez, quando pensava nisso, ela suspirou, virou a cabeça para a janela e em seguida sentiu o braço pesado sob seu pescoço ficar rijo como ferro e ouviu a voz de Rhett falar em meio ao silêncio:

– Que Deus condene sua alma infiel ao inferno por toda a eternidade!

E, levantando-se, ele se vestiu e saiu do quarto, apesar das perguntas e protestos aturdidos. Ele reapareceu na manhã seguinte, quando ela tomava o café no quarto, despenteado, embriagado e no pior de seus humores sarcásticos, sem sequer se desculpar nem dar explicações de sua ausência.

Scarlett não lhe fez perguntas e comportou-se com frieza, como convinha a uma esposa magoada. Ao acabar a refeição, vestiu-se sob o olhar injetado dele e saiu às compras. Ao retornar, ele não estava, só reaparecendo na hora do jantar.

Foi uma refeição silenciosa, e o temperamento de Scarlett estava se retesando, pois era seu último jantar em Nova Orleans e ela queria fazer justiça à lagosta, que não estava conseguindo aproveitar sob o olhar dele. Mesmo assim, ela comeu uma bem grande e bebeu uma boa quantidade de champanhe. Talvez essa combinação tenha acarretado o pesadelo naquela noite, pois ela acordou soluçando, banhada em um suor frio. Estava de volta a Tara, tudo desolado. Sua mãe estava morta e com ela toda a força e sabedoria do mundo. Não havia ninguém a quem recorrer, ninguém de quem depender. E algo apavorante a perseguia e ela corria, corria, até o coração estar estourando, corria em meio a uma densa neblina, gritando, cegamente buscando aquele porto seguro sem nome, desconhecido, que estava em algum lugar na névoa que a cercava.

Ao acordar, Rhett estava debruçado sobre ela e sem dizer palavra tomou-a nos braços como a uma criança, abraçando-a, os músculos fortes reconfortantes, seu murmúrio sem palavras calmante, até seus soluços cessarem.

– Ah, Rhett, eu estava com tanto frio, tanta fome e tão cansada, sem conseguir encontrar. Eu corria e corria pela neblina, mas não conseguia encontrar.

– Encontrar o quê, doçura?

– Não sei. Queria tanto saber...

– É seu antigo sonho?

– Ah! É.

Ele a deitou delicadamente, tateou no escuro e acendeu uma vela. Seu rosto com os olhos injetados e traços duros estava tão inescrutável quanto uma pedra. A camisa, aberta até a cintura, exibia um peito moreno coberto de pelos. Ainda tremendo de medo, Scarlett pensou em quanto aquele peito era forte, resistente e sussurrou:

– Rhett, me abrace.

– Querida! – disse ele e, agarrando-a, sentou-se em uma poltrona aninhando seu corpo ao dele.

– Ah, Rhett, é terrível passar fome.

– Deve ser terrível sonhar com inanição após um jantar de sete pratos, incluindo aquela enorme lagosta. – Ele sorriu, mas seus olhos eram meigos.

– Ah, Rhett, eu só corro sem parar e procuro e nunca encontro o que procuro. Sempre está escondido na névoa. Sei que se conseguisse encontrar estaria segura para sempre e nunca mais teria frio e fome outra vez.

– É uma pessoa ou uma coisa que você está procurando?

– Não sei. Nunca pensei nisso. Rhett, você acha que um dia vou sonhar que chego à segurança?

– Não – disse ele, alisando seu cabelo –, acho que não. Os sonhos não são assim. Mas acho que, se você se acostumar a estar segura, aquecida e bem alimentada no dia a dia, vai parar de ter esse sonho. E, Scarlett, eu vou garantir sua segurança.

– Rhett, você é tão bom...

– Obrigada pelas migalhas de sua mesa. Scarlett, quero que você repita todas as manhãs ao acordar: "Nunca mais vou passar fome e nada vai me atingir enquanto Rhett estiver aqui e o governo dos Estados Unidos estiver de pé."

– O governo dos Estados Unidos? – perguntou ela, sentando-se, aturdida, com o rosto ainda molhado de lágrimas.

– O antigo dinheiro confederado agora se transformou em uma mulher honesta. Apliquei a maior parte em títulos do governo.

– Pelo manto de Cristo! – exclamou Scarlett, sentada no colo dele, esquecida do recente terror. – Está querendo me dizer que emprestou seu dinheiro aos ianques?

– A uma justa porcentagem.

– Nem que fosse cem por cento! Você deve vendê-los imediatamente. Que ideia, deixar os ianques fazer uso de seu dinheiro!

– E o que devo fazer com ele? – perguntou com um sorriso, percebendo que os olhos dela estavam arregalados de medo.

– Ora... ora, comprar propriedades em Five Points. Aposto que você poderia comprar Five Points inteira com o dinheiro que tem.

– Obrigado, mas eu não gostaria de possuir Five Points. Agora que o governo do norte realmente está controlando a Geórgia, não há como saber o que vai acontecer. Não aplicaria nada nesse bando de abutres que estão atacando, vindo de norte, leste, sul e oeste. Estou fazendo o jogo deles, entende, como a boa escória do sul deve fazer, mas não confio neles. E também não estou investindo em imóveis. Prefiro títulos. Esses se pode esconder. Imóveis são mais difíceis.

– Você acha... – começou ela, empalidecendo ao pensar nas serrarias e na loja.

– Não sei. Mas não fique tão assustada, Scarlett. Nosso amável novo governador é um bom amigo meu. Estamos apenas em uma época de muitas incertezas e não quero muito do meu dinheiro preso em imóveis.

Ele a passou para um joelho e, se reclinando, pegou um charuto e o acendeu. Sentada, com os pés descalços a balançar, ela ficou observando o movimento dos músculos em seu peito moreno, os terrores esquecidos.

– Aproveitando que estamos falando em imóveis, Scarlett, vou construir uma casa. Você deve ter intimado Frank a morar na casa da Srta.

Pittypat, mas a mim não vai. Não creio que fosse aguentar sua tagarelice três vezes ao dia e, além disso, creio que tio Peter me assassinaria antes de me deixar morar sob o teto sagrado dos Hamilton. A Srta. Pitty pode arranjar para que a Srta. India Wilkes fique com ela e mantenha o bicho-papão distante. Ao voltarmos para Atlanta, ficaremos na suíte nupcial do hotel Nacional até nossa casa ficar pronta. Antes de partirmos, eu estava negociando aquele terreno grande na rua dos Pessegueiros, aquele que fica perto da casa dos Leyden. Sabe qual?

– Ah, Rhett, que ótimo! Quero tanto uma casa. Uma bem grande.

– Então, enfim, concordamos com alguma coisa. Que tal uma casa branca com detalhes em ferro forjado como essas casas crioulas aqui de Nova Orleans?

– Ah, não, Rhett. Nada tão fora da moda como essas casas de Nova Orleans. Sei exatamente o que quero. É o que há de mais moderno porque vi um desenho... deixe-me ver... foi naquela *Harper's Weekly* que estava folheando. Era o modelo de um chalé suíço.

– Um o quê suíço?

– Um chalé.

– Soletre.

Ela obedeceu.

– Ah – disse ele e cofiou o bigode.

– Era encantador. Tinha um teto alto com mansarda cercada e uma torre feita de ripas nas duas extremidades. E as torres tinham janelas com vidros vermelhos e azuis. Tinha tanto estilo...

– Imagino que tivesse o balaústre decorado na varanda.

– Sim.

– E uma ornamentação em arabesco arrematando o teto da varanda.

– Sim. Você deve ter visto uma dessas.

– Vi... mas não na Suíça. Os suíços são muito inteligentes e dão muita importância à beleza arquitetônica. Você quer mesmo uma casa dessas?

– Ah, quero!

– Eu achava que associar-se a mim melhoraria seu gosto. Por que não uma casa crioula ou estilo colonial com seis colunas brancas?

– Estou lhe dizendo que não quero nada com aparência pobre e fora de moda. E dentro vamos pôr papel de parede vermelho e *portières* de veludo vermelho em todas as portas duplas e, ah, uma porção de móveis caros de nogueira e tapetes bem altos e... ah, Rhett, todo mundo vai ficar verde de inveja quando vir nossa casa!

– É necessário deixar todos com inveja? Bem, se você quiser, eles ficarão verdes. Mas Scarlett, já lhe ocorreu que não é de muito bom gosto mobiliar a casa de modo tão pródigo quando todos estão tão pobres?

– É assim que eu quero – disse ela, obstinada. – Quero fazer todos que foram mesquinhos comigo se sentirem mal. E daremos grandes festas que vão fazer a cidade inteira se arrepender de ter dito tantas coisas.

– Mas quem irá a nossas festas?

– Ora, todo mundo, é claro.

– Duvido. A Velha Guarda morre, mas não se rende.

– Ah, Rhett, como você fala! Se temos dinheiro, as pessoas sempre gostam de nós.

– Não os sulistas. É mais difícil o dinheiro de um especulador entrar nos melhores salões do que um camelo passar pelo furo de uma agulha. E, quanto à escória sulista, ou seja, você e eu, minha querida, temos sorte de não nos cuspirem. Mas, se quiser tentar, eu lhe dou apoio, e tenho certeza de que vou me divertir intensamente com sua campanha. E aproveitando que estamos no assunto de dinheiro, quero deixar uma coisa bem clara. Você pode dispor de todo o dinheiro que quiser para a casa e suas bugigangas. E, se gostar de joias, pode comprar, mas sou eu quem vai escolher. Você tem um gosto execrável, minha cara. E o que quiser para Wade e Ella. E, se Will Benteen não obtiver êxito com o algodão, estou disposto a colaborar e ajudar naquele elefante branco do condado de Clayton que você tanto ama. Isso é bem justo, não é?

– Claro. Você é muito generoso.

– Mas ouça bem. Nenhum centavo para a loja nem para aquela fábrica de lenha.

– Ah – disse Scarlett, a fisionomia murchando. Durante toda a lua de mel, ela pensara como abordaria o assunto dos mil dólares de que precisava para comprar mais um pedaço de terreno e ampliar seu depósito de madeira. – Sempre achei que você se gabava de ter cabeça aberta e de não se importar com o que as pessoas diziam sobre eu ter um negócio, e acaba que você é como qualquer outro homem... cheio de medo de que digam que sou eu quem manda na casa.

– Nunca haverá nenhuma dúvida na cabeça de ninguém sobre quem manda na casa dos Butler – falou Rhett, com a voz arrastada. – Não me importo com o que dizem os tolos. Na verdade, sou tão mal-educado que tenho orgulho de ter uma esposa esperta. Quero que você continue dirigindo a loja e as serrarias. São de seus filhos. Quando

Wade crescer ele não vai se sentir bem de ser sustentado pelo padrasto e então poderá se encarregar dos negócios. Mas nenhum centavo meu vai para nenhum deles.

– Por quê?

– Porque não faço questão de contribuir para o sustento de Ashley Wilkes.

– Vai começar com isso de novo?

– Não. Mas você perguntou meus motivos e eu disse. E outra coisa. Não pense que vai poder trapacear com os livros e mentir sobre o custo de suas roupas e da manutenção da casa para poder usar o dinheiro e comprar mais mulas ou outra serraria para Ashley. Pretendo supervisionar cuidadosamente seus gastos e sei bem quanto as coisas custam. Ah, não fique ofendida. Você faria isso. Sim, seria capaz. De fato, acho que seria capaz de qualquer coisa no que se refere a Tara ou a Ashley. Para Tara, não ligo. Mas devo impor um limite para Ashley. Eu a tenho em rédea solta, minha querida, mas não se esqueça de que uso freio e esporas mesmo assim.

49

A Sra. Elsing apurou o ouvido em direção ao corredor. Ouvindo os passos de Melanie sumirem na cozinha, onde o ruído de louça e o tilintar de talheres prometiam refrescos, ela se virou e falou baixinho com as amigas sentadas em círculo na sala, as cestas de costura no colo.

– Pessoalmente, não pretendo visitar Scarlett agora nem nunca – disse ela, a fria elegância de sua fisionomia mais fria que de costume.

As outras participantes do Círculo de Costura em Prol das Viúvas e Órfãos da Confederação logo largaram as agulhas e foram para a beira de suas cadeiras de balanço, aproximando-se. Todas as senhoras estavam ansiosas para falar de Scarlett e Rhett, mas a presença de Melanie as impedia. No dia anterior, o casal retornara de Nova Orleans e estava ocupando a suíte nupcial do hotel Nacional.

– Hugh diz que devo fazer a cortesia de visitar porque o capitão Butler salvou a vida dele – continuou a Sra. Elsing. – E a pobre Fanny fica ao lado dele e diz que também vai. Eu disse a ela: "Fanny, se não fosse por Scarlett, Tommy estaria vivo neste minuto. Visitá-los é um insulto à sua memória." E Fanny, sem qualquer juízo, disse: "Mãe, não vou visitar Scarlett. Vou visitar o capitão Butler. Ele deu o melhor de si para salvar Tommy e não foi culpa dele se não conseguiu."

– Como os jovens são tolos – disse a Sra. Merriwether. – Visitar, imagine! – O busto avantajado se inchou, indignado, ao se lembrar da grosseira recepção de Scarlett a seu conselho sobre casar-se com Rhett. – Minha Maybelle é tão tola quanto sua Fanny. Diz que ela e René vão visitá-los, pois o capitão Butler impediu que René fosse enforcado. E eu disse que, se não tivesse sido por Scarlett ter se exposto, René nunca teria passado por esse perigo. E papai Merriwether pretende visitá-los e fala como se estivesse caduco, dizendo que sente gratidão por aquele patife, mesmo que eu não sinta. Juro, desde que papai Merriwether esteve na casa daquela criatura Watling, tem agido de modo vergonhoso. Visitar, imagine! Eu, com certeza, não irei. Scarlett proscreveu a si mesma casando-se com um homem desses. Ele já tinha sido mau-caráter bastante ao especular durante a guerra, lucrando com nossa fome, mas agora é unha e carne com os aventureiros e com a escória, além de ser amigo, amigo mesmo, daquele miserável governador Bullock... Visitar, imagine!

A Sra. Bonnell suspirou. Era uma mulher morena e rechonchuda de cara alegre.

– Eles só vão visitar uma vez, por cortesia, Dolly. Não sei se os culpo. Ouvi dizer que todos os homens que estavam lá naquela noite pretendem visitá-los, e acho que devem mesmo. De certa forma, custa pensar que Scarlett é filha de sua mãe. Frequentei a escola com Ellen Robillard em Savannah e nunca houve uma moça mais amável, eu gostava muito dela. Se ao menos o pai não tivesse se oposto ao casamento com seu primo Philippe Robillard! Não havia nada realmente errado com o rapaz... os rapazes sempre fazem suas estripulias. Mas Ellen teve que se casar com o velho O'Hara e ter uma filha como Scarlett. Mas sinto que devo fazer pelo menos uma visita pela memória de Ellen.

– Tolice sentimental! – bufou a Sra. Merriwether com vigor. – Kitty Bonnell, você vai visitar uma mulher que se casou mal tendo passado um ano da morte do marido? Uma mulher...

– E quem realmente matou o Sr. Kennedy foi ela – interrompeu India, a voz fria, mas ácida. Sempre que pensava em Scarlett, ficava difícil observar os modos, sempre se lembrando de Stuart Tarleton. – E sempre achei que havia mais entre ela e aquele Butler antes do Sr. Kennedy ter morrido do que a maioria das pessoas suspeita.

Antes que as senhoras pudessem se recuperar de seu espanto diante da afirmação e do fato de uma solteirona falar de tal assunto, Melanie estava parada no vão da porta. Estavam tão absortas no mexerico que não tinham ouvido seus passos leves, e agora, confrontadas pela anfitriã, pareciam colegiais sussurrantes flagradas pela professora. O alarme se somou à consternação diante da mudança na fisionomia de Melanie. Ela estava corada de uma raiva justiceira, seus olhos bondosos fuzilavam, as narinas palpitavam. Ninguém jamais vira Melanie zangada. Nenhuma das senhoras presentes acreditava que ela fosse capaz de ira. Todas a amavam, mas a consideravam a mais meiga, a mais flexível das jovens, deferente aos idosos e isenta de opiniões próprias.

– India, como ousa? – perguntou ela, em uma voz baixa, que tremia. – Aonde seu ciúme a levará? Que vergonha!

India empalideceu, mas a cabeça estava erguida.

– Não retiro nada – disse ela brevemente. Mas sua mente fervia.

"Será que sou ciumenta?", ela pensou. Lembrando-se de Stuart Tarleton, de Honey e Charles, não tinha bons motivos para ter ciúme de Scarlett? Não tinha bons motivos para odiá-la, especialmente agora, suspeitando que Scarlett dera um jeito de emaranhar Ashley em sua teia? Ela pensou: "Há muito que eu poderia dizer sobre Ashley e sua preciosa Scarlett." India se debatia entre o desejo de proteger Ashley com seu silêncio e de expô-lo contando de suas suspeitas a Melanie e ao mundo inteiro. Isso obrigaria Scarlett a liberar qualquer laço que prendesse Ashley.

– Não retiro nada – repetiu.

– Então é lamentável que você não more mais sob meu teto – disse Melanie, e suas palavras foram frias.

Com um salto, Melanie se pôs de pé, o rubor invadindo o rosto pálido.

– Melanie, você... minha cunhada... não vai brigar comigo por aquela volúvel...

– Scarlett também é minha cunhada – disse Melanie, olhos fixos nos de India, como se fossem estranhas –, e me é mais querida do que uma irmã de sangue poderia ser. Se você se esquece de quanto devo a ela, eu não. Ela ficou comigo durante todo o cerco, quando podia ter ido para casa, quando até tia Pitty tinha fugido para Macon. Ajudou-me no nascimento de meu bebê quando os ianques estavam quase chegando a Atlanta, e se sobrecarregou comigo e com Beau naquela terrível viagem a Tara, quando podia ter me deixado aqui em um hospital para os ianques me pegarem. E ela cuidou de mim e me alimentou, mesmo estando cansada e faminta. Como eu estava doente e fraca, fiquei com o melhor colchão em Tara. Quando pude caminhar, fiquei com o único par inteiro de sapatos. Você pode se esquecer dessas coisas que ela fez por mim, India, mas eu não. E, quando Ashley voltou, doente, desanimado, sem uma casa, sem um centavo no bolso, ela o recebeu como um irmão. E, quando achamos que teríamos que ir para o norte e estávamos com o coração partido por deixar a Geórgia, Scarlett interveio e lhe deu a serraria para dirigir. E o capitão Butler salvou a vida de Ashley por pura bondade. Certamente, ele não tinha nenhuma obrigação com Ashley! E sinto-me agradecida a Scarlett e ao capitão Butler. Mas você, India! Como pode esquecer os favores que Scarlett fez a mim e a Ashley? Como pode dar tão pouca importância à vida de seu irmão a ponto de querer manchar o nome do homem que o salvou? Nem se ajoelhar diante do capitão Butler e de Scarlett bastaria.

– Ora, Melly – começou a Sra. Merriwether rapidamente, pois recuperara a compostura –, isso não é modo de falar com India.

– Também ouvi o que a senhora falou de Scarlett – exclamou Melanie, dirigindo-se à robusta dama com ar de duelista que, tendo retirado a lâmina do oponente prostrado, vira-se com toda a vontade para o outro. – E a senhora também, Sra. Elsing. O que vocês pensam dela com suas mentes intolerantes eu não me importo, pois é de sua conta. Mas o que dizem dela em minha casa ou diante de meus ouvidos é sempre de minha conta. Como podem pensar essas coisas pavorosas, quanto mais dizê-las? Seus homens têm tão pouca importância que os prefeririam mortos? Não têm gratidão por quem os salvou arriscando a própria vida? Se toda a verdade tivesse vindo à tona, os ianques podiam muito bem tê-lo considerado membro da Klan! Podiam enforcá-lo. Mas ele se arriscou por seus homens. Por seu sogro, Sra. Merriwether, e seu cunhado e dois sobrinhos. E por seu irmão, Sra. Bonnell, e por seu filho e seu genro, Sra. Elsing. Ingratas, é o que são! Quero que se desculpem.

A Sra. Elsing estava de pé, com a costura amarrotada entre as mãos, a boca cerrada.

– Se alguém tivesse me contado que você podia ser tão mal-educada, Melly... Não, não vou me desculpar. India tem razão. Scarlett é uma assanhada volúvel. Não posso me esquecer do modo como agiu durante a guerra. E não dá para esquecer sua atitude de branca ordinária desde que conseguiu algum dinheiro...

– O que a senhora não pode esquecer – atalhou Melanie, fechando os punhos – é que ela rebaixou Hugh por ele não ter capacidade de dirigir a serraria.

– Melly! – resmungou um coro de vozes.

A cabeça da Sra. Elsing foi para trás e ela começou a andar em direção à porta. Com a mão na maçaneta, parou e se virou.

– Melly – disse ela, e a voz se suavizou –, querida, isto me parte o coração. Eu era a melhor amiga de sua mãe, ajudei o Dr. Meade a trazê-la ao mundo e sempre a amei como se fosse minha. Se fosse algo de importância, não seria tão duro ouvi-la falar assim. Mas, por causa de uma mulher como Scarlett O'Hara, que não pensaria duas vezes antes de lhe pregar uma peça suja, assim como em qualquer de nós...

Às primeiras palavras, os olhos de Melanie ficaram marejados, mas sua fisionomia endureceu quando a velha finalizou.

– Quero deixar entendido que aquelas que não visitarem Scarlett nunca mais precisam me visitar.

Houve confusão e um murmúrio generalizado enquanto as senhoras se punham de pé. A Sra. Elsing deixou sua caixa de costuras cair no chão e voltou para a sala, a franja postiça torta.

– Não vou aceitar isso! – exclamou ela. – Não vou aceitar! Você está fora de si, Melly, e não é responsável pelo que diz. Você deve ser minha amiga e eu sua. Recuso-me a deixar que isso interfira em nossa amizade.

Ela estava chorando, e, quando se deram conta, Melanie estava em seus braços, chorando também, mas declarando entre soluços que falava sério. Diversas outras senhoras caíram no choro, e a Sra. Merriwether, trombeteando bem alto em seu lenço, abraçou a Sra. Elsing e Melanie. Tia Pitty, que fora uma testemunha petrificada de toda a cena, caiu no chão, em um dos poucos desmaios verdadeiros de sua vida. Em meio a lágrimas, confusão, beijos e disparadas em busca de sais aromáticos e conhaque, havia um único rosto calmo, um par de olhos secos. India Wilkes saiu sem ser notada.

Vovô Merriwether, encontrando-se com tio Henry Hamilton no *saloon* Girl of the Period horas mais tarde, relatou que ouvira da Sra. Merriwether os acontecimentos da manhã. Contou tudo com satisfação, pois estava encantado que alguém tivesse tido a coragem de encarar a fortaleza que era sua nora. Ele, com certeza, nunca a tivera.

– Bem, e o que o bando de tolas acabou decidindo fazer? – perguntou tio Henry, irritado.

– Não tenho certeza – disse o vovô –, mas me parece que Melly venceu a primeira rodada. Aposto que todas irão visitar, pelo menos uma vez. O pessoal arma o maior circo por causa daquela sua sobrinha, Henry.

– Melly é uma tola, e as senhoras estão certas. Scarlett não vale nada mesmo, não sei como Charlie se casou com ela – disse tio Henry, triste. – Mas Melly também estava certa, em um ponto. É no mínimo decente que as famílias dos homens que o capitão Butler salvou façam uma visita. Afinal de contas, não tenho muito contra Butler. Mostrou ser um bom homem naquela noite em que salvou nosso couro. É Scarlett que não passa em minha garganta como espinha de peixe. É esperta demais para o próprio bem. Bom, tenho que visitar. Escória ou não, Scarlett é minha sobrinha por casamento. Pretendo ir hoje à tarde.

– Vou com você, Henry. Dolly vai ficar pronta para ser amarrada quando souber que eu fui. Espere até eu tomar mais uma bebida.

– Não, vamos tomar uma bebida do capitão Butler. Isso devo dizer a seu favor, ele sempre tem boa bebida.

RHETT DISSERA QUE a Velha Guarda nunca se renderia e estava certo. Sabia quanto eram insignificantes as poucas visitas que receberam, e sabia por que tinham sido feitas. As primeiras visitas foram das famílias dos homens envolvidos no malfadado ataque da Klan, sendo repetidas com óbvia falta de frequência. E não convidaram os Butler para suas casas.

Rhett disse que não teriam aparecido, não fosse por receio à reação violenta de Melanie. De onde tirara essa ideia, Scarlett não sabia, mas deixou-a de lado com o desdém que merecia. Pois que influência Melanie poderia ter sobre pessoas como as Sras. Elsing e Merriwether? O fato de não receberem mais a visita delas não a preocupou muito; de fato, sua ausência mal foi sentida, pois a suíte estava lotada de convidados de outro tipo. "Gente nova", era como o povo de Atlanta os chamava, quando não usava termos menos educados.

Havia muita "gente nova" hospedada no hotel Nacional que, como Rhett e Scarlett, esperava pelo fim da construção de suas casas. Era uma gente alegre, rica, muito semelhante aos amigos de Rhett de Nova Orleans, elegante no vestir, liberal com dinheiro, vaga quanto aos antecedentes. Todos os homens eram republicanos e estavam "em Atlanta a negócios relacionados com o governo estadual". Exatamente do que se tratava, Scarlett não sabia e não se interessava em saber.

Rhett podia ter lhe dito o que era... o mesmo negócio que os abutres têm com animais moribundos. Farejavam a morte de longe e eram infalivelmente atraídos para se empanturrar. O governo da Geórgia por seus próprios cidadãos estava morto, o Estado, impotente, e os aventureiros vinham em enxames.

As esposas dos amigos aventureiros e da escória sulista de Rhett iam em manadas visitá-los, assim como a "nova gente" que ela conhecera vendendo madeira para suas casas. Rhett dizia que, tendo feito negócios com eles, devia recebê-los e, recebendo-os, ela os considerava uma companhia agradável. Usavam roupas adoráveis e nunca falavam da guerra e dos tempos difíceis, mas restringiam as conversa a modas, escândalos e ao uíste, um jogo de cartas. Scarlett nunca tinha jogado cartas antes e ficou fã do uíste, tornando-se boa jogadora em pouco tempo.

Sempre que estava no hotel, havia um grupo de jogadores de uíste em sua suíte. Mas ela não ficava muito em sua suíte nessa época, pois estava ocupadíssima com a construção da nova casa para se preocupar com visitas. Não ligava muito se as recebia ou não. Queria adiar as atividades sociais até que sua casa estivesse pronta e ela pudesse emergir como senhora da maior mansão de Atlanta, a anfitriã das reuniões mais finas da cidade.

Durante os longos dias quentes, ela observava sua casa de tijolos vermelhos e telhas cinzentas se erguer grandiosamente, mais alta que qualquer outra da rua dos Pessegueiros. Esquecida da loja e das serrarias, passava o tempo na obra, discutindo com os carpinteiros, se altercando com os pedreiros, atormentando o empreiteiro. Conforme as paredes subiam rapidamente, ela pensava satisfeita que, terminada, seria maior e mais fina que qualquer outra casa da cidade. Seria ainda mais imponente que a residência próxima dos James, que acabara de ser adquirida para servir de mansão oficial do governador Bullock.

A mansão do governador tinha a balaustrada e o beiral ornados de arabescos, mas os arabescos intrincados da casa de Scarlett deixavam a outra envergonhada. A mansão tinha um salão de baile que parecia uma mesa de bilhar comparado ao enorme salão que ocupava todo o terceiro andar da casa de Scarlett. De fato, sua casa tinha mais de tudo que a mansão ou que qualquer outra casa da cidade, mais cúpulas e torreões, sacadas e para-raios, e muito mais janelas com vidraças coloridas. Toda a casa era cercada de uma varanda, e quatro lances de escadas nos quatro lados levavam a ela. O jardim era grande, verde e tinha bancos de ferro rústico, um alpendre de ferro, modernamente denominado "gazebo", que, garantiram a Scarlett, era de puro estilo gótico. Além disso, havia duas grandes estátuas de ferro, sendo uma de um cervo e a outra de um mastim, tão grande quanto um pônei. Para Wade e Ella, um tanto perplexos pelo tamanho, o esplendor e a modernidade obscura da nova casa, esses dois animais de metal eram as únicas notas alegres.

Por dentro, a casa foi mobiliada como Scarlett desejara, com um espesso tapete vermelho que ia de parede a parede, *portières* de veludo vermelho e a mais moderna mobília de nogueira preta envernizada, entalhada onde quer que houvesse um centímetro para entalhe e estofada com tecido de crina de cavalo, tão lustroso que as damas tinham que se sentar com todo o cuidado para não escorregar. Por toda parte, havia espelhos com molduras douradas nas paredes, e tantos espelhos de corpo inteiro... tantos quantos, disse Rhett inutilmente, havia no estabelecimento de Belle Watling. Havia gravuras em molduras pesadas, algumas com dois metros e meio de comprimento, que Scarlett encomendara especialmente em Nova York. As paredes eram cobertas de um vistoso papel de parede escuro, o pé-direito era alto e a casa estava sempre na penumbra, pois as janelas eram cobertas por cortinas cor de ameixa que impediam a entrada da luz solar.

Em suma, era uma construção de tirar o fôlego de qualquer um, e Scarlett, pisando nos tapetes macios e afundando-se no abraço das camas recheadas de penas, lembrava-se dos pisos frios e dos colchões de palha de Tara e ficava satisfeita. Considerava essa a casa mais linda e mais elegantemente mobiliada que já vira, mas, na opinião de Rhett, era um pesadelo. No entanto, se a fazia feliz, ela era bem-vinda.

– Um estranho que não tivesse ouvido palavra sobre nós saberia que esta casa foi construída com ganhos ilícitos – disse ele. – Sabe, ganhos ilícitos nunca dão bons frutos, e esta casa é prova do axioma. É exatamente o tipo de casa que um especulador construiria.

Mas Scarlett, inchada de orgulho e felicidade e cheia de planos para as festas que dariam quando se estabelecessem totalmente, só puxava a orelha dele, brincando, e dizia:

– Bobagem! Como você fala!

A essa altura, Scarlett já sabia que Rhett adorava implicar com ela e que, sempre que podia, acabava com sua diversão, bastava que desse ouvidos a seu escárnio. Se o levasse a sério, era obrigada a discutir com ele, e não gostava de medir forças, pois sempre perdia. Portanto, raramente escutava o que ele dizia e, quando não havia outro jeito, tentava transformar o dito em brincadeira. Pelo menos tentou por algum tempo.

Durante a lua de mel e por grande parte da estada no hotel Nacional, o convívio entre eles fora cordial. Mas, mal se mudaram para a nova casa e Scarlett se rodeou das novas amigas, súbitas discussões irromperam. Discussões rápidas, pois era impossível manter uma longa discussão com Rhett, que, friamente alheio a suas palavras impetuosas, esperava para atingi-la em um ponto fraco. Ela discutia; Rhett, não. Apenas deixava clara sua opinião sobre ela, suas atitudes, sua casa e suas novas amigas. E algumas dessas opiniões eram de tal natureza que ela não podia ignorá-las ou fingir que eram brincadeira.

Por exemplo, quando ela decidiu mudar o nome da loja "Kennedy's General Store" para algo mais edificante, pediu que ele pensasse em um nome que incluísse a palavra "empório". Rhett sugeriu "Empório Cavilagem", garantindo-lhe que combinaria perfeitamente com o tipo de produto vendido na loja. Ela achou que tinha um som imponente e chegou mesmo a mandar pintar a placa, mas Ashley Wilkes, constrangido, traduziu seu verdadeiro sentido. E Rhett caiu na gargalhada diante de sua raiva.

E havia o modo como ele tratava Mammy. Esta nunca recuara um centímetro de sua posição ao considerar Rhett uma mula em arreios de cavalo. Ela era bem-educada, mas fria com ele. Sempre o chamava de "capitão Butler", nunca "sinhô Rhett". Nem sequer fez uma mesura quando ele a presenteou com a anágua vermelha, e também nunca a usou. Mantinha Wade e Ella afastados dele sempre que podia, apesar de Wade adorar o tio Rhett e ser óbvio que ele gostava muito do menino. Mas, em vez de demitir Mammy ou de ser frio e duro com ela, Rhett a tratava com a máxima deferência, sendo muito mais cortês que com qualquer das senhoras do novo círculo de amizades de Scarlett. De fato, mais cortês que com a própria Scarlett. Sempre pedia a permissão de Mammy para levar Wade a cavalgar e antes de trazer bonecas para Ella. E Mammy só mantinha a educação com ele.

Scarlett achava que Rhett devia ser firme com Mammy, como convinha ao chefe da casa, mas ele só ria e dizia que Mammy era a verdadeira chefe da casa.

Enfurecia Scarlett ao dizer friamente que estava se preparando para sentir muita pena dela em alguns anos, quando o domínio republicano saísse da Geórgia e os democratas voltassem ao poder.

– Quando os democratas tiverem um governador e um legislativo próprio, todos os seus novos e vulgares amigos republicanos serão varridos do tabuleiro de xadrez e voltarão a cuidar de bares e a esvaziar baldes de água suja, que é o correto. E você ficará abandonada, sem um único amigo democrata nem republicano. Bem, não pense no amanhã.

Scarlett riu e com alguma razão, pois na época Bullock estava bem seguro na cadeira do governador, 27 negros estavam no legislativo e milhares de eleitores democratas da Geórgia se encontravam privados dos direitos civis.

– Os democratas nunca voltarão. Só o que sabem fazer é deixar os ianques furiosos e adiar o dia de sua volta. Só o que fazem é falar e correr por aí à noite ku kluxando.

– Voltarão, sim. Conheço os sulistas. Conheço os georgianos. É um bando durão e teimoso. Se tiverem que fazer outra guerra para voltar, farão. Se tiverem que comprar os votos negros, como os ianques fizeram, eles o farão. Se tiverem que fazer 10 mil mortos votarem, como os ianques fizeram, cada cadáver em cada cemitério da Geórgia estará nas urnas. As coisas vão ficar tão ruins sob o domínio de nosso bom amigo Rufus Bullock que a Geórgia vai vomitá-lo.

– Rhett, não use palavras tão vulgares! – exclamou Scarlett. – Você fala como se eu não fosse ficar contente com a volta dos democratas! E sabe que não é assim! Eu ficaria bem contente de vê-los de volta. Acha que gosto de ver esses soldados andando por aí, me lembrando da... acha que gosto... ora, também sou georgiana! Gostaria de ver os democratas de volta. Mas isso não vai acontecer. Nunca. E, mesmo que voltassem, como isso afetaria meus amigos? Eles ainda teriam dinheiro, não é?

– Se o poupassem. Mas duvido da capacidade deles de guardar dinheiro por mais de cinco anos no ritmo que gastam. O que vem fácil, vai fácil. O dinheiro não vai fazer-lhes bem. Não mais que o meu lhe fez. Certamente ainda não transformou-a em um cavalo, não é, minha linda mula?

A discussão impulsionada por este último comentário durou dias. Após o quarto dia de mau humor de Scarlett e óbvios silêncios em exigência de desculpas, Rhett foi para Nova Orleans, levando Wade, sob os protestos de Mammy, e ficou fora até que o acesso de raiva de Scarlett passasse. Mas a dor de não conseguir dobrá-lo permaneceu.

Quando ele retornou de Nova Orleans, sereno e afável, ela engoliu a raiva o melhor que pôde, empurrando-a para o fundo da mente, a fim de pensar depois. Não queria preocupar-se com nada desagradável agora. Queria estar feliz, pois sua mente estava focada na primeira festa que daria na casa nova. Seria uma enorme recepção noturna com palmeiras, uma orquestra, todas as varandas protegidas com toldos e um bufê que já lhe dava água na boca. Ela pretendia convidar todo mundo que conhecia em Atlanta, os antigos amigos e os novos e charmosos que conhecera desde o retorno da lua de mel. A empolgação com a festa baniu a maior parte de sua lembrança das farpas de Rhett e ela estava feliz, mais feliz do que estivera em anos enquanto planejava sua festa.

Ah, como era divertido ser rica! Dar festas e nunca fazer contas do custo! Comprar os mais caros móveis, vestidos e iguarias sem nunca ter que pensar nas contas! Que maravilha poder enviar cheques polpudos para tia Pauline e tia Eulalie em Charleston e para Will em Tara! Ah, os tolos invejosos dizendo que dinheiro não é tudo! Que perversidade de Rhett dizer que o dinheiro nada fizera por ela!

SCARLETT ENVIOU CONVITES para todos os amigos e conhecidos, até mesmo para quem não gostava. Não fizera exceção nem à Sra. Merriwether, que fora quase grosseira ao visitá-la no hotel Nacional, nem à Sra. Elsing, que fora fria ao ponto da frigidez. Convidou as Sras. Meade e Whiting, que sabia não gostarem dela, assim como sabia que ficariam constrangidas por não terem roupas adequadas para usar em um evento tão elegante. Pois a inauguração da casa de Scarlett, ou "crush" como estava na moda chamar esse tipo de festa noturna, parte recepção, parte baile, era de longe a mais fina que Atlanta já presenciara.

Naquela noite, a casa e as varandas cobertas estavam repletas de convidados, que beberam ponche de champanhe, comeram empadinhas com ostras ao creme, dançaram com a música da orquestra que fora cuidadosamente encoberta por uma parede de palmeiras e seringueiras. Mas nenhum dos que Rhett chamava de "Velha Guarda" estava presente, exceto Melanie e Ashley, tia Pitty e tio Henry, o Dr. e a Sra. Meade e vovô Merriwether.

Muitos da Velha Guarda tinham decidido, relutantes, comparecer ao "crush". Alguns aceitaram por causa da atitude de Melanie, outros porque se sentiam em dívida com Rhett por ter salvado suas vidas e a de seus parentes. Mas, dois dias antes, correu um boato por Atlanta de que o governador Bullock fora convidado. A Velha Guarda demonstrou sua reprovação através de uma pilha de cartões, desculpando-se pela impossibilidade de aceitar o gentil convite de Scarlett. E o pequeno grupo de velhos amigos que compareceu foi embora, constrangido, mas firme, assim que o governador chegou.

Scarlett ficou tão desnorteada e furiosa com essas desfeitas que a festa perdeu toda a graça. Seu elegante "crush"! Ela planejara com tanto carinho, e poucos dos velhos amigos e nenhum dos velhos inimigos comparecera para ver como estava maravilhosa! Após a saída do último convidado ao alvorecer, ela teria chorado e gritado, não fosse pelo receio de que Rhett fosse gargalhar e por temer ler em seus olhos negros "Eu avisei", mesmo que ele não dissesse nada. Então engoliu sua ira sem muita graça e fingiu indiferença.

Somente com Melanie na manhã seguinte, ela se permitiu o luxo de explodir.

– Você me ofendeu, Melly Wilkes, e fez Ashley e os outros me ofenderem! Sabe que eles nunca teriam ido embora se você não os tivesse arrastado. Ah, eu vi! Logo quando eu ia levar o governador Bullock para apresentar-lhes, você correu feito um coelho!

– Eu não acreditei... não podia acreditar que ele realmente estaria presente – respondeu Melanie descontente. – Mesmo que todos tivessem dito...

– Todos? Então todo mundo anda tagarelando e mexericando sobre mim, é? – exclamou Scarlett, furiosa. – Está querendo me dizer que, se soubesse que o governador estaria presente, você também não iria?

– Não – disse Melanie em voz baixa, os olhos no chão. – Querida, eu simplesmente não poderia ter ido.

– Pelo fogo do inferno! Então teria me ofendido como todos os demais fizeram!

– Ah, piedade! – exclamou Melanie, com verdadeira angústia. – Não tive intenção de magoá-la. Você é como uma irmã, querida, a viúva de meu Charles, e eu...

Ela pôs a mão tímida no braço de Scarlett, que o puxou, sentindo uma vontade ardente de rugir tão alto quanto Gerald em seus acessos de raiva. Mas Melanie encarou sua ira. E, ao fixar os olhos verdes atormentados de Scarlett, seus frágeis ombros se aprumaram, revestindo-se de um manto de dignidade, em estranho contraste com a fisionomia e o talhe infantis.

– Sinto muito que esteja magoada, minha querida, mas não posso me encontrar com o governador Bullock, nem com nenhum republicano. Não vou encontrá-los em sua casa ou em nenhuma outra. Não, nem mesmo se... se precisar... – Melanie buscou a pior coisa em que podia pensar. – Nem mesmo se precisar ser mal-educada.

– Você está criticando meus amigos?

– Não, querida. Mas eles são seus amigos, não meus.

– Está me criticando por receber o governador em casa?

Encurralada, Melanie ainda encarou os olhos de Scarlett firmemente.

– Querida, o que você faz, sempre faz por um bom motivo, e eu a amo e confio em você, e não me cabe criticá-la. E não permitirei que ninguém a critique na minha frente. Mas, ah, Scarlett! – Subitamente, as palavras começaram a borbulhar, palavras ardentes, velozes, e havia um ódio inflexível na voz baixa. – Você consegue esquecer o que essa gente fez conosco? Consegue esquecer a morte do querido Charlie, da saúde arruinada de Ashley e de Twelve Oaks incendiada? Ah, Scarlett, não pode esquecer daquele homem terrível que segurava a caixa de costuras de sua mãe, que você matou! Não pode esquecer os homens de Sherman em Tara e o modo como até nossa roupa íntima eles roubaram! E tentaram incendiar a casa, chegando até a pegar a espada de meu pai! Ah, Scarlett, foi essa mesma gente que nos roubou e torturou, nos deixando passar fome, que você convidou para sua festa! As mesmas pessoas que puseram os negros para nos comandar, que estão nos roubando e impedindo nossos homens de votar! Não consigo esquecer. Não deixarei que meu Beau esqueça e vou ensinar meus netos a odiar essa gente e os netos de meus netos se Deus me permitir viver tanto! Scarlett, como pôde esquecer?

Ela parou para respirar e Scarlett a encarou, sobressaltada com a nota palpitante de violência na voz de Melanie.

– Você acha que sou uma idiota? – perguntou, impaciente. – É claro que me lembro! Mas isso tudo é passado, Melly. Depende de nós fazer o melhor do que temos, e é o que estou tentando. O governador Bullock e alguns dos republicanos mais gentis podem nos ajudar se nós os manipularmos direito.

– Não há republicanos gentis – disse Melanie secamente. – E não quero a ajuda deles. E não quero fazer o melhor das coisas... se forem coisas ianques.

– Deus do Céu, Melly, por que ficar tão amuada?

– Ah – exclamou Melanie, parecendo culpada. – Como eu falo! Scarlett, não tive a intenção de magoá-la. Todos pensam diferente, e todos têm o direito à própria opinião. Agora, querida, eu a amo e você sabe, e nada que você possa fazer vai mudar isso. E você ainda me ama, não é? Não fiz com que me odiasse, não é? Scarlett, eu não suportaria se algo ficasse entre nós... depois de tudo pelo que passamos juntas. Diga que está tudo bem.

– Que bobagem, Melly, que tempestade você faz em um copo d'água – disse Scarlett, de má vontade, mas não se esquivou da mão que a abraçou pela cintura.

– Agora estamos de bem outra vez – disse Melanie, contente, mas acrescentou com suavidade: – Quero que continuemos a nos visitar como sempre, querida. Só me avise quando os republicanos e a escória forem visitá-la, que nesses dias ficarei em casa.

– Se você vier ou não é uma questão de extrema indiferença para mim – disse Scarlett, pondo o chapéu de sol e indo para casa, ofendida. Sua vaidade ferida obteve alguma satisfação com a fisionomia magoada de Melanie.

NAS SEMANAS QUE se seguiram a sua primeira festa, Scarlett teve dificuldade de manter a pretensa extrema indiferença à opinião pública. Por não ser visitada pelos velhos amigos, exceto Melanie, Pitty, tio Henry e Ashley, e não receber convites para suas modestas reuniões, ficou genuinamente intrigada e magoada. Não tinha se esforçado para pôr fim às hostilidades e mostrado a eles que não os queria mal por suas fofocas e mexericos? Com certeza, deviam saber que ela não gostava mais do governador Bullock do que eles, mas que era conveniente ser gentil com ele. Idiotas! Se todos fossem gentis com os republicanos, a Geórgia sairia mais rapidamente do apuro em que se encontrava.

Ela não percebera então que em um único golpe cortara o frágil laço que ainda a ligava aos velhos tempos, aos velhos amigos. Nem mesmo a influência de Melanie podia consertar o rompimento daquela teia. E Melanie, aturdida, magoada, mas ainda leal, não tentou consertá-lo. Mesmo que Scarlett quisesse voltar aos velhos tempos, aos velhos amigos, já não havia retorno possível. A face da cidade se voltara contra ela com a dureza do granito. O ódio que envolvia o regime de Bullock a envolvera também, um ódio que tinha pouco fogo e fúria em si, mas uma frieza implacável. Scarlett misturara-se com o inimigo e, não importava seu nascimento ou relações familiares, ela agora pertencia à categoria dos vira-casacas, uma instigadora dos negros, traidora, republicana... escória.

Após um período infeliz, a pretensa indiferença de Scarlett deu lugar à realidade. Ela nunca fora de se preocupar muito com os caprichos da conduta humana ou de ficar deprimida por muito tempo caso uma linha de ação fracassasse. Logo, já não se importava com o que os Merriwether, os Elsing, os Whiting, os Bonnell, os Meade e outros pensavam dela. Pelo menos Melanie a visitava, trazendo Ashley, e era ele quem mais importava. E havia outras pessoas em Atlanta que compareceriam a suas festas, pessoas muito mais agradáveis que aquelas galinhas velhas preconceituosas. Poderia encher a casa de convidados quando quisesse, e esses convidados seriam muito mais divertidos e bem-vestidos do que aqueles velhos tolos, pudicos, de mentalidade tacanha que a reprovavam.

Essas pessoas eram recém-chegadas a Atlanta. Algumas eram amigas de Rhett, outras seus associados naqueles assuntos misteriosos aos quais ele se referia como "meros negócios, minha querida". Algumas eram casais que Scarlett conhecera quando estava morando no hotel Nacional, e outras eram funcionários do governador Bullock.

O grupo com quem circulava agora era variado. Entre eles, estavam os Gelert, que tinham morado em dezenas de estados e que, aparentemente, os tinham abandonado às pressas após a descoberta de suas falcatruas; os Connington, cuja ligação com o Departamento dos Libertos em um estado distante fora altamente lucrativa à custa dos negros ignorantes que deviam proteger; os Deal, que tinham vendido calçados de "papelão" ao governo confederado até serem forçados a passar o ano anterior na Europa; os Hundon, que possuíam ficha policial em muitas cidades, mas, mesmo assim, conseguiam licitações governamentais com bastante frequência; os Carahan, que tinham feito seu pé-de-meia em uma casa de jogo e agora apostavam mais alto na construção de ferrovias inexistentes com o dinheiro do estado; os Flaherty, que compraram sal a dois centavos o quilo em 1861 e ganharam uma fortuna quando o sal foi para um dólar em 1863; e os Bart, que tinham sido donos do maior bordel de uma metrópole do norte durante a guerra e agora andavam nos melhores círculos da sociedade dos nortistas.

Tais pessoas eram íntimas de Scarlett agora, mas os que frequentavam suas maiores recepções incluíam outras de alguma cultura e refinamento, muitas de excelentes famílias. Além dos aventureiros bem-nascidos, pessoas abastadas do norte estavam se mudando para Atlanta, atraídas pela atividade comercial incessante da cidade nessa época de reconstrução e expansão. Famílias ianques de posses enviavam os filhos jovens para ser pioneiros de uma nova fronteira no sul, e oficiais ianques após sua baixa fixavam residência na cidade que tanto tinham lutado para capturar. A princípio, estranhos em uma terra estranha, eles aceitavam com prazer os convites para as generosas reuniões da abastada e hospitaleira Sra. Butler, mas logo se afastavam de seu grupo. Eram pessoas finas, e só foi preciso um breve contato com os aventureiros e seu domínio para ficarem tão ressentidos quanto os georgianos nativos. Muitos se tornaram democratas e mais sulistas que os próprios sulistas. Outros desajustados do círculo de Scarlett só permaneceram porque não eram bem recebidos em outros lugares. Teriam preferido os tranquilos salões da Velha Guarda, mas esta não os recebia. Entre esses, encontravam-se mestres escolares, que tinham ido para o sul imbuídos do desejo de erguer os negros e a escória sulista, que tinham nascido bons democratas, mas se transformaram em republicanos após a rendição.

Era difícil dizer quem era mais cordialmente odiado pelos cidadãos estabelecidos, os nada práticos mestres escolares ou a escória, mas é provável que a balança pesasse para o lado dos últimos. Os mestres escolares podiam ser dispensados com "Bem, o que se pode esperar de ianques fãs de negros? É claro que pensam que os negros são tão bons quanto eles!". Mas, para os georgianos que tinham se tornado republicanos com fins de ganho pessoal, não havia atenuantes.

"Se podemos passar fome, vocês também deviam poder." Era assim que a Velha Guarda pensava. Muitos ex-soldados confederados, conhecendo o pavor dos homens que tinham visto a família em necessidade, eram mais tolerantes com os antigos camaradas que tinham trocado de partido para que suas famílias pudessem comer. Mas não as mulheres da Velha Guarda, e eram elas a força implacável e inflexível por trás do trono social. A Causa Perdida estava mais forte, mais cara a seus corações agora do que estivera no auge de sua glória. Agora era um fetiche. Tudo a seu respeito era sagrado, os túmulos dos homens que morreram por elas, os campos de batalha, as bandeiras rasgadas, os sabres cruzados em seus vestíbulos, as cartas desbotadas recebidas da frente de batalha, os veteranos. Essas mulheres não davam ajuda, conforto ou moedas ao inimigo mais recente, e agora Scarlett fazia parte do inimigo.

Nessa sociedade mestiça, reunida pelas exigências da situação política, havia uma única coisa em comum: o dinheiro. Como antes da guerra a maioria nunca tivera 25 dólares de uma só vez na carteira, agora estavam em uma orgia de gastos como Atlanta nunca vira.

Com os republicanos montados na sela política, a cidade entrou em uma era de desperdício e ostentação, os adornos do refinamento mal cobrindo o vício e a vulgaridade por baixo. A separação entre os muito ricos e os muito pobres nunca estivera tão marcada. Os que estavam por cima não pensavam nos menos afortunados. Exceto pelos negros, é claro. Estes precisavam ter o que houvesse de melhor. O melhor das escolas, alojamentos, roupas e diversões, pois eram o poder da política, e cada voto negro contava. Mas o recém-empobrecido povo de Atlanta, esse podia passar fome e cair pelas ruas, que os novos-ricos republicanos não se importavam.

No topo dessa vulgaridade, Scarlett andava triunfante, recém-casada, linda em suas roupas finas, solidamente apoiada no dinheiro de Rhett. Era uma época que combinava com ela, crua, berrante, ostensiva, com mulheres exageradas no vestir, casas exageradas na mobília, excesso de joias, de cavalos, de comida e de uísque. Quando Scarlett parava para pensar sobre o assunto, o que era raro, sabia que nenhuma de suas novas associadas podia ser chamada de dama segundo os estritos padrões de Ellen. Mas ela rompera com os padrões de Ellen muitas vezes desde aquele dia longínquo quando, na sala de Tara, decidira se tornar amante de Rhett, e agora poucas vezes sentia a fisgada da consciência.

Talvez esses novos amigos não fossem, estritamente falando, damas e cavalheiros, mas, como os amigos de Rhett de Nova Orleans, eram muito divertidos! Bem mais divertidos que os amigos subjugados, carolas, leitores de Shakespeare dos primeiros tempos de Atlanta. E, exceto pelo breve interlúdio da lua de mel, ela não se divertia assim havia muito tempo, nem sentia-se tão segura. Agora queria dançar, jogar, gastar, empanturrar-se de boa comida e vinhos finos, vestir-se de sedas e cetins, chafurdar em fofas camas de penas e em finos estofamentos. E o fazia. Incentivada pela tolerância divertida de Rhett, livre das restrições da infância, livre até daquele último temor da pobreza, enfim se permitia o luxo com que tantas vezes sonhara... de fazer exatamente o que lhe agradasse e de mandar para o inferno aqueles de que não gostassem.

Fora invadida por uma agradável intoxicação, peculiar àqueles cujas vidas são um tapa deliberado no rosto da sociedade organizada: o jogador, o vigarista, a aventureira bem-nascida, todos aqueles que são bem-sucedidos devido à sagacidade. Ela dizia e fazia exatamente o que lhe agradava e, em pouco tempo, sua insolência já não conhecia limites.

Não hesitava em exibir sua arrogância aos novos amigos republicanos, mas com nenhuma outra classe era mais grosseira ou mais insolente que com os oficiais ianques da guarnição e suas famílias. De toda a massa de pessoas heterogêneas que afluíra a Atlanta, ela só se recusava a receber ou a tolerar o pessoal do exército. Chegou a abrir mão de suas maneiras para afrontá-los. Melanie não estava sozinha em sua incapacidade de esquecer o que uma farda azul representava. Aquela farda com botões dourados sempre significaria os temores do cerco, o terror da fuga, os saques e incêndios, a pobreza desesperadora e o trabalho duro em Tara. Agora que estava rica e segura na amizade com o governador e muitos republicanos proeminentes, podia ser ofensiva com cada farda azul que visse. E era.

Certa vez, Rhett lhe chamou a atenção de que a maioria dos convidados do sexo masculino que se reunia sob o teto deles tinha usado aquela mesma farda não fazia muito tempo, mas ela retrucou que um ianque não parecia um ianque a menos que estivesse com a farda azul. Ao que Rhett respondeu: "Consistência, és uma joia" e deu de ombros.

Odiando o azul forte que usavam, Scarlett gostava ainda mais de afrontá-los porque ficavam desnorteados. As famílias da guarnição tinham o direito de ficar desnorteadas, pois geralmente eram pessoas tranquilas, bem-educadas, sozinhas em uma terra hostil, ansiosas para voltar ao norte, um tanto envergonhadas da ralé, cujo domínio eram forçadas a manter... e eram de uma classe infinitamente superior à dos associados a Scarlett. Era natural que as esposas dos oficiais estivessem intrigadas que a vistosa Sra. Butler recebesse mulheres como a ruiva Bridget Flaherty e se esforçasse para menosprezá-los.

Mas mesmo as senhoras que Scarlett recebia precisavam aguentar muito. Contudo, o faziam contentes. Para elas, Scarlett não só representava fortuna e elegância, mas também o velho regime, com seus antigos nomes, antigas famílias e tradições com os quais desejavam ardentemente se identificar. Não sabiam que as antigas famílias, cujo convívio cobiçavam, podiam ter banido Scarlett. Apenas sabiam que seu pai fora um grande proprietário de escravos; a mãe, uma Robillard de Savannah; e o marido era Rhett Butler, de Charleston. E isso lhes bastava. Ela representava o único meio de ingresso na antiga sociedade, que almejavam frequentar, a sociedade que as desprezava, não retribuía convites e lhes acenava friamente nas igrejas. De fato, ela era mais que uma passagem para a sociedade. Para elas, recém-saídas de um início obscuro, ela *era* a sociedade. Falsas damas, não enxergavam as falsas pretensões de Scarlett mais que a própria. Aceitavam o valor que atribuía a si própria e suportavam a pose, os acessos temperamentais, a arrogância, a evidente grosseria e a franqueza sobre seus defeitos.

Elas tinham saído do nada tão tardiamente e eram tão inseguras que ficavam duplamente ansiosas para parecer refinadas, abstendo-se de retrucar por medo de ser consideradas pouco elegantes. A todo custo, precisavam ser damas. Fingiam delicadeza, recato e inocência. Ouvindo-as falar, era de imaginar que não tinham pernas, funções naturais ou conhecimento do mundo perverso. Ninguém imaginaria que a ruiva Bridget Flaherty, de pele muito alva e forte sotaque irlandês, roubara as reservas escondidas do pai para ir à América a fim de ser camareira em um hotel de Nova York. E, observando o ar delicado de Sylvia (anteriormente Sadie Belle) Connington e de Mamie Bart, ninguém suspeitaria de que a primeira se criara acima do *saloon* de seu pai na Bowery, atendendo no bar nas horas de muito movimento, e a última, segundo diziam, saíra de um dos bordéis do marido. Mas agora eram delicadas criaturas protegidas.

Os homens, embora tivessem ganhado dinheiro, tinham menos facilidade de aprender os novos modos ou eram, talvez, menos pacientes com as exigências do novo cavalheirismo. Bebiam muito nas festas de Scarlett, demais, e geralmente após a recepção havia um ou mais hóspedes inesperados para passar a noite. Não bebiam como os homens da juventude de Scarlett. Ficavam embrutecidos, estúpidos, feios e obscenos. Além disso, independente da quantidade de escarradeiras que fossem postas bem à vista, os tapetes sempre mostravam sinais de sumo de tabaco na manhã seguinte.

Apesar de desdenhar essa gente, Scarlett gostava da companhia. E enchia a casa com eles. Devido a seu desdém, mandava-os para o inferno sempre que a aborreciam. Mas eles aguentavam.

Toleravam até Rhett, uma questão mais difícil, pois este sabia quem eles eram e eles sabiam disso. Ele não hesitava em desnudá-los verbalmente, mesmo sob o próprio teto, sempre de um modo que não lhes permitia réplica. Sem vergonha do modo como fizera sua fortuna, fingia que eles também não tinham qualquer constrangimento de seus começos e raramente perdia uma oportunidade de comentar assuntos que, tacitamente, todos achavam melhor deixar na obscuridade.

Nunca se sabia quando ele comentaria, de modo afável, tomando um ponche: “Ralph, se eu tivesse tido algum juízo, teria ganhado meu dinheiro vendendo ações de minas de ouro a viúvas e órfãos, como você, em vez de sendo atravessador. É bem mais seguro." "Bill, vejo que você está com uma nova parelha de cavalos. Andou vendendo mais alguns milhares de títulos de ferrovias inexistentes? Bom trabalho, rapaz!" "Parabéns, Amos, por fisgar esse novo contrato com o governo. Pena que precisou molhar tantas mãos para consegui-lo."

As senhoras o achavam detestável, intoleravelmente vulgar. Por trás, os homens diziam que ele era um suíno e um canalha. A nova Atlanta não tinha maiores amores por Rhett que a velha tivera, e ele fazia tão pouca questão de conciliar esta quanto fizera com a outra. Seguia a seu modo, divertido, desdenhoso, impermeável às opiniões dos que o cercavam, tão cortês que sua cortesia em si era uma afronta. Ainda era um enigma para Scarlett, mas ela já não se ocupava desse enigma. Estava convencida de que nada jamais o agradava ou agradaria; que ele queria muito uma coisa que não tinha ou nunca quisera nada e, portanto, não ligava para nada. Ele ria de tudo o que ela fazia, incentivava suas extravagâncias e insolências, caçoava de suas pretensões... e pagava as contas.

50

Rhett nunca perdia os modos imperturbáveis, mesmo em seus momentos íntimos. Scarlett, porém, nunca perdeu a antiga impressão de que ele a observava dissimuladamente, sabendo que, se virasse a cabeça de repente, surpreenderia em seus olhos aquela expressão especuladora, de espera, aquela expressão de paciência quase terrível que ela não entendia.

Às vezes, era uma pessoa de convívio muito confortável, apesar do infeliz hábito de não permitir que ninguém em sua presença dissesse uma mentira, escamoteasse uma pretensão ou se entregasse à conversa vazia. Ele a ouvia falar da loja, das serrarias e do *saloon*, dos detentos e do custo de alimentá-los e lhe dava conselhos astutos e práticos. Tinha uma energia incansável para os bailes e festas que ela adorava e um suprimento inesgotável de histórias pesadas, com as quais ela se deleitava em suas raras noites a sós, após o jantar, diante do café e do conhaque. Ela descobriu que ele lhe daria qualquer coisa que quisesse, responderia a qualquer pergunta sua, contanto que houvesse franqueza, e lhe recusaria qualquer coisa que ela tentasse obter por meio de indiretas, insinuações e ardis femininos. Ele tinha o desconcertante hábito de ler sua mente e rir dela grosseiramente.

Observando a cortês indiferença com que geralmente a tratava, Scarlett muitas vezes pensava, mesmo sem verdadeira curiosidade, por que se casara com ela. Os homens se casavam por amor, para ter uma casa e filhos ou por dinheiro, mas ela sabia que ele não tivera nenhuma dessas razões. Certamente, não a amava. Referia-se a sua adorável casa como um horror arquitetônico e dizia que preferiria morar em um bom hotel que em uma casa. E nunca fizera menção a filhos, como Charles e Frank. Certa vez, tentando flertar com ele, perguntou-lhe por que se casara com ela, e ficou furiosa quando ele respondeu com um brilho divertido nos olhos: "Para mantê-la como bichinho de estimação, minha querida."

Não, ele não se casara com ela pelos motivos que normalmente levam os homens a se casar. Só o fizera porque a queria e não havia outro modo de tê-la. Admitira isso ainda na noite em que lhe fizera a proposta. Ele a quisera, assim como quisera Belle Watling. Não era uma ideia agradável. Na verdade, era um insulto descarado. Mas ela deu de ombros para aquilo como aprendera a dar de ombros para todos os fatos desagradáveis. Eles tinham feito uma barganha e ela estava satisfeita com sua parte. Esperava que ele estivesse igualmente satisfeito, mas não se importava muito se não estivesse.

Porém uma tarde, ao se consultar com o Dr. Meade sobre um mal-estar estomacal, ela soube de um fato desagradável ao qual não podia dar de ombros. Foi com verdadeiro ódio nos olhos que entrou tempestivamente no quarto ao entardecer e disse a Rhett que estava esperando um bebê.

Ele descansava em um roupão de seda, envolto por uma nuvem de fumaça, e seus olhos foram direto para os dela quando ela falou, mas ficou quieto. Ele a observou em silêncio, mas havia uma tensão em sua postura enquanto esperava pelas palavras seguintes que lhe escapou. Tomada por indignação e desespero, ela excluíra o resto dos pensamentos.

– Sabe que não quero mais filhos! Nunca quis nenhum. Toda vez que as coisas estão indo bem comigo, tenho que ter um bebê. Ah, não fique aí sentado rindo! Você também não quer. Ah, Mãe de Deus!

Se ele estava esperando pelas palavras dela, não eram essas que desejava ouvir. Sua fisionomia se endureceu ligeiramente e os olhos ficaram inescrutáveis.

– Bem, por que não entregá-lo à Sra. Melly? Você não me disse que ela estava desorientada a ponto de querer outro bebê?

– Ah, tenho vontade de matar você! Não vou ter, estou lhe dizendo, não vou!

– Não? Diga-me como, por favor.

– Ah, pode-se dar um jeito. Não sou mais a tolinha do interior que era. Agora sei que uma mulher não precisa ter filhos se não quiser! Há coisas...

Ele já estava de pé, segurando-a pelo pulso, impulsionado por um medo estampado em sua fisionomia.

– Scarlett, sua tola, diga a verdade! Você não fez nada, fez?

– Não fiz, mas vou fazer. Acha que vou estragar minha silhueta outra vez, logo agora que consegui recuperar minha cintura e estou me divertindo e...

– De onde você tirou essa ideia? Quem andou lhe falando essas coisas?

– Mamie Bart... ela...

– A madame de uma casa de vadias só podia saber esses truques. Aquela mulher nunca mais vai pôr os pés nesta casa, entendeu? Afinal, é minha casa, e sou eu quem manda. Nem quero que volte a falar com ela.

– Vou fazer o que quero. Solte-me. Por que eu deveria me importar?

– Não me importo se você tiver um filho ou vinte, mas me importo se você morrer.

– Morrer? Eu?

– Sim, morrer. Imagino que Mamie Bart não lhe falou das chances que uma mulher tem de morrer quando faz uma coisa dessas, disse?

– Não – disse Scarlett, relutante. – Só disse que resolveria tudo.

– Por Deus, eu vou matá-la! – exclamou Rhett, o rosto sombrio de raiva. Ele olhou para o rosto molhado de lágrimas de Scarlett e parte da ira se foi, mas ainda estava duro e com os dentes cerrados. De repente, ele a pegou nos braços, sentou-se na poltrona, segurando-a apertado, como se temesse que ela fosse escapar.

– Ouça, minha linda, não vou deixar sua vida em suas mãos. Entendeu? Meu Deus, não quero filhos mais do que você, mas posso tê-los. Não quero mais ouvir tolices, e se você ousar tentar... Scarlett, já vi uma moça morrer desse jeito. Era apenas uma... bem, mas sabia o que fazia. Não é um modo fácil de morrer. Eu...

– Droga, Rhett! – exclamou ela, esquecendo a própria infelicidade, surpresa com a emoção na voz dele. Nunca o vira tão emocionado. – Onde... quem...

– Em Nova Orleans... ah, anos atrás. Eu era jovem e impressionável. – De repente, ele inclinou a cabeça e enterrou os lábios nos cabelos dela. – Você vai ter seu bebê, Scarlett, nem que eu tenha de algemá-la a meu pulso pelos próximos nove meses.

Ela se sentou no colo dele, encarando seu rosto com verdadeira curiosidade. Sob seu olhar, ele ficou repentinamente brando e inescrutável como se uma magia o tivesse invadido. As sobrancelhas estavam erguidas e o canto da boca para baixo.

– Eu significo tanto para você? – perguntou ela, baixando os olhos.

Ele a olhou, como que calculando quanto havia de vaidade atrás da pergunta. Lendo o significado verdadeiro de sua atitude, ele deu uma resposta fortuita.

– Ah, sim. Veja bem, investi bastante dinheiro em você e detestaria perdê-lo.

MELANIE SAIU DO QUARTO de Scarlett, exausta pelo esforço, mas feliz até as lágrimas com o nascimento da menina. Rhett tinha ficado tenso no corredor, cercado de tocos de charuto, que deixaram furos no fino tapete.

– Pode entrar, capitão Butler – disse ela timidamente.

Rhett passou por ela apressado e, em um rápido vislumbre, Melanie o viu se debruçando sobre o bebezinho nu no colo de Mammy antes que o Dr. Meade fechasse a porta. Melanie afundou-se em uma cadeira, o rosto ruborizado de constrangimento por ter testemunhado, sem intenção, uma cena tão íntima.

"Ah!", pensou ela. "Que meigo! Que preocupado o pobre capitão Butler ficou! E não bebeu um único gole todo esse tempo! Que bom. Muitos cavalheiros ficam embriagados quando os filhos nascem. Creio que ele precisa muito de uma bebida. Devo sugerir? Não, seria muita ousadia de minha parte."

Sentou-se agradecida na cadeira, com as costas, que estavam sempre doendo ultimamente, parecendo que se partiriam na altura da cintura. Ah, que sorte Scarlett ter o capitão Butler bem na porta enquanto o bebê nascia! Se ao menos Ashley estivesse com ela naquele dia terrível do nascimento de Beau, ela não teria sofrido metade do que sofreu. Se ao menos aquela menininha atrás da porta fosse dela e não de Scarlett! "Ah, como sou perversa", pensou, culpada. "Cobiçar o bebê dela, que foi tão boa para mim. Perdoe-me, Senhor. Eu não desejaria o bebê de Scarlett, mas... mas queria tanto um bebê meu!"

Pôs uma almofada nas costas doloridas e pensou, ávida, em uma filha. Mas o Dr. Meade nunca mudara de opinião sobre o assunto. E, embora estivesse disposta a arriscar a vida por outro filho, Ashley não queria nem ouvir falar nisso. Uma filha. Como Ashley adoraria uma filha!

Uma filha! Piedade! Ela se endireitou na cadeira, alarmada. "Eu não disse ao capitão Butler que era uma menina! E logicamente ele estava esperando um menino. Ah, que horror!"

Melanie sabia que para uma mulher um filho de qualquer sexo era igualmente bem-vindo, mas para um homem, e especialmente um homem voluntarioso como o capitão Butler, uma menina seria um golpe, um ataque a sua masculinidade. Ah, como ela era agradecida que Deus tivesse permitido que seu único filho fosse um menino! Sabia que, se fosse a mulher do temível capitão Butler, teria preferido morrer no parto a lhe apresentar uma filha como primogênita.

Mas Mammy, saindo sorridente do quarto, a tranquilizou e, ao mesmo tempo, deixou-a pensando no tipo de homem que o capitão Butler realmente era.

– Eu tava banhano nessa criança gora mermo – disse Mammy – e meio que me descurpei pro sinhô Rhett pruque num era um menino. Mas, Deus do Céu, sinhá Melly, o que ele disse? Ele disse: "Vira essa boca pra lá, Mammy! Quem qué menino? Os menino num têm graça. Só dão trabaio. As menina que têm graça. Eu num trocava essa menina aqui por uma dúzia de menino." Daí ele tentô pegá a criança de mim, peladim como tava e eu dei um tapa no purso dele e disse: "Se comporta, sinhô Rhett! E eu que tava aqui toda peorcupada de dizê que num era menino e despois tenho que ri de sabê que o sinhô tá todo alegre." Ele riu e balançô a cabeça e disse: "Mammy, vosmecê é boba. Os menino serve pra nada. Num sô prova disso?". Sim, sinhá Melly, ele agiu iguar cavalero – terminou Mammy, satisfeita. Não escapou a Melanie que a conduta de Rhett tinha se superado ao redimi-lo aos olhos de Mammy. – Tarvez eu tava enganada sobre o sinhô Rhett. Esse é um dia muito feliz pra mim, sinhá Melly. Já troquei fralda de três geração das menina Robillard e esse é um dia feliz.

– Ah, é mesmo um dia feliz, Mammy! Os dias mais felizes são aqueles em que chegam os bebês!

Para uma pessoa da casa, não era um dia feliz. Repreendido e em grande parte ignorado, Wade Hampton estava infeliz na sala de jantar. De manhã cedo, Mammy o acordara de modo abrupto, vestira-o apressadamente, mandando-o com Ella para tomar café da manhã na casa de tia Pitty. A única explicação que lhe deram era que sua mãe não passava bem e que o ruído de suas brincadeiras podia incomodá-la. A casa de tia Pitty ficou um alvoroço, pois a notícia do mal-estar de Scarlett mandara a velha para a cama arreliada, com Cookie a atendê-la, e o desjejum foi uma refeição escassa preparada por tio Peter para as crianças. Com o passar da manhã, o medo se apossou da alma de Wade. E se a mãe morresse? As mães de outros meninos tinham morrido. Ele vira os carros fúnebres saírem das casas e ouvira seus amigos chorando. E se a mãe morresse? Wade amava sua mãe, muito, quase tanto quanto a temia, e a ideia de vê-la sendo levada embora em uma carruagem preta, puxada por cavalos pretos com plumas nos freios, causou-lhe dor no pequeno peito, de modo que mal conseguia respirar.

Ao chegar o meio-dia, e com Peter ocupado na cozinha, Wade escapou pela porta da frente e correu para casa, com a rapidez que suas perninhas conseguiam levá-lo, o medo apressando-o. Tio Rhett, tia Melly ou Mammy com certeza lhe diriam a verdade. Mas tio Rhett e tia Melly não estavam à vista, e Dilcey corria para cima e para baixo das escadas com toalhas e bacias de água quente, não o notando no vestíbulo. Lá de cima, ele ouvia o tom lacônico do Dr. Meade quando a porta se abria. Uma vez ouviu sua mãe gemer e teve um acesso de soluços lacrimosos. Sabia que ela ia morrer. Para se consolar, aproximou-se do gato cor de mel que estava deitado no parapeito da janela ensolarada do vestíbulo. Mas Tom, já entrado nos anos e irritável a perturbações, balançou a cauda, batendo-lhe de leve.

Finalmente, descendo pelas escadas da frente, o avental amarrotado e sujo, o lenço torto na cabeça, Mammy o viu e o repreendeu. Mammy sempre fora o esteio de Wade e seu cenho franzido o fazia tremer.

– Você é o pió menino que eu já vi – disse ela. – Eu num mandei vosmecê pra casa da sinhá Pitty? Vorta já pra lá!

– Mamãe vai... ela vai morrer?

– Como vosmecê dá trabaio! Nunca vi nada iguar! Morrê? Meu Sinhô do Céu, não! Nossa, os menino é um tromento. Num sei pruque o Sinhô manda menino pras pessoa. Sai já daqui.

Mas Wade não foi. Escondeu-se atrás das *portières* do vestíbulo, só em parte convencido das palavras dela. O comentário de que os meninos eram incômodos o atingiu, pois ele sempre se esforçara ao máximo para ser bom. Tia Melly desceu depressa as escadas meia hora depois, pálida e cansada, mas sorrindo para si mesma. Ela ficou estupefata ao ver sua fisionomia acabrunhada nas sombras da cortina. Geralmente, tia Melly tinha todo o tempo do mundo para lhe oferecer. Ela nunca dizia, como sua mãe fazia com tanta frequência: "Não me incomode agora. Estou com pressa" ou "Saia daqui, Wade. Estou ocupada".

Mas naquela manhã ela disse:

– Wade, você foi muito travesso. Por que não ficou na tia Pitty?

– Mamãe vai morrer?

– Santa Graça, não, Wade! Não seja bobinho. – Em seguida, mais branda: – O Dr. Meade acaba de trazer um lindo bebezinho, uma doçura de irmãzinha para brincar com você, e, se ficar comportado, poderá vê-la hoje à noite. Agora, corra lá para fora, vá brincar e não faça barulho.

Wade foi para a sala de jantar isolada, seu pequeno e inseguro mundo oscilando. Não haveria lugar para um menino de 7 anos preocupado nesse dia ensolarado em que os adultos estavam agindo de modo tão curioso? Sentou-se no parapeito da janela na alcova e mordiscou uma folha de antúrio cultivado ao sol em uma caixa. Era tão picante que fez seus olhos arderem até as lágrimas e ele começou a chorar. A mãe devia estar morrendo, ninguém prestava nenhuma atenção nele e todos se alvoroçavam por causa do novo bebê, uma menina. Wade não se interessava por bebês, menos ainda por meninas. A única que conhecia bem era Ella que, até agora, não fizera nada que lhe inspirasse respeito ou afeto.

Após um longo intervalo, o Dr. Meade e tio Rhett desceram as escadas e ficaram conversando no vestíbulo em voz baixa. Depois que a porta se fechou atrás do médico, tio Rhett foi rapidamente até a sala de jantar e se serviu de um grande copo de bebida antes de ver Wade. Wade se encolheu, esperando que lhe dissessem outra vez que ele era travesso e devia voltar para tia Pitty, mas, em vez disso, tio Rhett sorriu. Wade nunca o tinha visto sorrir assim, nem tão feliz, o que o encorajou a descer do parapeito e correr para ele.

– Você tem uma irmã – disse Rhett, abraçando-o. – Por Deus, o bebê mais lindo que já nasceu! Ora, por que você está chorando?

– Mamãe...

– Sua mãe está almoçando, um pratão de arroz, galinha com molho e café, e nós vamos lhe preparar um sorvete daqui a pouco e você pode comer duas tigelas, se quiser. E lhe mostro sua irmã também.

Enfraquecido de alívio, Wade tentou ser educado sobre a nova irmã, mas sem sucesso. Todos estavam interessados na menina. Ninguém mais ligava para ele, nem mesmo tia Melly ou tio Rhett.

– Tio Rhett, as pessoas gostam mais de meninas que de meninos?

Rhett largou o copo e olhou-o atentamente, de imediato entendendo a situação.

– Não, eu não diria isso – respondeu ele com seriedade, como quem dá ao assunto a atenção devida. – É só que as meninas dão mais trabalho que os meninos, e as pessoas geralmente se preocupam mais com gente que dá trabalho do que com quem não dá.

– Mammy acabou de dizer que meninos dão trabalho.

– Bem, Mammy estava aborrecida. Não falou sério.

– Tio Rhett, o senhor não preferia ter tido um menino que uma menina? – indagou Wade, esperançoso.

– Não – respondeu Rhett rapidamente e, vendo a fisionomia do menino se abater, continuou: – Ora, por que eu ia querer um menino se já tenho um?

– Tem? – exclamou Wade, boquiaberto com a informação. – Onde ele está?

– Bem aqui – respondeu Rhett, pegando a criança e colocando-a no joelho. – Você já é menino que chega para mim, filho.

Por um momento, a segurança e a felicidade de ser querido foram tão grandes que Wade quase chorou de novo. A garganta apertou e ele mergulhou a cabeça no colete de Rhett.

– Você é meu menino, não é?

– A gente pode ser... bem... o menino de dois homens? – perguntou Wade, a lealdade pelo pai que nunca conheceu lutando com o amor pelo homem que era tão compreensivo com ele.

– Pode – disse Rhett com firmeza. – Assim como você pode ser o menino de sua mãe e de tia Melly.

Wade digeriu essa afirmação. Fazia sentido e ele sorriu, aconchegando-se no braço de Rhett timidamente.

– Você entende os meninos, não é tio Rhett?

O rosto moreno de Rhett reassumiu seus traços duros e o lábio se torceu.

– Sim – disse ele, amargurado –, eu entendo os meninos.

Por um instante o medo voltou para Wade, medo e uma súbita sensação de ciúmes. Tio Rhett não estava pensando nele, mas em outra pessoa.

– Você não tem outros meninos, tem?

Rhett o pôs de pé.

– Vou tomar uma bebida e você também, Wade, sua primeira bebida, um brinde por sua irmã.

– Você não tem outros... – começou Wade e então, vendo Rhett pegar o decantador de vinho tinto, se distraiu com a empolgação de ser incluído em uma cerimônia de adultos.

– Ah, não posso, tio Rhett! Prometi a tia Melly que não iria beber até me formar na faculdade e ela vai me dar um relógio se eu cumprir a promessa.

– E eu lhe dou uma corrente... esta aqui que estou usando agora, se você quiser – disse Rhett, sorrindo outra vez. – Tia Melly tem toda a razão, mas ela estava falando de bebidas destiladas, não de vinho. Você precisa aprender a beber vinho como um cavalheiro, filho, e não há momento melhor que este.

Habilmente, ele diluiu o vinho com água até o líquido ficar rosado e entregou a taça para Wade. Naquele instante, Mammy entrou na sala de jantar. Ela tinha se trocado e usava seu melhor vestido preto de domingo, na cabeça o lenço engomado, assim como o avental. Conforme gingava, ouvia-se o sussurro do farfalhar de seda. A expressão preocupada sumira de sua fisionomia, e as gengivas quase desdentadas apareciam em um largo sorriso.

– Presente de niversário, sinhô Rhett! – disse ela.

Wade parou com a taça nos lábios. Ele sabia que Mammy nunca gostara de seu padrasto. Nunca a ouvira chamá-lo de nada que não fosse "capitão Butler" e sempre tivera uma conduta digna, porém fria com ele. E ali estava ela, toda radiante, chamando-o de "sinhô Rhett!". Que dia virado de pernas para o ar.

– Imagino que você prefira rum a vinho – disse Rhett, buscando uma garrafa no armário. – É um bebê lindo, não é, Mammy?

– É mermo – respondeu Mammy, estalando os lábios ao pegar o copo.

– Já viu outro mais bonito, Mammy?

– Bão, sinhô, a sinhá Scarlett era bonita quando nasceu, mas não tanto.

– Tome outra dose, Mammy. E me diga – o tom era duro, mas seus olhos reluziam –, que farfalhar é esse que estou ouvindo?

– Deus do Céu, sinhô Rhett, num é nada não, só as minha anágua vermeia de seda! – Mammy deu uma risadinha e balançou até fazer tremer o corpanzil.

– Só sua anágua! Não acredito. Parece uma montanha de folhas secas roçando. Deixe-me ver. Levante a saia.

– Sinhô Rhett, o sinhô é mermo danado! Ah, meu Deus!

Mammy deu um gritinho, recuou e de certa distância, recatadamente, ergueu o vestido alguns centímetros e mostrou o roçar da anágua de tafetá.

– Levou tempo para usar – queixou-se Rhett, mas seus olhos negros riam e dançavam.

– É sinhô. Pra lá da conta.

Então Rhett disse algo que Wade não entendeu.

– E a mula em arreios de cavalo?

– Sinhô Rhett, a sinhá Scarlett foi danada de te contá isso! O sinhô tá guardano isso contra essa nêga véia?

– Não, não estou. Só queria saber. Tome outra dose, Mammy. Tome a garrafa inteira. Beba, Wade! Faça-nos um brinde.

– À maninha – exclamou Wade e bebeu de um trago. Engasgando, ele começou a tossir, soluçar e os outros dois a rir e a bater-lhe nas costas.

A PARTIR DO MOMENTO em que sua filha nasceu, a conduta de Rhett intrigou todos os observadores, perturbando muitas noções estabelecidas sobre quem ele era, noções que tanto a cidade quanto Scarlett estavam relutantes em abandonar. Quem imaginaria que ele ficaria orgulhoso da paternidade de modo tão desavergonhado, tão aberto? Especialmente diante da embaraçosa circunstância de que seu primogênito fosse uma menina?

A novidade da paternidade não se esvaiu, causando alguma inveja secreta entre as mulheres, cujos maridos já não davam mais atenção aos recém-nascidos muito antes do batismo. Ele parava para uma prosa na rua, relatando os progressos milagrosos de sua filha, sem sequer prefaciar os comentários com o hipócrita, mas polido: "Sei que todos acham que o próprio filho é esperto, mas..." Ele achava a filha maravilhosa, sem comparação com qualquer criança, e não se importava com opiniões contrárias. Quando a nova babá permitiu que ela chupasse um pouco de gordura de porco, o que lhe trouxe o primeiro ataque de cólicas, a conduta de Rhett fez os pais e mães mais experientes terem acessos de riso. Apressadamente, convocou o Dr. Meade e dois outros médicos, tendo sido difícil impedi-lo de bater na infeliz babá com o chicote. A babá foi demitida, sendo seguida por uma série de outras que permaneciam, no máximo, por uma semana. Nenhuma era boa bastante para satisfazer os exigentes requisitos impostos por Rhett.

Mammy também não via com bons olhos as babás que iam e vinham, pois ficava com ciúmes de qualquer negra estranha, e não entendia por que não podia cuidar do bebê, de Wade e de Ella. Mas Mammy começava a mostrar sinais da idade e o reumatismo diminuía a marcha de seu trabalho. Rhett não tinha coragem de mencionar esses motivos para empregar outra babá. Então lhe disse que um homem de sua posição não podia ter só uma babá. Não ficava bem. Ele contrataria duas outras para o trabalho mais pesado e a deixaria como chefe das babás. Isso Mammy entendeu muito bem. Mais criados eram um crédito para sua posição, assim como para a de Rhett. Mas ela lhe disse com firmeza que não aceitaria qualquer negra ordinária no berçário. Então Rhett mandou buscar Prissy em Tara. Sabia dos defeitos dela, mas, afinal, era uma negra da família. E tio Peter cavou uma sobrinha-neta, chamada Lou, que pertencera a uma das primas Burr de tia Pitty.

Antes mesmo que Scarlett pudesse sair novamente, ela percebia a preocupação de Rhett com o bebê e estava um tanto exasperada e constrangida com o orgulho dele diante das visitas. Tudo bem que um homem amasse sua filha, mas ela sentia que havia algo pouco masculino na demonstração de seu amor. Ele devia estar despreocupado e desatento, como os outros homens ficavam.

– Você está bancando o bobo – disse ela, irritada –, e não entendo por quê.

– Não? Bem, é claro que você não entenderia. É porque ela é a primeira pessoa que já me pertenceu completamente.

– Ela pertence a mim também!

– Não, você tem dois outros filhos. Ela é minha.

– Pelo fogo do inferno – disse Scarlett. – Eu tive o bebê, não foi? Além disso, querido, eu pertenço a você.

Rhett olhou para ela por cima da cabeça preta da criança e sorriu de modo esquisito.

– É mesmo, minha querida?

Só a entrada de Melanie interrompeu uma daquelas discussões ardentes, que pareciam irromper com tanta facilidade entre eles nessa época. Scarlett engoliu a raiva e observou Melanie pegar o bebê. O nome escolhido fora Eugenie Victoria, mas naquela tarde Melanie, involuntariamente, a chamou de um nome que pegou, assim como "Pittypat" rasurara toda a memória de Sarah Jane.

Debruçando-se sobre a criança, Rhett dissera:

– Ela vai ter olhos verdes cor de ervilha.

– Não vai, não – exclamou Melanie, indignada, esquecendo-se de que os olhos de Scarlett eram quase daquele tom. – Vão ser azuis, como os do Sr. O'Hara, tão azuis quanto... quanto a *bonnie blue flag.*

– Bonnie Blue Butler – riu Rhett, tirando a menina do colo de Melanie e observando mais de perto seus olhinhos. E Bonnie ficou até que os próprios pais não se lembrassem mais de que ela fora batizada com o nome de duas rainhas.

51

Quando finalmente já podia sair, Scarlett fez Lou lhe apertar o espartilho ao máximo. Em seguida, mediu a cintura com a fita métrica. Cinquenta centímetros! Ela gemeu bem alto. Era isso que os bebês faziam à silhueta! Estava com a cintura tão larga quanto a de tia Pitty, tão larga quanto a de Mammy.

– Lou, puxe mais as tiras. Se não conseguir deixá-la com 45 centímetros, não vou entrar em nenhum de meus vestidos.

– Vai rebentá as tira – disse Lou. – Sua cintura só ficô maió, sinhá Scarlett, e num tem nada que se pode fazê.

"Há, sim, algo a fazer", pensou Scarlett enquanto abria com violência as costuras do vestido para alargá-lo os centímetros necessários. "Só não vou mais ter bebês."

Sem dúvida, Bonnie era linda, um crédito a seu favor, e Rhett a adorava, mas ela não teria outra. Como faria isso, não sabia, pois não conseguia manipular Rhett como fazia com Frank. Rhett não tinha medo dela. Com sua atitude tola em relação a Bonnie, provavelmente seria difícil dominar Rhett, que era capaz de querer um filho no ano seguinte, por mais que dissesse que afogaria qualquer menino que ela lhe desse. Pois bem, não lhe daria menino e nem menina. Ter três filhos era o suficiente para qualquer mulher.

Após dar os pontos nas costuras abertas, assentá-las e abotoar o vestido, Lou chamou a carruagem e Scarlett saiu para o depósito de madeira. Mais animada, pois ia encontrar Ashley para verem os livros de contabilidade, esqueceu a cintura. E, se tivesse sorte, estariam a sós. Não se viam desde muito antes do nascimento de Bonnie. Ela não queria vê-lo estando tão notavelmente grávida e sentira muita falta do contato diário com ele, mesmo que sempre houvesse alguém em volta. Durante o confinamento, também sentira falta da atividade com os negócios. É claro que agora já não precisava mais trabalhar. Poderia tranquilamente vender as serrarias e investir o dinheiro para Wade e Ella. Mas isso significaria ver Ashley só raramente, em circunstâncias formais, com muita gente em volta. E trabalhar ao lado de Ashley era seu maior prazer.

Ao entrar no depósito, ela viu, interessada, como estavam altas as pilhas de madeira e a quantidade de fregueses parados em torno, falando com Hugh Elsing. E havia seis parelhas de mulas e carroças sendo carregadas por cocheiros negros. "Seis parelhas", ela pensou, orgulhosa. "E fiz tudo isso sozinha!"

Ashley chegou à porta do pequeno escritório, os olhos alegres de prazer por vê-la novamente, e lhe deu a mão para sair da carruagem e entrar no escritório como se ela fosse uma rainha.

Mas ela perdeu parte do prazer quando passou os olhos nos livros da serraria dele e os comparou com os de Johnnie Gallegher. Ashley mal pagara os custos, e Johnnie tinha uma soma notável a seu crédito. Ela se absteve de falar qualquer coisa enquanto olhava para as duas folhas, mas Ashley leu sua fisionomia.

– Scarlett, sinto muito. Só o que posso dizer é que gostaria que você me deixasse contratar negros livres em vez de trabalhar com detentos. Acho que eu obteria melhores resultados.

– Negros! Ora, o salário nos quebraria. Os detentos custam pouco. Se Johnnie consegue produzir tudo isso com eles...

Os olhos de Ashley se fixaram ao longe, em alguma coisa que ela não podia ver, e sua luminosidade alegre desapareceu.

– Não posso trabalhar com detentos como Johnnie Gallegher. Não posso montar em pessoas.

– Pelo manto de Cristo! Johnnie produz muito. Ashley, seu coração é mole demais. Precisa fazê-los trabalhar mais. Johnnie me falou que toda vez que alguém fazia corpo mole para não trabalhar e lhe dizia que estava doente, você lhe dava um dia de folga. Meu Deus, Ashley! Não é assim que se ganha dinheiro. Umas duas chicotadas curam quase todas as doenças que não forem uma perna quebrada...

– Scarlett! Scarlett! Pare! Não aguento ouvi-la falando assim – exclamou Ashley, os olhos voltando a fitá-la com uma ferocidade que a calou. – Você não percebe que se trata de homens... alguns doentes, malnutridos, infelizes... Ah, minha querida, não aguento ver o modo como ele a brutalizou, você, que sempre foi tão meiga...

– Quem me brutalizou?

– Preciso dizer, mesmo sem ter qualquer direito. Mas preciso dizer. Seu... Rhett Butler. Tudo o que ele toca, envenena. E ele a levou, você, que era tão meiga, generosa e gentil, apesar de toda a sua vivacidade, e fez isso... endureceu-a, brutalizou-a com o contato.

– Ah – expirou Scarlett, a culpa lutando com a alegria de que Ashley tivesse sentimentos tão intensos em relação a ela, que a achasse meiga. Graças a Deus que ele culpava Rhett por sua mesquinharia. É claro que Rhett nada tinha a ver com isso e a culpa era dela, mas, afinal, outra marca negra em Rhett não faria mal.

– Se fosse qualquer outro homem, eu não me importaria tanto... mas Rhett Butler! Eu vi o que fez com você. Sem que você percebesse, ele distorceu suas ideias, guiando-as para o mesmo caminho duro que ele trilha. Ah, claro, sei que não deveria dizer isso... Ele salvou minha vida e lhe sou grato, mas queria tanto que Deus tivesse enviado qualquer outro homem em vez dele! E não tenho o direito de lhe falar assim...

– Ah, Ashley, você tem o direito... que ninguém mais tem!

– Pois não aguento ver sua nobreza ser maculada por ele, saber que sua beleza e seu encanto estão nas mãos de um homem que... Quando penso nele tocando você, eu...

"Ele vai me beijar!", pensou Scarlett, extasiada. "E não vai ser culpa minha!" Ela se inclinou em sua direção e ele recuou subitamente, como que se dando conta de ter falado demais... de ter dito coisas que nunca pretendera dizer.

– Eu me desculpo humildemente, Scarlett. Estava insinuando que seu marido não é um cavalheiro e minhas palavras provam que eu não sou. Ninguém tem o direito de criticar um marido para sua mulher. Não tenho desculpa, a não ser... a não ser... – gaguejou ele, e seu rosto se contorceu. Ela esperava sem fôlego. – Não tenho nenhuma desculpa.

Durante todo o caminho de volta, a mente de Scarlett estava acelerada. Nenhuma desculpa a não ser... a não ser que a amava! E a ideia de imaginá-la nos braços de Rhett lhe provocava uma fúria que ela não imaginara possível. Bem, isso ela podia entender. Se não fosse a certeza de que as relações entre ele e Melanie eram puramente fraternais, sua própria existência seria um tormento. E os abraços de Rhett a maculavam, a brutalizavam! Bem, se Ashley pensava assim, ela podia muito bem ficar sem aqueles abraços. Pensou em quanto seria doce e romântico que eles dois fossem fisicamente fiéis um ao outro, mesmo casados com outras pessoas. A ideia lhe possuiu a imaginação e ela se deleitou. Além disso, havia o lado prático. Significaria não ter mais filhos.

Ao chegar em casa e dispensar a carruagem, parte da exaltação causada pelas palavras de Ashley começou a sumir diante da perspectiva de dizer a Rhett que ela queria quartos separados e tudo o que aquilo implicava. Seria difícil. Além do mais, como poderia dizer a Ashley que se negara a Rhett para satisfazer seu desejo? De que valia um sacrifício se fosse ignorado? Que fardo eram o recato e a delicadeza! Se ao menos pudesse falar com Ashley usando a franqueza que usava com Rhett! Bem, não importava. Ela daria um jeito de insinuar a verdade a Ashley.

Subiu as escadas e, abrindo a porta do berçário, encontrou Rhett sentado ao lado do berço de Bonnie com Ella no colo e Wade lhe mostrando o conteúdo dos bolsos. Que bênção Rhett gostar de crianças e lhes dar tanta importância! Alguns padrastos eram amargos com as crianças de casamentos anteriores.

– Quero falar com você – disse ela e foi para o quarto deles. Melhor tratar daquilo logo, enquanto sua determinação de não ter mais filhos estava forte e enquanto o amor de Ashley lhe dava força.

– Rhett – disse ela abruptamente assim que ele fechou a porta. – Decidi que não quero mais ter filhos.

Se ele ficou atordoado com a declaração inesperada, não demonstrou. Sentou-se relaxadamente em uma cadeira, inclinando-a para trás.

– Minha cara, como eu lhe disse antes de Bonnie nascer, para mim tanto faz se você tiver um ou vinte filhos.

Que maldade a dele se evadir do assunto tão bem, como se o fato de não se importar com a vinda de filhos não tivesse nada a ver com sua chegada.

– Creio que três é o bastante. Não pretendo ter um por ano.

– Três parece um número adequado.

– Você sabe muito bem... – começou ela, o constrangimento lhe ruborizando as faces. – Você entende o que estou querendo dizer?

– Entendo. Percebe que posso me divorciar de você por me recusar meus direitos matrimoniais?

– Você é muito baixo por pensar em uma coisa dessas – exclamou ela, aborrecida por nada estar seguindo o rumo planejado. – Se tivesse algum cavalheirismo, você... você seria gentil como... Bem, veja Ashley Wilkes. Melanie não pode ter filhos e ele...

– Bastante cavalheirinho, o Ashley – disse Rhett, e seus olhos começaram a brilhar estranhamente. – Por favor, prossiga com seu discurso.

Scarlett engoliu em seco, pois tinha acabado e nada mais tinha a dizer. Agora percebia que tolice fora sua esperança de resolver amigavelmente um assunto tão importante, especialmente com um suíno egoísta como Rhett.

– Você esteve no escritório do depósito agora à tarde, não foi?

– O que isso tem a ver com nosso assunto?

– Gosta de cachorros, não gosta, Scarlett? Você os prefere acorrentados ou soltos?

Tomada por uma onda de raiva e decepção, a alusão lhe escapou.

Lépido, ele se pôs de pé e, indo até ela, pôs a mão sob seu queixo, erguendo-lhe o rosto.

– Como você é infantil! Já viveu com três homens e ainda não conhece a natureza masculina. Parece pensar que são como velhas, que já passaram pela fase crítica da vida.

Ele lhe deu uma beliscada no queixo antes de soltá-lo. Uma das sobrancelhas se ergueu enquanto ele a fitou fria e longamente.

– Scarlett, entenda isto: se você e sua cama ainda exercessem qualquer encanto para mim, nenhuma tranca ou súplica me manteria afastado. E não me sentiria envergonhado por nada que fizesse, pois fiz uma barganha com você... uma barganha que tenho cumprido e que agora você está quebrando. Fique com sua cama casta, minha cara.

– Você está querendo me dizer que não se importa – exclamou Scarlett, indignada –, que não se importa...

– Você se cansou de mim, não foi? Bem, os homens se cansam com mais facilidade que as mulheres. Fique com sua santidade, Scarlett. Não será nenhum problema para mim. Não importa. – Ele deu de ombros e sorriu. – Felizmente, o mundo está cheio de camas... e a maioria está cheia de mulheres.

– Você quer dizer que realmente seria tão...

– Minha querida ingênua. Mas é claro. É uma maravilha que eu não tenha escapulido todo esse tempo. Nunca achei que a fidelidade fosse uma virtude.

– Vou trancar minha porta todas as noites!

– Por quê? Se eu a quisesse, nenhuma fechadura me deixaria do lado de fora.

Ele se virou, dando o assunto por encerrado, e saiu do quarto. Scarlett o ouviu voltar para o berçário, onde lhe deram as boas-vindas. Ela se sentou abruptamente. Conseguira. Era esse seu desejo e o de Ashley, mas não a deixara feliz. Sua vaidade estava magoada, e ela estava mortificada por Rhett ter aceitado tudo com tanta leveza, por saber que não a queria, que a tinha posto no mesmo nível de outras mulheres em outras camas.

Esforçou-se para pensar em um modo delicado de contar a Ashley que ela e Rhett já não eram de fato marido e mulher, mas agora percebia que nada lhe vinha à cabeça. Agora tudo parecia uma tremenda confusão e ela desejava de todo o coração não ter falado nada. Sentiria falta das longas e divertidas conversas com Rhett quando a brasa de seu charuto brilhava no escuro. Sentiria falta do conforto de seus braços quando ela acordava apavorada dos sonhos em que corria pela neblina fria.

De repente, sentiu-se muito infeliz e, encostando a cabeça no braço da poltrona, chorou.

52

Numa tarde chuvosa, logo após o primeiro aniversário de Bonnie, meio desanimado, Wade perambulava pela sala íntima, indo de vez em quando à janela grudar o nariz na vidraça. Era um menino delgado, pequeno para seus 8 anos, quieto quase ao ponto da timidez, que nunca falava a não ser que lhe dirigissem a palavra. Sentia-se entediado e obviamente queria algum entretenimento, pois Ella estava no canto, ocupada com suas bonecas, Scarlett na escrivaninha, murmurando consigo mesma enquanto somava uma longa coluna de números, e Rhett deitado no chão, balançando o relógio na ponta da corrente, quase ao alcance de Bonnie.

Depois de pegar vários livros e deixá-los cair, fazendo barulho e suspirando alto, Scarlett se virou para ele, irritada.

– Céus, Wade! Saia e vá brincar.

– Não posso. Está chovendo.

– É mesmo? Eu não tinha notado. Bem, faça alguma coisa. Está me deixando nervosa, inquieto desse jeito. Vá dizer a Pork para atrelar a carruagem e levá-lo para brincar com Beau.

– Ele não está em casa – suspirou Wade. – Está na festa de aniversário de Raoul Picard.

Raoul era o filho de Maybelle e René Picard... um moleque detestável, pensava Scarlett, mais se parecia a um macaco que a uma criança.

– Bem, vá visitar qualquer um. Corra e peça a Pork.

– Ninguém está em casa – respondeu Wade. – Estão todos na festa.

As palavras não ditas "todos, menos eu" ficaram no ar; mas, com a cabeça nos números, Scarlett não prestou atenção.

Rhett se sentou e perguntou:

– Por que você não está na festa também, filho?

Wade aproximou-se dele, raspando o pé, com aparência infeliz.

– Não fui convidado.

Rhett deixou o relógio nas mãos destruidoras de Bonnie e lepidamente se levantou.

– Scarlett, deixe esses malditos números de lado. Por que Wade não foi convidado para a festa?

– Pelo amor de Deus, Rhett! Não me incomode agora, Ashley deixou essa contabilidade em uma tremenda confusão!... Ah, essa festa? Bem, acho que não é nada incomum que Wade não tenha sido convidado, e eu não o deixaria ir se tivesse sido. Não se esqueça de que Raoul é neto da Sra. Merriwether, e ela preferiria ter um negro liberto em seu salão do que um de nós.

Observando o rosto de Wade com olhos pensativos, Rhett viu sua fisionomia murchar.

– Venha cá, filho – disse ele, puxando o menino. – Você gostaria de estar naquela festa?

– Não, senhor – disse Wade corajosamente, mas baixando os olhos.

– Hum... Diga, Wade, você vai às festas de Joe Whiting ou de Frank Bonnell ou... bem, de qualquer de seus amiguinhos?

– Não, senhor. Não sou convidado para muitas festas.

– Wade, você está mentindo! – exclamou Scarlett, virando-se. – Foi a três na semana passada, à festa dos filhos dos Bart, dos Gelert e dos Hundon.

– A maior coleção de mulas em arreios de cavalos que você poderia agrupar – disse Rhett, a voz ficando suavemente arrastada. – Você se divertiu nessas festas? Diga.

– Não, senhor.

– Por que não?

– Eu... eu não sei. Mammy... Mammy diz que são brancos ordinários.

– Vou arrancar a pele de Mammy agora mesmo – exclamou Scarlett, ficando de pé em um salto. – E quanto a você, Wade, falar assim dos amigos da mãe...

– O menino está falando a verdade, assim como Mammy – disse Rhett. – Mas, é claro, você jamais reconheceria a verdade se a encontrasse na rua. Não se aborreça, filho. Não precisa ir a nenhuma outra festa que não queira. Tome – continuou, puxando uma nota do bolso –, diga a Pork para atrelar a carruagem e levá-lo até o centro. Vá comprar balas... um monte, o bastante para ficar com dor de barriga.

Radiante, Wade embolsou a nota e olhou ansioso para a mãe em busca de confirmação. Mas ela, com uma ruga na testa, olhava para Rhett. Ele pegara Bonnie do chão e a aninhava nos braços, o rostinho junto ao dele. Ela não conseguia ler sua fisionomia, mas havia algo em seus olhos quase como medo... medo e autoacusação.

Encorajado pela generosidade do padrasto, Wade aproximou-se timidamente.

– Tio Rhett, posso perguntar uma coisa?

– Claro. – O olhar de Rhett estava ansioso, ausente, enquanto segurava a cabeça de Bonnie junto à dele. – O que é, Wade?

– Tio Rhett, o senhor estava... você lutou na guerra?

Os olhos de Rhett voltaram ao estado de alerta e se aguçaram, mas a voz era casual.

– Por que pergunta, filho?

– Bem, Joe Whiting disse que não e Frankie Bonnell, também.

– Ah – disse Rhett –, e o que você disse a eles?

Wade parecia infeliz.

– Eu... eu disse... Eu falei que não sabia. – E, impulsivamente, acrescentou: – Mas que não me importava, e bati neles. O senhor esteve na guerra, tio Rhett?

– Sim – disse Rhett, ficando agressivo de repente. – Eu estive na guerra. Fiquei no exército por oito meses. Lutei todo o caminho de Lovejoy até Franklin, no Tennessee. E estava com Johnston, quando ele se rendeu.

Wade ficou exultante de orgulho, mas Scarlett riu.

– Eu achava que você se envergonhasse de sua passagem pelo exército – disse ela. – Não me disse para não falar nada a respeito?

– Cale-se – disse ele secamente. – Isso o satisfaz, Wade?

– Ah, sim, senhor. Sabia que o senhor tinha estado no exército, sabia que não era medroso como eles disseram. Mas... por que não estava com os pais dos outros meninos?

– Porque os pais dos outros meninos eram uns tolos e tiveram que ir para a infantaria. Eu estudei em West Point, então estava na artilharia. Na artilharia de linha, não na Guarda Nacional. É preciso muito juízo para estar na artilharia, Wade.

– Aposto que sim – disse Wade, o rosto vibrante. – Foi ferido, tio Rhett?

Rhett hesitou.

– Conte a ele sobre sua disenteria – zombou Scarlett.

Rhett pôs o bebê no chão com cuidado e puxou a camisa e a camiseta para fora das calças.

– Venha cá, Wade, vou lhe mostrar onde eu fui ferido.

Wade avançou, empolgado, e olhou para onde o dedo de Rhett apontava. Uma cicatriz comprida no peito moreno descendo até o abdômen musculoso. Era o souvenir de uma luta de faca nos campos de ouro da Califórnia, mas Wade não sabia. Ele expirou profundamente de felicidade.

– Acho o senhor tão corajoso quanto meu pai, tio Rhett.

– Quase, mas não tanto – disse Rhett, pondo a camisa para dentro das calças. – Agora vá lá, gaste seu dólar e mande para o inferno qualquer menino que diga que eu não estive no exército.

Wade saiu dançando todo feliz, chamando Pork, e Rhett pegou de novo o bebê.

– Agora, por que todas essas mentiras, meu galhardo soldado? – perguntou Scarlett.

– Um menino precisa se orgulhar de seu pai... ou padrasto. Não posso deixá-lo envergonhado diante dos outros pequenos brutos. Criaturas cruéis, as crianças.

– Ah, bobagem!

– Eu nunca tinha pensado no que significou para Wade – disse Rhett devagar. – Nunca tinha pensado em quanto ele sofreu. E não vai ser assim com Bonnie.

– Assim como?

– Acha que vou deixar minha Bonnie envergonhada do pai? Deixá-la fora das festas quando tiver 9 ou 10 anos? Acha que vou deixá-la ser humilhada por coisas de que não tem culpa, mas sim eu ou você?

– Ah, festas infantis!

– É das festas infantis que surgem as festas de debutante. Acha que vou deixar minha filha fora de tudo o que há de decente em Atlanta? Não vou mandá-la estudar e ter vida social no norte por não ser aceita aqui, em Charleston, Savannah ou Nova Orleans. E não vou deixar que seja forçada a se casar com um ianque ou com um estrangeiro porque nenhuma família decente do sul irá aceitá-la... porque sua mãe era uma tola, e seu pai, um patife.

Wade, que tinha voltado até a porta, era um ouvinte interessado, mas intrigado.

– Bonnie pode se casar com Beau, tio Rhett.

A raiva esvaiu-se da fisionomia de Rhett quando ele se virou para o menino, considerando suas palavras com aparente seriedade, como sempre fazia ao lidar com crianças.

– É verdade, Wade. Bonnie pode se casar com Beau Wilkes, mas com quem você vai se casar?

– Ah, não vou me casar com ninguém – disse Wade, confiante, deleitando-se com a conversa de homem para homem com a única pessoa, além de tia Melly, que nunca o censurava e sempre o incentivava. – Eu vou para Harvard me formar advogado, como meu pai, e depois vou ser um bravo soldado como ele.

– Como eu queria que Melly ficasse de boca calada – exclamou Scarlett. – Wade, você não vai para Harvard. É uma escola ianque e não vou deixá-lo frequentar uma escola ianque. Você vai para a Universidade da Geórgia e, depois que se formar, vai administrar a loja para mim. E quanto a seu pai ser um bravo soldado...

– Cale-se – disse Rhett, lacônico, sem perder o brilho nos olhos de Wade ao falar do pai que nunca conhecera. – Isso, Wade, cresça e seja o homem corajoso que seu pai foi. Tente ser como ele, pois ele foi um herói, e não deixe que ninguém lhe diga outra coisa. Ele se casou com sua mãe, não foi? Bem, é prova suficiente de heroísmo. E vou colocá-lo em Harvard para se tornar advogado. Agora peça a Pork que o leve ao centro.

– Agradeço se você me deixar cuidar de meus filhos – exclamou Scarlett quando Wade obedientemente saiu da sala correndo.

– Você cuida muito mal. Já arruinou quaisquer oportunidades que Ella e Wade tinham, mas não vou permitir que faça o mesmo com Bonnie. Ela vai ser uma princesinha e todo mundo vai querê-la. Não vai haver lugar algum que não possa frequentar. Meu Deus, acha que vou deixá-la crescer e se associar à ralé que enche esta casa?

– Eles lhe servem muito bem...

– E bem demais para você, minha querida. Mas não para Bonnie. Acha que eu a deixaria se casar com qualquer um dessa gangue de renegados com quem você passa o tempo? Irlandeses gananciosos, brancos ordinários, aventureiros emergentes... Minha Bonnie com seu sangue Butler e linhagem Robillard...

– Os O'Hara...

– Os O'Hara podem ter sido reis da Irlanda no passado, mas seu pai não passava de um homem ganancioso e esperto. E você não é melhor... Mas, nesse caso, eu também tenho culpa. Passei pela vida como um morcego que sai do inferno, sem nunca me importar com o que fazia, porque nada nunca me importou. Mas Bonnie importa. Nossa, como fui tolo! Bonnie não seria recebida em Charleston, não importa o que minha mãe, sua tia Eulalie ou sua tia Pauline fizessem... e é óbvio que não será recebida aqui, a menos que se faça alguma coisa rapidamente...

– Ah, Rhett, você leva isso tão a sério que chega a ser engraçado. Com nosso dinheiro...

– Dane-se nosso dinheiro! Todo o nosso dinheiro não pode comprar o que eu quero para ela. Preferia que Bonnie fosse convidada a comer pão seco na casa miserável dos Picard ou no estábulo paupérrimo da Sra. Elsing a ser a beldade em um baile de posse republicano. Scarlett, você tem sido uma tola. Devia ter assegurado um lugar na sociedade para suas crianças anos atrás... mas não o fez. Nem se preocupou em manter a posição que tinha. E é esperar demais que se emende a esta altura. Você é ávida por dinheiro e gosta demais de abusar das pessoas.

– Considero esse assunto uma tempestade em um copo d'água – disse Scarlett, fria, arrumando seus papéis ruidosamente para indicar que dava a discussão por encerrada.

– Só temos a Sra. Wilkes para nos ajudar, e você faz o melhor que pode para afastá-la e ofendê-la. Ah, poupe-me de seus comentários sobre a pobreza e as roupas cafonas dela. Ela é a alma e o centro de toda a excelência em Atlanta. Graças a Deus ela existe. Ela vai me ajudar a fazer algo.

– E o que você vai fazer?

– Fazer? Vou cultivar cada dragão da Velha Guarda desta cidade, especialmente as Sras. Merriwether, Elsing, Whiting e Meade. Se tiver que rastejar de barriga para cada megera gorda que me odeia, o farei. Vou me resignar à frieza delas e me arrepender de minhas maldades. Contribuirei com as malditas obras de caridade e irei às malditas igrejas, admitirei e me exibirei por meus serviços à Confederação e, se o pior tiver que ficar pior ainda, entrarei para a maldita Klan, embora um Deus misericordioso pudesse me livrar de tal peso nas costas. E não vou hesitar em lembrar aos tolos cujos pescoços salvei que estão em dívida comigo. E a senhora vai gentilmente abster-se de desfazer meu trabalho pelas costas, executando a hipoteca de qualquer das pessoas que estou cortejando, vendendo-lhes madeira podre ou as ofendendo de qualquer modo. E o governador Bullock nunca mais vai pôr os pés nesta casa. Entendeu? E nem essa gangue de ladrões elegantes com quem você se associou. Se insistir em convidá-los, apesar de meu pedido, ficará na constrangedora posição de não ter um anfitrião em sua casa. Se eles vierem a esta casa, eu vou para o bar de Belle Watling dizer para quem quiser ouvir que não ficarei sob o mesmo teto que eles.

Scarlett, que estava se condoendo com essas palavras, deu uma rápida risada.

– Então o jogador e especulador vai se tornar respeitável! Bem, seu primeiro ato rumo à respeitabilidade será vender a casa de Belle Watling.

Aquele foi um tiro no escuro. Ela nunca tivera absoluta certeza de que Rhett possuísse a casa. Ele riu, como que lendo a mente dela.

– Obrigado pela sugestão.

MESMO QUE TENTASSE, Rhett não podia ter escolhido momento mais difícil para buscar sua volta à respeitabilidade. Nunca antes ou depois, os nomes republicano e escória tinham carregado tanto ódio, pois agora a corrupção dos aventureiros do norte estava no auge. E, desde a rendição, o nome de Rhett estava intimamente ligado aos ianques, republicanos e à escória sulista. Em 1866, o povo de Atlanta achara, com uma fúria impotente, que nada poderia ser pior que o duro comando militar em vigência, mas agora, no governo de Bullock, estavam conhecendo o pior. Graças ao voto negro, os republicanos e seus aliados estavam firmemente entrincheirados e sendo ditatórios sobre uma minoria sem poder, mas ainda contestadora.

Tinham espalhado entre os negros que só havia dois partidos políticos mencionados na Bíblia, os republicanos e os pecadores. Nenhum negro queria entrar para um partido inteiramente composto de pecadores, então correram para apoiar os republicanos. Seus novos senhores os faziam votar incessantemente, elegendo brancos pobres e membros da escória sulista para postos elevados, elegendo até alguns negros. Estes sentavam-se no legislativo, onde passavam a maior parte do tempo comendo amendoins e acomodando os pés desacostumados em uma série de sapatos novos. Poucos sabiam ler ou escrever. Haviam acabado de sair dos campos de algodão e dos canaviais, mas tinham o poder de votar impostos e títulos, assim como imensos pagamentos para si mesmos e seus amigos republicanos. E o faziam. Desconcertado, o estado pagava impostos sob protestos furiosos, pois os contribuintes sabiam que grande parte do dinheiro votado para propósitos públicos ia para bolsos particulares.

Cercando a assembleia legislativa do estado, estava uma multidão de promotores, especuladores, empreiteiros e outros, esperando lucrar com a orgia de gastos, e muitos estavam ficando vergonhosamente ricos. Não tinham dificuldade de obter dinheiro estadual para ferrovias que nunca eram construídas, para vagões e máquinas que nunca eram comprados, para edifícios que nunca eram erguidos, a não ser na mente de seus promotores.

Os títulos emitidos chegavam a milhões, sendo sua maioria ilegal e fraudulenta, mas eram emitidos mesmo assim. O tesoureiro do estado, que, embora republicano, era honesto, protestava contra a ilegalidade dessas emissões e se recusava a assiná-las, mas nem ele nem os outros que tentavam coibir os abusos conseguiam deter a maré que corria.

A ferrovia estadual, antes um patrimônio do estado, agora era um problema, e suas dívidas chegavam à marca do milhão. Já não era uma ferrovia, mas uma imensa gamela sem fundo, onde os leitões podiam chafurdar e se esbaldar. Muitos de seus funcionários eram indicados por motivos políticos, independente de seu conhecimento operacional de ferrovias, e havia três vezes mais empregados que o necessário. Os republicanos viajavam com passes gratuitos, e vagões lotados de negros transitavam livremente em suas alegres excursões pelo estado para votar diversas vezes na mesma eleição.

A má administração da ferrovia estadual enfurecia especialmente os contribuintes, pois era de seus lucros que vinha o dinheiro para as escolas públicas. Mas não havia lucros, só dívidas, e, portanto, não existiam escolas gratuitas. Poucos tinham dinheiro para mandar os filhos para as escolas pagas, e o resultado foi uma geração de crianças ignorantes, que espalharia as sementes do analfabetismo pelos anos vindouros.

Mas muito maior que a raiva pelo desperdício, má administração e suborno, era o ressentimento do povo pela péssima imagem que o governador passava do estado ao norte. Quando a Geórgia berrou contra a corrupção, o governador se apressou a ir ao norte e, perante o Congresso, falou dos ultrajes dos brancos contra os negros, da preparação da Geórgia para outra rebelião e da necessidade de um domínio militar rígido no estado. Nenhum georgiano queria problemas com os negros, e todos tentavam evitar problemas. Ninguém queria outra guerra, como tampouco queria ou necessitava ser governado à baioneta. A Geórgia só desejava ser deixada em paz para poder se recuperar. Mas, com a operação do que ficou conhecido como o "engenho da difamação", realizada pelo governador, o norte só via um estado rebelde que necessitava de uma mão de ferro, e foi isso que se instalou.

Para a corja que segurava a Geórgia pelo pescoço, foi uma pândega. Houve uma orgia de rapinagem e, acima de tudo, um cinismo frio sobre a roubalheira explícita nos altos cargos, que causava arrepios. Os protestos e esforços de resistência não surtiam efeito, pois o governo do estado era defendido e apoiado pelo Exército dos Estados Unidos.

Atlanta maldizia o nome de Bullock, de sua escória sulista, republicanos e de qualquer um que estivesse a eles ligado. E Rhett estava. Todos diziam que estivera com eles em todas as suas falcatruas. Mas agora ele se virava contra a corrente que percorrera até tão pouco tempo e começava a nadar arduamente de volta.

Ele iniciou sua campanha lentamente, de modo sutil, sem levantar as suspeitas de Atlanta ao espetáculo do leopardo tentando dissimular suas pintas da noite para o dia. Evitava seus camaradas duvidosos e não era mais visto na companhia de oficiais ianques, da escória e dos republicanos. Frequentava os comícios dos democratas e ostensivamente votou na chapa. Parou de apostar alto nos jogos de cartas e ficou relativamente sóbrio. Se chegasse a ir à casa de Belle Watling, o fazia à noite e furtivamente, como os cidadãos mais respeitáveis, em vez de deixar seu cavalo amarrado na frente da porta durante a tarde como um anúncio de sua presença.

E a congregação da igreja episcopal quase caiu de seus bancos quando ele entrou na ponta dos pés, atrasado para a missa, com Wade pela mão. A congregação ficou tão aturdida pela aparição de Wade quanto pela de Rhett, pois o menino era supostamente católico. Pelo menos Scarlett era. Mas ela não punha os pés na igreja havia anos, pois se afastara da religião assim como se afastara de tantos outros ensinamentos de Ellen. Todos achavam que negligenciara a educação religiosa do menino, e Rhett subiu em seu conceito por tentar emendar o caso, mesmo levando-o à igreja episcopal em vez de à católica.

Rhett conseguia assumir uma postura séria e encantadora quando decidia refrear a língua e a expressão maliciosa de seus olhos negros. Fazia anos que não agia assim, mas agora o fazia, impondo-se seriedade e encanto juntamente com coletes de tons mais sóbrios. Não foi difícil firmar amizade com os homens que lhe deviam o próprio pescoço. Eles teriam mostrado seu apreço muito tempo antes, se Rhett não tivesse agido como se não desse valor. Agora, Hugh Elsing, René, os rapazes Simmons, Andy Bonnell e os outros o achavam agradável, tímido e constrangido quando falavam da obrigação que lhe deviam.

– Não foi nada – protestava ele. – Em meu lugar, vocês teriam feito o mesmo.

Contribuiu generosamente com o fundo para os consertos da igreja episcopal e deu uma grande soma, mas não vulgarmente grande, para a Associação em Prol do Embelezamento dos Túmulos de Nossos Gloriosos Mortos. Ele procurou a Sra. Elsing para fazer seu donativo e timidamente suplicou que ela o mantivesse em segredo, sabendo muito bem que isso iria estimulá-la a espalhar a notícia. A Sra. Elsing odiou aceitar seu dinheiro – "dinheiro de especulador" –, mas a Associação estava muito necessitada.

– Não entendo por que o senhor está contribuindo – disse ela acidamente.

Quando Rhett lhe disse, com o adequado semblante sóbrio, que fora levado a contribuir devido à lembrança dos antigos camaradas de armas, mais corajosos que ele, mas menos afortunados, que agora jaziam nos túmulos sem identificação, o queixo aristocrático da Sra. Elsing caiu. Dolly Merriwether lhe dissera que Scarlett tinha comentado que o capitão Butler estivera no exército, mas, é claro, ela não acreditara. Ninguém acreditara.

– O senhor, no exército? Qual era sua companhia... seu regimento?

Rhett os forneceu.

– Ah, a artilharia! Todos que eu conhecia estavam na cavalaria ou na infantaria. Então, isso explica... – Ela se interrompeu, desconcertada, esperando ver seus olhos piscarem, maliciosos. Mas ele só olhou para baixo e ficou mexendo na corrente do relógio.

– Eu teria gostado da infantaria – disse ele, ignorando completamente a insinuação –, mas, quando souberam que eu estivera em West Point... embora não tenha me formado, Sra. Elsing, devido a uma travessura juvenil... puseram-me na artilharia, na de linha, não na milícia. Necessitavam de homens com conhecimento especializado naquela última campanha. A senhora sabe quanto as perdas tinham sido pesadas, tantos homens da artilharia mortos... Era bastante solitário lá. Não vi uma alma conhecida. Creio não ter visto um único homem de Atlanta durante todo o meu serviço.

– Ora! – disse a Sra. Elsing, confusa. Se ele estivera no exército, então ela tinha se enganado. Fizera vários comentários ácidos sobre sua covardia, e esta lembrança a fez se sentir culpada. – Ora! E por que o senhor nunca contou a ninguém sobre seu serviço? Age como se estivesse envergonhado.

Rhett a olhou bem nos olhos, a fisionomia inexpressiva.

– Sra. Elsing – disse ele com convicção –, creia-me quando lhe digo que tenho mais orgulho de meus serviços à Confederação do que de qualquer coisa que já fiz ou farei. Eu sinto... sinto...

– Bem, por que escondeu esse fato?

– Eu me envergonhava de falar nisso por causa de... de algumas de minhas ações anteriores.

A Sra. Elsing relatou a contribuição e a conversa em detalhes à Sra. Merriwether.

– E Dolly, dou-lhe minha palavra de que, quando ele disse estar envergonhado, seus olhos ficaram marejados de lágrimas! Sim, lágrimas! Eu mesma quase chorei.

– Conversa fiada! – exclamou a Sra. Merriwether, descrente.

– Não creio em suas lágrimas nem que esteve no exército. E tenho como descobrir rapidamente. Se ele esteve na artilharia, posso saber a verdade, pois o coronel Carleton, que a comandou, casou-se com a filha de uma das irmãs do meu avô e vou escrever a ele.

Ela escreveu ao coronel Carleton e, para sua consternação, recebeu uma resposta tecendo os mais rasgados elogios aos serviços prestados por Rhett. Um artilheiro nato, soldado corajoso e cavalheiro sem queixas, homem modesto que nem sequer aceitou uma promoção quando lhe foi oferecida.

– Ora! – disse a Sra. Merriwether, mostrando a carta à Sra. Elsing. – Por essa eu não esperava! Talvez nós realmente tenhamos feito mau juízo do patife por não ter sido soldado. Talvez devêssemos ter acreditado no que Scarlett e Melanie disseram sobre ele ter se alistado no dia em que a cidade caiu. Mas, mesmo assim, ele é um malandro da escória e eu não gosto dele!

– De algum modo – disse a Sra. Elsing, hesitante –, de algum modo, não acho que ele seja mau. Um homem que tenha lutado pela Confederação não pode ser de todo mau. É Scarlett que não presta. Sabe, Dolly, acho que ele... bem, que ele se envergonha de Scarlett, mas é por demais cavalheiro para deixar transparecer.

– Envergonhar-se? Imagine! Os dois são feitos do mesmo barro. De onde tirou essa ideia tão tola?

– Não é tola – disse a Sra. Elsing, indignada. – Ontem, debaixo da chuva, ele estava com aquelas três crianças, até o bebê, veja bem, passeando para cima e para baixo pela rua dos Pessegueiros, e me deu uma carona até em casa. E quando eu disse: "Capitão Butler, o senhor perdeu a cabeça com essas crianças aqui fora na umidade? Por que não as leva para casa?" Ele ficou bem quieto e pareceu constrangido. Mas Mammy falou e disse: "A casa tá cheia de branco ordinário e é mió pras criança ficá na chuva que em casa!"

– E o que ele disse?

– O que podia dizer? Só olhou com jeito severo para Mammy e ignorou. Sabe que Scarlett estava dando uma grande festa de uíste ontem à tarde e todas aquelas mulheres vulgares estavam lá? Acho que ele não as queria beijando seu bebê.

– Ora! – disse a Sra. Merriwether, hesitante, mas ainda obstinada. Mas, na semana seguinte, ela também capitulou.

Agora Rhett tinha uma escrivaninha no banco. O que ele fazia naquela escrivaninha os aturdidos dirigentes do banco não sabiam, mas ele possuía um grande número de ações para que protestassem contra sua presença ali. Depois de algum tempo, a objeção feita a ele já fora esquecida, pois era quieto, bem-educado e realmente tinha algum conhecimento do procedimento bancário e de investimentos. De qualquer maneira, ficava o dia inteiro sentado em seu posto, dando toda a impressão de atividade, pois queria ficar em termos de igualdade com seus respeitáveis concidadãos que trabalhavam, e muito.

Querendo expandir seu próspero negócio com a confeitaria, a Sra. Merriwether tentara pegar um empréstimo de 2 mil dólares, oferecendo sua casa como garantia. O banco lhe recusara, pois já havia duas hipotecas sobre a casa. A velha corpulenta estava saindo, indignada, do banco, quando Rhett a interrompeu. Soubera do problema e disse, preocupado: "Mas deve haver algum engano, Sra. Merriwether. Algum terrível engano. A senhora é uma pessoa que não deveria se preocupar com garantias. Ora, eu lhe emprestaria dinheiro só com sua palavra! Qualquer um que consegue montar o negócio que a senhora montou, é o melhor risco do mundo! O banco deseja emprestar dinheiro a pessoas como a senhora. Agora, sente-se bem aqui em minha cadeira e eu providenciarei isso."

Ao voltar, sorrindo afavelmente, disse que houvera um engano, exatamente como ele imaginara. Os 2 mil dólares estavam lá esperando pelo momento em que ela quisesse retirá-los. Agora, quanto à casa, ela só precisava assinar bem aqui.

A Sra. Merriwether, cheia de indignação e revolta, furiosa por ter que aceitar esse favor de um homem que detestava e em quem não confiava, mal agradeceu.

Mas ele nem notou. Ao acompanhá-la até a porta, disse:

– Sra. Merriwether. Sempre tive grande apreço por seu conhecimento e gostaria de lhe perguntar uma coisa.

As plumas de seu chapéu mal se moveram quando ela aquiesceu.

– O que a senhora fez quando Maybelle era pequena e chupou o dedo?

– O quê?

– Minha Bonnie está chupando o dedo. Não consigo fazê-la parar.

– O senhor precisa fazê-la parar. Ela vai ficar dentuça.

– Eu sei! Eu sei! E ela tem uma boca linda. Mas não sei o que fazer.

– Bem, Scarlett deveria saber – disse a Sra. Merriwether secamente. – Ela tem outros dois filhos.

Rhett olhou para os sapatos e suspirou.

– Já tentei pôr sabão embaixo das unhas dela – disse ele, ignorando o comentário sobre Scarlett.

– Sabão! Bah! Sabão não é nada bom. Eu pus quinino no dedo de Maybelle e lhe digo, capitão Butler, ela parou de chupar o dedo rapidamente.

– Quinino! Eu nunca teria pensado nisso! Não tenho como lhe agradecer, Sra. Merriwether. Isso estava me preocupando.

Ele deu um sorriso tão agradável, tão agradecido, que a Sra. Merriwether hesitou por um instante. Mas, ao se despedir, estava sorrindo também. Detestou admitir à Sra. Elsing que julgara mal o homem, mas era uma pessoa honesta e disse que devia haver algo de bom em um homem que amava sua filha. Que pena Scarlett não se interessar por uma criatura tão bonita como Bonnie! Havia algo patético em um homem que tentava criar uma menina sozinho! Rhett sabia muito bem do lado patético do espetáculo, mas não ligava se aquilo enegrecesse a reputação de Scarlett.

Desde o momento em que ela começou a caminhar, ele a levava constantemente na carruagem ou na frente de sua sela. Ao voltar do banco, à tarde, passeava com ela pela rua dos Pessegueiros, segurando sua mão, refreando seus passos largos para acompanhar os passinhos dela, pacientemente lhe respondendo milhares de perguntas. As pessoas sempre estavam em seus jardins ou nas varandas ao entardecer e, como Bonnie era uma criança simpática e bonita, com seus cachos pretos e olhos bem azuis, poucos resistiam falar com ela. Rhett nunca interferia nessas conversas, mas ficava ao lado, exibindo orgulho paterno e agradecimento pela atenção dada à filha.

Atlanta tinha boa memória, era desconfiada e lenta nas mudanças. Os tempos eram difíceis e o sentimento era amargo em relação a qualquer um que tivesse algo a ver com Bullock e sua corja. Mas Bonnie combinava o que havia de melhor dos encantos de Scarlett e de Rhett, e era a pequena brecha que Rhett ia abrindo na muralha da frieza de Atlanta.

Bonnie cresceu rapidamente, e a cada dia se tornava mais evidente que Gerald O'Hara fora seu avô. Tinha pernas curtas e fortes, grandes olhos de um azul irlandês e um queixinho quadrado que ia com determinação abrindo o próprio caminho. Possuía o temperamento impulsivo de Gerald, ao qual dava vazão gritando até seus desejos serem satisfeitos. Se o pai estivesse por perto, sempre eram satisfeitos de imediato. Ele a mimava, apesar de todos os esforços de Mammy e de Scarlett, pois ela o agradava em todas as coisas, exceto uma: seu medo do escuro.

Até os 2 anos, ela adormecia facilmente no berçário, que dividia com Wade e Ella. Então, sem motivo aparente, começou a chorar sempre que Mammy saía do quarto, levando o lampião. Em seguida, passou a acordar de madrugada, berrando de pavor, assustando as duas outras crianças e alarmando a casa. Certa vez, o Dr. Meade teve que ser chamado e Rhett foi indelicado quando ele diagnosticou nada, mas pesadelos. Tudo o que se conseguia tirar dela era a palavra "escuro".

Scarlett se irritava com a criança e defendia a ideia de bater nela. Não queria fazer sua vontade, deixando um lampião aceso no berçário, pois

Wade e Ella não conseguiriam dormir. Rhett, preocupado, mas gentil, tentando extrair mais informações da filha, disse friamente que, se fosse haver palmadas, seriam dele, mas em Scarlett.

O desfecho da situação foi que Bonnie foi transferida do berçário para o quarto que Rhett agora ocupava sozinho. Sua pequena cama foi colocada ao lado da grande, e um lampião ardia a noite toda. Houve o maior burburinho na cidade quando essa história se espalhou. De certa forma, havia algo indelicado em uma menina dormir no quarto do pai, mesmo que só tivesse 2 anos. Scarlett sofreu com esse mexerico de duas formas. Primeiro, provava indubitavelmente que ela e o marido ocupavam quartos separados, por si só uma situação chocante. Depois, todos achavam que, se a criança tinha medo de dormir sozinha, seu lugar era com a mãe. E Scarlett não conseguiu explicar que não conseguia dormir em um quarto iluminado, e nem Rhett permitiria que Bonnie dormisse com ela.

– Você nunca acordaria a não ser que ela gritasse, e então é provável que batesse nela – disse ele secamente.

Scarlett se aborrecia com a importância que ele dava aos terrores noturnos de Bonnie, mas achava que acabaria remediando as coisas, transferindo-a de volta ao berçário. Todas as crianças tinham medo do escuro, e a única cura era a firmeza. Rhett estava sendo perverso, fazendo-a parecer uma mãe ruim só para puni-la por tê-lo banido de seu quarto.

Ele nunca mais pusera os pés em seu quarto, nem sequer tocara na maçaneta da porta desde a noite em que ela declarara não mais querer ter filhos. Dali em diante, e até começar a ficar em casa por causa dos medos de Bonnie, ele estivera mais ausente da mesa do jantar do que presente. Às vezes, ficava fora a noite toda, e Scarlett, desperta na cama atrás da porta trancada, ficava ouvindo as batidas do relógio até as primeiras horas da manhã, imaginando onde ele estaria. Lembrava-se: "Há outras camas, minha cara!" Embora a ideia a deixasse exasperada, não havia o que fazer. Não havia nada que ela pudesse dizer que não fosse precipitar uma cena em que ele certamente indicaria sua porta trancada e a provável conexão que Ashley tinha com isso. Sim, a tolice de deixar Bonnie dormindo em um quarto iluminado – no quarto dele – era só uma forma mesquinha de se vingar dela.

Até uma noite terrível, inesquecível para a família, Scarlett não percebia a importância que ele dava à tolice de Bonnie nem toda sua devoção pela criança.

Naquele dia, Rhett encontrara um ex-atravessador e eles tinham muito a conversar. Scarlett não sabia onde tinham ido conversar e beber, mas suspeitava, é claro, da casa de Belle Watling. Ele não voltou para passear com Bonnie e nem chegou para o jantar. Bonnie passara a tarde olhando pela janela, ansiosa para mostrar uma coleção de besouros e baratas ao pai, e só a muito custo Lou conseguiu levá-la para a cama, em meio a gritos e protestos.

Nunca se soube ao certo se Lou se esquecera de acender o lampião ou se fora o óleo que queimara. Quando Rhett finalmente chegou, bem embriagado, a casa estava em alvoroço e os gritos de Bonnie se faziam ouvir no estábulo. Ela acordara no escuro, chamara-o e ele não estava lá. Todos os inomináveis horrores que habitavam sua pequena imaginação a assaltaram. Todas as luzes calmantes e brilhantes trazidas por Scarlett e os criados não a aquietaram, e Rhett, subindo as escadas de três em três degraus, parecia um homem que vira a Morte.

Quando ele finalmente a tinha nos braços e entre seus soluços, reconheceu uma só palavra: "escuro", ele se virou para Scarlett e para os negros, furioso.

– Quem foi que apagou o lampião? Quem foi que a deixou sozinha no escuro? Prissy, vou tirar seu couro por isso, sua...

– Deus Nosso Sinhô, sinhô Rhett! Num foi eu! Foi a Lou!

– Por Deus, Sinhô Rhett, eu...

– Cale-se. Você sabe de minhas ordens. Por Deus, eu... saia. Não me apareça mais. Scarlett, dê-lhe algum dinheiro e providencie para que suma daqui antes que eu desça. Agora saiam todos!

Os negros saíram correndo, a azarada Lou soluçando no avental. Mas Scarlett ficou. Era duro ver a filha predileta se aquietar nos braços de Rhett quando chorava sem parar nos seus. Era duro ver seus bracinhos em volta do pescoço dele e ouvir sua voz soluçante contar o que a assustara, quando ela, Scarlett, nada obtivera de coerente.

– Então a coisa sentou em seu peito – disse Rhett suavemente. – Era grande?

– Ah, era! Muito grande... e garras.

– Ah, garras também. Tudo bem agora. Eu vou ficar sentado a noite inteira e dou um tiro nela se voltar. – A voz de Rhett era interessada e calmante, e os soluços de Bonnie foram parando. Sua voz ficou menos engasgada enquanto ela descrevia em detalhes seu hóspede monstruoso, em uma linguagem que só ele entendia. Scarlett se irritou enquanto Rhett discutia a questão como se tivesse sido algo real.

– Pelo amor de Deus, Rhett...

Mas ele fez sinal para que se calasse. Quando, por fim, Bonnie adormeceu, ele a pôs na cama e a cobriu.

– Vou tirar o couro daquela negra – disse ele baixinho. – É sua culpa também. Por que não veio aqui para ver se o lampião estava aceso?

– Não seja bobo, Rhett – sussurrou ela. – Ela fica desse jeito porque você faz seus caprichos. Muitas crianças têm medo do escuro, mas superam. Wade tinha medo, mas eu não o mimava. Se você simplesmente a deixar gritar por uma ou duas noites...

– Deixá-la gritar? – Por um instante, Scarlett achou que ele ia bater nela. – Ou você é uma tola, ou é a mulher mais desumana que já vi.

– Não quero que ela cresça nervosa e covarde.

– Covarde? Pelo fogo do inferno! Não há um único osso covarde no corpo dela! Mas você não tem imaginação e não consegue entender as torturas de pessoas que têm... especialmente uma criança. Se alguma coisa com garras e chifres viesse se sentar em seu peito, você ia querer mandar a coisa para o inferno, não ia? É claro que sim! Faça o favor de se lembrar, senhora, que eu a vi acordar se debatendo como um gato escaldado porque sonhava estar correndo na neblina. E isso também não faz muito tempo!

Scarlett ficou confusa, pois nunca gostava de pensar naquele sonho. Além disso, a constrangia que Rhett a tivesse confortado quase da mesma maneira que a Bonnie. Então ela passou rapidamente para outro ataque.

– Você só está mimando-a e...

– E pretendo continuar a mimá-la. Assim ela vai crescer e acabar esquecendo.

– Então – disse Scarlett acidamente –, se pretende brincar de babá, deve tentar chegar em casa à noite, e sóbrio, para variar.

– Vou chegar em casa cedo, mas embriagado feito um gambá, se quiser.

Realmente, passou a chegar em casa cedo desde então, bem antes da hora de Bonnie dormir. Ele se sentava ao lado dela, segurando sua mão até que o sono a soltasse. Só então descia, deixando o lampião aceso e a porta entreaberta para poder ouvir caso ela acordasse e ficasse assustada. Queria evitar a todo custo que ela tivesse outro episódio de terror noturno. Toda a casa estava bem atenta ao lampião aceso, Scarlett, Mammy, Prissy e Pork, que frequentemente subiam na ponta dos pés para ter certeza de que ainda estava aceso.

Chegava em casa sóbrio também, mas isso não fora obra de Scarlett. Ele passara meses bebendo muito, embora nunca ficasse embriagado de fato, e certa noite o cheiro de uísque estava especialmente forte em seu hálito. Ele pegou Bonnie no colo e perguntou:

– Você tem um beijo para seu querido?

Ela franziu o narizinho arrebitado e se retorceu para descer do colo.

– Não – disse ela francamente. – Nojento.

– Eu sou o quê?

– Cheiro nojento. Tio Ashley não cheira nojento.

– Bem, estou condenado – disse ele lastimando e pondo-a no chão. – Nunca esperei encontrar uma advogada da temperança em minha própria casa.

Mas, depois disso, ele se limitou a beber uma taça de vinho depois do jantar. Bonnie, que sempre podia tomar as últimas gotas da taça, não achava nada nojento o cheiro do vinho. Em consequência, o inchaço que começara a obscurecer seus traços firmes foi lentamente desaparecendo, e os círculos sob os olhos negros já não estavam tão escuros ou evidentes. Como Bonnie gostava de cavalgar na frente da sela, ele passava mais tempo ao ar livre, e o sol começou a fazer efeito em seu rosto moreno, deixando-o mais escuro que nunca. Ele parecia mais saudável, ria mais e estava outra vez parecido com o ousado atravessador que empolgara Atlanta no início da guerra.

Pessoas que nunca o tinham apreciado passaram a sorrir ao vê-lo passar levando a pequena figura encarapitada na sela. Mulheres que até então acreditavam correr perigo ao seu lado passaram a parar e conversar com ele na rua para admirar Bonnie. Até as anciãs mais rígidas sentiam que um homem que sabia discutir os males e problemas da infância com tanta propriedade não podia ser de todo mau.

53

Era o aniversário de Ashley, e Melanie estava dando uma festa-surpresa para ele naquela noite. Todos sabiam, menos Ashley. Até Wade e o pequeno Beau tinham jurado segredo, o que os deixou estufados de orgulho. Todas as pessoas de bem de Atlanta tinham sido convidadas e compareceriam. O general Gordon e a família tinham graciosamente aceitado o convite, Alexander Stephens estaria presente se sua saúde sempre incerta permitisse e até Bob Toombs, o tempestuoso petrel da Confederação, era esperado.

Por toda a manhã, Scarlett, Melanie, India e tia Pitty voaram pela casinha, dando ordens aos negros enquanto penduravam cortinas recém-lavadas, poliam a prataria, enceravam o assoalho, cozinhavam, mexiam e provavam os refrescos. Scarlett nunca vira Melanie tão empolgada ou alegre.

– Pois é, querida, Ashley não celebra o aniversário desde... desde, lembra-se do churrasco em Twelve Oaks? O dia em que soubemos que o Sr. Lincoln tinha chamado voluntários? Pois bem, desde então não festeja o aniversário. E ele trabalha tanto, está tão cansado quando chega em casa à noite que nem se lembrou de que hoje é seu aniversário. Imagine como vai ficar surpreso depois do jantar quando todo mundo chegar.

– Que jeito a senhora vai dar nas lanternas do gramado pra não deixar o Sr. Wilkes ver quando ele chegar pra janta? – perguntou Archie, de mau humor.

Ele ficara a manhã inteira observando os preparativos, interessado, mas sem querer admitir. Nunca estivera nos bastidores de uma grande festa do pessoal da cidade, e era uma nova experiência. Fez comentários ostensivos sobre as mulheres ficarem de um lado para outro como se a casa estivesse pegando fogo, só porque teriam visitas, mas nem cavalos selvagens o tirariam dali. Ficou particularmente interessado nas lanternas de papel que a Sra. Elsing e Fanny tinham feito e pintado para a ocasião, pois nunca vira "essas engenhocas". Ficaram escondidas em seu quarto no porão e ele as examinara em detalhes.

– Por piedade! Eu não tinha pensado nisso! – exclamou Melanie. – Archie, que sorte você ter comentado. Nossa! Nossa! Como vamos fazer? Elas têm que ser amarradas nos arbustos e nas árvores e temos que colocar velinhas dentro e acendê-las só na hora em que os convidados estiverem chegando. Scarlett, você pode mandar o Pork fazer isso enquanto estivermos jantando?

– Sra. Wilkes, a senhora tem mais juízo que a maioria das mulheres, mas fica agitada muito fácil – disse Archie. – E quanto àquele nego tolo, Pork, ele não tem nada de se meter com aquelas engenhocas. Ele ia logo botar fogo nelas. Elas são... bem bonitas – admitiu ele. – Eu penduro pra senhora, enquanto a senhora e o Sr. Wilkes estão comendo.

– Ah, Archie, que gentileza a sua! – Melanie virou olhos infantis de gratidão e confiança para ele. – Não sei o que faria sem você. Acha que poderia pôr as velas nelas agora, assim já ficamos com uma preocupação a menos?

– Bem, acho que posso – disse Archie, descortês, e foi para as escadas do porão com seus passos pesados.

– Há muitas formas de capturar um passarinho além de jogar sal na cauda dele – riu Melanie, depois que o velho das costeletas descera as escadas. – Todo o tempo eu tinha pensado em Archie para pôr aquelas lanternas, mas sabe como ele é... Não faz nada que pedimos. E agora o tiramos de cena por algum tempo. Os negros têm tanto medo dele que acabam não fazendo nenhum trabalho quando ele está por perto a observá-los.

– Melly, eu não ficaria com esse velho marginal na minha casa – disse Scarlett, contrafeita. Ela detestava Archie tanto quanto ele a detestava, e mal se falavam. Se ela estivesse presente, só na casa de Melanie ele ficava. E, mesmo ali, a olhava com desconfiança e frio desdém. – Ele ainda vai lhe dar problemas, escute o que digo.

– Ah, ele é inofensivo se o adularmos e agirmos como se dependêssemos dele – disse Melanie. – E ele é tão dedicado a Ashley e a Beau que sempre me sinto segura quando está por perto.

– Não, Melly, ele é dedicado a você – disse India, a fisionomia fria relaxando em um sorriso caloroso enquanto seu olhar pousava carinhosamente na cunhada. – Creio que você é a primeira pessoa que aquele velho facínora amou desde a esposa. Acho que ele até gostaria que alguém a ofendesse, só para poder matá-lo e mostrar o respeito que lhe tem.

– Por piedade! Como você fala, India! – disse Melanie, corando. – Ele acha que sou uma covarde, e você sabe disso.

– Bem, não acho nada importante o que aquele velho montanhês matuto pensa – disse Scarlett, abrupta. Pensar no modo como Ashley a criticara em relação aos detentos sempre a encolerizava. – Preciso ir agora. Vou almoçar e depois vou à loja pagar aos funcionários e ao depósito pagar aos cocheiros e a Hugh Elsing.

– Ah, você vai ao depósito? – perguntou Melanie. – Ashley vai até lá à tardinha para falar com Hugh. Faça-me o favor de detê-lo lá até umas 5 horas? Se ele chegar em casa mais cedo, com certeza vai nos pegar acabando de fazer o bolo ou alguma outra coisa, e então não vai haver surpresa.

Scarlett sorriu por dentro, o bom humor recuperado.

– Pode deixar, eu o detenho lá – disse ela.

Enquanto falava, os olhos pálidos de India fixaram os seus. "Ela sempre me olha de um modo estranho quando falo de Ashley", pensou Scarlett.

– Bem, retenha-o lá pelo máximo que puder depois das cinco – disse Melanie. – Então India vai até lá buscá-lo... Scarlett, chegue cedo hoje à noite. Não quero que você perca um minuto da recepção.

Quando ia para casa, Scarlett pensou, amuada: "Ela não quer que eu perca um minuto da recepção, é? Então por que não me convidou para receber os convidados com ela, India e tia Pitty?"

Geralmente, Scarlett não daria importância ao fato de receber nas festas insignificantes de Melanie. Mas essa era a maior festa que ela já dera, além de ser para o aniversário de Ashley, e tudo o que Scarlett queria era ficar ao lado dele recebendo os convidados. Mas sabia por que não fora convidada para receber. Mesmo que não soubesse antes, o comentário de Rhett sobre o assunto fora bem franco.

– Alguém da escória sulista fazer as honras da casa quando todos os ex-confederados e democratas proeminentes estarão lá? Suas ideias são de uma burrice comovente. É só por causa da lealdade da Sra. Melly que você está sendo convidada.

Scarlett se vestiu com maior esmero que o usual para sua ida à loja e ao depósito àquela tarde, pondo um novo vestido de tafetá verde furta-cor, que ficava lilás sob certa luminosidade, e o novo chapéu de sol verde-claro, todo debruado com plumas verde-escuras. Se ao menos Rhett a deixasse cortar uma franja crespa sobre a testa, aquele chapéu ficaria muito melhor! Mas ele declarara que rasparia toda a sua cabeça se ela cortasse a franja. E ele andava agindo de modo tão atroz que era capaz de fazer isso mesmo.

Era uma tarde adorável, ensolarada, mas não muito quente, clara, sem ser fulgurante, e a brisa que balançava as árvores da rua dos Pessegueiros fazia as plumas do chapéu de Scarlett dançar. Seu coração também dançava, como sempre quando ia ver Ashley. Se pagasse aos cocheiros e a Hugh cedo, talvez fossem para casa e a deixassem a sós com Ashley no pequeno escritório no meio do depósito. As oportunidades de ver Ashley a sós eram muito raras atualmente. E pensar que Melanie lhe pedira para retê-lo. Que graça!

Seu coração estava feliz quando ela chegou à loja. Pagou a Willie e aos outros balconistas sem sequer perguntar sobre os negócios do dia.

Era sábado, o melhor dia da semana para a loja, pois todos os fazendeiros iam fazer compras na cidade nesse dia, mas ela não fez perguntas. Ao longo do caminho para o depósito, parou uma dúzia de vezes para falar com senhoras nortistas em esplêndidas carruagens – não tanto quanto a sua, ela pensou com prazer – e com muitos homens que passavam pelo pó vermelho da rua para tirar o chapéu e cumprimentá-la. A tarde estava linda, ela sentia-se feliz, bonita, e seu progresso era de realeza. Devido a esses atrasos, chegou ao depósito mais tarde do que pretendia e encontrou Hugh e os cocheiros sentados em uma pilha baixa de madeira, esperando por ela.

– Ashley está?

– Sim, no escritório – disse Hugh, a expressão habitualmente preocupada o abandonando à vista de seus olhos alegres. – Ele está tentando... quero dizer, ele está fazendo a contabilidade.

– Ah, ele não precisava se preocupar com isso hoje – disse ela e depois, abaixando a voz: – Melly me pediu para retê-lo aqui para dar tempo de arrumarem a casa para a recepção.

Hugh sorriu, pois era um dos convidados. Ele gostava de festas e acreditava que Scarlett também gostasse pelo modo como estava naquela tarde. Ela pagou aos cocheiros e a Hugh e, retirando-se abruptamente, foi em direção ao escritório, deixando evidente que não fazia questão de ser acompanhada. Ashley a encontrou na porta e ficou parado sob o sol, o cabelo luminoso e nos lábios um sorriso quase forçado.

– Ora, Scarlett, o que está fazendo aqui no centro a esta hora do dia? Por que não está lá em casa ajudando Melly a aprontar a festa-surpresa?

– Droga, Ashley Wilkes! – exclamou ela indignada. – Não era para você saber. Melly vai ficar decepcionada se você não ficar surpreso.

– Ah, não vou deixar que isso aconteça. Serei o homem mais surpreso de Atlanta – disse ele, os olhos sorrindo.

– Agora, quem foi o mesquinho a lhe contar?

– Praticamente todos os homens que Melly convidou. O general Gordon foi o primeiro. Ele disse que por experiência sabia que, quando as mulheres decidiam dar festas-surpresa, geralmente escolhiam justo as noites em que os homens tinham decidido polir e limpar todas as armas da casa. Depois vovô Merriwether me avisou. Disse que certa vez a Sra. Merriwether planejara uma festa-surpresa para ele e a mais surpresa fora ela, porque o vovô tratara o reumatismo às escondidas com uma garrafa de uísque e estava bêbado demais para sair da cama e... ah, todos os homens que já tiveram uma festa-surpresa me contaram.

– Que mesquinhos! – exclamou Scarlett, mas teve que rir.

Parecia ser o antigo Ashley que ela conhecera em Twelve Oaks ao sorrir assim. E raramente sorria agora. A atmosfera estava tão suave, o sol tão agradável, a fisionomia de Ashley tão alegre, sua conversa tão descontraída que o coração dela saltitava de felicidade. Inchava dentro do peito até literalmente doer de prazer, como se carregasse um fardo de lágrimas de alegria, ardentes, não derramadas. De repente, ela se sentia outra vez com 16 anos e feliz, um pouco sem fôlego e empolgada. Teve um impulso louco de arrancar o chapéu de sol, jogá-lo para o ar e gritar "Urra!". Então imaginou quanto Ashley ficaria assombrado se ela o fizesse e começou a rir, rindo tanto até as lágrimas lhe virem aos olhos. Ele também riu, jogando a cabeça para trás como se gostasse da risada, achando que fora provocada pela traição amigável dos homens que tinham contado o segredo de Melly.

– Entre, Scarlett. Estou fazendo a contabilidade.

Ela entrou no pequeno aposento, inflamada pelo sol da tarde, e se sentou na cadeira diante da escrivaninha de tampo corrediço. Seguindo-a, Ashley se sentou na ponta da mesa, as pernas compridas balançando relaxadamente.

– Ah, não vamos nos preocupar com os livros hoje, Ashley! Não estou conseguindo me concentrar. Quando uso um chapéu novo, parece que todos os números me escapam da cabeça.

– Os números fazem bem de escapar quando o chapéu é bonito como esse – disse ele. – Scarlett, você fica cada vez mais bonita!

Descendo da mesa e rindo, ele pegou suas mãos e abriu os braços para poder admirar seu vestido.

– Você está tão bonita! Creio que nunca vai envelhecer!

Àquele toque, ela se deu conta de que, mesmo inconsciente, ela esperara que exatamente isso acontecesse. Durante toda aquela tarde feliz, esperara pelo calor das mãos dele, pela ternura de seus olhos, por uma palavra que mostrasse seu afeto por ela. Essa era a primeira vez que ficavam completamente a sós desde aquele dia frio no pomar de Tara, a primeira vez em que suas mãos tinham se encontrado em qualquer gesto que não fosse formal, e durante os longos meses ela ansiara por um contato mais próximo. Mas agora...

Que estranho que o toque de suas mãos não a excitasse! No passado, só sua proximidade a deixava trêmula. Agora ela só sentia amizade e contentamento. Nenhuma febre saltava das mãos dele para as suas e nelas o coração dela aquietou-se em uma felicidade tranquila. Isso a intrigou, deixando-a um pouco desconcertada. Ele ainda era seu Ashley, seu querido, luminoso, e ela o amava mais que à vida. Então por que...

Mas tirou a ideia da cabeça. Era suficiente que estivesse com ele, que ele segurasse suas mãos e sorrisse, totalmente amigo, sem tensões ou ardores. Parecia um milagre que isso pudesse acontecer quando ela pensava em todas as coisas não ditas entre eles. Os olhos dele fitavam os dela, claros e luminosos, sorrindo do antigo modo que ela amava, sorrindo como se nunca tivesse havido qualquer coisa entre eles além de felicidade. Agora não havia barreiras entre os olhos dele e os dela, nenhum distanciamento desconcertante. Ela riu.

– Ah, Ashley, estou ficando velha e decrépita.

– Ah, está bem aparente! Não, Scarlett, quando tiver 60 anos vai parecer a mesma para mim. Sempre vou me lembrar de você como você estava no dia de nosso último churrasco, sentada sob um carvalho com uma dúzia de rapazes ao redor. Posso até lhe dizer como estava vestida, com um vestido branco coberto de mínimas flores verdes e um xale de renda branca nos ombros. Usava sapatilhas verdes com renda preta e um enorme chapéu de palha com longas fitas verdes. Lembro-me muito bem desse vestido porque, quando estava na prisão e as coisas ficavam ruins demais, eu recorria a minhas memórias, passando o dedo sobre elas como se fossem retratos, relembrando cada detalhe...

Ele parou de repente e a luz entusiasmada sumiu de sua fisionomia. Largou suas mãos gentilmente e ela ficou sentada esperando, esperando pelas próximas palavras.

– Fizemos uma longa jornada desde aquele dia, não foi, Scarlett? Percorremos estradas que não esperávamos trilhar. Você foi em frente veloz e diretamente, e eu relutante e lentamente.

Ele se sentou de novo sobre a mesa, olhou para ela e um leve sorriso surgiu em seu rosto. Mas não era o sorriso que a deixara tão feliz logo antes. Era um sorriso frio.

– É, você veio a toda velocidade, arrastando-me nas rodas de sua biga, Scarlett. Às vezes, tenho uma curiosidade impessoal sobre o que teria sido de mim sem você.

Scarlett apressou-se a defendê-lo de si mesmo, mais apressada ainda porque traiçoeiramente lhe surgiram as palavras de Rhett sobre esse assunto.

– Mas nunca fiz nada por você, Ashley. Sem mim, você teria ficado a mesma coisa. Algum dia ficaria rico, seria um grande homem como ainda vai ser.

– Não, Scarlett, nunca tive a semente da grandeza. Acho que, se não fosse por você, eu teria caído no esquecimento... como a pobre Cathleen Calvert e tantos outros que no passado tinham grandes nomes, nomes tradicionais.

– Ah, Ashley, não fale assim, é tão triste...

– Não, não estou triste. Não mais. Já estive... Agora, eu só...

Ele parou de falar, e de repente ela sabia o que ele estava pensando. Era a primeira vez que ela sabia o que Ashley estava pensando conforme seus olhos a atravessavam, claros feito cristal, ausentes. Quando a fúria do amor batia em seu coração, ela ficava fechada para a mente dele. Agora, naquela amizade tranquila que se desenrolava, conseguia penetrar um pouco em sua mente, compreender um pouco. Ele já não estava triste. Ficara triste após a rendição, quando ela lhe suplicara para ir para Atlanta. Agora estava apenas resignado.

– Detesto ouvi-lo falar assim, Ashley – disse ela, veemente. – Parece Rhett. Ele está sempre assim, batendo na mesma tecla e em algo que chama de sobrevivência dos mais aptos, até me dar vontade de gritar de tão entediada.

Ashley sorriu.

– Já parou para pensar, Scarlett, que Rhett e eu somos basicamente parecidos?

– Ah, não! Você é tão fino, tão honrado, e ele... – ela se interrompeu, confusa.

– Mas somos. Viemos do mesmo tipo de família, fomos criados dentro dos mesmos padrões, educados para pensar as mesmas coisas. E em algum ponto do caminho tomamos rumos diferentes. Ainda pensamos da mesma forma, mas reagimos de modo diferente. Por exemplo, nenhum de nós acreditava na guerra, mas eu me alistei e lutei, e ele ficou de fora quase até o fim. Nós dois sabíamos que a guerra era um erro, que era uma batalha perdida. Eu estava disposto a lutar em uma batalha perdida. Ele, não. Às vezes, acho que ele estava certo, já em outras...

– Ah, Ashley, quando vai parar de ver os dois lados da questão? – perguntou ela, mas sem impaciência, como antes. – Ninguém chega a lugar algum vendo os dois lados.

– É verdade, mas... Scarlett, aonde você quer chegar? Muitas vezes, me pergunto. Veja, eu nunca quis chegar a lugar nenhum. Só queria ser eu mesmo.

Aonde ela queria chegar? Era uma pergunta boba. À fortuna e à segurança, é claro. E, no entanto... sua mente se atrapalhou. Ela tinha dinheiro e toda a segurança que se podia esperar em um mundo inseguro. Mas agora, pensando nisso, não era suficiente. Pensando bem, aquilo não a fizera especialmente feliz, embora a tivesse deixado menos atormentada, menos temerosa do amanhã. "Se eu tivesse tido dinheiro, segurança e você, teria chegado aonde queria", ela pensou, olhando para ele com avidez. Mas não disse nada, temendo quebrar o encanto entre eles, temendo que a mente dele se fechasse para ela.

– Você só quer ser você mesmo? – riu ela, um pouco lastimosa. – Não ser eu mesma sempre foi minha maior dificuldade! Quanto a onde eu queria chegar, bem, creio que já cheguei. Eu queria ser rica e segura e...

– Mas, Scarlett, já lhe ocorreu que não me importo de ser rico ou não?

Não, nunca lhe ocorrera que alguém não quisesse ser rico.

– Então, o que você quer?

– Agora já não sei. Já soube, mas me esqueci. Em grande parte, ser deixado em paz, não ser atormentado por pessoas que não me agradam, levado a fazer coisas que não quero. Talvez... eu queira a volta dos velhos tempos, e eles nunca vão voltar, e sou perseguido pela lembrança deles e do mundo se despedaçando completamente.

Scarlett cerrou os lábios, obstinada. Não que não entendesse ao que ele se referia. Mais que tudo, o timbre de sua voz a remetia a outros tempos, fazia seu coração doer de repente, recordando. Mas, desde o dia em que ficara prostrada, desolada, passando mal na horta em Twelve Oaks e dissera: "Não vou olhar para trás", fechara-se para o passado.

– Prefiro os dias de hoje – disse ela, mas sem olhar para ele. – Agora sempre tem alguma coisa empolgante acontecendo, festas e tudo o mais. Tudo cintila. Os velhos tempos eram entediantes. (Ah, os dias preguiçosos e os crepúsculos silenciosos do verão no interior! As risadas da senzala! O calor dourado que a vida tinha então e o conhecimento reconfortante daquilo que os amanhãs trariam! Como posso lhe negar?) – Prefiro os dias de hoje – disse ela, mas sua voz estava trêmula.

Ele desceu da mesa, rindo baixinho em descrença. Pondo a mão em seu queixo, ele ergueu seu rosto para encarar o dele.

– Ah, Scarlett, como você mente mal! Sim, a vida tem brilho agora... de certo modo. É isso que está errado. Os velhos tempos não tinham este brilho, mas tinham encanto, beleza, um glamour em seu vagar.

A mente puxada para sentidos opostos, ela baixou os olhos. O som da voz dele, o toque de sua mão estavam suavemente abrindo portas que ela trancara para sempre. Atrás delas, estava a beleza dos velhos tempos, e uma triste saudade abriu um poço dentro dela. Mas sabia que não importava a beleza que tinha ficado para trás, lá devia ficar. Ninguém podia seguir em frente com um fardo de memórias dolorosas.

Ele largou o queixo dela e pegou uma de suas mãos entre as suas, segurando-a suavemente.

– Você se lembra – disse ele... e uma campainha de alarme tocou na mente dela: não olhe para trás! Não olhe para trás!

Mas rapidamente a desconsiderou, sendo arrastada por uma maré de felicidade. Enfim ela o entendia, enfim suas mentes tinham se encontrado. Era um momento precioso demais para ser perdido, não importando a dor que se seguiria.

– Você se lembra – disse ele, e, sob o encanto de sua voz, as paredes nuas do pequeno escritório sumiram, os anos ficaram de lado e eles cavalgavam pelos caminhos de cascalho do campo em uma primavera distante. À medida que falava, ele apertava mais a mão dela, e havia em sua voz a triste magia de canções meio esquecidas. Ela podia ouvir o cascalho repicando quando passavam sob os cornisos indo para o piquenique dos Tarleton, ouvia sua própria risada despreocupada, via o sol brilhando no cabelo prateado de Ashley e percebia a graça altiva com que montava o cavalo. Em sua voz, havia a música dos violinos e banjos com que dançavam na casa branca que já não existia. Havia os latidos dos cachorros perdigueiros no pântano escuro sob as frias luas de outono, o aroma das tigelas de gemada, coroadas com galhos de azevinho na época de Natal, e os sorrisos nos rostos de negros e brancos. E os velhos amigos voltavam trotando e rindo como se não estivessem mortos durante todos esses anos. Stuart e Brent, com suas pernas compridas, cabelo ruivo e seus trotes, Tom e Boyd, indomáveis como cavalos jovens, Joe Fontaine com seus olhos negros ardentes, Cade e Raiford Calvert, que se moviam com graciosa languidez. Havia também John Wilkes; e Gerald, corado de conhaque; e um sussurro e uma fragrância que eram Ellen. Sobre tudo, repousava uma sensação de segurança, o saber que amanhã traria apenas a mesma felicidade que hoje trouxera.

Ashley se calou, eles se olharam por um longo momento em silêncio e entre eles estava a dourada juventude perdida, que tão irrefletidamente tinham compartilhado.

"Agora eu sei por que você não consegue ser feliz", ela pensou, triste. "Nunca entendera antes. Também nunca entendera por que eu não estava feliz. Mas... ora, estamos falando como os velhos!", ela pensou com triste surpresa. "Velhos olhando para cinquenta anos atrás. E não somos velhos! É só que aconteceu muita coisa nesse meio-tempo. Tudo mudou tanto que parece ter sido há cinquenta anos. Mas não somos velhos!"

Mas, quando olhou para Ashley, ele já não era nem jovem, nem luminoso. Sua cabeça estava baixa e ele olhava, ausente, para a mão dela que ainda segurava, e ela viu que seu cabelo agora estava grisalho como o reflexo da lua em água parada. De algum modo, a beleza brilhante se fora da tarde de abril, assim como de seu coração, e a triste doçura das lembranças ficou amarga como fel.

"Não devia tê-lo deixado me fazer olhar para trás", pensou ela, desesperada. "Eu estava certa quando disse que nunca olharia para trás. Dói demais, arrasta o coração até que não se consegue fazer nada a não ser olhar para trás. É isso que está errado com Ashley. Ele não consegue mais olhar para a frente. Não consegue ver o presente, teme o futuro e, então, olha para trás. Eu nunca tinha entendido isso. Nunca tinha entendido Ashley. Ah, Ashley, meu querido, você não devia olhar para trás! Que bem isso vai fazer? Eu não devia tê-lo deixado me tentar a falar dos velhos tempos. É nisso que dá olhar para a felicidade que ficou lá atrás, essa dor, esse coração partido, esse descontentamento."

Ela se levantou, a mão ainda na dele. Precisava ir embora. Não podia ficar e pensar nos velhos tempos e olhar para o rosto dele, cansado, triste e taciturno como estava agora.

– Passou-se muito tempo desde então, Ashley – disse ela, tentando firmar a voz, lutando contra o nó em sua garganta. – Nós tínhamos boas ideias naquela época, não é? Ah, Ashley, nada saiu como esperávamos!

– Nunca sai – disse ele. – A vida não tem obrigação de nos dar o que esperamos. Aceitamos o que nos acontece e agradecemos por não ter sido pior.

Seu coração ficou repentinamente dolorido, cansado, ao pensar na longa estrada que ela percorrera desde aqueles tempos. Veio-lhe à lembrança a Scarlett O'Hara que adorava os admiradores e vestidos bonitos e que pretendia, algum dia, quando tivesse tempo, ser uma grande dama, como Ellen.

Sem aviso, lágrimas começaram a rolar lentamente por suas faces e ela ficou olhando para ele, muda, como uma criança confusa e magoada. Ele não falou nada, mas tomou-a nos braços, pressionando sua cabeça contra o ombro, e, inclinando-se, colou o rosto ao dela. Ela relaxou e o envolveu com os braços. O conforto de seus braços a ajudou a secar as lágrimas repentinas. Ah, era tão bom estar em seus braços, sem paixão, sem tensão, estar lá como com um amigo amado. Só Ashley, que compartilhava suas memórias e sua juventude, que conhecia suas raízes e seu presente, podia entender.

Ela ouviu o som de passos lá fora, mas não deu atenção, achando que eram os cocheiros indo para casa. Ficou por um momento escutando as batidas tranquilas do coração de Ashley. Subitamente, ele se desvencilhou do abraço, deixando-a confusa com a violência do gesto. Ela olhou para ele, surpresa, mas ele não a olhava. Olhava sobre o ombro dela para a porta.

Ela se virou e lá estava India, branca, os olhos pálidos fuzilando, e Archie, malévolo como um papagaio caolho. Atrás dos dois, estava a Sra. Elsing.

Como saiu do escritório, ela nunca se lembrou. Mas, seguindo ordens de Ashley, foi logo embora, deixando-o a conversar com Archie lá dentro, India e a Sra. Elsing do lado de fora de costas para ela. Acompanhada por vergonha e medo, ela correu para casa e em sua mente, com sua barba patriarcal, Archie assumiu as proporções de um anjo vingativo direto das páginas do Velho Testamento.

A casa estava vazia e silenciosa no entardecer de abril. Todos os criados tinham ido a um funeral e as crianças brincavam no pátio dos fundos de Melanie. Melanie...

Melanie! Subindo as escadas, Scarlett gelou ao pensar nela. Ela ficaria sabendo. India disse que contaria a ela. Ah, India adoraria contar, não se importando se denegrisse o nome de Ashley, não se importando se magoasse Melanie, se fazendo isso pudesse ferir Scarlett! E a Sra. Elsing também falaria, embora nada tivesse visto de fato, pois estava atrás de India e de Archie na porta do escritório. Mas falaria de qualquer jeito. Até a hora do jantar, a notícia teria se espalhado pela cidade. Até o café da manhã do dia seguinte, todos saberiam, até os negros. Na festa à noite, as mulheres se reuniriam nos cantos e discretamente, aos sussurros, dariam asas a seu prazer malicioso. Scarlett Butler despencando de seu alto e poderoso pedestal! E a história não pararia de crescer. Não havia como interrompê-la. Não se deteria no simples fato de que Ashley a estava abraçando enquanto ela chorava. Antes do anoitecer, as pessoas estariam dizendo que ela fora flagrada em adultério. E fora tão inocente, tão meigo! Scarlett pensou, descontrolada: se tivessem nos pegado naquele Natal em que ele veio de licença, quando o beijei em despedida... se tivessem nos pegado no pomar de Tara, quando supliquei que fugisse comigo... ah, se nos pegassem em qualquer das vezes em que realmente éramos culpados, não seria tão ruim! Mas agora! Agora! Quando eu fui para seus braços como uma amiga...

Mas ninguém acreditaria nisso. Ela não teria um único amigo a defendê-la, uma única voz a se levantar para dizer: "Não acredito que ela estivesse fazendo algo errado." Ela ultrajara os velhos amigos por tempo demais para encontrar um defensor entre eles. Suas novas amizades, sofrendo em silêncio sob sua insolência, adorariam uma oportunidade de injuriá-la. Não, qualquer um acreditaria em qualquer coisa sobre ela, embora pudessem duvidar de que um homem fino como Ashley Wilkes estivesse metido em um caso tão sujo. Como de costume, lançariam a culpa sobre a mulher e dariam de ombros para a culpa do homem. E, nesse caso, estariam certos. Ela fora para seus braços.

Ah, ela aguentaria as ofensas, as desfeitas, os sorrisos dissimulados, qualquer coisa que a cidade pudesse dizer, caso necessário... mas não Melanie! Ah, não Melanie! Não sabia por que se importava tanto de Melanie saber, mais que qualquer outro. Sentia-se apavorada e oprimida demais por uma sensação de culpa para tentar entender. Mas teve um acesso de choro ao pensar no que haveria nos olhos de Melanie quando India lhe contasse que flagrara Ashley abraçando Scarlett. E o que faria ao saber? Deixaria Ashley? O que mais restaria a fazer com dignidade? "O que eu e Ashley faremos?" Ela pensava, frenética, as lágrimas escorrendo pelas faces. Ah, Ashley vai morrer de vergonha e me odiar por isso. De repente, parou de chorar, o medo tomando conta de seu coração. E Rhett? O que faria?

Talvez nunca soubesse. Como era mesmo aquele velho e cínico ditado? "O marido é sempre o último a saber." Talvez ninguém contasse. Seria preciso um homem de coragem para dar essa notícia, pois Rhett tinha a reputação de atirar primeiro e perguntar depois. Por favor, meu Deus, não deixe que ninguém seja corajoso bastante para contar a ele! Mas ela se lembrava da fisionomia de Archie na porta do escritório, o frio olho pálido, sem remorso, cheio de ódio por ela e por todas as mulheres. Archie não temia Deus nem os homens e odiava mulheres licenciosas. Odiava-as bastante para ter matado uma. E dissera que contaria a Rhett. E contaria apesar de tudo o que Ashley pudesse fazer para dissuadi-lo. A menos que Ashley o matasse, Archie contaria a Rhett, sentindo que era seu dever de cristão.

Ela se despiu e deitou na cama, a cabeça girando. Se pudesse apenas trancar a porta, ficar naquela segurança para sempre e nunca mais ver ninguém... Talvez Rhett não descobrisse naquela noite. Ela diria que estava com dor de cabeça e não queria ir à festa. Pela manhã, já teria pensado em alguma desculpa, alguma defesa que detivesse a inundação.

"Não vou pensar nisso agora", pensou, desesperada, enterrando a cabeça no travesseiro. "Não vou pensar nisso agora. Pensarei depois, quando conseguir aguentar."

Ao anoitecer, ela ouviu os criados voltando, e lhe pareceram quietos demais durante os preparativos do jantar. Ou era sua consciência culpada? Mammy bateu à porta, mas Scarlett a mandou embora, dizendo que não queria jantar. O tempo passou e, por fim, ouviu os passos de Rhett nas escadas. Ficou tensa até ele chegar ao último degrau, reuniu todas as suas forças para um encontro, mas ele foi para seu quarto. Respirou aliviada. Ele não sabia. Graças a Deus, ele ainda respeitava seu gélido pedido de nunca mais pôr os pés em seu quarto, pois, se a visse agora, seu rosto a entregaria. Ela precisava se recompor e dizer a ele que estava mal demais para ir à festa. Bem, havia tempo para se acalmar. Ou não? Desde aquele momento terrível à tarde, a vida parecia atemporal. Ela ouviu Rhett andando pelo quarto, ocasionalmente falando com Pork. Ainda não tinha coragem de chamá-lo. Ficou deitada, imóvel, tremendo.

Após um longo tempo, ele bateu à porta e ela disse, tentando controlar a voz:

– Entre!

– Estou mesmo sendo convidado a entrar no santuário? – perguntou ele, abrindo a porta. Estava escuro e ela não conseguia ver o rosto dele, assim como não conseguiu tirar nenhuma conclusão de sua voz. Ele entrou e fechou a porta.

– Está pronta para a recepção?

– Sinto muito, mas estou com dor de cabeça. – Que estranho sua voz soar natural! Graças a Deus pela escuridão! – Creio que não vou. Vá você, Rhett, e peça minhas desculpas a Melanie.

Houve uma longa pausa e ele falou com a voz arrastada, causticamente, no escuro.

– Que branca ordinária, vadia e covarde você é.

Ele sabia! Ela ficou tremendo, incapaz de falar. Ouviu-o remexer no escuro, acender um fósforo, e o quarto se iluminou. Ele foi até a cama e olhou para ela. Estava vestido para a festa.

– Levante-se – disse ele, e não havia nada em sua voz. – Nós vamos à recepção. Você precisa se apressar.

– Ah, Rhett, não posso. Veja, eu...

– Estou vendo. Levante-se.

– Rhett, Archie ousou...

– Archie ousou, sim. Um homem muito corajoso, o Archie.

– Você devia matá-lo por contar mentiras...

– Eu tenho essa estranha mania de não matar as pessoas que contam a verdade. Não há tempo para discutirmos agora. Levante-se.

Ela se sentou, abraçando o lençol, os olhos investigando a fisionomia dele. Estava obscura e impassível.

– Não vou, Rhett. Não posso até que esse mal-entendido esteja esclarecido.

– Se você não mostrar a cara hoje, nunca mais vai poder mostrá-la nesta cidade enquanto viver. E, embora eu consiga suportar uma vadia como esposa, não suporto uma covarde. Você irá hoje, nem que todos, de Alex Stephens para baixo a ofendam e a Sra. Wilkes lhe peça que se retire.

– Rhett, deixe-me explicar.

– Não quero ouvir. Não há tempo. Vista-se.

– Eles entenderam mal, India, a Sra. Elsing e Archie. E me odeiam. India me odeia tanto que mentiria sobre o próprio irmão para me prejudicar. Se me deixasse explicar...

"Ah, Mãe de Deus," ela pensou agoniada, "imagine se ele disser: 'Por favor, explique!' O que eu posso dizer? Como posso explicar?"

– Eles vão ter contado mentiras a todos. Não posso ir.

– Você irá – disse ele –, nem que eu precise carregá-la pelo pescoço e chutar seu belo traseiro com minha bota até lá.

Havia um brilho frio em seus olhos, e ele a puxou para ficar de pé. Agarrou o espartilho e jogou para ela.

– Vista-o. Eu amarro. Ah, sim, entendo muito disso. Não, não vou chamar Mammy para ajudá-la e deixá-la fechar a porta e ficar aqui escondida como a covarde que é.

– Não sou covarde – exclamou ela, atingida além do medo. – Eu...

– Ah, poupe-me da saga sobre matar ianques e enfrentar o exército de Sherman. Você é uma covarde... entre outras coisas. Se não for por amor a si própria, irá por amor a Bonnie. Como poderia destruir ainda mais as chances dela? Vista o espartilho, depressa.

Ela se apressou em se livrar do lençol e ficou só com sua chemise. Se ao menos ele olhasse para ela e visse como estava bonita assim, talvez aquela expressão amedrontadora sumisse de seu rosto. Afinal, fazia tempo que ele não a via só de chemise. Mas ele não olhou. Estava diante do armário, observando rapidamente os vestidos. Depois de remexer um pouco, tirou seu vestido novo de seda, verde-jade. Era decotado, e a saia era drapeada para trás sobre uma enorme anquinha com um ramalhete de rosas de veludo cor-de-rosa.

– Use este – disse ele, jogando-o na cama. – Nada de cinzas e lilases recatados de matrona hoje. Sua bandeira precisa ser pregada ao mastro, pois obviamente você a deixaria cair se não estivesse. E bastante ruge. Tenho certeza de que a mulher que os fariseus prenderam por adultério não estava tão pálida. Vire-se.

Ele pegou as tiras do espartilho e puxou-as com tal força que ela gritou, assustada, humilhada, constrangida com seu desempenho tão desagradável.

– Dói? – Ele deu uma risada breve e ela não podia ver seu rosto. – Pena que não é em volta de seu pescoço.

A casa de Melanie resplandecia com luzes em todos os aposentos e podia-se ouvir a música de longe. Conforme se aproximaram da entrada, o agradável som de gente se divertindo flutuava no ar. A casa estava repleta de convidados. Transbordavam pelas varandas e muitos sentavam-se nos bancos do jardim iluminado pelas lanternas penduradas.

"Não posso entrar... Não posso", pensou Scarlett, sentada na carruagem, segurando o lenço embolado. "Não posso. Não vou. Vou saltar e fugir para algum lugar, de volta para Tara. Por que Rhett me forçou a vir? O que as pessoas vão fazer? O que Melanie vai fazer? Como ela vai estar? Ah, não posso encará-la. Vou fugir."

Como se lesse sua mente, Rhett segurou seu braço em um aperto que deixaria uma mancha roxa, o aperto bruto de um estranho.

– Nunca conheci um irlandês covarde. Onde está sua tão alardeada coragem?

– Rhett, por favor, deixe-me ir para casa e explicar.

– Você terá uma eternidade para se explicar, mas só uma noite para ser uma mártir no anfiteatro. Saia, querida, e deixe que eu veja os leões devorarem-na. Saia.

De algum modo, ela conseguiu percorrer o caminho de entrada, o braço que segurava, duro e firme quanto granito, lhe passando certa coragem. Por Deus, ela podia encará-las, e era o que faria. O que eram, além de um bando de gatas ariscas que a invejavam? Ela lhes mostraria. Não importava o que pensassem. Só Melanie... só Melanie.

Eles estavam na porta de entrada e Rhett se inclinava para a direita e para a esquerda, chapéu na mão, a voz fria e afável. A música parou quando entraram, e em sua mente confusa todas as pessoas pareceram avançar como o rugir do mar e, em seguida, se afastar, como na maré vazante, diminuindo o som. Será que todos a retalhariam? Bem, pelo manto de Cristo, que fosse! Ela ergueu o queixo e sorriu, o canto dos olhos se enrugando.

Antes que pudesse se virar e falar com os que estavam próximos à porta, alguém veio abrindo caminho. Houve um silêncio estranho que fez o coração de Scarlett tremer. Então, apareceu Melanie, os pezinhos apressados para encontrar Scarlett na porta, para falar com ela antes de qualquer outro. Os ombros estreitos estavam empertigados, e o pequeno maxilar, decidido, e ela dava a impressão de não ter outros convidados além de Scarlett. Foi para seu lado, passando-lhe a mão pela cintura.

– Que vestido lindo, querida – disse ela com sua voz fraca e clara. – India não pôde vir para me ajudar. Você poderia receber comigo?

54

Segura em seu quarto outra vez, Scarlett caiu na cama, descuidando do lustroso vestido das anquinhas e das rosas. Por algum tempo, só conseguiu ficar imóvel e pensar em si mesma entre Melanie e Ashley, cumprimentando os convidados. Que horror! Preferia enfrentar Sherman de novo a repetir aquela atuação! Depois, levantou-se e foi largando as roupas enquanto andava pelo quarto.

Reagindo à tensão por que passara, começou a tremer. Os grampos escorregavam de seus dedos, caindo no chão, e, quando tentava dar as cem escovadas usuais no cabelo, acabou batendo o verso da escova na testa, o que doeu. Foi até a porta na ponta dos pés uma dúzia de vezes para escutar possíveis ruídos lá embaixo, mas o andar inferior parecia um negro abismo silencioso.

Ao acabar a festa, Rhett a mandara para casa sozinha na carruagem, e ela agradeceu a Deus pela prorrogação. Ele ainda não chegara. Ainda bem que não tinha vindo. Não poderia encará-lo naquela noite, envergonhada, assustada, trêmula. Mas onde estaria? Provavelmente na casa daquela criatura. Pela primeira vez, Scarlett estava contente pela existência de uma pessoa como Belle Watling. Contente por haver outro lugar que abrigasse Rhett além de sua casa até que seu faiscante humor assassino passasse. Era errado ficar contente pelo marido estar na casa de uma prostituta, mas ela não conseguia sentir o contrário. Ficaria quase feliz de sabê-lo morto, se isso significasse não precisar vê-lo hoje.

Amanhã... bem, amanhã seria outro dia. Amanhã ela pensaria em alguma desculpa, em alguma contra-acusação, alguma maneira de provar que Rhett estava errado. Amanhã a lembrança dessa noite atroz não estaria tão feroz assim para fazê-la tremer. Amanhã ela não estaria tão assombrada pela memória da fisionomia de Ashley, seu orgulho ferido e sua vergonha... vergonha causada por ela, na qual ele participara tão pouco. Será que a odiaria agora, seu querido e honrado Ashley, pela vergonha que provocara? Claro que sim... agora que os dois tinham sido salvos pelos magros ombros indignados e decididos de Melanie e pelo amor e pela confiança inabalável que estavam em sua voz quando ela cruzara o assoalho lustroso para passar o braço pelo de Scarlett e encarar a multidão curiosa, maliciosa, dissimuladamente hostil. Com que elegância Melanie evitara o escândalo, mantendo Scarlett a seu lado durante toda aquela noite pavorosa! As pessoas tinham sido um pouco frias e ficado meio atordoadas, mas haviam sido bem-educadas.

Ah, a ignomínia daquilo tudo, ficar protegida atrás das saias de Melanie daqueles que a odiavam, que a teriam despedaçado com seus sussurros! Ser protegida pela confiança cega logo de Melanie!

Scarlett teve um calafrio diante dessa ideia. Precisava tomar uma bebida, muitas doses antes de se deitar, e ter alguma esperança de dormir. Jogou um roupão sobre a camisola e saiu para o corredor escuro, suas chinelinhas fazendo ruído em meio ao total silêncio. Ela já estava no meio da escadaria quando olhou para a porta fechada da sala de jantar e viu um filete de luz passando por baixo. Seu coração parou. Será que aquela luz estava acesa quando chegara e, de tão aborrecida, não percebera? Ou Rhett estaria em casa, afinal? Ele poderia ter entrado em silêncio pela cozinha. Se Rhett estivesse em casa, ela voltaria para seu quarto na ponta dos pés sem o conhaque, por mais que necessitasse dele. Assim não precisaria encará-lo. No quarto estaria a salvo, pois podia trancar a porta.

Inclinava-se para tirar as chinelas e poder voltar correndo sem fazer ruído quando a porta se abriu abruptamente e a silhueta de Rhett apareceu contra a fraca luminosidade da vela acesa atrás dele. Ele parecia enorme, maior do que ela já o vira, um vulto escuro, apavorante, sem rosto, que oscilava levemente.

– Por favor, faça-me companhia, Sra. Butler – disse ele, com a voz meio pastosa.

Ele estava embriagado, visivelmente, e ela nunca o vira mostrar a embriaguez antes, não importando quanto tivesse bebido. Scarlett ficou parada, sem saber o que fazer, quieta, e o braço dele se ergueu em um comando.

– Venha cá, maldita! – disse ele asperamente.

"Ele deve estar muito bêbado", ela pensou com o coração palpitante. Geralmente, quanto mais ele bebia, mais finos ficavam seus modos. Ele ficava mais debochado, suas palavras ficavam mais sarcásticas, mas os modos eram sempre mais escrupulosos.

"Jamais devo deixá-lo perceber que estou com medo de encará-lo", pensou ela e, segurando o roupão junto ao pescoço, desceu as escadas com a cabeça erguida e batendo ruidosamente as chinelas nos calcanhares.

Ele ficou de lado e fez uma mesura quando ela passou pela porta, com um ar de deboche que a fez estremecer. Ela viu que ele estava sem casaco e que a gravata estava pendurada no colarinho aberto. A camisa estava aberta, deixando ver os pelos pretos de seu peito. O cabelo estava despenteado, e os olhos, injetados e estreitos. Uma vela ardia sobre a mesa, uma faísca de luz que lançava sombras monstruosas pela sala de pé-direito alto, fazendo os maciços aparadores e o bufê parecerem bestas imóveis, agachadas.

Sobre a bandeja de prata na mesa, estava o decantador de conhaque, aberto, cercado de copos.

– Sente-se – disse ele, lacônico, seguindo-a para dentro da sala.

Agora era invadida por outro tipo de medo, um medo que fez seu temor em encará-lo parecer muito pequeno. Ele parecia, falava e agia como um estranho. Este era um Rhett grosseiro que ela nunca vira antes. Nunca, em momento algum, mesmo nos mais íntimos, ele fora outra coisa que não indiferente. Mesmo com raiva, era brando e satírico, e o uísque geralmente intensificava essas qualidades. A princípio, aquilo a incomodara, e ela tentara romper a indiferença, mas logo passou a aceitá-la como algo conveniente. Por anos, achara que nada tinha muita importância para ele, que ele considerava tudo na vida, inclusive ela, um jogo irônico. Mas, ao encará-lo do outro lado da mesa, percebeu, com uma pontada no estômago, que por fim algo importava, e muito.

– Não há motivo para que você não tome sua bebida antes de dormir, apesar de minha indelicadeza de estar em casa – disse ele. – Posso servi-la?

– Eu não queria beber – disse ela, tesa. – Ouvi um ruído e vim...

– Ouviu nada. Não teria descido se achasse que eu estava em casa. Fiquei aqui sentado e a escutei andando pelo quarto. Deve precisar muito de uma bebida. Tome.

– Eu não...

Ele pegou o decantador e encheu um copo até a borda, deixando derramar.

– Tome – disse ele, entregando-lhe. – Você está trêmula. Ah, não faça essa pose. Eu sei que você bebe às escondidas e sei quanto. Já pensei em lhe dizer que parasse com os fingimentos e bebesse abertamente. Acha que me importo se gosta de tomar um conhaque?

Ela pegou o copo molhado, silenciosamente amaldiçoando-o. Ele a lia como a um livro aberto. Sempre a lera, e era o único homem do mundo de quem ela gostaria de ocultar seus pensamentos.

– Beba, estou dizendo.

Ela ergueu o copo e bebeu seu conteúdo com um abrupto movimento de braço, o pulso firme, assim como Gerald sempre tomara seu uísque puro, tomou de um trago antes de pensar em quanto parecia experiente e deselegante. O gesto não escapou a Rhett, que desceu o canto da boca.

– Sente-se e teremos uma agradável discussão doméstica sobre a elegante festa desta noite.

– Você está bêbado – disse ela friamente –, e eu vou dormir.

– Estou muito bêbado e pretendo ficar mais ainda antes que a noite acabe. Mas você não vai dormir... ainda não. Sente-se.

Sua voz ainda trazia vestígios da tranquila fala arrastada de costume, mas por baixo das palavras ela sentia a violência abrindo caminho para a superfície, uma violência tão cruel quanto o estalido do chicote. Enquanto hesitava, indecisa, ele já estava a seu lado, apertando-lhe o braço até machucar. Deu-lhe um leve empurrão e ela sentou-se com um uivo de dor. Agora estava com medo, com mais medo do que nunca. Quando ele se inclinou, ela percebeu que seu rosto estava sombrio e corado, e os olhos ainda tinham aquela faísca amedrontadora. Havia algo em suas profundezas que ela não reconhecia, não conseguia entender, algo mais profundo que a cólera, mais forte que a dor, algo que o impelia até tornar seus olhos duas brasas incandescentes. Ele ficou olhando para ela por um bom tempo, tanto que o olhar desafiador de Scarlett hesitou e cedeu. Então ele se jogou em uma cadeira em frente a ela e se serviu de outra dose. Ela pensou rapidamente, cogitando um plano de defesa. Mas, até que ele falasse, ela não saberia o que dizer, pois não sabia exatamente quais seriam as acusações.

Ele bebia devagar, observando-a, e os nervos dela se retesavam, tentando não tremer. A expressão dele ficou imutável por algum tempo, mas finalmente ele riu, ainda com os olhos nela, e, diante disso, ela não conseguiu evitar o tremor.

– Foi uma comédia bem divertida esta noite, não foi?

Ela não disse nada, cruzando os dedos dos pés nas chinelas em um esforço para controlar a tremedeira.

– Uma agradável comédia sem a falta de um único personagem. A aldeia reunida para apedrejar a mulher desviada, o marido enganado apoiando-a como é apropriado a um cavalheiro, a esposa enganada chegando com espírito cristão e lançando o manto de sua reputação imaculada sobre tudo. E o amante...

– Por favor.

– Não há favor algum. Não hoje. É muito divertido. E o amante parecendo um bobo, querendo estar morto. Como se sente, minha cara, tendo a mulher que odeia defendendo-a e encobrindo seus pecados? Sente-se!

Ela se sentou.

– Imagino que isso não a tenha feito gostar mais dela. Você está cogitando se ela sabe de tudo sobre você e Ashley... cogitando por que agiu assim se sabe... se o fez só para salvar a própria situação. E está achando que ela é uma tola de fazer isso, mesmo que tenha lhe salvado a pele, mas...

– Não vou escutar...

– Vai, sim. E vou lhe dizer algo para tranquilizar suas preocupações: a Sra. Melly é uma tola, mas não do modo que você pensa. É óbvio que alguém lhe contou, mas ela não acreditou. Mesmo que visse, não acreditaria. Ela é honrada demais para conceber a desonra em qualquer um que ame. Não sei que mentira Ashley Wilkes lhe contou... mas qualquer uma desengonçada serviria, pois ela ama Ashley e ama você. Não consigo entender por que ela a ama, mas ama. Que esta seja uma de suas cruzes.

– Se você não estivesse tão embriagado e ofensivo, eu lhe explicaria tudo – disse Scarlett, recuperando alguma dignidade. – Mas agora...

– Não estou interessado em suas explicações. Eu sei mais a verdade do que você. Por Deus, se você se levantar mais uma vez dessa cadeira... E o que acho mais divertido que a comédia desta noite é o fato de que, enquanto você tem virtuosamente me negado os prazeres de sua cama devido a meus muitos pecados, esteve olhando para Ashley Wilkes com intenção impura no coração. "Intenção impura no coração." É uma boa frase, não é? Há uma série de boas frases no Livro, não há?

– Que livro? Que livro? – Sua mente se dispersou, tolamente, enquanto ela olhava, frenética, pela sala, observando quanto o brilho da prataria estava fosco sob aquela luz difusa, quanto eram assustadoramente escuros os cantos.

– E fui expulso porque meus ardores toscos eram demais para seu refinamento... porque você não queria mais filhos. Como aquilo me deixou mal, meu coração! Como me magoou! Então saí e encontrei agradável consolo e deixei-a com seus refinamentos. E você passou esse tempo seguindo as pegadas do sofredor de longa data, Sr. Wilkes. Maldito seja, o que há com ele? Não consegue ser mentalmente fiel, nem fisicamente infiel. Por que não se decide? Você não se importaria de ter filhos dele, não é... e agiria como se fossem meus?

De um salto, ela ficou de pé com um grito, e ele saiu de sua cadeira, rindo aquela risada baixa que fazia o sangue dela gelar. Ele comprimiu-lhe as costas no encosto da cadeira com suas grandes mãos morenas e se inclinou sobre ela.

– Olhe minhas mãos, minha cara – disse ele, flexionando-as diante dos olhos dela. – Eu poderia parti-la em pedaços sem dificuldade, e o faria se isso tirasse Ashley de sua cabeça. Mas não vai tirar. Então, acho que vou tirá-lo de sua cabeça para sempre assim. Vou pôr as mãos, assim, de cada lado de sua cabeça e vou espremer seu crânio entre elas como uma noz e isso vai espremê-lo aí de dentro.

Suas mãos estavam na cabeça dela, sob o cabelo escorrido, acariciando brutalmente, virando-lhe o rosto para cima. Ela olhava para a fisionomia de um estranho, um estranho embriagado de voz arrastada. Nunca lhe faltara a coragem instintiva, e, diante do perigo, ela fluía, ardendo em sua veias, endireitando-lhe a espinha, estreitando-lhe os olhos.

– Seu bêbado idiota – disse ela. – Tire as mãos de mim.

Para sua surpresa, ele o fez, e sentando-se na beira da mesa, serviu outro copo.

– Sempre admirei sua coragem, minha cara. Nunca tanto quanto agora, quando está encurralada.

Ela cruzou o roupão sobre o corpo. Ah, se ao menos pudesse ir para o quarto, fechar a sólida porta a chave e ficar sozinha. De algum modo, ela precisava mantê-lo afastado, dominá-lo, esse Rhett que ela nunca vira antes. Levantou-se sem pressa, embora as pernas tremessem, ajustou o roupão nos quadris e tirou o cabelo do rosto.

– Não estou encurralada – disse ela, cortante. – Você nunca vai me encurralar, Rhett Butler, ou me assustar. Você não passa de uma besta embriagada que andou com mulheres da vida por tanto tempo que não consegue entender nada além de vadiagem. Você não pode entender Ashley nem a mim. Viveu na sujeira por tempo demais para conhecer qualquer outra coisa. Está com ciúme de uma coisa que não pode entender. Boa noite.

Ela se virou descontraidamente e foi para a porta, só parando com a gargalhada dele. Ela se virou e ele cambaleou em sua direção. Por Deus, se ao menos ele parasse com aquela terrível gargalhada! O que havia de risível? Conforme ele ia em sua direção, ela recuou e acabou encostada na parede. Ele pôs as mãos pesadas sobre ela e prendeu seus ombros.

– Pare de rir.

– Estou rindo porque tenho muita pena de você.

– Pena... de mim? Sinta pena de si mesmo.

– Juro por Deus, tenho pena de você, minha cara, minha bela tolinha. Isso dói, não é? Você não consegue aguentar riso nem pena, não é?

Ele parou de rir, apoiando-se com tanta força nos ombros dela que doía. Sua fisionomia mudou e ele ficou tão perto dela que o cheiro forte do uísque em seu hálito a fez virar a cabeça.

– Então estou com ciúme? – disse ele. – E por que não? Ah, estou sim, com ciúme de Ashley Wilkes. Por que não? Não tente falar e explicar. Sei que foi fisicamente fiel. Era o que estava tentando dizer? Ah, sempre soube disso. Todos esses anos. Como sei? Ah, bem, conheço Ashley Wilkes e sua raça. Sei que é um cavalheiro honrado. E isso, minha cara, é mais do que posso dizer de você... ou de mim, nesse caso. Não somos cavalheiros e não temos honra, temos? Por isso, prosperamos como um loureiro verdejante.

– Deixe-me ir. Não vou tolerar ficar aqui sendo ofendida.

– Não a estou ofendendo. Estou elogiando sua virtude física. E não me enganou nem um pouco. Você acha que os homens são tolos, Scarlett. Nunca vale a pena subestimar a força e a inteligência de seu adversário. E não sou tolo. Você acha que não sei que você já esteve em meus braços e imaginou serem os de Ashley Wilkes?

Ela deixou cair o queixo, medo e surpresa claramente escritos em seu rosto.

– Coisa agradável aquela. Meio fantasmagórica, de fato. Como se houvesse três na cama, quando só devia haver dois. – Ele sacudiu os ombros dela, de leve, deu um soluço e sorriu, debochado. – Sim, você foi fiel a mim porque Ashley não a teria. Mas, bem, eu não disputaria com ele seu corpo. Bem sei o pouco que valem os corpos... especialmente os das mulheres. Mas disputo seu coração e sua cabeça querida, dura, inescrupulosa, teimosa. Ele não quer sua cabeça, o tolo, e eu não quero seu corpo. Posso comprar mulheres por pouco dinheiro. Mas quero sua cabeça e seu coração, e nunca os terei, não mais do que você terá a cabeça de Ashley. E é por isso que tenho pena de você.

Apesar de todo o seu medo e atordoamento, seu escárnio a atingiu.

– Pena... de mim?

– Sim, pena porque você é muito infantil, Scarlett. Uma criança chorando pela lua. O que uma criança faria com a lua se a tivesse? O que você faria com Ashley? Sim, tenho pena de você... pena de vê-la jogar fora a felicidade e tentar ter algo que nunca a faria feliz. Sinto pena porque é tola a ponto de não saber que só há felicidade quando iguais se unem. Se eu morresse, se a Sra. Melly morresse e você tivesse seu precioso e honrado amor, acha que seria feliz com ele? Não! Você não o conheceria, nunca saberia o que estava pensando, não o entenderia mais que entende música, poesia, livros ou qualquer coisa que não sejam dólares. Ao passo que nós, cara esposa de meu coração, poderíamos ter sido muito felizes se você tivesse dado metade da chance que lhe deu, pois somos muito parecidos. Somos dois patifes, Scarlett, e não há nada que nos impeça de ter o que queremos. Podíamos ter sido felizes, pois eu a amo e a conheço, Scarlett, até os ossos, de um modo que Ashley nunca poderia conhecer. E ele a desprezaria se a conhecesse... Mas não, você tem que desejar o impossível, a vida inteira atrás de um homem que não consegue entender. E eu, minha cara, vou continuar atrás de vadias. E, devo dizer, nós nos damos melhor que muitos casais.

Ele a soltou abruptamente, fazendo um caminho sinuoso de volta ao decantador. Scarlett ficou presa ao chão por um instante, os pensamentos indo e vindo com tal rapidez que ela não conseguia deter-se em nenhum por tempo suficiente para examiná-lo. Rhett dissera que a amava. Teria falado sério? Ou só estava bêbado? Ou era mais uma de suas terríveis brincadeiras? E Ashley... a lua... chorando pela lua. Ela correu pelo corredor escuro, fugindo como se demônios estivessem em seu encalço. Ah, só queria chegar a seu quarto! Torceu o tornozelo e a chinela caiu.

Quando parou para tirá-la, frenética, Rhett, vindo com a leveza de um índio, já estava a seu lado no escuro. Seu hálito estava quente em seu rosto e suas mãos a abraçaram rudemente, por baixo do roupão, tocando sua pele nua.

– Você me expôs para a cidade ao persegui-lo. Por Deus, esta vai ser uma noite em que só haverá duas pessoas em minha cama.

Ele a pegou no colo e começou a subir as escadas. Sua cabeça estava contra o peito dele e ela ouvia o martelar de seu coração. Ele a machucava e ela deu um grito abafado, assustada. Ele subia as escadas na total escuridão e ela estava apavorada. Era um estranho enlouquecido em uma escuridão que ela desconhecia, mais negra que a morte. Ele era como a morte, levando-a em um doloroso abraço. Ela soltou um grito asfixiado e ele parou de repente no patamar e, virando-a rapidamente nos braços, inclinou-se e beijou-a com uma ferocidade e uma entrega que varreram tudo de sua mente, menos a escuridão em que se afundava e os lábios nos dela. Ele tremia como se estivesse em meio a uma forte ventania, e seus lábios percorreram o roupão entreaberto, detendo-se na pele macia. Ele murmurava palavras inaudíveis, seus lábios evocavam sensações novas. Eles estavam no escuro e nunca houvera nada antes disso, só a escuridão e os lábios dele a tocando. Ela tentou falar e os lábios dele cobriram os seus de novo. Subitamente, ela sentiu uma emoção que nunca tivera; alegria, medo, loucura, excitação, entrega a braços fortes, lábios que machucavam, destino que se movia rápido demais. Pela primeira vez, encontrara alguém, algo que era mais forte que ela, alguém a quem não podia insultar nem destruir, alguém que a insultava e destruía. De algum modo, seus braços estavam em torno do pescoço dele e seus lábios tremiam sob os dele, e eles subiam novamente no escuro, uma escuridão suave, vertiginosa e envolvente.

Quando acordou na manhã seguinte, ele já tinha ido e, não fosse pelo travesseiro amassado a seu lado, ela teria achado que os acontecimentos da noite anterior tinham sido um sonho absurdo e selvagem. Enrubesceu com a lembrança e, puxando as cobertas até o pescoço, ficou deitada, banhada pela luz do sol, tentando organizar a mistura de impressões em sua mente.

Duas coisas ficaram evidentes. Ela vivera com Rhett por anos, eles tinham dormido juntos, comido juntos, discutido, ela tivera uma filha dele... e, no entanto, não o conhecia. O homem que a carregara escada acima era um desconhecido, com cuja existência ela nem sonhara. E agora, embora tentasse odiá-lo, tentasse ficar indignada, não conseguia. Ele a humilhara, machucara, usara-a brutalmente durante uma noite impetuosa e ela tinha exultado.

Ah, devia estar envergonhada, devia detestar a lembrança daquela escuridão ardente e vertiginosa! Uma dama verdadeira nunca mais ergueria a cabeça após uma noite daquelas. Porém, mais forte que a vergonha era a lembrança do arroubo, do êxtase, da entrega. Pela primeira vez, se sentira viva, conhecera uma paixão tão avassaladora e primitiva como o medo da noite em que fugira de Atlanta, uma vertigem tão doce como o ódio frio que sentira ao atirar no ianque.

Rhett a amava! Pelo menos, dissera que a amava, e como ela podia duvidar agora? Que estranho, surpreendente e incrível que ele a amasse, esse desconhecido selvagem com quem ela vivia em meio a tanta frieza. Não tinha certeza de como se sentia em relação àquela revelação, mas subitamente deu uma risada diante da ideia que teve. Ela finalmente o tinha. Quase esquecera o desejo que cultivara no início, de fazer com que a amasse para poder segurar o chicote sobre sua insolente cabeça preta. Agora retornava, dando-lhe grande satisfação. Por uma noite, ele a tivera à mercê, mas agora ela conhecia o ponto fraco de sua armadura. Dali em diante, ela o teria onde o queria. Sofrera com seu escárnio por muito tempo, mas agora poderia fazê-lo saltar por qualquer argola que segurasse.

Ao pensar em reencontrá-lo, cara a cara sob a luz sóbria do dia, foi envolvida por um constrangimento nervoso atrelado a um prazer excitante.

"Estou nervosa feito uma noiva", ela pensou. "E por Rhett!" E começou a rir tolamente diante dessa ideia.

Mas Rhett não apareceu para o almoço, nem ocupou seu lugar na hora do jantar. A noite transcorreu, uma longa noite em que ela ficou deitada, desperta, até o amanhecer, os ouvidos atentos para escutar a chave dele virando a fechadura. Mas ele não veio. Ao se passar o segundo dia sem uma palavra dele, ela estava frenética de decepção e medo. Foi até o banco, mas ele não estava lá. Foi à loja e tratou todos com aspereza, pois toda vez que a porta se abria para admitir um freguês ela olhava palpitante, na esperança de que fosse Rhett. Foi até o depósito de madeira e tanto atormentou Hugh que ele chegou a se esconder atrás de uma pilha de tábuas. Mas Rhett não a procurou lá.

Não podia se humilhar, perguntando aos amigos se o tinham visto. Não podia pedir notícias dele aos criados. Mas sentia que sabiam algo que ela desconhecia. Os negros sempre sabiam de tudo. Mammy estava estranhamente quieta naqueles dois dias. Espiava Scarlett com o canto do olho sem nada dizer. Na segunda noite, Scarlett decidiu ir à polícia. Talvez ele tivesse sofrido um acidente, podia ter caído do cavalo e estar deitado, desamparado, em alguma vala. Talvez... ah, que ideia horrível... talvez estivesse morto.

Na manhã seguinte, tendo acabado de tomar o café, ela estava no quarto pondo o chapéu de sol quando ouviu passos apressados subindo as escadas. Enquanto se sentava na cama, fraca de gratidão, Rhett entrou no quarto. Ele estava barbeado, banhado e sóbrio, mas os olhos ainda estavam injetados e o rosto inchado da bebida. Acenou para ela e disse:

– Ah, olá.

Como um homem podia dizer "ah, olá" depois de sumir por dois dias sem qualquer explicação? Como podia ficar indiferente depois de uma noite como a que tinham passado? Não era possível a não ser... a não ser... a ideia terrível tomou sua mente. A não ser que noites como aquela fossem comuns para ele. Por um momento, ela não conseguiu falar e todos os gestos graciosos e sorrisos que planejara foram esquecidos. Ele nem sequer se aproximou para lhe dar o beijo usual, só ficou parado olhando para ela com um sorriso forçado, um charuto aceso na mão.

– Onde... onde você andou?

– Não diga que não sabe! Tinha certeza de que a cidade inteira já sabia. Talvez todos saibam, menos você. Conhece o velho adágio: "A esposa é sempre a última a saber."

– O que você quer dizer?

– Achei que depois da polícia ter ido até a Belle anteontem à noite...

– Belle... aquela... mulher! Você estava com...

– É claro. Onde mais eu estaria? Espero que você não tenha se preocupado comigo.

– Você ficou com ela depois de... ah!

– Ora, Scarlett! Não banque a mulher enganada. Você já devia saber de Belle há muito tempo.

– Você a procurou depois de... de...

– Ah, aquilo. – Ele fez um gesto descuidado. – Não sei me portar. Peço-lhe desculpas por minha conduta em nosso último encontro. Eu estava muito bêbado, como sem dúvida você sabe, e bem desvairado por causa de seus encantos... preciso enumerá-los?

Ela teve vontade de chorar, de se deitar e soluçar eternamente. Ele não mudara, nada mudara e ela fora uma tola, burra, convencida, uma idiota por achar que ele a amava. Tudo não passara de uma de suas pilhérias de embriaguez. Ele a usara, assim como usaria qualquer mulher da casa de Belle. E agora voltava, ofensivo, sarcástico, inatingível. Ela engoliu as lágrimas e se recompôs. Ele jamais poderia saber o que ela pensara. Como riria se soubesse! Pois bem, nunca saberia! Ela olhou-o rapidamente e flagrou aquele antigo brilho intrigante, observador, em seus olhos... penetrante, como se esperasse por suas próximas palavras, esperando que fossem... o que esperava? Que bancasse a tola e berrasse, dando-lhe motivo para rir? Não! Suas sobrancelhas arqueadas se franziram com frieza.

– Naturalmente, eu suspeitava do tipo de relações que você tinha com aquela mulher.

– Só suspeitava? Por que não me perguntou e satisfez sua curiosidade? Eu teria lhe contado. Estou vivendo com ela desde o dia em que você e Ashley Wilkes decidiram que nós devíamos ficar em quartos separados.

– Você tem o descaramento de ficar aí e se gabar para mim, sua mulher, que...

– Ah, poupe-me de sua indignação moral. Você nunca deu a mínima para o que eu fazia, contanto que pagasse as contas. E sabe que não tenho sido um santo ultimamente. E quanto a você ser minha mulher... você não tem sido mulher de verdade desde o nascimento da Bonnie, tem? Você foi um mau investimento, Scarlett. Belle foi melhor.

– Investimento? Você quer dizer que deu a ela...?

– "Estabelecê-la no negócio" é a expressão correta, creio. Belle é esperta. Eu queria vê-la progredir e ela só precisava de dinheiro para montar uma casa. Devia saber dos milagres que uma mulher consegue fazer quando tem um pouco de dinheiro. Veja você.

– Você me compara...

– Bem, as duas são mulheres de negócios determinadas e bem-sucedidas. Belle leva vantagem sobre você, é claro, pois tem um bom coração, uma boa alma...

– Quer sair deste quarto?

Ele foi devagar rumo à porta, uma sobrancelha debochadamente erguida. Como podia ofendê-la assim, ela pensou com raiva e mágoa. Estava se esforçando para magoá-la e humilhá-la, e ela se retorceu por dentro ao pensar no quanto esperara por sua volta para casa, enquanto ele passara o tempo embriagado, se altercando com a polícia em um bordel.

– Saia deste quarto e nunca mais volte aqui. Já lhe disse isso uma vez e você não foi cavalheiro para entender. Daqui em diante, vou trancar a porta.

– Não precisa se incomodar.

– Vou trancar. Depois do modo como agiu naquela noite... bêbado, repulsivo...

– Vamos lá, querida! Repulsivo com certeza não!

– Saia.

– Não se preocupe. Estou indo. E prometo que nunca mais vou aborrecê-la. Basta! E só pensei em lhe dizer que, se minha conduta foi infame demais para você tolerar, dou-lhe o divórcio. Você só me deixa Bonnie e não vou contestar.

– Eu não pensaria em desgraçar a família com um divórcio.

– Você a desgraçaria rapidinho se a Sra. Melly morresse, não é? Minha cabeça entra em parafuso só de pensar na rapidez com que você se divorciaria de mim.

– Pode sair?

– Sim, estou indo. Foi isso o que vim em casa lhe dizer. Estou indo para Charleston e Nova Orleans e... ah, bem, será uma viagem bem longa. Estou indo hoje.

– Ah!

– E vou levar Bonnie comigo. Peça para aquela tola da Prissy guardar as coisinhas dela. Levarei Prissy também.

– Você nunca vai tirar minha filha desta casa.

– Minha filha também, Sra. Butler. Com certeza, você não se importa que eu a leve a Charleston para visitar a avó?

– A avó uma ova! Acha que vou deixá-lo levar essa criança daqui quando vai se embriagar todas as noites e é bem provável que vá levá-la a lugares como o daquela Belle...

Ele jogou o charuto violentamente no chão, queimando o tapete, o cheiro da lã chamuscada subindo até as narinas de ambos. Em um instante, ele atravessou o quarto e estava ao lado dela, o rosto sombrio de fúria.

– Se você fosse homem, eu quebraria seu pescoço. Mas, como não é, só o que posso dizer é para calar essa sua boca maldita. Acha que eu não amo Bonnie, que a levaria onde... minha filha! Meu Deus, sua tola! E você, fazendo pose piedosa em relação à maternidade. Ora, uma gata é melhor mãe que você! O que você já fez pelas crianças? Wade e Ella morrem de medo de você e, se não fosse por Melanie Wilkes, nunca saberiam o que é amor e afeto. Mas Bonnie, minha Bonnie? Acha que não sei cuidar melhor dela que você? Acha que vou deixá-la abusar dela e lhe tirar o ânimo, como fez com o de Wade e Ella? Não! Deixe-a pronta em uma hora ou, estou avisando, o que aconteceu na outra noite será brando perto do que vai acontecer. Sempre achei que uma boa surra de chicote lhe faria muito bem.

Ele se virou antes que ela pudesse falar e saiu do quarto apressado. Ela o ouviu atravessar o corredor, ir ao quarto de brinquedos das crianças e abrir a porta. Houve uma exclamação contente de vozes infantis e ela ouviu a voz de Bonnie sobre a de Ella.

– Papai, onde andou?

– Caçando uma pele de coelho para agasalhar minha Bonnie. Dê um beijo em seu mais querido, Bonnie... e você também, Ella.

55

— Querida, não preciso de nenhuma explicação sua, nem vou escutar – disse Melanie, firme, pondo a mãozinha delicadamente sobre os lábios torturados de Scarlett, calando-a. – Você ofenderia a si mesma, a Ashley e a mim só de pensar que pudesse haver necessidade de explicações entre nós. Ora, nós três temos sido... temos sido como soldados lutando juntos neste mundo há tantos anos que me envergonho de você achar que mexericos de desocupados poderiam interferir conosco. Acha que eu acreditaria que você e meu Ashley... Ora, que ideia! Não percebe que a conheço melhor que qualquer outra pessoa neste mundo? Acha que me esqueci de todas as coisas maravilhosas, magnânimas que você fez por Ashley, por Beau e por mim? Desde ter salvado minha vida até impedir que passássemos fome! Acha que eu me lembraria de você caminhando naquele sulco da estrada atrás daquele cavalo do ianque, quase descalça, com as mãos cheias de bolhas... só para que eu e o bebê tivéssemos o que comer... e depois iria acreditar nessas coisas atrozes sobre você? Não quero ouvir uma palavra sua, Scarlett O'Hara. Nenhuma palavra.

– Mas... – gaguejou Scarlett e parou.

Rhett partira uma hora antes com Bonnie e Prissy, somando desolação à vergonha e à raiva de Scarlett. O fardo adicional de sua culpa em relação a Ashley e a defesa de Melanie era mais do que ela podia suportar. Se Melanie tivesse acreditado em India e Archie, magoado-a na recepção ou mesmo cumprimentado-a friamente, ela poderia ter mantido a cabeça erguida e reagido com todas as armas de seu arsenal. Mas agora, com a lembrança de Melanie se postando entre ela e a ruína social, se postando como uma fina e brilhante lâmina, com confiança e uma luz combativa nos olhos, parecia não haver nada honesto a fazer, senão confessar. Sim, despejar tudo desde aquele distante começo na varanda ensolarada de Tara.

Ela foi movida por uma consciência que, embora contida, ainda aparecia, uma consciência católica ativa. "Confesse seus pecados e se penitencie com pesar e contrição", Ellen lhe dissera centenas de vezes. Nessa crise, os ensinamentos religiosos de Ellen voltavam e a dominavam. Ela confessaria... sim, tudo, cada olhar e palavra, aqueles poucos carinhos... e Deus aliviaria sua dor e proporcionaria paz. E, como penitência, o olhar atroz de Melanie indo do amor e da confiança ao horror e à repulsão. Ah, seria uma penitência dura demais, pensou, angustiada, ter que passar a vida relembrando a expressão de Melanie, sabendo que ela conhecia toda a sua mesquinharia, sua deslealdade e sua hipocrisia.

Já houvera um tempo em que o pensamento de jogar a verdade na cara de Melanie e assistir ao colapso de seu tolo paraíso fora embriagante, um gesto que valeria tudo o que ela pudesse perder dali em diante. Mas agora, tudo aquilo mudara da noite para o dia e não havia nada que ela desejasse menos. Por quê, não sabia. Sua mente era um grande tumulto de ideias conflitantes a serem organizadas. Assim como no passado, ela queria que sua mãe a achasse recatada, gentil e boa, agora só sabia que queria muitíssimo contar com a opinião favorável de Melanie. Só sabia que não se importava com o que o mundo, Ashley ou Rhett pensavam dela, mas Melanie não podia mudar de opinião sobre o que sempre a considerara.

Embora apavorada de contar a verdade a Melanie, um de seus raros instintos honestos emergira, um instinto que não a deixaria se mascarar em falsas cores diante da mulher que assumira suas batalhas. Por isso, ela tinha corrido para a casa de Melanie naquela manhã, logo após a partida de Rhett e Bonnie.

Mas, ao exprimir as primeiras palavras: "Melly, preciso explicar sobre o outro dia...", Melanie imperiosamente a interrompera. Olhando envergonhada para os olhos escuros que irradiavam amor e raiva, Scarlett percebeu com o coração apertado que nunca teria a paz e a calma da confissão. Melanie cortara para sempre aquele plano com suas primeiras palavras. Com uma das poucas emoções adultas que Scarlett já tivera, percebeu que descarregar seu coração torturado seria o mais puro egoísmo. Estaria se desfazendo de um peso e transferindo-o para o coração de uma pessoa inocente e leal. Tinha uma dívida com Melanie pela proteção recebida, e só com o silêncio poderia pagá-la. Que pagamento cruel seria destroçar a vida de Melanie com o conhecimento indesejado de que o marido lhe fora infiel e sua amada amiga era parte disso!

"Não posso contar a ela", pensou, infeliz. "Nunca, nem mesmo que minha consciência me mate." Sem querer, ela se lembrou do comentário embriagado de Rhett: "Ela não pode conceber a desonra em ninguém que ame... que esta seja sua cruz."

Sim, seria sua cruz, até morrer, manter esse tormento silencioso dentro dela, vestir a camisa de cilício da vergonha, sentir seu esfolar a cada olhar e gesto terno que Melanie fizesse através dos anos, subjugar para sempre o impulso de gritar: "Não seja tão boa! Não brigue por mim! Eu não mereço!"

"Se ao menos você não fosse tão tola, uma tola tão meiga, confiante, simplória, não seria tão difícil", pensou desesperada. "Já carreguei muitos fardos pesados, mas este será o mais pesado e opressor de todos."

Melanie sentava-se de frente para ela, em uma cadeira baixa, com os pés apoiados em um divã mais alto que deixava seus joelhos dobrados para cima, como uma criança, uma posição em que ela jamais ficaria, não estivesse possuída pela raiva a ponto de esquecer as conveniências. Segurava uma esteira de frocos nas mãos e levava a agulha cintilante para a frente e para trás com uma fúria tal, que parecia estar manuseando um espadim em um duelo.

Estivesse possuída de tal ira, Scarlett estaria batendo os pés e rugindo feito Gerald em seus melhores dias, invocando Deus para testemunhar a maldita má-fé e a patifaria da humanidade e proferindo ameaças e retaliações sanguinárias. Mas Melanie só sinalizava estar fervendo por dentro pelo relampejar da agulha e pelo delicado cenho franzido. Sua voz estava serena, e as palavras, mais bem escolhidas que de costume. Mas a contundência usada por Melanie lhe era estranha, pois ela raramente expressava uma opinião e jamais uma palavra descortês. Subitamente, Scarlett se deu conta de que os Wilkes e os Hamilton eram capazes de uma fúria igual ou superior à dos O'Hara.

– Estou farta de ouvir as pessoas criticando você, querida – disse Melanie –, esta foi a gota-d'água. Vou tomar uma atitude. Isso aconteceu porque os outros têm inveja porque você é inteligente e bem-sucedida. Teve sucesso onde muitos homens fracassaram. Não, não se aborreça comigo. Não estou querendo dizer que foi pouco feminina ou se masculinizou, como muita gente diz. Pois não foi nada disso. As pessoas simplesmente não a entendem e não suportam que as mulheres sejam inteligentes. Mas sua inteligência e seu sucesso não dão às pessoas o direito de dizer que você e Ashley... Ah! Deus!

A suave veemência dessa última frase teria sido, em lábios masculinos, uma profanação de significado bem definido. Scarlett ficou olhando para ela, alarmada por uma explosão tão sem precedentes.

– E virem a mim com essas mentiras imundas que maquinaram... Archie, India, a Sra. Elsing! Como ousaram? Claro, a Sra. Elsing não veio aqui. Não teve coragem. Ela sempre a odiou, querida, porque você era mais popular que Fanny. Além de ter ficado exasperada por ter rebaixado Hugh da gerência da serraria. Mas você teve toda razão de rebaixá-lo. Ele não passa de um imprestável, preguiçoso, insignificante! – Melanie rapidamente repudiou seu amiguinho de infância e admirador da adolescência. – Eu me culpo por Archie. Não devia ter abrigado o velho patife. Todo mundo me avisou, mas eu não queria escutar. Ele não gostava de você, querida, por causa dos detentos, mas quem é ele para criticá-la? O assassino de uma mulher! E, depois de tudo o que fiz por ele, ele chega para mim e conta... Eu não deveria ter ficado com pena se Ashley tivesse lhe dado um tiro. Bem, despachei-o daqui com uma boa bronca, lhe digo! E ele saiu da cidade.

"E quanto a India, aquela vilã! Querida, não pude deixar de notar desde a primeira vez que vi vocês duas juntas que ela a invejava e odiava, porque você era tão mais bonita e tinha tantos pretendentes... E a odiava especialmente por causa de Stuart Tarleton. Remoeu tanto sobre Stuart que... bem, detesto dizer isso sobre a irmã de Ashley, mas acho que sua mente sucumbiu de tanto pensar! Não há outra explicação para a atitude dela... Eu disse a ela para não pôr mais os pés nesta casa, e, se eu a ouvisse proferir uma insinuação tão vil, eu... eu a chamaria de mentirosa em público!"

Melanie parou de falar e abruptamente a raiva abandonou seu semblante, que se encheu de pesar. Melanie tinha toda aquela lealdade apaixonada ao clã, peculiar aos georgianos, e a ideia de uma briga familiar lhe despedaçava o coração. Por um momento, ela ficou com a voz embargada. Mas Scarlett era a mais querida, Scarlett vinha primeiro em seu coração, e ela continuou lealmente:

– Ela sempre teve ciúmes porque eu a amo mais, querida. Ela nunca mais entrará nesta casa e eu nunca porei os pés sob nenhum teto que a receba. Ashley concorda comigo, mas ficou de coração partido que sua própria irmã tenha dito tal...

À menção do nome de Ashley, os nervos exaustos de Scarlett não resistiram e ela caiu no choro. Será que ela nunca cessaria de apunhalar o coração dele? Seu único pensamento era deixá-lo feliz e seguro, mas cada passo seu parecia magoá-lo. Arruinara sua vida, rompera com seu orgulho e seu respeito próprio, estilhaçara aquela paz interior, a calma baseada na integridade. E agora o separava da irmã que amava tanto. Para salvar a própria reputação e a felicidade de sua mulher, India tivera que ser sacrificada, forçada a ficar sob a luz de uma solteirona mentirosa, ligeiramente louca, ciumenta... India, que tinha absoluta justificação em cada uma das desconfianças e palavras de acusação que proferira. Sempre que Ashley olhasse nos olhos de India, veria a verdade brilhando, verdade, censura e o frio desdém em que os Wilkes eram mestres.

Como Ashley valorizava a honra acima da vida, Scarlett sabia que ele devia estar se contorcendo. Ele, como Scarlett, fora obrigado a se abrigar atrás das saias de Melanie. Embora Scarlett percebesse a necessidade disso e soubesse que a culpa por essa falsa posição se depositava em grande parte em sua porta, ainda assim... Como mulher, ela teria respeitado Ashley mais se ele tivesse dado um tiro em Archie e admitido tudo para Melanie e para o mundo. Sabia que estava sendo injusta, mas sentia-se infeliz demais para se importar com refinamentos. Algumas das palavras de escárnio e desdém de Rhett vieram a sua mente e ela se perguntou se Ashley tinha sido de fato homem nessa confusão toda. E, pela primeira vez, parte do resplendor que o envolvia desde o dia em que se apaixonara por ele começou a desbotar imperceptivelmente. A mancha de vergonha e culpa que a envolvia passou para ele. Decidida, tentou combater a ideia, mas só conseguiu chorar ainda mais.

– Não! Não! – exclamou Melanie, largando seu froco e indo rapidamente para o sofá a fim de segurar a cabeça de Scarlett em seu ombro. – Eu não devia ter falado sobre isso e deixá-la sofrendo assim. Sei quanto você deve estar se sentindo mal e nunca mais se toca no assunto. Nunca mais, nem entre nós nem com qualquer outra pessoa. Será como se nunca tivesse acontecido. Mas – acrescentou ela, com certo veneno – vou mostrar a India e à Sra. Elsing. Não devem pensar que podem espalhar mentiras sobre meu marido e minha cunhada. Vou dar um jeito para que nenhuma das duas possa andar de cabeça erguida em Atlanta. E qualquer um que acredite nelas ou as receba será meu inimigo.

Olhando pesarosa o longo panorama de anos por vir, Scarlett percebeu que seria a causa de uma hostilidade que separaria a cidade e a família por gerações.

MELANIE CUMPRIU A palavra. Nunca mais mencionou o assunto a Scarlett ou a Ashley. Nem a mais ninguém. Manteve um ar de fria indiferença que rapidamente podia se transformar em formalidade gelada se alguém sequer ousasse insinuar o assunto. Durante as semanas que se seguiram à festa-surpresa, enquanto Rhett estava misteriosamente ausente, e a cidade, frenética de mexericos, agitação e partidarismo, ela não teve clemência pelos difamadores de Scarlett, fossem eles velhos amigos ou familiares. Não falou, agiu.

Ela ficou do lado de Scarlett como um parasita. Forçou-a a ir à loja e ao depósito como de costume, todas as manhãs, e a acompanhava. Insistiu que saísse para passear à tarde, embora Scarlett pouco quisesse se expor aos olhares curiosos. E Melanie ia a seu lado na carruagem. Levava-a em suas visitas nas tardes formais, suavemente forçando sua entrada em salões que ela não frequentava havia mais de dois anos. E com um olhar feroz que dizia "se-me-ama-ame-meu-cão", Melanie convertia as anfitriãs mais estarrecidas.

Fazia Scarlett chegar cedo nessas tardes e permanecer até que os últimos convidados tivessem partido, privando as senhoras da oportunidade de se reunirem em uma agradável discussão especulativa, algo que provocou certa indignação. Essas visitas eram um tormento particular para Scarlett, mas ela não ousava deixar de acompanhar Melanie. Detestava se sentar entre mulheres que secretamente cogitavam se ela realmente cometera adultério. Detestava saber que essas mulheres não teriam lhe dirigido a palavra não fosse pelo amor que dedicavam a Melanie e pelo desejo de manter sua amizade. Mas Scarlett sabia que, uma vez recebida, não poderia mais ser ignorada dali em diante.

Devido ao modo como as pessoas viam Scarlett, poucos baseavam sua defesa ou crítica em sua integridade pessoal. "Acho que ela seria capaz de tudo" era a opinião geral. Scarlett fizera inimigos demais para ter muitos defensores agora. Suas palavras e atitudes tinham ferido um excesso de corações para que muita gente se importasse com a mágoa que esse escândalo lhe causara. Mas todos se importavam muito em não ferir Melanie nem India, e a tempestade se revolvia em torno delas, não de Scarlett, concentrando-se em uma questão: "India teria mentido?"

Os que adotaram o lado de Melanie apontavam, triunfantes, para o fato de Melanie andar na constante companhia de Scarlett ultimamente. Uma mulher com os elevados princípios de Melanie defenderia a causa de uma mulher culpada, sobretudo com seu marido? De jeito nenhum! India não passava de uma solteirona frustrada que odiava Scarlett, que mentira sobre ela e induzira Archie e a Sra. Elsing a acreditarem em sua mentira.

Mas, indagavam os partidários de India, se Scarlett não era culpada, onde estava o capitão Butler? Por que não ali, ao lado da mulher, emprestando-lhe a força de sua aprovação? Era uma questão sem resposta, e, à medida que as semanas passavam e se espalhava o boato de que Scarlett estaria grávida, o grupo pró-India aquiesceu satisfeito. Não podia ser o bebê do capitão Butler, diziam. A desavença dos dois havia muito era de conhecimento público. Havia muito que a cidade se escandalizara com a separação de quartos.

Assim, os mexericos correram, dividindo a cidade, dividindo também os clãs dos Hamilton, Wilkes, Burr, Whitman e Winfield, antes tão próximos. Todos pertencentes à conexão familiar tiveram que tomar partido. Não existia terreno neutro. Melanie, com serena dignidade, e India, com ácida amargura, providenciaram isso. Mas não importava o lado que os parentes defendiam, todos se ressentiam de que tivesse sido Scarlett a causa da ruptura familiar. Ninguém achava que ela valesse a pena. Além disso, não importava o partido tomado, os parentes deploravam com todas as forças o fato de India ter assumido a lavagem de roupa suja em público e envolvido Ashley em um escândalo tão degradante. Mas, agora que ela tinha se pronunciado, muitos correram em sua defesa, ficando a seu lado contra Scarlett, assim como outros, que amavam Melanie, ficaram a seu lado e de Scarlett.

Metade de Atlanta era aparentada, ou afirmava ser, de Melanie e India. As ramificações de primos, primos por casamento ou por afinidade eram tão intrincadas que ninguém além dos georgianos natos poderia desemaranhá-las. Sempre tinham sido uma tribo unida, exibindo uma falange contínua de escudos sobrepostos para o mundo em épocas de tensão, não importando quais fossem suas opiniões particulares sobre a conduta de um parente específico. Exceto pela guerrilha entre tia Pitty e tio Henry, que sempre fora motivo de gargalhadas dentro da família, nunca houvera uma cisão nas relações cordiais. Eram pessoas gentis, de pouca fala, reservadas e nem sequer dadas às altercações amistosas que caracterizavam a maioria das famílias de Atlanta.

Mas agora estavam divididas em dois, e a cidade tinha o privilégio de testemunhar primos de quinto e sexto graus tomando partido no caso mais escandaloso que Atlanta já vira. Isso provocou grande dificuldade, criando tensão na diplomacia e abstenção da metade não aparentada da cidade, pois a hostilidade entre Melanie e India rompeu praticamente todas as organizações sociais. Os Comediantes, o Círculo de Costura em Prol das Viúvas e Órfãos da Confederação, a Associação em Prol do Embelezamento dos Túmulos de Nossos Gloriosos Mortos, o Círculo Musical das Noites de Sábado, a Sociedade Cotillon de Senhoras, a Biblioteca dos Jovens, todos estavam envolvidos. Assim como quatro igrejas com suas sociedades, Auxílio das Damas e Missionárias. Era necessário muito cuidado para evitar colocar membros de facções opostas no mesmo comitê.

Nas tardes comuns em suas casas, as matronas de Atlanta ficavam angustiadas das 16 às 18 horas, com medo de que Melanie e Scarlett aparecessem em seus salões na mesma hora que India e seus leais adeptos.

Quem mais sofreu em toda a família foi tia Pitty, que, nada desejando além de viver confortavelmente em meio ao amor de seus parentes, teria prazerosamente, nessa questão, corrido com as lebres e caçado com os cães. Mas nem lebres nem cães o permitiriam.

India morava com tia Pitty e, se ela tomasse o partido de Melanie, como desejava, India a deixaria. E se India a deixasse, o que a pobre Pitty faria? Não podia morar sozinha. Teria que arranjar uma desconhecida para morar com ela, ou fechar a casa e ir morar com Scarlett. Tia Pitty tinha a vaga sensação de que o capitão Butler não gostaria disso. Ou teria que ir morar com Melanie e dormir no pequeno cubículo que servia de berçário para Beau.

Pitty não gostava muito de India, que a intimidava com seu modo seco, teimoso e suas convicções apaixonadas. Mas ela possibilitava a Pitty manter seu confortável sistema, e a balança de Pitty sempre pesava mais para o lado do conforto pessoal que das questões morais. Então India ficou.

Mas sua presença na casa tornou tia Pitty o centro de uma tormenta, pois Scarlett e Melanie interpretaram isso como uma adesão ao partido de India. Laconicamente, Scarlett se recusou a continuar contribuindo para o sustento da casa enquanto India lá estivesse. Ashley enviava dinheiro a India toda semana, e toda semana India silenciosa e orgulhosamente o devolvia, para alarme e pesar da velha. Não fosse pela intervenção de tio Henry, as finanças na casa de tijolos vermelhos estariam em um estado deplorável, e Pitty se sentia humilhada por ter de aceitar dinheiro dele.

Pitty amava Melanie mais que qualquer outra pessoa no mundo, exceto por si mesma, e agora Melly agia como uma desconhecida fria e educada. Embora morasse praticamente no pátio de Pitty, nenhuma vez atravessara a cerca, algo que costumava fazer várias vezes todos os dias. Pitty a visitava, chorando e protestando seu amor e dedicação, mas Melanie sempre se recusava a discutir a questão e não retribuía as visitas.

Pitty sabia muito bem quanto devia a Scarlett... praticamente a própria existência. Com certeza, naqueles dias negros após a guerra, quando Pitty tivera que encarar a alternativa do irmão Henry ou a fome, Scarlett mantivera a casa para ela, a alimentara, vestira, possibilitando-lhe manter a cabeça erguida perante a sociedade de Atlanta. E, desde que se casara, mudando-se para a própria casa, fora a generosidade em pessoa. E, muitas vezes, após as visitas daquele amedrontador e fascinante capitão Butler a Scarlett, Pitty encontrava carteiras novas cheias de notas em seu console, ou lenços de renda cheios de moedas de ouro furtivamente enfiados em sua caixa de costuras. Rhett sempre jurava não saber de nada e a acusava, de modo descortês, de ter um admirador secreto, geralmente o barbudo vovô Merriwether.

Sim, Pitty devia amor a Melanie, segurança a Scarlett, e o que devia a India? Nada, exceto que sua presença evitava que precisasse abrir mão de sua vida agradável e tomar decisões por conta própria. Era tudo muito desgastante, vulgar demais, e Pitty, que jamais tomara decisões sozinha, simplesmente deixou as coisas prosseguirem como estavam, e em consequência passava muito tempo em lágrimas que não lhe traziam consolo.

No fim, algumas pessoas acreditavam piamente na inocência de Scarlett, não devido à sua virtude pessoal, mas porque Melanie acreditava. Alguns tinham algumas reservas, mas eram corteses com Scarlett e a visitavam porque amavam Melanie e queriam manter seu amor. Os adeptos de India faziam uma fria mesura, e alguns poucos a ignoravam abertamente. Esses eram constrangedores e irritantes, mas Scarlett percebia que, não fosse pela defesa de Melanie e por sua atitude rápida, toda a cidade teria lhe dado as costas e ela seria uma proscrita.

56

Rhett estava fora havia três meses, e durante esse tempo Scarlett não recebera uma palavra dele. Não sabia onde estava e por quanto tempo ficaria longe. Na verdade, não sabia sequer se voltaria. Durante esse tempo, ela cuidou dos negócios de cabeça erguida e coração ferido. Não se sentia bem, mas, forçada por Melanie, ia à loja todos os dias e tentava manter um interesse superficial pelas serrarias. Mas, pela primeira vez, ela perdera o interesse pela loja. Embora os negócios tivessem triplicado em relação ao ano anterior e dessem lucro, ela não conseguia se interessar e era áspera e ranzinza com os funcionários. A serraria de Johnnie Gallegher progredia, e o depósito de madeira vendia com facilidade todo o seu suprimento, mas nada que Johnnie fizesse ou dissesse a agradava. Ele, tão irlandês quanto Scarlett, acabou explodindo de raiva com suas implicâncias e ameaçou se demitir, após um longo e veemente discurso que finalizou com "e as costas de minhas duas mãos para a senhora, madame, e a maldição de Cromwell". Ela precisou apaziguá-lo com a mais servil das desculpas.

Ela nunca ia à serraria de Ashley. Nem ao escritório do depósito quando imaginava que ele estaria lá. Sabia que ele a evitava e que a constante presença dela em sua casa, devido aos inescapáveis convites de Melanie, era um tormento para ele. Eles nunca se falavam a sós e ela estava desesperada para questioná-lo. Queria saber se a odiava e o que, exatamente, dissera a Melanie, mas ele a mantinha a distância e silenciosamente lhe suplicava para não falar. A imagem de seu rosto, velho, desfigurado pelo remorso, fazia pesar ainda mais seu fardo, e o fato de que a serraria dele perdia dinheiro todas as semanas era um motivo extra de irritação que ela não podia expressar.

Sua impotência diante da situação a incomodava. Ela não sabia o que ele podia fazer para resolvê-la, mas sentia que ele devia fazer alguma coisa. Rhett teria feito. Rhett sempre fazia alguma coisa, mesmo que fosse a errada, e, mesmo sem querer, o respeitava por isso.

Agora que a raiva inicial de Rhett e de suas ofensas tinha passado, ela começava a sentir sua falta cada vez mais à medida que os dias passavam sem receber notícias. Da confusão de êxtase, raiva, decepção e orgulho ferido que ele deixara, emergira a depressão, e se acomodara em seu ombro como uma ave de rapina. Ela sentia saudades dele, sentia saudades de seu toque loquaz com as histórias que a faziam rolar de rir, de seu sorriso sarcástico que reduzia os problemas às suas devidas proporções, sentia saudades até de seus deboches que a impeliam a uma réplica incisiva. Mais que tudo, sentia falta de lhe contar as coisas. Rhett era ótimo nesse aspecto. Ela podia relatar sem vergonha e com orgulho como acabara com a moral de alguém e ele aplaudia. Se mencionasse tal coisa para outras pessoas, elas ficavam chocadas.

Ela se sentia solitária sem ele e Bonnie. Sentia mais saudades da filha do que imaginara ser possível. Lembrando-se das últimas palavras duras que Rhett lhe lançara sobre Wade e Ella, Scarlett tentava preencher algumas de suas horas vagas com eles. Mas não adiantava. As palavras de Rhett e as reações das crianças abriram seus olhos para uma verdade amarga. Quando eram bebês, ela estava ocupada e preocupada demais com as questões financeiras, áspera e irritável demais, para obter a confiança ou o afeto deles. E agora era muito tarde ou ela não tinha a paciência ou a sabedoria para penetrar em seus pequenos e secretos corações.

Ella! Scarlett se aborrecia de perceber que era uma criança tola, mas sem dúvida era. Ela não conseguia se concentrar em um assunto por mais tempo que um pássaro ficava em um galho de árvore, e, mesmo quando Scarlett tentava lhe contar histórias, Ella se desviava por tangentes infantis, interrompendo com perguntas sem sentido e se esquecendo do que perguntara muito antes que Scarlett conseguisse lhe explicar. E quanto a Wade... talvez Rhett tivesse razão. Talvez tivesse medo dela. Isso era estranho e a magoava. Por que seu filho, seu único menino, teria medo dela? Quando tentava fazê-lo falar, ele a olhava com os suaves olhos castanhos de Charles e se contorcia, virando os pés, constrangido. Mas com Melanie tagarelava e mostrava o conteúdo dos bolsos, desde minhocas a velhos barbantes.

Melanie tinha jeito com crianças. Não havia como negar. Seu pequeno Beau era a criança mais bem-comportada e adorável de Atlanta. Scarlett se dava melhor com ele do que com o próprio filho, pois Beau não se intimidava com os adultos e subia em seu joelho sem ser convidado sempre que a via. Que lourinho lindo ele era, bem como Ashley! Se ao menos Wade fosse como Beau... Claro, o motivo que possibilitava a Melanie fazer tantas coisas com ele era ter só um filho e não precisar se preocupar e trabalhar como Scarlett. Pelo menos era assim que Scarlett tentava justificar, mas a honestidade a forçava a admitir que Melanie amava crianças e adoraria ter uma dúzia. E seu afeto transbordante se derramava sobre Wade e sobre as crias da vizinhança.

Scarlett nunca se esqueceria do choque que tivera em um dia em que passara na casa de Melanie para buscar Wade, e quando ia pelo caminho da entrada ouviu o som da voz de seu filho em uma bela imitação do grito rebelde... Wade, que em casa era quieto quanto um camundongo. E varonil, seguindo o grito de Wade, ouviu o gritinho esganiçado de Beau. Ao entrar na sala, encontrou os dois atacando o sofá com espadas de madeira. À sua entrada, eles se aquietaram, desconcertados, e Melanie se ergueu de trás do sofá, rindo e segurando grampos e cachos esvoaçantes.

– É Gettysburg – explicou. – E eu sou os ianques, e certamente fiquei com a pior parte. Este é o general Lee – apontou para Beau –, e este o general Pickett – completou, pondo um braço em torno do ombro de Wade.

Sim, Melanie tinha um jeito com as crianças que Scarlett jamais teria.

"Pelo menos", pensou, "Bonnie me ama e gosta de brincar comigo". Mas a honestidade a forçou a admitir que Bonnie preferia Rhett infinitamente. Talvez nunca voltasse a vê-la. Pelo que ela sabia, Rhett podia estar na Pérsia ou no Egito pretendendo ficar lá para sempre.

Quando o Dr. Meade lhe disse que estava grávida, ela ficou aturdida, pois esperava um diagnóstico de irritabilidade e nervosismo. Então sua mente voou àquela noite sôfrega e ela ficou rubra com a lembrança. Então uma criança estava vindo daqueles momentos de êxtase absoluto... mesmo que a lembrança deste fosse empalidecida pela sequência dos fatos. Pela primeira vez, ela estava feliz de esperar um filho. Imagine se fosse um menino! Um menino de verdade, não uma criaturinha desanimada como Wade. Como ela o amaria! Agora que tinha tempo para se dedicar a um bebê e dinheiro para suavizar o caminho, como seria feliz! Teve o impulso de escrever a Rhett, aos cuidados da mãe dele em Charleston e lhe contar. Deus do Céu, ele precisava vir para casa agora! Imagine se ficasse fora até depois de o bebê nascer! Nunca poderia explicar isso! Mas, se escrevesse, ele acharia que o queria em casa e se divertiria. Ele nunca podia achar que o queria ou que precisava dele.

Ela ficou contente de ter reprimido esse impulso quando as primeiras notícias de Rhett chegaram em uma carta de tia Pauline de Charleston onde, parecia, Rhett estava visitando a mãe. Que alívio saber que ele ainda estava nos Estados Unidos, mesmo que a carta de tia Pauline a tivesse deixado furiosa. Rhett levara Bonnie para conhecê-la e a tia Eulalie, e a carta estava cheia de elogios.

"Que lindinha! Quando crescer, certamente será uma beldade. Mas suponho que você saiba que qualquer homem a cortejá-la terá de pelejar com o capitão Butler, pois nunca vi um pai tão dedicado. Agora, minha querida, gostaria de lhe confessar algo. Até conhecer o capitão Butler, achava que seu casamento com ele fora uma péssima associação, pois, é claro, ninguém em Charleston ouve algo de bom a seu respeito e todos têm pena da família dele. Na verdade, Eulalie e eu não sabíamos se deveríamos recebê-lo... mas, afinal, a querida criança é nossa sobrinha-neta. Quando ele veio, ficamos agradavelmente surpresas e percebemos quão pouco cristão é dar crédito aos boatos. Pois ele é encantador. Muito bonito também, achamos, e muito sério e cortês. E tão dedicado a você e à filha...

"E agora, minha querida, devo lhe escrever de algo que soubemos, algo em que Eulalie e eu relutamos em acreditar a princípio. Sabíamos, é claro, que você às vezes ia à loja que o Sr. Kennedy lhe deixou. Tínhamos ouvido boatos, mas os negamos. Percebemos que naqueles terríveis dias após a guerra talvez fosse necessário, diante das condições que se apresentavam. Mas agora não há necessidade de tal conduta de sua parte, pois sei que o capitão Butler está em circunstâncias muitos confortáveis e é, além disso, totalmente capaz de dirigir para você qualquer de seus negócios e propriedades. Tínhamos que saber a verdade a respeito desses boatos e fomos forçadas a fazer perguntas bem francas ao capitão Butler, o que foi extremamente aflitivo para todos nós.

"Relutante, ele nos contou que você passa as manhãs na loja e não permite que ninguém mais faça a contabilidade. Admitiu também que você tem alguma participação em uma serraria ou serrarias (não insistimos com ele sobre isso, estando já bastante aborrecidas com essa informação que desconhecíamos), exigindo que você ande desacompanhada ou assistida por um facínora que, garantiu o capitão Butler, é um assassino. Pudemos ver como isso lhe afligia o coração e achamos que ele deve ser um marido tolerante, tolerante até demais. Scarlett, isso precisa ter um ponto final. Sua mãe não está aqui e devo guiá-la em seu lugar. Pense em como seus filhinhos se sentirão quando crescerem e perceberem que você estava no comércio! Quanto ficarão mortificados ao saber que você se expôs às ofensas de homens rudes e aos perigos dos mexericos indiscretos por cuidar de uma serraria. Uma atitude nada feminina..."

Praguejando, Scarlett largou a carta sem terminar de ler. Podia visualizar tia Pauline e tia Eulalie a criticá-la, sentadas em sua casa prestes a desmoronar em Battery, onde estariam à míngua se não fosse pelo que ela, Scarlett, lhes enviava todos os meses. Nada feminina? Por Deus, tivesse ela sido feminina, seria provável que as duas nem tivessem um teto sobre a cabeça agora. E maldito Rhett por lhes contar sobre a loja, a contabilidade e as serrarias! Estava relutante, não é? Ela sabia muito bem do prazer que ele sentira se fazendo de sério, cortês e encantador, o marido e pai dedicado. Como devia ter adorado atormentá-las, descrevendo suas atividades com a loja, as serrarias, o *saloon*. Que demônio ele era. Por que tirava tanto prazer dessas coisas perversas?

Mas logo, mesmo essa raiva se transformou em apatia. A vida perdera tanto do entusiasmo ultimamente... Se ao menos ela conseguisse recapturar a emoção e o resplendor de Ashley... se ao menos Rhett voltasse para casa e a fizesse rir.

SEM AVISAR, eles retornaram. A primeira sugestão da chegada foi o ruído da bagagem no piso do vestíbulo e a voz de Bonnie gritando "mãe!".

Scarlett saiu do quarto correndo até o topo da escadaria e viu sua filha esticando as pernas rechonchudas, em um esforço de subir as escadas. Um gatinho listrado estava resignadamente agarrado a seu peito.

– A vovó deu ele para mim – gritou empolgada, segurando o gato pelo cangote.

Scarlett a pegou no colo, beijando-a, agradecida por sua presença poupá-la de um primeiro encontro a sós com Rhett. Olhando por cima da cabeça de Bonnie, ela o viu no vestíbulo lá embaixo, pagando o cocheiro do táxi. Olhando para cima, ele a viu e tirou o chapéu em uma larga mesura. Ao encontrar os olhos escuros, seu coração saltou. Não importava o que ele era, o que fizera, agora estava em casa e a deixava contente.

– Onde está Mammy? – perguntou Bonnie, se contorcendo para escapar do abraço de Scarlett, que, relutante, deixou-a descer.

Seria mais difícil do que ela previra, cumprimentar Rhett com o grau adequado de indiferença, sem falar da notícia do novo bebê! Ela olhou para sua fisionomia enquanto ele subia as escadas, o rosto moreno indiferente, tão impenetrável, tão vazio. Não, ela esperaria para contar. Não podia ser de imediato. Entretanto, essas notícias pertenciam primeiro ao marido, pois eles sempre ficavam contentes de ouvi-las. Mas ela não achava que ele fosse ficar contente com essa.

Ela ficou no patamar, encostada na balaustrada, cogitando se ele iria beijá-la. Mas não. Disse apenas:

– Está pálida, Sra. Butler. O ruge está em falta?

Nenhuma palavra sobre ter sentido saudades dela, mesmo que não falasse sério. E podia ao menos tê-la beijado diante de Mammy, que, após uma mesura, levava Bonnie pelo corredor até o berçário. Ele ficou ao lado dela no patamar, avaliando-a com indiferença.

– Será que esse abatimento significa que sentiu minha falta? – perguntou ele e, embora seus lábios estivessem sorrindo, os olhos não estavam.

Então essa seria sua atitude. Detestável como sempre. Subitamente, a criança que ela carregava tornou-se um fardo nauseante em vez de algo que trazia com contentamento no ventre, e esse homem diante dela, parado ali, indiferente, com seu largo chapéu-panamá junto ao quadril, seu mais amargo adversário, a causa de todos os seus problemas.

Havia veneno em seus olhos quando ela respondeu, um veneno muito evidente para deixar escapar, e o sorriso se foi do rosto dele.

– Se estou pálida a culpa é sua, mas não por ter sentido sua falta, seu convencido. É porque... – Ah, ela não pretendia contar a ele desse jeito, mas as palavras ardentes se precipitaram em seus lábios e ela as jogou, sem se preocupar com a possibilidade de os criados ouvirem. – É porque estou esperando um bebê!

Ele ficou sem fôlego de repente e seus olhos rapidamente a examinaram. Ele deu um passo em sua direção como se fosse pôr a mão em seu braço, mas ela se esquivou e, diante do ódio nos olhos dela, o rosto dele endureceu.

– É mesmo! – disse ele friamente. – Bem, quem é o felizardo pai? Ashley?

Ela agarrou o pilar até as orelhas do leão entalhado lhe machucarem a palma. Mesmo ela, que o conhecia tão bem, não previra esse insulto. É claro que estava brincando, mas havia algumas brincadeiras que eram monstruosas demais para serem toleradas. Ela teve vontade de lhe arranhar os olhos com as unhas afiadas e apagar aquela luz estranha.

– Seu maldito! – começou, a voz trêmula de tanta raiva. – Você... você sabe que é seu. E não o quero mais do que você. Nenhuma... mulher iria querer filhos de um canalha como você. Eu queria... Ah, Deus, eu queria que fosse o filho de qualquer um, mas não seu!

Ela viu seu rosto moreno mudar de repente, raiva e algo que ela não conseguia analisar fazendo-o se retorcer como que atingido.

"Pronto!", ela pensou em um acesso de prazer enraivecido. "Pronto! Agora eu o magoei!"

Mas a velha máscara fleumática voltara a seu semblante e ele cofiou um lado do bigode.

– Anime-se – disse ele, virando-se e seguindo escada acima –, talvez você perca a criança.

Por um momento de tontura, ela pensou no que uma gestação significava, o enjoo que a dilacerava, a tediosa espera, a perda das formas, as horas de dor. Coisas que nenhum homem podia avaliar. E ele ousava fazer piadas. Ela lhe cravaria as unhas. Nada, além da visão de sangue no rosto dele, aliviaria a dor em seu coração. Ela investiu contra ele, rápida como uma gata, mas com um leve movimento de surpresa ele foi para o lado, erguendo o braço para evitá-la. Ela estava na beira do último degrau recém-encerado e, quando seu braço com todo o peso do corpo bateu no dele, ela perdeu o equilíbrio. Tentou se agarrar no pilar da escada, sem conseguir. Caiu de costas nas escadas, sentindo uma pontada de dor nas costelas. E, muito atordoada para se segurar, rolou até embaixo.

ERA A PRIMEIRA VEZ que Scarlett ficava de cama, exceto quando tivera os bebês, mas essas vezes não contam. Nessas ocasiões ela não ficara desesperançada e com o medo que sentia agora, fraca, dolorida e atordoada. Sabia que estava pior do que ousavam lhe dizer, percebia levemente que podia morrer. Ao respirar, sentia uma pontada na costela fraturada, o rosto machucado e a cabeça doíam e todo o seu corpo estava entregue aos demônios que a fincavam com tridentes quentes e a serravam com facas sem fio, concedendo-lhe apenas breves intervalos. Ficou tão sem forças que não conseguia readquirir o controle de si mesma antes que voltassem. Não, os partos não tinham sido assim. Duas horas após o nascimento de Wade, Ella e Bonnie, ela estava fazendo lautas refeições, mas agora não podia pensar em nada, além de água fria, que ficava nauseada.

Como era fácil ter um filho, e como era doloroso não ter! Estranha aquela angústia, mesmo em meio a sua dor, de saber que não teria essa criança. Mais estranho ainda porque teria sido a primeira realmente desejada. Ela tentou pensar por que a desejara, mas sua mente estava exausta demais para pensar em qualquer coisa, além do medo da morte. A morte estava ali no quarto e ela não tinha forças para confrontá-la, combatê-la, e estava amedrontada. Queria alguém forte a seu lado, que lhe segurasse a mão e lutasse contra a morte até que ela tivesse força suficiente para lutar por si mesma.

A raiva fora engolida pela dor e ela queria Rhett. Mas ele não estava lá, e ela não tinha coragem de perguntar por ele.

A última lembrança que tinha dele era de sua aparência ao pegá-la no vestíbulo escuro ao pé da escadaria, o rosto lívido e isento de tudo que não um medo pavoroso, a voz rouca chamando por Mammy. Depois a leve lembrança de ser carregada para cima, antes que sua mente se apagasse. Com a volta à consciência, dor e mais dor, o quarto cheio de vozes sussurrantes e os soluços de tia Pitty, as ordens bruscas do Dr. Meade e pés que corriam pelas escadas e andavam suaves pelo corredor. Então, como um raio, reconheceu a morte, e o medo lhe deu vontade de gritar um nome, mas o grito saiu em um sussurro.

O sussurro desesperado teve a resposta imediata de alguém no escuro ao lado da cama, e a voz suave de quem ela chamara respondeu em tom de cantiga de ninar:

– Estou aqui, querida. Estive aqui todo o tempo.

A morte e o medo recuaram gentilmente quando Melanie pegou sua mão, pondo-a silenciosamente em sua face fria. Scarlett tentou se virar para ver-lhe o rosto e não conseguiu. Melly estava tendo o bebê e os ianques estavam vindo. A cidade pegava fogo e ela precisava se apressar. Mas Melly estava tendo o bebê e ela não podia fugir. Precisava ficar com ela e ser forte porque Melly necessitava de sua força. Melly sentia tantas dores, havia tridentes quentes nela e facas sem fio, ondas recorrentes de dor. Precisava segurar a mão de Melly.

Mas o Dr. Meade estava lá, afinal, ele tinha vindo, mesmo que os soldados na estação precisassem dele, pois ela o ouviu dizer:

– Ela está delirando. Onde está o capitão Butler?

A noite estava escura e depois clara e às vezes ela estava tendo um bebê e em outras era Melanie quem gritava, mas o tempo todo Melly estava lá, suas mãos estavam frias e ela não fazia gestos inúteis de ansiedade nem soluçava como tia Pitty. Sempre que Scarlett abria os olhos, dizia "Melly?", e a voz respondia. E geralmente ela começava a sussurrar: "Rhett... quero Rhett" e se lembrava, como em um sonho, de que Rhett não a queria, de que seu rosto estava escuro, como o de um índio, e seus dentes apareciam brancos em um riso de deboche. Ela o queria e ele não a queria.

Uma vez ela disse: "Melly?", e a voz de Mammy respondeu: "Sô eu, fia" e pôs um pano frio em sua testa, e ela chorou irritada: "Melly... Melanie", dizia sem parar, mas Melanie não apareceu por um longo tempo. Pois Melanie estava sentada na beira da cama de Rhett, que embriagado e aos prantos, sentado no chão, soluçava, a cabeça no colo dela.

Toda vez que ela saía do quarto de Scarlett, o via, sentado na cama, a porta aberta, observando a porta do outro lado do corredor. Seu quarto estava desarrumado, tocos de charuto espalhados e pratos de comida intocados. A cama revirada e ele ali sentado, barba por fazer e subitamente magro, fumando sem parar. Nunca lhe fazia perguntas ao vê-la. Ela sempre ia até a porta, ficava por um minuto lhe dando as notícias: "Sinto muito, ela está pior" ou "Não, ainda não chamou o senhor. Está delirando" ou "Não perca as esperanças, capitão Butler. Deixe-me lhe preparar um café e algo de comer. Assim vai ficar doente".

Seu coração sempre se condoía de pena dele, embora estivesse com sono e quase cansada demais para sentir qualquer coisa. Como as pessoas podiam dizer todas aquelas mesquinharias sobre ele... dizer que não tinha coração, que era perverso e infiel a Scarlett, quando ela podia vê-lo emagrecer diante de seus olhos, ver o tormento em seu semblante? Mesmo cansada, sempre tentava ser mais gentil que de costume ao lhe fazer os boletins do quarto da enferma. Ele parecia uma alma penada esperando pelo juízo... uma criança em um mundo subitamente hostil. Mas todos eram como crianças para Melanie.

Mas quando, enfim, ela foi toda alegre até a porta dele para contar que Scarlett sentia-se melhor, estava despreparada para o que encontrou. Havia uma garrafa de uísque pela metade na mesa ao lado da cama e o cômodo fedia a bebida. Ele olhou para ela com olhos vidrados e a mandíbula tremia, apesar de seus esforços para fechar a boca.

– Ela morreu?

– Ah, não. Está bem melhor.

– Ah, meu Deus – disse ele, pondo o rosto entre as mãos. Ela viu seus ombros largos se sacudirem como se tivessem tido um calafrio e, enquanto o olhava com pena, a pena logo se transformou em horror, pois viu que ele estava chorando. Melanie nunca vira um homem chorar e ver logo Rhett, tão melífluo, tão debochado, tão seguro de si...

O ruído engasgado de desespero que ele fazia a assustou. Ficou apavorada com a ideia de ele estar bêbado, pois Melanie tinha medo da embriaguez. Mas, quando ele levantou a cabeça e ela vislumbrou seus olhos, apressou-se a entrar no quarto, fechou a porta sem ruído e foi até ele. Nunca vira um homem chorar, mas consolara as lágrimas de muitas crianças. Quando ela pôs a mão suave em seu ombro, os braços dele subitamente abraçaram suas saias. Antes que se desse conta, estava sentada na cama e ele no chão, a cabeça em seu colo e os braços e mãos segurando-a em um aperto que chegava a machucar.

Ela afagou levemente a cabeça de cabelos pretos e, acalmando-o, disse:

– Calma, calma, ela vai ficar boa.

Com isso, o aperto afrouxou e ele começou a falar rapidamente, com voz rouca, balbuciando como que para uma sepultura que nunca contaria seus segredos, balbuciando a verdade pela primeira vez na vida, desnudando-se impiedosamente para Melanie, a princípio totalmente desnorteada, totalmente maternal. Sua fala era descontinuada, o rosto enterrado em seu colo, empurrando as dobras de sua saia. Às vezes, suas palavras saíam indistintas, abafadas, outras chegavam bem claras a seus ouvidos, palavras amargas de confissão e rebaixamento, falando de coisas que ela nunca ouvira nem sequer uma mulher mencionar, segredos que levaram o sangue ardente do recato às suas faces, deixando-a agradecida pela cabeça baixa dele.

Ela afagou sua cabeça como fazia com o pequeno Beau e disse:

– Quieto! Capitão Butler! O senhor não deve me contar essas coisas! Está fora de si. Aquiete-se!

Mas a voz dele continuava, em uma torrente impetuosa de emoção, e ele se segurava ao vestido dela como se representasse sua esperança de vida.

Ele se acusou de coisas que ela não entendia; balbuciou o nome de Belle Watling e depois a sacudiu com violência ao exclamar:

– Eu matei Scarlett, eu a matei. Você não entende. Ela não queria esse bebê e...

– O senhor precisa se aquietar! Não está em posse de si mesmo! Não querer um bebê? Ora, toda mulher quer...

– Não! Não! A senhora quer filhos. Mas ela não quer. Não os meus...

– O senhor deve parar!

– A senhora não entende. Ela não queria esse bebê e eu o fiz. Esse... esse bebê... é tudo culpa minha. Nós não andávamos dormindo juntos...

– Cale-se, capitão Butler! Não é conveniente...

– E eu estava bêbado, enlouquecido e queria magoá-la... porque ela tinha me magoado. Eu queria... e fiz... mas ela não me queria. Ela nunca me quis. Nunca me quis e eu tentei... tentei tanto e...

– Ah, por favor!

– E eu não sabia desse bebê até o outro dia... quando ela caiu. Ela não sabia onde eu estava para me escrever... mas não teria me escrito se soubesse. Eu lhe digo... teria vindo direto para casa... ah, se eu soubesse... mesmo que ela não me quisesse em casa...

– Ah, sim, eu sei que o senhor viria!

– Deus, andei feito um louco todas essas semanas, louco e embriagado! E, quando ela me disse, lá na escada... o que eu fiz? O que eu disse? Eu ri e disse: "Anime-se. Talvez você perca o bebê." E ela...

De repente, Melanie ficou lívida, seus olhos se arregalaram de horror enquanto olhava para a cabeça atormentada em seu colo. O sol da tarde entrou pela janela aberta e subitamente ela viu, como que pela primeira vez, como eram grandes, morenas e fortes suas mãos, e que grossos eram os pelos negros que cresciam nas costas delas. Involuntariamente, encolheu-se. Pareciam tão predadoras, tão impiedosas e, no entanto, enroscadas em sua saia, tão abatidas, tão impotentes.

Seria possível que ele tivesse ouvido e acreditado na mentira absurda sobre Scarlett e Ashley e tivesse ficado enciumado? É verdade, ele saíra da cidade logo após o escândalo, mas... Não, não podia ser isso. O capitão Butler sempre viajava de uma hora para outra. Não podia ter acreditado nos mexericos. Era sensato demais. Se essa fora a causa do problema, ele não teria tentado matar Ashley? Ou pelo menos exigido uma explicação?

Não, não podia ser isso. Só estava bêbado, mal por causa da tensão e sua mente estava acelerada, como um homem delirante a balbuciar fantasias tresloucadas. Os homens não toleravam as tensões tão bem como as mulheres. Algo o aborrecera, talvez tivesse havido alguma pequena discussão com Scarlett e ele ampliara sua importância. Talvez algumas das coisas atrozes que dissera fossem verdadeiras, mas não tudo. Ah, aquela última, certamente não! Nenhum homem poderia dizer tal coisa à mulher que amava de modo tão apaixonado como esse homem amava Scarlett. Melanie nunca vira o mal, nunca vira crueldade e, agora que se deparava com isso pela primeira vez, achou inconcebível. Ele estava bêbado e mal. E crianças que passavam mal precisavam ser reanimadas.

– Calma! Calma! – disse ela, apaziguante. – Quieto agora. Eu entendo.

Ele ergueu a cabeça com violência e olhou para ela, os olhos injetados, desvencilhando-se ferozmente de suas mãos.

– Não, por Deus, a senhora não entende! Não pode entender! É... é boa demais para entender. Não acredita, mas é tudo verdade e eu sou um cachorro. Sabe por que fiz isso? Estava louco, doido de ciúme. Ela nunca gostou de mim e achei que conseguiria fazê-la gostar. Mas nunca gostou. Ela não me ama. Nunca me amou. Ela ama...

Seu olhar passional, embriagado, encontrou o dela e ele parou, boca entreaberta, como que percebendo pela primeira vez com quem falava. O rosto dela estava pálido e tenso, mas os olhos eram tranquilos, meigos, cheios de pena e incredulidade. Havia uma serenidade luminosa neles, e a inocência nas suaves profundezas castanhas o atingiu como um golpe na cara, varrendo parte do álcool de seu cérebro, detendo suas palavras desenfreadas em pleno voo. Ele arrastou um murmúrio, os olhos se desviaram dos dela, os cílios piscando com rapidez na luta para retornar à sanidade.

– Sou um canalha – murmurou, deixando a cabeça cair no colo dela. – Mas não tão canalha assim. E, se eu lhe contasse, a senhora não acreditaria, não é? É boa demais para acreditar. Nunca conheci alguém tão bom. A senhora não acreditaria, não é?

– Não, eu não acreditaria no senhor – disse Melanie, calmante, começando a afagar a cabeça dele outra vez. – Ela vai ficar boa. Pronto, capitão Butler! Não chore! Ela vai ficar boa.

57

Foi uma mulher pálida e magra que Rhett deixou no trem para Jonesboro um mês depois. Wade e Ella, que viajariam com ela, estavam quietos e desconfortáveis diante do semblante imóvel da mãe. Ficaram agarrados a Prissy, pois, mesmo para suas mentes infantis, havia algo de assustador na atmosfera fria e impessoal entre a mãe e o padrasto.

Apesar de fraca, Scarlett estava indo para Tara. Tinha a sensação de que sufocaria se ficasse mais um dia em Atlanta, forçando a mente cansada a girar no círculo profundo e desgastado de ideias inúteis sobre sua situação. Corpo doente e mente exausta, imobilizada como uma criança perdida em um campo de pesadelos, sem ver qualquer referência conhecida a guiá-la.

Como fugira uma vez de Atlanta diante de um exército invasor, agora fugia de novo, jogando as preocupações para o fundo da mente e preferindo sua antiga defesa contra o mundo: "Não vou pensar nisso agora. Não vou aguentar. Penso nisso amanhã, em Tara. Amanhã será outro dia." Parecia-lhe que bastaria retornar à imobilidade dos verdes campos de algodão e todos os seus problemas sumiriam, dando-lhe condições de reunir os pensamentos estilhaçados em algo que lhe pautasse a existência.

Rhett ficou olhando o trem até perdê-lo de vista com uma expressão nada agradável de curiosa amargura. Suspirou, dispensou a carruagem e, montando em seu cavalo, foi para a rua Ivy, à casa de Melanie.

Era uma manhã quente e Melanie sentava-se na varanda à sombra das trepadeiras, a cesta de costuras cheia de meias a consertar. Ela ficou confusa e apreensiva ao ver Rhett apear do cavalo e jogar as rédeas sobre o braço do menino negro de ferro fundido que ficava na calçada. Não se falavam desde aquele dia atroz em que Scarlett estava tão doente e ele tão... bêbado. Melanie detestava até pensar na palavra. Só falara com ele de passagem durante a convalescença de Scarlett e nessas ocasiões achara difícil olhá-lo nos olhos. No entanto, ele fora afável como sempre e nunca, por olhar ou palavra, mostrara saber o que se passara entre eles. Ashley dissera certa vez que muitas vezes os homens não se lembravam do que fizeram ou disseram durante uma bebedeira, e Melanie rezou fervorosamente para que o capitão Butler tivesse perdido a memória daquela ocasião. Tinha impressão de preferir a morte a saber que ele se lembrava dos desabafos. Dominada pela timidez e pelo constrangimento, sentiu ondas de rubor lhe invadir as faces enquanto ele vinha pelo caminho da entrada. Talvez só estivesse ali para ver se Beau podia passar o dia com Bonnie. Certamente, não teria o mau gosto de lhe agradecer pelo que fizera naquele dia!

Levantando-se para cumprimentá-lo, observou surpresa, como sempre, a leveza daquele andar para um homem de seu porte.

– Scarlett já foi?

– Sim. Tara lhe fará bem – disse ele sorrindo. – Às vezes, acho que ela é como o gigante Anteu, que ficava mais forte cada vez que tocava a Terra Mãe. Scarlett não consegue ficar afastada por muito tempo daquele torrão de terra vermelha que ama. A vista do algodão crescendo lhe fará mais bem que todos os tônicos do Dr. Meade.

– Gostaria de se sentar? – disse Melanie, as mãos agitadas. Ele era muito grande e másculo, e criaturas excessivamente masculinas sempre a descompunham. Pareciam irradiar uma força e uma vitalidade que a faziam se sentir menor e mais fraca do que já era. Tão moreno e formidável, os músculos fortes dos ombros salientes no paletó de linho branco de tal modo que a assustavam. Era incrível ter visto toda essa força e insolência vir abaixo. E ela segurara aquela cabeça de cabelos negros em seu colo!

"Minha nossa!", pensou, aflita, corando novamente.

– Sra. Melly – disse ele gentilmente –, minha presença a aborrece? Prefere que eu me vá? Por favor, seja franca.

"Ah!", pensou ela. "Ele se lembra! E percebe quanto estou perturbada!"

Ela olhou para ele, suplicante, e subitamente constrangimento e confusão se foram. Os olhos dele estavam tão tranquilos, tão bondosos, tão compreensivos que ela se perguntou como podia ter sido tola a ponto de ficar atrapalhada. Seu rosto dava a impressão de cansaço e, ela pensou surpresa, um pouco mais que tristeza. Como podia ter sequer pensado que ele seria grosseiro a ponto de aludir ao assunto que ambos preferiam esquecer?

"Coitado, andou tão preocupado com Scarlett...", pensou e, arrumando um sorriso, disse:

– Sente-se, capitão Butler.

Ele se sentou pesadamente e observou-a voltando à cerzidura.

– Sra. Melly, vim lhe pedir um enorme favor e – disse ele, sorrindo, descendo os cantos da boca – recrutar sua ajuda em uma trapaça que, sei de antemão, vai lhe causar resistência.

– Uma... trapaça?

– É. De fato, vim lhe falar de negócios.

– Ah, nossa. Então é melhor procurar o Sr. Wilkes. Sou péssima nos negócios. Não sou esperta como Scarlett.

– Receio que Scarlett seja esperta demais para seu próprio bem – disse ele –, e é exatamente sobre isso que desejo lhe falar. A senhora sabe quanto ela ficou... doente. Quando voltar de Tara, vai começar sua lida furiosa com a loja e com aquelas serrarias que eu adoraria que explodissem noite dessas. Temo pela saúde dela, Sra. Melly.

– É verdade, ela trabalha demais. O senhor precisa fazê-la parar e cuidar de si.

Ele riu.

– A senhora sabe quanto ela é voluntariosa. Nunca sequer tento discutir com ela. É como uma criança obstinada. Não quer que eu a ajude. Já tentei fazê-la vender sua parte das serrarias, mas ela não quer. E agora, Sra. Melly, é que chego à questão do negócio. Sei que Scarlett venderia sua parte das serrarias ao Sr. Wilkes e a mais ninguém, e gostaria que o Sr. Wilkes fizesse uma oferta de compra.

– Ah, minha nossa! Isso seria bom, mas... – Melanie parou de falar e mordeu o lábio. Não podia mencionar questões financeiras a outra pessoa. De algum modo, apesar do que ele ganhava com a serraria, ela e Ashley nunca pareciam ter dinheiro suficiente, e ela se preocupava com a pouca poupança que conseguiam fazer. Para onde iria o dinheiro? Ashley lhe dava o bastante para cuidar da casa, mas, quando havia despesas extras, eles costumavam ter dificuldades. É claro, suas contas médicas eram muitas, e havia os livros e móveis que Ashley encomendava de Nova York, tudo custava dinheiro. Além disso, eles alimentavam e vestiam inúmeras pessoas sem teto que dormiam no porão, e Ashley nunca conseguia recusar um empréstimo a um homem que estivera no exército confederado. E...

– Sra. Melly, eu gostaria de lhe emprestar o dinheiro – disse Rhett.

– É muita gentileza sua, mas talvez nunca possamos lhe pagar de volta.

– Não faço questão de ser pago. Não se zangue comigo, Sra. Melly! Escute-me, por favor. Serei grato por saber que Scarlett não ficará se exaurindo, viajando quilômetros até as serrarias todos os dias. A loja bastará para mantê-la ocupada e feliz... Entende?

– Bem... sim... – disse Melanie, insegura.

– A senhora quer que seu menino tenha um pônei, não é? E quer que ele vá para a universidade em Harvard e à Europa em uma *Grand Tour* não quer?

– Ah, é claro – exclamou Melanie, o semblante se iluminando, como sempre acontecia à menção de Beau. – Quero lhe dar tudo, mas... bem, estão todos tão pobres hoje em dia que...

– O Sr. Wilkes pode ganhar muito dinheiro com as serrarias algum dia – disse Rhett. – E eu gostaria de ver Beau desfrutar de todas as vantagens que merece.

– Ah, capitão Butler, que miserável ardiloso o senhor é! – exclamou ela, sorrindo. – Apelando para o orgulho materno! Eu posso lê-lo como a um livro.

– Espero que não – disse Rhett, e pela primeira vez houve um brilho em seus olhos. – Então, vai me permitir lhe emprestar o dinheiro?

– Mas onde entra a trapaça?

– Precisamos conspirar juntos e enganar tanto Scarlett quanto o Sr. Wilkes.

– Minha nossa! Eu não conseguiria!

– Se Scarlett soubesse que conspirei pelas costas, mesmo sendo para seu próprio bem... Ora, a senhora conhece o temperamento dela! E receio que o Sr. Wilkes recusaria qualquer empréstimo que eu lhe oferecesse. Portanto, nenhum dos dois pode saber de onde veio o dinheiro.

– Ah, mas eu tenho certeza de que o Sr. Wilkes não recusaria, se entendesse a questão. Ele gosta muito de Scarlett.

– Sim, tenho certeza disso – disse Rhett tranquilamente. – Mas, mesmo assim, ele iria recusar. A senhora sabe quanto todos os Wilkes são orgulhosos.

– Nossa! – exclamou Melanie, infeliz. – Eu gostaria... Mesmo, capitão Butler, eu não poderia enganar meu marido.

– Nem mesmo para ajudar Scarlett? – Rhett pareceu muito magoado. – Ela gosta tanto da senhora!

As lágrimas tremeram nos cílios de Melanie.

– O senhor sabe que eu faria qualquer coisa por ela. Nunca, nunca poderei retribuir a metade do que ela fez por mim. O senhor sabe.

– Sim – disse ele brevemente –, sei o que ela fez pela senhora. Não poderia dizer ao Sr. Wilkes que o dinheiro lhe foi deixado em testamento por algum parente?

– Ah, capitão Butler, não tenho parentes com a bênção de um centavo sequer!

– Então, se eu enviasse o dinheiro pelo correio para o Sr. Wilkes sem que ele soubesse do remetente, a senhora cuidaria para que fosse usado para comprar as serrarias e não... bem, doado aos ex-Confederados sem meios?

A princípio, ela se magoou com as últimas palavras, que deixavam subentendida uma crítica a Ashley, mas ele sorriu de modo tão compreensivo que ela sorriu de volta.

– É claro que sim.

– Então estamos acertados? Fica sendo nosso segredo?

– Mas nunca guardei qualquer segredo de meu marido!

– Tenho certeza disso, Sra. Melly.

Olhando para ele, ela pensou em quanto sempre estivera certa a seu respeito e quão enganadas estavam tantas outras pessoas. Diziam que era bruto, debochado, mal-educado e até desonesto. Embora muita gente fina agora estivesse admitindo que se enganara. Ora! Ela sabia desde o início que ele era um bom homem. Nunca recebera dele nada que não fosse o mais gentil dos tratamentos, atenção, extremo respeito e compreensão! Além disso, como amava Scarlett! Que meiguice a dele dar toda essa volta para poupá-la de um dos fardos que carregava!

Em um impulso sentimental, ela disse:

– Que sorte de Scarlett ter um marido tão bom com ela!

– A senhora acha? Receio que ela não concordaria se pudesse ouvi-la, Sra. Melly. Estou lhe dando mais do que dou a Scarlett.

– A mim? – perguntou ela, intrigada. – Ah, o senhor quer dizer a Beau.

Ele pegou o chapéu e se levantou. Ficou por um momento olhando para o rosto simples, em forma de coração, com seu pronunciado bico de viúva e graves olhos escuros. Uma fisionomia tão etérea, tão indefesa contra o mundo.

– Não, não a Beau. Estou tentando lhe dar algo mais que Beau, se puder imaginar.

– Não, não posso – disse ela, confusa outra vez. – Não há nada no mundo que me seja mais precioso que Beau, a não ser Ash... a não ser o Sr. Wilkes.

Rhett ficou quieto e olhou para ela, a fisionomia impassível.

– O senhor é de uma bondade extrema querendo fazer algo por mim, capitão Butler, mas, de fato, eu tenho muita sorte. Tenho tudo que uma mulher poderia desejar.

– Isso é ótimo – disse Rhett, subitamente soturno. – E pretendo garantir que continue tendo.

QUANDO SCARLETT voltou de Tara, a palidez doentia se fora e as faces estavam cheias e levemente rosadas. Seus olhos verdes alertas e reluzentes de novo e, pela primeira vez em semanas, ela deu uma risada quando Rhett e Bonnie foram buscá-los na estação. Uma risada amuada e divertida a um só tempo. Rhett tinha duas penas de peru na aba do chapéu e Bonnie usava seu vestido dominical lamentavelmente rasgado, tinha traços azul-índigo pintados nas bochechas e uma pena de pavão com metade de seu tamanho enfiada nos cachos. Era evidente que estavam brincando de índio quando chegou a hora de ir à estação esperar o trem, e óbvio, pela aparência de cômica impotência na fisionomia de Rhett e pela indignação de Mammy, Bonnie se recusara a fazer a toalete, mesmo para encontrar a mãe.

– Que criança maltrapilha – disse Scarlett ao beijar a filha, e depois ofereceu a face para os lábios de Rhett. A estação estava lotada, caso contrário ela jamais teria oferecido esse carinho. Embora constrangida pela aparência de Bonnie, não pôde deixar de notar que todos estavam rindo diante do quadro representado por pai e filha, mas não de escárnio, e sim afavelmente achando graça. Todos sabiam que a caçula de Scarlett tinha o pai pela coleira, e Atlanta se divertia e aprovava. O grande amor de Rhett pela filha havia muito o reintegrara na opinião pública.

No caminho de casa, Scarlett estava cheia de notícias do condado. O clima quente e seco fazia o algodão crescer com tal rapidez que era quase possível ouvi-lo, mas Will dissera que os preços do algodão estariam baixos neste outono. Suellen estava esperando outro bebê... isso ela soletrou para que as crianças não entendessem... e Ella mostrara inusitada coragem ao morder a menina mais velha de Suellen. Embora, observou Scarlett, a pequena Susie tenha merecido, sendo a cópia fiel da mãe. Mas Suellen ficara furiosa e elas tinham brigado como nos velhos tempos. Wade matara sozinho uma cobra d'água. Randa e Camilla Tarleton estavam lecionando, e não parecia brincadeira? Nenhum dos Tarleton jamais fora capaz de soletrar gato! Betsy Tarleton se casara com um gordo maneta de Lovejoy e eles, mais Hetty e Jim Tarleton, estavam com um bom campo de algodão em Fairhill. A Sra. Tarleton estava com uma égua grávida e um potro, feliz como se possuísse um milhão de dólares. E havia negros morando na antiga casa dos Calvert! Um bando deles, e realmente eram proprietários! Tinham comprado no leilão. O lugar estava caindo aos pedaços e dava vontade de chorar ao vê-lo. Ninguém sabia do paradeiro de Cathleen e do marido perverso. E Alex ia se casar com Sally, a viúva do irmão! Imagine, depois de conviverem na mesma casa por tantos anos! Todos diziam que era um casamento de conveniência porque os mexericos começavam a circular sobre os dois morando sozinhos, desde que as duas, a jovem e a velha, morreram. Aquilo partira o coração de Dimity Munroe. Mas ela bem merecia. Se tivesse iniciativa, teria agarrado outro homem há muito tempo, em vez de ficar esperando Alex ganhar dinheiro suficiente para se casar com ela.

Scarlett tagarelava contente, mas havia muitas coisas sobre o condado que suprimiu, coisas que magoavam só de pensar. Passeara pelo condado com Will, tentando não recordar os tempos em que esses milhares de hectares férteis eram verdes de algodão. Agora, uma a uma, as grandes fazendas estavam sendo invadidas pela mata e campos desoladores de capim-vassoura, chaparreiro, e brotos de pinheiros apoderavam-se das ruínas silenciosas e dos campos de algodão. Agora, menos de um hectare era cultivado onde antes cem estavam sob o arado. Era como passar por uma terra morta.

– Esta região levará pelo menos cinquenta anos para voltar a ser o que era... se voltar – dissera Will. – Tara é a melhor fazenda do condado, graças a você e a mim, Scarlett, mas é um sítio agora, não a plantação que era. Depois vem a fazenda dos Fontaine e, em seguida, a dos Tarleton. Eles não estão ganhando muito dinheiro, mas conseguem sobreviver e têm fibra. Mas a maior parte do pessoal, o resto das fazendas...

Scarlett não gostava de se lembrar da aparência do condado abandonado. Parecia ainda mais triste em comparação à agitação e prosperidade de Atlanta.

– E, por aqui, aconteceu alguma coisa? – perguntou ela quando finalmente chegaram em casa e sentaram-se na varanda. Ela falara rapidamente e sem parar durante todo o caminho para casa, temendo um silêncio entre eles. Desde o dia em que caíra da escada, não tivera uma palavra a sós com Rhett, e não estava muito ansiosa para que isso acontecesse agora. Desconhecia os sentimentos dele em relação a ela. Ele fora a gentileza personificada durante sua infeliz convalescença, mas era a gentileza impessoal de um desconhecido. Previra seus desejos, impedira que as crianças a aborrecessem e supervisionara a loja e as serrarias. Mas nunca dissera: "Sinto muito." Bem, talvez não sentisse. Talvez ainda achasse que aquela criança que nunca nasceu não fosse dele. Como ela poderia saber o que ia pela mente atrás daquele semblante neutro? Mas ele mostrara disposição de ser cortês, pela primeira vez em sua vida de casados, e um desejo de deixar a vida continuar como se nunca tivesse havido nada de desagradável entre eles... como se, pensou Scarlett, desanimada, como se nunca tivesse havido absolutamente nada entre eles. Bem, se era isso que ele queria, ela podia muito bem fazer seu papel.

– Está tudo em ordem? – repetiu ela. – Você conseguiu as novas ripas para a loja? Trocou as mulas? Por Deus, Rhett, tire essas penas do chapéu. Está com cara de bobo e é capaz de ir ao centro sem se lembrar de tirá-las.

– Não – disse Bonnie, pegando o chapéu do pai, na defensiva.

– Tudo andou muito bem por aqui – respondeu Rhett. – Bonnie e eu nos divertimos, e creio que ela não penteou o cabelo uma vez desde que você partiu. Não chupe as penas, querida, podem estar sujas. Sim, as ripas foram consertadas e fiz um bom negócio com as mulas. Não, não há novidades. Tudo foi bastante tedioso. – Em seguida, como em uma reflexão tardia, ele acrescentou: – O honorável Ashley esteve aqui ontem à noite. Queria saber se eu achava que você lhe venderia sua serraria e sua parte na serraria dele.

Scarlett, que estava se balançando e abanando com um leque de penas de peru, parou abruptamente.

– Vender? Onde Ashley conseguiu o dinheiro? Você sabe que eles nunca têm um centavo. Melanie gasta tudo assim que ele ganha.

Rhett deu de ombros.

– Sempre a achei uma pessoinha bem frugal, mas é claro que não estou tão bem informado dos detalhes íntimos da família Wilkes como você parece estar.

Aquela estocada era bem o velho estilo de Rhett, e Scarlett se aborreceu.

– Vá para dentro, querida – disse ela a Bonnie. – Mamãe quer conversar com seu pai.

– Não – disse Bonnie, positiva, e subiu no colo de Rhett.

Scarlett franziu a testa para a filha e Bonnie a olhou mal-humorada, em uma semelhança tão grande com Gerald O'Hara que quase a fez rir.

– Deixe-a ficar – disse Rhett confortavelmente. – Quanto ao dinheiro, parece que lhe foi enviado por alguém de quem ele cuidou durante um caso de varicela em Rock Island. Renova minha fé na natureza humana saber que a gratidão ainda existe.

– Quem foi? Alguém que conhecemos?

– A carta era anônima e vinda de Washington. Ashley não conseguiu saber quem a enviou. Mas, enfim, a índole magnânima de Ashley sai pelo mundo fazendo tantos atos de caridade que não se pode esperar que se lembre de todos.

Não fosse a surpresa pela súbita fortuna de Ashley, Scarlett não teria deixado sem resposta a ironia, embora em Tara ela tivesse decidido que nunca mais se envolveria em qualquer discussão com Rhett sobre Ashley.

O terreno em que pisava era incerto demais e, até saber exatamente sua posição em relação aos dois, não queria se indispor.

– Ele quer comprar de mim?

– Quer, mas, é claro, eu disse a ele que você não venderia.

– Eu gostaria que você me deixasse cuidar de meus negócios.

– Bem, você sabe que não conseguiria se separar das serrarias. Eu disse que ele sabia bem disso, assim como disse que você não resistia ficar sem pôr o dedo na torta de todo mundo e, se vendesse para ele, ficaria impossibilitada de lhe dizer como tomar conta do próprio negócio.

– Você ousou dizer isso a ele sobre mim?

– Por que não? É verdade, não é? Creio que ele concordou plenamente comigo, mas, é claro, é cavalheiro demais para se pronunciar.

– É mentira! Vou vendê-las! – exclamou Scarlett, com raiva.

Até aquele momento, ela não pretendia se desfazer das serrarias. Tinha vários motivos para tanto, e seu valor monetário era o último. Podia tê-las vendido por grandes somas nos últimos anos, mas recusara todas as ofertas. As serrarias eram a evidência palpável do que realizara, sem ajuda e com grandes dificuldades, o que a deixava orgulhosa delas e de si mesma. Sobretudo, queria mantê-las porque eram o único caminho aberto a Ashley. Não tê-las sob seu controle significaria raramente ver Ashley e nunca a sós. E ela precisava vê-lo a sós. Não podia continuar assim, cogitando que sentimentos ele tinha por ela agora, imaginando se todo o seu amor morrera com a vergonha desde aquela noite atroz na festa de Melanie. No curso dos negócios, ela tinha muitas oportunidades para conversar com ele sem dar a impressão de que o procurava. E, com o devido tempo, sabia que poderia recuperar qualquer terreno perdido em seu coração. Mas se vendesse as serrarias...

Não, ela não queria vender, mas, incitada pela ideia de que Rhett a expusera em uma luz tão verdadeira e pouco elogiosa para Ashley, decidiu-se instantaneamente. Ashley ficaria com as serrarias e por um preço bem baixo, sem se dar conta de sua generosidade.

– Vou vender! – exclamou, furiosa. – E, agora, o que acha disso?

Nos olhos de Rhett, apareceu o leve brilho do triunfo enquanto ele se inclinava para amarrar os cordões do sapato de Bonnie.

– Acho que você vai se arrepender – disse ele.

Ela já se arrependia das palavras apressadas. Tivessem sido ditas a qualquer um que não Rhett, poderia retirá-las sem qualquer vergonha. Por que fora tão impulsiva? Olhou para Rhett com uma expressão raivosa e percebeu que ele a observava com o velho e conhecido olhar de gato-na-toca-do-rato. Ao ver sua testa franzida, ele deu uma súbita risada, os dentes brancos cintilando. Scarlett teve a sensação de que ele a manobrara.

– Você teve alguma coisa a ver com isso? – falou asperamente.

– Eu? – Suas sobrancelhas se arquearam em uma surpresa debochada. – Você devia me conhecer melhor. Nunca saio por aí fazendo atos caridosos se puder evitar.

NAQUELA NOITE, ela vendeu as serrarias e toda a sua participação nelas para Ashley. Nada perdeu com isso, pois Ashley se recusou a aceitar a vantagem de seu primeiro preço e conseguiu a melhor oferta que já lhe fora feita. Quando ela assinara os papéis e as serrarias irrevogavelmente já não lhe pertenciam, e Melanie passava pequenas taças de vinho para Rhett e Ashley, celebrando a transação, Scarlett sentiu-se destituída, como se tivesse vendido um de seus filhos.

As serrarias tinham sido suas queridas, seu orgulho, fruto de suas pequenas e avaras mãos. Ela começara com uma pequena serraria naqueles dias negros em que Atlanta mal se erguia das ruínas e cinzas e a necessidade lhe encarava. Ela lutara, organizara e cuidara delas durante a época obscura em que os confiscos ianques se assomavam, quando o dinheiro era curto e os homens espertos iam parar no muro de execuções. E agora que Atlanta começava a cicatrizar, prédios se erguiam por toda parte e a cidade recebia novos moradores todos os dias, ela tinha duas boas serrarias, dois depósitos de madeira, uma dúzia de parelhas de mulas e trabalho detento operando o negócio a baixo custo. Esse arremate significava dizer-lhes adeus, fechar para sempre a porta de uma parte de sua vida, uma parte dura e amarga, mas de que ela se lembrava com nostálgica satisfação.

Ela construíra esse negócio e agora o vendia, oprimida pela certeza de que, sem ela no timão, Ashley perderia tudo... tudo o que ela trabalhara para construir. Ashley confiava em todo mundo e ainda não diferenciava dois por quatro de seis por oito. E agora ela não poderia beneficiá-lo com seus conselhos... só porque Rhett lhe dissera que ela gostava de mandar em tudo.

"Ah, maldito Rhett!", pensou, e, ao observá-lo, sua convicção de que ele estava por trás de tudo aumentou. Como e por que ela não sabia. Ele conversava com Ashley, e suas palavras despertaram suas suspeitas.

– Imagino que você vá devolver os detentos imediatamente – disse ele.

Devolver os detentos? Por que haveria qualquer ideia de devolvê-los? Rhett sabia muito bem que os grandes lucros das serrarias vinham do trabalho barato dos detentos. E por que falava com tanta certeza sobre as futuras decisões de Ashley? O que sabia dele?

– Sim, eles serão imediatamente devolvidos – respondeu Ashley, evitando o olhar atônito de Scarlett.

– Você perdeu a cabeça? – exclamou ela. – Vai perder todo o dinheiro do arrendamento, e que tipo de mão de obra vai conseguir?

– Vou empregar negros livres – disse Ashley.

– Negros livres? Loucura! Sabe o que os salários deles vão lhe custar e, além disso, terá os ianques em cima de você a cada minuto, verificando se está lhes dando frango três vezes por dia e pondo-os para dormir sob colchas de penas. E, se der umas duas chibatadas em um negro para acelerá-lo, ouvirá os ianques gritando daqui a Dalton e vai acabar na cadeia. Ora, os detentos são a única...

Melanie olhou para as mãos cruzadas no colo. Ashley parecia descontente, mas obstinado. Ficou calado por um instante. Então seu olhar cruzou com o de Rhett e foi como se encontrasse compreensão e estímulo em seus olhos... o que não escapou a Scarlett.

– Não vou trabalhar com detentos, Scarlett – ele disse baixinho.

– Bem, senhor! – Ela ficou sem fôlego. – E por que não? Tem medo de que as pessoas falem de você como falam de mim?

Ashley ergueu a cabeça.

– Se estou certo, não tenho medo do que as pessoas falam. E nunca achei certo explorar o trabalho dos detentos.

– Mas por que...

– Não consigo ganhar dinheiro com o trabalho forçado e a infelicidade alheia.

– Mas você tinha escravos!

– Eles não eram infelizes. Além disso, eu os teria libertado quando meu pai morresse se a guerra não o tivesse feito. Mas isso é diferente, Scarlett. O sistema está aberto para um excesso de abusos. Talvez você não saiba, mas eu sei. Sei muito bem que Johnnie Gallegher matou pelo menos um homem em seu acampamento. Talvez mais... quem se importa com um detento a mais ou a menos? Ele disse que o homem foi morto tentando fugir, mas não foi o que me contaram. E sei que ele obriga homens doentes a trabalhar. Chame de superstição, mas não creio que dinheiro ganho com o sofrimento dos outros possa gerar felicidade.

– Pelo manto de Cristo! Você quer dizer... meu Deus, Ashley, você engoliu toda a ladainha do reverendo Wallace sobre dinheiro manchado?

– Não precisei engolir. Já acreditava nisso muito antes de sua pregação.

– Então, deve achar que todo o meu dinheiro é manchado – exclamou Scarlett, começando a se zangar. – Porque eu trabalhei com detentos e sou senhoria de um *saloon* e... – Ela parou de repente. Os dois Wilkes pareciam constrangidos e Rhett abrira um largo sorriso. "Dane-se ele", pensou Scarlett com veemência. Ele acha que estou metendo meu dedo na torta alheia outra vez, assim como Ashley. Que vontade de bater a cabeça deles uma contra a outra! Ela engoliu a ira e tentou assumir um ar indiferente de dignidade, mas sem muito sucesso.

– É claro que para mim não tem importância – disse ela.

– Scarlett, não pense que a estou criticando. Não estou. Apenas vemos as coisas sob diferentes ângulos e o que é bom para você pode não ser bom para mim.

De repente, ela quis estar a sós com ele, desejou ardentemente que Rhett e Melanie estivessem nos confins da terra para poder gritar: "Mas quero ver as coisas pelo seu ângulo! Explique-me o que você quer dizer, para que eu possa entender e ser como você!"

Mas, com a presença de Melanie, trêmula pela tensão da cena e de Rhett, displicente, rindo, ela só disse com o máximo de serenidade e virtude ofendida que conseguiu reunir:

– Claro que o negócio é seu, Ashley, e longe de mim lhe dizer como dirigi-lo. Mas devo dizer que não entendo sua atitude nem seus comentários.

Ah, se ao menos estivessem a sós, ela não seria forçada a lhe dizer essas palavras frias, essas palavras que o deixavam infeliz!

– Eu a ofendi, Scarlett, e não foi minha intenção. Por favor, creia-me e aceite meu pedido de desculpas. Nada há de enigmático no que eu disse. Apenas acredito que o dinheiro que vem de certas maneiras não traz felicidade.

– Mas você se engana! – exclamou ela, incapaz de se controlar. – Olhe para mim! Você sabe como ganhei meu dinheiro. Sabe como estavam as coisas antes de eu ganhar o dinheiro! Deve se lembrar daquele inverno em Tara, quando estava gélido e nós cortávamos os tapetes para usar como sapatos e não havia o bastante para se comer e ficávamos pensando em como daríamos uma educação a Wade e Beau. Você deve se lem...

– Eu me lembro – disse Ashley, cansado –, mas preferia esquecer.

– Bem, você não pode dizer que estávamos felizes naquela época, pode? E veja agora! Você tem uma boa casa e um futuro promissor. E alguém tem uma casa mais bonita que a minha, roupas mais finas ou melhores cavalos? Ninguém põe uma mesa como eu nem dá recepções mais elegantes, e meus filhos têm tudo o que querem. Bem, como consegui dinheiro para tudo isso? Em árvores? Não, senhor! Detentos e aluguel de *saloon* e...

– E não se esqueça do assassinato daquele ianque – disse Rhett serenamente. – De fato, foi ele quem lhe deu a arrancada.

Scarlett virou-se para ele, palavras furiosas nos lábios.

– E o dinheiro a fez muito, muito feliz, não foi, querida? – perguntou ele, venenosamente meigo.

Scarlett parou de falar, a boca entreaberta, e seus olhos passaram rapidamente pelos outros três. Melanie estava quase chorando de constrangimento, Ashley ficou subitamente frio e ausente e Rhett a observava atrás do charuto, com um jeito impessoal de quem se divertia. Ela ia falar: "Mas é claro que me fez feliz."

Mas algo a impediu.

58

Na época posterior a sua enfermidade, Scarlett percebeu uma mudança em Rhett, sem ter muita certeza se a apreciava. Ele andava sóbrio, quieto e preocupado. Agora sua presença era mais frequente na hora do jantar, estava mais gentil com os criados e mais afetuoso com Wade e Ella. Nunca fazia referências ao passado, agradáveis ou não, e tacitamente parecia impedi-la de aludir a tais assuntos. Scarlett aproveitou a paz, pois era mais fácil deixar as coisas como estavam, e a vida continuava tranquilamente, na superfície. A cortesia impessoal para com ela, que se iniciara durante a convalescença, continuava, e ele já não lhe lançava farpas com voz suave e arrastada nem a ferroava com sarcasmos. Ela se dava conta de que, embora a enfurecesse com seus comentários maldosos e a levasse a réplicas calorosas, ele o fazia porque gostava do que ela fazia e dizia. Agora se perguntava se ele se importava com qualquer coisa que ela fizesse. Rhett andava bem-educado e desinteressado, e ela sentia falta de seu interesse, mesmo perverso como era, tinha saudade dos velhos tempos de implicâncias e represálias.

Ele era agradável com ela, quase como se fosse um estranho; mas, como seus olhos antes a seguiam, agora seguiam Bonnie. Era como se o fluxo veloz de sua vida tivesse se desviado para um único e estreito canal. Às vezes, Scarlett achava que, se Rhett tivesse lhe dado metade da atenção e da ternura que dava a Bonnie, a vida teria sido diferente. Muitas vezes, era difícil sorrir quando as pessoas diziam: "Como o capitão Butler idolatra essa criança!" Mas, se ela não sorrisse, iam estranhar e achar que Scarlett odiava reconhecer, mesmo para si mesma, que estava com ciúme da menina, especialmente sua filha predileta. Scarlett sempre quis ser a primeira no coração dos que a cercavam, e agora era óbvio que Rhett e Bonnie sempre estariam em primeiro lugar um para o outro.

Rhett saía de casa uma série de noites durante a semana, mas sempre chegava sóbrio. Era frequente ouvi-lo assobiar baixinho para si mesmo quando passava por sua porta fechada no corredor. Às vezes, trazia homens para casa de madrugada e ficavam conversando na sala de jantar em torno da garrafa de conhaque. Não eram os mesmos homens com quem ele bebia no primeiro ano de casamento. Nenhum aventureiro do norte, ninguém da escória sulista ou republicano frequentava a casa a seu convite. Indo até a balaustrada do corredor superior na ponta dos pés, Scarlett escutava e, para sua surpresa, muitas vezes ouvia as vozes de René Picard, Hugh Elsing, os rapazes Simmons e Andy Bonnell. Vovô Merriwether e tio Henry eram assíduos. Certa vez, para seu espanto, ouviu a voz do Dr. Meade. E esses homens já tinham pensado que a forca seria pouco para Rhett!

Esse grupo estava associado à morte de Frank em sua cabeça, e as altas horas em que Rhett andava retornando lembraram-na ainda mais da época que precedera o ataque da Klan, quando Frank perdera a vida. Relembrava apavorada o comentário de Rhett sobre entrar para a maldita Klan se isso o tornasse respeitável, embora esperasse que Deus não lhe impusesse tal penitência. Imagine se Rhett, como Frank...

Certa noite, quando ele ficou fora até mais tarde que o usual, ela não conseguiu mais aguentar a tensão. Ao ouvir a chave virando a fechadura, pôs o roupão e, saindo para o corredor iluminado, encontrou-o no topo das escadas. Sua expressão, ausente, pensativa, ficou surpresa ao vê-la ali de pé.

– Rhett, preciso saber! Preciso saber se você... se é a Klan... é por isso que fica fora até tão tarde? Você entrou...

Sob a luz do lampião a gás, ele olhou para ela, apático, e depois sorriu.

– Você está muito desatualizada – disse ele. – Já não há Klan em Atlanta. Provavelmente, nem na Geórgia. Você andou ouvindo as histórias ultrajantes da Klan contadas por suas amigas.

– Não há mais Klan? Está mentindo para me tranquilizar?

– Minha cara, quando foi que eu tentei tranquilizá-la? Falo sério, não há mais Klan. Decidimos que fazia mais mal que bem porque só instigava os ianques e entregava mais milho ao moinho de difamações de sua excelência, o governador Bullock. Ele sabe que só manterá o poder enquanto conseguir convencer o governo federal e os jornais ianques de que as rebeliões fervilham na Geórgia e que há um homem da Klan escondido atrás de cada arbusto. Para continuar no poder, ele anda desesperado, fabricando histórias inexistentes e ultrajantes sobre a Klan, falando de nobres republicanos sendo pendurados pelos polegares e negros honestos linchados por estupro. Mas ele atira em um alvo que não está lá, e sabe disso. Grato por sua apreensão, mas não existe uma Klan ativa desde pouco tempo depois que deixei de ser da escória sulista e me tornei um humilde democrata.

A maior parte do que ele dissera sobre o governador Bullock lhe entrara por um ouvido e saíra pelo outro, pois estava ocupada pelo alívio de saber que já não havia a Klan. Rhett não seria morto como Frank tinha sido; ela não perderia sua loja nem o dinheiro. Mas uma palavra da conversa ficou pairando em sua mente. Ele dissera "nós", ligando-se naturalmente àqueles que antes chamava de "Velha Guarda".

– Rhett – perguntou ela de repente –, você teve algo a ver com o fim da Klan?

Ele lhe lançou um olhar prolongado e seus olhos começaram a dançar.

– Sim, meu amor. Ashley Wilkes e eu somos os principais responsáveis.

– Ashley... e você?

– É absurdo, mas a política forma estranhos casais. Nem Ashley nem eu gostamos muito um do outro, mas ele nunca acreditou na Klan, por ser contra a violência de qualquer tipo. E eu nunca acreditei nela porque é uma tolice sem tamanho e não é o caminho para se conseguir o que se quer. É o modo certo de manter os ianques em cima de nós até o Reino por Vir. E Ashley e eu convencemos as cabeças quentes de que observar, esperar e trabalhar nos levariam mais longe que túnicas e cruzes coléricas pela noite.

– Você não está me dizendo que os rapazes seguiram seu conselho, sendo você...

– Sendo eu um especulador? Da escória? Um aliado dos ianques? Está se esquecendo, Sra. Butler, que agora sou um democrata em boa posição, dedicado até a última gota de sangue a recuperar nosso amado estado das mãos dos violadores! Meu conselho foi bom e eles aceitaram. Meu conselho em outras questões políticas é igualmente bom. Agora temos uma maioria democrata no legislativo, não é? Em breve, meu amor, teremos alguns de nossos melhores amigos republicanos atrás das grades. Eles andam um tanto gananciosos demais, agindo muito a descoberto.

– Você ajudaria a colocá-los na cadeia? Ora, eram seus amigos! Eles o aceitaram no negócio dos títulos da ferrovia no qual você ganhou milhares de dólares!

Rhett deu seu velho sorriso debochado.

– Ah, não lhes quero mal, mas agora estou do outro lado e, se puder ser de alguma ajuda para colocá-los no seu lugar, vou ser. Como serei creditado por isso! Sei bastante sobre algumas dessas negociatas para ser valioso quando o legislativo começar a cavar... e não vai demorar muito, pelo jeito como as coisas estão agora. Vão investigar o governador também e, se puderem, o põem na cadeia. Melhor avisar seus bons amigos, os Gelert e os Hundon, que se preparem para sair da cidade a qualquer momento, pois, se conseguirem pegar o governador, eles serão pegos também.

Scarlett vira os republicanos apoiados pela força do exército ianque, no poder na Geórgia por tempo demais para acreditar nas palavras animadas de Rhett. O governador estava entrincheirado com segurança demais para que o legislativo lhe fizesse algo, muito menos pô-lo na cadeia.

– Como você fala! – observou.

– Se não for para a cadeia, pelo menos não será reeleito. Teremos um governador democrata na próxima vez, só para variar.

– E devo supor que você terá algo a ver com isso?

– Terei, minha querida. Já tenho agora. É por isso que fico fora até tão tarde. Estou trabalhando mais do que trabalhei com uma pá na corrida do ouro, tentando ajudar na organização das eleições. E... sei que ficará magoada, Sra. Butler, mas estou também contribuindo com muito dinheiro. Você se lembra de ter me dito, anos atrás, na loja de Frank, que era desonesto de minha parte guardar o ouro confederado? Enfim acabei concordando, e esse ouro está sendo gasto para pôr os confederados novamente no poder.

– Você está derramando dinheiro no buraco de um rato!

– Como? Você chama o Partido Democrata de buraco de rato? – Os olhos dele debocharam dela e logo ficaram quietos, inexpressivos. – Não me interessa quem vence as eleições. O que importa é que todos saibam que trabalhei por ela e gastei dinheiro ali. E isso será lembrado a favor de Bonnie no futuro.

– Quase tive medo de que sua conversa piedosa significasse uma mudança, mas vejo que não é mais sincero sobre os democratas do que sobre qualquer outra coisa.

– De coração não mudei, só mudei de pele. Talvez se possa tingir as pintas de um leopardo, mas ele continua sendo um leopardo de qualquer forma.

Bonnie acordou com o ruído de vozes no corredor e chamou sonolenta, mas imperiosa: "Papai!", e Rhett foi passando por Scarlett.

– Rhett, espere. Quero lhe falar outra coisa. Deve parar de levar Bonnie às reuniões políticas à tarde. Não fica bem. A ideia de uma menina nesses lugares! E o deixa com cara de bobo. Eu nem sonhava que a levava até tio Henry comentar, achando que eu sabia e...

Ele se virou para ela, a fisionomia fechada.

– Como você pode achar errado que uma menina fique no colo do pai enquanto ele conversa com amigos? Pode achar bobo, mas não é. As pessoas se lembrarão por anos de que Bonnie estava em meu colo enquanto eu ajudava a expulsar os republicanos deste estado, por anos... – A cara fechada se desfez e uma luz maliciosa dançou em seus olhos. – Sabia que, quando perguntam a ela quem mais ama, ela diz: "O papai e os democatas", e quem mais odeia: "A escóia"? As pessoas, graças a Deus, vão se lembrar de coisas assim.

A voz de Scarlett se elevou, furiosa.

– E imagino que você diga a ela que eu sou da escória!

– Papai! – disse a vozinha, agora indignada, e Rhett, ainda rindo, seguiu pelo corredor ao encontro da filha.

NO OUTUBRO SEGUINTE, o governador Bullock renunciou ao cargo e fugiu da Geórgia. Mau uso de fundos públicos, desperdício e corrupção atingiram tal proporção durante sua administração que o edifício veio abaixo devido ao próprio peso. Até seu partido se dividiu, tão grande era a indignação pública. Agora os democratas eram maioria no legislativo, o que significava uma só coisa: sabendo que seria investigado e temendo impeachment, Bullock não esperou. Rápida e secretamente levantou acampamento, dando um jeito para que sua renúncia só ficasse conhecida quando ele estivesse seguro no norte.

Quando soube, uma semana depois da fuga, Atlanta ficou exaltada de entusiasmo e alegria. O povo lotou as ruas, os homens riam e apertavam as mãos se parabenizando, as mulheres se beijavam e choravam. Todos fizeram festas de comemoração e os bombeiros ficaram ocupados apagando as chamas espalhadas pelas fogueiras de meninos jubilosos.

Estavam quase lá! A Reconstrução praticamente acabara! Sim, o governador interino também era republicano, mas haveria eleição em dezembro e ninguém duvidava do resultado. E, com a chegada da eleição, apesar dos esforços frenéticos dos republicanos, a Geórgia novamente tinha um governador democrata.

Houve alegria e empolgação, mas de um tipo diferente do que assolara a cidade quando da fuga de Bullock. Era um sentimento mais sóbrio, sincero, de profundo agradecimento, e as igrejas ficaram lotadas enquanto os pastores agradeciam a Deus pela libertação do estado. E, havia orgulho, misturado a ufania e alegria de que a Geórgia tivesse voltado às mãos de seu povo, apesar de tudo o que a administração de Washington fizesse, apesar do exército, dos aventureiros, da escória e dos republicanos locais.

O Congresso aprovara sete decretos esmagadores contra o estado para mantê-lo como província conquistada, o exército tinha ignorado a lei civil três vezes. Os negros se divertiam com a legislação. Forasteiros avaros fizeram péssimas administrações no governo, indivíduos enriqueceram com fundos públicos. A Geórgia ficara impotente, fora atormentada, maltratada, esmagada. Mas agora, apesar de tudo, o estado estava novamente em posse de si e pelos esforços do próprio povo.

Não foram todos que ficaram alegres com a súbita virada dos republicanos. Havia consternação nas fileiras da escória sulista, dos aventureiros do norte e dos republicanos. Os Gelert e os Hundon, logicamente avisados da partida de Bullock antes que sua renúncia se tornasse pública, desapareceram no esquecimento de onde eram oriundos. A escória e os aventureiros remanescentes estavam inseguros e amedrontados e rondavam juntos para consolar-se, cogitando o que as investigações do legislativo trariam à luz em relação a seus próprios negócios. Já não eram insolentes. Estavam atordoados, confusos, com medo. E as senhoras que visitavam Scarlett não paravam de repetir:

– Mas quem pensaria que as coisas fossem tomar esse rumo? Achávamos que o governador era muito poderoso. Achávamos que estava aqui para ficar. Achávamos...

Scarlett estava igualmente surpresa pela virada da situação, apesar do aviso de Rhett. De modo nenhum, estava penalizada pela partida de Bullock ou pela volta dos democratas. Embora ninguém fosse acreditar, ela também sentira grande alegria pelo término, enfim, do domínio ianque. Lembrava-se muito vividamente de sua luta durante os primeiros dias da Reconstrução, seus temores de ter o dinheiro e as propriedades confiscadas pelos soldados e pelos aventureiros. Lembrava-se de seu desamparo e do pânico que sentia diante dele, além do ódio pelos ianques que tinham imposto esse sistema exasperante sobre o sul. Nunca deixara de odiá-los. Mas, tentando tirar vantagem da situação e ter segurança, acompanhara os conquistadores. Por mais que não gostasse deles, cercara-se de sua presença, tinha se separado dos velhos amigos e do antigo modo de viver. E agora o poder dos conquistadores chegara ao fim. Ela apostara na continuidade do regime de Bullock e perdera.

Naquele Natal de 1971, o mais feliz que o estado tinha em mais de dez anos, ela estava inquieta. Não pôde deixar de perceber que Rhett, no passado um dos homens mais execrados de Atlanta, agora era um dos mais populares, pois tinha humildemente desdito suas heresias republicanas e doado tempo, dinheiro, trabalho e ideias para ajudar a Geórgia a se opor. Quando cavalgava pelas ruas, sorrindo, acenando com o chapéu, aquele pacotinho azul que era Bonnie encarapitado em sua sela, todos retribuíam o sorriso, falavam com entusiasmo e olhavam com afeto para a menina. Ao passo que ela, Scarlett...

59

Ninguém tinha dúvidas de que Bonnie Butler estava muito malcomportada e precisava de uma mão firme, mas, sendo a predileta de todos, ninguém tinha coragem de assumir a firmeza necessária. Começara a ficar incontrolável quando viajara com o pai. Quando fora a Nova Orleans e Charleston com Rhett, tinha permissão de ficar acordada até tarde e de adormecer em seus braços em teatros, restaurantes e mesas de jogatina. Dali em diante, nada conseguia fazê-la ir dormir à mesma hora que a obediente Ella. Enquanto estava viajando, Rhett a deixava usar qualquer roupa que quisesse e, desde então, tinha acessos de fúria cada vez que

Mammy tentava vesti-la com vestidos de algodão e aventais infantis em vez de tafetás azuis e colarinhos de renda.

Parecia não haver jeito de recuperar o terreno perdido durante o período de ausência da criança e no subsequente, quando Scarlett estivera acamada e fora para Tara. Conforme ela crescia, Scarlett tentava discipliná-la, tentava evitar que ficasse voluntariosa e mimada demais, mas sem muito sucesso. Rhett sempre a defendia, não importava quanto fossem tolos seus desejos e ultrajante seu comportamento. Ele a estimulava a falar e a tratava como a um adulto, ouvindo suas opiniões com aparente seriedade, e fingia se guiar por elas. Em consequência, Bonnie interrompia os mais velhos sempre que queria e contradizia o pai, pondo-o em seu lugar. Ele apenas ria e não permitia que Scarlett sequer desse um tapa na mão da menina em reprimenda.

"Se ela não fosse essa coisinha meiga, seria impossível", pensava Scarlett, lastimando, percebendo que sua filha tinha uma vontade igual à sua. "Ela adora Rhett e ele poderia fazê-la se comportar melhor se quisesse."

Mas Rhett não pretendia disciplinar Bonnie. Tudo o que ela fazia estava certo, e, se quisesse a lua, a teria, se ele pudesse buscar. Seu orgulho pela beleza dela, por seus cachos, covinhas e gestos graciosos era ilimitado. Ele adorava seu atrevimento, seu ânimo e seu modo doce de demonstrar amor por ele. Apesar do jeito mimado e voluntarioso, ela era tão adorável que ele não tinha coragem de tentar controlá-la. Ele era o deus dela, o centro de seu pequeno mundo, e isso era precioso demais para que ele se arriscasse com repreensões.

Ela o seguia como uma sombra. Acordava-o mais cedo do que ele pretendia, sentava-se a seu lado na mesa, comendo alternadamente do prato dele e do dela, cavalgava na frente da sela com ele e não permitia a ninguém, que não ele, trocar sua roupa para ir dormir na pequena cama ao lado da dele.

Scarlett achava graça e ficava tocada de ver a mão de ferro com que a criança controlava o pai. Quem imaginaria que Rhett assumiria a paternidade com tal empenho? Às vezes, porém, um dardo de ciúmes atravessava Scarlett, pois Bonnie, aos 4 anos, entendia Rhett melhor do que ela jamais entendera e conseguia dele o que ela nunca conseguira.

Quando Bonnie completou 4 anos, Mammy começou a resmungar sobre a impropriedade de uma menina cavalgar "com as perna aberta defronte do pai com vestido avoano". Rhett prestou atenção a esse comentário, como prestava a todos os comentários de Mammy sobre a criação apropriada de meninas. O resultado foi um pônei marrom e branco com crina e cauda longas e sedosas e uma pequena sela lateral com acabamento prateado. Aparentemente, o pônei era para as três crianças, e Rhett também comprou uma sela para Wade. Mas Wade preferia seu cão São Bernardo, e Ella tinha medo de animais. Assim, o pônei ficou para Bonnie e foi nomeado "Sr. Butler". A única mancha na alegria de Bonnie era não poder cavalgar com uma perna de cada lado, como seu pai, mas, depois que ele explicou como era difícil cavalgar em uma sela lateral, ela se satisfez e logo aprendeu. O orgulho de Rhett por sua boa montaria e suas mãos habilidosas era imenso.

– Esperem só ela crescer o bastante para caçar – gabava-se. – Não haverá ninguém como ela em nenhum campo. Vou levá-la à Virgínia então. É lá que acontece uma verdadeira caçada. E ao Kentucky, onde apreciam bons cavaleiros.

Quando foi fazer um traje de montaria, como sempre, ela escolheu as cores e, como sempre, escolheu azul.

– Mas, minha querida! Não aquele veludo azul! Aquele é para um vestido de festa para mim – ria Scarlett. – Uma boa casimira preta é o que usam as meninas. – E vendo as duas sobrancelhas se juntando: – Pelo amor de Deus, Rhett, diga a ela quanto é inadequado e como vai sujar.

– Ah, deixe-a ter o veludo azul. Se sujar, faremos outro – disse Rhett com tranquilidade.

Então Bonnie teve seu traje de veludo azul com uma saia longa que descia pela lateral do pônei e um chapéu preto com uma pluma vermelha, porque as histórias da pluma de Jeb Stuart que tia Melly contava encantaram sua imaginação. Os dois podiam ser vistos cavalgando pela rua dos Pessegueiros nos dias ensolarados, Rhett controlando as rédeas em seu grande cavalo preto para acompanhar o passo do pônei gordo. Às vezes, acabavam com o silêncio das estradas periféricas da cidade, enxotando galinhas, cachorros e crianças, Bonnie chicoteando o Sr. Butler, os cachos emaranhados voando, Rhett segurando firme seu cavalo para ela pensar que estava ganhando a corrida.

Seguro de sua habilidade de montar e de controlar o pônei e de sua total ausência de medo, Rhett decidiu que chegara o momento de ela aprender a dar pequenos saltos, ao alcance das pernas curtas do Sr. Butler. Para isso, construiu um obstáculo no pátio dos fundos e pagava uma diária de 25 centavos a Wash, um dos sobrinhos pequenos de tio Peter, para ensinar o Sr. Butler a saltar. Ele começou com uma barra a cinco centímetros do chão e gradativamente foi aumentando até chegar a trinta centímetros.

Esse arranjo enfrentou a reprovação das três partes mais interessadas: Wash, Sr. Butler e Bonnie. Wash tinha medo de cavalos e só a boa soma oferecida o induziu a fazer o pônei teimoso saltar o obstáculo algumas vezes por dia; o Sr. Butler aguentava com tranquilidade que sua pequena dona puxasse sua cauda e que seus cascos fossem examinados constantemente, mas sentia que o Criador dos pôneis não pretendera fazer seu corpo pesado pular sobre a barra; Bonnie, que não tolerava ver ninguém em cima de seu pônei, impacientava-se durante as aulas do Sr. Butler.

Quando Rhett decidiu que o pônei estava bem preparado para lhe confiar Bonnie, a excitação dela não tinha limites. Seu primeiro salto foi excelente e, dali em diante, cavalgar com seu pai já não lhe atraía. Scarlett não podia deixar de rir com o orgulho e o entusiasmo de pai e filha. No entanto, achava que, passada a novidade, Bonnie se voltaria a outras coisas e a vizinhança teria alguma paz. Mas esse esporte não perdeu o interesse. Do caramanchão, na extremidade do pátio até a barreira abriu-se uma trilha na grama, e durante toda a manhã do pátio ecoavam gritos empolgados. Vovô Merriwether, que fizera a viagem com os pioneiros em 1849, disse que os gritos soavam exatamente como os de um Apache após um escalpo bem-sucedido.

Depois da primeira semana, Bonnie suplicou por uma barra mais alta, a 45 centímetros do solo.

– Quando você tiver 6 anos – disse Rhett. – Aí estará crescida para um salto maior e lhe comprarei um cavalo maior. As pernas do Sr. Butler não são grandes o bastante.

– São, sim. Eu pulei a roseira da tia Melly e ela é assim de alta!

– Não, você precisa esperar – disse Rhett, firme dessa vez. Mas a firmeza foi cedendo diante da insistência e dos ataques da menina.

– Ah, está bem – disse ele com uma risada certa manhã e puxou para cima a estreita barreira branca. – Se você cair, não vá chorar e pôr a culpa em mim!

– Mãe! – gritou Bonnie, virando a cabeça para cima na direção do quarto de Scarlett. – Mãe! Olha eu! Papai diz que eu posso!

Scarlett, que penteava os cabelos, foi até a janela e sorriu para a figurinha empolgada, tão absurda em seu traje manchado.

"Preciso mesmo fazer outro traje para ela", pensou. "Embora só Deus saiba como vou fazê-la desistir desse sujo."

– Mãe, olha!

– Estou olhando, querida – disse Scarlett, sorrindo.

Enquanto Rhett erguia a criança, montando-a no pônei, com um rápido ímpeto de orgulho diante das costas eretas e da cabeça altiva, Scarlett falou:

– Você está linda, tesouro!

– Você também – disse Bonnie generosamente, e chicoteando as costelas do Sr. Butler, galopou pelo pátio em direção ao caramanchão.

– Mãe, veja só eu saltando essa! – exclamou ela, deitando o relho.

Veja só eu saltando essa!

A memória estalou no fundo da mente de Scarlett. Havia algo agourento naquelas palavras. O que era? Por que não conseguia se lembrar? Olhou para a filha precariamente equilibrada sobre o pônei galopante, e sua testa se franziu enquanto sentia um calafrio no peito. Bonnie ia em um ímpeto, os cachos pretos esvoaçantes, os olhos azuis inflamados.

"Parecem os olhos de papai", pensou Scarlett. "Olhos azuis irlandeses, e ela se parece tanto com ele..."

Ao pensar em Gerald, a lembrança que estivera procurando lhe veio imediatamente à memória, a claridade da luz estival se apagou em seu coração, por um instante reproduzindo todo o condado sob um brilho sobrenatural. Podia ouvir uma voz irlandesa cantando, o bater rápido dos cascos subindo o pasto de Tara, uma voz descuidada, tão semelhante à voz da filha: "Ellen! Veja só eu saltando essa!"

– Não! – ela gritou. – Não! Ah, Bonnie, pare!

Ela se debruçou na janela e ouviu o som amedrontador de madeira partida, um grito rouco de Rhett, uma confusão de veludo azul e patas voando no chão. Em seguida, o Sr. Butler se levantou e saiu trotando com a sela vazia.

NA TERCEIRA NOITE após a morte de Bonnie, Mammy gingava lentamente subindo os degraus da cozinha da casa de Melanie. Ela estava toda de preto, desde os enormes sapatos masculinos, cortados para lhe dar liberdade aos dedos, até o lenço da cabeça. Seus velhos olhos embaçados estavam vermelhos, e a infelicidade se anunciava em todos os traços de sua figura montanhosa. Tinha o rosto atordoado e triste de um velho símio, mas o queixo era decidido.

Ela falou algumas palavras em voz baixa a Dilcey, que aquiesceu gentilmente, como se a antiga disputa entrasse em um tácito armistício.

Dilcey largou os pratos do almoço que segurava e atravessou a despensa em silêncio em direção à sala de jantar. Em um minuto, Melanie estava na cozinha, o guardanapo na mão, fisionomia ansiosa.

– A Sra. Scarlett não está...

– Sinhá Scarlett tá guentano, iguar sempre – disse Mammy, em um tom pesado. – Num queria trapaiá sua janta, sinhá Melly. Posso esperá pra contá o que vim contá.

– O jantar pode esperar – disse Melanie. – Dilcey, sirva o resto do jantar. Mammy, venha comigo.

Mammy foi gingando atrás dela pelo corredor, passando pela sala de jantar onde Ashley se sentava na cabeceira, o pequeno Beau a seu lado e as duas crianças de Scarlett na frente, fazendo ruído com suas colheres de sopa. As vozes alegres de Wade e Ella enchiam o aposento. Para eles, passar tanto tempo na casa de tia Melly era como um piquenique, pois ela era sempre boa, sobretudo agora. A morte de Bonnie, sua irmã mais nova, os afetara muito pouco. Bonnie caíra do pônei, a mãe tinha chorado muito e a tia Melly os levara para a casa dela para brincar no pátio com Beau e comer bolo sempre que quisessem.

Melanie foi até a pequena sala de estar forrada de livros, fechou a porta e convidou Mammy a se sentar no sofá.

– Eu ia até lá logo após o jantar – disse ela. – Agora que a mãe do capitão Butler chegou, suponho que o enterro será amanhã de manhã.

– O enterro. É isso mermo que vim falá – disse Mammy. – Sinhá Melly, tamo com o maió pobrema e vim pedi ajuda. É um fardo pesado por demais, pesado por demais.

– A sinhá Scarlett teve um colapso nervoso? – indagou Melanie, preocupada.

– Eu poco tive com ela desde que Bonnie... Ela tá no quarto e o capitão Butler fora de casa e...

As lágrimas começaram a correr pelas faces de Mammy. Melly sentou-se a seu lado, dando-lhe tapinhas no braço e, passado um momento, Mammy pegou a bainha da saia e enxugou os olhos.

– Vosmecê tem que ir ajudá nós, sinhá Melly. Eu fiz meu mió, mas num diantô.

– A sinhá Scarlett...

Mammy se endireitou.

– Sinhá Melly, vosmecê sabe iguar eu que a sinhá Scarlett tá boa. O que ela tem de guentá, o Nosso Sinhô dá as força pra guentá. Isso partiu o coração dela, mas ela guenta. É por causa do sinhô Rhett que tô aqui.

– Eu quis muito vê-lo, mas, sempre que vou lá, ele está no centro ou trancado em seu quarto com... E Scarlett parece um fantasma e não fala. Diga-me logo, Mammy. Você sabe que vou ajudar, se puder.

Mammy enxugou o nariz com as costas da mão.

– Tô dizeno que a sinhá Scarlett guenta o que o Nosso Sinhô manda, pruque já guentô muito, mas o sinhô Rhett... Sinhá Melly, ele nunca teve de guentá nada que num queria, nadim. É por causa dele que tô aqui.

– Mas...

– Sinhá Melly, vosmecê precisa vim comigo lá em casa. – Havia urgência na voz de Mammy. – Tarvez o sinhô Rhett escute vosmecê. Ele sempre considerô sua ideia.

– Ah, Mammy, o que é? O que quer dizer?

Mammy endireitou os ombros.

– Sinhá Melly, o sinhô Rhett deve de tê predido a cabeça. Ele num qué dexá a gente removê a sinhazinha.

– Perdeu a cabeça? Ah, Mammy, não!

– Num tô mentino. Por Deus que é verdade. Ele num vai dexá a gente enterrá aquela criança. Ele mermo me disse, num faz nem uma hora.

– Mas ele não pode... ele não está...

– Pois é isso mermo. Tô dizeno que ele tá variano.

– Mas por que...?

– Sinhá Melly, eu conto tudim. Num devia contá pra ninguém, mas vosmecê é da famía e só posso contá pra vosmecê. Vô contá tudim. Vosmecê sabe o tanto que ele tinha amô por causa daquela criança. Nunca vi um home, nego ô branco, amá desse jeito quarqué fio. Parecia que ia ficá lôco quando o Dr. Meade falô que o pescocim dela tava quebrado. Ele pegô o revórve, correu pra fora e matô o pobre do pôni e, meu Deus, achei que ele ia se dá um tiro. Eu tava ocupada com a sinhá Scarlett que esfaleceu e os vizinho tudo entrano e saino da casa e o sinhô Rhett pegô a menina no colo, sem dexá nem eu lavá o rostim dela onde tava cortado. E, quando a sinhá Scarlett vortô a si, eu pensei, lovado seja o Sinhô! Agora vão consolá um o otro.

As lágrimas recomeçaram, mas dessa vez, Mammy nem as enxugou.

– Mas, quando ela volto a si, ela foi pra sala, donde ele tava sentado com a sinhazinha Bonnie e disse: "Me dá minha fia que vosmecê matô."

– Ah, não! Ela não podia!

– É, sinhá. Foi isso que ela falô. E despois: "Vosmecê matô ela." E eu garrei foi dó do sinhô Rhett. Comecei chorá pruquê ele parecia um cachorro ferido. E eu disse: "Dá essa criança pra sua Mammy. Num vô dimiti essas coisa conteceno na frente da minha sinhazinha." E peguei a criança dos braço dele e levei ela pro quarto dela e lavei o rostim. E ovi eles falano, de gelá o sangue o que eles dizia. A sinhá Scarlett tava chamano ele de assassino por dexá ela sartá tão arto e ele tava dizeno que a sinhá Scarlett nunca tinha ligado pra sinhazinha Bonnie, nem pros otro fio...

– Pare, Mammy! Não diga mais nada. Não é certo me contar essas coisas! – exclamou Melanie, horrorizada diante do quadro evocado pelas palavras de Mammy.

– Eu sei que num devia de tá contano, mas meu coração tava cheio demais pra escoiê o que dizê. Daí ele levô ela pra funerária e troxe ela de vorta e pôs ela na caminha dela no quarto dele. E, quando a sinhá Scarlett disse que o lugá dela era na sala, dentro do caxão, achei que o sinhô Rhett fosse batê nela. E ele disse, bem frio: "O lugá dela é no meu quarto." E virô pra mim e disse: "Mammy, cuida pra ela ficá bem aqui inté eu vortá." Daí ele pegô o cavalo e ficô fora de casa inté o pôr do só. Quando vortô, eu vi que tava muito bêbo, mas num mostrava, iguar sempre. Entrô em casa correno e nem cumprimentô a sinhá Scarlett nem a sinhá Pitty e nem as dama que tava visitano, mais vuô lá pra cima, abriu a porta do quarto e berrô me chamano. Quando eu fui correno, ele tava do lado da caminha e tava tão escuro no quarto que eu mar podia vê ele pruquê as cortina tava fechada.

"E ele disse, arreliado: 'Abre as cortina. Tá escuro aqui.' E eu abri e ele olhô pra mim e, por Deus, sinhá Melly, fiquei com as perna mole, pruquê ele tava por demais estranho. Daí ele falô: 'Traz luz. Traz muita luz. E dexa quemano. E num fecha as cortina nem as persiana. Num sabe que a sinhá Bonnie tem medo do escuro?'"

Os olhos de Melanie encontraram os de Mammy, que aquiesceu de modo agourento.

– Foi isso que ele falô. "Sinhá Bonnie tem medo do escuro."

Mammy teve um calafrio.

– Quando eu levei um tanto de vela, ele disse "Sai!" E daí ele fechô a porta e lá ficô com a sinhazinha e num abriu a porta pra sinhá Scarlett, nem quando ela bateu e gritô prele abri. E a coisa tá assim faz dois dia. Ele num fala nada do enterro e de manhã tranca a porta, pega o cavalo e vai pro centro. E vorta de tardim, bebo, e se tranca lá de novo e num come nem dorme. E agora, a mãe dele, a véia sinhá Butler veio de Charleston pro enterro e a sinhá Suellen e o sinhô Will veio de Tara, mas o sinhô Rhett num fala com ninguém. Ah, sinhá Melly, tá seno terríve! E vai ficá pió e os pessoá vai falá escandlo. Entonce onte de noite – Mammy pausou e enxugou o nariz outra vez. – Onte a sinhá Scarlett pegô ele no corredô de cima e entrô no quarto com ele e falô: "O funerá vai sê manhã de manhã." E ele disse: "Faz isso e eu te mato manhã."

– Ah, ele deve ter perdido o juízo!

– É, sinhá. Entonce eles falô meio baxo e num ovi o que disse, só que ele falô otra vez que a sinhazinha Bonnie tem medo do escuro e que o túmulo era escuro. E despois de um tempo a sinhá Scarlett falô: "Vosmecê fica assim despois de matá ela pra sastisfazê seu orguio." E ele falô: "Ocê num tem piedade?" E ela falô: "Tenho não! E num tenho mais minha fia tomém. E tô cansada do jeito que vosmecê tá agino desde a morte de Bonnie. É um escandlo na cidade. Tá bêbo todo tempo e se num bebe eu sei donde tá passano o dia, vosmecê é um tonto. Sei que vosmecê anda na casa daquela Belle Watling."

– Ah, Mammy, não!

– Sim, sinhá. Foi isso que ela falô. E, sinhá Melly, é verdade. Os nego sabe um monte de coisa mais rápido que os branco. Eu sabia que era lá que ele tava, mas fiquei de quieta. E ele num negô. Disse: "É, madame, é lá que eu vô e num precisa se afobá pruquê vosmecê num liga. Um bordé é um paraíso comparano com essa casa dos inferno. E Belle tem um dos mió coração do mundo. Ela num joga na minha cara que eu matei minha fia."

– Ah – disse Melanie, o coração fulminado.

Sua vida era tão agradável, tão protegida, tão cercada de pessoas que a amavam, tão cheia de bondade, que o que Mammy lhe contava estava quase além de sua compreensão. Mesmo assim, lhe veio à lembrança um quadro, que ela rapidamente afastou, assim como afastaria um pensamento sobre a nudez de outro. Rhett falara de Belle Watling no dia em que chorara com a cabeça em seus joelhos. Mas ele amava Scarlett. Ela não podia ter se enganado naquele dia. E é claro que Scarlett o amava. O que acontecera entre eles? Como era possível marido e mulher se retalharem com facas tão afiadas?

Mammy voltou à história com gravidade.

– Despois de um tempo, a sinhá Scarlett saiu do quarto, branca feito lençó, mas com quexo firme e me viu lá parada e disse: "O enterro é manhã, Mammy." E passô feito um fantasma. Entonce meu coração se revirô pruquê o que a sinhá Scarlett fala, ela faz. E o que o sinhô Rhett fala, ele tomém faz. E ele disse que vai matá ela se ela fizé isso. Eu tava muito distraída, sinhá Melly, pruquê eu tinha uma coisa na cociença todo o tempo que tava me matano. Sinhá Melly, fui eu que assustei a sinhazinha do escuro.

– Ah, Mammy, mas não importa... não agora.

– Importa sim, sinhá. Esse é todo probema. Entonce achei pra mim que era mió contá pro sinhô Rhett, nem que ele me matasse, por causa da minha cociença. Entonce eu entrei pela porta bem rápido, antes dele fechá e disse: "Sinhô Rhett, vim confessá." E ele se virô pra eu iguar lôco e falô: "Sai!" E, por Deus, nunca tive tanto medo. Mas eu disse: "Por favô, sinhô Rhett, dexa eu dizê. Isso tá pra matá eu. Fui eu que assustei a sinhazinha do escuro." E daí, sinhá Melly, eu baxei a cabeça e esperei ele batê em eu. Mais ele num falô nada. E eu falei: "Eu num queria fazê mar. Mas sinhô Rhett, aquela criança num tomava cuidado e num tinha medo de nada. E tava sempre saíno da cama despois de todo muno tá drumino e saía pela casa descarça. E eu ficava procupada, com medo que ela se machucava. Entonce eu disse pra ela que tinha fantasma e bicho-papão no escuro."

"Entonce, sinhá Melly, sabe o que ele fez? Ficô com cara boa e veio até eu e pôs a mão no meu braço. Foi a primera vez que ele fez isso. E disse: 'Ela era corajosa, não era? Só tinha medo de escuro, mais nada.' E comecei chorá ele disse: 'Ora, Mammy' e me afagô. 'Ora, Mammy, num fica assim. Fico contente de tê me contado. Eu sei que vosmecê ama a sinhazinha Bonnie e amano ela, num tem portância. O que tá no coração que importa.' Bem, isso meio que me animô, entonce eu risquei a dizê: 'Sinhô Rhett, e o enterro?' Entonce ele se virô pra mim com cara de mau e os óio dele briava e ele falô: 'Deus do Céu, achei que vosmecê havera de entendê, mermo que os otro num entendia! Vosmecê acha que vô botá minha fia no escuro se ela tem tanto medo? Gora mermo, consigo escutá o jeito que ela gritava quando cordava no escuro. Num vô dexá ela com medo.' Sinhá Melly, daí eu vi que ele tava variano. Tava bêbo e precisava drumi e comê, mas num foi só isso. Ele ficô lôco. Empurrô eu pra fora da porta e falô: 'Sai já daqui!'

"Eu desci a escada e fiquei pensano nele dizê que num ia tê enterro e na sinhá Scarlett dizê que ia sê manhã de manhã e nele dizê que ia tê tiroteio. E todos parente na casa e todos vizinho já tão tagarelano disso que nem um bando de galinha-d'angola e entonce eu pensei em vosmecê, sinhá Melly. Vosmecê tem de vim ajudá nós."

– Ah, Mammy, eu não posso me intrometer!

– Se a sinhá num pode, quem pode?

– Mas o que eu poderia fazer, Mammy?

– Sinhá Melly, num sei, mas vosmecê pode fazê arguma coisa. Pode falá com o sinhô Rhett e tarvez ele oça. Ele gosta de vosmecê, sinhá Melly.

Tarvez a sinhá num sabe, mas ele sabe. Eu já cansei de ovi ele dizê que vosmecê é a única dama que ele conhece.

– Mas...

Melanie se levantou, confusa, o coração acovardado ao pensar em confrontar Rhett. A ideia de discutir com um homem tão enlouquecido pelo pesar como o que Mammy descrevia a enregelava. A ideia de entrar naquele quarto iluminado onde jazia a menininha que ela tanto amava torturou-lhe o coração. O que poderia fazer? O que poderia dizer a Rhett para aliviar sua dor e trazê-lo à razão? Ela ficou um minuto parada, indecisa, quando a risada de seu filho passou pela porta. A ideia de tê-lo morto atravessou seu coração como uma faca gelada. Imagine seu Beau deitado lá em cima, frio e imóvel, o riso feliz calado.

– Ah – exclamou ela com medo e mentalmente segurou-o mais perto do coração. Ela sabia como Rhett se sentia. Se Beau estivesse morto, como poderia removê-lo, deixá-lo sozinho com o vento, a chuva e a escuridão?

– Ah! Pobre capitão Butler! – exclamou ela. – Vou ter com ele imediatamente.

Ela voltou apressada à sala de jantar, disse algumas palavras em voz baixa a Ashley e surpreendeu o filho abraçando-o apertado e beijando com amor seus cachos louros.

Saiu de casa sem chapéu, o guardanapo ainda na mão cerrada e as velhas pernas de Mammy mal conseguiam acompanhar seu passo. Chegando ao vestíbulo de Scarlett, ela acenou ligeiramente para as pessoas reunidas na biblioteca, para a assustada Srta. Pittypat, a imponente Sra. Butler, Will e Suellen. Subiu as escadas rapidamente, com Mammy ofegando atrás dela. Ficou parada por um momento diante da porta fechada de Scarlett, mas Mammy sussurrou. "Não, sinhá, não faz isso."

Melly seguiu pelo corredor, mais devagar agora, e parou diante da porta de Rhett. Ficou indecisa por um momento, como se quisesse fugir. Em seguida, preparando-se, como um pequeno soldado indo para a batalha, bateu à porta e chamou baixinho:

– Por favor, deixe-me entrar, capitão Butler. É a Sra. Wilkes. Quero ver Bonnie.

A porta se abriu rapidamente e Mammy, recuando nas sombras do corredor, viu Rhett, enorme e escuro contra o fundo iluminado das velas incandescentes. Ele oscilava, e Mammy pôde sentir seu hálito de uísque. Ele olhou para Melly por um instante e depois, segurando-a pelo braço, puxou-a para dentro do quarto e fechou a porta.

Exausta, Mammy sentou-se furtivamente em uma cadeira ao lado da porta, transbordando-a com sua silhueta disforme. Ficou sentada imóvel, chorando em silêncio e rezando. De vez em quando, erguia a bainha do vestido e enxugava os olhos. Mesmo esticando os ouvidos o máximo possível, não ouvia nenhuma palavra dentro do quarto, só um murmúrio descontínuo.

Após um período interminável, a porta abriu uma fresta e Melly apareceu com o rosto branco e tenso.

– Traga-me um bule de café, rapidamente, e alguns sanduíches.

Em momentos de desespero, Mammy conseguia ser rápida como uma negrinha de 16 anos, e sua curiosidade de entrar no quarto de Rhett a fez trabalhar ainda mais rápido. Mas sua esperança se transformou em decepção quando Melly só abriu uma fresta e pegou a bandeja. Por um longo tempo, Mammy aguçou os ouvidos, mas nada conseguia distinguir além do ruído dos talheres na louça e os tons suaves e abafados da voz de Melanie. Depois ouviu o ranger da cama com o peso de um corpo se deitando e, logo depois, o som de botas caindo no chão. Após um intervalo, Melanie apareceu no vão da porta, mas, por mais que se empenhasse, Mammy não conseguiu enxergar dentro do quarto. Melanie parecia cansada e havia lágrimas brilhando em seus cílios, mas a fisionomia estava serena outra vez.

– Vá dizer à sinhá Scarlett que o capitão Butler deseja que o enterro seja amanhã de manhã – sussurrou.

– Deus seja lovado! – soltou Mammy. – Como foi...

– Não fale tão alto. Ele vai dormir. E, Mammy, diga à sinhá Scarlett que vou ficar aqui a noite toda e traga-me café também. Traga aqui.

– Presse quarto aqui?

– Sim, prometi ao capitão Butler que se ele dormisse eu a velaria a noite inteira. Agora vá dizer à sinhá Scarlett, assim ela não se preocupa mais.

Mammy foi indo pelo corredor, o peso sacudindo o piso, seu coração aliviado cantando "Aleluia! Aleluia!". Pensativa, parou diante da porta de Scarlett, a mente fervilhando de agradecimento e curiosidade.

"Como a sinhá Melly conseguiu num sei. Magino que os anjo luta do lado dela. Vô dizê pra sinhá Scarlett que o enterro vai sê manhã de manhã, mais acho mió num dizê que a sinhá Melly tá velano a sinhazinha. A sinhá Scarlett num vai gostá nem um poquim disso."

60

Havia algo de errado no mundo, algo sombrio, assustador, que a tudo permeava, como uma neblina escura e impenetrável, furtivamente se fechando em torno de Scarlett. Esse algo errado ia mais fundo que a morte de Bonnie, pois agora a insuportável angústia inicial se esvaía, dando lugar a uma aceitação resignada da perda. No entanto, a sinistra sensação de desgraça futura permanecia, como se algo escuro e oculto estivesse pousado em seu ombro, como se o chão sob seus pés pudesse virar, de repente, areia movediça.

Nunca antes tivera esse tipo de medo. Durante toda a vida, tivera os pés plantados firmemente no bom senso, e as únicas coisas que já temera tinham sido as palpáveis, dor física, fome, pobreza, a perda do amor de Ashley. Sem nunca ter sido analítica, agora tentava analisar, mas sem sucesso. Perdera a filha predileta, mas conseguia aguentar aquilo, de algum modo, como aguentara tantas outras perdas esmagadoras. Ela tinha saúde, tanto dinheiro quanto podia desejar e ainda Ashley, embora o visse cada vez menos. Nem o constrangimento que havia entre eles desde o dia da desastrada festa-surpresa de Melanie a preocupava, pois ela sabia que passaria. Não, seu medo não era de dor, fome ou perda do amor. Esses temores nunca a tinham abatido como essa sensação de algo errado – esse temor sufocante que estranhamente se parecia com aquele de seu velho pesadelo, uma neblina densa pela qual ela corria com o coração explodindo, uma criança perdida a buscar um refúgio escondido.

Lembrava-se de como Rhett conseguia fazê-la rir e distraí-la de seus temores, assim como do conforto de seu peito largo e seus braços fortes. E assim ela se virou para ele com olhos que realmente o enxergaram pela primeira vez em semanas. E a mudança que viu deixou-a chocada. Esse homem não iria rir nem consolá-la.

Por algum tempo, após a morte de Bonnie ela ficara furiosa com ele, preocupada demais com a própria dor para fazer mais que lhe falar educadamente diante dos criados. Estivera ocupada demais lembrando-se do ruído dos passos rápidos de Bonnie e de sua risada contagiante para pensar que ele também pudesse estar recordando e com uma dor ainda maior que a dela. Durante todas essas semanas, eles tinham se encontrado e falado com a mesma cortesia usada por desconhecidos se encontrando entre as paredes impessoais de um hotel, compartilhando o mesmo teto, a mesma mesa, mas nunca os pensamentos.

Agora, amedrontada e só, ela teria rompido essa barreira se conseguisse, mas sentiu que ele a mantinha a distância, como se não quisesse trocar nenhuma palavra além do superficial. Agora que a raiva se esvaía, ela queria lhe dizer que não o considerava culpado pela morte de Bonnie. Queria chorar em seus braços e dizer que também tinha se orgulhado da habilidosa montaria da criança, que fora indulgente com suas persuasões. Agora, de boa vontade se humilharia, admitindo que só fizera aquela acusação devido à dor que sentira, esperando aliviar a própria mágoa, magoando-o. Mas nunca parecia surgir o momento oportuno. Ele a olhava com olhos vazios, não lhe dando chance de falar. E, uma vez adiadas, ficava cada vez mais difícil pedir desculpas, até ser impossível.

Ela se perguntava por que as coisas estavam assim. Rhett era seu marido, e entre eles havia o laço inquebrantável de duas pessoas que compartilharam a mesma cama, geraram e tiveram uma filha amada e agora a viam, cedo demais, ser levada para o escuro. Só nos braços do pai dessa criança, ela podia encontrar consolo, na troca de memórias e do pesar que poderia magoar a princípio, mas que ajudaria a curar. Na presente situação, porém, talvez caísse nos braços de um completo estranho.

Ele raramente ficava em casa. Quando acontecia de se sentarem juntos à mesa do jantar, costumava estar embriagado. Já não bebia como antes, ficando cada vez mais polido e provocador conforme o álcool lhe subia à cabeça, dizendo coisas divertidas, maliciosas, que a faziam rir, mesmo sem querer. Agora ficava em silêncio, mal-humorado e, com o passar das noites, embrutecido pelo efeito da bebida. Às vezes, nas primeiras horas da manhã, ela o ouvia cavalgar até o pátio dos fundos e bater na porta da casa dos criados para que Pork o ajudasse a subir as escadas e o pusesse na cama. Ajuda para se deitar! Rhett, que sempre acompanhara os outros em suas bebedeiras, sem um fio de cabelo fora do lugar, e depois levava todos para a cama.

Agora andava desleixado, quando antes sempre fora caprichoso, e foram necessários todos os argumentos escandalizados de Pork para fazê-lo trocar a roupa de baixo antes do jantar. O uísque estava aparente em seu rosto, a linha reta do queixo perdia seu contorno devido a um intumescimento doentio, e as bolsas inchavam embaixo dos olhos injetados. O corpanzil com seus músculos rijos parecia mole e frouxo, e a cintura começava a engrossar.

Muitas vezes, não ia para casa e nem mandava recado de que ficaria fora à noite. É claro, devia estar roncando, embriagado, em algum quarto acima de um *saloon*, mas Scarlett sempre acreditava que estava na casa de

Belle Watling nessas ocasiões. Certa vez, ela vira Belle em uma loja, uma mulher tosca e madura agora, já quase sem atrativos. Mas, apesar de toda a maquiagem e das roupas extravagantes, era viçosa e quase maternal. Em vez de baixar os olhos ou de manter o olhar firme em desafio, como faziam outras mulheres fáceis ao se confrontar com as damas, Belle retribuiu-lhe o olhar, examinando sua fisionomia, com uma expressão quase de pena que fez Scarlett corar.

Mas agora ela não podia acusá-lo, não podia se enfurecer, exigir fidelidade ou tentar envergonhá-lo, assim como não conseguia se desculpar por tê-lo acusado pela morte de Bonnie. Foi tomada por uma apatia desnorteante, uma infelicidade que não conseguia entender, mais profunda que qualquer coisa que já conhecera. Sentia-se só e não conseguia se lembrar de já ter se sentido tão só. Talvez nunca tivesse tido tempo de estar tão sozinha até esse momento. Estava com medo e não havia ninguém a quem recorrer, além de Melanie. Pois agora, até Mammy, seu principal esteio, voltara para Tara. Permanentemente.

Mammy não deu explicação para sua partida. Seus velhos olhos cansados olharam tristes para Scarlett ao lhe pedir dinheiro para a passagem. Às lágrimas e súplicas de Scarlett para que ficasse, Mammy só respondeu:

– Parece que a sinhá Ellen disse pra eu: "Mammy, vem pra casa. Seu trabaio acabô." Entonce tô ino pra casa.

Rhett, que ouvira a conversa, deu a Mammy o dinheiro e um tapinha no braço.

– Você está certa, Mammy. A Sra. Ellen está certa. Seu trabalho aqui acabou. Vá para casa. Se precisar de qualquer coisa, mande me dizer.

E como Scarlett continuou a dar suas ordens, indignada, ele falou:

– Cale-se, sua tola! Por que alguém ia querer ficar nesta casa... agora?

Havia um brilho tão ensandecido em seus olhos que Scarlett recuou, assustada.

– Dr. Meade, o senhor acha que ele... pode ter perdido o juízo? – perguntou ela depois, procurando o doutor levada pela própria sensação de desamparo.

– Não – disse o médico –, mas está bebendo como um gambá e vai acabar morrendo se continuar assim. Ele amava a filha, Scarlett, e creio que bebe para esquecê-la. Agora, meu conselho para você, mocinha, é lhe dar outro filho o mais rápido que puder.

"Ah!", pensou Scarlett amargamente, ao sair do consultório. Era mais fácil falar que fazer. Ela gostaria de ter outro filho, vários filhos, se isso tirasse dos olhos de Rhett aquela expressão e preenchesse os espaços dolorosos de seu próprio coração. Um menino com a beleza morena de Rhett e outra menina. Ah, outra menina bonita, alegre, voluntariosa e risonha, não como a tonta da Ella. Ah, por que Deus não podia ter levado Ella se tinha que levar um de seus filhos? Ella não lhe servia de consolo, agora que Bonnie se fora. Mas Rhett não parecia querer outros filhos. Pelo menos, nunca ia a seu quarto, embora a porta não ficasse mais trancada e, geralmente, estivesse até entreaberta. Ele não parecia se importar. Não parecia se importar com nada, além de uísque daquela ruiva desgrenhada.

Agora ele estava amargo, quando antes era agradavelmente debochado; brutal, quando antes suas investidas eram temperadas com humor. Após a morte de Bonnie, muitas das boas senhoras da vizinhança, que ele conquistara por seus modos encantadores com a filha, ficavam ansiosas para lhe demonstrar gentileza. Elas o paravam na rua para lhe dar pêsames e lhe falavam através de suas cercas, dizendo que compreendiam. Mas agora que Bonnie, a razão para seus bons modos, se fora, os modos a tinham acompanhado. Ele interrompia seca e grosseiramente as condolências bem-intencionadas das senhoras.

Mas, por mais estranho que fosse, elas não se ofendiam. Compreendiam, ou achavam compreender. Quando ele voltava para casa, quase embriagado demais para se manter sobre a sela, lançando um olhar mal-humorado aos que lhe falavam, as senhoras diziam “Coitado!”, redobrando seus esforços para serem boas e gentis. Sentiam pena dele, indo para casa, sem melhor consolo que Scarlett.

Todos sabiam quanto ela era fria e impiedosa. Todos estavam apavorados com a aparente facilidade com que se recuperara da morte de Bonnie, nunca percebendo ou querendo perceber o esforço por trás da aparente recuperação. Rhett contava com a mais terna solidariedade geral, que não percebia nem importava. Scarlett contava com a antipatia da cidade e, pelo menos uma vez, teria agradecido a solidariedade dos velhos amigos.

Agora, nenhum dos velhos amigos ia a sua casa, exceto tia Pitty, Melanie e Ashley. Só os novos amigos iam visitá-la em suas carruagens vistosas, ansiosos para lhe oferecer solidariedade e para distraí-la com mexericos sobre outros novos amigos, por quem ela não tinha o mínimo interesse. Toda essa “nova gente” se compunha de estranhos! Não a conheciam. Nunca a conheceriam. Não tinham percepção do que sua vida fora antes de alcançar a atual eminência segura em sua mansão da rua dos Pessegueiros. Preferiam não falar sobre suas vidas anteriores, antes de conseguirem vestir brocados e ter suas vitórias com finas parelhas de cavalos. Não sabiam de sua luta, de suas privações, de todas as coisas que faziam aquela grande casa, as belas roupas, as pratarias e recepções valerem a pena. Não se importavam, essas pessoas Deus-sabe-de-onde, que pareciam viver sempre na superfície das coisas, sem memórias em comum da guerra, da fome e da luta, que não tinham raízes em comum descendo pela mesma terra vermelha.

Agora, em sua solidão, ela gostaria de passar as tardes com Maybelle, Fanny ou a Sra. Elsing, a Sra. Whiting ou mesmo com aquela irredutível velha belicosa, a Sra. Merriwether. Ou com a Sra. Bonnell ou... qualquer de seus antigos amigos e vizinhos. Pois eles sabiam. Tinham conhecido guerra, terror e incêndio, tinham visto seus queridos mortos antes do tempo, tinham passado fome e andado maltrapilhos, vivido com o lobo à porta. E tinham reconstruído a fortuna da ruína.

Seria um consolo sentar-se com Maybelle, relembrando que ela enterrara um filho, morto na fuga de Sherman. Haveria conforto na presença de Fanny, sabendo que ambas tinham perdido seus maridos nos dias negros da lei marcial. Teria sido amargamente engraçado rir com a Sra. Elsing, recordando a fisionomia da velha senhora enquanto chicoteava o cavalo passando por Five Points no dia da queda de Atlanta, com seu saque do batalhão de suprimentos abarrotando a carruagem. Seria agradável combinar suas histórias com as da Sra. Merriwether, agora segura do progresso de sua confeitaria; seria bom dizer: "Lembra-se de como as coisas estavam feias logo após a rendição? Lembra-se de quando não sabíamos de onde viria nosso próximo par de sapatos? E olhe só para nós agora!"

Sim, seria agradável. Agora ela entendia por que, quando dois ex-confederados se encontravam, falavam da guerra com tanta satisfação, com orgulho, com nostalgia. Tinham sido tempos que os haviam posto à prova, mas eles os tinham superado. Eram veteranos. Ela também era uma veterana, mas não tinha camaradas com quem revisitar as velhas batalhas. Ah, quem dera estar novamente com sua gente, com aqueles que tinham passado pelas mesmas coisas e sabiam quanto feriam... e, no entanto, como faziam parte do que se era!

Mas, de algum modo, essas pessoas tinham escorregado de sua vida. Ela percebia que fora culpa sua. Até agora, não se importara... agora que Bonnie estava morta e ela sentia-se só e amedrontada, via do outro lado da mesa um moreno estranho e embrutecido pela bebida se desintegrando diante de seus olhos.

61

Scarlett estava em Marietta quando chegou o telegrama urgente de Rhett. Havia um trem saindo para Atlanta em dez minutos e ela o pegou, sem levar qualquer bagagem, além da bolsa, deixando Wade e Ella no hotel com Prissy.

Atlanta só ficava a 30 quilômetros de distância, mas o trem se arrastava pelo início da tarde úmida de outono, parando em cada vereda para pegar passageiros. Assaltada pelo pânico com o recado de Rhett, ansiosa para chegar logo, Scarlett tinha vontade de gritar a cada parada. O trem seguia pesadamente pelas florestas cansadas, levemente douradas, passando por encostas de colinas ainda marcadas pelas barricadas sinuosas, passando por velhas posições de baterias de canhões e crateras tomadas por erva daninha, descendo a estrada por onde os homens de Johnston recuaram amargamente, lutando a cada passo do caminho. Cada estação, cada cruzamento anunciado pelo maquinista era o nome de uma batalha, o local de uma escaramuça. No passado, teriam provocado recordações de terror em Scarlett, mas agora ela não pensava nisso.

A mensagem de Rhett fora:

"A Sra. Wilkes está mal. Venha para casa imediatamente."

O sol já descera quando o trem chegou a Atlanta, e uma chuva fina cobria a cidade de neblina. Os lampiões a gás da cidade brilhavam difusos, bolhas amarelas em meio à névoa. Rhett a esperava na estação com a carruagem. A visão de sua fisionomia a assustou mais que o telegrama. Ela nunca o vira tão inexpressivo antes.

– Ela não... – exclamou ela.

– Não, ainda está viva – disse Rhett, ajudando-a a embarcar na carruagem. – Para a casa da Sra. Wilkes e o mais rápido que puder – ordenou ao cocheiro.

– O que houve com ela? Eu não sabia que estava doente. Parecia bem semana passada. Sofreu um acidente? Ah, Rhett, não é tão sério quanto você...

– Ela está morrendo – disse Rhett, e sua voz não tinha mais expressão que seu rosto. – Quer ver você.

– Não a Melly! Ah, não a Melly! O que aconteceu com ela?

Ela teve um aborto.

– Um... um... abo... mas Rhett, ela... – atrapalhou-se. Essa informação se somando ao horror do anúncio a deixou sem fôlego.

– Você não sabia que ela estava esperando um bebê?

Ela nem sequer conseguia fazer que não.

– Ah, imagino que não. Acho que ela não tinha contado para ninguém. Queria que fosse uma surpresa. Mas eu sabia.

– Você sabia? Mas com certeza ela não lhe contou!

– Não precisou me contar. Eu sabia. Ela andava tão... feliz nesses últimos dois meses que eu sabia não poder ser outra coisa.

– Mas, Rhett, o médico disse que ter outro bebê a mataria!

– Pois é, matou – disse Rhett. E para o cocheiro: – Por Deus, não dá para ir mais depressa?

– Mas Rhett, ela não pode estar morrendo! Eu... eu não morri e eu...

– Ela não tem sua força. Nunca teve força alguma. Nunca teve nada além de coração.

A carruagem parou em frente à casinha plana e Rhett lhe deu a mão para sair. Trêmula, assustada, uma súbita sensação de solidão, ela segurou-lhe o braço.

– Vai entrar, Rhett?

– Não – disse ele, e voltou a entrar na carruagem.

Ela subiu correndo as escadas, atravessou a varanda e abriu a porta. Lá, sob a luz amarelada do lampião, estavam Ashley, tia Pitty e India. Scarlett pensou "o que India está fazendo aqui? Melanie lhe disse para nunca mais pôr os pés nesta casa". Os três se levantaram ao vê-la, tia Pitty mordendo os lábios trêmulos para controlá-los, India olhando-a, tomada pela dor e sem ódio. Ashley parecia entorpecido como um sonâmbulo e indo até ela, pondo a mão em seu braço, falou como tal.

– Ela chamou você – disse ele. – Ela chamou você.

– Posso vê-la agora? – Ela se virou para a porta fechada do quarto de Melanie.

– Não. O Dr. Meade está lá agora. Fico contente que tenha vindo, Scarlett.

– Vim o mais rápido que pude. – Scarlett tirou o chapéu e a capa. – O trem... ela não está mesmo... Diga-me, ela está melhor, não é, Ashley? Fale comigo! Não me olhe assim. Ela não vai mesmo...

– Ela não parou de chamar por você – disse Ashley, olhando-a nos olhos. E ali ela viu a resposta para sua pergunta. Por um instante, seu coração parou, e em seguida um estranho medo, mais forte que a ansiedade, mais forte que o pesar, começou a bater em seu peito. Não pode ser verdade, pensou com veemência, tentando controlar-se. Os médicos erram. Não vou acreditar. Vou começar a gritar se acreditar. Preciso pensar em outra coisa.

– Não acredito! – exclamou ela tempestuosamente, olhando para os rostos abatidos, como se os desafiasse a contradizê-la. – E por que Melanie não me contou? Eu nunca teria ido para Marietta se soubesse!

Os olhos de Ashley despertaram e estavam atormentados.

– Ela não disse a ninguém, Scarlett, especialmente a você. Tinha medo de que a repreendesse se soubesse. Queria esperar três... até achar que estava segura, e então surpreender todos vocês e rir, dizendo quanto os médicos estavam errados. E estava tão feliz... Você sabe como ela era em relação a bebês... o quanto queria uma menininha. E estava tudo tão bem até... e então, sem qualquer motivo...

A porta do quarto de Melanie se abriu silenciosamente e o Dr. Meade saiu para o corredor, fechando-a atrás de si. Ficou parado um instante, a barba cinzenta afundada no peito, e olhou para os quatro, subitamente congelados. Seu olhar pousou por último em Scarlett. Indo em sua direção, ela viu que havia pesar em seus olhos e também antipatia e desdém, que inundaram de culpa seu coração assustado.

– Então chegou finalmente – disse ele.

Antes que ela pudesse responder, Ashley se dirigiu para a porta fechada.

– Você ainda não – disse o médico. – Ela quer falar com Scarlett.

– Doutor – disse India, pondo a mão em sua manga. Embora sua voz estivesse desprovida de tonalidade, suplicava mais que palavras. – Deixe-me vê-la um instante. Estou aqui desde de manhã, esperando, mas ela... Deixe-me vê-la por um instante. Quero dizer a ela... preciso dizer a ela... que eu estava enganada sobre... uma coisa.

Ela não olhou para Ashley ou Scarlett ao falar, mas o Dr. Meade permitiu que seu olhar frio pousasse em Scarlett.

– Vou ver, Srta. India – disse ele brevemente. – Mas só se a senhorita me prometer que não irá dispor das forças dela para lhe dizer que estava enganada. Ela sabe que a senhorita estava enganada e ouvir suas desculpas só a deixará angustiada.

Pitty começou a falar, timidamente:

– Por favor, Dr. Meade...

– Srta. Pitty, a senhorita sabe que vai gritar e desmaiar.

Pitty recuou o pequeno corpo robusto e retribuiu o olhar do médico. Seus olhos estavam secos e havia dignidade em cada curva.

– Está bem, querida, em breve – disse o médico, mais gentil. – Venha Scarlett.

Foram até a porta do quarto na ponta dos pés e o médico pousou duramente a mão no ombro de Scarlett.

– Agora, mocinha – sussurrou ele brevemente –, nada de histeria nem confissões de leito de morte ou, perante Deus, eu torço seu pescoço! Não me venha com seu olhar inocente. Você sabe o que quero dizer. A Sra. Melly vai morrer tranquila e você não vai desabafar sua consciência, contando-lhe qualquer coisa sobre Ashley. Eu nunca machuquei uma mulher, mas se você disser qualquer coisa agora... vai se ver comigo.

Ele abriu a porta antes que ela pudesse responder, empurrou-a para dentro e fechou-a novamente. O pequeno quarto, mobiliado com nogueira preta barata, estava em semiescuridão, o lampião protegido por um jornal. Era um quarto pequeno e arrumado, o quarto de uma colegial, a cama estreita, de cabeceira baixa, as cortinas simples de filó, atadas em cada lado, os tapetes de trapos, desbotados e limpos no piso, tudo tão diferente do luxo do quarto de Scarlett, com sua imponente mobília entalhada, cortinados de brocado rosado e tapeçaria decorada de rosas.

Melanie, deitada na cama, sua silhueta sob a coberta, plana como a de uma menina. Duas tranças pretas descendo de cada lado do rosto e os olhos fechados se afundavam em dois círculos roxos. Scarlett ficou atônita, encostada à porta. Apesar da penumbra no quarto, via que o rosto de Melanie estava cor de cera. O sangue da vida se esvaíra, e o nariz estava franzido. Até aquele momento, Scarlett esperava que o Dr. Meade estivesse enganado. Mas agora ficava claro. Nos hospitais, durante a guerra, ela vira muitas fisionomias com aquele ar de incômodo para ignorar o que inevitavelmente pressagiava

Melanie estava morrendo, mas por um momento a mente de Scarlett se recusou a aceitar. Melanie não podia morrer. Era impossível. Deus não permitiria que morresse quando Scarlett precisava tanto dela. Nunca lhe ocorrera que precisava de Melanie. Mas agora a verdade surgia dos profundos recessos de sua alma. Contara com Melanie, assim como contara consigo mesma. Agora, Melanie estava morrendo e Scarlett soube que não poderia ir adiante sem ela. Agora, ao cruzar o quarto na ponta dos pés, em direção à figura quieta, o pânico lhe espremendo o coração, soube que Melanie tinha sido sua espada e seu escudo, seu consolo e sua força.

"Preciso retê-la! Não posso deixá-la partir!", pensou, sentando-se ao lado da cama com um farfalhar de saias. Em seguida, segurou a mão solta na coberta e se assustou novamente com sua frieza.

– Sou eu, Melly – disse ela.

Os olhos de Melanie se abriram um pouco e depois, satisfeita de ver que era realmente Scarlett, fecharam-se de novo. Após uma pausa, ela inspirou e sussurrou:

– Prometa...

– Ah, qualquer coisa!

– Beau... cuide dele.

Scarlett só conseguiu fazer que sim, com um aperto na garganta, e suavemente apertou a mão dela em sinal de consentimento.

– Eu o entrego a você. – Houve um leve traço de sorriso. – Eu o entreguei antes... lembra-se?... antes de nascer.

Se ela lembrava? Como poderia esquecer aquela época? Quase tão claramente como se aquele dia atroz tivesse voltado, ela conseguiu sentir o calor sufocante do meio-dia de setembro, lembrou-se do terror dos ianques, ouviu a marcha das tropas retirantes, a voz de Melanie lhe suplicando que ficasse com o bebê caso ela morresse, e lembrou-se de esperar que isso realmente acontecesse.

"Eu a matei", pensou em uma agonia supersticiosa. "Foram tantas as vezes que desejei sua morte que Deus me ouviu e está me punindo."

– Ah, Melly, não fale assim! Você sabe que vai se recupe ar...

– Não. Prometa.

Scarlett engoliu em seco.

– Você sabe que está prometido. Cuidarei dele como seu fosse meu próprio filho.

– Faculdade? – perguntou a voz fraca.

– Ah, claro! Universidade, Harvard, Europa e tudo o que ele quiser... e... e um pônei... e aulas de música... Ah, por favor, Melly, tente! Faça um esforço!

O silêncio caiu novamente, e na fisionomia de Melanie havia sinais da luta para reunir forças e falar outra vez.

– Ashley – disse ela. – Ashley e você... – a voz balbuciou.

À menção do nome de Ashley, o coração de Scarlett ficou imóvel, frio como o granito dentro dela. Melanie sabia o tempo todo. Scarlett deixou a cabeça cair na colcha e um soluço ficou preso em sua garganta por uma mão cruel. Melanie sabia. Scarlett estava além da vergonha agora, além de qualquer sentimento que não fosse um remorso desbragado por ter magoado essa criatura bondosa durante todos esses anos. Melanie sabia e, mesmo assim, continuara sendo sua leal amiga. Ah, se ao menos pudesse viver todos aqueles anos outra vez! Ela não teria sequer permitido que seus olhos pousassem nos dele.

"Ah Deus", rezou rapidamente "por favor, deixe-a viver! Eu vou compensá-la. Serei boa para ela. Nem vou mais falar com Ashley enquanto viver, basta que a deixe melhorar!".

– Ashley – disse Melanie, a voz débil, e seu dedos tocaram a cabeça inclinada de Scarlett, polegar e indicador se enfiaram no cabelo de Scarlett sem mais força que os de um bebê. Scarlett sabia o que eles queriam, sabia que Melanie queria que ela olhasse para cima. Mas ela não conseguia, não conseguia fitar os olhos de Melanie e ver aquele conhecimento.

– Ashley – sussurrou Melanie outra vez e Scarlett se controlou. Quando ela olhasse para Deus no Dia do Juízo Final e lesse sua sentença nos olhos, não seria tão mau quanto isso. Com a alma oprimida, ela ergueu a cabeça.

Só viu os mesmos olhos escuros amorosos, encovados e mortalmente sonolentos, a mesma boca terna, cansada de lutar por ar e contra a dor. Não havia censura ali, nem acusação ou medo... só uma ansiedade de talvez não encontrar forças para falar.

Por um instante, Scarlett estava atordoada demais até para sentir alívio. Em seguida, enquanto segurava a mão de Melanie mais próxima, uma onda de calorosa gratidão a Deus a invadiu e, pela primeira vez desde a infância, ela fez uma oração humilde e altruísta.

"Obrigada, meu Deus. Sei que não mereço, mas obrigada por não deixá-la saber."

– O que tem Ashley, Melly?

– Você vai... cuidar dele?

– Ah, é claro.

Houve uma pausa.

– Cuidar... do negócio dele... entende?

– Sim, entendo. Vou cuidar.

Ela fez um grande esforço.

– Ashley não é... prático.

Só a morte poderia ter forçado Melanie a essa deslealdade.

– Cuide dele, Scarlett... mas... nunca o deixe saber.

– Vou cuidar dele e do negócio, sem nunca deixá-lo saber. Só vou fazer sugestões.

Melanie conseguiu dar um pequeno sorriso, mas era de triunfo quando cruzou os olhos com os de Scarlett. O olhar das duas selava aquele trato de que a proteção de Ashley Wilkes de um mundo muito áspero estava passando de uma mulher para outra e que seu orgulho masculino nunca seria humilhado por saber disso.

Agora a luta se esvaía do rosto cansado como se, com a promessa de Scarlett, a tranquilidade tivesse se instalado.

– Você é tão inteligente... tão corajosa... sempre foi tão boa para mim...

Com essas palavras, o soluço subiu livremente pela garganta de Scarlett, que tapou a boca. Agora ela ia berrar como uma criança e falar: "Fui um demônio! Fui tão injusta com você! Nunca fiz nada por você! Foi tudo por Ashley."

Ela se pôs de pé abruptamente, mordendo o polegar para readquirir o controle. As palavras de Rhett lhe retornaram à mente: "Ela ama você. Que esta seja sua cruz." Bem, agora a cruz ficaria mais pesada. Já era mau o bastante que ela tivesse usado de todas as artimanhas para tentar lhe tirar Ashley. Mas agora era pior, pois Melanie, que confiara nela cegamente durante a vida, estava lhe depositando o mesmo amor e a mesma confiança na morte. Não, ela não podia falar. Nem conseguia dizer outra vez: "Faça um esforço para viver." Precisava deixar que ela partisse em paz, sem luta, sem lágrimas, sem pesar.

A porta se abriu um pouco e o Dr. Meade ficou na soleira, fazendo um sinal imperioso. Scarlett se inclinou sobre a cama, sufocando as lágrimas e, pegando a mão de Melanie, colocou-a na face.

– Boa noite – disse ela, e sua voz estava mais firme do que considerara possível.

– Prometa... – veio o sussurro, bem fraco agora.

– Qualquer coisa, querida.

– O capitão Butler... seja boa para ele. Ele... ama você.

"Rhett?", pensou Scarlett, confusa, e as palavras não significaram nada para ela.

– Sim – disse ela de modo automático e, dando-lhe um beijo na mão, colocou-a de volta na cama.

– Diga às senhoras que venham imediatamente – sussurrou o doutor quando ela passava pela porta.

Por meio de olhos marejados, ela viu Pitty e India seguirem o doutor para dentro do quarto, segurando as saias ao lado do corpo, evitando que fizessem ruído. A porta se fechou e a casa ficou em silêncio. Ashley não estava à vista. Scarlett encostou a cabeça na parede, como uma criança travessa em um canto, e esfregou a garganta dolorida.

Atrás da porta, Melanie estava partindo e, com ela, a força com que tinha contado por tantos anos, sem saber. Por que, ah, por que ela não percebera antes quanto amava e precisava de Melanie? Mas quem iria imaginar a pequena e simples Melanie como um baluarte de força? Melanie, que era tímida até as lágrimas diante de estranhos, incapaz de elevar a voz para dar uma opinião própria, temerosa da reprovação das velhas senhoras, Melanie que não tinha coragem de enxotar um ganso? E, contudo...

A memória de Scarlett voltou nos anos àquele meio-dia quente em Tara quando a fumaça cinzenta pairava sobre um corpo fardado de azul e Melanie estava parada no topo das escadas com o sabre de Charles na mão. Scarlett lembrou-se de ter pensado: "Que tola! Melly nem conseguiria erguer essa espada!" Mas agora sabia que, houvesse a necessidade, Melanie teria descido aquelas escadas e matado o ianque... ou seria morta.

Mesmo assim, Melanie estivera lá naquele dia com uma espada na mãozinha para lutar por ela. E agora, olhando tristemente para trás, Scarlett se dava conta de que Melanie sempre estivera a seu lado com uma espada na mão, sem obstruir o caminho, amando-a, brigando por ela com uma lealdade apaixonada e cega, lutando contra os ianques, o incêndio, a fome, a pobreza, a opinião pública e até contra sua amada família.

Scarlett sentiu coragem e segurança se esvaírem ao perceber que a espada que brilhara entre ela e o mundo se embainhava para sempre.

"Melly é a única amiga que eu tive", pensou, desamparada, "a única mulher, exceto minha mãe, que me amou de fato. Ela se parece com minha mãe. Todos que a conheciam ficavam presos às suas saias".

De repente, era como se fosse Ellen que estivesse deitada atrás daquela porta fechada, deixando este mundo pela segunda vez. De repente, ela estava novamente em Tara, com o mundo ao redor, desolada por saber que não poderia encarar a vida sem a incrível força dos fracos, dos gentis dos corações ternos.

Ela ficou parada no corredor, indecisa, assustada, e a luz das labaredas na lareira da sala lançava longas sombras difusas nas paredes a seu redor. A casa estava em total silêncio, uma quietude que a encharcou como uma chuva fria. Ashley! Onde estava Ashley? Ela foi em direção à sala de jantar como um animal que tem frio em busca de fogo, mas ele não estava lá. Precisava encontrá-lo. Descobrira a força de Melanie e sua dependência dela só para perdê-la no momento da descoberta, mas ainda havia Ashley. Havia Ashley, que era forte, sábio e reconfortante. Em Ashley e em seu amor, estava a força sobre a qual depositar sua fraqueza, coragem para sustentar seu medo, tranquilidade para seu pesar.

Ele deve estar em seu quarto, ela pensou, seguindo na ponta dos pés pelo corredor, e bateu de leve na porta. Sem ouvir resposta, abriu-a. Ashley estava parado em frente à penteadeira, olhando para um par de luvas remendadas de Melanie. Primeiro, pegou uma delas, como se nunca a tivesse visto antes. Depois, largou-a com cuidado, como se fosse feita de vidro, e pegou a outra.

– Ashley! – disse ela, a voz trêmula. Ele se virou devagar e olhou para ela. O distanciamento sonolento sumira de seus olhos, que estavam bem abertos e desmascarados. Neles ela viu um medo que se equiparava ao seu, um desamparo maior que o seu, um atordoamento cuja profundidade ela jamais conheceria. A sensação de pavor que a possuíra no corredor aumentou ao ver a fisionomia dele. Foi em sua direção.

– Estou assustada – disse ela. – Ah, Ashley, abrace-me. Estou tão assustada!

Ele não se mexeu, mas ficou olhando para ela, agarrando a luva com força nas duas mãos. Ela pôs a mão no braço dele e sussurrou:

– O que é?

Os olhos dele a examinavam com intensidade, buscando desesperadamente por algo que não encontrava. Finalmente, ele falou, em uma voz que não era a sua.

– Queria sua presença – disse ele. – Eu procurá-la... correr feito uma criança que quer consolo... e encontro uma criança, mais assustada, correndo para mim.

– Você não... você não pode estar assustado – exclamou ela. – Nada nunca o assustou. Mas eu... Você sempre foi tão forte.

– Se algum dia fui forte, era porque ela estava atrás de mim – disse ele, a voz ficando embargada, e olhou para a luva, ajeitando os dedos. – E... e... toda a força que já tive está partindo com ela.

Havia uma nota de tamanho desespero em sua voz que ela largou seu braço e deu um passo para trás. E, no silêncio pesado que se fez entre eles, ela sentiu que, pela primeira vez na vida, o entendia.

– Ora... – disse ela devagar – ora, Ashley, você a ama, não é?

Ele falou mostrando esforço.

– Ela é o único sonho que já tive que viveu, respirou e não morreu diante da realidade.

"Sonhos!", pensou ela, uma velha irritação surgindo. "Sempre sonhos! Nunca o bom senso."

Com um coração pesado e um pouco amargurado, ela disse:

– Você foi tão tolo, Ashley... Como não pôde ver que ela valia um milhão de vezes mais que eu?

– Scarlett, por favor! Se você soubesse pelo que estou passando desde que o doutor...

– Pelo que você está passando? Não acha que eu... Ah, Ashley, você devia ter sabido, anos atrás, que era a ela que amava e não a mim! Por que não? Tudo teria sido tão diferente, tão... Ah, você devia ter se dado conta e não ter me deixado seduzida por toda a sua conversa de honra e sacrifício! Se tivesse me dito anos atrás, eu teria... isso teria me matado, mas eu aguentaria de algum modo. Mas você espera até agora, até Melly estar morrendo, para descobrir, e agora é tarde demais para fazer qualquer coisa. Ah, Ashley, os homens devem saber essas coisas... não as mulheres! Você devia ter visto com clareza que sempre a tinha amado e só me queria como... como Rhett quer aquela mulher, a Watling!

Ele se sobressaltou com aquelas palavras, mas seus olhos ainda encontraram os dela, implorando silêncio, consolo. Cada traço de seu rosto admitia a verdade das palavras dela. Os ombros caídos mostravam que o castigo aplicado a si mesmo era mais cruel do que qualquer um que ela pudesse lhe dar. Ele ficou em silêncio diante dela, agarrado à luva, como se fosse uma verdadeira mão compreensiva, e, no silêncio que se seguiu às palavras dela, a indignação que a acometera sumiu, dando lugar à pena, misturada ao desdém. Ela foi afetada pela própria consciência. Estava chutando um homem vencido e indefeso... e prometera a Melanie que cuidaria dele.

"Mal acabo de prometer a ela e já disse coisas cruéis, dolorosas a ele, e não há necessidade de que eu ou ninguém mais as diga. Ele sabe a verdade e isso o está matando", ela pensou, desolada. "Ele não amadureceu. É uma criança, como eu, e está morrendo de medo de perdê-la. Melly sabia como ia ser... Melly o conhecia muito melhor que eu. Foi por isso que me pediu para cuidar dele e de Beau em um mesmo fôlego. Como Ashley vai aguentar isso? Eu consigo. Consigo aguentar qualquer coisa. Já tive que aguentar tanto... Mas ele não consegue... não consegue aguentar nada sem ela."

– Perdoe-me, querido – disse ela gentilmente, estendendo os braços. – Sei o que está sofrendo. Mas lembre-se, ela não sabe de nada... ela nunca sequer suspeitou... Deus teve essa bondade conosco.

Ele foi rapidamente até ela e seus braços a envolveram cegamente. Ela ficou na ponta dos pés para encostar sua face quente na dele, consolando-o, e com uma das mãos afagou sua nuca.

– Não chore, meu querido. Ela gostaria que você fosse corajoso. Ela vai querer vê-lo em um instante e você precisa ser corajoso. Não pode perceber que esteve chorando. Isso a preocuparia.

Ele a abraçava tão apertado que lhe dificultava a respiração, e sua voz embargada estava em seu ouvido.

– O que vou fazer? Eu não consigo... não consigo viver sem ela!

"Eu também não", pensou ela, evitando imaginar os longos anos futuros sem Melanie. Mas fez um grande esforço para se controlar. Ashley contava com ela, Melanie contava com ela. Como acontecera antes, sob o luar de Tara, embriagada, exausta, ela tinha pensado: "Os fardos são feitos para ombros fortes." Bem, seus ombros eram fortes, e os de Ashley, não. Ela os endireitou para receber o fardo e, com uma calma que estava longe de sentir, beijou a face molhada dele sem ardor, desejo ou paixão, apenas com fria gentileza.

– Vamos conseguir, de algum jeito – disse ela.

A porta se abriu com súbita violência e o Dr. Meade chamou com urgência:

– Ashley! Rápido!

"Meu Deus! Ela se foi!", pensou Scarlett. "E Ashley não conseguiu lhe dizer adeus! Mas talvez..."

– Depressa! – exclamou ela, dando-lhe um empurrão, pois ele ficou parado, olhando atordoado. – Depressa!

Ela puxou a porta aberta e foi levando-o. Impulsionado por suas palavras, ele correu para o corredor, ainda agarrado à luva. Ela ouviu seus passos rápidos por um instante e depois o fechar de uma porta.

– Meu Deus! – disse ela outra vez e, indo devagar até a cama, sentou-se e deixou a cabeça cair nas mãos. Sentiu um súbito cansaço, o maior cansaço que já sentira na vida. Com o ruído da porta se fechando, toda a tensão que a segurara, que lhe dera força, subitamente se foi. Ficou fisicamente exausta e vazia de emoções. Agora não sentia pesar nem remorso, nem medo ou surpresa. Estava cansada e sua mente palpitava monótona, mecanicamente, como o relógio sobre o console da lareira.

Daquele embotamento, surgiu um pensamento. Ashley não a amava, nunca a amara de fato, e saber disso não doeu. Deveria doer. Ela deveria estar desolada, de coração partido, pronta para gritar com o destino.

Contara com aquele amor por tanto tempo, ele a sustentara na passagem por tantos lugares escuros... Sim, lá estava a verdade. Ele não a amava e ela não se importava. Não se importava porque não o amava. Ela não o amava e, portanto, nada que ele fizesse ou dissesse poderia magoá-la.

Ela se deitou na cama, pondo a cabeça cansada no travesseiro. Inútil tentar combater a ideia, inútil dizer a si mesma: "Mas eu o amo. Eu o amo há anos. O amor não pode se transformar em apatia em um minuto."

Mas podia, e tinha se transformado.

"Ele nunca existiu realmente, só na minha imaginação", ela pensou, cansada. "Amei uma coisa inventada, algo tão morto como Melly está. Costurei um belo traje e me apaixonei por ele. E, quando Ashley chegou a cavalo, tão bonito, tão diferente, eu o vesti naquele traje, fazendo-o usá-lo, servisse ou não. E não queria ver o que ele realmente era. Continuei amando o traje bonito... e não ele."

Agora ela podia olhar para aqueles longos anos lá atrás e se ver em um vestido verde florido, sob o sol de Tara, fascinada pelo jovem cavaleiro com o cabelo louro brilhando como um capacete de prata. Agora conseguia ver claramente que não passara de uma atração infantil, não mais importante de fato que seu desejo mimado pelos brincos de água-marinha que arrancara de Gerald. Pois, depois que pegara os brincos, eles tinham perdido o valor; assim como tudo, exceto o dinheiro, perdia o valor depois de estar em seu poder. E assim ele também teria se desvalorizado se, naqueles primeiros tempos distantes, ela tivesse tido a satisfação de se recusar a casar com ele. Se alguma vez ela o tivesse tido a sua mercê e percebido que ele ficava cada vez mais apaixonado, importuno, ciumento, aborrecido, suplicante, como os outros rapazes, a paixão eletrizante que a possuíra teria passado, levada pelo vento, com a leveza com que a névoa se desfaz antes do sol, quando ela conhecesse outro homem.

"Que tola eu fui", pensou amargamente. "E agora tenho que pagar por isso. O que desejei tantas vezes aconteceu. Desejei que Melly morresse para poder ficar com ele. Agora ela morreu, eu o tenho e não quero. Sua maldita honra vai fazê-lo me perguntar se quero me divorciar de Rhett e me casar com ele. Casar com ele? Nem em uma bandeja de prata eu o quereria. Mas, de qualquer modo, o terei em volta do pescoço pelo resto da vida. Enquanto viver, terei que cuidar dele e cuidar para que não passe fome e que as pessoas não o magoem. Será como outra criança agarrada às minhas saias. Perdi meu amor e consegui outro filho. E, se não tivesse prometido a Melly, nem faria questão de vê-lo novamente."

62

Ouvindo vozes sussurrantes, ela foi até a porta e viu os negros assustados parados no vestíbulo dos fundos. Dilcey com os braços arqueados sob o peso de Beau adormecido, tio Peter chorando e Cookie secando a larga cara molhada no avental. Todos os três olhavam para ela, tacitamente perguntando o que fariam agora. Ela olhou pelo corredor na direção da sala de estar e viu India e tia Pitty paradas e mudas, segurando as mãos uma da outra e, dessa vez, India perdera seu ar orgulhoso. Como os negros, elas a olhavam de modo suplicante, esperando instruções. Ela foi para a sala e as duas mulheres a cercaram.

– Ah, Scarlett, o que... – começou tia Pitty, a boca opulenta e infantil tremendo.

– Não falem comigo, que sou capaz de gritar – disse Scarlett. Os nervos abalados levaram aspereza a sua voz, e os punhos se cerraram ao longo do corpo. A ideia de falar sobre Melanie agora, de tomar as providências inevitáveis que se seguem à morte, fez sua garganta se apertar de novo. – Não quero ouvir uma palavra de nenhuma das duas.

Diante do tom autoritário na voz dela, as duas recuaram, um ar de mágoa impotente nas fisionomias. "Não posso chorar na frente delas", pensou. "Não posso fraquejar agora ou elas começarão a chorar também e então os negros vão começar a gritar e ficaremos todos loucos. Preciso me controlar. Terei que tomar muitas providências. Procurar a funerária e organizar o enterro, providenciar para que a casa esteja limpa e estar aqui para falar com as pessoas que vão ficar chorando em meu ombro. Ashley não consegue fazer nada disso, nem India ou tia Pitty. Eu que devo fazer. Ah, que fardo exaustivo!"

Ela olhou para as fisionomias aturdidas e magoadas de India e tia Pitty e se arrependeu. Melanie não gostaria que ela fosse tão áspera com aqueles que a amavam.

– Desculpem-me pela aspereza – disse ela, falando com dificuldade. – É só que eu... desculpe-me pela aspereza, titia. Vou até a varanda um minuto. Preciso ficar sozinha. Depois eu venho e nós...

Ela deu um tapinha em tia Pitty e foi rapidamente para a porta da frente, ciente de que, se ficasse ali mais um minuto, perderia o controle. Precisava ficar sozinha. E precisava chorar ou seu coração se partiria.

Ela saiu para a varanda escura e fechou a porta atrás de si, recebendo no rosto o ar úmido e frio da noite. A chuva cessara e não se ouvia qualquer ruído, além do gotejar dos beirais. Uma densa neblina envolvia o mundo, um frio que trazia em seu hálito o odor do ano moribundo. Todas as casas do outro lado da rua estavam na escuridão, exceto uma, e a luz que saía pela janela lutava debilmente com a névoa, partículas douradas flutuando em seus raios. Era como se o mundo inteiro estivesse envolto em um imóvel manto de fumaça cinzenta. E o mundo inteiro estava quieto.

Ela encostou a cabeça em um dos pilares da varanda e se preparou para chorar, mas as lágrimas não vieram. Era uma calamidade profunda demais para lágrimas. Seu corpo se sacudiu. Ainda reverberava em sua mente a queda das duas cidadelas inexpugnáveis de sua vida, transformadas em poeira com um estrondo. Ela ficou parada por um instante, tentando apelar a seu velho sortilégio: "Penso em tudo isso amanhã, quando conseguir aguentar." Mas o sortilégio perdera a potência. Agora precisava pensar em duas coisas... em Melanie e em quanto a amava e precisava dela; em Ashley e na cegueira obstinada que a impedira de vê-lo como realmente era. E ela sabia que pensar neles seria igualmente doloroso amanhã e em todos os outros amanhãs de sua vida.

"Não posso voltar lá e falar com eles agora", pensou. "Não posso encarar Ashley hoje e consolá-lo. Hoje não! Amanhã de manhã, virei cedo e farei o que preciso fazer, direi as coisas reconfortantes que devo dizer. Mas não hoje. Não posso. Vou para casa."

Sua casa ficava a apenas cinco quadras de distância. Ela não ia esperar que o pobre Peter atrelasse a charrete, nem que o Dr. Meade a levasse. Não poderia suportar as lágrimas de um e a condenação silenciosa do outro. Desceu rapidamente os degraus escuros sem o casaco nem o chapéu e foi andando pela noite nebulosa. Virou a esquina e começou a subir a longa ladeira rumo à rua dos Pessegueiros, andando por um mundo imóvel, úmido, e até seus passos eram silenciosos como em um sonho.

Subindo a ladeira, o peito contraído com as lágrimas que não vinham, uma sensação irreal a invadiu, uma sensação de já ter estado nesse mesmo lugar frio e difuso antes, sob um mesmo conjunto de circunstâncias – não só uma vez, mas várias. Que tolice, pensou agitada, apressando o passo. Os nervos estavam lhe pregando uma peça. Mas a sensação persistiu, furtivamente permeando sua mente. Ela olhou em volta, incerta, e a sensação aumentou, misteriosa, mas familiar, e ela ergueu a cabeça como um animal farejando perigo. "Estou apenas exausta", ela tentou se acalmar. "E a noite está tão esquisita, tão enevoada, nunca vi uma neblina tão densa antes, exceto... exceto!"

Então ela se deu conta, e o medo lhe oprimiu o coração. Agora sabia. Em uma centena de sonhos, ela fugia em meio a uma névoa como aquela, em meio a um campo assombrado sem referências, coberto por uma neblina fria e densa, habitado por fantasmas e sombras que tentavam agarrá-la. Estaria sonhando outra vez ou esse era seu sonho se transformando em realidade?

Em um instante, a realidade se desfez e ela ficou perdida, levada pela velha sensação de pesadelo, mais forte que nunca, e o coração se acelerou. Novamente, ela estava em meio à morte e ao silêncio, assim como estivera uma vez em Tara. Tudo o que importava no mundo desaparecera, a vida estava em ruínas e o pânico uivava em seu coração como um vento frio. O horror que estava na neblina e era a neblina a agarrou. E ela começou a correr. Assim como correra uma centena de vezes no sonho, ela corria agora, cegamente sem saber para onde, impulsionada por um pavor inominado, buscando na neblina cinzenta a segurança que estaria em algum lugar.

Ela fugia rua acima, a cabeça baixa, o coração acelerado, o ar da noite molhado em seus lábios, as árvores ameaçadoras acima de sua cabeça. Em algum lugar, em algum lugar desta terra inóspita de úmida quietude havia um refúgio! Ofegante, ela subia a ladeira correndo, as saias molhadas roçando frias nos tornozelos, os pulmões estourando, o espartilho pressionando as costelas contra o coração.

Então apareceu uma luz, uma fileira de luzes, difusas, trêmulas, mas reais. Em seu pesadelo, nunca houvera luzes, só a neblina cinzenta. Sua mente se agarrou àquelas luzes. Luzes significavam segurança, gente, realidade. Ela parou de correr, os punhos fechados, lutando para controlar o pânico, olhando determinadamente para a fileira de lampiões a gás que lhe sinalizaram ser aquela a rua dos Pessegueiros, Atlanta, e não o onírico mundo cinza povoado de fantasmas.

Ela parou ofegante, apoiando-se em uma carruagem parada, agarrando os nervos como se fossem cordas que escorregassem velozmente pelas suas mãos.

"Eu estava correndo... correndo feito uma louca!", pensou, o corpo trêmulo com o medo amainando, os baques do coração deixando-a mal. "Mas para onde eu corria?"

Começava a respirar melhor e sentou-se pressionando a mão na lateral do corpo, olhando ao longo da rua dos Pessegueiros. Lá, no topo da ladeira, estava sua casa. Parecia que havia luzes saindo por todas as janelas, luzes que desafiavam a neblina a diminuir seu brilho. Sua casa! Era real! Olhou agradecida, saudosa para aquele volume distante e difuso da casa, e algo semelhante a calma invadiu seu espírito.

Sua casa! Era para lá que queria ir. Era para lá que corria. Para casa e para Rhett!

Com essa percepção, ela sentiu como se estivesse se soltando das correntes, e com elas do medo que a perseguira em sonhos desde a noite em que chegara a Tara para descobrir que o mundo acabara. No final da estrada para Tara, ela descobrira que a segurança se fora, toda a força, toda a sabedoria, toda a ternura amorosa, toda a compreensão tinham se ido – todas aquelas coisas que, personificadas por Ellen, tinham sido o baluarte de sua juventude. E, embora tivesse adquirido segurança material desde aquela noite, nos sonhos ainda era uma criança amedrontada, buscando a segurança perdida daquele mundo perdido.

Agora ela conhecia o refúgio que buscava em sonhos, o lugar de calorosa segurança que sempre estivera oculto dela em meio à neblina. Não era Ashley... ah, nunca fora Ashley! Não havia mais calor nele que em uma luz no pântano, não mais segurança que na areia movediça. Era Rhett... Rhett, que tinha braços fortes para abraçá-la, um peito largo para acomodar sua cabeça cansada, o riso debochado que botava seus assuntos na perspectiva certa. E total compreensão, pois ele, como ela, via a verdade como verdade, desobstruída de noções pouco práticas de honra, sacrifício ou uma elevada crença na natureza humana. Ele a amava! Como não percebera que ele a amava, apesar de todos os seus derrisórios comentários ao contrário? Melanie percebera e, em seu último fôlego, dissera, "Seja boa com ele".

"Ah! Ashley não é a única pessoa estupidamente cega. Eu devia ter visto."

Anos a fio, ela se apoiara no muro de pedras do amor de Rhett e não lhe dera valor, assim como não dera valor ao amor de Melanie, convencida de que sua força só era devida a si mesma. E, assim como antes se dera conta de que Melanie estivera a seu lado em suas amargas campanhas contra a vida, agora reconhecia que silencioso, em segundo plano, estivera Rhett, amando-a, compreendendo-a, pronto para ajudar. Rhett na quermesse, lendo-lhe a impaciência nos olhos e levando-a para liderar a escocesa, Rhett ajudando-a a sair do cativeiro do luto, Rhett escoltando-a através do incêndio e das explosões na noite da queda de Atlanta, Rhett emprestando-lhe o dinheiro que lhe deu a arrancada, Rhett que a confortava quando ela acordava à noite assustada com seus sonhos... ora, nenhum homem fazia isso sem amar desesperadamente uma mulher!

As árvores gotejavam sobre ela, que não sentia. A névoa a cercava, mas ela não prestava atenção, pois, ao pensar em Rhett, com seu rosto moreno, os dentes brancos e os olhos escuros e alertas, um tremor a acometeu.

"Eu o amo", ela pensou e, como sempre, aceitou a verdade sem muito espanto, como uma criança que aceita um presente. "Não sei há quanto tempo o amo, mas é verdade. E, se não tivesse sido por Ashley, eu teria percebido tempos atrás. Nunca consegui enxergar o mundo direito porque Ashley atrapalhava."

Ela o amava, patife, velhaco, sem escrúpulos ou honra – pelo menos, honra como Ashley via. "Que se dane a honra de Ashley! Sua honra sempre me decepcionou. Sim, desde o início, quando estava sempre indo me ver, mesmo sabendo que a família esperava que ele se casasse com Melanie. Rhett nunca me decepcionou, nem mesmo na noite daquela terrível recepção de Melly, quando devia ter me torcido o pescoço. Nem mesmo quando me largou na estrada na noite da queda de Atlanta, pois sabia que eu estaria segura. Sabia que eu daria um jeito de passar. Mesmo quando agiu como se fosse me fazer pagar para conseguir aquele dinheiro no quartel dos ianques. Ele não o faria. Só estava me testando. Ele me amou todo o tempo e fui tão má para ele... Eu o magoei repetidamente e ele era orgulhoso demais para demonstrar. E quando Bonnie morreu... Ah, como pude?"

Ela se pôs de pé, ereta, e olhou para a casa em cima da colina. Meia hora antes, achara que tinha perdido tudo, exceto o dinheiro, tudo o que tornava a vida desejável, Ellen, Gerald, Bonnie, Mammy, Melanie e Ashley. Tinha sido preciso perder eles todos para perceber que amava Rhe .. amava-o porque ele era forte e inescrupuloso, passional e grosseiro, como ela.

"Vou dizer tudo isso a ele", pensou. "Ele vai entender. Sempre entendeu. Vou lhe dizer a tola que fui e quanto o amo e vou compensá-lo por tudo."

Subitamente, sentiu-se forte e feliz. Não estava com medo do escuro nem da neblina e, com o coração cantando, reconheceu que nunca mais os temeria. Não importavam as neblinas que pudessem cercá-la no futuro; ela sabia onde estava seu refúgio. Foi subindo a rua rapidamente e as quadras pareciam muito longas. Longas demais. Segurou as saias na altura dos joelhos e começou a correr um pouco. Mas, dessa vez, não estava correndo do medo. Corria porque os braços de Rhett estavam no fim da rua.

63

A porta da frente estava levemente aberta e ela entrou no vestíbulo, ofegante, parando por um instante sob o arco-íris formado pelos prismas do lustre. Apesar de toda a iluminação, a casa estava muito quieta, não a quietude serena do sono, mas um silêncio vigilante, exaurido, um sinal levemente agourento. Olhando de relance, ela viu que Rhett não estava na sala nem na biblioteca, e seu coração naufragou. Imagine se estivesse fora... com Belle ou onde costumava passar as noites quando não aparecia para jantar? Ela não contara com isso.

Já começava a subir as escadas à procura dele quando viu a porta fechada da sala de jantar. O coração se contraiu um pouco de vergonha ao ver aquela porta fechada, lembrando-se das muitas noites do último verão em que Rhett ficara ali sozinho, bebendo até ficar tão entorpecido que Pork precisava levá-lo para a cama. Isso fora culpa dela, mas tudo mudaria. De agora em diante, tudo seria diferente... mas, por favor, Deus, não permita que ele esteja muito bêbado hoje. Se estiver embriagado demais, não vai me acreditar e vai rir de mim e isso me deixará com o coração partido.

Ela abriu uma fresta da porta e olhou para dentro. Ele estava sentado à mesa, em uma posição relaxada na cadeira diante de uma garrafa cheia, tampada, e um copo limpo. Graças a Deus, estava sóbrio! Ela abriu a porta, controlando-se para não correr para ele. Mas, quando ele levantou a cabeça e olhou para ela, algo em seu olhar a petrificou na soleira, emudeceu as palavras em seus lábios.

Ele olhou para ela firmemente com os olhos escuros pesados de cansaço, sem nenhuma luz saltitante. Embora os cabelos dela estivessem caídos pelos ombros, o peito arfando, sem ar, e as saias salpicadas de lama até os joelhos, a fisionomia dele não ficou surpresa ou intrigada, nem seus lábios se contraíram debochados. Ele estava afundado na cadeira, o terno amassado em torno da cintura que engrossava, todos os seus traços a proclamar a ruína de um belo corpo e o desfiguramento de um rosto forte. Bebida e dissipação tinham feito seu trabalho no perfil de moeda, e agora já não era a cabeça de um jovem príncipe pagão no ouro recém-cunhado, mas a de um César decadente, cansado, no bronze desgastado pelo uso constante. Ele ficou olhando para ela, ali parada, a mão no coração, olhava de um modo tranquilo, quase bondoso, e isso a assustou.

– Entre e sente-se – disse ele. – Ela morreu?

Scarlett aquiesceu e foi, hesitante, em sua direção, a incerteza se formando diante dessa nova expressão em sua fisionomia. Sem se levantar, ele puxou uma cadeira para trás com o pé e ela se sentou. Preferia que ele não tivesse falado de Melanie tão logo. Não queria falar nela agora, reviver a agonia da hora passada. Teria todo o resto da vida para falar de Melanie. Mas agora, impelida por um forte desejo de gritar "Eu o amo", lhe parecia que só havia esta noite, esta hora, para dizer a Rhett o que lhe passava pela cabeça. Mas havia algo naquela fisionomia que a impediu, e ela ficou subitamente envergonhada de falar de amor quando Melanie mal esfriara.

– Bem, que Deus a receba em seu descanso – disse ele gravemente. – Ela foi a única pessoa totalmente boa que já conheci.

– Ah, Rhett – exclamou ela, infeliz, pois aquelas palavras lhe evocaram de modo muito vívido todas as coisas boas que Melanie fizera por ela. – Por que você não foi comigo? Foi terrível... e eu senti tanto a sua falta!

– Eu não aguentaria – disse ele, simplesmente, e ficou quieto por um momento. Depois falou com esforço e disse baixinho: – Uma grande dama.

Seu olhar sombrio a atravessou e havia nele aquela mesma expressão observada sob a luz das chamas na noite da queda de Atlanta, quando ele disse a ela que iria embora com o exército retirante – a surpresa de um homem que se conhece a fundo e, mesmo assim, descobre em si lealdades e emoções inesperadas, tendo uma leve sensação de ridículo.

Seus olhos melancólicos passaram por cima do ombro de Scarlett como se visse Melanie andando silenciosamente pela sala rumo à porta. Na expressão de adeus em seu rosto, não havia pesar, nem dor, apenas um assombro especulativo de si mesmo, apenas uma comoção de emoções, mortas desde a infância, ao dizer:

– Uma grande dama.

Scarlett estremeceu e o ardor se foi de seu coração, o calor agradável, o esplendor que a tinham impelido para casa com pés alados.

Ela captou em parte o que ia pela cabeça de Rhett enquanto ele dizia adeus à única pessoa no mundo que respeitava, ficando novamente desolada, com uma terrível sensação de perda, que já não era pessoal. Ela não conseguia compreender ou analisar totalmente o que ele estava sentindo, mas era como se ela também tivesse quase sentido o roçar de saias sussurrantes tocando-a de leve em uma última carícia. Através dos olhos de Rhett, ela via o falecimento não de uma mulher, mas de uma lenda – a mulher gentil, discreta, mas de espinha de aço, sobre quem o sul edificara sua casa na guerra e para cujos braços, orgulhosos e amorosos, retornara na derrota.

Rhett voltou os olhos para ela e sua voz mudara. Agora o olhar estava leve e sereno.

– Então ela está morta. Isso facilita as coisas para você, não é?

– Ah, como pode dizer uma coisa dessas? – exclamou ela, atingida, os olhos logo se enchendo de lágrimas. – Você sabe quanto eu a amava!

– Não, não posso dizer que soubesse. É totalmente inesperado e a seu crédito, considerando sua paixão por gente ordinária, que enfim tenha conseguido apreciá-la.

– Como pode falar assim? É claro que eu a apreciava! Você não. Você não a conhecia como eu! Não está em você compreendê-la... tão boa que era...

– É mesmo? Talvez não.

– Ela pensava em todos, menos em si mesma... ora, suas últimas palavras foram sobre você.

Houve um lampejo de sentimento genuíno em seus olhos quando ele voltou-se para ela.

– Que foi que ela disse?

– Ah, agora não, Rhett.

– Diga-me.

Sua voz estava serena, mas a mão que ele pôs no pulso dela machucou. Ela não queria dizer, não era assim que pretendia chegar ao assunto do amor que sentia, mas a mão era imperiosa.

– Ela disse... disse... "Seja boa com o capitão Butler. Ele a ama tanto..."

Ele ficou olhando para ela e soltou-lhe o pulso. As pálpebras caíram, deixando sua fisionomia inexpressiva. De repente, se levantou, foi até a janela e olhou para fora atentamente, como se houvesse algo para ver, além da densa neblina.

– Ela disse mais alguma coisa? – perguntou, sem virar a cabeça.

– Pediu que eu tome conta do pequeno Beau e eu disse que o faria, como se ele fosse meu próprio filho.

– O que mais?

– Ela disse... Ashley... ela me pediu para cuidar de Ashley também.

Ele ficou em silêncio por um instante e depois riu baixinho.

– É conveniente ter a permissão da primeira mulher, não é?

– O que você quer dizer?

Ele se virou e, mesmo em meio a sua confusão, ela ficou surpresa com a ausência de deboche em seu rosto. Assim como não havia mais interesse nele do que no rosto de um homem assistindo ao último ato de uma comédia não muito engraçada.

– Creio que seja bem simples. A Sra. Melly está morta. Com certeza, você tem todos os motivos que deseja para se divorciar de mim e, com o que lhe sobrou como reputação, um divórcio não lhe arranharia muito. E, como não lhe sobrou religião, a Igreja não importa. Então... Ashley e seus sonhos tornam-se realidade com as bênçãos da Sra. Melly.

– Divórcio? – exclamou ela. – Não! Não! – Incoerente por um momento, ela ficou de pé em um salto e, correndo até ele, pegou-lhe o braço. – Ah, você está enganado! Terrivelmente enganado. Não quero o divórcio... eu... – Ela parou de falar, não encontrando as palavras.

Com a mão sob o queixo, ele virou seu rosto para a luz e ficou olhando-a por algum tempo nos olhos. Ela olhava para cima, para ele, o coração à vista, os lábios trêmulos enquanto tentava falar. Mas não conseguia ordenar as palavras, pois tentava encontrar na fisionomia dele alguma emoção como resposta, alguma luz de esperança, de alegria. Com certeza, agora ele já devia saber! Mas tudo o que seus olhos frenéticos conseguiram encontrar foi a tranquila inexpressividade que a deixara tantas vezes desconcertada. Ele largou seu queixo, voltou para a cadeira e, cansado, sentou-se pesadamente outra vez, o queixo junto ao peito, os olhos fitando-a por baixo das sobrancelhas pretas de modo impessoal, especulador.

Ela o seguiu até a cadeira, torcendo as mãos, e ficou diante dele.

– Você está enganado – começou de novo, buscando as palavras. – Rhett, hoje, quando descobri, vim correndo cada passo até aqui para lhe dizer. Ah, querido, eu...

– Você está cansada – disse ele, ainda a observá-la. – É melhor ir dormir.

– Mas preciso lhe dizer!

– Scarlett – disse ele com firmeza –, não quero ouvir... nada.

– Mas você não sabe o que vou dizer!

– Minha querida, está escrito claramente em seu rosto. Alguma coisa, alguém, a fez perceber que o infeliz Sr. Wilkes é um bocado de fruto do Mar Morto grande demais até para você mastigar. E essa mesma coisa de repente a apresentou a meus encantos sob uma nova e atraente perspectiva – suspirou Rhett levemente. – E não adianta falar nisso.

Ela inspirou, surpresa. É claro que ele sempre a lera com facilidade Até então ela se ressentira, mas agora, após o primeiro choque diante da própria transparência, seu coração se animou de contentamento e alívio. Ele sabia, entendia, e sua tarefa tinha sido milagrosamente facilitada. Não adianta falar nisso! É claro que ele estava amargurado com seu longo descaso, é claro que desconfiava de sua repentina virada. Ela teria que cortejá-lo com gentileza, convencê-lo com muitas demonstrações de amor, e que prazer seria!

– Querido, vou lhe contar tudo! – disse ela, apoiando-se no braço da cadeira e debruçando-se. – Eu estava tão errada, fui uma idiota tão tola...

– Scarlett, não continue com isso. Não se humilhe diante de mim. Não consigo aguentar. Deixe-nos alguma dignidade, alguma reticência a lembrar de nosso casamento. Poupe-nos esta última.

Ela se endireitou imediatamente. "Poupe-nos esta última!" O que ele queria dizer com "essa última"? Última? Essa era a primeira, o começo.

– Mas vou dizer – começou rapidamente, como se temesse que sua mão fosse lhe tapar a boca, silenciando-a. – Ah, Rhett, eu o amo tanto, querido! Devo tê-lo amado por anos e era tão tola que não sabia. Rhett, você precisa acreditar em mim!

Ele olhou para ela, de pé na sua frente, um olhar prolongado que chegava ao fundo de sua mente. Ela viu que havia crença em seus olhos, mas pouco interesse. Ah, será que ele bancaria o cruel justamente agora? Para atormentá-la, para lhe pagar na mesma moeda?

– Ah, eu acredito em você – disse ele enfim. – Mas e Ashley Wilkes?

– Ashley? – indagou ela com um gesto de impaciência. – Eu... eu acho que já faz eras que não gosto dele. Era... bem, um tipo de hábito a que me apeguei desde nova. Rhett, eu nunca teria nem pensado que gostava dele se soubesse quem ele realmente é. É uma criatura tão impotente, tão sem ânimo, apesar de toda a conversa sobre verdade, honra e...

– Não – disse Rhett. – Se for para vê-lo como ele realmente é, veja-o da forma correta. Ele é só um cavalheiro preso em um mundo ao qual não pertence, tentando fazer o melhor que pode pelas regras do mundo que já não existe.

– Ah, Rhett, não vamos falar nele! Que importância tem agora? Você não está contente de saber... quero dizer, agora que eu...

Quando seus olhos cansados encontraram os dela, ela ficou constrangida, como uma menina com seu primeiro pretendente. Se ao menos ele facilitasse as coisas! Se ao menos abrisse os braços para que ela pudesse rastejar agradecida para seu colo e deitar a cabeça em seu peito... Seus lábios nos dele poderiam lhe falar melhor que todas as suas palavras gaguejadas. Mas, olhando para ele, ela percebeu que ele não a mantinha afastada só para ser cruel. Ele parecia esgotado, como se nada que ela dissesse tivesse qualquer importância.

– Contente? – questionou ele. – Já houve tempo em que eu teria agradecido a Deus, jejuado, de ouvi-la dizer tudo isso. Mas, agora, não importa.

– Não importa? De que você está falando? É claro que importa! Rhett, você gosta de mim, não é? Deve gostar. Melly disse que sim.

– Bem, ela estava certa, até onde sabia. Mas, Scarlett, já lhe ocorreu que até mesmo o mais imortal dos amores pode se desgastar?

Ela olhou para ele sem palavras, de queixo caído.

– O meu se desgastou – continuou ele – por causa de Ashley Wilkes e sua obstinação insana que a faz se agarrar feito um buldogue a qualquer coisa que acha que quer... O meu se desgastou.

– Mas o amor não pode se desgastar!

– Aconteceu com o seu por Ashley.

– Mas eu nunca o amei de fato!

– Então, certamente fez uma boa imitação até hoje. Scarlett, não a estou repreendendo, acusando, censurando. Esse tempo passou. Então, poupe-me de suas defesas e explicações. Se conseguir me escutar por alguns minutos sem interromper, posso explicar o que quero dizer. Embora, Deus sabe, eu não veja necessidade de explicações. A verdade é muito simples.

Ela se sentou, a luz berrante do lampião sobre seu rosto branco, atordoado. Ela olhou dentro dos olhos que conhecia tão bem... e conhecia tão pouco... escutou sua voz dizendo palavras que, a princípio, nada significavam. Esta era a primeira vez que ele lhe falava desse modo, como um ser humano fala com outro, falava como as outras pessoas falam, sem petulância, zombaria ou enigmas.

– Nunca lhe ocorreu que eu a amava tanto quanto um homem pode amar uma mulher? Que a amei por anos antes de conseguir ficar com você? Durante a guerra, eu ia embora e tentava esquecê-la, mas, sem conseguir, sempre tinha que voltar. Após a guerra, me arrisquei a ser preso, só para voltar e encontrar você. Era tão apaixonado que acho que poderia ter matado Frank Kennedy se ele não tivesse morrido quando morreu. Eu a amava, mas não podia deixá-la saber. Você é tão brutal com aqueles que a amam, Scarlett... Você usa esse amor como um chicote sobre suas cabeças.

De tudo aquilo, só o fato de que ele a amava significou alguma coisa. Diante do leve eco da paixão em sua voz, prazer e empolgação voltaram a invadi-la. Sentada, ela mal respirava, escutando, esperando.

– Eu sabia que você não me amava quando nos casamos. Eu sabia de Ashley. Mas, tolo como era, achava que podia fazê-la gostar de mim. Ria, se quiser, mas eu queria cuidar de você, acariciá-la, lhe dar tudo o que quisesse. Queria me casar com você, protegê-la e deixá-la com a rédea solta em tudo que a deixasse feliz... assim como fiz com Bonnie. Você tinha enfrentado uma luta tão dura, Scarlett... Ninguém sabia, melhor que eu, pelo que você tinha passado, e eu queria que você parasse de lutar e me deixasse lutar por você. Queria que você brincasse, como uma criança... pois você era uma criança, uma criança corajosa, assustada, voluntariosa. Acho que você ainda é uma criança. Só uma criança poderia ser tão obstinada e insensível.

A voz dele estava calma e cansada, mas havia nela uma característica que evocou uma memória fantasmagórica em Scarlett. Ela já ouvira uma voz assim e fora em algum outro momento de crise em sua vida. Onde fora? A voz de um homem encarando a si mesmo e seu mundo sem sentimento, sem se esquivar, sem esperança.

Ora... ora... fora Ashley, no pomar invernal, varrido pelo vento em Tara, falando da vida e de espetáculos de sombras com uma calma cansada que trazia mais finalidade em seu timbre do que qualquer amargura desesperada poderia revelar. Assim como a voz de Ashley então a deixara gelada de pavor de coisas que ela não conseguia entender, agora a voz de Rhett fazia seu coração naufragar. A voz, o jeito, mais que o conteúdo de suas palavras, a perturbaram, fazendo-a perceber que sua deliciosa empolgação de momentos atrás tinha vindo fora de hora. Havia algo de errado, de muito errado. O que era ela não sabia, mas escutava, desesperada, os olhos fixos no rosto dele, esperando ouvir palavras que dissipassem seus temores.

– Era óbvio que tínhamos sido feitos um para o outro. Tão óbvio que eu era o único homem de suas relações que poderia amá-la depois de conhecê-la como realmente é... dura, gananciosa e inescrupulosa, como eu. Eu a amava e me arrisquei. Achei que Ashley acabaria desaparecendo de sua mente. Mas... – Ele deu de ombros. – Tentei de tudo e nada funcionou. E eu a amava tanto, Scarlett... Se você tivesse permitido, eu a teria amado com a maior gentileza e ternura que um homem já amou uma mulher. Mas eu não podia deixá-la saber, pois sabia que me consideraria fraco e usaria meu amor contra mim. E sempre... sempre houve Ashley. Isso me levava à loucura, era difícil me sentar à mesa na sua frente, sabendo que era Ashley quem você desejava que estivesse em meu lugar. E não podia tê-la nos braços à noite e saber que... bem, já não importa agora. Agora me pergunto por que doía. Foi isso o que me levou a Belle. É um consolo sujo estar com uma mulher que o ama totalmente e o respeita por ser um cavalheiro fino... mesmo que seja uma vadia analfabeta. Acalmava minha vaidade. Você nunca foi muito calmante, minha cara.

– Ah, Rhett – começou ela, infeliz só de ouvir o nome de Belle, mas ele gesticulou para que ela se calasse e continuou.

– Então, naquela noite em que eu a carreguei lá para cima... eu achei... esperei... esperei tanto que fiquei com medo de encará-la no dia seguinte, com medo de estar errado e você não me amar. Fiquei com tanto medo de que você risse de mim que saí e me embriaguei. E, quando voltei, eu tremia dentro das botas e, se você tivesse vindo pelo menos meio caminho a meu encontro, tivesse me dado algum sinal, acho que eu teria beijado seus pés. Mas você não veio.

- Ah, mas Rhett, eu o queria, mas você foi tão grosseiro! Eu realmente o queria! Acho... sim, deve ter sido quando eu me dei conta de meu amor por você. Ashley... eu nunca mais fiquei animada com Ashley depois disso, mas você foi tão grosseiro que eu...

– Ah, bem – disse ele –, parece que não nos entendemos, não é? Mas agora não importa. Só estou lhe contando, assim você não vai ficar fazendo conjeturas sobre tudo isto. Quando você ficou doente e foi tudo culpa minha, eu fiquei em sua porta, esperando que chamasse por mim, mas você não chamou e então me dei conta do tolo que tinha sido e de que estava tudo acabado.

Ele parou de falar, o olhar atravessando-a, absorto, assim como Ashley fizera tantas vezes, vendo algo que ela não conseguia ver. E ela só conseguia olhar, sem fala, para sua fisionomia ressentida.

– Mas, então, havia Bonnie e eu percebi que não estava tudo acabado, afinal. Eu gostava de pensar que Bonnie era você, uma menininha outra vez, antes que a guerra e a pobreza lhe fizessem mal. Ela se parecia tanto com você, tão voluntariosa, corajosa e alegre, cheia de ânimo, e eu podia afagá-la e mimá-la como queria fazer com você. Mas ela não era como você... ela me amava. Foi uma bênção poder pegar o amor que você não queria e dar para ela... Quando ela se foi, levou tudo.

De repente, ela ficou com pena dele, uma pena tão completa que apagou seu próprio pesar e o medo do que suas palavras pudessem significar. Era a primeira vez em sua vida que ela sentia pena de alguém sem um sentimento de desdém ao mesmo tempo, porque era a primeira vez que compreendia outro ser humano. E ela conseguia entender a astúcia, o orgulho obstinado que o impediam de admitir seu amor por medo de uma recusa.

– Ah, querido – disse ela indo adiante, esperando que ele estendesse os braços e a puxasse para seus joelhos. – Querido, eu sinto tanto, mas vou compensá-lo por tudo isso! Podemos ser tão felizes, agora que sabemos a verdade e... Rhett... olhe para mim, Rhett! Pode haver... outros bebês... não como Bonnie, mas...

– Obrigado, não – disse Rhett, como se estivesse recusando um pedaço de pão. – Não vou arriscar meu coração uma terceira vez.

– Rhett, não diga uma coisa dessas! Ah, o que posso dizer para fazê-lo entender? Já lhe disse quanto estou sentida...

– Minha querida, você é tão infantil... Acha que basta dizer "Sinto muito" para que todos os erros e mágoas de anos passados sejam remediados, apagados da memória, todo o veneno retirado de velhas feridas... Tome meu lenço, Scarlett. Nunca, em nenhuma das crises de sua vida, eu a vi com um lenço.

Ela pegou o lenço, assoou o nariz e se sentou. Era óbvio que ele não a tomaria em seus braços. Começava a ficar óbvio que toda a sua conversa sobre amá-la não significava nada. Era um conto de um tempo passado, e ele o encarava como uma experiência alheia. Isso era assustador. Ele a olhava de um modo quase bondoso, com um ar investigativo.

– Quantos anos você tem, minha cara? Nunca quis me dizer.

– Vinte e oito – respondeu ela vagamente, a voz abafada no lenço.

– Não é muito. É pouca idade para ter ganhado todo um mundo e ter perdido a própria alma, não é? Não fique assustada. Não me refiro ao fogo do inferno por vir devido a seu caso com Ashley. Só estou falando de modo metafórico. Desde que a conheci, você desejou duas coisas. Ashley e ser rica o bastante para mandar o mundo para o inferno. Bem, você é rica o bastante, falou asperamente com o mundo e tem Ashley, se o quiser. Mas tudo isso não parece ser suficiente agora.

Ela estava amedrontada, mas não com a ideia do fogo do inferno. Pensava: "Mas Rhett é minha alma e eu o estou perdendo. E, se o perder, nada mais importa! Não, nem amigos, dinheiro ou... nada. Se eu o tivesse nem me importaria de ficar pobre outra vez. Não, não me importaria de sentir frio ou até fome. Mas ele não pode estar querendo dizer... Ah, não pode!"

Enxugou os olhos e disse, desesperada:

– Rhett, se você já me amou tanto, deve ter sobrado algo para mim!

– De tudo, só encontro duas coisas que sobraram e são as duas coisas que você mais odeia... pena e um estranho sentimento de benevolência.

Pena! Benevolência! "Ah, meu Deus", ela pensou, desesperando-se. Tudo, menos pena e benevolência. Sempre que ela sentia essas duas emoções, elas andavam de mãos dadas com o desdém. Será que ele sentia desdém? Qualquer coisa seria preferível a isso. Até mesmo a frieza cínica dos tempos da guerra, a loucura da embriaguez que o impelia na noite em que a carregou para cima, seus dedos machucando-lhe o corpo, ou as palavras arrastadas, cheias de farpas que, agora ela percebia, encobriam um amor amargurado. Tudo, menos a benevolência impessoal que estava tão claramente escrita em seu rosto.

– Então... então você quer dizer que eu arruinei tudo... que você não me ama mais?

– Isso mesmo.

– Mas – disse ela, teimosa, como uma criança que ainda sente que declarar um desejo é tê-lo satisfeito – eu amo você!

– Que infelicidade a sua.

Ela olhou rapidamente para ver se havia algum deboche por trás daquelas palavras, mas não. Ele simplesmente afirmava um fato. Mas era um fato em que ela ainda não acreditava. Lançou-lhe um olhar oblíquo que ardia com uma obstinação desesperada, e a súbita linha dura do queixo que surgiu na face macia era de Gerald.

– Não seja tolo, Rhett. Eu posso...

Ele ergueu a mão em um gesto de horror debochado e as sobrancelhas pretas se arquearam do velho modo sarcástico.

– Não fique tão determinada, Scarlett! Você me assusta. Percebo que está pensando em transferir seu afeto tempestuoso por Ashley para mim e temo por minha liberdade e paz de espírito. Não, Scarlett, não serei perseguido como o azarado Ashley foi. Além disso, vou embora.

O queixo tremeu antes que ela cerrasse os dentes para controlá-lo. Ir embora? Não, tudo menos isso. Como a vida poderia continuar sem ele? Todos tinham ido embora, todos os que importavam, menos Rhett. Ele não podia ir. Mas como poderia detê-lo? Ela estava impotente diante de sua mente serena, de suas palavras desinteressadas.

– Estou indo embora. Pretendia lhe dizer quando retornasse de Marietta.

– Você está me abandonando?

– Não banque a esposa negligenciada e dramática, Scarlett. O papel não lhe cai bem. Devo entender, então, que você não quer um divórcio ou nem mesmo uma separação? Bem, nesse caso, voltarei para casa com a frequência necessária para diminuir os mexericos.

– Danem-se os mexericos! – disse ela ferozmente. – É você que eu quero. Leve-me junto!

– Não – disse ele, em um tom definitivo. Por um momento, ela esteve à beira de um ataque infantil de lágrimas desenfreadas. Podia ter se jogado no chão, xingado e berrado, batendo com os calcanhares. Mas um resquício de orgulho, de bom senso, a deteve. Ela pensou, se eu fizesse isso ele só riria ou ficaria me olhando. Não posso chorar, não posso implorar. Não posso fazer nada que provoque seu desdém. Ele precisa me respeitar mesmo... mesmo que não me ame.

Ela ergueu o queixo e conseguiu perguntar com certa serenidade:

– Para onde está indo?

Havia um leve brilho de admiração em seus olhos ao responder.

– Talvez para a Inglaterra... ou Paris. Quem sabe para Charleston, fazer as pazes com meu pessoal.

– Mas você os odeia! Eu o ouvi rir deles tantas vezes e...

Ele deu de ombros.

– Ainda tenho que rir... mas cheguei ao fim de minha vida errante, Scarlett. Estou com 45 anos... a idade em que um homem começa a valorizar algumas das coisas que jogou fora com tanto descaso na juventude, a exclusividade das famílias, honra e segurança, as raízes profundas... Ah, não! Não estou me retratando. Não estou me arrependendo de nada que já fiz. Eu me diverti muito... tanto que me fartei e agora quero algo diferente. Não, não pretendo jamais mudar mais que minhas pintas. Mas quero a imagem exterior das coisas que conheci, o completo tédio da respeitabilidade... a respeitabilidade das outras pessoas, minha querida, não a minha própria.... a tranquila dignidade que a vida pode ter quando é vivida por pessoas gentis, a graça cordial dos tempos que se foram. Quando eu vivia naqueles tempos não percebia seu encanto vagaroso...

Novamente, Scarlett se transportou para o pomar ventoso de Tara e havia nos olhos de Rhett a mesma expressão exibida pelos de Ashley naquele dia. As palavras de Ashley estavam tão claras em seus ouvidos como se fosse ele e não Rhett que estivesse falando. Fragmentos de palavras lhe retornaram e ela citou, feito papagaio:

– Um glamour... uma perfeição, uma simetria similar à arte grega.

Rhett perguntou bruscamente:

– Por que você disse isso? Era o que eu queria dizer.

– Foi algo que Ashley disse certa vez sobre os velhos tempos.

Ele deu de ombros e a luz sumiu de seus olhos.

– Sempre Ashley – disse, ficando quieto por um momento. – Scarlett, quando você tiver 45 anos, talvez entenda o que estou falando, e então talvez esteja também cansada das imitações de gente bem-nascida, dos modos falsificados e das emoções baratas. Mas duvido. Acho que você sempre ficará mais atraída pelo falso brilho que pelo ouro. De qualquer modo, não posso esperar tanto para ver. Simplesmente não me interessa. Vou caçar antigas cidades e antigos países, onde os velhos tempos ainda persistam. Sou sentimental. Atlanta é muito crua para mim, jovem demais.

– Pare – disse ela de repente. Mal ouvira o que ele dissera. Com certeza, sua mente nada absorvera. Mas sabia que não podia mais aguentar o som de sua voz quando nela já não havia amor.

Ele se interrompeu e olhou para ela, debochado.

– Bem, você entendeu o que eu quis dizer, não foi? – perguntou, pondo-se de pé.

Ela estendeu as mãos para ele, palmas para cima, no antigo gesto de apelo, o coração outra vez exibido em sua fisionomia.

– Não – exclamou ela. – Tudo o que sei é que você não me ama e está indo embora! Ah, meu querido, se você for, o que farei?

Ele hesitou por um momento, como que debatendo se uma mentira caridosa era mais caridosa que a verdade. Então deu de ombros.

– Scarlett, nunca tive paciência de pegar fragmentos quebrados, colá los e dizer a mim mesmo que o todo consertado está tão bom quanto quando era novo. O que está quebrado está quebrado... e prefiro lembrar de como era em seu apogeu do que consertá-lo e passar a vida enxergando as partes coladas. Talvez, se eu fosse mais jovem... – suspirou. – Mas estou velho demais para crer em tais sentimentalidades como fichas limpas e recomeçar tudo outra vez. Estou velho demais para carregar o fardo das constantes mentiras que acompanham a convivência na desilusão bem-educada. Não conseguiria viver com você e mentir, e certamente não conseguiria mentir para mim mesmo. Nem mesmo agora, consigo lhe mentir. Eu gostaria de me importar com o que você faz ou para onde vai, mas não consigo

Expirando, ele foi claro, mas brando, ao dizer:

– Minha cara, não dou a mínima.

Em silêncio, ela o observou subindo as escadas, sentindo que seria estrangulada pela dor na garganta. Com o som de seus pés morrendo no corredor de cima, morria a última coisa no mundo que importava. Ela sabia que não havia apelo emocional ou racional que demoveria aquele cérebro arrefecido de seu veredicto. Agora sabia que ele falara sério cada uma de suas palavras, por mais que algumas fossem ditas com leveza. Ela sabia porque sentira nele algo forte, inflexível, implacável... todas as qualidades que procurara em Ashley sem nunca encontrar.

Ela nunca entendera nenhum dos dois homens que amara e assim perdera ambos. Agora reconhecia ligeiramente que, se tivesse compreendido Ashley, nunca o teria amado; se tivesse compreendido Rhett, nunca o teria perdido. Infeliz, ela se perguntou se alguma vez compreendera alguém neste mundo.

Um embotamento misericordioso se apossava de sua mente agora, um embotamento que, pela longa experiência, ela sabia logo daria lugar a uma dor aguda, assim como os tecidos cortados pelo bisturi do cirurgião têm um breve instante de insensibilidade antes que a agonia se inicie.

"Não vou pensar nisso agora", disse a si mesma, amedrontada, evocando seu velho sortilégio. "Vou enlouquecer se pensar agora que vou perdê-lo. Pensarei amanhã."

"Mas", seu coração clamou, pondo de lado o sortilégio e começando a doer, "não posso deixá-lo partir! Deve haver algum modo!".

– Não vou pensar nisso agora – disse, dessa vez em voz alta, tentando empurrar sua infelicidade para o fundo da mente, tentando encontrar algum baluarte contra a maré crescente de dor. "Eu... ora, vou para Tara amanhã", e seu ânimo se elevou um pouco.

Antes ela voltara a Tara em meio ao medo e à derrota e emergira de suas paredes protetoras forte e armada para a vitória. O que fizera uma vez, de algum modo... por favor, Deus, poderia fazer de novo! Como, não sabia. Não queria pensar nisso agora. Tudo o que queria era um espaço para respirar, onde curtir sua dor, um lugar tranquilo onde lamber as feridas, um refúgio onde planejar sua campanha. Pensou em Tara e foi como se uma suave mão fresca furtivamente tocasse seu coração. Ela podia ver a casa branca brilhando a saudá-la em meio às folhas avermelhadas do outono, sentir a quietude do crepúsculo no campo descendo sobre ela em uma bênção, sentir o orvalho caindo sobre os hectares de arbustos verdes estrelados pelo branco lanoso, ver a cor viva da terra vermelha e a melancólica beleza escura dos pinheiros nas colinas.

Sentiu-se vagamente reconfortada, fortalecida pela imagem, e parte de sua dor e desesperado arrependimento foi empurrada para trás. Parada, ela ficou relembrando pequenas coisas por um momento, a alameda de cedros escuros que levava a Tara, as encostas cobertas de moitas de jasmim, o verde-vívido junto às paredes brancas, as cortinas brancas esvoaçantes. E Mammy estaria lá. De repente, ela queria Mammy desesperadamente, como a queria quando era uma menininha, queria o peito largo onde deitar a cabeça, a mão nodosa em seu cabelo. Mammy, o último elo com os velhos tempos.

Com o espírito de sua gente, que não reconhecia a derrota, mesmo a encarando de frente, ela ergueu o queixo. Conseguiria Rhett de volta. Sabia que conseguiria. Nunca houvera um homem, que não tivesse, caso se concentrasse nisso.

"Penso nisso amanhã, em Tara. Vou aguentar então. Amanhã vou pensar em algum modo de tê-lo de volta. Afinal, amanhã é outro dia."

fim

EDIÇÕES

BestBolso

Este livro foi composto na tipologia Minion Pro Regular, em corpo 9,5/11,5, e impresso em papel off-set 56g/m² no Sistema Cameron da Divisão Gráfica da Distribuidora Record.